卷 8

General Collection of Eight Great Literators' Essays of the Tang and Song Dynasties

唐宋八大家散文总集

新版校评 修订本

郭预衡 郭英德◎主编

苏轼

（三）

史慕鸿 过常宝◎校评

河北出版传媒集团
河北人民出版社

四 序跋

《南行前集》叙

夫昔之为文者，非能为之为工，乃不能不为之为工也。山川之有云雾，草木之有华实，充满勃郁，而见于外，夫虽欲无有，其可得耶？

自少闻家君之论文，以为古之圣人有所不能自已而作者。故轼与弟辙为文至多，而未尝敢有作文之意。

己亥之岁，侍行适楚，舟中无事，博弈饮酒，非所以为闺门之欢。山川之秀美，风俗之朴陋，贤人君子之遗迹，与凡耳目之所接者，杂然有触于中，而发于咏叹。盖家君之作与弟辙之文皆在，凡一百篇，谓之《南行集》。将以识一时之事，为他日之所寻绎，且以为得于谈笑之间，而非勉强所为之文也。时十二月八日，江陵驿书。

【解题】

本文作于嘉祐四年（1059）十二月。是年十月，苏洵父子第二次入京，船经楚地，沿途父子皆有诗作，编定为《南行前集》。本文提出了不为作文而作文的口号，主张文要出于真实感受，要出于“有所不能自已”的创作激情。这一理论对苏轼后来的文学生涯极有影响。

题凤翔东院王画壁

嘉祐癸卯上元夜，来观王维摩诘笔。时夜已阑，残灯耿然，画僧踽踽欲动，恍然久之。

【解题】

本文作于嘉祐八年（1063）正月。文中描写了王维所作僧图的栩栩如生。王维，字摩诘，唐开元、天宝年间著名诗人、画家。苏轼曾言其“诗中有画”、“画中有诗”。

书所作字后

献之少时学书，逸少从后取其笔而不可，知其长大必能名世。仆以为不然。知书不在于笔牢，浩然听笔之所之而不失法度，乃为得之。然逸少所以重其不可取者，独以其小儿子用意精至，猝然掩之，而意未始不在笔，不然，则是天下有力者莫不能书也。

治平甲辰十月二十七日，自岐下罢，过谒石才翁，君强使书此数幅。仆岂晓书，而君最关中之名书者，幸勿出之，令人笑也。轼书。

【解题】

本文作于治平元年（1064）十月。文中对王羲之父子习书故事提出了自己的理解。

题鲁公书草

昨日，长安安师文，出所藏颜鲁公与定襄郡王书草数纸，比公他书尤为奇特。信手自然，动有姿态，乃知瓦注贤于黄金，虽公犹未免也。

【解题】

本文作于治平元年（1064）十二月。鲁公，即颜真卿，字清臣，唐著名书法家，善正、草书，笔力沉着雄厚，世称颜体。颜真卿官至刑部尚书，封鲁郡公，故人称颜鲁公。

书摹本兰亭后

“外寄所托”改作“因寄”，“于今所欣”改作“向之”，“岂不哀哉”改作“痛哉”，“良可悲”改作“悲夫”，“有感于斯”改作“斯文”。凡涂两字，改六字，注四字。“曾不知老之将至”，误作“僧”，“已为陈迹”，误作“以”，“亦犹今之视昔”，误作“由”。旧说此文字有重者，皆构别体，而“之”字最多，今此“之”字颇有同者。又尝见一本，比此微加楷，疑此起草也。然放旷自得，不及此本远矣。子由自河朔持归，宝月大师惟简请其本，令左绵僧意祖摹刻于石。治平四年九月十五日。

【解题】

本文指出兰亭摹本在文字、风格上的特殊之处。

跋《醉道士图》并章子厚跋

仆素不喜酒，观正父《醉士图》，以甚畏执盃持耳翁也。子瞻书。

仆观《醉道士图》，展卷末诸君题名，至子瞻所题，发噱绝倒。子厚书。

再　　跋

熙宁元年十二月二十九日，再过长安，会正父于毋清臣家。再观《醉士图》，见子厚所题，知其为予噱也。持耳翁余固畏之，若子厚乃求其持而不得者。他日再见，当复一噱。时与清臣、尧夫、子由同观。子瞻书。

酒中固多味，恨知之者寡耳。若持耳翁，已太苛矣。子瞻性好山水，尚不肯渡仙游潭，况于此而知味乎？宜其畏也。正父赴丰国时，子厚令武进，复题此，以继子瞻之后。己酉端午后一日。

【解题】

文中录苏轼与章惇就《醉道士图》，相互应答之辞，多有谐趣。苏轼前文作于治平元年（1064）十二月，后文四年后作。

跋王巩所收藏真书

僧藏真书七纸，开封王君巩所藏。君侍亲平凉，始得其二，而两纸在张邓公家，其后冯公当世又获其三。虽所从分异者不可考。然笔势奕奕，七纸意相属也。

君，邓公外孙，而与当世相善，乃得而合之。余尝爱梁武帝评书，善取物象，而此公尤能自誉，观者不以为过，信乎其书之工也。然其为人傥荡，本不求工，所以能工，此如没人之操舟，无意于济否，是以覆却万变，而举止自若，其近于有道者耶？

【解题】

本文作于熙宁二年（1069）。文中叙僧藏真书法作品之流传情况，并称其书法无意于工而能自工，评价很高。

跋内教博士水墨《天龙八部图卷》

此吴道子本深爱之，故为后人所爱也。予钦吴道子画鬼神人物，得面目之新意，穷手足之变态，尤妙于旁见侧出曲折长短之势，精意考之，不差毫毛，其粗可言者如此。至其神妙自然使人喜愕者，固不可言也。

今长安雷氏所藏，乃其真迹。世称道子，至以为画圣，不如此，不称其名。人多假其名氏者，观此，乃知其非是。

旧说，狗马难于鬼神，此非至论。鬼神非人所见，然其步趋动作，要以人理考之，岂可欺哉！难易在工拙，不在所画。工拙之中，又有格焉。画虽工而格卑，不害为庸品。熙宁三年正月二十二日，赵郡苏轼子瞻书。

【解题】

本文评吴道子画鬼神人物变化微妙，得其神韵。苏轼认为绘画重在有无意境和格调高下，苏轼文人画理论实滥觞于此。

跋文与可墨竹

昔时，与可墨竹，见精缣良纸，辄愤笔挥洒，不能自已。坐客争夺持去，与可亦不甚惜。后来见人设置笔砚，即逡巡避去。人就求索，至终岁不可得。或问其故。与可曰："吾乃者学道未至，意有所不适，而无所遣之，故一发于墨竹，是病也。今吾病良已，可若何？"然以余观之，与可之病，亦未得为已也，独不容有不发乎？余将伺其发而掩取之。彼方以为病，而吾又利其病，是吾亦病也。熙宁庚戌七月二十一日，子瞻。

【解题】

本文作于熙宁三年（1070）七月。文中叙写文与可画竹时灵感迸发，不能自已的情景，苏轼以"病"比拟艺术热情、创作欲望，既形象又且幽默，使人会心。

跋文与可草书

李公择初学草书，所不能者，辄杂以真、行，刘贡父谓之鹦哥娇。其后稍进，问仆，吾书比旧来何如？仆对："可谓秦吉了矣。"与可闻之大笑。是日，坐人争索，与可草书落笔如风，初不经意。刘意谓鹦鹉之于人言，止能道此数句耳。十月一日。

【解题】

本文作于熙宁三年（1070）。"秦吉了"见《题李十八净因杂书》解题。

送章子平诗叙

观《进士登科录》，自天圣初讫于嘉祐之末，凡四千五百一十有七人。其贵且贤，以名闻于世者，盖不可胜数。数其上之三人，凡三十有九，而不至于公卿者，五人而已。可谓盛矣。《诗》曰："诞后稷之穑，有相之道。"我仁祖之于士也亦然。较之以声律，取之以糊名，而异人出焉。是何术哉！目之所阅，手之所历，口之所及，其人未有不硕大光明秀杰者也。此岂人力乎？天相之也。天之相人君，莫大于以人遗之。其在位之三十五年，进士盖十举矣，而得吾子平以为首。

子平以文章之美，经术之富，政事之敏，守之以正，行之以谦，此功名富贵之所追逐而不赦者也。虽微举首，其孰能加之。然且困踬而不信，十年于此矣。意者任重道远，必老而后大成欤？不然，我仁祖之明，而天相之，遗之人以任其事，而岂徒然哉！熙宁三年冬，子平自右司谏直集贤院，出牧郑州。士大夫知其将用也，十一月丁未，会于观音之佛舍，相与赋诗以饯之。余于子平为同年友，众以为宜为此文也，故不得辞。

【解题】

本文作于熙宁三年（1070）十一月。章子平，名章衡，与苏轼同科中进士，列第一名。本文盛赞章子平才学、品德之美，预祝其将获大用，一展才华。

题赵屼屏风与可竹

与可所至，诗在口，竹在手。来京师不及岁，请郡还乡，而诗与竹皆西矣。一日不见，使人思之。其面目严冷，可使静险躁，厚鄙薄。今相去数千里，其诗可求，其竹可乞，其所以静、厚者不可致。此予所以见竹而叹也。

【解题】

本文作于熙宁三年（1070）。文章以极简短的语言概括了文与可的才华和性格，表达了自己的思念之情，意味深长。

《牡丹记》叙

熙宁五年三月二十三日，余从太守沈公观花于吉祥寺僧守璘之圃。圃中花千本，其品以百数。酒酣乐作，州人大集，金槃采篮以献于坐者，五十有三人。饮酒乐甚，素不饮者皆醉。自舆台皂隶皆插花以从，观者数万人。明日，公出所集《牡丹记》十卷以示客，凡牡丹之见于传记与栽植培养剥治之方，古今咏歌诗赋，下至怪奇小说皆在。余既观花之极盛，与州人共游之乐，又得观此书之精究博备，以为三者皆可纪，而公又求余文以冠于篇。

盖此花见重于世三百余年，穷妖极丽，以擅天下之观美，而近岁尤复变态百出，务为新奇以追逐时好者，不可胜纪。此草木之智巧便佞者也。今公自耆老重德，而余又方惷迂阔，举世莫与为比，则其于此书，无乃皆非其人乎。然鹿门子常怪宋广平之为人，意其铁心石肠，而为《梅花赋》，则清便艳发，得南朝徐庾体。今以余观之，凡托于椎陋以眩世者，又岂足信哉！余虽非其人，强为公纪之。公家书三万卷，博览强记，遇事成书，非独牡丹也。

【解题】

本文作于熙宁五年（1072）三月。文中记在杭州赏玩牡丹的

如此，虽欲不困，得乎？

茂诚讳迎，姓邵氏，与余同年登进士第。十有五年，而见之于吴兴孙莘老之座上，出其诗数百篇，余读之弥月不厌。其文清和妙丽如晋、宋间人。而诗尤可爱，咀嚼有味，杂以江左唐人之风。其为人笃学强记，恭俭孝友，而贯穿法律，敏于吏事。其状若不胜衣，语言气息仅属。余固哀其任众难以瘁其身，且疑其将病也。逾年而茂诚卒。又明年，余过高邮，则其丧在焉。入哭之，败帏瓦灯，尘埃萧然，为之出涕太息。

夫原宪之贫，颜回之短命，扬雄之无子，冯衍之不遇，皇甫士安之笃疾，彼遇其一，而人哀之至今，而茂诚兼之，岂非命也哉？余是以录其文，哀而不怨，亦茂诚之意也。

【解题】

本文作于熙宁七年（1074）十月。文章通过邵茂诚身负才学而不幸早卒之事实，控诉了社会对文章和人才的不公正待遇。文中简要而传神地刻画了邵茂诚的诗文、品学和形貌，尤其是写其死后“败帏瓦灯，尘埃萧然”的凄凉景象，感情真挚，很能引起读者的共鸣。

跋董储书二首

一

董储郎中，密州安丘人，能诗，有名宝元、庆历间。其书尤工，而人莫知，仆以为胜西台也。

二

密州董储亦能书，近岁未见其比，然人犹以为不然。仆固非善书者，而世称之。以是知是非之难齐也。

【解题】

上两文作于熙宁八年（1075），高度评价了董储的书法成就，显示了苏轼谦逊的态度。

跋《赤溪山主颂》

达与不达者语，譬如与无舌人说味。问蜜何如，可云蜜甜；问甜何如，甜不可说。我说蜜甜，而无舌人终身不晓。为其不可晓，以为达者语应皆如是，问东说西，指空画地，如心疾，如睡语，听者耻不知，从而和之，更相欺谩。

昔张鲁以五斗米治病，戒病者相语不得云“未差也”，若云尔者，终身不差也，故当时以张鲁为神。其事类此。然亦不得以此等故疑其真。余得赤溪山主颂十一篇于其子昶，问其事于乐全先生张安道，知其为达者无疑，为书其末。熙宁九年正月望日。

【解题】

本文作于熙宁九年（1076），时苏轼在密州太守任上。

书李邦直《超然台赋》后

世之所乐，吾亦乐之，子由其独能免乎？以为彻弦而听鸣琴，却酒而御芳茶，犹未离乎声、味也。是故即世之所乐，而得超然，此古之达者所难，吾与子由其敢谓能尔矣乎？邦直之言，可谓善自持者矣，故刻于石以自儆云。

书文与可《超然台赋》后

余友文与可，非今世之人也，古之人也。其文非今之文也，古之文也。其为《超然》辞，意思萧散，不复与外物相关，其《远游》、《大人》之流乎？熙宁九年四月六日。

【解题】

上两文皆作于熙宁九年（1076）。前文言李作切乎自己兄弟心意，就其文章内容设论；后文称文与可之作与其人品相称，更看重其文章风格，各有偏重。

《凫绎先生诗集》叙

孔子曰："吾犹及史之阙文也。有马者借人乘之，今亡矣夫。"史之不阙文，与马之不借人也，岂有损益于世也哉？然且识之，以为世之君子长者，日以远矣，后生不复见其流风遗俗，是以日趋于智巧便佞而莫之止。是二者虽不足以损益，而君子长者之泽在焉，则孔子识之，而况其足以损益于世者乎。

昔吾先君适京师，与卿士大夫游，归以语轼曰："自今以往，文章其日工，而道将散矣。士慕远而忽近，贵华而贱实，吾已见其兆矣。"以鲁人凫绎先生之诗文十余篇示轼曰："小子识之。后数十年，天下无复为斯文者也。"先生之诗文，皆有为而作，精悍确苦，言必中当世之过，凿凿乎如五谷必可以疗饥，断断乎如药石必可以伐病。其游谈以为高，枝词以为观美者，先生无一言焉。

其后二十余年，先君既没，而其言存。士之为文者，莫不超然出于形器之表，微言高论，既已鄙陋汉、唐，而其反复论难，正言不讳，如先生之文者，世莫之贵矣。轼是以悲于孔子之言，而怀先君之遗训，益求先生之文，而得之于其子复，乃录而藏之。先生讳太初，字醇之，姓颜氏，先师兖公之四十七世孙云。

【解题】

本文作于熙宁十年（1077）六月。凫绎先生，即颜太初。其子颜复为苏轼友。苏轼于文中谴责了当时空讲心性、不切实际的文风，提倡诗文要有为而作，要“言必中当世之过”，并以此为据，赞扬了《凫绎先生诗集》。

书鲜于子骏楚词后

鲜于子骏作楚词《九诵》以示轼。轼读之，茫然而思，喟然而叹，曰：嗟乎，此声之不作也久矣，虽欲作之，而听者谁乎？譬之于乐，变乱之极，而至于今，凡世俗之所用，皆夷声夷器也，求所谓郑、卫者，且不可得，而况于雅音乎？学者方欲陈六代之物，弦匏《三百五篇》犁然如戛釜灶，撞瓮盎，未有不坐睡窃笑者也。好之而欲学者无其师，知之而欲传者无其徒，可不悲哉？今子骏独行吟坐思，寤寐于千载之上，追古屈原、宋玉，友其人于冥寞，续微学之将坠，可谓至矣。而览者不知其贵，盖亦无足怪者。彼必尝从事于此，而后知其难且工。其不学者，以为苟然而已。元丰元年四月九日，赵郡苏轼书。

【解题】

本文作于元丰元年（1078）四月。文中感叹当时文风不正，古雅不存，而对鲜于子骏所作楚辞体《九诵》称赞不已。

跋杨文公书后

杨文公相去未久，而笔迹已难得，其为人贵重如此。岂以斯人之风流不可复见故耶？元丰戊午四月十六日题。

【解题】

本文记于元丰元年（1078）四月。杨文公，即杨凝式，字景度，五代后周时华阴人，为人佯狂自放，善草书、隶书，尤工颠草，笔法遒劲。

书子由《黄楼赋》后

子城之东门，当水之冲，府库在焉。而地狭不可以为壅城，乃大筑其门，护以坫石。府有废厅事，俗传项籍所作，而非也。恶其淫名无实，毁之，取其材为黄楼东门之上。元丰元年八月癸丑，楼成。九月庚辰，大合乐以落之。始余欲为之记，而子由之赋已尽其略矣，乃刻诸石。

【解题】

本文记建黄楼及子由作《黄楼赋》始末，约作于元丰元年（1078）九月。

徐州鹿鸣燕赋诗叙

余闻之，德行兴贤，太高而不可考；射御选士，已卑而不足行。永惟三代以来，莫如吾宋之盛。始于乡举，率用韦平之一经；终于廷策，庶几晁董之三道。眷此房心之野，实惟孝秀之渊。元丰元年，三郡之士皆举于徐。九月辛丑晦，会于黄楼，修旧事也。庭实旅百，贡先前列之龟；工歌拜三，义取食苹之鹿。

是日也，天高气清，水落石出，仰观四山之晻暧，俯听二洪之怒号，眷焉顾之，有足乐者。于是讲废礼，放郑声，部刺史劝驾，乡先生在位，君贤毕集，逸民来会。以谓古者于旅也语，而君子会友以文，爰赋笔札，以侑樽俎。载色载笑，有同于泮水；一觞一咏，无愧于山阴。真礼义之遗风，而太平之盛节也。大夫庶士，不鄙谓余，属为斯文，以举是礼。

余以嘉祐之初，以进士入官，偶俪之文，畴昔所上。扬雄虽悔于少作，钟仪敢废于南音。贻诸故人，必不我诮也。

【解题】

本文作于元丰元年（1078）九月。文中记众人黄楼赋诗事。文以骈体为主，杂以散句，错落有致；语多典雅，亦有清新丽句，文采飞扬。本文刻意模仿《兰亭集序》，得其神韵，才学过之，而自然俊逸则不如也。

书游汤泉诗后

余之所闻汤泉七，其五则今三子之所游，与秦君之赋所谓匡庐、汝水、尉氏、骊山，其二则余之所见凤翔之骆谷与渝州之陈氏山居也。皆弃于穷山之中，山僧野人之所浴，麋鹿猿猱之所饮。惟骊山当往来之冲，华堂玉甃，独为胜绝。然坐明皇之累，为杨、李、禄山所污，使口舌之士，援笔唾骂，以为亡国之余，辱莫大焉。

今惠济之泉，独为三子者咏叹如此，岂非所寄僻远，不为当涂者所慁，而后得为高人逸士，与世异趣者之所乐乎？或曰：明皇之累，杨、李、禄山之污，泉岂知恶之？然则幽远僻陋之叹，亦非泉之所病也。泉固无知于荣辱，特以人意推之，可以为抱器适用而不择所处者之戒。元丰元年十月五日。

【解题】

本文作于徐州。苏文善于于常事中阐明道理，或自慰，或警世，皆左右逢源，议论风发，此文亦然。

题文潞公诗

《送时郎中》诗云："一从辞画省，洊岁守坤维。久浃于藩任，常分乃睿思。六条遵汉寄，千里奉尧咨。按部壶浆拥，行春茜旆随。握兰班已峻，拔薤化方施。吏服蒲鞭耻，童怀竹马期。不藏金似粟，倾降雨如丝。每见求民瘼，宁闻拾路遗。责躬还掩阁，察吏更褰帷。好续循良传，宜刊德政碑。奸邪随草靡，权黠望风移。渤海绳皆治，葵丘戍及期。佩牛登富庶，负虎变淳熙。云路征贤日，星郎拱极时。将升严助室，暂辍阮咸麾。挽邓舟停水，思何咏载岐。鱼城初解印，凤阙即移墀。曲榭青云路，离筵白纻词。璹簪萦别恨，金酒折芳枝。从此三巴俗，多吟蔽芾诗。"轼尝得闻潞公之语矣，其雄才远度，固非小子所能窥测；至于学问之富，自汉以来，出入驰骋，略无遗者；下迨曲技小数，靡不究悉，虽笃学专门之师，莫能与之较，然世不以此称公，岂勋德所掩覆故耶？今观其幼时诗，精审研密，句句皆有所考，盖其积之也久矣。元丰二年二月二十九日书。

【解题】

文潞公，即文彦博。本文自其幼时所作之诗，推测其宏富的学问为自幼蓄积而成。

《猎会诗》序

雷胜，陇西人，以勇敢应募得官，为京东第二将。膂力绝人，骑射敏妙。按阅于徐，徐人欲观其能，为小猎城西。又有殿直郑亮、借职缪进者，皆骑而从，弓矢刀槊，无不精习；而驻泊黄宗闵，举止如诸生，戎装轻骑，出驰绝众。客皆惊笑乐甚。

是日小雨甫晴，土润风和，观者数千人。曹子桓云：建安十年始定冀州，涉貊贡良弓，燕代献名马。时岁之春，勾芒司节，和风扇物，弓燥手柔，草茂兽肥，与兄子丹猎于邺西，手获獐鹿九，狐兔三十。驰骋之乐，边人武吏，日以为常。如曹氏父子，横槊赋诗以传于世，乃可喜耳。众客既各自写其诗，因书其末，以为异日一笑。

【解题】

本文作于徐州太守任上，记城西会猎盛况。

跋《欧阳家书》

自南方多事以来，日夕忧汝，得昨日递中书，知与新妇诸孙等各安，守官无事，顿解远想。吾此哀苦如常。欧阳氏自江南归明累世，蒙朝廷官禄，吾今又被荣显，致汝等并列官品，当思报效，偶此多事，如有差使，尽心向前，不能避事。至于临难死节，亦是汝荣事，但存心尽公，神明自祐汝，慎不可思避事也。昨书中言欲买朱砂来，吾不阙此物。汝于官下宜守廉，何得买官下物。吾在官所除饮食外，不曾买一物，汝可观此为戒也。已寒，好将息，不具。吾书送通理十二郎。

凡人勉强于外，何所不至，惟考之其私，乃见真伪。此欧阳文忠公与其弟侄家书也。元丰二年四月十二日，苏轼题。

【解题】

本文提出“考之其私”的识别人物的方法，极具眼光。欧阳，即欧阳修。

题《鲁公放生池碑》

湖州有《颜鲁公放生池碑》，载其所上肃宗表云：“一日三朝，大明天子之孝；问安侍膳，不改家人之礼。”鲁公知肃宗有愧于是也，故以此谏。孰谓公区区于放生哉?

【解题】

本文作于元丰二年（1079）五月。

送通教钱大师还杭诗序

熙宁十年，始有诏以杭州龙山废佛祠为表忠观，《碑》具载其事。元丰二年六月，通教自杭来，见予于吴兴。问观已卒工乎，曰：“未也。杭人比岁不登，莫有助我者。”余曰：“异哉，杭人重施而轻财，好义而徇名，是独为福田也，将自托于不朽，今岁稔矣，子其行乎?”通教还杭，作诗以送之。

【解题】

本文作于元丰二年（1079）六月。钱通教，道士，钱安世弟，与苏轼多有诗文往来。

自跋《胜相院经藏记》

予夜梦宝月索此文，既觉已三鼓，引纸信笔，一挥而成。元丰三年九月十二日四鼓书。

【解题】

宝月即成都僧人惟简。

跋《张希甫墓志》后

余为徐州，始识张希甫父子。元年之冬，李夫人病没，徐人多言其贤，至于死生之际无所留难。而天骥出其手书数十纸，记浮屠、道家语，笔迹雅健，不类妇人，而所书皆有条理。是时希甫年七十，辟谷道引，饮水百余日，甚瘠而不衰，目瞳子炯然。余知其无苦，而不忍天骥之忧惧，乃守而告之，人生如寄，何至自苦如是，愿以时饮酒食粱、肉，慰子孙之意。希甫强为予食，然无复在世意。后二年，余谪居黄州，闻希甫没，既葬，天骥以其墓铭示余，余知其夫妇皆超然世外矣。

【解题】

本文以极短之篇幅叙张希甫夫妇事，画其世外之心，形象至为清晰。本文约作于元丰三年（1080）前后。

书唐氏六家书后

永禅师书，骨气深稳，体兼众妙，精能之至，反造疏淡。如观陶彭泽诗，初若散缓不收，反覆不已，乃识其奇趣。今法帖中有云“不具释智永白”者，误收在逸少部中，然亦非禅师书也。云“谨此代申”，此乃唐末五代流俗之语耳，而书亦不工。

欧阳率更书，妍紧拔群，尤工于楷，高丽遣使购其书，高祖叹曰：“彼观其书，以为魁梧奇伟人也。”此非知书者。凡书象其为人。率更貌寒寝，敏悟绝人。今观其书，劲崄刻厉，正称其貌耳。

褚河南书，清远萧散，微杂隶体。古之论书者，兼论其平生，苟非其人，虽工不贵也。河南固忠臣，但有谮杀刘洎一事，使人怏怏。然余尝考其实，恐刘洎末年褊忿，实有伊、霍之语，非谮也。若不然，马周明其无此语，太宗独诛洎而不问周，何哉？此殆天后朝许、李所诬，而史官不能辨也。

张长史草书，颓然天放，略有点画处，而意态自足，号称神逸。今世称善草书者或不能真、行，此大妄也。真生行，行生草；真如立，行如行，草如走，未有未能行立而能走者也。今长安犹有长史真书《郎官石柱记》，作字简远，如晋、宋间人。

颜鲁公书雄秀独出，一变古法，如杜子美诗，格力天纵，奄有汉、魏、晋、宋以来风流，后之作者，殆难复措手。

柳少师书，本出于颜，而能自出新意，一字百金，非虚语也。其言“心正则笔正”者，非独讽谏，理固然也。世之小人，书字虽工，而其神情终有睢盱侧媚之态，不知人情随想而见，如韩子所谓窃斧者乎，抑真尔也？然至使人见其书而犹憎之，则其人可知矣。

余谪居黄州，唐林夫自湖口以书遗余，云：“吾家有此六人书，子为我略评之而书其后。”林夫之书过我远矣，而反求于予，何哉？此又未可晓也。元丰四年五月十一日，眉山苏轼书。

【解题】

本文作于元丰四年（1081）五月。苏轼在文中对智永禅师、欧阳询、褚遂良、张旭、颜真卿、柳公权六家的书法艺术作了极精彩的评论，并指出他们的师传流变情况及人品书品的联系。文辞简练，具有概括性，显示了苏轼在书法艺术上过人的见识。

题陈吏部诗后

故三司副使吏部陈公，轼不及见其人。然少时所识一时名卿胜士，多推尊之。迩来前辈凋丧略尽，能称诵公者，渐不复见，得其绪言遗事，皆当记录宝藏，况其文章乎？公之孙师仲，录公之诗二十五篇以示轼。三复太息，以想见公之大略云。元丰四年十一月二十二日，眉阳苏轼。

【解题】

元丰四年（1081），陈师仲为苏轼编述《超然》、《黄楼》二集，苏轼为表达谢意，作《题陈吏部诗后》文。

题子明诗后

吾兄子明，旧能饮酒，至二十蕉叶，乃稍醉。与之同游者，眉之蟇颐山观侯老道士，歌讴而饮。方是时，其豪气逸韵，岂知天地之大秋毫之小耶？不见十五年，乃以刑名政事著闻于蜀，非复昔日之子明也。侄安节自蜀来，云子明饮酒不过三蕉叶。吾少年望见酒盏而醉，今亦能三蕉叶矣。然旧学消亡，夙心扫地，枵然为世之废物矣。乃知二者有得必有丧，未有两获者也。

【解题】

本文作于元丰四年（1081）十一月。子明是苏轼伯父儿子，名苏不疑。本文笔锋俊逸，峰回路转，处处着春。文后原有黄庭坚跋，称轼实不能饮三蕉叶，此乃轼“醉中语”。苏文往往只求尽兴，常有想当然之处，此亦见苏轼放旷之性情。

跋所书《摩利支经》后

任安节于元丰庚申六月大水中，舟行下峡，常持此经，得脱险难，明年十二月至黄州，见轼，乞写此本持归蜀。眉阳苏轼书。

【解题】

本文作于元丰四年（1081）十二月。

书欧阳公《黄牛庙诗》后

右欧阳文忠公为峡州夷陵令日所作《黄牛庙》诗也。轼尝闻之于公：“予昔以西京留守推官，为馆阁校勘，时同年丁宝臣元珍适来京师，梦与予同舟泝江，入一庙中，拜谒堂下。予班元珍下，元珍固辞，予不可。方拜时，神像为起，鞠躬堂上，且使人邀予上，耳语久之。元珍私念，神亦如世俗，待馆阁乃尔异礼耶？既出门，见一马只耳，觉而语予，固莫识也。不数日，元珍除峡州判官。已而，余亦贬夷陵令。日与元珍处，不复记前梦云。一日，与元珍泝峡谒黄牛庙，入门惘然，皆梦中所见。予为县令，固班元珍下，而门外镌石为马，缺一耳。相视大惊，乃留诗庙中，有‘石马系祠门’之句，盖私识其事也。”元丰五年，轼谪居黄州，宜都令朱君嗣先见过，因语峡中山水，偶及之。朱君请书其事与诗：“当刻石于庙，使人知进退出处，皆非人力。如石马一耳，何与公事，而亦前定，况其大者。公既为神所礼，而犹谓之淫祀，以见其直气不阿如此。”感其言有味，故为录之。正月二日，眉山苏轼书。

【解题】

本文作于元丰五年（1082）正月。文中记欧阳修梦验之事，宣扬天命观念，反映了苏轼谪居黄州后较为消极避退的情绪。

题所书《归去来词》后

毛国镇从余求书，且曰：“当于林下展玩。”故书陶潜《归去来》以遗之。然国镇岂林下人也哉，譬如今之纨扇，多画寒林雪竹，当世所难得者，正使在庙堂之上，尤可观也矣！

书渊明《饮酒诗》后

“颜生称为仁，荣公言有道。屡空不获年，长饥至于老。虽留身后名，一生亦枯槁。死去何所知，称心固为好。客养千金躯，临化消其宝。裸葬何必恶，人当解意表。”此渊明《饮酒》诗也。正饮酒中，不知何缘记得此许多事。

元丰五年三月三日，子瞻与客饮酒，客令书此诗，因题其后。

【解题】

此二文录陶渊明诗，有感。前文作于元丰五年（1082）二月，讥世人多心慕山林而身恋庙堂。

跋钱君倚书《遗教经》

人貌有好丑，而君子小人之态不可掩也；言有辩讷，而君子小人之气不可欺也；书有工拙，而君子小人之心不可乱也。钱公虽不学书，然观其书，知其为挺然忠信礼义人也。轼在杭州，与其子世雄为僚，因得观其所书佛《遗教经》刻石，峭峙有不回之势。孔子曰："仁者其言也讱。"今君倚之书，盖讱云。

【解题】

本文作于元丰五年（1082）六月，认为从书法作品中可以见出作者的禀性、气质。

题伯父谢启后

天圣中，伯父中都公始举进士于眉，年二十有三。时进士法宽，未有糊名也。试日，通判殿中丞蒋希鲁下堂，观进士程文，见公所赋，叹其精妙绝伦。曰："第一人无以易子。"公力自言年少学浅，有父兄在，决不敢当此选。希鲁大贤之，曰："君子成人之美。"乃以为第三。明年登乙科。此则其亲书启事谢希鲁者也。

公殁后十三年，得之宜兴人单君锡家，盖希鲁宜兴人也。又八年，乃躬自装缥，而归公之第二子子明兄，使宝之以无忘公之盛德云。元丰五年七月十三日，第六侄责授黄州团练副使轼谨志。

【解题】

本文作于元丰五年（1082）七月。文章推崇伯父苏涣的孝悌、谦逊之品德。

跋李康年篆《心经》后

江夏李君康年，好古博学，而小篆尤精。以私忌日篆《般若心经》，为其亲追福，而求余为跋尾。余闻此经虽不离言语文字，而欲以文字见、欲以言语求则不可得。篆画之工，盖亦无施于此，况所谓跋尾者乎？然人之欲荐其亲，必归于佛，而作佛事，当各以其所能。虽画地聚沙，莫不具足，而况篆字之工若此者耶？独恐观者以字法之工，便作胜解。故书其末，普告观者，莫作是念。元丰五年十二月十三日。

【解题】

本文作于元丰五年（1082）十二月。文章称赞李康年篆字之工，并希望读者能透过书法看到作者的孝心。

书苏李诗后

此李少卿赠苏子卿之诗也。予本不识陈君式，谪居黄州，倾盖如故。会君式罢去，而余久废作诗，念无以道离别之怀，历观古人之作辞约而意尽者，莫如李少卿赠苏子卿之篇，书以赠之。春秋之时，三百六篇皆可以见志，不必己作也。

【解题】

本文作于元丰五年（1082）。苏李诗，即《文选》所载《李少卿与苏武诗》三首，皆写别情。苏轼自因诗为文字狱所陷，一段时间暂不为诗，故抄古诗以表达与陈君式离别之情。

书晁无咎所作《杜舆子师字说》后

《易》曰："君子得舆，民所载也；小人剥庐，终不可用也。"夫君子得舆，下完而上未具也；人小剥庐，上壮而下挠也。下完而上未具，吾安寝其中，民将载之。上壮而下挠，疾走不顾，犹惧压焉。今君学修于身，行修于家，而禄未及，既完其下矣，故予以是名字之，与无咎意初无异者。而其文约，其义近，不足以发夫人之志。若无咎者，可谓富于言而妙于理者也。

【解题】

本文作于元丰五年（1082）。

跋吴道子地狱变相

道子，画圣也。出新意于法度之内，寄妙理于豪放之外，盖所谓游刃余地，运斤成风者邪？观《地狱变相》，不见其造业之因，而见其受罪之状，悲哉！悲哉！能于此间一念清净，岂无脱理，但恐如路傍草，野火烧不尽，春风吹又生耳。元丰六年七月十日，齐安临皋亭借观。

【解题】

吴道子，唐代著名画家，所作人物、鬼神、山水、草木、鸟兽无一不精，被后世誉为"画圣"。此文言"出新意于法度之中，寄妙理于豪放之外"，极精辟地概括了继承与创新的辩证关系，显示了苏轼高超的理论修养。

跋先君与孙叔静帖 并书

承借示新文及累为临访，甚荷勤眷。文字已细观，甚善！甚善！必欲求所未至，如中正论引舜为证，此是时文之病。凡论意立而理明，不必觅事应副。诚未之思，专此，不宣。

嘉祐、治平间，先君编修《太常因革礼》。在京师学者，多从讲问。而孙叔静兄弟，皆笃学能文，先君亟称之。先君既殁十有八年，轼谪居于黄，叔静自京师过蕲枉道过轼，出先君手书以相示。轼请受而藏之，叔静不可，遂归之。先君平生往还书疏，多口占以授子弟，而此独其真迹，信于叔静兄弟厚善也耶？元丰六年七月十五日，轼记。

书子由《君子泉铭》后

子由既为此文，余欲刻之泉上。孟君不可，曰："名者，物之累也。"乃书以遗之。元丰六年十一月九日题。

【解题】

此二文分别跋苏洵、苏辙文字。孟君名震，郓城人，及进士第，为承议郎。

《王定国诗集》叙

太史公论《诗》，以为"《国风》好色而不淫，《小雅》怨诽而不乱"。以余观之，是特识变风、变雅耳，乌睹《诗》之正乎？昔先王之泽衰，然后变风发乎情，虽衰而未竭，是以犹止于礼义，以为贤于无所止者而已。若夫发于性止于忠孝者，其诗岂可同日而语哉！古今诗人众矣，而杜子美为首，岂非以其流落饥寒，终身不用，而一饭未尝忘君也欤。

今定国以余故得罪，贬海上三年，一子死贬所，一子死于家，定国亦病几死。余意其怨我甚，不敢以书相闻。而定国归至江西，以其岭外所作诗数百首寄余，皆清平丰融，蔼然有治世之音，其言与志得道行者无异。幽忧愤叹之作，盖亦有之矣，特恐死岭外，而天子之恩不及报，以忝其父祖耳。孔子曰："不怨天，不尤人。"定国且不我怨，而肯怨天乎！余然后废卷而叹，自恨期人之浅也。

又念昔日定国过余于彭城，留十日，往返作诗几百余篇，余苦其多，畏其敏，而服其工也。一日，定国与颜复长道游泗水，登桓山，吹笛饮酒，乘月而归。余亦置酒黄楼上以待之，曰："李太白死，世无此乐三百年矣。"

今余老不复作诗，又以病止酒，闭门不出，门外数步即大江，经月不至江上，眊眊焉真一老农夫也。而定国诗益工，饮酒不衰，所至翱翔徜徉，穷山水之胜，不以厄穷衰老改其度。今而后，余之所畏服于定国者，不独其诗也。

【解题】

本文作于元丰六年（1083）。文中赞扬了王定国虽遭厄运，而能不怨天尤人的精神气度，并回忆了与王定国交游中事，充满了感情。

《圣散子》叙

昔尝览《千金方·三建散》云："风冷痰饮，症癖痞疟，无所不治。”而孙思邈特为著论，以谓此方用药节度不近人情，至于救急，其验特异。乃知神物效灵，不拘常制，至理开惑，智不能知。

今仆所蓄《圣散子》，殆此类耶？自古论病，惟伤寒最为危急，其表里虚实，日数证候，应汗应下之类，差之毫厘，辄至不救，而用《圣散子》者，一切不问。凡阴阳二毒，男女相易，状至危急者，连饮数剂，即汗出气通，饮食稍进，神守完复，更不用诸药连服取差，其余轻者，心额微汗，正尔无恙。药性微热，而阳毒发狂之类，服之即觉清凉。此殆不可以常理诘也。若时疫流行，平旦于大釜中煮之，不问老少良贱，各服一大盏，即时气不入其门。平居无疾，能空腹一服，则饮食倍常，百疾不生。真济世之具，卫家之宝也。其方不知所从出，得之于眉山人巢君谷。

谷多学，好方秘，惜此方不传其子。余苦求得之。谪居黄州，比年时疫，合此药散之，所活不可胜数。巢初授余，约不传人，指江水为盟。余窃隘之，乃以传蕲水人庞君安时。安时以善医闻于世，又善著书，欲以传后，故以授之，亦使巢君之名，与此方同不朽也。

【解题】

本文作于元丰七年（1084）三月。文中叙圣散子之药效及服用之法，颇露救世济民之心。

跋先君书《送吴职方引》

先伯父及第吴公榜中，而轼与其子子上再世为同年，契故深矣。始先君家居，人罕知之者。公携其文至京师，欧阳文忠公始见而知之。公与文忠交盖久，故文忠谪夷陵时，赠公诗有“落笔妙天下”之语。轼自黄迁于汝，舟过慈湖，子上昆仲出此文相示，乃泣而书之。元丰七年四月十四日，轼谨记。

【解题】

本文叙述了苏、吴两家的两代交情，并睹物思人，哀悼亡父。文章作于苏轼自黄州转任汝州团练副使途中。

书李志中文后

元丰七年，轼舟行赴汝海，自富川陆走高安，别家弟子由。五月九日，过新吴，见县令李君志中，同谒刘真君祠，酌丹井饮之。明日夏至，游宝云寺此君亭，观李君之文，求其本而去。眉阳苏轼书。

书刘道纯诗后

“淙流绝壁散，灵烟翠洞深。嵒际松风清，飘飘洒尘襟。观萝玩猿鸟，解组傲园林。茶果邀真侣，觞酌洽同心。旷岁怀兹赏，行春始重寻。聊将横吹笛，一写山水音。”与高安刘格道纯同游庐山简寂观，道纯诵此诗，请书之石。元丰七年五月十九日，汝州团练副使苏轼和仲。

跋太虚辩才庐山题名

某与大觉禅师别十九年矣，禅师脱屣当世，云棲海上，谓不复见记，乃尔拳拳耶，抚卷太息。欲一见之，恐不可复得。会与参寥师自庐山之阳并出，而东所至，皆禅师旧迹，山中人多能言之者，乃复书太虚与辩才题名之后，以遗参寥。太虚今年三十六，参寥四十二，某四十九，辩才七十四，禅师七十六矣。此吾五人者，当复相从乎？生者可以一笑，死者可以一叹也。元丰七年五月十九日慧日院，大雨中书。

【解题】

以上三文皆作于苏轼谪移汝州途中。

题《文选》

舟中读《文选》，恨其编次无法，去取失当。齐、梁文章衰陋，而萧统尤为卑弱，《文选引》，斯可见矣。如李陵、苏武五言，皆伪而不能去。观渊明集，可喜者甚多，而独取数首。以知其余人忽遗者甚多矣。渊明《闲情赋》，正所谓《国风》好色而不淫，正使不及《周南》，与屈、宋所陈何异，而统乃讥之，此乃小儿强作解事者！元丰七年六月十一日书。

【解题】

《文选》，南朝梁昭明太子萧统编，录先秦至梁各体诗文，取舍多据己意，后人颇有非议。苏轼因《文选》不重陶渊明诗，亦甚为不满。

题温庭筠《湖阴曲》后

元丰五年，轼谪居黄州。芜湖东承天院僧蕴湘，因通直郎刘君谊，以书请于轼，愿书此词而刻诸石，以为湖阴故事。而鄂州太守陈君瀚为致其书，且助之请。七年六月二十三日，舟过芜湖，乃书以遗湘，使刻之。汝州团练副使员外置苏轼书。

【解题】

温庭筠，唐末著名诗词作家。

题子由萧丞相楼诗赠王文玉

元丰三年五月，家弟子由过池，元发令作此诗，到黄为轼诵之也。七年六月，轼从文玉兄登斯楼，因为录出赠文玉。时子由在筠州，将复过此。汝州团练副使苏轼书。

【解题】

萧丞相楼在池州。

跋叶致远所藏永禅师千文

永禅师欲存王氏典刑，以为百家法祖，故举用旧法，非不能出新意求变态也，然其意已逸于绳墨之外矣。云下欧、虞，殆非至论；若复疑其临放者，又在此论下矣。

【解题】

本文作于元丰七年（1084）七月，文中驳斥永禅师专一临仿的说法，以为禅师之法书亦有己意。

书韩魏公黄州诗后

黄州山水清远，土风厚善；其民寡求而不争，其士静而文，朴而不陋。虽闾巷小民，知尊爱贤者，曰：“吾州虽远小，然王元之、韩魏公，尝辱居焉。”以夸于四方之人。

元之自黄迁蕲州，没于蕲，然世之称元之者，必曰黄州，而黄人亦曰“吾元之也”。魏公去黄四十余年，而思之不忘，至以为诗。夫贤人君子，天之所以遗斯民，天下之所共有，而黄人独私以为宠，岂其尊德乐道，独异于他邦也欤？抑二公与此州之人，有宿昔之契，不可知也？元之为郡守，有德于民，民怀之不忘也固宜。魏公以家艰，从其兄居耳，民何自知之？《诗》云：“有匪君子，如金如锡，如圭如璧。”金锡圭璧之所在，瓦石草木被其光泽矣，何必施于用？

奉议郎孙贲公素，黄人也，而客于公。公知之深，盖所谓教授书记者也。而轼亦公之门人，谪居于黄五年，治东坡，筑雪堂，盖将老焉，则亦黄人也。于是相与募公之诗而刻之石，以为黄人无穷之思。而吾二人者，亦庶几托此以不忘乎？元丰七年十月二十六日，汝州团练副使苏轼记。

【解题】

韩魏公即韩琦。韩琦兄韩琚曾知黄州，韩琦因随兄在黄州读书。王元之，即北宋初年著名文学家王禹偁，曾出知黄州，颇有政绩。本文为刻韩琦诗而作，而韩琦在黄州无事可记，故与王禹偁并列记之，亦是为文之一法。苏轼自称“黄人”，文中极称黄州之风土人情，表现出对黄州深厚的感情。

跋翰林钱公诗后

轼龆龀入乡校，即诵公诗，今得观其遗迹，幸矣。元丰八年正月二十日。

【解题】

本文作于苏轼赴登州知州任途中，地在淮泗之间。

题陆柬之临摹帖

观兰亭五言，江左风流，萧然在目，笔迹古雅，亦近二王，然少杂奇崄，岂陆君所摹耶！博陵用吉得之卢家阿姑，非大姓故家莫能有此也。元丰八年二月十二日，眉阳苏轼书。

【解题】

本文论陆柬之摹本的特点，细致入微，能见苏轼在书法艺术上的造诣极为深厚。

跋蔡君谟书

仆尝论君谟书为本朝第一，议者多以为不然。或谓君谟书为弱，此殊非知书者。若江南李主，外托劲险而中实无有，此真可谓弱者。世以李主为劲，则宜以君谟为弱也。元丰八年七月四日。

【解题】

苏轼曾多次作文称赞蔡襄书法为当时第一，本文辩其书法不弱。

跋范文正公帖

轼自省事，便欲一见范文正公，而终不可得。览其遗迹，至于泫然。人之云亡，邦国殄瘁，可不哀哉！元丰八年九月一日。

【解题】

文中表达了对范仲淹的钦慕和思念之情，感情真挚、动人。

书《楞伽经》后

《楞伽阿跋多罗宝经》，先佛所说，微妙第一，真实了义，故谓之佛语。心品祖师达磨以付二祖曰：吾观震旦所有经教，惟《楞伽》四卷可以印心，祖祖相受，以为心法。如医之有《难经》，句句皆理，字字皆法，后世达者神而明之，如槃走珠，如珠走槃，无不可者。若出新意而弃旧学，以为无用，非愚无知，则狂而已。近岁学者各宗其师，务从简便，得一句一偈，自谓了证，至使妇人孺子，抵掌嬉笑，争谈禅悦，高者为名，下者为利，余波末流，无所不至，而佛法微矣。譬如俚俗医师，不由经论，直授方药，以之疗病，非不或中，至于遇病辄应，悬断死生，则与知经学古者不可同日语矣。世人徒见其有一至之功，或捷于古人，因谓《难经》不学而可，岂不误哉！《楞伽》义趣幽眇，文字简古，读者或不能句，而况遗文以得义，忘义以了心者乎？此其所以寂寥于是，几废而仅存也。

太子太保乐全先生张公安道，以广大心，得清净觉。庆历中尝为滁州，至一僧舍，偶见此经，入手恍然，如获旧物，开卷未终，夙障冰解，细视笔画，手迹宛然，悲喜太息，从是悟入。常以经首四偈，发明心要。轼游于公之门三十年矣，今年二月，过南都见公于私第。公时年七十九，幻灭都尽，惠光浑圜；而轼亦老于忧患，百念灰冷。公以为可教者，乃授此经，且以钱三十万使印施于江淮间。而金山长老佛印大师了元曰："印施有尽，若书而刻之则无尽。"轼乃为书之，而元使其侍者晓机走钱塘求善工刻之板，遂以为金山常住。元丰八年九月日，朝奉郎、新差知登州军州兼管内劝农事骑都尉借绯苏轼书。

【解题】

本文阐发《楞伽经》之意义，批评了近世学佛者简略取巧的风气。末段叙印写《楞伽经》始末。

书自作木石

东坡居士移守文登，五日而去官。眷恋山海之胜，与同僚饮酒日宾楼上。酒酣，作此木石一纸，投笔而叹，自谓此来之绝。河内史全叔取而藏之。

【解题】

本文记作木石图情形，表达了对自然山水的留恋。

书吴道子画后

智者创物，能者述焉，非一人而成也。君子之于学，百工之于技，自三代历汉至唐而备矣。故诗至于杜子美，文至于韩退之，书至于颜鲁公，画至于吴道子，而古今之变，天下之能事毕矣。道子画人物，如以灯取影，逆来顺往，旁见侧出，横斜平直，各相乘除，得自然之数，不差毫末，出新意于法度之中，寄妙理于豪放之外，所谓游刃余地，运斤成风，盖古今一人而已。余于他画，或不能必其主名，至于道子，望而知其真伪也。然世罕有真者，如史全叔所藏，平生盖一二见而已。元丰八年十一月七日书。

【解题】

苏轼将吴道子与杜甫、韩愈、颜真卿三大家并列而论，评价极高。

跋王氏《华严经解》

予过济南龙山镇，监税宋宝国出其所集王荆公《华严经解》相示，曰：“公之于道，可谓至矣。”予问宝国：“《华严》有八十卷，今独解其一，何也?”宝国曰：“公谓我此佛语深妙，其余皆菩萨语尔。”予曰：“予于藏经取佛语数句置菩萨语中，复取菩萨语置佛语中，子能识其是非乎?”曰：“不能也。”“非独子不能，荆公亦不能。予昔在岐下，闻汧阳猪肉至美，遣人置之。使者醉，猪夜逸，置他猪以偿，吾不知也。而与客皆大诧，以为非他产所及。已而事败，客皆大惭。今荆公之猪未败尔。屠者买肉，娼者唱歌，或因以悟。若一念清净，墙壁瓦砾皆说无上法，而云佛语深妙，菩萨不及，岂非梦中语乎?”宝国曰：“唯唯。”

【解题】

本文作于元丰八年（1081）十一月。《华严经解》为王安石所作。本文对王作故弄玄虚有所批评。文章深入浅出，设喻巧妙、诙谐，讽刺世人慕名弃实、自欺欺人的行为，喻意深刻。

题《憩寂图》诗　并鲁直跋

元祐元年正月十二日，苏子瞻、李伯时为柳仲远作《松石图》。仲远取杜子美诗“松根胡僧憩寂寞，庞眉皓首无住着，偏袒右肩露双脚，叶里松子僧前落”之句，复求伯时画此数句，为《憩寂图》。子由题云：“东坡自作苍苍石，留取长松待伯时。只有两人嫌未足，兼收前世杜陵诗。”因次其韵云：“东坡虽是湖州派，竹石风流各一时。前世画师今姓李，不妨题作辋川诗。”文与可尝云：“老夫墨竹一派，近在徐州。吾竹虽不及，石似过之。”此一卷公案，不可不令鲁直下一句。

或言：子瞻不当目伯时为前身画师，流俗人不领，便是诗病。伯时一丘一壑，不减古人，谁当作此癡计。子瞻此语是真相知。鲁直书。

【解题】

本文叙《憩寂图》产生之始末，富有谐趣，实一文坛佳话。而其指点古今，评诗论画，满纸风流豪气，一如苏轼洒脱之个性。

题别子由诗后

“先君昔爱洛城居，我今亦过嵩山麓。水南卜筑吾岂敢，试向伊川买修竹。又闻缑山好泉眼，傍市穿林泻水玉。想见茅簷照水开，两翁相对清如鹄。”元丰七年，余自黄迁汝，往别子由于筠，作数诗留别，此其一也。其后虽不过洛，而此意未忘，因康君郎中归洛，书以赠之。元祐元年三月十六日，轼书。

【解题】

元祐元年（1086）三月，朝廷迁苏轼中书舍人，苏轼因在朝多敌，总想外任。此文即流露了这种思想。

跋欧阳寄王太尉诗后

“丰乐坡前一醉翁，余龄有几百忧攻。平生自恃心无愧，直道诚知世不容。换骨莫求丹九转，荣名何待禄千钟。明年今日如寻我，颍水东西问老农。”此欧阳文忠公寄太尉懿敏王公诗。轼与公之子定国、定国侄孙子发、张彦若同游宝梵，定国诵此诗，以遗诗人戴仲达。仲达，尝从文忠公者也。元祐元年四月，门生苏轼书。

书黄鲁直诗后

每见鲁直诗文，未尝不绝倒。然此卷语妙，殆非悠悠者所识能绝倒者也，是可人。元祐元年八月二十二日，与定国、子由同观。

题王晋卿诗后

晋卿为仆所累。仆既谪齐安，晋卿亦贬武当。饥寒穷困，本书生常分，仆处不戚戚固宜，独怪晋卿以贵公子罹此忧患，而不失其正，诗词益工，超然有世外之乐，此孔子所谓“可与久处约长处乐”者。元祐元年九月八日。

【解题】

此三文皆诗跋。王晋卿，即王诜。

临《篔筜图》并题

石室先生戏墨，苏轼临。是日试廷珪墨。元祐元年十月二十三日。

【解题】

石室先生，即文与可。

书黄泥坂词后

余在黄州，大醉中作此词，小儿辈藏去稿，醒后不复见也。前夜与黄鲁直、张文潜、晁无咎夜坐。三客翻倒几案，搜索箧笥，偶得之，字半不可读，以意寻究，乃得其全。文潜喜甚，手录一本遗余，持元本去。明日得王晋卿书，云：“吾日夕购子书不厌，近又以三缣博两纸。子有近书，当稍以遗我，毋多费我绢也。”乃用澄心堂纸、李承晏墨书此遗之。元祐元年十一月二十一日。

【解题】

本文叙《黄泥坂词》复得原委，文中颇露自得之状。

跋邓慎思石刻

轼在黄州，见邓慎思学士扶护先太夫人丧，归葬长沙。饮食起居哀慕之节，皆应古礼，凡可以显扬前人者，君必尽力求之，期得而后已。呜呼，可谓孝矣！今复观此石刻，益嗟叹之不足。元祐元年十二月日，眉山苏轼书。

【解题】

本文褒扬邓慎思孝行。

跋《画苑》

君厚《画苑》，处不充箧笥，出不汗牛马，明窗净几，有坐卧之安；高堂素壁，无舒卷之劳。而人物禽鱼之变态，山川草木之奇姿，粲然陈前，亦好事者之一适也。元祐二年二月八日，平叔借观，子瞻书。

【解题】

本文作于元祐二年（1087）二月，文中以优美的语言称赞了《画苑》便于人们观赏、把玩。

书上清词后

嘉祐八年冬，轼佐凤翔幕，以事□上清太平宫，屡谒真君，敬撰此词。仍邀家弟辙同赋。其后二十四年，承事郎薛君绍彭为监宫，请书此二篇，将刻之石。元祐二年二月二十八日记。

【解题】

上清是道家所幻想的仙境。

《乐全先生文集》叙

孔北海志大而论高，功烈不见于世，然英伟豪杰之气，自为一时所宗。其论盛孝章、郗鸿豫书，慨然有烈丈夫之风。诸葛孔明不以文章自名，而开物成务之姿，综练名实之意，自见于言语。至《出师表》简而尽，直而不肆，大哉言乎，与《伊训》、《说命》相表里，非秦汉以来以事君为悦者所能至也。常恨二人之文，不见其全，今吾乐全先生张公安道，其庶几乎！

呜呼！士不以天下之重自任，久矣。言语非不工也，政事文学非不敏且博也，然至于临大事，鲜不忘其故、失其守者，其器小也。公为布衣，则颀然已有公辅之望。自少出仕，至老而归，未尝以言徇物，以色假人。虽对人主，必同而后言。毁誉不动，得丧若一，真孔子所谓大臣以道事君者。世远道散，虽志士仁人，或少贬以求用，公独以迈往之气，行正大之言，曰：“用之则行，舍之则藏。”上不求合于人主，故虽贵而不用，用而不尽；下不求合于士大夫，故悦公者寡，不悦者众。然至言天下伟人，则必以公为首。公尽性知命，体乎自然，而行乎不得已，非蕲以文字名世者也。然自庆历以来讫元丰四十余年，所与人主论天下事，见于章疏者多矣，或用或不用，而皆本于礼义，合于人情，是非有考于前，而成败有验于后。及其他诗文，皆清远雄丽，读者可以想见其为人。信乎其有似于孔北海、诸葛孔明也。

轼年二十，以诸生见公成都，公一见待以国士。今三十余年，所以开发成就之者至矣，而轼终无所效尺寸于公者，独求其文集，手校而家藏之，且论其大略，以待后世之君子。昔曾鲁公尝为轼言，公在人主前论大事，他人终日反覆不能尽者，公必数言而决，粲然成文，皆可书而诵也。言虽不尽用，然庆历以来名臣为人主所敬莫如公者。公今年八十一，杜门却扫，终日危坐，将与造物者游于无何有之乡，言且不可得闻，而况其文乎。凡为文若干卷，若干首。

【解题】

本文作于元祐二年（1087）六月。乐全先生，即张方平，字安道，于苏轼有知遇之恩。本文颂扬了张方平以天下为己任，正道正行，“上不求合于人主，下不求合于士大夫”的高尚品德。

书王奥所藏太宗御书后

日行于天，委照万物之上，光气所及，或流为庆云，结为丹砂，初岂有意哉！太宗皇帝以武功定祸乱，以文德致太平，天纵之能，溢于笔墨，摛藻尺素之上，弄翰团扇之中，散流人间者几何矣。而三槐王氏，得之为多，子孙世守之，遂为希代之宝。文正之孙、懿敏之子奥，出以示。臣轼敬拜手稽首书其后。

【解题】

本文作于元祐二年（1087）。

跋宋汉杰画

仆曩与宋复古游，见其画潇湘晚景，为作三诗，其略云："迳遥趋后崦，水会赴前溪。"复古云："子亦善画也耶?"今其犹子汉杰，亦复有此学，假之数年，当不减复古。元祐三年四月五日书。

又跋汉杰画山二首

一

唐人王摩诘、李思训之流，画山川峰麓，自成变态，虽萧然有出尘之姿，然颇以云物间之。作浮云杳霭，与孤鸿落照，灭没于江天之外，举世宗之，而唐人之典刑尽矣。近几惟范宽稍存古法，然微有俗气。汉杰此山，不古不今，稍出新意，若为之不已，当作着色山也。

二

观士人画，如阅天下马，取其意气所到。乃若画工，往往只取鞭策皮毛槽枥刍秣，无一点俊发，看数尺许便倦。汉杰真士人画也。

【解题】

上文皆元祐三年（1088）四月作。苏轼认为宋汉杰之画，“不古不今”，颇有艺术创新精神。末文则指出“士人画”与“画工”的区别，并给“士人画”以极高的评价，这一点影响中国画论史极为深远。宋汉杰，名子房，画家宋迪（复古）之侄，宋徽宗时任画院博士。

题崔白布袋真仪

熙宁间，画公崔白示余布袋真仪，其笔清而尤古，妙乃过吴矣。元祐三年七月一日，眉山苏轼记。

【解题】

真仪为人物画像。布袋，即布袋和尚，五代梁时禅宗游方僧，后世传为弥勒菩萨之应化身。

跋卢鸿学士《草堂图》

此唐卢丞相、段文昌本，今在内侍都知刘君元方家。元祐三年七月，予馆伴北使于都亭驿，刘以示予，为赋此篇。迨、过远来省，书令同作。

自跋石恪画维摩赞鱼枕冠颂

仆在黄冈时，戏作此等语十数篇，渐复忘之。元祐三年八月二十九日，同僚早出，独坐玉堂，忽忆此二首，聊复录之。翰林学士眉山苏轼记。

【解题】

此二文皆跋自作题图诗。

跋《送石昌言引》

右嘉祐元年九月十九日先君《送石昌言北使》文一首，其字则轼年二十一时所书与昌言本也，今蓄于陈履常氏。昌言名扬休，善为诗，有名当时，终于知制诰。彭任字有道，亦蜀人，从富彦国使虏还，得灵河县主簿以死。石守道尝称之，曰："有道长七尺，而胆过其身。一日坐酒肆，与其徒饮且酣，闻彦国当使不测之虏，愤愤推酒床，拳皮裂，遂自请行，盖欲以死扞彦国者也。"其为人大略如此，然亦任侠好杀云。元祐三年九月初一日题。

【解题】

《送石昌言北使》为苏洵所作。本文略记石昌言生平并其言行，题于洵文之末。

书《黄庭经》跋

成都道士蹇拱辰翊之葆光法师，将归庐山，东坡居士苏轼子瞻为书《黄庭内景经》一卷，龙眠居士李公麟伯时为画经相赠之。元祐三年九月二十二日。

【解题】

黄庭坚，此指《黄庭内景经》。

书鲁直浴室题名后 并鲁直题

浴室院有蜀僧令宗，画达磨以来六祖师，人物皆绝妙。其山川花木毛羽衣盂诸物，画工能知之。至于人有怀道之容，投机接物，目击而百体从之者，未易为俗人言也。此壁列于冠盖之区，而湮伏不闻者数十年。晚得蜀人苏子瞻，乃发之。物不系于世道，兴衰亦有数如此。此寺井泉甘寒，汶师碾建溪茶，常不落第二。故人陈季常，林下士也，寓棋篝于此。苏子瞻、范子功数来从，故予过门必税驾焉。元祐三年，鲁直题。

后五百岁浴室丘墟，六祖变灭，苏、范、黄、陈尽为鬼录，而此书独存，当有来者会予此心，拊掌一笑。是月十五日戊子，子瞻书。

【解题】

本文作于元祐三年（1088）十二月。

跋进士题目后

元祐三年十二月二十八日，上御延和殿，奏端明殿学士范镇所进新乐，自太中大夫待制以上皆侍。时西夏方遣使欵延州塞，而边臣方持其议，相与往返未决也。故进士作《延和殿奏新乐赋》、《欵塞来享诗》云。翰林学士苏轼记。

【解题】

本文记范镇进新乐及进士作诗赋事。

跋晁无咎藏画马

晁无咎所藏野马八，出没山谷间，意象惨淡，如柳子厚所云“风鬃雾鬣，千里相角”。然笔法相疏，当是有远韵人而不甚工者。元祐三年，宋遐叔、张文潜同观。

【解题】

本文评八马图。所作月日不详。

书《正信和尚塔铭》后

太安杨氏，世出名僧。正信表公兄弟三人，其一曰仁庆，故眉僧正；其一曰元俊，故极乐院主，今太安治平院也。皆有高行。而表公行解超然，晚以静觉。三人皆与吾先大父职方公、吾先君中大夫游，相善也。熙宁初，轼以服除，将入朝，表公适卧病，入室告别。霜发寸余，目光瞭然，骨尽出，如画须菩提像，可畏也。轼盘桓不忍去。表曰：“行矣，何处不相见。”轼曰：“公能不远千里相从乎?”表笑曰：“佛言生正信家，千里从公，无不可者，然吾盖未也。”已而果无恙，至六年乃寂。是岁，轼在钱塘，梦表若告别者。又十五年，其徒法用以其所作偈、颂及塔记相示，乃书其末。

【解题】

本文回忆自己与正信和尚之友谊。描摹人物，历历在目，亦很感人。本文约作于元祐三年前后。

书次韵王晋卿送梅花一首后

仆去黄州五周岁矣，饮食梦寐，未尝忘之。方请江湖一郡。书此一诗寄王文父、子辩兄弟，亦请一示李乐道也。

【解题】

本文作于元祐四年（1089）三月。

《范文正公文集》叙

庆历三年，轼始总角入乡校，士有自京师来者，以鲁人石守道所作《庆历圣德诗》示乡先生。轼从旁窃观，则能诵习其词，问先生以所颂十一人者何人也？先生曰："童子何用知之？"轼曰："此天人也耶，则不敢知；若亦人耳，何为其不可！"先生奇轼言，尽以告之，且曰："韩、范、富、欧阳，此四人者，人杰也。"时虽未尽了，则已私识之矣。嘉祐二年，始举进士至京师，则范公殁。既葬，而墓碑出，读之至流涕，曰："吾得其为人。"盖十有五年而不一见其面，岂非命也欤！

是岁登第，始见知于欧阳公，因公以识韩、富，皆以国士待轼，曰："恨子不识范文正公。"其后三年，过许，始识公之仲子今丞相尧夫。又六年，始见其叔彝叟京师。又十一年，遂与其季德孺同僚于徐，皆一见如旧。且以公遗稿见属为叙。又十三年，乃克为之。

呜呼，公之功德，盖不待文而显，其文亦不待叙而传。然不敢辞者，自以八岁知敬爱公，今四十七年矣。彼三杰者，皆得从之游，而公独不识，以为平生之恨，若获挂名其文字中，以自托于门下士之末，岂非畴昔之愿也哉。

古之君子，如伊尹、太公、管仲、乐毅之流，其王霸之略，皆素定于畎亩中，非仕而后学者也。淮阴侯见高帝于汉中，论刘、项短长，画取三秦，如指诸掌，及佐帝定天下，汉中之言，无一不酬者。诸葛孔明卧草庐中，与先主策曹操、孙权，规取刘璋，因蜀之资，以争天下，终身不易其言。此岂口传耳受尝试为之而侥幸其或成者哉。

公在天圣中，居太夫人忧，则已有忧天下致太平之意，故为万言书以遗宰相，天下传诵。至用为将，擢为执政，考其平生所为，无出此书者。今其集二十卷，为诗赋二百六十八，为文一百六十五。其于仁义礼乐，忠信孝弟，盖如饥渴之于饮食，欲须臾忘而不可得。如火之热，如水之湿，盖其天性有不得不然者。虽弄翰戏语，率然而作，必归于此。故天下信其诚，争师尊之。孔子曰："有德者必有言。"非有言也，德之发于口者也。又曰："我战则克，祭则受福。"非能战也，德之见于怒者也。元祐四年四月十一日。

【解题】

范文正公，即范仲淹。文中抒写了自己四十七年来对范仲淹的仰慕之情，颂扬了范仲淹的卓越见识和文治武功，最后概述文集之大意。前段述情，波澜起伏；中段叙功，约繁为简；末段论文，笔法谨严。文似散漫，而气度高妙，堪称序中佳构。

跋邢敦夫《南征赋》

邢敦夫自为童子，所与游皆诸公长者。其志岂独蕲以文称而已哉。一日不见，遂与草木俱尽，故鲁直、无咎诸人哭之，皆过时而哀。今观此文，亦足少慰。旧尝见江南李泰伯自述其文曰：

“天将寿我欤？所为固未足也；不然，斯亦足以藉手见古人矣。”吾于敦夫亦云。元祐四年四月十六日。

跋太宗皇帝御书历子

京朝官中选三十人充知州，而赐以御书历子，臣得此可以为荣矣。而审官任其事，盖犹有古者选部激浊扬清之风也。非太宗皇帝知钱若水之深，若水亦自信不疑，则三十人者独获此赐，其能使人心服而无疑乎？元祐四年四月十九日，龙图阁直学士臣轼书。

【解题】

苏轼于元祐四年（1089）三月受命以龙图阁学士知杭州。此二文为将离京时作。

书米元章藏帖

吾尝疑米元章用笔妙一时，而所藏书真伪相半。元祐四年六月十二日与章致平同过元章。致平谓：吾公尝见亲发锁，两手捉书，去人丈余，近辄掣去者乎？元章笑，遂出二王、长史、怀素辈十许帖子，然后知平时所出，皆苟以适众目而已。

【解题】

米元章，即宋著名书法家米芾。文中记米元章爱护书帖情态，饶有趣味。

题王羲之《敬和帖》二首

一

元素将还翰苑，子瞻欲赴高密，与宝臣同来游法惠，至言师舍同观。熙宁七年九月十七日题。

二

元祐四年七月二十五日，复至法惠，言公化去已七年矣。见其小师微，惘然如梦耳。子瞻书。

自书《归去来兮辞》及自作后

久不作小楷，今日忽书此一纸于长兴舟中。元祐四年八月六日，东坡居士。

自跋《南屏激水偈》

熙宁中作此偈，以示用文阇黎。后十六年，再过南屏，复录以示云玩上座。元祐四年九月望日。

【解题】

上四文皆信手所记，唯首文露怀人之意。

跋刘景文欧公帖

此数十纸，皆文忠公冲口而出，纵手而成，初不加意者也。其文采字画，皆有自然绝人之姿，信天下之奇迹也。元祐四年九月十九日，苏轼书。

【解题】

本文对欧阳修的书法作了高度的评价。刘景文，名季孙，博学能诗，与苏轼唱和颇多。

书文忠赠李师琴诗

与次公听贤师琴，贤求诗，仓卒无以应之。次公曰："古人赋诗皆歌所学，何必已云。"次公因诵欧阳公赠李师诗，嘱余书之以赠焉。元祐四年九月二十一日。

【解题】

文忠，即欧阳修。次公，即杨杰。文中记听琴赠诗事。

题燕文贵山水卷

轼通守钱唐日，与方外师游，借此画逾年。将去郡，乃题其后归之。今十六年矣。师云字为人窃去，复为书此。元祐四年十二月四日。

【解题】

燕文贵，又作燕文季，宋著名山水画家，其所作四时图被后世称为燕家景。

跋阎右相《洪崖仙图卷》

洪崖先生，不知何许人也。姓张名蕴，字藏真。风神秀逸，志趣闲雅。仙书秘典，九经诸史，无所不通。开元中已千岁矣，盖古之高仙。明皇仰其神异，累诏不赴。多游终南、泰华，或往青城、王屋，与东罗二大师为侣。每述金丹华池之事，易形炼丹之术，人莫究其微妙焉。先生戴乌帽，衣红蕉葛衫，乌犀带，短靿靴。仆五人，名状各怪，曰橘、术、栗、葛、拙。有白驴曰雪精，日行千里。复有随身之用白藤笠、六角扇、木如意、筇竹杖、长盈壶，常满杯自然流酌。每跨驴，领仆游于市廛，酒酣笑傲自若。明皇诏图其像，庶朝夕得瞻观之。元祐四年，东坡苏轼书。

【解题】

本文记仙人洪崖的传说和图像，语言简短而流畅，描述具体而不繁杂，很有韵味。

《圣散子》后序

《圣散子》主疾，功效非一。去年春，杭之民病，得此药全活者，不可胜数。所用皆中下品药，略计每千钱即得千服，所济已及千人。由此积之，其利甚博。凡人欲施惠而力能自办者，犹有所止，若合众力，则人有善利，其行可久。今募信士就楞严院修制，自立春后起施，直至来年春夏之交，有入名者，径以施送本院。昔薄拘罗尊者，以诃梨勒施一病比丘，故获报身，身常无众疾。施无多寡，随力助缘。疾病必相扶持，功德岂有限量。仁者恻隐，当崇善因。吴郡陆广秀才，施此方并药，得之于智藏主禅月大师宝泽，乃乡僧也。其陆广见在京施方并药，在麦麴巷居住。

【解题】

本文作于元祐五年（1090）正月。文中记圣散子效益，褒扬施惠之信士。

书寄蔡子华诗后

王十六秀才将归蜀，云："子华宣德蔡丈，见托求诗。"梦中为作四句，觉而成之，以寄子华，仍请以示杨君素、王庆源二老人。元祐五年二月七日。

跋焦千之帖后

欧阳文忠公言"焦子皎洁寒泉水"者，吾友伯强也。泰民徐君，济南之老先生也。钱昷仲盖尝师之，以伯强与泰民往还书疏相示。伯强之没，盖十年矣，览之怅然。元祐五年二月十五日书。

题刘景文所收欧阳公书

处处见欧阳文忠书，厌轩冕思归而不可得者，十常八九。乃知士大夫进易而退难，可以为后生汲汲者之戒。元祐五年三月八日，偶与杨次公同过刘景文。景文出此书，仆与次公，皆文忠客也。次公又效其抵掌谈笑，使人感叹不已。

【解题】

上三文皆在杭州作。

题《张子野诗集》后

张子野诗笔老妙，歌词乃其余技耳。《湖州西溪》云："浮萍破处见山影，小艇归时闻草声。"与余和诗云："愁似鳏鱼知夜永，懒同蝴蝶为春忙。"若此之类，皆可以追配古人。而世俗但称其歌词。昔周昉画人物，皆入神品，而世俗但知有周昉士女，皆所谓未见好德如好色者欤？元祐五年四月二十一日。

【解题】

张子野，名先，以词著名，人称张三影，今传《安陆词》。苏轼此文意在褒扬其诗歌，又借题发挥，以讽喻世风。

题张白云诗后

张俞少愚，西蜀隐君子也。与予先君游，居岷山下白云溪，自号白云居士。本有经世志，特以自重难合，故老死草野，非槁项黄馘盗名者也。偶游西湖静轩，见其遗句，怀仰其人，命寺僧刻之。元祐五年九月五日。

【解题】

本文表达了对故人的思念。

书朱象先画后

松陵人朱君象先，能文而不求举，善画而不求售。曰：“文以达吾心，画以适吾意而已。”

昔阎立本始以文学进身，卒蒙画师之耻。或者以是为君病，余以谓不然。谢安石欲使王子敬书太极殿榜，以韦仲将事讽之。子敬曰：“仲将，魏之大臣，理必不尔；若然者，有以知魏德之不长也。”使立本如子敬之高，其谁敢以画师使之。阮千里善弹琴，无贵贱长幼皆为弹，神气冲和，不知向人所在。内兄潘岳使弹，终日达夜无忤色，识者知其不可荣辱也。使立本如千里之达，其谁能以画师辱之。

今朱君无求于世，虽王公贵人，其何道使之？遇其解衣盘礴，虽余亦得攫攘其旁也。元祐五年九月十八日，东坡居士书。

【解题】

朱象先，字景初，善画山水，师法董源、僧巨然，而能以己意出之。本文将朱象先和阎立本作一比较，认为阎立本一不如王子敬之“高”，二不如阮千里之“达”，故得蒙受“画师之耻”，而朱象先无求于世，自然会赢得人们的敬重。

题蔡君谟诗草

此蔡君谟《梦中》诗，真迹在济明家，笔力遒劲。元祐五年十月四日。

题和张子野见寄诗后

仆昔为通守此州，初入寿星寺，怅然如旧游也。后为密州，张子野以诗见寄，答之云尔。元祐五年十月二十九日，苏轼记。

题所书《东海若》后

轼久欲书柳子厚所作《东海若》一篇刻之石，置之净住院无量寿佛堂中。元祐六年二月九日，与海陵曹辅、开封刘季孙、永嘉侯临会堂下，遂书以遗僧从本，使刻之。

【解题】

上三文略作记述，乃信手为之。

《六一居士集》叙

夫言有大而非夸，达者信之，众人疑焉。孔子曰："天之将丧斯文也。后死者不得与于斯文也。"孟子曰："禹抑洪水，孔子作《春秋》，而予距杨、墨。"盖以是配禹也。文章之得丧，何与于天，而禹之功与天地并，孔子、孟子以空言配之，不已夸乎。自《春秋》作而乱臣贼子惧。孟子之言行而杨、墨之道废，天下以为是固然而不知其功。孟子既没，有申、商、韩非之学，违道而趋利，残民以厚主，其说至陋也，而士以是罔其上。上之人侥幸一切之功，靡然从之。而世无大人先生如孔子、孟子者，推其本末，权其祸福之轻重，以救其惑，故其学遂行。秦以是丧天下，陵夷至于胜、广、刘、项之祸，死者十八九，天下萧然。洪水之患，盖不至此也。方秦之未得志也，使复有一孟子，则申、韩为空言，“作于其心，害于其事，作于其事，害于其政”者，必不至若是烈也。使杨、墨得志于天下，其祸岂减于申、韩哉！由此言之，虽以孟子配禹可也。

太史公曰：“盖公言黄、老，贾谊、晁错明申、韩。”错不足道也，而谊亦为之，余以是知邪说之移人，虽豪杰之士有不免者，况众人乎！自汉以来，道术不出于孔氏，而乱天下者多矣。晋以老庄亡，梁以佛亡，莫或正之，五百余年而后得韩愈，学者以愈配孟子，盖庶几焉。愈之后二百有余年而后得欧阳子，其学推韩愈、孟子以达于孔氏，著礼乐仁义之实，以合于大道。其言简而明，信而通，引物连类，折之于至理，以服人心，故天下翕然师尊之。自欧阳子之存，世之不说者，哗而攻之，能折困其身，而不能屈其言。士无贤不肖不谋而同曰：“欧阳子，今之韩愈也。”

宋兴七十余年，民不知兵，富而教之，至天圣、景祐极矣，而斯文终有愧于古。士亦因陋守旧，论卑气弱。自欧阳子出，天下争自濯磨，以通经学古为高，以救时行道为贤，以犯颜纳谏为忠。长育成就，至嘉祐末，号称多士，欧阳子之功为多。呜呼，此岂人力也哉？非天其孰能使之！

欧阳子没十有余年，士始为新学，以佛老之似，乱周孔之实，识者忧之。赖天子明圣，诏修取士法，风厉学者专治孔氏，黜异端，然后风俗一变。考论师友渊源所自，复知诵习欧阳子之书。予得其诗文七百六十六篇于其子棐，乃次而论之曰：“欧阳子论大道似韩愈，论事似陆贽，记事似司马迁，诗赋似李白。此非余言也，天下之言也。”欧阳子讳修，字永叔。既老，自谓六一居士云。

【解题】

本文作于元祐六年（1091）六月。文章论欧阳修的思想及成就。首先，苏轼将欧阳修置于儒家道统之中，认为他的学说可与孔、孟、韩愈相并，足以救世；其次，苏轼就宋代以来学风，论欧阳修力挽颓风，变易风俗之功甚伟。全文反映了苏轼的儒家思想。

书柳文《瓶赋》后

汉黄门郎扬雄作《酒箴》，以讽谏成帝。其文为酒客难法度士。譬之于物，曰之犹瓶矣。观瓶之居，思井之眉。处高临深，动常近危。酒醪不入口，臧水满怀。不得左右，牵于纆徽。一旦叀碍，为甃所轠。身提黄泉，骨肉为泥。自用如此，不如鸱夷。鸱夷滑稽，腹如大壶。尽日盛酒，人腹借酤。常为国器，托于属车。出入两宫，经营公家。由是言之，酒何过乎！

或曰：柳子厚《瓶赋》，拾《酒箴》而作。非也。子云本以讽谏设问以见意耳。当复有答酒客语，而陈孟公不取，故史略之，子厚盖补亡耳。然子云论屈原、伍子胥、晁错之流，皆以不智识之；而子厚以瓶为智，几于信道知命者，子云不及也。子云临忧患，颠倒失据，而子厚尤不足观，二人当有愧于斯文也耶！元祐六年六月二十七日。

【解题】

本文认为柳宗元《瓶赋》是对扬雄《酒箴》的续补，并论其优劣。苏轼对二人皆不善处穷表示了异议。

跋南唐《挑耳图》

王晋卿尝暴得耳聋，意不能堪，求方于仆。仆答之云：“君是将种，断头穴胸，当无所惜，两耳堪作底用，割舍不得？限三日疾去，不去，割取我耳。”晋卿洒然而悟。三日，病良已，以颂示仆云：“老坡心急频相劝，性难只得三日限。我耳已效君不割，且喜两家都平善。”今见定国所藏《挑耳图》，云得之晋卿，聊识此事。元祐六年八月二日，轼书。

【解题】

本文记王晋卿求治耳聋事，极有兴味。

题张乖崖书后

以宽得爱，爱止于一时；以严得畏，畏止于力之所及。故宽而见畏，严而见爱，皆圣贤之难事而所及者远矣。张忠定公治蜀，用法之严似诸葛孔明。诸葛孔明与公遗爱皆至今，盖尸而祝之，社而稷之。元祐六年闰八月十三日，过陈，见公之曾孙祖，以轼蜀人，德公宜深，故出公遗墨，求书其后。

【解题】

本文作于苏轼自京赴颍州太守任途中。文中对张乖崖以宽严相济的方法治蜀深表赞赏，并比之于诸葛亮。张乖崖，名张泳，字复之，为人耿直有节，治事恩威并用，自号乖崖，谥忠定。

《醉翁亭记》书后跋

庐陵先生以庆历八年三月己未刻石亭上。字画褊浅，恐不能传远，滁人欲改刻大字久矣。元祐六年，轼为颍州，而开封刘君季孙，自高邮来，过滁。滁守河南王君诏请以滁人之意，求书于轼，轼于先生为门下士，不可以辞。十一月乙未。

【解题】

《醉翁亭记》为欧阳修所作。

书《李简夫诗集》后

孔子不取微生高，孟子不取于陵仲子，恶其不情也。陶渊明欲仕则仕，不以求之为嫌，欲隐则隐，不以去之为高，饥则扣门而乞食，饱则鸡黍以延客，古今贤之，贵其真也。李公简夫以文学政事有闻于天圣以来，而谢事退居于嘉祐之末，熙宁之初。平生不眩于声利，不戚于穷约，安于所遇而乐之终身者，庶几乎渊明之真也。熙宁三年，轼始过陈，欲求见公，而公病矣。后二十年，得其手录诗七十篇于其孙公辅。读之，太息曰："君子哉若人，今亡矣夫！"元祐六年十二月初四日。

【解题】

本文推崇不事矫饰，率性而为的真性情。文章以古论今，议论精到，简洁而有神韵。

题张安道诗后

"因嗟萍梗才名客，自叹匏瓜老病身。一榻从兹还倚壁，不知重扫待何人。"元丰三年，家弟子由，谪官筠州。张安道口占此诗为别，已而涕下。安道平生未尝出涕向人也。元祐六年十二月薨于南都。将属纩，问后事，但言伸意子瞻兄弟。是月十一日，举哀荐福禅院，录此诗留院中。

【解题】

张安道即张方平，与苏轼父子兄弟皆有深交，因此苏轼对其亡故深感悲痛。本文记张安道为苏辙出涕事，感人至深。

跋勾信道郎中集朝贤书夹颂《金刚经》

乙巳至今二十八年，书经三十二人，逝者几三之二矣。梦幻之喻，非虚言也。惟一念归向之善，历劫不坏，在在处处常为善友。元祐七年正月二十二日。

书若逵所书经后

怀楚比丘，示我若逵所书二经。经为几品，品为几偈，偈为几句，句为几字，字为几画，其数无量。而此字画，平等若一，无有高下轻重大小。云何能一？以忘我故。若不忘我，一画之中，已现二相，而况多画。如海上沙，是谁磋磨，自然匀平，无有粗细。如空中雨，是谁挥洒，自然萧散，无有疏密。咨尔楚、逵，若能一念，了是法门，于刹那顷，转八十藏，无有忘失，一句一偈。东坡居士，说是法已，复还其经。元祐七年四月二十五日。

【解题】

此二文皆颂扬佛法广大，劝人向善。

书《醉翁操》后

二水同器，有不相入；二琴同手，有不相应。今沈君信手弹琴，而与泉合；居士纵笔作诗，而与琴会。此必有真同者矣。本觉法真禅师，沈君之子也，故书以寄之。愿师宴坐静室，自以为琴，而以学者为琴工，有能不谋而同三令无际者，愿师取之。元祐七年四月二十四日。

【解题】

沈君，即沈遵，曾为太常博士。醉翁操，沈遵因慕欧阳修之《醉翁亭记》，往游琅琊，并作此曲。后沈遵门人崔闲请苏轼为此曲填词，成一段佳话。

跋旧与辩才书

轼平生与辩才道眼相照之外，缘契冥符者多矣。始以五年九月三十日入山，相对终日，留此数纸。明年是日在颍州作书与之，有“少留山中，勿便归安养”之语，而师宴以是日化去。又明年，其徒惟楚携此轴来，为一太息。五月十一日书。

【解题】

本文作于元祐七年（1092）五月。文中怀念亡友，语极平淡，却饱含真情。

题梅圣俞诗后

“驿使前时走马回，北人初识越人梅。清香莫把酴醿比，只欠溪头月下杯。”梅二丈长身秀眉，大耳红颊，饮酒过百盏，辄正坐高拱，此其醉也。吾虽后辈，犹及与之周旋，览其亲书诗，如见其抵掌谈笑也。元祐七年七月二十二日。

【解题】

本文勾勒梅圣俞神态，落笔寥寥，而风韵俱出，诚为大手笔也。

跋《李氏述先记》

东坡居士曰：贼以百倍之众临我，我无甲兵城池，虽慈父孝子，有不能相保者。李君独能锄櫌棘矜，相率而拒之，非其才有所足恃，德有所不忍违，恶能然哉？余恨不得其平生行事本末，当有绝人者，非特此耳。士居平世，徼幸以成功名者，何可胜数，而危乱之世，豪杰之士湮没而无传者，亦多矣。悲夫！

【解题】

本文作于元祐七年（1092）八月，苏轼时任兵部尚书。

跋文勋扇画

旧闻吴道子画《西方变相》，观者如堵。道子作佛圆光，风落电转，一挥而成。尝疑其不然。今观安国作方界，略不抒思，乃知传者之不谬。

【解题】

本文作于元祐七年（1092）十一月。

跋再送蒋颖叔诗后

颖叔未有帅洮之命，作扈驾诗，轼和之，有“游魂”之句，遂成吟谶。正月十六日，偶谒钱穆父，作小诗写之扇上，颖叔、穆父、仲至皆和，轼亦再赋。请颖叔收此扇与此轴，旋复迎劳，吾诗之必谶也。

【解题】

本文作于元祐八年（1093）正月。蒋颖叔，名之奇，嘉祐二年与苏轼同登进士第，后多有诗文往来。

题颜长道书

故人杨元素、颜长道、孙莘老，皆工文而拙书，或不可识，而孙莘老尤甚。不论他人，莘老徐观之，亦自不识也。三人相见，辄以此为叹。今皆为陈迹，使人哽噎。

【解题】

本文作于元祐八年（1093）六月，为怀人之作。颜长道，名复。

书《太白诗卷》

元祐八年七月十日，丹元复传此二诗。

【解题】

太白诗，见本书《记太白诗二首》。

跋与可纡竹

纡竹生于陵阳守居之北崖，盖岐竹也。其一未脱箨，为蝎所伤；其一困于嵌岩，是以为此状也。吾亡友文与可为陵阳守，见而异之，以墨图其形。余得其摹本以遗玉册官祁永，使刻之石，以为好事者动心骇目诡特之观，且以想见亡友之风节，其屈而不挠者，盖如此云。

【解题】

本文作于元祐八年（1093）八月。文中描述了纡竹之形状，并以竹之“屈而不挠”比拟文与可的高风亮节。

题《兰亭记》

真本已入昭陵，世徒见此而已。然此本最善，日月愈远，此本当复缺坏，则后生所见，愈微愈疏矣。

【解题】

本文作于元祐八年（1093）。

自跋《洞庭春色赋》、《中山松醪赋》

始，安定郡王以黄柑酿酒，名之曰“洞庭春色”。其犹子德麟，得之以饷余，戏为作赋。后余为中山守，以松节酿酒，复为赋之。以其事同而文类，故录为一卷。绍圣元年闰四月二十一日，将适岭表，遇大雨，留襄邑，书此。东坡居士记。

书《松醪赋》后

予在资善堂，与吴传正为世外之游。及将赴中山，传正赠予张遇易水供堂墨一丸而别。绍圣元年闰四月十五日，予赴英州，过韦城，而传正之甥欧阳思仲在焉，相与谈传正高风，叹息久之。始予尝作《洞庭春色赋》，传正独爱重之，求予亲书其本。近又作《中山松醪赋》，不减前作，独恨传正未见。乃取李氏澄心堂纸，杭州程奕鼠须笔，传正所赠易水供堂墨，录本以授思仲，使面授传正，且祝深藏之。传正平生学道既有得矣，予亦窃闻其一二。今将适岭表，恨不及一别，故以此赋为赠，而致思于卒章，可以超然想望而常相从也。

【解题】

上文记二赋写作情况，并表达了对老友吴传正的怀念。

跋陈莹中题朱表臣欧公帖

敬其人，爱其字，文忠公之贤，天下皆知。使嘉祐以前见其书者，皆如今日，则朋党之论何自兴！元祐元年四月，延平陈瓘书。

美哉莹中之言也。仲尼之存，或削其迹，梦奠之后，履藏千载。文忠公读《石守道文集》，有云："后世苟不公，至今无圣贤。"公殁之后二十余年，憎爱一衰，议论乃公，亦何待后世乎？绍圣元年五月书。

【解题】

此文记欧阳修在死后获得了人们的爱戴，相信历史的评价是公正的。

书六赋后

予中子迨，本相从英州，舟行已至姑熟，而予道贬建昌军司马惠州安置，不可复以家行。独与少子过往，而使迨以家归阳羡，从长子迈居。迨好学，知为楚词，有世外奇志，故书此六赋以赠其行。绍圣元年六月二十五日，东坡居士书。

【解题】

本文作于绍圣元年（1094）六月，苏轼本于是年四月罢定州任，后一贬再贬，至于惠州。苏轼于是尽遣家人归常州，并书六赋以赠次子苏迨。

自题出颍口初见淮山诗

余年三十六，赴杭倅过寿，作此诗。今五十九，南迁至虔，烟雨凄然，颇有当年气象也。

【解题】

本文作于绍圣元年（1094）八月。

书黄鲁直画跋后三首

远 近 景 图

此图燕贵之来昆仍云也。穷山野水，亦是林下人窠窟，然烈风偃草木，客子当藏舟入浦溆中，强人力牵挽，欲何之耶？双井永思堂书。

舟未行而风作，固不当行；若中途遇风，不尽力牵挽以投浦岸，当何之耶？鲁直怪舟师不善，预相风色可也，非画师之罪。绍圣二年正月十一日，惠州思无邪斋书。

北齐校书图

往在都下，驸马都尉王晋卿时时送书画来作题品，辄贬剥令一钱不直。晋卿以为言。庭坚曰："书画以韵为主，足下囊中物，非不以千钱购取，所病者韵耳。"收书画者，观予此语，三十年后当少识书画矣。元祐九年四月戊辰，永思堂书。

画有六法，赋彩拂淡，其一也，工尤难之。此画本出国手，止用墨笔，盖唐人所谓粉本。而近岁画师，乃为赋彩，使此六君子者，皆涓然作何郎傅粉面，故不为鲁直所取。然其实善本也。绍圣二年正月十二日，思无邪斋书。

右军斫脍图

徐彦和送此本来，云是《王右军斫脍图》。予观此榻上偃蹇者，定不解书《兰亭序》也。右军在会稽时，桓温求侧理纸。库中有五十万，尽付之。计此风神，必有嵓壑之姿耳。永思堂书。

谢安石人物为江左第一，然其为政，殊未可逸少意，作书讥诮，殆欲痛哭。此所谓君子爱人以德者。以纸五十万与桓温，何足道。此乃史官之陋，而鲁直亦云尔，何哉？书生见五十万纸，足了一世，举以与人，真异事耳。本传又云："兰亭之会，或以比金谷，而以逸少比季伦，逸少闻之甚喜。"金谷之会，皆望尘之友也。季伦之于逸少，如鸱鸢之于鸿鹄，尚不堪作奴，而以自比，决是晋、宋间妄语。史官许敬宗，真人奴也，见季伦金多，以为贤于逸少。今鲁直又怪画师不能得逸少高韵，岂不难哉！余在惠州，徐彦和寄此画，求余跋尾，书此以发千里一笑。绍圣二年正月十二日，东坡居士书。

【解题】

上三文皆针对黄庭坚画跋而发，或补充，或辩正，见识过人。

跋所书《东皋子传》

绍圣二年正月十六日，方读《东皋子传》，而梅州送酒者适至，独尝一杯，径醉，遂书此纸以寄谭使君。

书《东皋子传》后

予饮酒终日，不过五合，天下之不能饮，无在予下者。然喜人饮酒，见客举杯徐引，则予胸中为之浩浩焉，落落焉，酣适之味，乃过于客。闲居未尝一日无客，客至，未尝不置酒。天下之好饮，亦无在予上者。常以谓人之至乐，莫若身无病而心无忧。我则无是二者矣。然人之有是者，接于予前，则予安得全其乐乎？故所至，当蓄善药，有求者则与之，而尤喜酿酒以饮客。或曰："子无病而多蓄药，不饮而多酿酒，劳己以为人，何也？"予笑曰："病者得药，吾为之体轻；饮者困于酒，吾为之酣适，盖专以自为也。"东皋子待诏门下省，日给酒三升。其弟静问曰："待诏乐乎？"曰："待诏何所乐，但美酝三升，殊可恋耳。"今岭南，法不禁酒，予既得自酿，月用米一斛，得酒六斗。而南雄、广、惠、循、梅五太守，间复以酒遗予。略计其所获，殆过于东皋子矣。然东皋子自谓五斗先生，则日给三升，救口不暇，安能及客乎？若予者，乃日有二升五合，入野人、道士腹中矣。东皋子与仲长子光游，好养性服食，预刻死日，自为墓志。予盖友其人于千载，或庶几焉。

【解题】

此二文作于绍圣二年（1095）正月。本文推崇无忧心境、自得其乐，显示了苏轼身处逆境而旷达自如的精神境界。东皋子，为唐诗人王绩之别号。

书渊明《东方有一士》诗后

“东方有一士，被服常不完。三旬九遇食，十年著一冠。辛苦无此比，常有好容颜。我欲观其人，晨去越河关。青松夹路生，白云宿檐端。知我故来意，取琴为我弹。上弦惊别鹤，下弦操孤鸾。愿留就君住，从今至岁寒。”此东方一士，正渊明也。不知从之游者谁乎？若了得此一段，我即渊明，渊明即我也。

绍圣二年二月十一日，东坡居士饮醉食饱，默坐思无邪斋，兀然如睡，既觉，写渊明诗一首，示儿子过。

【解题】

本文自拟陶渊明，表达了远游出世之意愿。

跋嵇叔夜《养生论》后

东坡居士以桑榆之末景，忧患之余生，而后学道，虽为达者所笑，然犹贤乎已也。以嵇叔夜《养生论》颇中余病，故手写数本，其一赠罗浮邓道师。绍圣二年四月八日书。

【解题】

嵇叔夜即嵇康，所著《养生论》主张以养神为主，少私寡欲，追求“大和”的精神境界。

题《秧马歌》后四首

一

惠州博罗县令林君抃，勤民恤农，仆出此歌以示之。林君喜甚，躬率田者制作阅试，以谓背虽当如覆瓦，然须起首尾如马鞍状，使前却有力。今惠州民皆已施用，甚便之。念浙中稻米几半天下，独未知为此，而仆又有薄田在阳羡，意欲以教之。适会衢州进士梁君琯过我而西，乃得指示，口授其详，归见张秉道，可备言范式尺寸及乘驭之状，仍制一枚，传之吴人，因以教阳羡儿子，尤幸也。本欲作秉道书，又懒，此间诸事，可问梁君具详也。试更以示西湖智果妙总禅师参寥子，以发万里一笑，尤佳也。绍圣二年四月二十二日，轼书。

二

林博罗又云："以榆枣为腹患其重，当以梔木，则滑而轻矣。"又云："俯伛秧田，非独腰脊之苦，而农夫例于胫上打洗秧根，积久皆至疮烂。今得秧马，则又于两小颊子上打洗，又完其胫矣。"

三

翟东玉将令龙川，从予求秧马式而去。此老农之事，何足云者，然已知其志之在民也。愿君以古人为师，使民不畏吏，则东作西成，不劝而自力，是家赐之牛，而人予之种，岂特一秧马之比哉！

四

吾尝在湖北，见农夫用秧马行泥中，极便。顷来江西作《秧马歌》以教人，罕有从者。近读《唐书·回鹘部族黠戛斯传》，其人以木马行水上，以板荐之，以曲木支腋下，一蹴辄百余步，意殆与秧马类欤？聊复记之，异日详问其状，以告江南人也。

【解题】

前文作于绍圣二年（1095）四月，时苏轼寓居惠州嘉祐寺僧舍。苏轼贬官黄州期间，曾见武昌农夫骑秧马插秧，“日行千畦，较之伛偻而作者，劳佚相绝也。”并作有《秧马歌》，意在推广。及到惠州，博罗县令林汴推行秧马法，苏轼十分欣喜，为书《秧马歌》并叙，其爱民之心溢于言外。第三文作于绍圣三年（1096）五月。

书柳子厚《大鉴禅师碑》后

释迦以文教，其译于中国，必托于儒之能言者，然后传远。故《大乘》诸经至《楞严》，则委曲精尽胜妙独出者，以房融笔授故也。

柳子厚南迁，始究佛法，作曹谿、南岳诸碑，妙绝古今，而南华今无刻石者。长老重辩师，儒释兼通，道学纯备，以谓自唐至今，颂述祖师者多矣，未有通亮简正如子厚者。盖推本其言，与孟轲氏合。其可不使学者昼见而夜诵之？故具石请予书其文。

《唐史》：元和中，马总自虔州刺史，迁安南都护，徙桂管经略观察使，入为刑部侍郎。今以碑考之，盖自安南迁南海，非桂管也。韩退之《祭马公文》亦云：“自交州抗节番禺，曹谿谥号，决非桂帅所当请。”以是知《唐史》之误，当以《碑》为正。绍圣二年六月九日。

【解题】

本文赞许柳宗元之文章，并据以考《唐史》之误，颇有见识。

书金光明经后

轼之幼子过，其母同安郡君王氏讳闰之，字季章，享年四十有六。以元祐八年八月一日，卒于京师，殡于城西惠济院。过未免丧，而从轼迁于惠州，日以远去其母之殡为恨也。念将祥除，无以申冈极之痛，故亲书《金光明经》四卷，手自装治，送虔州崇庆禅院新经藏中，欲以资其母之往生也。

泣而言于轼曰："书经之劳微矣，不足以望丰报，要当口诵而心通，手书而身履之，乃能感通佛祖，升济神明。而小子愚冥，不知此经皆真实语耶，抑寓言也？当云何见云何行？"轼曰："善哉问也。吾常闻之张文定公安道曰：佛乘无大小，言亦非虚实，顾我所见如何耳。万法一致也，我若有见，寓言即是实语；若无所见，实寓皆非。故《楞严经》云：若一众生未成佛，终不于此取涅槃。若诸菩萨急于度人，不急于成佛，尽三界众生皆成佛已，我乃涅槃。若诸菩萨觉知此身，无始以来，皆众生相。冤亲拒受，内外障护，即卵生相。坏彼成此，损人益己，即胎生相。爱染留连，附记有无，即湿生相。一切勿变，为已主宰，即化生相。此四众生相者，与我流转，不觉不知，勤苦修行，幻力成就。则此四相，伏我诸根，为涅槃相。以此成佛，无有是处。此二菩萨，皆是正见。乃知佛语，非寓非实。今汝若能为流水长者，以大愿力，象取无碍法水，以救汝流浪涸涸之鱼，又能观诸世间，虽甚可爱，而虚幻无实，终非我有者，汝即舍离。如萨埵王子舍身，虽甚可恶，而业所驱迫，深可怜悯者，汝即布施。如萨埵王子施虎，行此舍施，如饥就食，如渴求饮，则道可得，佛可成，母可拔也。”过再拜稽首，愿书其末。绍圣二年八月一日。

【解题】

本文阐发佛家经义，作于惠州。

题所书《宝月塔铭》并鲁直跋

予撰《宝月塔铭》，使澄心堂纸，鼠须笔，李庭珪墨，皆一代之选也。舟师不远万里，来求予铭，予亦不孤其意。绍圣三年正月十二日，东坡老人书。

塔铭小字，如季海得意时书，书字虽工拙在人，要须年高手硬，心意闲澹，乃入微耳。庭坚书。

【解题】

舟师，成都僧人。

跋山谷草书

昙秀来海上，见东坡，出黔安居士草书一轴，问此书如何？坡云：“张融有言，不恨臣无二王法，恨二王无臣法。”吾于黔安亦云。他日黔安当捧腹轩渠也。丁丑正月四日。

书刘景文诗后

景文有英伟气，如三国时士陈元龙之流。读此诗，可以想见。其人以中寿没于隰州，哀哉！哀哉！昙秀，学道离爱人也，然常出其诗，与余相对泣下。丁丑正月六日。谨题。

跋所赠昙秀书

昙秀来惠州见东坡。将去，坡曰："山中人见公还，必求土物，何以与之？"秀曰："鹅城清风，鹤岭明月，人人送与，只恐他无着处。"坡曰："不如将几纸字去，每人与一纸。但向道此是言法华书里头有灾福。"

书过送昙秀诗后

"三年避地少经过，十日论诗喜琢磨。自欲灰心老南岳，犹能茧足慰东坡。来时野寺无鱼鼓，去后闲门有雀罗。从此期师真似月，断云时复挂星河。"仆在广陵作诗《送昙秀》云："老芝如云月，炯炯时一出。"今昙秀复来惠州见余，余病，已绝不作诗。儿子过粗能搜句，时有可观，此篇殆咄咄逼老人矣。特为书之，以满行橐。丁丑正月二十一日。

【解题】

上数文皆绍圣三年（1096）正月，为送别昙秀而作。

录所作赠卓契顺并跋

绍圣三年，岁在丙子，清和月，眉山苏轼录于惠州白鹤峰所居思无邪斋，以遗卓契顺。

【解题】

本文作于绍圣三年（1096）四月。

《思子台赋》引

予先君宫师之友史君，讳经臣，字彦辅，眉山人，与其弟沆子凝皆奇士，博学能文，慕李文饶之为人，而学其议论。彦辅举贤良，不中第。子凝以进士得官，止著作佐郎。皆早死，且无子，有文数百篇，皆亡之。

予少时常见彦辅所作《思子台赋》，上援秦皇，下逮晋惠，反复哀切，有补于世。盖记其意而亡其辞，乃命过作补亡之篇，庶几后之君子，犹得见斯人胸怀之仿佛也。

【解题】

本文作于惠州。文中介绍了作《思子台赋》的原因、经过，对父友史经臣表示怀念。

跋追和违字韵诗示过

戊寅上元在儋耳，过子夜出，余独守舍，作“违”字韵。今庚辰上元，已再期矣。家在惠州白鹤峰下，过子不眷妇子从余此来。其妇亦笃孝，怅然感之，故和前篇，有“石建”、“姜庞”之句。又复悼怀同安君，末章故复有“牛衣”之句，悲君亡而喜余存也。书以示过，看余面，勿复感怀。

【解题】

本文作于绍圣五年（1098）正月，表达了怀妻恋子之情。

书王太尉送行诗后

杜　衍　贾　黯　宋敏求　司马光　王安石　苏　涣
王　畴　邵　亢　元　绛　王纯臣　吕夏卿　张　环
何　涉　谢仲弓　陈　洙　胡　恢　王举正　赵　概
张　揆　曾公亮　王　珪　王　洙　曾公定　胡　宿
范　镇　李复圭　张　刍　吴几复　范百之　晁仲衍
石扬休　李　绚　宋敏修

右三十三人

丁　度　郭　劝　齐　廓　马仲甫　令狐挺　施昌言
吕居简　孙　沔　刘　瑾　冯　浩　黄　灏　韩　铎
李师中　辛若渝　李寿朋　刘　参　张师中　李　先
楚　泰　洪　亶　周延隽　钱延年　解宾王　黄从政
孟　询　阎　颙　谢　徽　张　孜　吴可几　范宽之
张中庸　鲍　光　闵从周

右三十三人

《送行诗》上下二卷，凡六十有六人。庆历、皇祐间，朝廷号称多士，故光禄卿赠太尉王公挂冠归江陵，作诗纪行者，多一时之杰。呜呼，唐虞之际，于斯为盛，非独以见王公取友之端，亦足以知朝廷得士之美也。昔柳宗元记其先友六十七人于墓碑之阴，考之于史，卓然知名者盖二十人。宗元曰：“先君之所友，天下之善士举集焉。”余于王公亦云。元符元年十月初七日。

【解题】

本文从所与交往者推论王太尉之为人，且引柳宗元语为佐证，确为品评之妙者。

书杜子美诗后

“夔州处女发半华，四十五十无夫家。更遭丧乱嫁不售，一生抱恨长咨嗟。土风坐男使女立，男当门户女出入。十有八九负薪归，卖薪得钱当供给。至老双鬟只垂颈，野花山叶银钗并。筋力登危集市门，死生射利兼盐井。面粧手饰杂啼痕，地偏衣寒困石根。若道巫山女粗丑，何得此有昭君村。”海南亦有此风，每诵此诗，以谕父老，然亦未易变其俗也。元符二年闰九月十七日。

【解题】

本文作于元符二年（1099）。杜子美即杜甫。苏轼欲借此诗讽喻当地人民，以求改变海南女子过于艰劳的习俗。

书柳子厚《牛赋》后

岭外俗皆恬杀牛，而海南为甚。客自高化载牛渡海，百尾一舟，遇风不顺，渴饥相倚以死者无数。牛登舟皆哀鸣出涕。既至海南，耕者与屠者常相半。病不饮药，但杀牛以祷，富者至杀十数牛。死者不复云，幸而不死，即归德于巫。以巫为医，以牛为药。间有饮药者，巫辄云：“神怒，病不可复治。”亲戚皆为却药，禁医不得入门，人、牛皆死而后已。地产沈水香，香必以牛易之黎。黎人得牛，皆以祭鬼，无脱者。中国人以沈水香供佛，燎帝求福；此皆烧牛肉也，何福之能得，哀哉！予莫能救，故书柳子厚《牛赋》以遗琼州僧道赟，使以晓喻其乡人之有知者，庶几其少衰乎。庚辰三月十五日记。

【解题】

苏轼被贬在儋州，因见海南风俗鄙陋，盛行巫祭，至“人、牛皆死”，深为痛惜，故欲借柳宗元《牛赋》以施文明教化，用心可谓良苦。

书柳子厚诗后

元符己卯闰九月，琼士姜君来儋耳，日与予相从。至庚辰三月乃归，无以赠行，书柳子厚《饮酒》、《读书》二诗以见别意。子归，吾无以遣，独此二事，日相与往还耳。二十一日书。

【解题】

本文作于元符三年（1100）三月，为送别姜唐佐而作。

题所作《书、易传》、《论语说》

孔壁、汲冢竹简科斗，皆漆书也。终于蠹坏。景钟、石鼓益坚，古人为不朽之计亦至矣。然其妙意所以不坠者，特以人传人耳。大哉人乎！《易》曰：“神而明之，存乎其人。”吾作《易、书传》、《论语说》，亦粗备矣。呜呼！又何以多为。

【解题】

本文作于元符三年（1100）四月。《易传》、《书传》、《论语说》是苏轼在艰苦的条件下所撰成的几部学说著作，苏轼对此寄予很高的期望，希望能传之后人，有益于世。

书圣俞赠欧阳阀诗后

“客心如萌芽，忽与春风动。又随落花飞，去作江南梦。我家无梧桐，安可久留凤。凤栖在桂林，乌哺不得共。无忘桂枝荣，举酒一以送。”右宛陵先生梅圣俞诗。

先君与圣俞游时，余与子由年甚少，世未有知者，圣俞极称之。家有老人泉，圣俞作诗曰：“泉上有老人，隐见不可常。苏子居其间，饮水乐未央。泉中若有鱼，与子同徜徉。泉中苟无鱼，子特玩沧浪。岁月不知老，家有雏凤凰。百鸟戢羽翼，不敢呈文章。去为仲尼叹，出为盛时翔。方今天子圣，无滞彼泉傍。”圣俞没，今四十年矣。

南迁过合浦，见其门人欧阳晦夫，出所为送行诗。晦夫年六十六，予尚少一岁，须鬓皆皓然，固穷亦略相似。于是执手大笑，曰：“圣俞之所谓凤者，例皆如是哉！”天下皆言圣俞以诗穷，吾二人者又穷于圣俞，可不大笑乎？元符三年月日书。

【解题】

本文作于元符三年（1100）七月。文中叙写了梅圣俞对自己的知遇之恩，并为自己晚年的穷困处境解嘲。笔下虽不免有愤懑意，然更见其豁达开朗之性情。

跋希白书

希白作字，自有江左风味，故长沙法帖，比淳化待诏所摹为胜。世俗不察，争访阁本，误矣。此逸少一卷为尤妙。庚辰七夕，合浦官舍借观。

【解题】

本文作于元符三年（1100）七月。

跋张广州书

张广州与妹仁寿夫人书云："广州真珠香药极有，亦有闲钱，但忝市舶使，不欲效前人自污尔。有唐三百年，惟宋璟、卢奂、李朝隐治广以廉洁称，吾宋无闻焉。方作钦贤堂，绘古之清刺史，日夕思仰之，吾妹贤而知理，必喜闻也。"洁廉，哲人之细事也，而古今边患常生于贪。守边得廉吏，则夷夏人安，岂细事哉。张说作《宋璟遗爱碑》，其文曰："昆仑宝兮四海财，几万里兮岁一来。"《书》曰："不宝远物，则远人格。"盖致远莫若廉。使张公久于帅广，如四海之物，皆可致也。呜呼！元符三年七月十一日。

【解题】

本文作于廉州，推崇廉洁的官品。张广州，名田，字公载，熙宁初年知广州，为人伉直，有清廉之名。

题自作字

东坡平时作字，骨撑肉，肉没骨，未尝作此瘦妙也。宋景文公自名其书铁线。若东坡此帖，信可谓云尔已矣。元符三年九月二十四日，游三州岩回，舟中书。

【解题】

苏轼字体一贯较为肥腴，故对自己所作瘦体字甚感惊奇。

书石曼卿诗笔后

范文正公《祭曼卿文》，其略曰："曼卿之才，大而无媒。不登公卿，善人是哀。曼卿之诗，气豪而奇。大爱杜甫，酷能似之。曼卿之笔，颜筋柳骨。散落人间，宝为神物。曼卿之心，浩然无机。天地一醉，万物同归。不见曼卿，忆兮如生，希世之人，死为神明。"方此时，世未有言曼卿为神仙事。后十余年，乃有芙蓉之说，不知文正公偶然之言乎，抑亦有以知之也？元符三年十月十六日书。

【解题】

石延年，字曼卿，工诗善书，为文劲健，官至太子中允，与欧阳修为至交。身后，好事者传为芙蓉城主。

书王公《峡中诗刻》后

轼蜀人，往来古信州，山川草木，可以默数。老病流落，无复归日，冥蒙奄霭，时发于梦想而已。庚辰岁，蒙恩移永州，过南海，见部刺史王公进叔，出先太尉峡中石刻诸诗，反复玩味，则赤甲、白盐、滟滪、黄牛之状，凛然在人目中矣。十月十六日轼书。

【解题】

本文作于元符三年（1100）十月。文中流露出思乡之情。

跋咸通湖州刺史牒

唐人以身言书判取士，故人人能书。此牒近时待诏所不及，况州镇书史乎？元符三年十月十六日。

【解题】

本文作于羊城。

书《罗汉颂》后

佛弟子苏轼自海南还，道过清远峡宝林寺，敬颂禅月所画十八大阿罗汉。元符三年十一月十四日。

【解题】

苏轼晚年寄心佛理，故自称佛弟子。宝林寺，在广州境。

书冯祖仁父诗后

国家承平百余年，岭海间学者彬彬出焉。时余襄公既没，未有甚显者，岂张九龄、姜公辅独出于唐乎？真阳冯氏，多贤有文者。河源令齐参祖仁出其先君子诗七篇，灿然有唐人风，方知祖仁之贤，盖有自云。元符三年十二月十九日。

书程全父诗后

读其诗，知其为君子，如天侔岂易得哉？予识之于罪谪之中，不独无以发扬其人，适足以污累之。乃书以属过子，善藏之，异时必有知此子者。元符三年十二月日。

【解题】

此两文皆赏其诗而赞其人。

跋陈隐居书

陈公密出其祖隐居先生之书相示。轼闻之，蔡君谟先生之书，如三公被兖冕立玉墀之上。轼亦以为学先生之书，如马文渊所谓学龙伯高之为人也。书法备于正书，溢而为行、草，未能正书而能行、草，犹未尝庄语而辄放言，无是道也。

【解题】

本文论学书当以正书为本，作于元符三年（1100）十二月。

书《秦少游挽词》后

庚辰岁六月二十五日，予与少游相别于海康，意色自若，与平日不少异。但自作挽词一篇，人或怪之。予以谓少游齐死生，了物我，戏出此语，无足怪者。已而北归，至藤州，以八月十二日，卒于光化亭上。呜呼，岂亦自知当然者耶，乃录其诗云。

【解题】

本文作于元符三年（1100）。文中追记与少游相别及其自作挽词之事，对少游之死表达了惋惜和哀悼。

跋《石钟山记》后

钱唐、东阳皆有水乐洞，泉流空岩中，皆自然宫商。又自灵隐下天竺而上至上天竺，溪行两山间，巨石磊磊如牛羊，其声空礧然，真若钟声，乃知庄生所谓天籁者，盖无所不在也。建中靖国元年正月五日，自海南还，过南安，司法掾吴君示旧所作《石钟山记》，复书其末。

【解题】

本文作于建中靖国元年（1101）正月。文章记山涧水流。略为点染、设喻，则其妙处全出，文笔十分老到。

书苏养直诗

“属玉双飞水满塘，菰蒲深处浴鸳鸯。白蘋满棹归来晚，秋着芦花一岸霜。”“扁舟系岸依林樾，萧萧两鬓吹华发。万事不理醉复醒，长占烟波弄明月。”此篇若置在太白集中，谁复疑其非也。乃吾宗养直所作《清江曲》云。建中靖国元年三月二日。

书秦少游词后

少游昔在处州，尝梦中作词云：“山路雨添花，花动一山春色。行到小溪深处，有黄鹂千百。飞云当面化龙蛇，夭矫转空碧。醉卧古藤阴下，了不知南北。”供奉官侬君沔居湖南，喜从迁客游，尤为吕元钧所称，又能诵少游事甚详。为余道此词，至流涕，乃录本使藏之。建中靖国元年三月二十一日。

【解题】

此二文记人、诗词，并加记事或评点。

跋所书《圜通偈》

轼迁岭海七年，每遇私忌，斋僧供佛，多不能如旧。今者北归，舟行豫章、彭蠡之间，遇先妣成国太夫人程氏忌日，复以阻风滞留，斋荐尤不严，且敬写《楞严经》中文殊师利法王所说《圜通偈》一篇，少伸追往之怀，行当过庐山，以施山中有道者。建中靖国元年四月八日书。

【解题】

四月八日为苏轼母亲程夫人忌日，苏轼为斋荐亡母而书《圜通偈》施舍与人。

题刘壮舆文编后

今日晨起，减衣，得头风病，然亦不甚也。取刘君壮舆文编读之，失疾所在。曹公所云，信非虚语。然陈琳岂能及君耶？建中靖国元年四月十二日书。

【解题】

本文以曹操称赞陈琳之事自比，以褒扬刘壮舆之文。

书王定国赠吴说帖　定国帖附前

定国吴砚，李文靖奉使江南得之。巩获于其孙，盖作风字样，收水处微损，以漆固之。子瞻作《清虚居士真赞》，取以为润笔。子瞻今去国万里，然与砚俱乎？绍圣乙亥春，至广陵，吴说以笔工得子瞻书吴砚铭，览之怅然。平生交游，十年升沉，惟子瞻为耐久。何日复相从，以砚墨纸笔为适也。王巩定国书。

去国八年，归见中原士大夫，皆用散毫作无骨字。买笔于市，皆散软一律。惟广陵吴说独守旧法。王定国谓往还中无耐久者，吴说笔工而独耐久，吾甚嘉之。建中靖国元年五月二十日，东坡居士书。

【解题】

本文赞吴说作笔，独守旧法，不趋流俗。

书《孟德传》后

子由书孟德事见寄。余既闻而异之，以为虎畏不惧己者，其理似可信。然世未有见虎而不惧者，则斯言之有无，终无所试之。

然曩余闻忠、万、云安多虎。有妇人昼日置二小儿沙上而浣衣于水者。虎自山上驰来，妇人仓皇沉水避之。二小儿戏沙上自若。虎熟视久之，至以首觝触，庶几其一惧，而儿痴，竟不知怪，虎亦卒去。意虎之食人，必先被之以威，而不惧之人，威无所从施欤？有言虎不食醉人，必坐守之，以俟其醒。非俟其醒，俟其惧也。有人夜自外归，见有物蹲其门，以为猪狗类也。以杖击之，即逸去。至山下月明处，则虎也。是人非有以胜虎，而气已盖之矣。

使人之不惧，皆如婴儿、醉人与其未及知之时，则虎畏之，无足怪者。故书其末，以信子由之说。

【解题】

苏辙所作《孟德传》记孟德避居华山，食草根果实，不惧猛兽。并论君子当无所畏惧，强者乃不敢侵。苏轼就此论再作引申，以无知小儿、醉者、不知者为喻，叙事生动有趣，形象逼真，说理浅显明白。此文及以下诸文皆不详作年。

题《蔡琰传》

刘子玄辨《文选》所载李陵与苏武书，非西汉文，盖齐、梁间文士拟作者也。予因悟陵与武赠答五言，亦后人所拟。今日读《列女传》蔡琰二诗，其词明白感慨，颇类世传木兰诗，东京无此格也。建安七子，犹涵养圭角，不尽发见，况伯喈女乎？又：琰之流离，必在父死之后。董卓既诛，伯喈乃遇祸。今此诗乃云为董卓所驱虏入胡，尤知其非真也。盖拟作者疏略，而范晔荒浅，遂载之本传，可以一笑也。

【解题】

本文证蔡琰诗二首为后人伪托之作。蔡琰，东汉蔡邕之女，为乱兵所掠，嫁匈奴左贤王，为曹操赎回。有《悲愤诗》一首，相传《胡笳十八拍》亦其所作。

书《单道开传》后

葛稚川与单道开皆西晋人，而没于东晋，又皆隐于罗浮。使稚川见道开，必有述焉。而《抱朴·内篇》皆不及道开。岂稚川化时，道开尚未至罗浮也？稚川乞岣嵝令游南海，遂入罗浮，按本传在升平三年以后，相去盖三十余年，必稚川先化也。绍圣元年九月，始予至罗浮，问山中人，则道开无复遗迹矣，亦不知石室所在。独书此《传》遗冲虚观道士邓守安，以备山中逸事。

【解题】

罗浮在广东省增城县东，山色奇秀，相传葛洪于此得道升仙。本文就罗浮史迹和本传相互发明，以明终究。葛稚川即葛洪。《单道开传》见《晋书》。

书渊明《孟府君传》后

陶渊明，孟嘉外孙，作嘉传云：“或问听丝不如竹，竹不如肉，何也？曰：渐近自然。”而今《晋书》乃云“渐近使之然”，则是闾里少年鄙语。虽至细事，然足以见许敬宗等为人。

【解题】

本文抨击任意歪曲历史的撰史者。许敬宗，唐人，掌修国史，记事阿曲，虚美隐恶，为人所鄙。

书《六一居士传》后

苏子曰：居士可谓有道者也。或曰：居士非有道者也。有道者，无所挟而安，居士之于五物，捐世俗之所争，而拾其所弃者也。乌得为有道乎？苏子曰：不然。挟五物而后安者，惑也。释五物而后安者，又惑也。且物未始能累人也，轩裳圭组，且不能为累，而况此五物乎？物之所以能累人者，以吾有之也。吾与物俱不得已而受形于天地之间，其孰能有之？而或者以为己有，得之则喜，丧之则悲。今居士自谓六一，是其身均与五物为一也。不知其有物耶，物有之也？居士与物均为不能有，其孰能置得丧于其间？故曰：居士可谓有道者也。虽然，自一观五，居士犹可见也。与五为六，居士不可见也。居士殆将隐矣。

【解题】

欧阳修晚年自号六一居士，其自作《六一居士传》云：“吾家藏书一万卷，集录三代以来金石遗文一千卷，有琴一张，有棋一局，而常置酒一壶，……以吾一翁，老于此五物之间，是岂不为‘六一’乎？”苏轼作本文以发挥物我一体、物我两忘之道家精神。

书黄鲁直《李氏传》后

无所厌离，何从出世？无所欣慕，何从入道？欣慕之至，亡子见父。厌离之极，焬鸡出汤。不极不至，心地不净。如饭中沙，与饭皆熟。若不含糊，与饭俱嚥。即须吐出，与沙俱弃。善哉佛子，作清净饭。淘米去沙，终不能尽。不如即用，本所自种。元无沙米，此米无沙。亦不受沙，非不受也，无受处故。

跋鲁直《李氏传》

李如埙之妹，既笄发病，见前世冤对，日夜笞之，遂归诚佛法。梦中见佛与受戒，平遣冤者。李因蔬食不嫁，黄鲁直为记，仆题其后云。

【解题】

此二文宣扬佛家因果报应思想。

题魏处士诗

昔年过洛，见李公柬之，言：“真宗东封还，处士杨朴上殿。

问：‘卿赴召时，尝有朋友作诗送行否?’朴对曰：‘无有，惟臣妻一绝。’上使诵之。朴不可。强之，乃曰：‘且休落魄贪杯酒，更莫猖狂爱咏诗。今日捉将官里去，这回断送老头皮。’上大笑，放还山。”因览魏野处士诗，偶复记之。

题杨朴妻诗

真宗东封还，访天下隐者，得杞人杨朴，能为诗。召封，自言不能。上问临行有人作诗送否？朴言：“无有。惟臣妻一绝云：‘且休落魄贪杯酒，更莫猖狂爱咏诗。今日捉将官里去，这回断送老头皮。’”上大笑，放还山，命其子一官就养。

余在湖州，坐作诗追赴诏狱，妻子送余出门，皆哭。无以语之，顾老妻曰：“子独不能如杨处士妻作一诗送我乎?”妻不觉失笑。予乃出。

又：昔年过洛，见李公柬之，言：杨朴妻赠行一绝。因览魏处士诗，偶复记之。

【解题】

此二文记杨朴妻作诗戒夫及自己就逮时以杨朴妻诗劝慰己妻事。文中显示了苏轼处危不惊，放旷洒脱的胸襟。

题鲍明远诗

舟中，读鲍明远诗，有字谜三首。飞泉仰流者，旧说是井字。一云乾之一九，只立无耦，坤之六二，宛然双宿，是桑字。一云头如刀，尾如钩，中间横广，四角六抽，右畔负两刃，左边属双牛，当是龜字也。

【解题】

鲍明远，南朝诗人，名照，以七言歌行体诗为长。

书渊明《乞食诗》后

渊明得一食，至欲以冥谢主人，此大类丐者口颊也。哀哉！哀哉！非独余哀之，举世莫不哀之也。饥寒常在身前，声名常在身后，二者不相待，此士之所以穷也。

书渊明《饮酒诗》后

《饮酒》诗云："客养千金躯，临化消其宝。"宝不过躯，躯化则宝已矣。人言靖节不知道，吾不信也。

题陶靖节《归去来辞》后

予久有陶彭泽赋《归去来辞》之愿而未能。兹复有岭南之命，料此生难遂素志。舟中无事，倚原韵用鲁公书法，为此长卷，不过暂舒胸中结滞，敢云与古人并驾寰区也耶！东坡居士轼并识。

书渊明《述史章》后

渊明作《述史九章》，《夷齐》、《箕子》盖有感而云。去之五百余载，吾犹知其意也。

书渊明《羲农去我久诗》

余闻江州东林寺，有陶渊明诗集，方欲遣人求之，而李江州忽送一部遗予，字大纸厚，甚可喜也。每体中不佳，辄取读，不过一篇，惟恐读尽，后无以自遣耳。

题渊明诗二首

一

陶靖节云："平畴返远风，良苗亦怀新。"非古之偶耕植杖者，不能道此语；非余之世农，亦不能识此语之妙也。

二

"秋菊有佳色，裛露掇其英。泛此无忧物，远我遗世情。一觞聊独进，杯尽壶自倾。日入群动息，飞鸟趋林鸣。啸傲东窗下，聊复得此生。"靖节以无事自适为得此生，则凡役于物者，非失此生耶？

题渊明《咏二疏》诗

此渊明《咏二疏》也。渊明未尝出，二疏既出而知返，其志一也。或以谓既出返，如从病得愈，其味胜于初不病，此惑者颠倒见耳。

题渊明《饮酒诗》后

“采菊东篱下，悠然见南山。”因采菊而见山，境与意会，此句最有妙处。近岁俗本皆作“望南山”，则此一篇神气都索然矣。古人用意深微，而俗士率然妄以意改，此最可疾。近见新开韩、柳集多所刊定，失真者多矣。

【解题】

上九文皆苏轼读陶渊明诗之感想。陶诗率皆守穷之作，亲近自然，冲淡醇厚，滋味隽永。这些皆与苏轼后半生处世之道、人生哲学及审美趣味相近，故深得苏轼喜爱。苏轼论陶诗“质而实绮，癯而实腴”，推崇备至，并作有大量和陶诗。上文中可见苏轼读陶诗每有会意处。

书《文选》后

五臣注《文选》，盖荒陋愚儒也。今日读嵇中散《琴赋》云：“间辽故音庳，弦长故徽鸣。”所谓庳者，犹今俗云敓声也，两手之间，远则有敓，故云“间辽则音庳。”徽鸣者，今之所谓泛声也，弦虚而不按，乃可泛，故云：“弦长则徽鸣”也。五臣皆不晓，妄注。又云：“《广陵》、《止息》，《东武》、《太山》。《飞龙》、《鹿鸣》，《鹍鸡》、《游弦》。”中散作《广陵散》，一名《止息》，特此一曲尔，而注云“八曲”。其他浅妄可笑者极多，以其不足道，故略之。聊举此，使后之学者，勿凭此愚儒也。五臣既陋甚，至于萧统亦其流耳。宋玉《高唐神女赋》，自“玉曰唯唯”以前皆赋，而统谓之序，大可笑。相如赋首有子虚、乌有、亡是三人论难，岂亦序耶？其他谬陋不一，聊举其一耳。

【解题】

本文驳正《文选》及五臣注之错误。

题杜子美《桤木诗》后

蜀中多桤木，读如敧仄之“敧”，散材也，独中薪耳。然易长，三年乃拱。故子美诗云：“饱闻桤木三年大，为致溪边十亩阴。”凡木所芘，其地则瘠。惟桤不然，叶落泥水中，辄腐，能肥田，甚于粪壤，故田家喜种之。得风，叶声发发，如白杨也。“吟风”之句，尤为纪实云。笼竹，亦蜀中竹名也。

【解题】

本文释杜甫诗。

跋退之《送李愿序》

欧阳文忠公尝谓晋无文章，惟陶渊明《归去来》一篇而已。余亦以谓唐无文章，惟韩退之《送李愿归盘谷》一篇而已。平生愿效此作一篇，每执笔辄罢，因自笑曰：“不若且放教退之独步。”

【解题】

韩愈所作《送李愿归盘谷序》推崇隐逸之风，文笔流丽，语态亲切，于激愤中寓旷达，颇与苏轼心性切合，故得其称赏。

题孟郊诗

孟东野作《闻角》诗云："似开孤月口，能说落星心。"今夜闻崔诚老弹《晓角》，始觉此诗之妙。

【解题】

本文言通过实际感受更能体会诗人妙处。

花蕊夫人《宫词》跋

熙宁五年，奉诏定秦楚蜀三家所献书可入馆者，令令史李希颜料理之，中有蜀花蕊夫人《宫词》，独斥去不取。予观其词甚奇，与王建无异。嗟乎，夫人当去古之时而能振大雅之余韵，没其传不可也。因录其尤者刻诸□，识者览之。东坡居士识。

【解题】

五代时蜀主王建、孟昶及南唐李后主妃皆称花蕊夫人。此花蕊夫人当指孟昶妃，曾效唐王建作宫词百首。苏轼对花蕊夫人宫词给予了很高的评价。

题欧阳公送张著作诗后

诗中虽不著岁月，有"厌京已弄春"之语。是则自洛还馆中未久，去夷陵之行无几矣。元祐六年，东坡居士观于汝南东阁。

【解题】

本文辨欧阳修送张著作诗之大概时间。

跋司马温公《布衾铭》后

士之得道者，视死生祸福，如寒暑昼夜，不知所择，而况膏粱脱粟文绣布褐之间哉！如是者，天地不能使之寿夭，人主不能使之贵贱。不得道而能若是乎？吾其敢以恭俭名之。仲尼以箪瓢得之颜子，余于温公亦云。

【解题】

司马温公即司马光。本文提倡安贫乐道的生活态度。

题柳耆卿《八声甘州》

世言柳耆卿曲俗，非也。如《八声甘州》云："霜风凄紧，关河冷落，残照当楼。"此语于诗句，不减唐人高处。

【解题】

柳耆卿，即北宋著名词人柳永。本文指出柳永词之雅洁处，评价极高。

书诸公送周梓州诗后

予自元祐之初，备位从官，日与正孺游。三年，予既有江海之意，而正孺亦慨然有归欤之叹，遂请梓州，得之。予时以诗送行，有"扫棠阴"、"踵画像"之语。

旋出领杭州二年，还朝，老病日加，方上章请郡，曰："正孺已及瓜矣，盍往代之，遂归老眉山乎？"或曰："不可，梓人之安正孺甚矣，其去正孺，如去父母，子其忍夺之?”乃止，不敢乞。梓人愿复借留正孺数年，诏许之。而大丞相吕公典领实录，见熙宁中正孺为御史时所言事，叹曰：“君子哉，斯人也。”因言于上，除正孺直秘阁。

士大夫以才能论议，取合一时可也，使人于十年之后，徐观其所为，心服而无异议，我亦无愧，难矣。正孺有书来，欲刻诸公送行诗于石，求予为跋尾，乃记所闻以遗之，且使梓人知予前诗卒章之意，未始一日忘也。

【解题】

本文备赞周正孺之人品、政绩，文章迂回曲折，跌宕多姿。

书诸公送凫绎先生诗后

凫绎先生既殁三十余年，轼始从其子复游，虽不识其人，而得其为人。先生为阆中主簿，以诗饯行者，凡二十余人，皆一时豪杰名胜之流。自景祐至今，凡四十余年，而凋丧殆尽，独张君宗益在耳。怀先生之盛德，想诸贤之遗烈，悼岁月之不居，感人事之屡变。故书其末，使后生想见其风流云耳。

【解题】

本文伤逝悼亡，有浓烈的悲凉情绪。

《晁君成诗集》序

达贤者有后，张汤是也。张汤宜无后者也。无其实而窃其名者无后，扬雄是也。扬雄宜有后者也。达贤者有后，吾是以知蔽贤者之无后也。无其实而窃其名者无后，吾是以知有其实而辞其名者之有后也。贤者，民之所以生也，而蔽之，是绝民也。名者，古今之达尊也，重于富贵，而窃之，是欺天也。绝民欺天，其无后不亦宜乎！故曰达贤者与有其实而辞其名者皆有后。吾常诵之云尔。

乃者官于杭，杭之新城令晁君君成讳端友者，君子人也。吾与之游三年，知其为君子，而不知其能文与诗，而君亦未尝有一语及此者。其后君既殁于京师，其子补之出君之诗三百六十篇。读之而惊曰：嗟夫！诗之指虽微，然其美恶高下，犹有可以言传而指见者。至于人之贤不肖，其深远茫昧难知，盖甚于诗。今吾尚不能知君之能诗，则其所谓知君之为君子者，果能尽知之乎？君以进士得官，所至民安乐之，惟恐其去。然未尝以一言求于人。凡从仕二十有三年，而后改官以没。由此观之，非独吾不知，举世莫之知也。

君之诗清厚静深，如其为人，而每篇辄出新意奇语，宜为人所共爱，其势非君深自覆匿，人必知之。而其子补之，于文无所不能，博辩俊伟，绝人远甚，将必显于世。吾是以益知有其实而辞其名者之必有后也。昔李郃为汉中候吏，和帝遣二使者微服入蜀，馆于郃，郃以星知之。后三年，使者为汉中守，而郃犹为候吏，人莫知之者。其博学隐德之报，在其子固。《诗》曰："岂弟君子，神所劳矣。"

【解题】

晁君成，名晁端友，曾任杭州新城令。其子晁补之，为苏门四学士之一。本文论晁君成为人为诗，言及其子补之，行文巧妙，过渡自然。

书《黄子思诗集》后

予尝论书，以谓钟、王之迹，萧散简远，妙在笔画之外；至唐颜、柳，始集古今笔法而尽发之，极书之变，天下翕然以为宗师，而钟、王之法益微。

至于诗亦然。苏、李之天成，曹、刘之自得，陶、谢之超然，盖亦至矣。而李太白、杜子美以英玮绝世之姿，凌跨百代，古今诗人尽废。然魏、晋以来高风绝尘，亦少衰矣。李、杜之后，诗人继作，虽间有远韵，而才不逮意，独韦应物、柳宗元发纤秾于简古，寄至味于澹泊，非余子所及也。唐末司空图，崎岖兵乱之间，而诗文高雅，犹有承平之遗风。其论诗曰："梅止于酸，盐止于咸。饮食不可无盐、梅，而其美常在咸、酸之外。"盖自列其诗之有得于文字之表者二十四韵，恨当时不识其妙，予三复其言而悲之。

闽人黄子思，庆历、皇祐间号能文者。予尝闻前辈诵其诗，每得佳句妙语，反复数四，乃识其所谓，信乎表圣之言，美在咸酸之外，可以一唱而三叹也。予既与其子几道、其孙师是游，得窥其家集，而子思笃行高志，为吏有异材，见于墓志详矣，予不复论，独评其诗如此。

【解题】

黄子思，名孝先，官至太常博士，通判石州，有诗三十卷。本文是体现苏轼诗歌美学思想的重要文章。所谓"发纤秾于简古，寄至味于澹泊"，即是提倡将纤细秾密的情思和醇厚悠远的韵味，寄托于平淡简朴、自然天成的语言之中。本文指点古人，激扬文字，气势豪逸，文笔恣肆，亦是文中妙品。

跋《荆溪外集》

玄学、义学，一也。世有达者，义学皆玄，如其不达，玄学皆义。近世学者以玄相高，习其径庭，了其度数，问答纷然，应诸无穷，至于死生之际一大事因缘，鲜有不败绩者。孔子曰："有鄙夫问于我，空空如也，我叩其两端而竭焉。"世无孔子，莫或叩之，故使鄙夫得挟其空空以欺世取名，此可笑也。荆溪居士作《传灯传》若干篇，扶奖义学，以救玄之弊。譬如牧羊然，视其后者而鞭之，无常羊也。

颜渊死，弟子无可与微言者。性与天道，自子贡不得闻，惟曾子信道笃学不仕，从孔子最久。师弟子答问，未尝不唯者。而曾子之唯，独记于《论语》，吾是以知孔子之妙传于一唯。枘凿相应，间不容发，一唯之外，口耳皆丧，而门人区区方欲问其所谓，此乃系风捕影之流，不足以实告者，悲夫。

【解题】

本文评论当时学风。疑自"颜渊死"以下另为一文。

书黄道辅《品茶要录》后

物有畛而理无方，穷天下之辩，不足以尽一物之理。达者寓物以发其辩，则一物之变，可以尽南山之竹。学者观物之极，而游于物之表，则何求而不得。故轮扁行年七十而老于斲轮，庖丁自技而进乎道，由此其选也。黄君道辅讳儒，建安人，博学能文，淡然精深，有道之士也。作《品茶要录》十篇，委曲微妙，皆陆鸿渐以来论茶者所未及。非至静无求，虚中不留，乌能察物之情如此其详哉？昔张机有精理而韵不能高，故卒为名医，今道辅无所发其辩，而寓之于茶，为世外淡泊之好，此以高韵辅精理者。予悲其不幸早亡，独此书传于世，故发其篇末云。

【解题】

本文褒扬黄道辅所作《品茶要录》精于事理，并称道他的淡泊高韵。本文说理精当，有举重若轻之妙。

田表圣奏议叙

故谏议大夫赠司徒田公表圣奏议十篇。呜呼！田公，古之遗直也。其尽言不讳，盖自敌以下受之，有不能堪者，而况于人主乎？吾是以知二宗之圣也。

自太平兴国以来，至于咸平，可谓天下大治，千载一时矣。而田公之言，常若有不测之忧，近在朝夕者，何哉？古之君子，必忧治世而危明主。明主有绝人之资，而治世无可畏之防。夫有绝人之资，必轻其臣；无可畏之防，必易其民。此君子之所甚惧也。方汉文时，刑措不用，兵革不试，而贾谊之言曰："天下有可长太息者，有可流涕者，有可痛哭者。"后世不以是少汉文，亦不以是甚贾谊。由此观之，君子之遇治世而事明主，法当如是也。谊虽不遇，而其所言略已施行，不幸早世，功烈不著于时。然谊尝建言，使诸侯王子孙各以次受分地，文帝未及用，历孝景至武帝，而主父偃举行之，汉室以安。今公之言，十未用五六也，安知来世不有若偃者举而行之欤。愿广其书于世，必有与公合者，此亦忠臣孝子之志也。

【解题】

田表圣，名锡，累官右谏议大夫，史馆修撰，以直言不讳著称。此文称赞田表圣的"尽言不讳"，表现了古代名臣的风范；认为为人臣者当常怀忧惧之心，方是忠臣本分。

书《石芝诗》后

中山教授马君，文登人也。盖尝得石芝食之，故作此诗，同赋一篇。目昏不能多书，令小儿执笔，独题此数字。

【解题】

本文记《石芝诗》之缘起。

跋蔡君谟《天际乌云诗卷》

“天际乌云含雨重，楼前红日照山明。嵩阳居士今何在？青眼看人万里情。”此蔡君谟《梦中》诗也。仆在钱塘，一日，谒陈述古。邀余饮堂前小阁中。壁上小诗一绝，君谟真迹也：“绰约新娇生眼底，侵寻旧事上眉尖。问君别后愁多少，得似春潮夜夜添。”又有人和云：“长垂玉箸残妆脸，肯为金钗露指尖。万斛闲愁何日尽，一分真态更难添。”二诗皆可观，后诗不知谁作也。

【解题】

本文录蔡襄二诗。

题李伯祥诗

眉山矮道士李伯祥好为诗，诗格亦不甚高，往往有奇语。如“夜过修竹寺，醉打老僧门”之句，皆可爱也。余幼时学于道士张易简观中，伯祥与易简往来，尝叹曰：“此郎君贵人也。”不知其何以知之。

【解题】

本文因李伯祥诗忆儿时事。

题鲜于子骏《八咏》后

始予过益昌，子骏始漕利路。其后八年，予守胶西，而子骏始移漕京东。

自朝廷更法以来，奉法之吏，尤难其人。刻意则伤民，宽厚则废法。二者其理难通，而山峡地瘠，民贫役重，其推行为尤难。子骏世家南隆，亲族故人，散处所部，以亲则害法，以法则伤恩，二者其势难全。是三难者萃于子骏，而子骏为之九年，其声蔼然，闻之四方。上不害法，下不伤民，中不废亲，自讲议措置至于立法定制，皆成于其手。吏民举欣欣然，而子骏亦自治园圃亭榭，赋诗饮酒，雍容有余，如异时为监司者。君子以是知其贤。

子骏以其所作《八咏》寄余。余甚爱其诗，欲作而不可及，乃书其末，以遗益昌之人，使刻于石，以无忘子骏之德。

【解题】

本文褒扬鲜于子骏的政绩，略露对“朝廷更法”之隐忧和不满。

题《和王巩六诗》后

仆文章虽不逮冯衍，而慨慷大节乃不愧此翁。衍逢世祖英睿好士，而独不遇，流离摈逐，与仆相似。而衍妻悍妒甚，仆少此一事，故有“胜敬通”之句。

【解题】

本文自浇块垒，为自己的身世抱不平。

题凤山诗后

杨君诗，殊有可观之言，长韵尤可喜，然求免于寒苦而不可得。悲夫，此道之不售于世也久矣。

【解题】

本文评杨君之诗，亦讥世人但求艳丽，不喜苦寒。

题《西湖诗卷》

昔余守杭州，时与客出游西湖之上，探奇揽胜，寄兴舒情，极登临之乐，盖十年于兹矣。追忆往事，宛然如昨，而客有慕想西湖之胜者，每从余问询，不能悉为酬应，乃录其心目中之最稔者，凡十有八首。漫缀数语，并附诗歌，间有问者，辄举以示之，使观者了然，亦可以当卧游也。东坡居士识。

其　一

西湖三面环山，中涵绿水，松排青嶂，草满平堤。泛舟湖中，迴环瞻视，水光山色，竞秀争奇，柳岸花汀，参差掩映。已而峰衔翠霭，月印波心，画舫徐牵，菱歌晚度，游人俨在画图中也。

水光潋滟晴方好，山色空濛雨亦奇。欲把西湖比西子，浓妆淡抹总相宜。

其　二

西湖春景，霁晓最宜，柳带朝烟，桃含宿雨，芳草沿堤，与湖流映碧，更见渔舟来往，令人疑入武陵桃源。

孤山寺北贾亭西，水面初平云脚低。几处早莺啼暖树，谁家新燕啄春泥。乱花渐欲迷人眼，浅草才能没马蹄。最爱湖东行不足，绿杨阴里白沙堤。乐天。

其　　三

西湖夏月，观荷最宜，风露舒凉，清香徐细，傍花浅酌，如对美人倩笑款话也。

毕竟西湖六月中，风光不与四时同。接天莲叶无穷碧，映日荷花别样红。

其　　四

西湖观月，秋爽最宜，烟波镜静，上云色□。渔灯依岸，山树霏微，万籁阒寂，景色清奇。

一望晴烟破瞑幽，湖天滟滟月初浮。旋携斗酒呼邻父，小有盘飧上钓舟。笛咽水龙中夜冷，杯摇河影万山秋。人间回首悲何事，欲览青山最上头。

其　　五

西湖赏雪，初霁最宜。或登天竺高顶及南北两峰，俯瞰城闉，远眺海岛，则大地山河，银溶汞结，而予以藐然稊米，凌厉刚风，恍欲羽化。次则放舟湖中，周览四山，若秋涛耸涌，璀璨乘飙，而玉树琪花，丽然夺目。

山迳晴光玉气浮，我来乘兴似王猷。桥迷䗖蝀高高耸，船压玻璃细细流。雪后未回花外棹，雨中曾唤柳阴舟。遥思寂寞春寒夜，一舸归来起白鸥。微之。

其　　六

孤山。岿界湖中，碧波环绕，胜绝诸山，楼阁参差，布满椒麓。

楼台耸碧岑，一径入湖心。不雨山常润，无云水自阴。断桥荒藓合，空院落花深。犹忆西窗月，钟声出北林。张裕。

其　七

断桥。去孤山最近，桥堤烟柳，露草芊绵，望如裙布。

望海楼明照曙霞，护江堤白踏晴沙。涛声夜入伍员庙，柳色春藏苏小家。红袖织绫夸柿带，青旗沽酒趁梨花。谁开湖寺西南路，草绿裙腰一带斜。

其　八

南高峰。秋晓之际，气爽景清，登高眺望，见远树平芜，烟消日出，湖山之景，悉在目前。

城南钟鼓斗清新，端为投荒洗瘴尘。总是镭空堂上客，谁为寂照镜中人。红芳归去风惊晓，绿叶成阴雨洗春。记取明年作寒食，杏花曾与此翁邻。

其　九

北高峰。石磴数百级，曲折三十六湾，群山屏列，湖水镜净，云光倒垂，万象在下，渔舟歌舫，若鸥凫出没烟波间。

扪萝百折上嶙峋，世界凡仙到此分。山朵岳莲来异域，孤撑天柱入层云。江湖府瞰杯中泻，钟磬回从地底闻。借问须弥□何处，老僧留客且论文。太虚。

其　十

飞来峰。高不逾数十丈，而怪石森立，青苍玉削，若骇豹蹲狮，笔立剑植，纵横偃仰，愈玩愈奇。上多异木，不假土壤，根生石外，矫若龙蛇，丹葩翠蕤，蒙罩丝络，烟雨雪月，四景尤佳。

何年移竺国，秀色发棱层。清极不知夏，虚中欲悟僧。树幽风气重，泉落乳花凝。犹忆烹茶处，闲来讬葛藤。

其十一

雷峰。居众山环抱处。每至夕照，掩映紫绿，变幻不可端倪。

中峰一径分，盘折上幽云。夕照前村见，秋涛隔岸闻。长松标古岸，疏竹动微曛。自爱苏门啸，怀贞事不群。

其十二

南屏山。峰峦耸秀，怪石玲珑，峻壁横坡，宛若屏障。

南屏高瞰府城西，画舸千艘共醉迷。四柱台边烟是幕，五花桥畔□连堤。龙檀咽路迎□隼，绮练登山汗粉题。暮色沉沉郛郭闭，宝灯辉映见天低。

其十三

三竺之胜，周回数十里，而岩壑尤美，空洞玲珑，莹拔清朗，如伏虬飞凤，层花柔萼，妍态怪状，种种胜绝。

挂席凌蓬丘，观涛憩□楼。三山动逸兴，五岳同遨游。天竺森在眼，松风飒惊秋。览云测变化，弄水穷清幽。叠嶂隔遥阍，当轩写□流。转成傲云月，佳气满兰洲。

其十四

右上天竺。

篱芳涧草合，繁绿岩树新。山深景候晚，四月有余春。竹寺过微雨，石径无纤尘。白衣一居士，方袍四道人。地是佛国土，人非俗□亲。城中山下别，相从亦殷勤。

其十五

右中天竺。

西南山最胜，一界是西天。上路依岩竹，分流入寺泉。蹑云丹井畔，望月石桥边。洞壑江声远，楼台海气连。塔明春岭雪，钟散暮桥烟。何处去犹恨，更看峰顶莲。

其十六

右下天竺。龙井林树幽古，泉源莹洁，峰峦围绕，花木朦胧，鸟韵樵歌，阘簷虚谷，相传有龙居焉。

眼底闲云乱不开，偶随麋鹿入云来。平生于物原无取，消受山中水一杯。辩才。

其十七

风篁岭。多苍筤筱簜，风韵凄清，林壑深幽，迥出尘壤。

日月转双毂，古今同一丘。惟此鹤骨老，凛然不知秋。去住两无碍，人天争挽留。去如龙出山，雷雨卷潭湫。来如珠还浦，鱼鳖争骈头。此生暂寄寓，常恐名实浮。我比陶令愧，师为远公优。送我还过溪，溪水当逆流。聊使此山人，永记二老游。大千在掌握，宁有别离忧。

其十八

耸翠楼。瑰丽峥嵘，掩映图画，俯瞰平湖，一碧万顷。柳汀花坞，历历栏槛间，亭榭翚飞，远近映带，游桡冶骑，菱歌渔唱，往往会于楼前。

峥嵘飞构压名邦，西望平湖东望江。气合重□蒙沆瀣，□标九域奠洪庞。朝来散雾□朱拱，衣□流星透碧窗。倚遍阑干愁目眩，飞鸢旋转故双双。少游。

【解题】

本文为阐释游西湖之诗而作，大抵描述四时山光湖色之景，语言优美而有韵味，可与诸诗相并读。

题与崔诚老诗

夜来一笑之欢，岂可多得，今日雪堂得无少寂寞耶？往安州玉泉一酌，果子少许，夜琴一弄，谁与者，莫是木上座否？小诗漫往。

题登望谼亭诗

仆在彭城大水后，登望谼亭，偶留此诗，已而忘之。其后，徐人有诵之者，徐思之，乃知其为仆诗也。

书和王晋卿题李伯时画马戏书李伯时画骏马好头赤次韵黄鲁直观李伯时画马后

此诗，余以元祐三年戊辰，任翰林学士，在贡举试院中作也。谪居惠州，无事，因书于卷末装池。轼。五月二日

奉和程正辅表兄一字韵诗跋

此诗幸勿示人，人不知吾侪游戏三昧，或以为诟病也。

自题别海南黎子云诗

新酿佳甚，求一具理，临行写此，以折菜钱。

题真一酒诗后

予作蜜酒，格味与真一相乱。每米一斗，用蒸饼面二两半，如常法取醅液，再入蒸饼面一两酿之。三日尝看，味当极辣且硬，且以二斗米炊饭投之，若甜软，则每投更入面与饼各半两。又二日，再投而熟，全在酿者斟酌损益也。入少水为妙。

题赠黎子云千文后

登临览观之乐，山川风物之美，将归老于故丘，布衣幅巾，从邦君于其上，酒酣乐作，援笔而赋之。以颂黎侯之遗爱，尚未晚也。轼。

自跋石恪《三笑图赞》

近于士人家，见石恪画此图，三人皆大笑，至于冠服衣履手足，皆有笑态。其后三小童，罔测所谓，亦复大笑。

世间侏儒观优。而或问其所见，则曰："长者岂欺我哉!"此画正类此。写呈钦之兄，想亦当捧腹绝倒，抚掌胡卢，冠缨索绝也。

【解题】

上八文皆题苏诗自作诗文。

书子由《超然台赋》后

子由之文，词理精确，有不及吾；而体气高妙，吾所不及。虽各欲以此自勉，而天资所短，终莫能脱。至于此文，则精确、高妙，殆两得之，尤为可贵也。

跋子由《栖贤堂记》后

子由作《栖贤堂记》，读之便如在堂中，见水石阴森，草木胶葛。仆当为书之，刻石堂上，且欲与庐山结缘，他日入山，不为生客也。

【解题】

此二文评苏辙文。

跋子由《老子解》后

昨日子由寄《老子新解》，读之不尽卷，废卷而叹。使战国时有此书，则无商鞅、韩非；使汉初有此书，则孔、老为一；晋、宋间有此书，则佛、老不为二。不意老年见此奇特。

【解题】

本文赞苏辙《老子新解》混一大道，为天下至理。

书秦少游《踏莎行词》后

少游已矣，虽万人莫赎。

【解题】

秦观卒于元符三年（1100），苏轼对此感到十分悲伤。秦观《踏莎行》末两句“郴江幸自绕郴山，为谁流下潇湘去”，最为苏轼钟爱。

书黄鲁直诗后二首

一

读鲁直诗，如见鲁仲连、李太白，不敢复论鄙事，虽若不入用，亦不无补于世也。

二

鲁直诗文，如蝤蛑、江瑶柱，格韵高绝，盘飧尽废，然不可多食，多食则发风动气。

【解题】

黄庭坚为苏门四学士之一，苏轼对其诗文甚为看重，此两文亦是奖掖之意。

跋黔安居士《渔父词》

鲁直作此词，清新婉丽。问其得意处。自言以水光山色，替却玉肌花貌。此乃真得渔父家风也。然才出新妇矶，又入女儿浦，此渔父无乃大澜浪乎？

【解题】

黄庭坚于绍圣二年（1095），以修《神宗实录》不实得罪，贬官涪州别驾，黔州安置，故号黔安居士。黄庭坚以诗名世，其词亦有可观。其作多艳词，后虽有改变，然仍多叙恋情，故苏轼有此评论。

跋《刘咸临墓志》

鲁直事佛谨甚，作《刘咸临墓志》。咸临不喜佛，而其父道原尤甚。道原之真茹荼、啮雪竹、折玉裂也，终身守之而不易，可不谓戒且定乎！予观范景仁、欧阳永叔、司马君实皆不喜佛，然其聪明之所照了，德力之所成就，皆佛法也。梁武帝筑浮山堰灌寿春以取中原，一夕杀数万人，乃以面牲供宗庙，得为知佛乎！以是知世之喜佛者未必多，而所不喜者未易少也。

【解题】

《刘咸临墓志》乃黄庭坚所撰。苏轼此文阐述有否佛性，非关是否遵从、喜爱佛家礼俗，而看自家心性、德力是否聪明高洁。本文显然是将佛法、佛性的概念扩大到世俗社会中了。

书《济众方》后

先朝值夷狄怀服，兵革寝息，而又体质恭俭，在位四十有二年，宫室苑囿无所益，故民无暴赋横徭而生齿岁登，垦田日广。至于法令则去苛惨、尚宽简，守令则进贤良、退贪残，牛酒以礼高年，粟帛以旌孝行，广惠以廪惸独，宽恤以省力役，除身丁之算，弛盐榷之令。用能导迎休祥，年谷登衍，其裕民之德，固已浃肌肤而沦骨髓矣。然犹慊然忧下民之疾疹无良剂以全济，于是诏太医集名方，曰《简要济众》。凡五卷，三册，镂板模印，以赐郡县，俾人得传录，用广拯疗，意欲锡以康宁之福，跻之仁寿之域。已而县与律令同藏，殆逾一纪，穷远之民，莫或闻知。圣泽壅而不宣，吏之罪也，乃书以方板，揭之通会。不独流传民间，痊痾愈疾，亦欲使人知上恩也。后之君子倘不以是为诮，岁一检案之，使无遗毁焉。

右具如前，须至榜示。

【解题】

本文为颁示《济众方》而作。文中颂扬了宋仁宗的德政，指责了一些地方官吏不使《济众方》利民的渎职行为。

书《珠子法》后

李公择见传如此，云得之丁一武官，缘感恩而传，必不妄。公择与轼，亦尝试之。

【解题】

珠子法，疑为一种健体却病之法。

跋张益孺《清净经》后

佛言作、止、任、灭，是谓四病。我言作、止、任、灭，是谓四法门。无尽居士若见法门，应无是语。

【解题】

本文阐发佛理。

题《僧语录》后

佛法浸远，真伪相半，寓言指物，大率相似。考其行事，观其临祸福死生之际，不容伪矣。而或者得戒神通，非我肉眼所能勘验，然真伪之候，见于言语。吾虽非夔、旷，闻弦赏音，粗知雅曲。子由欲吾书其文，为题其末。

【解题】

本文指出《僧语录》之意义。《僧语录》为苏辙所辑。

题晋人帖

唐太宗购晋人书，自二王以下，仅千轴。《兰亭》以玉匣葬昭陵，世无复见。其余皆在秘府。至武后时，为张易之兄弟所窃，后遂流落人间，多在王涯、张延赏家。涯败，为军人所劫，剥去金玉轴，而弃其书。余尝于李都尉玮处，见晋人数帖，皆有小印“涯”字，意其为王氏物也。有谢尚、谢鲲、王衍等帖，皆奇。而夷甫独超然如群鹤耸翅，欲飞而未起也。

【解题】

本文叙晋人诸帖流传情况，末句论夷甫笔势，用语尤妙。

题晋武书

昨日阁下见晋武帝书，甚有英伟气。乃知唐太宗书，时有似之。鲁君之宋，呼于垤泽之门，门者曰：“此非吾君也，何其声之似吾君也!”居移气，养移体，信非虚语矣。

【解题】

本文论帝王气象能在其书法作品中得到反映。

跋桓元子书

“蜀平，天下大庆，东兵安其理，当早一报此，桓子书。”“蜀平”，盖讨谯纵时也。仆喜临之。人间当有数百本也。

【解题】

桓温，字元子，东晋著名将军，官至大司马，《晋书》有传。

跋卫夫人书

此书近妄庸，人传作卫夫人书耳。晋人风流，岂尔恶耶?

题萧子云帖

萧子云尝答敕云：“臣昔不能赏拔，随时所贵，规模子敬，多历年所。年二十六，著《晋史》，至《二王列传》，欲作论学隶法，言不尽意，遂不能成。略指论飞白一事而已。十许年，乃见敕旨《论书》一卷，商略笔法，洞微字体，始变子敬，全范元常。逮迩以来，自觉功进。”文见《梁书》本传。今阁下法帖十卷中，有卫夫人与一僧书，班班取子云此文，其伪妄无疑也。

【解题】

此二文辨“卫夫人书”为伪作。萧子云，南朝梁人，善草隶，学钟繇、王羲之而微变其体，为时所重；著有《晋书》、《东宫新记》，本传见《梁书》、《南史》。

题二王书

笔成冢，墨成池，不及羲之即献之。笔秃千管，墨磨万铤，不作张芝作索靖。

题《逸少帖》

逸少为王述所困，自誓去官，超然于事物之外。尝自言："吾当卒以乐死。"然欲一游岷岭，勤勤如此，而至死不果。乃知山水游放之乐，自是人生难必之事，况于市朝眷恋之徒，而出山林独往之言，固已疏矣。

题《遗教经》

仆尝见欧阳文忠公，云："《遗教经》非逸少笔。"以其言观之，信若不妄。然自逸少在时，小儿乱真，自不解辨，况数百年后传刻之余，而欲必其真伪，难矣。顾笔画精稳，自可为师法。

书逸少《竹叶帖》

王逸少《竹叶帖》，长安水丘氏传宝之，今不知所在，三十年前，见其摹本于雷寿。

跋褚薛临帖

王会稽父子书存于世者，盖一二数。唐人褚、薛之流，硬黄临放，亦足为贵。

【解题】

以上诸文皆有关王羲之书法作品。王羲之，字逸少，晋代著名书法家，其作品深为苏轼推崇。

题《笔阵图》 王晋卿所藏

笔墨之迹，讬于有形，有形则有弊。苟不至于无，而自乐于一时，聊寓其心，忘忧晚岁，则犹贤于博弈也。虽然，不假外物而有守于内者，圣贤之高致也。惟颜子得之。

题颜公书画赞

颜鲁公平生写碑，惟东方朔画赞为清雄，字间栉比，而不失清远。其后见逸少本，乃知鲁公字字临此书，虽小大相悬，而气韵良是。非自得于书，未易为言此也。

题鲁公帖

观其书，有以得其为人，则君子小人必见于书。是殆不然。

以貌取人，且犹不可，而况书乎？吾观颜公书，未尝不想见其风采，非徒得其为人而已，凛乎若见其诮卢杞而叱希烈，何也？其理与韩非窃斧之说无异。然人之字画工拙之外，盖皆有趣，亦有以见其为人邪正之粗云。

【解题】

上文皆论颜真卿书法。

跋怀素帖

怀素书极不佳，用笔意趣，乃似周越之险劣。此近世小人所作也，而尧夫不能辨，亦可怪矣。

【解题】

本文论怀素书法，并指出所见之帖为伪作。怀素，唐代僧人，著名书法家，以狂草出名，继承张旭笔法，世称“颠张狂素”。

跋胡霈然书匣后

唐文皇好逸少书，故其子孙及当时士人，争学二王笔法。至开元、天宝间尤盛，而胡霈然最为工妙，以宗盟覆有家藏也。

【解题】

本文论胡霈然书法得王羲之笔法。

辨法帖

辨书之难，正如听响切脉，知其美恶则可，自谓必能正名之者，皆过也。今官本十卷法帖中，真伪相杂至多。逸少部中有“出宿饯行”一帖，乃张说文。又有“不具释智永白”者，亦在逸少部中，此最疏谬。余尝于秘阁观墨迹，皆唐人硬黄上临本，惟鹅群一帖，似是献之真笔。后又于李玮都尉家，见谢尚、王衍等数人书，超然绝俗。考其印记，王涯家本。其他但得唐人临本，皆可蓄。

辨官本法帖

此卷有云：“伯赵鸣而戒晨，爽鸠习而扬武。”此张说送贾至文也。乃知法帖中真伪相半。

疑二王书

梁武帝使殷铁石临右军书，而此帖有与铁石共书语，恐非二王书。字亦不甚工，览者可细辨也。

题逸少书三首

一

此卷有永“足下还来”一帖。其后云：“不具释智永白”，而云逸少书，余观其语云：“谨此代申”。唐末以来，乃有此等语，而书至不工，乃流俗伪造永禅师书耳。

二

逸少谓此郡难治，云：“吾何故舍逸而就劳。”当是为怀祖所检察耳。

三

兰亭、乐毅东方先生三帖，皆妙绝，虽摹写屡传，犹有昔人用笔意思，比之《遗教经》，则有间矣。元丰二年上巳日写。

题子敬书

子敬虽无过人事业，然谢安欲使书宫殿榜，竟不敢发口，其气节高逸，有足嘉者。此书一卷，尤可爱。

题卫夫人书

卫夫人书既不甚工，语意鄙俗，而云：“奉敇”。“敇”字从力，“馆”字从舍，皆流俗所为耳。

题山公启事帖

此卷有山公《启事》，使人爱玩，尤不与他书比。然吾尝怪山公荐阮咸之清正寡欲，咸之所为，可谓不然者矣。意以谓心迹不相关，此最晋人之病也。

题卫恒帖

恒，卫瓘子。本传有《论书势》四篇，其词极美，其后与瓘同遇害云。

题唐太宗帖

太宗慷暴如此，至于妻子间，乃有“忌欲均死”之语，固牵于爱者也。

题萧子云书

唐太宗评萧子云书云：“行行如纡春蚓，字字若绾秋蛇。”今观其遗迹，信虚得名耳。

跋庾征西帖

吴道子始见张僧繇画，曰：“浪得名耳。”已而坐卧其下，三日不能去。庾征西初不服逸少，有家鸡野鹜之论，后乃叹其为伯英再生。今观其石，乃不逮子敬远甚，正可比羊欣耳。

题法帖二

一

“宰相安和，殷生无恙。”宰相当是简文帝，殷生即浩也耶？

二

杜庭之书，为世所贵重，乃不编入，何也？

【解题】

以上诸文皆题于官本法帖，或辨其真伪，或评论书家、作品，颇能显示苏轼在书法艺术上的造诣。法帖，当指淳化阁帖，宋太宗淳化三年，王著奉敕集秘阁所藏历代法书刻板制成。

跋杜祁公书

正献公晚乃学草书，遂为一代之绝。公书政使不工，犹当传世宝之，况其清闲妙丽，得昔人风气如此耶？

【解题】

杜祁公即杜衍，曾任宋宰相，封为祁国公，谥正献。杜衍善书，正、行、草皆有法度，为世所宝。

书章郇公写《遗教经》

章文简公楷法尤妙，足以见前人笃实谨厚之余风也。

【解题】

章郇公即章得象，字希言，历任宋廷重职，庆历间封郇国公，初谥为文宪，皇祐中改谥文简。

跋杨文公与王魏公帖

夜得一士，旦而告人，察其情若喜不寐者。蒋氏不知何从得之，在其孙彝处也。

世言文公为魏公客，公经国大谋，人所不知者，独文公得与。观此帖，不特见文公好贤乐士之急，旦得一士，必亟告之，其补于公者，固亦多矣。片纸折封，尤见前人至诚相与，简易平实，不为虚文，安得复有隐情不尽不得已而苟从者，皆可为后法也。

【解题】

本文赞扬杨文公好贤乐士，尽心为国。

跋君谟飞白

物一理也，通其意，则无适而不可。分科而医，医之衰也，占色而画，画之陋也。和、缓之医，不别老少，曹、吴之画，不择人物。谓彼长于是则可也，曰能是不能是则不可。世之书篆不兼隶，行不及草，殆未能通其意者也。如君谟真、行、草、隶，无不如意，其遗力余意，变为飞白，可爱而不可学，非通其意，能如是乎？

跋君谟书赋

余评近岁书，以君谟为第一，而论者或不然，殆未易与不知者言也。书法当自小楷出，岂有正未能而以行、草称也？君谟年二十九而楷法如此，知其本末矣。

跋 君 谟 书

仆论书以君谟为当世第一，多以为不然，然仆终守此说也。

【解题】

上三文皆评蔡襄书法。

跋欧阳文忠公小草

文忠小草《秋声赋》、《归雁亭诗》，当为希世珍藏，而思仲乃得之老人家箱箧间，以苴藉线纩者。荆山之人，以玉抵鹊，非虚言也。

跋欧阳文忠公书

欧阳文忠公用尖笔乾墨，作方阔字，神采秀发，膏润无穷。后人观之，如见其清眸丰颊，进趋裕如也。

跋陈氏欧帖

承示近文，只如此作便得也。但古诗中时复要一联封属，尤见工夫，并门当因书言去。昔选人有陈奇者，举主十六人，仁宗见其未尝历选调，特旨不改官，以戒驰骛者。初官亦少安之。

右陈敏善所藏欧公帖。轼闻公之幼子季默编公之笺牍为一集。此数帖，尤有益于世者，当录以寄季默也。

跋欧阳文忠公书

贺下不贺上，此天下通语。士人历官一任，得外无官谤，中无所愧于心，释肩而去，如大热远行，虽未到家，得清凉馆舍，一解衣漱濯，已足乐矣。况于致仕而归，脱冠珮，访林泉，顾平生一无可恨者，其乐岂可胜言哉！余出入文忠门最久，故见其欲释位归田，可谓切矣。他人或苟以藉口，公发于至情，如饥者之念食也。顾势有未可者耳。观与仲仪书，论可去之节三，至欲以得罪、病告去。君子之欲退，其难如此，可以为欲进者之戒。

题欧阳帖

欧阳公书，笔势险劲，字体新丽，自成一家。然公墨迹自当为世所宝，不待笔画之工也。文忠公得谢，其喜如此。以是知士非进身之难，乞身之难也。

【解题】

以上五文皆就欧阳修墨迹，或加评论，或抒发感想。

跋王荆公书

荆公书得无法之法，然不可学，学之则无法。故仆书尽意作之似蔡君谟，稍得意似杨风子，更放似言法华。

【解题】

本文论王安石书法，评价颇高，毫无偏见。

书《篆髓》后

荥阳郑惇方，字希道，作《篆髓》六卷，《字义》一篇。凡古今字说，班、扬、贾、许、二李、二徐之学，其精者皆在。间有未尽，傅以新意，然皆有所考本，不用意断曲说，其疑者盖阙焉。凡学术之邪正，视其为人。郑君信厚君子也，其言宜可信。

余尝论学者之有《说文》，如医之有《本草》，虽草木金石，各有本性，而医者用之，所配不同，则寒温补泻之效，随用各别。而自汉以来，学者多以一字考经，字同义异，皆欲一之，雕刻采绘，必成其说。是以六经不胜异说，而学者疑焉。孔子曰："夫闻也者，色取仁而行违，居之不疑。"则闻为小人。而《诗》曰："允矣君子，展也大成。之子于征，有闻无声。"则闻为君子。又曰："君子周而不比。"则比为恶。而《易》曰："地上有水，比以建万国亲诸侯。"则比为善。有子曰："知和而不和，不以礼节之，亦不可行也。"则所谓和者，同而已矣。而孔子曰："君子和而不同。"若此者多矣。丧欲速贫，死欲速朽，此以八字成文，然犹不可一，曰言各有当也，而况欲以一字一之耶？余爱郑君之学简而通，故私附其后。

【解题】

《篆髓》是郑惇方所作之文字学著作，苏轼对《篆髓》所取得的成绩表示赞赏；同时，苏轼也表达了自己的文字学观点，认为古字往往一字多义，而汉以来之经学家为求一字一义而不惜削足适履，结果导致异说纷纭。

跋文与可论草书后

余学草书凡十年，终未得古人用笔相传之法，后因见道上斗蛇，遂得其妙。乃知颠、素之各有所悟，然后至于此耳。

留意于物，往往成趣。昔人有好草书，夜梦则见蛟蛇纠结。数年，或昼日见之，草书则工矣，而所见亦可患。与可之所见，岂真蛇耶，抑草书之精也？予平生好与与可剧谈大噱，此语恨不令与可闻之，令其捧腹绝倒也。

跋王晋卿所藏《莲华经》　经七卷如箸粗

凡世之所贵，必贵其难。真书难于飘扬，草书难于严重，大字难于结密而无间，小字难于宽绰而有余。今君所藏，抑又可珍，卷之盈握，沙界已周，读未终篇，目力可废，乃知蜗牛之角可以战蛮触，棘刺之端可以刻沐猴。嗟叹之余，聊题其末。

【解题】

以上二文皆是苏轼关于书法理论的见解，涉及书法本体、创作、灵感、字体规律等诸方面问题，皆要言不繁，一针见血，是苏轼对书法艺术的又一重要贡献。

题 醉 草

吾醉后能作大草，醒后自以为不及。然醉中亦能作小楷，此乃为奇耳。

题七月二十日帖

江左僧宝索靖七月二十日帖。仆亦以是日醉书五纸。细观笔迹，与二妙为三，每纸皆记年月。是岁熙宁十年也。

跋所书《清虚堂记》

世多藏予书者，而子由独无有。以求之者众，而子由亦以余书为可以必取，故每以与人不惜。昔人求书法，至拊心呕血而不获，求安心法，裸雪没腰，仅乃得之。今子由既轻以余书予人可也，又以其微妙之法言不待愤悱而发，岂不过哉！然王君之为人，盖可与言此者。他人当以余言为戒。

自书《庄子》二则跋

南窗无事，因偶书《南华》二则。轼。

跋草书后

仆醉后，乘兴辄作草书十数行，觉酒气拂拂，从十指间出也。

竹枝自题

云阳友旧最善墨竹，与仆别几岁月矣。余在钱塘，邀于长青阁小饮，作此竹枝奉赠，不知云阳以为何如也。

【解题】

以上六文皆苏轼评自己书画，语多自信，颇见豪气。

题李十八《净因杂书》

刘十五论李十八草书，谓之鹦哥娇。意谓鹦鹉能言，不过数句，大率杂以鸟语。十八其后稍进，以书问仆，近日比旧如何？仆答云："可作秦吉了也。"然仆此书自有"公在乾侯"之态也。子瞻书。

【解题】

秦吉了，鸟名，《旧唐书·音乐志》谓其"能言，无不通"。苏轼以此表扬李十八书法已成气候，可自由挥洒。李十八即李公择，刘十五即刘贡父，皆苏轼好友。

跋秦少游书

少游近日草书，便有东晋风味，作诗增奇丽。乃知此人不可使闲，遂兼百技矣。技进而道不进，则不可，少游乃技道两进也。

跋鲁直为王晋卿小书尔雅

鲁直以平等观作欹侧字，以真实相出游戏法，以磊落人书细碎事，可谓三反。

跋黄鲁直草书

草书只要有笔，霍去病所谓不至学古兵法者为过之。鲁直书。

去病穿城蹋鞠，此正不学古兵法之过也。学即不是，不学亦不可。子瞻书。

题陈履常书

此书既以遗荆州李翘叟，继而亡其本。后从翘叟借来誊本，辄为役夫盗去，卖与龙安寺千部院僧。盗事觉，追取得之，后归翘叟。翘叟屡来索此卷，云："恐为人盗去。"予谓不然，乃果见盗。夫不疑于物，物亦诚焉。翘叟一动其心，遂果致盗。孔子曰：“苟子之不欲，虽赏之不窃。”诚然哉！

【解题】

上文论门人书法。末文言李翘叟心动招贼，颇有趣。

跋柳闳《楞严经》后

众生当以是时度，佛菩萨则现是身，身无实相，然必现是，意其所入者易也。《楞严》者，房融笔受，其文雅丽，于书生学佛者为宜。吾甥柳辟，孝弟夙成，自童子能为文，不幸短命。其兄闳为手写此经。闳既已识佛意，则辟亦当冥受其赐矣。

书孙元忠所书《华严经》后

余闻世间凡富贵人及诸天龙鬼神具大威力者，修无上道难，造种种福业易。所发菩提心，旋发旋忘，如饱满人，厌弃饮食。所作福业，举意便成，如一滴水，流入世间，即为江河。是故佛说此等，真可畏怖，一念差失，万劫堕坏。一切龙服，地行天飞，佛在依佛，佛成依僧，皆以是故。维镇阳平山子龙，灵变莫测，常依觉实，二大比丘。有大檀越，孙温靖公，实能致龙，与相宾友。曰雨曰霁，惟公所欲。公之与此，二大比丘，及此二龙，必同事佛，皆受佛记。故能于未来世，各以愿力，而作佛事。观公奏疏，本欲为龙作庙，又恐血食，与龙增业，故上乞度僧，以奉祠宇。公之爱龙，如爱其身，只令作福，不令造业。若推此心，以及世间，待物如我，待我如物。予知此人，与佛无二，觉既圆寂，公亦弃世。其子元忠，为公亲书《华严经》八十卷，累万字，无有一点一画，见怠堕相。人能摄心，一念专静，便有无量感应。而元忠此心尽八十卷，终始若一。予知诸佛，悉已见闻，若以此经，置此山中，则公与二士若龙，在在处处，皆当相见。共度众生，无有穷尽，而元忠与予，亦当与焉。

《金刚经》跋尾

闻昔有人，受持诸经，摄心专妙。常以手指，作捉笔状。于虚空中，写诸经法。是人去后，此写经处，自然严净，雨不能湿。凡见闻者，孰不赞叹，此希有事。有一比丘，独拊掌言，惜此藏经，止有半藏。乃知此法，有一念在，即为尘劳。而况可以，声求色见。今此长者，谭君文初，以念亲故，示人诸相。取黄金屑，书《金刚经》，以四句偈，悟入本心。灌流诸根，六尘清净。方此之时，不见有经，而况其字。字不可见，何者为金。我观谭君，孝慈忠信，内行纯备。以是众善，庄严此经，色相之外，炳然焕发。诸世间眼，不具正见，使此经法，缺陷不全。是故我说，应如是见。东坡居士，说是法已，复还其经。

【解题】

上文皆嘉许人手书佛经，向佛从善。

题洋川公家藏古今画册

高堂素壁，无舒卷之劳；明窗净几，有坐卧之安。

【解题】

本文赞洋川公藏画之养浩堂便于观赏，语极简洁、工整。

书李将军《三骏马图》

唐李将军思训作《明皇摘瓜图》。嘉陵山川，帝乘赤骠，起三骏，与诸王及嫔御十数骑，出飞仙岭下，初见平陆，马皆若惊，而帝马见小桥作徘徊不进状，不知三骏谓何？后见岑嘉州诗，有《卫节度赤骠歌》云："赤髯胡雏金剪刀，平明剪出三骏高。"乃知唐御马多剪治，而三骏其饰也。

【解题】

李思训，字建，唐著名画家，善山水树石，笔致遒劲，金碧辉煌。后人画着色山水多取其法。本文描述《明皇摘瓜图》，并解"三骏"为何物。

题李伯时临刘商《观弈图》

余所藏刘商《观弈图》，由唐迄今二百年，绢素剥烂，粉墨萧瑟，伯时为余临之，茅君篆勒之，皆绝笔也。噫，刘商之画，非伯时则失其真；伯时之笔，非茅生则不能寿。茅生之名，岂以余言而遂传欤！眉阳苏轼谨题。

李伯时画像跋

初，李伯时画予真，且自画其像，故赞云"殿以二士"。已而黄鲁直与家弟子由皆署语其后，故伯时复写二人，而以葆光为导，皆山中人也。轼书。

书李伯时《山庄图》后

或曰："龙眠居士作《山庄图》，使后来入山者信足而行，自得道路，如见所梦，如悟前世。见山中泉石草木，不问而知其名；遇山中渔樵隐逸，不名而识其人，此岂强记不忘者乎？"曰："非也。画日者常疑饼，非忘日也。醉中不以鼻饮，梦中不以趾捉，天机之所合，不强而自记也。居士之在山也，不留于一物，故其神与万物交，其智与百工通。虽然，有道有艺，有道而不艺，则物虽形于心，不形于手。吾尝见居士作华严相，皆以意造，而与佛合。佛菩萨言之，居士画之，若出一人，况自画其所见者乎？"

跋李伯时《卜居图》

定国求余为写杜子美《寄赞上人诗》，且令李伯时图其事，盖有归田意也。余本田家，少有志丘壑，虽为搢绅，奉养犹农夫。然欲归者盖十年，勤请不已，仅乃得郡。士大夫逢时遇合，至卿相如反掌，惟归田古今难事也。定国识之。吾若归田，不乱鸟兽，当如陶渊明。定国若归，豪气不除，当如谢灵运也。

跋李伯时《孝经图》

观此图者，易直子谅之心，油然生矣。笔迹之妙，不减顾、陆。至第十八章，人子之所不忍者，独寄其仿佛。非有道君子不能为，殆非顾、陆之所及。

【解题】

李公麟，字伯时，晚年号龙眠居士。喜绘山水佛像，多用白描，称宋画第一。苏轼与李公麟同时，文中多借其画意抒发自己的山林之思。

跋赵云子画

赵云子画笔略到而意已具，工者不能。然托于椎陋以戏侮来者，此柳下惠之不恭，东方朔之玩世，滑稽之雄乎？或曰："云子盖度世者。"蜀人谓狂云犹曰风云耳。

跋艾宣画

金陵艾宣画翎毛花竹，为近岁之冠。既老，笔迹尤奇，虽不复精匀，而气格不凡。今尚在，然眼昏不能复运笔矣。尝见此物，各为赋一首云。

【解题】

此二文简介画家赵云子和艾宣。

跋《摘瓜图》

元稹《望云骓歌》云："明皇当时无此马，不免骑驴来幸蜀。"信如稹言，岂有此权奇蹀躞与嫔御摘瓜山谷间如思训之图乎？然禄山之乱，崔图在蜀，储设甚备，骑驴当时虚语耳。

【解题】

《摘瓜图》，唐李思训作。

五　赠序

稼　　说　送张琥

曷尝观于富人之稼乎？其田美而多，其食足而有余。其田美而多，则可以更休，而地方得完。其食足而有余，则种之常不后时，而敛之常及其熟。故富人之稼常美，少秕而多实，久藏而不腐。今吾十口之家，而共百亩之田，寸寸而取之，日夜以望之，锄耰铚艾，相寻于其上者如鱼鳞，而地力竭矣。种之常不及时，而敛之常不待其熟，此岂能复有美稼哉？

古之人，其才非有以大过今之人也，其平居所以自养而不敢轻用以待其成者，闵闵焉如婴儿之望长也。弱者养之以至于刚，虚者养之以至于充。三十而后仕，五十而后爵，信于久屈之中，而用于至足之后，流于既溢之余，而发于持满之末，此古之人所以大过人，而今之君子所以不及也。

吾少也有志于学，不幸而早得与吾子同年，吾子之得亦不可谓不早也。吾今虽欲自以为不足，而众且妄推之矣。呜呼，吾子其去此而务学也哉！博观而约取，厚积而薄发，吾告子止于此矣。子归过京师而问焉，有曰辙子由者，吾弟也，其亦以是语之。

【解题】

本文作于嘉祐八年（1063）十一月。文中以种庄稼为喻，论为学不能急于求成，而要日积月累，“博观而约取，厚积而薄发”，才能期于大成。

赠别王文甫

仆以元丰三年二月一日至黄州，时家在南都，独与儿子迈来。郡中无一人旧识者。时时策杖至江上，望云涛渺然，亦不知有文甫兄弟在江南也。

居十余日，有长而髯者，惠然见过，乃文甫之弟子辩。留语半日，云：“迫寒食，且归车湖。”仆送之江上，微风细雨，叶舟横江而去。仆登夏隩尾高丘以望之，仿佛见舟及武昌，乃还。尔后遂相往来。及今四周岁，相过殆百数，遂欲买田而老焉，然竟不遂。

近忽量移临汝，念将复去此而后期不可必，感物悽然，有不胜怀者。浮屠不三宿桑下，有以也哉。七年三月九日。

【解题】

本文是元丰七年（1084）三月将离黄州时作。文中写自己初来黄州之寂寞，以及王文甫兄弟给自己带来的安慰，充满了依恋之情。本文剪裁巧妙，只择初次会面，犹其是送子辩过江之情景，淡淡叙写，而情意绵绵，意境浓烈，感人至深。

送水丘秀才叙

水丘仙夫治六经百家说为歌诗，与扬州豪俊交游，头骨硗然，有古丈夫风。其出词吐气，亦往往惊世俗。予知其必有用也。仙夫其自惜哉！今之读书取官者，皆屈折拳曲，以合规绳，曾不得自伸其喙。仙夫耻不得为，将历琅玡，之会稽，浮沅湘，溯瞿塘，登高以望远，摇桨以泳深，以自适其适也。过予而语行。予谓古之君子，有绝俗而高，有择地而泰者，顾其心常足而已。坐于庙堂，君臣赓歌，与夫据槁梧击朽枝而声犁然，不知其心之乐奚以异也。其在穷也，能知舍；其在通也，能知用。予以是卜仙夫之还也，仙夫勉矣哉！若夫习而不试，往即而独后，则仙夫之屐可以南矣。

【解题】

本文对仙夫秀才的才学、品质极为称赞，对他游历以自适的处世之道表示理解，并仍寄希望其能为世所用。

送张道士叙

古者赠人以言，彼虽不吾乞，犹将发药也。盖未有不吾乞，而亦有待发药者。以吾友之贤，兹又奚乞？虽然，我反乞之曰：与吾友心肺之识，几三年矣，非同顷暂也。今乃别去，遂默默而已乎？抑不足教乎？岂无事于教乎？将周旋终始笼络盖遮有所惜乎？嗟仆之才，陋甚也，而吾友每过爱，岂信然乎？止于此可乎？抑容有未至当勉乎？自念明于处己，暗于接物，其不可，至死以不喜，故讥骂随之，抑足恤乎？将从从然与之合乎？身且老矣，家且穷矣，与物日忤，而取途且远矣，将明灭如草上之萤乎？浮沉如水中之鱼乎？陶者能圆而不能方，矢者能直而不能曲，将为陶乎？将为矢乎？山有蕨薇可羹也，野有麋鹿可脯也，一丝可衣也，一瓦可居也，诗书可乐也，父子兄弟妻孥可游衍也，将谢世路而适吾所自适乎？抑富贵声名以偷梦幻之快乎？行乎止乎？迟乎速乎？吾友其可教也，默默而已，非所望吾友也。

【解题】

本文以问句组成，颇为奇特。

送人序

士之不能自成，其患在于俗学。俗学之患，枉人之材，窒人之耳目，诵其师傅造字之语，从俗之文，才数万言，其为士之业尽此矣。夫学以明礼，文以述志，思以通其学，气以达其文。古之人道其聪明，广其闻见，所以学也；正志完气，所以言也。王氏之学，正如脱槧，案其形模而出之，不待修饰而成器耳，求为桓璧彝器，其可乎？

【解题】

本文疑有阙漏之处。文中对王安石之学表示了不满。

送钱塘僧思聪归孤山叙

天以一生水，地以六成之，一六合而水可见。虽有神禹，不能知其孰为一孰为六也。子思子曰："自诚明谓之性，自明诚谓之教。诚则明矣，明则诚矣，"诚明合而道可见。虽有黄帝、孔丘，不能知其孰为诚孰为明也。佛者曰："戒生定，定生慧。"慧独不生定乎？伶玄有言："慧则通，通则流。"是乌知真慧哉？醉而狂，醒而止，慧之生定，通之不流也审矣。故夫有目而自行，则褰裳疾走，常得大道。无目而随人，则车轮曳踵，常仆坑穽。慧之生定，速于定之生慧也。

钱塘僧思聪，七岁善弹琴；十二舍琴而学书，书既工；十五舍书而学诗，诗有奇语。云烟葱胧，珠玑的皪，识者以为画师之流。聪又不已，遂读《华严》诸经，入法界海慧。今年二十有九，老师宿儒，皆敬爱之。秦少游取《楞严》文殊语，字之曰闻复。使聪日进不止，自闻思修以至于道，则《华严》法界海慧，尽为蘧庐，而况书、诗与琴乎。虽然，古之学道，无自虚空入者。轮扁斫轮，伛偻承蜩，苟可以发其巧智，物无陋者。聪若得道，琴与书皆与有力，诗其尤也。聪能如水镜以一含万，则书与诗当益奇。吾将观焉，以为聪得道浅深之候。

【解题】

本文称赞僧人思聪见识高妙，并能由诗、书而入佛道，文章对思聪寄予很高的期望。

明　　正

世俗之患，患在悲乐不以其正，非不以其正，其所取以为正者非也。请借子以明其正。子之失官，有为子悲如子之自悲者乎？有如子之父兄妻子之为子悲者乎？子之所以悲者，惑于得也。父兄妻子之所以悲者，惑于爱也。惟不与于己者，则不惑亦不悲。

夫惑则悲，不惑则不悲，人宜以惑者为正欤，抑将以不惑者为正欤？以不惑者为正，则不悲者正也。然子亦有所乐者，曰：吾之所以为吾者，岂以是哉？虽失是，其所以为吾者犹存，则吾犹可乐焉已。而不乐，又从而悲之，则亦不忍夫天下之凡爱我者之悲而不释夫天下之凡恶我者之喜也。夫爱我而悲，恶我而喜，是知我之粗也。乐其所以为吾者存，是自知之深也。人不以自知之深为正，而以知我之粗者为正，是得为正也欤？故吾愿为子言其正。子将终身乐而不悲。《诗》云：“优哉游哉，聊以卒岁。”

【解题】

本文是作者为送别失官东归的于伋而作。文中论我之为我，在其本性。而不在于外物的得失。故以外物得失而悲喜，皆不是

“正”。此论针对于伋失官而发，有劝慰的意思。

太息一章送秦少章秀才

孔北海与曹公论盛孝章云：“孝章，实丈夫之雄者也。游谈之士，依以成声。今之少年喜谤前辈，或能讥评孝章，孝章要为有天下重名，九牧之人，所共称叹。”吾读至此，未尝不废书太息也。曰：嗟乎，英伟奇逸之士不容于世俗也久矣。虽然，自今观之，孔北海、盛孝章犹在世，而向之讥评者与草木同腐久矣。

昔吾举进士，试于礼部，欧阳文忠公见吾文，曰：“此我辈人也，吾当避之。”方是时，士以剽裂为文，聚而见讪，且讪公者所在成市。曾未数年，忽焉若潦水之归壑，无复见一人者，此岂复待后世哉。

今吾衰老废学，自视缺然，而天下士不吾弃，以为可以与于斯文者，犹以文忠公之故也。张文潜、秦少游此两人者，士之超逸绝尘者也，非独吾云尔。二三子亦自以为莫及也。士骇于所未闻，不能无异同，故纷纷之言，常及吾与二子，吾策之审矣。士如良金美玉，市有定价，岂可以爱憎口舌贵贱之欤？

少游之弟少章，复从吾游，不及期年，而论议日新，若将施于用者。欲归省其亲，且不忍去。呜呼，子行矣，归而求诸兄，吾何加焉。作《太息》一篇，以饯其行，使藏于家，三年而后出之。元祐五年正月廿五日。

【解题】

本文论英伟奇逸之士，常受世俗之人的讥谤，对此应置之不理。文中嘲笑了讥谤者，认为时间会把他们淘汰干净。秦少章，秦少游之弟。

六　传记

苏廷评行状

公讳序，字仲先，眉州眉山人，其先盖赵郡栾城人也。曾祖讳釿，祖讳祜，父讳杲，三世不仕，皆有隐德。自皇考行义好施，始有闻于乡里，至公而益著，然皆自以为不及其父祖矣。皇祖生于唐末，而卒于周显德。是时王氏、孟氏相继王蜀，皇祖终不肯仕。尝以事游成都，有道士见之，屏语曰："少年有纯德，非我莫知子。我能以药变化百物，世方乱，可以此自全。"因以面为蜡。皇祖笑曰："吾不愿学也。"道士曰："吾行天下，未尝以此语人，自以为至矣，子又能，不学，其过我远甚。"遂去，不复见。

公幼疏达不羁，读书，略知其大义，即弃去。谦而好施，急人患难，甚于为己，衣食稍有余，辄费用，或以予人，立尽。以此穷困厄于饥寒者数矣，然终不悔。旋复有余，则曰："吾固知此不能果困人也。"益不复爱惜。凶年鬻其田以济饥者，既丰，人将偿之。公曰："吾固自有以鬻之，非尔故也。"人不问知与不知，径与欢笑造极，输发府藏。小人或侮欺之，公卒不愠，人亦莫能测也。

李顺反，攻围眉州。公年二十有二，日操兵乘城。会皇考病没，而贼围愈急，居人相视涕泣，无复生意，而公独治丧执礼，尽哀如平日。太夫人忧甚，公强施解之曰："朝廷终不弃，蜀贼行破矣。"

庆历中，始有诏州郡立学，士欢言，朝廷且以此取人，争愿效职学中。公笑曰："此好事卿相以为美观耳。"戒子孙，无与人争入学。郡吏素暴苛，缘是大扰，公作诗并讥之。以子涣登朝，授大理评事。

庆历七年五月十一日终于家，享年七十有五。以八年二月某日葬于眉山县修文乡安道里先茔之侧。累赠职方员外郎。娶史氏夫人，先公十五年而卒，追封蓬莱县太君。生三子。长曰澹，不仕，亦先公卒。次曰涣，以进士得官，所至有美称，及去，人常思之，或以比汉循吏，终于都官郎中利州路提点刑狱。季则轼之先人讳洵，终于霸州文安县主簿。涣尝为阆州，公往视其规画措置良善，为留数日。见其父老贤士大夫，阆人亦喜之。晚好为诗，能自道，敏捷立成，不求甚工。有所欲言，一发于诗，比没，得数千首。女二人。长适杜垂裕，幼适石扬言。孙七人：位、佾、不欺、不疑、不危、轼、辙。

闻之，自五代崩乱，蜀之学者衰少，又皆怀慕亲戚乡党，不肯出仕。公始命其子涣就学，所以劝导成就者，无所不至。及涣以进士得官西归，父老纵观以为荣，教其子孙者皆法苏氏。自是眉之学者日益，至千余人。然轼之先人少时独不学，已壮，犹不知书。公未尝问。或以为言，公不答，久之，曰："吾儿当忧其不学耶?"既而，果自愤发力学，卒显于世。

公之精识远量，施于家、闻于乡闾者如此。使少获从事于世者，其功名岂少哉！不幸汩没，老死无闻于时。然古之贤人君子，亦有无功名而传者，特以世有知之者耳。公之无传，非独其僻远自放终身，亦其子孙不以告人之过也。故条录其始终行事大略，以告当世之君子。谨状。

【解题】

本文作于治平四年（1061）四月。文中追叙了祖父苏序的家世和生前事迹，表现其旷达而慷慨好义的性格。本文有助于人们了解苏轼的家世。

陈公弼传

公讳希亮，字公弼，姓陈氏，眉之青神人。其先京兆人也，唐广明中始迁于眉。曾祖延禄，祖琼，父显忠，皆不仕。

公幼孤，好学。年十六，将从师。其兄难之，使治息钱三十余万。公悉召取钱者，焚其券而去。学成，乃召其兄之子庸、谕使学，遂与俱中天圣八年进士第。里人表其闾曰三俊坊。

始为长沙县。浮屠有海印国师者，交通权贵人，肆为奸利，人莫敢正视。公捕置诸法，一县大耸。

去为雩都。老吏曾腆侮法粥狱，以公少年易之。公视事之日，首得其重罪，腆扣头出血，愿自新，公戒而舍之。会公筑县学，腆以家财助官，悉遣子弟入学，卒为善吏，而子弟有登进士第者。巫觋岁敛民财祭鬼，谓之春斋，否则有火灾。民讹言有绯衣三老人行火，公禁之，民不敢犯，火亦不作。毁淫祠数百区，勒巫为农者七十余家。及罢去，父老送之出境，遣去不可，皆泣曰："公舍我去，绯衣老人复出矣。"

以母老，乞归蜀，得剑州临津，以母忧去官。服除，为开封府司录。福胜塔火，官欲更造，度用钱三万万。公言陕西方用兵，愿以此馈军，诏罢之。先赵元昊未反，青州民赵禹上书论事，且言元昊必反。宰相以禹为狂言，徙建州，而元昊果反。禹自建州逃还京师，上书自理。宰相怒，下禹开封府狱。公言禹可赏，不可罪。与宰相争不已，上卒用公言，以禹为徐州推官，且欲以公为御史。会外戚沈氏子以奸盗杀人事下狱，未服。公一问得其情，惊仆立死，沈氏诉之。诏御史劾公及诸掾史，公曰：

“杀此贼者，独我耳。”遂自引罪坐废。

期年，盗起京西，杀守令，富丞相荐公可用。起知房州。州素无兵备，民凛凛欲亡去。公以牢城卒杂山河户得数百人，日夜部勒，声振山南。民恃以安，盗不敢入境。而殿侍雷甲以兵百余人，逐盗至竹山，甲不能戢士，所至为暴。或告有大盗入境且及门，公自勒兵阻水拒之。身居前行，命士持满无得发。士皆植立如偶人，甲射之不动，乃下马拜，请死，曰：“初不知公官军也。”吏士请斩甲以徇。公不可，独治为暴者十余人，劳其余而遣之，使甲以捕盗自赎。

时剧贼党军子方张，转运使使供奉官崔德赟捕之。德赟既失党军子，则以兵围竹山民贼所尝舍者曰向氏，杀其父子三人，枭首南阳市，曰：“此党军子也。”公察其冤，下德赟狱。未服，而党军子获于商州。诏赐向氏帛，复其家，流德赟通州。

或言华阴人张元走夏州，为元昊谋臣，诏徙其族百余口于房，讥察出入，饥寒且死。公曰：“元事虚实不可知。使诚有之，为国者终不顾家，徒坚其为贼耳。此又皆其疏属，无罪。”乃密以闻，诏释之。老幼哭庭下，曰：“今当还故乡，然奈何去父母乎？”至今，张氏画像祠焉。

代还，执政欲以为大理少卿。公曰：“法吏守文非所愿，愿得一郡以自效。”乃以为宿州。州跨汴为桥，水与桥争，率常坏舟。公始作飞桥，无柱，至今沿汴皆飞桥。

移滑州。奏事殿上，仁宗皇帝劳之曰：“知卿疾恶，无惩沈氏子事。”未行，诏提举河北便籴。都转运使魏瓘劾奏公擅增损物价。已而瓘除龙图阁学士、知开封府，公乞廷辩。既对，上直公，夺瓘职，知越州。且欲用公。公言臣与转运使不和，不得为无罪，力请还滑。会河溢鱼池埽，且决。公发禁兵捍之，庐于所当决。吏民涕泣更谏，公坚卧不动，水亦渐去，人比之王尊。是岁盗起宛句，执濮州通判井渊。上以为忧，问执政谁可用者？未及对。上曰："吾得之矣。"乃以公为曹州。不逾月，悉擒其党。

淮南饥，安抚、转运使皆言寿春守王正民不任职，正民坐免。诏公乘传往代之。转运使调里胥米而蠲其役，凡十三万石，谓之折役米。米翔贵，民益饥。公至则除之，且表其事。旁郡皆得除。又言正民无罪，职事办治。诏复以正民为鄂州，徙知庐州。

虎翼军士屯寿春者以谋反诛，而迁其余不反者数百人于庐。士方自疑不安。一日，有窃入府舍将为不利者。公笑曰："此必醉耳。"贷而流之，尽以其余给左右使令，且以守仓库。人为公惧，公益亲信之。士皆指心，誓为公死。

提点刑狱江东，又移河北，入为开封府判官，改判三司户部勾院，又兼开拆司。荣州煮盐凡十八井，岁久淡竭，而有司责课如初。民破产籍没者三百一十五家。公为言，还其所籍，岁蠲三十余万斤。三司簿书不治，其滞留者，自天禧以来，朱帐六百有四，明道以来，生事二百一十二万。公日夜课吏，凡九月而去其三之二。

会接伴契丹使还，自请补外。乃以为京西转运使。石塘河役兵叛，其首周元，自称周大王，震动汝洛间。公闻之，即日轻骑出按。吏请以兵从，公不许。贼见公轻出，意色闲和，不能测，则相与列诉道周。公徐问其所苦，命一老兵押之，曰："以是付叶县，职吾命。"既至，令曰："汝已自首，皆无罪。然必有首谋者。"众不敢隐，乃斩元以徇，而流军校一人，其余悉遣赴役如初。

迁京东转运使。潍州参军王康赴官，道博平。博平大猾有号截道虎者，殴康及其女几死，吏不敢问。博平隶河北。公移捕甚急，卒流之海岛，而劾吏故纵，坐免者数人。山东群盗，为之屏息。徐州守陈昭素以酷闻，民不堪命，他使者不敢按。公发其事，徐人至今德之。

移知凤翔。仓粟支十二年，主者以腐败为忧。岁饥，公发十二万石以贷。有司忧恐，公以身任之。是岁大熟，以新易陈，官民皆便之。于阗使者入朝，过秦州，经略使以客礼享之。使者骄甚，留月余，坏传舍什物无数，其徒入市掠饮食，人户昼闭。公闻之，谓其僚曰："吾尝主契丹使，得其情，虏人初不敢暴横，皆译者教之。吾痛绳以法，译者惧，则虏不敢动矣，况此小国乎！"乃使教练使持符告译者曰："入吾境，有秋毫不如法，吾且斩若。取军令状以还。"使者亦素闻公威名，至则罗拜庭下，公命坐两廊饮食之，护出诸境，无一人哗者。始，州郡以酒相饷，例皆私有之，而法不可。公以遣游士之贫者，既而曰："此亦私也。"以家财偿之。且上书自劾，求去不已。坐是分司西京。

未几，致仕卒，享年六十四。仕至太常少卿，赠工部侍郎。娶程氏。子四人：忱，今为度支郎中；恪，卒于滑州推官；恂，今为大理寺丞；慥，未仕。公善著书，尤长于《易》，有集十卷，《制器尚象论》十二篇，《辨钩隐图》五十四篇。

为人清劲寡欲。长不逾中人，面瘦黑。目光如冰，平生不假人以色，自王公贵人，皆严惮之。见义勇发，不计祸福，必极其志而后已。所至奸民猾吏，易心改行，不改者必诛。然实出于仁恕，故严而不残。以教学养士为急。轻财好施，笃于恩义。少与蜀人宋辅游，辅卒于京师，母老子少，公养其母终身，而以女妻其孤端平，使与诸子游学，卒与忱同登进士第。当荫补子弟，辄先其族人，卒不及其子慥。

公于轼之先君子，为丈人行。而轼官于凤翔，实从公二年。方是时，年少气盛，愚不更事，屡与公争议，至形于言色，已而悔之。窃尝以为古之遗直，而恨其不甚用，无大功名，独当时士大夫能言其所为。公没十有四年，故人长老日以衰少，恐遂就湮没，欲私记其行事，而恨不能详，得范景仁所为公墓志，又以所闻见补之，为公传。轼平生不为行状墓碑，而独为此文，后有君子得以考览焉。

赞曰：闻之诸公长者，陈公弼面目严冷，语言确讱，好面折人。士大夫相与燕游，闻公弼至，则语笑寡味，饮酒不乐，坐人稍稍引去。其天资如此。然所立有绝人者。谏大夫郑昌有言："山有猛兽，藜藿为之不采。"淮南王谋反，论公孙丞相若发蒙耳，所惮独汲黯。使公弼端委立于朝，其威折冲于千里之外矣。

【解题】

本文作于元丰四年（1081）。文中历数了陈希亮一生的仕宦履迹，塑造了一个性情耿直，胆略过人，敢于除暴安良的循吏形象。苏轼任凤翔签判时，陈希亮为凤翔太守，因恐苏轼少年得志而骄傲，凡事常予以摧折，对苏轼的仕途发展颇有帮助。陈希亮子陈慥为苏轼平生挚友，本文即为陈慥所作。

方山子传

方山子，光、黄间隐人也。少时慕朱家、郭解为人，闾里之侠皆宗之。稍壮，折节读书，欲以此驰骋当世。然终不遇，晚乃遁于光、黄间曰岐亭。庵居蔬食，不与世相闻。弃车马，毁冠服，徒步往来山中，人莫识也。见其所著帽，方屋而高，曰："此岂古方山冠之遗像乎？"因谓之方山子。

余谪居于黄，过岐亭，适见焉。曰："呜呼！此吾故人陈慥季常也，何为而在此？"方山子亦矍然问余所以至此者。余告之故，俯而不答，仰而笑，呼余宿其家。环堵萧然，而妻子奴婢皆有自得之意。余既耸然异之。独念方山子少时使酒好剑，用财如粪土。前十有九年，余在岐下，见方山子从两骑，挟二矢，游西山。鹊起于前，使骑逐而射之，不获。方山子怒马独出，一发得之。因与余马上论用兵及古今成败，自谓一世豪士，今几日耳，精悍之色，犹见于眉间，而岂山中之人哉！

然方山子世有勋阀，当得官，使从事于其间，今已显闻。而其家在洛阳，园宅壮丽与公侯等。河北有田，岁得帛千匹，亦足以富乐。皆弃不取，独来穷山中，此岂无得而然哉？

余闻光、黄间多异人，往往阳狂垢污，不可得而见，方山子傥见之与？

【解题】

本文作于元丰四年（1081）。方山子，即陈慥，字季常，陈公弼之子。文中写方山子平生几件异乎常人的小事，反映了他不慕名利、自甘淡泊的精神境界。文章意短味长，摇曳生姿，历来为后世选家所青睐。

司马温公行状

曾祖政，赠太子太保。曾祖母薛氏，赠温国太夫人。祖炫，试秘书省校书郎，知耀州富平县事，赠太子太傅。祖母皇甫氏，赠温国太夫人。父池，尚书吏部郎中，充天章阁待制，赠太师，追封温国公。母聂氏，赠温国太夫人。公讳光，字君实，其先河内人，晋安平献王孚之后。王之裔孙征东大将军阳，始葬今陕州夏县涑水乡，子孙因家焉。自高祖、曾祖皆以五代衰乱不仕。富平府君始举进士，没于县令。皆以气节闻于乡里。而天章公以文学行义事真宗、仁宗为转运使，御史，知杂事，三司副使，历知凤翔、河中、同、杭、虢、晋六州，以清直仁厚闻于天下，号称一时名臣。

公自儿童，凛然如成人。七岁闻讲《左氏春秋》，大爱之，退为家人讲，即了其大义。自是手不释书，至不知饥渴寒暑。年十五，书无所不通。文辞醇深，有西汉风，天章公当任子，次及公，公推与二从兄，然后受补郊社斋郎，再奏，将作监主簿。年二十，举进士甲科。改奉礼郎。以天章公在杭，辞所迁官，求签书苏州判官事以便亲，许之。未上，丁太夫人忧。未除，丁天章公忧。执丧累年，毁瘠如礼。服除，签书武成军判官事，改大理评事，为国子直讲，迁本寺丞。

故相庞籍名知人，始与天章公游，见公而奇之，及是为枢密副使，荐公召试馆阁校勘，同知太常礼院。中官麦允言死，诏以允言有军功，特给卤簿。公言："孔子不以名器假人，繁缨以朝，且犹不可，允言近习之臣，非有元勋大劳，而赠以三公之官，给以一品卤簿，其为繁缨，不亦大乎?"故相夏竦卒，诏赐谥文正。公言："谥之美者，极于文正，竦何人，可以当此!"书再上，改谥文庄。迁殿中丞，除史馆检讨，修日历，改集贤校理。庞籍为郓州，徙并州，皆辟公通判州事。公感籍知己，为尽力。

时赵元昊始臣，河东贫甚，官苦贵籴，而民疲于远输。麟州、窟野、河西多良田，皆故汉地，公私杂耕。天圣中，始禁田河西者，虏乃得稍蚕食其地，俯窥麟州，为河东忧。籍请公按视。公为画五策："宜因州中旧兵，益禁兵三千，厢兵五百，筑二堡河西，可使堡外三十里虏不敢田，则州西六十里无虏矣。募民有能耕麟州闲田者，复其税役十五年，能耕窟野、河西者，长复之，耕者必众，官虽无所得，而籴自贱，可以渐纾河东之民。"籍移麟州，如公言。而兵官郭恩勇且狂，夜开城门，引千余人渡河，载酒食，不为战备，遇敌死之。议者归罪于籍，罢节度使知青州。公守阙，三上书，乞独坐其事，不报。籍初不以此望公，而公深以自咎。籍既没，升堂拜其妻如母，抚其子如昆弟，时人两贤之。

改太常博士，祠部员外郎，直秘阁、判吏部南曹，迁开封府推官，赐五品服。交趾贡异兽，谓之麟。公言："其伪不可知，使其真，非自然而至，不足为瑞；若伪，为远夷笑。愿厚赐其使而还其兽。”因奏赋以讽。

迁度支员外郎，判句院。擢修起居注，五辞而后受。判礼部。有司奏六月朔，日当食。公言：“故事，食不满分，或京师不见皆贺，臣以为日食四方见，京师不见，天意人君为阴邪所蔽，天下皆知，而朝廷独不知，其为灾当益甚，皆不当贺。”诏从之。后遂以为常。

迁起居舍人，同知谏院。苏辙举直言策，入第四等，而考官以为不当收。公言：“辙于同科四人中，言最切直，有爱君忧国之心，不可不收。”时宰相亦以为当黜，仁宗不许。曰：“求直言，以直弃之，天下其谓朕何！”公遂与谏官王陶同上疏：“愿为宗庙社稷自重，却罢燕饮，安养神气；后宫嫔御，进见有度；左右小臣，赐予有节；厚味腊毒，无益奉养者，皆不宜数御。”上嘉纳之。

初，至和三年，仁宗始不豫，国嗣未立，天下寒心而不敢言，惟谏官范镇首发其议。公时为并州通判，闻而继之。上疏言：“《礼》：大宗无子，则小宗为之后。为之后者，为之子也。愿陛下择宗室贤者，使摄储贰，以待皇嗣之生，退居藩服。不然，则典宿卫、尹京邑，亦足以系天下之望。”疏三上，其一留中，其二付中书。公又与镇书：“此大事，不言则已，言一出，岂可复反，愿公以死争之。”于是镇言之益力。及公为谏官，复上疏，且面言：“臣昔为并州通判，所上三章，愿陛下果断而力行之。”时仁宗简默不言，虽执政奏事，首肯而已。闻公言，沈思久之，曰：“得非欲选宗室为继嗣者乎？此忠臣之言，但人不敢及耳。”公曰：“臣言此，自谓必死，不意陛下开纳。”上曰：“此何害，古今皆有之。”因令公以所言付中书。公曰：“不可，愿陛下自以意喻宰相。”

是日，公复言江淮盐事，诣中书白之。宰相韩琦问公，今日复何所言。公默计此大事，不可不使琦知，思所以广上意者。即曰："所言宗庙社稷大计也。"琦喻意，不复言。后十余日，有旨令公与御史里行陈洙同详定行户利害。洙与公屏语曰："日者大飨明堂，韩公摄太尉，洙为监祭。公从容谓洙，闻君与司马君实善，君实近建言立嗣事，恨不以所言送中书，欲发此议，无自发之，行户利害，非所以烦公也，欲洙见公达此意耳。"时嘉祐六年闰八月也。

至九月，公复上疏面言："臣向者进说，陛下欣然无难，意谓即行矣，今寂无所闻，此必有小人言陛下春秋鼎盛，子孙当千亿，何遽为此不祥之事，小人无远虑，特欲仓猝之际，援立其所厚善者耳。唐自文宗以后，立嗣皆出于左右之意，至有称定策国老、门生天子者，此祸岂可胜言哉!"上大感悟，曰："送中书。"公至中书，见琦等曰："诸公不及今定议，异日夜半，禁中出寸纸以某人为嗣，则天下莫敢违。"琦等皆唯唯，曰："敢不尽力。"后月余，诏英宗判宗正寺，固辞不就职。明年遂立为皇太子，称疾不入。公复上疏言："凡人争丝毫之利，至相争夺，今皇子辞不赀之富，至三百余日不受命，其贤于人远矣。有识闻之，足以知陛下之圣，能为天下得人。然臣闻父召无诺，君命召，不俟驾而礼，使者受命不受辞，皇子不当辞避，使者不当徒反。凡召皇子，内臣皆乞责降，且以臣子大义责皇子，宜必入。"英宗遂受命。

兖国公主下嫁李玮，以骄恣闻。公上疏言："太宗时，姚坦为兖王翊善，有过必谏，左右教王诈疾。逾月，太宗召王乳母，入问起居状。母曰：'王无疾，以姚坦故，郁郁成疾耳。'太宗怒曰：'王年少，不知为此，汝辈教之。'杖乳母数十，召坦慰勉之。齐国献穆大长公主，太宗之子，真宗之妹，陛下之姑，而谦恭率礼，天下称其贤。愿陛下教子以太宗为法，公主事夫以献穆为法。"已而公主不安于李氏，诏玮出知卫州，公主入居禁中，而玮母杨归其兄璋，散遣其家人。公言："陛下追念章懿皇后，故使玮尚主，今乃母子离析，家事流落。陛下独无雨露之感，凄恻之心乎？玮既责降，公主亦不得无罪。”上感悟，诏公主降封沂国，待李氏恩礼不衰。

判检院，权判国子监，除知制诰。力辞至八九，改授天章阁待制，兼侍讲，赐三品服，仍知谏院。上疏言：“经略安抚使以便宜从事，出于兵兴权制，非永世法。及将相大臣典州者，多以贵倨自恃，凌忽转运使，使不得举职。朝廷务省事，专行姑息之政。至于胥吏讙哗而逐御史中丞，辇官悖慢而退宰相，卫士凶逆而狱不穷奸，泽加于旧，军人詈三司使，而法官以为非犯阶级，于用法疑。其余，有一夫流言于道路，而为之变法推恩者多矣，皆陵迟之渐，不可以不正。”

充媛董氏薨，追赠婉仪，又赠淑妃，辍朝成服，百官奉慰定谥行册礼，葬给卤簿。公言：“董氏秩本微，病革之日，方拜充媛。古者妇人无谥，近制惟皇后有之，卤簿本以赏军功，未尝施于妇人，惟唐平阳公主有举兵佐高祖定天下之功，乃得给，至韦庶人始令妃主葬日，皆给鼓吹，非令典，不足法。”时有司新定后宫封赠法，皇后与妃皆赠三代。公言：“别嫌明微，妃不当与后同。袁盎引却慎夫人坐，正为此耳。天圣亲郊，太妃止赠二代，而况妃乎！”

知嘉祐八年贡举。仁宗崩，英宗以哀毁致疾，慈圣光献太后同听政。公首上疏言：“章献明肃太后，保佑先帝进贤退奸，有大功于赵氏，特以亲用外戚小人，故负谤天下。今太后初摄大政，大臣忠厚如王曾、清纯如张知白、刚正如鲁宗道、质直如薛奎者，当信用之。鄙猥如马季良、谗谄如罗崇勋者，当疏远之，则天下服。”又上疏英宗，言：“汉宣帝为昭帝后，终不追尊卫太子、史皇孙，光武起布衣，得天下，自以为元帝后，亦不追尊钜鹿都尉、南顿君，惟哀、安、桓、灵，皆自旁亲入继大统，追尊其父祖，天下非之，愿以为戒。”

时公所得仁宗遗赐珠、金，直百余万，率同列三上章，言："国有大忧，中外窘乏，不可专用乾兴故事，若遗赐不可辞，则宜许侍从以上进金钱，佐山陵费。"不许。公乃以所得珠为谏院公使钱，金以遗其舅氏，义不藏于家。

英宗疾既平，皇太后还政。公上疏言："治身莫先于孝，治国莫先于公。"其言切至，皆母子间人所难言者。时有司立法，皇太后有所取用，有司奏覆，得御宝乃供。公极论以为不可，当直下合同司移所属立供，如上所取，已乃具数奏太后，以防矫伪。

曹佾除使相，两府皆迁。公言："佾无功而得使相，陛下以慰母心耳。今两府皆迁，无名，若以还政为功，则宿卫将帅，内侍小臣，必有觊望。"已而都知任守忠等皆迁。公复争之，因论："守忠大奸，陛下为皇子，非守忠意，沮坏大策，离间百端，赖先帝不听。及陛下嗣位，反复革面，交构两宫，国之大贼，人之巨蠹，乞斩于都市以谢天下。"诏以守忠为节度副使，蕲州安置，天下快之。

时有诏陕西刺民兵号义勇，公上疏极论其害，云："康定、庆历间籍陕西民为乡弓手，已而刺为保捷指挥，民被其毒，兵终不可用，遇敌先北，正兵随之，每致崩溃。县官知其坐食无用，汰遣归农，而惰游之人，不能复反南亩，强者为盗，弱者转死，父老至今流涕也。今义勇何以异此!"章六上，不从。乞罢谏官，不许。

王广渊除直集贤院。公言："广渊奸邪不可近，昔汉景帝为太子，召上左右饮，卫绾独称疾不行，及即位，待绾有加。周世宗镇澶渊，张美为三司吏，掌州之钱谷，世宗私有求假，美悉力应之，及即位，薄其为人，不用。今广渊当仁宗之世，私自结于陛下，岂忠臣哉！愿黜之以厉天下。"

执政建言濮安懿王德盛位隆，宜有尊礼，诏太常礼院与两制议。翰林学士王珪等相顾不敢先，公独奋笔立议曰："为之后者为之子，不敢复顾其私亲，今日所以崇奉濮安懿王，典礼宜一准先朝封赠期亲尊属故事，高官大爵，极其尊荣。"议成，珪即敕吏，以公手稿为案，至今存焉。

时中外汹汹，御史吕诲、傅尧俞、范纯仁、吕大防、赵鼎、赵瞻等皆争之，相继降黜。公上疏乞留之，不可。则乞与之皆贬。初，西戎遣使致祭，而延州指使高宜押伴，傲其使者，侮其国主。使者诉于朝，公与吕诲乞加宜罪，不从。明年西戎犯边，杀略吏士，赵滋为雄州，专以猛悍治边，公亦论其不可。至是契丹之民，有捕鱼界河，伐柳白沟之南者。朝廷以知雄州李中祐为不材，选将代之。公言："国家当戎狄附顺时，好与之计较末节，及其桀傲，又从而姑息之。近者西戎之祸，生于高宜；北狄之隙，起于赵滋。朝廷方贤此二人，故边臣皆以生事为能。今若选将代中祐，则来者必以滋为法，而以中祐为戒，渐不可长。宜敕边吏，疆场细故，徐以文檄往反，若轻以矢刃相加者，坐之。"

京师大水，公上疏论三事，皆尽言无所隐讳。除龙图阁直学士，判流内铨，改右谏议大夫，知治平四年贡举。

神宗即位，首擢公为翰林学士，公力辞，不许。上面谕公："古之君子，或学而不文，或文而不学，惟董仲舒、扬雄兼之，卿有文学，何辞为?"公曰："臣不能为四六。"上曰："如两汉制诏可也。"公曰："本朝故事不可。"上曰："卿能举进士，取高等，而云不能四六，何也?"公趋出，上遣内臣至阁门，强公受告，拜而不受。趣公入谢，曰："上坐以待公。"公入，至廷中。以告置公怀中，不得已乃受。

遂为御史中丞。初，中丞王陶论宰相不押常朝班为不臣，宰相不从，陶争之力，遂罢。公既继之，言："宰相不押班，细故也，陶言之过。然爱礼存羊，则不可已，自顷宰相权重，今陶复以言宰相罢，则中丞不可复为，臣愿候宰相押班，然后就职。"

上曰："可。"陶既出知陈州，谢章诋宰相不已。执政议再贬陶，公言："陶诚可罪，然陛下欲广言路，屈己受陶，而宰相独不能容乎？"乃已。

公上疏论修心之要三，曰仁、曰明、曰武。治国之要三，曰官人、曰信赏、曰必罚。其说甚备。且曰："臣昔为谏官，即以此六言献仁宗，其后以献英宗，今以献陛下，平生力学所得，尽在是矣。"公在英宗时，与吕诲同论祖宗之制："句当御药院常用供奉官以下，至内殿崇班，则出。近岁居此位者，皆暗理官资，食其廪给，非祖宗本意。又故事，年未五十，不得为内侍省押班，今除张茂则，止四十八，不可。"至是，又言之。因论高居简奸邪，乞加远窜。章五上，上为尽罢寄资内臣，居简亦补外。

未几，复留陈承礼、刘有方二人，公复争之。又言："近者王中正往陕西，知泾州，刘涣等谄事中正，而鄜延钤辖吴舜臣，违失其意。已而涣等进擢，舜臣降黜，权归中正，谤归陛下。是去一居简得一居简。"上手诏问公所从知。公曰："臣得之宾客，非一人言，事之有无，惟陛下知之。若无，臣不敢避妄言之罪。万一有之，不可不察。"

诏用宫邸直省官郭昭选等四人为阁门祗候。公言："国初草创，天步尚艰，故即位之始，必以左右旧人为腹心耳目，谓之随龙，非平日法也。阁门祗候在文臣为馆职，岂可使厮役为之。"

英宗山陵，公为仪仗使，赐金五十两，银合三百两。三上章辞，从之。

边吏上言："西戎部将嵬名山，欲以横山之众，取谅祚以降。"诏边臣招纳其众。公上疏极论，以为："名山之众，未必能制谅祚，幸而胜之，灭一谅祚生一谅祚，何利之有？若其不胜，必引众归我，不知何以待之。臣恐朝廷不独失信于谅祚，又将失信于名山矣。若名山余众尚多，还北不可，入南不受，穷无所归，必将突据边城以救其命，陛下独不见侯景之事乎？”上不听，遣将种谔发兵迎之，取绥州，费六十万万。西方用兵，盖自是始矣。

兼翰林侍读学士。登州有不成婚妇，谋杀其夫，伤而不死者。吏疑问即承，知州事许遵谳之。有司当妇绞而诏贷之。遵上议，准律。因犯杀伤而自首者，得免所因之罪，妇当减二等，不当绞。诏公与王安石议之，安石是遵议。公言：“谋杀犹故杀也，皆一事，不可分，若谋为所因与杀为二，则故与杀亦可为二耶？”自宰相文彦博以下，皆附公议，然卒用安石言，至今天下非之。

权知审官院。百官上尊号，公当答诏。上疏言：“先帝亲郊不受尊号，天下莫不称颂，末年有建言者，国家与契丹有往来书信，彼有尊号而我独无，以为深耻。于是群臣复以非时上尊号。昔汉文帝时，单于自称‘天地所生日月所置匈奴大单于’，不闻文帝复为大名以加之也。愿陛下追用先帝本意，不受此名。”上大悦，手诏答公：“非卿朕不闻此言，善为答词，使中外晓然，知朕至诚，非欺众邀名者。”遂终身不复受尊号。

执政以河朔灾伤，国用不足，乞今岁亲郊，两府不赐金帛，送学士院取旨。公言：“两府所赐，以匹两计止二万，未足以救灾，宜自文臣两省武臣宗室刺史以上皆减半。”公与学士王珪、王安石同对。公言：“救灾节用，宜自贵近始，可听两府辞赐。”安石曰：“常衮辞赐馔，时议以为衮自知不能，当辞位，不当辞禄，且国用不足，非当今之急务也。”公曰：“衮辞禄犹贤于持禄固位者，国用不足，真急务。安石言非是。”安石曰：“不足者，以未得善理财者故也。”公曰：“善理财者，不过头会箕敛以尽民财，民穷为盗，非国之福。”安石曰：“不然，善理财者，不加赋而上用足。”公曰：“天下安有此理，天地所生财货百物，止有此数，不在民则在官。譬如雨泽，夏涝则秋旱。不加赋而上用足，不过设法阴夺民利，其害甚于加赋。此乃桑弘羊欺汉武帝之言，太史公书之，以见武帝不明耳。至其末年，盗贼蜂起，几至于乱。若武帝不悔祸，昭帝不变法，则汉几亡。”争议不已。王珪进曰：“救灾节用，宜自贵近始，司马光言是也。然所费无几，恐伤国体，王安石言亦是。惟明主裁择。”上曰：“朕意与光同。然姑以不允答之。”会安石当制，遂引常衮事责两府，两府亦不复辞。

兼史馆修撰。上问公可为谏官者，公荐吕诲，诲以天章阁待制知谏院。诏公与张茂则同相视二股河及土堤利害。公用都水监丞宋昌言策，乞于二股之西置土堤，约水东流，若东流日深，北流自浅，薪刍渐备，乃塞其北，放出御河、胡卢河下流，以纾恩、冀、深、瀛以西之患。时议者多不同，公于上前，反复论难，甚苦，卒从之。后皆如公言，赐诏奖谕。

王安石始为政，创立制置三司条例司，建为青苗、助役、水利、均输之政，置提举官四十余员，行其法于天下，谓之新法。公上疏，逆陈其利害，曰：“后当如是。”行之十余年，无一不如公言者。天下传诵，以公为真宰相，虽田父野老，皆号公司马相公，而妇人孺子，知其为君实也。

迩英进读，至萧何、曹参事。公曰：“参不变何法，得守成之道。故孝惠、高后时，天下晏然，衣食滋殖。”上曰：“汉守萧何之法，不变可乎？”公曰：“何独汉也，使三代之君，常守禹、汤、文、武之法，虽至今存可也。武王克商，曰：‘乃反商政，政由旧。’然则虽周亦用商政也。《书》曰：‘无作聪明，乱旧章。’汉武帝用张汤言，取高帝法纷更之，盗贼半天下。元帝改宣帝之政，而汉始衰。由此言之。祖宗之法，不可变也。”后数日，吕惠卿进讲。因言：“先王之法，有一年而变者，‘正月始和布法象魏’是也。有五年一变者，巡狩考制度是也。有三十年一变者，‘刑法世轻世重’是也。有百年不变者，父慈子孝兄友弟恭是也。前日光言非是，其意以讽朝廷，且讥臣为条例司官耳。”上问公：“惠卿言何如?”公曰：“布法象魏。布，旧法也，何名为变。若四孟月朔属民读法，为时变月变耶?诸侯有变礼易乐者，王巡狩则诛之，王不自变也。刑新国用轻典，乱国用重典，平国用中典，是为世轻世重，非变也。且治天下，譬如居室，敝则修之，非大坏不更造也。大坏而更造，非得良匠美材不成。今二者皆无有，臣恐风雨之不庇也。公卿侍从皆在此，愿陛下问之。三司使掌天下财，不才而黜可也，不可使两府侵其事。今为制置三司条例司，何也?宰相以道佐人主，安用例?苟用例而已，则胥吏足矣。今为看详中书条例司，何也?”惠卿不能对。则诋公曰：“光为侍从何不言，言而不从何不去?”公作而答曰：“是臣之罪也。”上曰：“相与论是非耳，何至是!”讲毕，赐坐户外。将出，上命徙坐户内，左右皆避去。上曰：“朝廷每更一事，举朝汹汹，何也?”王珪曰：“臣疏贱在阙门之外，朝廷之事不能尽知，借使闻之道路，又不知其虚实也。”上曰：“闻则言之。”公曰：“青苗出息，平民为之，尚能以蚕食下户，至饥寒流离，况县官法令之威乎?”惠卿曰：“青苗法，愿取则与之，不愿不强也。”公曰：“愚民知取债之利，不知还债之害，非独县官不强，富民亦不强也。臣闻作法于凉，其弊犹贪，作法于贪，弊将若之何！昔太宗平河东，立和籴法，时米斗十余钱，草束八钱，民乐与官为市。其后物贵而和籴不解，遂为河东世世患，臣恐异日之青苗，犹河东之和籴也。”上曰：“陕西行之久矣，民不以为病。”公曰：“臣陕西人也，见其病不见其利，朝廷初不许也，而有司尚能以病民，况立法许之乎?”上曰：“坐仓籴米何如?”坐者皆起曰：“不便。上已罢之，幸甚。”上曰：“未罢也。”公曰：“京师有七年之储，而钱常乏，若坐仓，钱益乏，米益陈，奈何?”惠卿曰：“坐仓得米百万斛，则省东南百万之漕，以其钱供京师，何患无钱?”公曰：“东南钱荒而米狼戾，今不籴米而漕钱，弃其有余，取其所无，农末皆病矣。”侍讲吴申起曰："光言至论也。"公曰："此皆细事，不足烦人主，但当择人而任之。有功则赏，有罪则罚，此则陛下职也。"上曰："然。文王罔攸，兼于庶言，庶狱庶慎，惟有司之牧夫。"公趋出。上曰："卿得无以惠卿之言不乐乎?"公曰："不敢。"韩琦上疏论青苗之害，上感悟，欲罢其法。安石称疾求去。

会拜公枢密副使，公上章力辞，至六七，曰："上诚能罢制置条例司，追还提举官，不行青苗、助役等法，虽不用臣，臣受赐多矣。不然，终不敢受命。"上遣人谓公："枢密，兵事也，官各有职，不当以他事为词。"公言："臣未受命，则犹侍从也，于事无不可言者。"安石起视事，青苗法卒不罢，公亦卒不受命。则以书喻安石，三往反，开喻苦至，犹幸安石之听而改也。且曰："巧言令色鲜矣仁，彼忠信之士，于公当路时，虽龃龉可憎，后必徐得其力。谄谀之人，于今诚有顺适之快，一旦失势，必有卖公以自售者。"意谓吕惠卿。对宾客，辄指言之曰："覆王氏者，必惠卿也。小人本以利合，势倾利移，何所不至。"其后六年，而惠卿叛安石，上书告其罪。苟可以覆王氏者，靡不为也。由是天下服公先知。

公求补外，上犹欲用公，公不可。以端明殿学士出知永兴军。朝辞进对，犹乞免本路青苗、助役。

宣抚使下令，分义勇四番，欲以更戍边，选诸军骁勇，募闾里恶少为奇兵，调民为干粮麨饭，虽内郡不被边，皆修城池楼橹如边郡；且遣兵就粮长安、河中、邠，三辅骚然。公上疏，极言："方凶岁，公私困弊，不可举事，而永兴一路城池楼橹皆不急，干粮麨饭昔尝造，后无用，腐弃之，宣抚司令，臣皆未敢从。若乏，军兴，臣坐之。"于是一路独得免。

顷之，诏移知许州，不赴，遂乞判西京留司御史台以归。自是绝口不论事。以祀明堂恩，加上柱国。

至熙宁七年，上以天下旱、蝗，诏求直言。公读诏泣下，欲默不忍，乃复陈六事。一青苗，二免役，三市易，四边事，五保甲，六水利，此尤病民者，宜先罢。又以书责宰相吴充："天子仁圣如此，而公不言，何也?"

元丰五年，公忽得语涩疾，自疑当中风，乃预作遗表，大略如六事加详尽，感慨亲书，缄封置卧内，且死，当以授所善范纯仁、范祖禹使上之。

凡居洛十五年，再任留司御史台，四任提举崇福宫。官制行，改太中大夫加资政殿学士。

神宗崩，公赴阙临，卫士见公入，皆以手加额，曰："此司马相公也。"民遮道呼曰："公无归洛，留相天子，活百姓。"所在数千人聚观之。公惧，会放辞谢，遂径归洛。太皇太后闻之，诘问主者，遣使劳公，问所当先者。公言："近岁士大夫以言为讳，闾阎愁苦于下，而上不知；明主忧勤于上，而下无所诉。此罪在群臣，而愚民无知，归怨先帝，宜下诏首开言路。"从之。下诏榜朝堂，而当时有不欲者，于诏语中设六事以禁切言者曰："若阴有所怀，犯非其分，或扇摇机事之重，或迎合已行之令，上以观望朝廷之意以侥幸希进，下以眩惑流俗之情以干取虚誉，若此者，必罚无赦。"太皇太后封诏草以问公。公曰："此非求谏，乃拒谏也。人臣惟不言，言则入六事矣。"时太府少卿宋彭年、水部员外郎王谔皆应诏言事，有欲借此二人以惩天下言者皆以非职而言，赎铜三十斤。公具论其情，且请改赐诏书，行之天下。从之。于是四方吏民，言新法不便者数千人。

公方草具所当行者，而太皇太后已有旨，散遣修京城役夫，罢减皇城内觇者，止御前工作，出近侍之无状者三十余人，戒敕中外无敢苛刻暴敛，废导洛司物货场，及民所养户马宽保马限，皆从中出，大臣不与。公上疏谢："当今急务，陛下略已行之矣，小臣稽慢，罪当万死。"诏除公知陈州，且过阙入见，使者劳问，相望于道。至则拜门下侍郎，公力辞，不许。数赐手诏："先帝新弃天下，天子冲幼，此何时，而君辞位耶?”公不敢复辞，以覃恩迁通议大夫。

初，神宗皇帝以英伟绝人之资，励精求治，凛凛乎汉宣帝、唐太宗之上矣。而宰相王安石用心过当，急于功利，小人得乘间而入，吕惠卿之流以此得志，后者慕之，争先相高，而天下病矣。先帝明圣，独觉其非，出安石金陵。天下欣然，意法必变，虽安石亦自悔恨。其去而复用也，欲稍自改，而惠卿之流，恐法变身危，持之不肯改。然先帝终疑之，遂退安石，八年不复召，而惠卿亦再逐不用。元丰之末，天下多故，及二圣嗣位，民日夜引领以观新政，而进说者以为三年无改于父之道，欲稍损其甚者，毛举数事以塞人言。公慨然争之曰：“先帝之法，其善者，虽百世不可变也。若安石、惠卿等所建，为天下害，非先帝本意者，改之，当如救焚拯溺，犹恐不及。昔汉文帝除肉刑，斩右趾者弃市，笞五百者多死，景帝元年即改之。武帝作盐铁、榷酤、均输等法，昭帝罢之。唐代宗纵宦官，公求赂遗，置客省拘滞四方之人，德宗立未三月，罢之。德宗晚年为宫市，五坊小儿暴横，盐铁使月进羡余，顺宗即位，罢之。当时悦服，后世称颂，未有或非之者也。况太皇太后以母改子，非子改父。”众议乃定。

公以为治乱之机，在于用人，邪正一分，则消长之势自定。每论事，必以人物为先，凡所进退，皆天下所谓当然者，然后朝廷清明，人主始得闻天下利害之实。遂罢保甲团教，依义勇法，岁一阅。保马不复买，见在者还监牧给诸军。废市易法，所储物皆鬻之，不取息，而民所欠钱皆除其息。京东铸铁钱，河北、江西、福建、湖南盐及福建茶法，皆复其旧。独川、陕茶，以边用，未即罢，遣使相视，去其甚者。户部左右曹钱谷，皆领之尚书。凡昔之三司使事，有散隶五曹及寺监者，皆归户部，使尚书周知其数，量入以为出。于是天下释然，曰：“此先帝本意也，非吾君之子，不能行吾君之意。”时独免役、青苗、将官之法犹在，而西戎之议未决也。

山陵毕，迁公正议大夫。公自以不与顾命，不敢当，诏不许。

元祐元年正月，公始得疾。诏公与尚书左丞吕公著朝会，与执政异班再拜而已，不舞蹈。公疾益甚，叹曰："四患未除，吾死不瞑目矣。"乃力疾上疏论免役五害，乞直降敕罢之，率用熙宁以前法。有未便，州县监司节级以闻，为一路一州一县法。诏即日行之。又论西戎大略，以和戎为便，用兵为非。时异议者甚众，公持之益坚。其后太师文彦博议与公合，众不能夺。又论将官之害，诏诸将兵皆隶州县，军政委守令通决之。又乞废提举常平司，以其事归之转运使及提点刑狱。公谓监司多新进少年，务为刻急，天下病之，乞自太中大夫待制以上，于郡守中举转运使、提点刑狱，于通判中举转运判官。又以文学、德行、吏事、武略等为十科，以求天下遗才，命文臣升朝以上，岁举经明行修一人，以为进士高选。皆从之。

拜左仆射。疾稍间，将起视事，诏免朝觐，许以肩舆，三日一入都堂或门下尚书省。公不敢当，曰："不见君，不可以视事。"诏公肩舆至内东门，子康扶入对小殿，且曰毋拜。公惶恐入对延和殿，再拜。遂罢青苗钱，专行常平粜籴法，以岁上中下熟为三等，谷贱及下等则增价籴，贵及上等则减价粜，惟中等则否。及下等而不籴，及上等而不粜皆坐之。时二圣恭俭慈孝，视民如伤，虚己以听公。公知无不为，以身任天下之责。

数月复病，以九月丙辰朔，薨于西府，享年六十八。太皇太后闻之恸，上亦感涕不已。时方躬祀明堂，礼成不贺，二圣皆临其丧，哭之哀甚，辍视朝三日。赠太师、温国公，遂以一品礼服，赙银三千两，绢四千匹，赐龙脑水银以敛。命户部侍郎赵瞻入内，内侍省押班冯宗道护其丧，归葬夏县，官其亲族十人。

公忠信孝友，恭俭正直，出于天性。自少及老，语未尝妄，其好学如饥渴之嗜饮食，于财利纷华，如恶恶臭，诚心自然，天下信之。退居于洛，往来陕郊，陕洛间皆化其德，师其学，法其俭，有不善，曰："君实得无知之乎！"博学无所不通，音乐、律历、天文、书数，皆极其妙。晚节尤好礼，为冠婚丧祭法，适古今之宜。不喜释、老，曰："其微言不能出吾书，其诞吾不信。"

不事生产，买第洛中，仅庇风雨。有田三顷，丧其夫人，质田以葬。恶衣菲食，以终其身。

自以遭遇圣明，言听计从，欲以身徇天下，躬亲庶务，不舍昼夜。宾客见其体羸，曰："诸葛孔明二十罚以上皆亲之，以此致疾，公不可以不戒。"公曰："死生命也。"为之益力。病革，谆谆不复自觉，如梦中语，然皆朝廷天下事也。既没，其家得遗奏八纸，上之，皆手札论当世要务。京师民画其像，刻印鬻之，家置一本，饮食必祝焉。四方皆遣人购之京师，时画工有致富者。

有《文集》八十卷，《资治通鉴》三百二十四卷，《考异》三十卷，《历年图》七卷，《通历》八十卷，《稽古录》二十卷，《本朝百官公卿表》六卷，《翰林词草》三卷，《注古文孝经》一卷，《易说》三卷，《注系辞》二卷，《注老子道德论》二卷，《集注太元经》八卷，《大学中庸义》一卷，《集注扬子》十三卷，《文中子传》一卷，《河外谘目》三卷，《书仪》八卷，《家范》四卷，《续诗话》一卷，《游山行记》十二卷，《医问》七篇。

其文如金玉谷帛药石也，必有适于用，无益之文，未当一语及之。初，公患历代史繁重，学者不能综，况于人主，遂约战国至秦二世，如左氏体，为《通志》八卷以进。英宗悦之，命公续其书，置局秘阁，以其素所贤者刘攽、刘恕、范祖禹为属官。凡十九年而成，起周威烈王讫五代，上下一千三百六十二载。其是非疑似之间，皆有辩论，一事而数说者，必考合异同而归之一，作《考异》以志之。神宗尤重其书，以为贤于荀悦，亲为制叙，赐名《资治通鉴》，诏迩英读其书，赐颍邸旧书二千四百二卷。书成，拜资政殿学士，赐金帛甚厚。

娶张氏，礼部尚书存之女，封清河郡君，先公卒，追封温国夫人。子三人，童、唐皆早亡，康今为秘书省校书郎。孙二人，植、桓皆承务郎。

公历事四朝，皆为人主所敬。然神宗知公最深，公思有以报之，常摘孟子之言曰："责难于君谓之恭，陈善闭邪谓之敬，谓吾君不能谓之贼。"故虽议论违忤，而神宗识其意，待之愈厚。及拜资政殿学士，盖有意复用公也。夫复用公者，岂徒然哉？将必行其所言。公亦识其意，故为政之日，自信而不疑。呜呼！若先帝可谓知人矣，其知之也深。公可谓不负所知矣，其报之也大。

轼从公游二十年，知公平生为详，故录其大者为行状。其余，非天下所以治乱安危者，皆不载，谨状。

【解题】

本文作于元祐元年（1086）九月，司马温公，即司马光，元祐元年九月病故，追封温国公。苏轼在这篇传记中概述了司马光的出身、经历，着重记叙了他刚直不阿、敢于诤谏的品格和坚决反对新法的政治态度，表达了作者对司马光的崇敬之情，也反映了作者的政治思想。

僧圆泽传

洛师惠林寺，故光禄卿李憕居第。禄山陷东都，憕以居守死之。子源，少时以贵游子豪侈善歌，闻于时。及憕死，悲愤自誓，不仕不娶不食肉，居寺中五十余年。

寺有僧圆泽，富而知音。源与之游，甚密，促膝交语竟日，人莫能测。一日，相约游蜀青城峨眉山。源欲自荆州溯峡，泽欲取长安斜谷路。源不可，曰："吾已绝世事，岂可复道京师哉!"泽默然久之，曰："行止固不由人。"

遂自荆州路，舟次南浦，见妇人锦裆负罂而汲者，泽望而泣曰："吾不欲由此者，为是也。"源惊问之。泽曰："妇人姓王氏，吾当为之子。孕三岁矣，吾不来，故不得乳。今既见，无可逃者。公当以符咒助我速生。三日浴儿时，愿公临我，以笑为信。后十三年中秋月夜，杭州天竺寺外，当与公相见。"源悲悔而为具沐浴易服，至暮，泽亡而妇乳。三日，往视之，儿见源果笑。具以语王氏，出家财葬泽山下。源遂不果行，反寺中，问其徒，则既有治命矣。

后十三年自洛适吴，赴其约，至所约，闻葛洪川畔有牧童扣牛角而歌之。曰："三生石上旧精魂，赏月吟风不要论。惭愧情人远相访，此身虽异性长存。"呼问："泽公健否?"答曰："李公真信士。然俗缘未尽，慎勿相近。惟勤修不堕，乃复相见。"又歌曰："身前身后事茫茫，欲话因缘恐断肠。吴越山川寻已遍，却回烟棹上瞿塘。"遂去，不知所之。

后二年，李德裕奏源忠臣子，笃孝，拜谏议大夫，不就，竟死寺中，年八十。

【解题】

元祐六年（1091）三月，朝廷诏命杭州太守苏轼回朝任职，苏轼往天竺惠净寺辞别，并节录前人故事为本文以赠寺僧。

率子廉传

率子廉，衡山农夫也。愚朴不逊，众谓之率牛。晚隶南岳观为道士。观西南七里，有紫虚阁，故魏夫人坛也。道士以荒寂，莫肯居者，惟子廉乐之，端默而已，人莫见其所为。然颇嗜酒，往往醉卧山林间，虽大风雨至不知，虎狼过其前，亦莫害也。

故礼部侍郎王公祜出守长沙，奉诏祷南岳，访魏夫人坛。子廉方醉不能起，直视公曰："村道士爱酒，不能常得，得辄径醉，官人恕之。"公察其异，载与俱归。居月余，落漠无所言，复送还山，曰："尊师韬光内映，老夫所不测也，当以诗奉赠。"既而忘之。一日昼寝，梦子廉来索诗，乃作二绝句，书板置阁上。众道士惊曰："率牛何以得此？"

太平兴国五年六月十七日，忽使谓观中人曰："吾将有所适，阁不可无人，当速遣继我者。"众道士自得王公诗，稍异之矣。及是，惊曰："天暑如此，率牛安往？"狼狈往视，则死矣。众始大异之，曰："率牛乃知死日耶？"葬之岳下。未几，有南台寺僧守澄，自京师还，见子廉南薰门外，神气清逸。守澄问何故出山？笑曰："闲游耳。"寄书与山中人，澄归，乃知其死。验其书，则死日也。发其冢，杖屦而已。

东坡居士曰："士中有所挟，虽小技，不轻出也，况至人乎！至人固不可得，识至人者，岂易得哉！王公非得道，不能知率牛之异也。"居士尝作《三槐堂记》，意谓公非独庆流其子孙，庶几身得道者。及见率子廉事，益信其然。公诗不见全篇，书以遗其曾孙巩，使求之家集而补之，或刻石置紫虚阁上云。

【解题】

本文于元祐年间在京城作。文中记王巩曾祖所遇得道道士之神异事迹。

万石君罗文传

罗文，歙人也。其上世常隐龙尾山，未尝出为世用。自秦弃诗书，不用儒学，汉兴，萧何辈又以刀笔吏取将相，天下靡然效之，争以刀笔进，虽有奇产，不暇推择也。以故罗氏未有显人。

及文，资质温润，缜密可喜，隐居自晦，有终焉之意。里人石工猎龙尾山，因窟入见，文块然居其间，熟视之，笑曰："此所谓邦之彦也，岂得自弃于岩穴耶?"乃相与定交，磨砻成就之，使从诸生学，因得与士大夫游，见者咸爱重焉。

武帝方向学，喜文翰，得毛颖之后毛纯为中书舍人。纯一日奏曰："臣幸得收录以备任使。然以臣之愚，不能独大用。今臣同事，皆小器顽滑，不足以置左右，愿得召臣友人罗文以相助。"诏使随计吏入贡。蒙召见文德殿，上望见，异焉。因玩弄之曰："卿久居荒土，得被漏泉之泽，涵濡浸渍久矣，不自枯槁也。"上复叩击之，其音铿铿可听。上喜曰："古所谓玉质而金声者，子真是也。使待诏中书。久之拜舍人。

是时墨卿、楮先生，皆以能文得幸，而四人同心，相得欢甚。时人以为文苑四贵。每有诏命典策，皆四人谋之。其大约虽出于上意，必使文润色之，然后琢磨以墨卿，谋画以毛纯，成，以受楮先生，使行之四方远夷，无不达焉。上尝叹曰："是四人者，皆国宝也。"然重厚坚贞，行无瑕玷，自二千石至百石吏，皆无如文者。命尚方以金作室，以蜀文锦为荐褥赐之。其后子阗进美玉，上使以玉作小屏风赐之，并赐高丽所献铜瓶为饮器，亲爱日厚，如纯辈不敢望也。

上得群才用之，遂内更制度，修律历，讲郊祀，治刑狱，外征伐四夷。诏书符檄礼文之事，皆文等预焉。上思其功，制诏丞相御史曰："盖闻议法者常失于太深，论功者常失于太薄，有功而赏不及，虽唐虞不能以相劝。中书舍人罗文，久典书籍，助成文治，厥功茂焉。其以歙之祁门三百户封文，号万石君，世世勿绝。"

文为人有廉隅，不可犯，然搏击非其任，喜与老成知书者游。常曰："吾与儿辈处，每虑有玷缺之患。"其自爱如此。以是小人多轻疾之。或谗于上曰："文性贪墨，无洁白称。"上曰："吾用文掌书翰，取其便事耳。虽贪墨，吾固知，不如是亦何以见其才。"自是左右不敢复言。

文体有寒疾，每冬月侍书，辄面冰不可运笔，上时赐之酒，然后能书。

元狩中，诏举贤良方正。淮南王安举端紫，以对策高第，待诏翰林，超拜尚书仆射，与文并用事。紫虽乏文采，而令色尤可喜，以故常在左右，文浸不用。上幸甘泉，祠河东，巡逆方，紫常扈从，而文留守长安禁中。上还，见文尘垢面目，颇怜之。文因进曰："陛下用人，诚如汲黯之言，后来者居上耳。"上曰："吾非不念尔，以尔年老，不能无少圆缺故也。"左右闻之，以为上意不悦，因不复顾省。

文乞骸骨，伏地，上诏使驸马都尉金日磾翼起之。日磾，胡人，初不知书，素恶文所为，因是挤之殿下，颠仆而卒。上悯之，令宦者瘗于南山下。

子坚嗣。坚资性温润，文采缜密，不减文，而器局差小，起家为文林郎，侍书东宫。昭帝立，以旧恩见宠。帝春秋益壮，喜宽大博厚者，顾坚器小，斥不用。坚亦以落落难合于世，自视与瓦砾同。昭帝崩，大将军霍光以帝平生玩好器用后宫美人置之平陵。坚自以有旧恩，乞守陵，拜陵寝郎。后死葬平陵。

自文生时，宗族分散四方。高才奇特者，王公贵人以金帛聘取为从事、舍人，其下亦与巫医书算之人游，皆有益于其业，或因以致富焉。

赞曰：罗氏之先无所见，岂左氏所称罗国哉？考其国邑，在江汉之间，为楚所灭，子孙疑有散居黟、歙间者。呜呼！国既破亡，而后世犹以知书见用，至今不绝。人岂可以无学术哉！

【解题】

本文为寓言体，仿韩愈《毛颖传》，以砚拟人，写罗文早年以才能得到人主赏识，倍受宠爱，加官进爵；一旦年老，则被疏远，甚至性命不保。反映了作者对宦海沉浮的特殊感受和牢骚不平。本文及以下各文皆不详作年。

杜处士传

杜仲，郁里人也，天资厚朴，而有远志。闻黄环名，从之游。因陈曰："愿辅子半夏，幸仁悯焉，使得旋复自古扬榷。"环曰："子言匪实，宜蚤休，少从容，将诃子矣。"仲曰："人之相仁，虽不百合，亦自然同，况吐新意以前乎？吾闻夫子雌黄冠众，故求决明于子，今子微衔吾，为其非侪乎？"曰："吾如贫者，食无余粮，独活久矣。子今屑就，何以充蔚子乎！苟迹子之素狂，若所请亦大激矣。试闻子之志也。"曰："敢问士何以益智？行何以非廉？先王不留行者何事也？"曰："此匪子解也。夫得所托者，犹之射干临于层城也。居非地者，犹之困于蒺藜也。今子宛如《易》之所谓"井渫不食"也。非扬淘之而欲其中空清，是坐恒山而望扶桑耳，势不可及已。使投垢热艾以求别当世，则与之无名异矣。某蒙甚，愿子白之。"曰："吾自通微，预知子高良，故谩矜子以短，而欲乱子言，子能详微意，知所激刺，亦无患子矣。虽然，泽兰必馨，今王明苟起子为赤车使者，且将封子，子甘从之乎？"曰："吾大则欲伏神以安息，小者吾殊于众而已矣。虽登文石摩螭头不愿也。占人有三聘而起松萝者，迫实用也。余将杜衡门以居之，为一白头翁，虽五加皮币于我，如水萍耳，岂当归之哉。"环曰："然。世有阴险以求石斛之禄者，五味子之言可也，虽吾亦续随子矣。"

或斥之曰："船破须筎，酒成于麴，犹君之录英才也。彼贪禄角进者，可诮之也。若夫踯躅而还乡，甘遂意于丁沉，则吾之所谓独行之民，可使君子怀宝，乌久居此为哉！”

余爱仲善依人，而嘉环能发其心，故录之为传。

【解题】

本文叙黄环开导启发杜仲事，为寓言体。杜仲、黄环，皆可入药，文中多插以药名，亦以药用言人事，属游戏之作。

江瑶柱传

生姓江，名瑶柱，字子美，其先南海人。十四代祖媚川，避合浦之乱，徙家闽越。闽越素多士人，闻媚川之来，甚喜，朝夕相与探讨，又从而镌琢之。媚川深自晦匿，尝喟然谓其孙子曰：“匹夫怀宝，吾知其罪矣。尚子平何人哉！”遂弃其孥，浪迹泥涂中，潜德不耀，人莫知其所终。媚川生二子，长曰添丁，次曰马颊。始来鄞江，今为明州奉化人，瑶柱世孙也。

性温平，外悫而内淳。稍长，去褓颣，颀长而白晰，圆直如柱，无丝发附丽态。父友庖公异之，且曰：“吾阅人多矣。昔人梦资质之美有如玉川者，是儿亦可谓瑶柱矣。”因以名之。生寡欲，然极好滋味合口，不论人是非，人亦甘心焉。独与峨嵋洞车公、清溪遐丘子、望湖门章举先生善，出处大略相似，所至一坐尽倾。然三人者，亦自下之，以谓不可及也。

生亦自养，名声动天下，乡闾尤爱重之。凡岁时节序，冠婚庆贺，合亲戚，燕朋友，必延为上客，一不至，则慊然皆云无江生不乐。生颇厌苦之，间或逃避于寂寞之滨，好事者，虽解衣求之不惮也。至于中朝达官名人游宦东南者，往往指四明为善地，亦屡属意于江生。

惟扶风马太守，不甚礼之。生浸不悦，跳身武林，道感温风，得中乾疾。为亲友强起，置酒高会。座中有合氏子，亦江淮间名士也，辄坐生上。众口叹美之曰："闻客名旧矣。盖乡曲之誉，不可尽信，韩子所谓面目可憎语言无味者，非客耶？客第归，人且不爱客而弃之海上，遇逐臭之夫，则客归矣，尚何与合氏子争乎！"生不能对，大惭而归，语其友人曰："吾弃先祖之戒，不能深藏海上，而薄游樽俎间，又无馨德，发闻惟腥，宜见摈于合氏子，而府公贬我，固当从吾子游于水下。苟不得志，虽粉身亦何憾。吾去子矣。"已而果然。其后族人复盛于四明，然声誉稍减云。

太史公曰：里谚有云："果蓏失地则不荣，鱼龙失水则不神。"物固且然，人亦有之。嗟乎瑶柱，诚美士乎！方其为席上之珍，风味蔼然，虽龙肝凤髓，有不及者。一旦出非其时而丧其真，众人且掩鼻而过之，士大夫有识者，亦为品藻而置之下。士之出处不可不慎也，悲夫！

【解题】

本文叙江瑶柱早得盛名，后不加修行谦抑，终为人所弃。文章告诫士人当对自己的言行出处时刻保持谨慎的态度，以免"丧其真"而损坏自己的声誉。本文为寓言体。江瑶柱，贝类，为海鲜珍品，干死后有腥臭味。

黄甘陆吉传

黄甘、陆吉者，楚之二高士也。黄隐于泥山，陆隐于萧山。楚王闻其名，遣使召之。陆吉先至，赐爵左庶长，封洞庭君，尊宠在群臣右。久之，黄甘始来，一见拜温尹平阳侯，班视令尹。

吉起隐士，与甘齐名，入朝久，尊贵用事。一旦吉位居上，甘心衔之，群臣皆疑之。会秦遣苏轸、钟离意使楚，楚召燕章华台。群臣皆与甘坐上坐。吉咈然谓之曰："请与子论事。"甘曰：

"唯唯。"吉曰:"齐、楚约西击秦,吾引兵逾关,身犯霜露,与枳棘最下者同甘苦,率家奴千人,战季洲之上,拓地至汉南而归。子功孰与甘?"曰:"不如也。"曰:"神农氏之有天下也,吾剥肤剖肝,怡颜下气,以固带之术献上,上喜之,命注记官陶弘景状其方略,以付国史,出为九江守,宣上德泽,使童儿亦怀之。子才孰与甘?"曰:"不如也。"吉曰:"是二者皆出吾下,而位吾上,何也?"甘徐应之曰:"君何见之晚也。每岁太守劝驾乘传,入金门,上玉堂,与虞荔、申梠、梅福、枣嵩之徒列侍上前,使数子者口呿舌缩,不复上齿牙间。当此之时,属之于子乎,属之于我乎?"吉默然良久曰:"属之于子矣。"甘曰:"此吾之所以居子之上也。"于是群臣皆服。岁终,吉以疾免。更封甘子为穰侯,吉之子为下邳侯。穰侯遂废不显,下邳以美汤药,官至陈州治中。

太史公曰:田文论相吴起说,相如回车廉颇屈,侄欲弊衣尹姬悔。甘吉亦然。传曰:"女无好丑,入宫见妒,士无贤不肖,入朝见嫉。"此之谓也。虽美恶之相辽,嗜好之不齐,亦焉可胜道哉!

【解题】

本文亦为寓言体,甘吉为柑桔谐音。文中述才德相若之士,因朝廷喜好不同,而使之职位相别,引起相互妒嫉。它反映了君王专制制度下的一种不可克服的弊端。

叶　嘉　传

叶嘉,闽人也。其先处上谷。曾祖茂先,养高不仕,好游名山,至武夷,悦之,遂家焉。尝曰:"吾植功种德,不为时采,然遗香后世,吾子孙必盛于中土,当饮其惠矣。"茂先葬郝源,子孙遂为郝源民。

至嘉，少植节操。或劝之业武。曰："吾当为天下英武之精，一枪一旗，岂吾事哉!"因而游见陆先生，先生奇之，为著其行录传于时。方汉帝嗜阅经史时，建安人为谒者侍上，上读其行录而善之，曰："吾独不得与此人同时哉!"曰："臣邑人叶嘉，风味恬淡，清白可爱，颇负其名，有济世之才，虽羽知犹未详也。"上惊，勅建安太守召嘉，给传遣诣京师。

郡守始令采访嘉所在，命赍书示之。嘉未就，遣使臣督促。郡守曰："叶先生方闭门制作，研味经史，志图挺立，必不屑进，未可促之。"亲至山中，为之劝驾，始行登车。遇相者揖之，曰："先生容质异常，矫然有龙凤之姿，后当大贵。"

嘉以皂囊上封事。天子见之，曰："吾久饫卿名，但未知其实尔，我其试哉!"因顾谓侍臣曰："视嘉容貌如铁，资质刚劲，难以遽用，必槌提顿挫之乃可。"遂以言恐嘉曰："碪斧在前，鼎镬在后，将以烹子，子视之如何?"嘉勃然吐气，曰："臣山薮猥士，幸惟陛下采择至此，可以利生，虽粉身碎骨，臣不辞也。"上笑，命以名曹处之，又加枢要之务焉。因诫小黄门监之。有顷，报曰："嘉之所为，犹若粗疏然。"上曰："吾知其才，第以独学未经师耳。"嘉为之，屑屑就师，顷刻就事，已精熟矣。

上乃勅御史欧阳高、金紫光禄大夫郑当时、甘泉侯陈平三人与之同事。欧阳疾嘉初进有宠，曰："吾属且为之下矣。"计欲倾之。会天子御延英促召四人，欧但热中而已，当时以足击嘉，而平亦以口侵陵之。嘉虽见侮，为之起立，颜色不变。欧阳悔曰："陛下以叶嘉见托，吾辈亦不可忽之也。"因同见帝，阳称嘉美而阴以轻浮诋之。嘉亦诉于上。上为责欧阳，怜嘉，视其颜色，久之，曰："叶嘉真清白之士也。其气飘然，若浮云矣。"遂引而宴之。

少选间，上鼓舌欣然，曰："始吾见嘉未甚好也，久味其言，令人爱之，朕之精魄，不觉洒然而醒。《书》曰：‘启乃心，沃朕心。’嘉之谓也。”于是封嘉钜合侯，位尚书，曰：“尚书，朕喉舌之任也。”由是宠爱日加。朝廷宾客遇会宴享，未始不推于嘉。上日引对，至于再三。

岳因侍宴苑中，上饮逾度，嘉辄苦谏。上不悦，曰：“卿司朕喉舌，而以苦辞逆我，余岂堪哉！”遂唾之，命左右仆于地。嘉正色曰：“陛下必欲甘辞利口然后爱耶！臣虽言苦，久则有效。陛下亦尝试之，岂不知乎！”上顾左右曰：“始吾言嘉刚劲难用，今果见矣。”因含容之，然亦以是疏嘉。

嘉既不得志，退去闽中，既而曰：“吾未如之何也，已矣。”上以不见嘉月余，劳于万机，神薾思困，颇思嘉。因命召至，喜甚，以手抚嘉曰：“吾渴见卿久矣。”遂恩遇如故。上方欲南诛两越，东击朝鲜，北逐匈奴，西伐大宛，以兵革为事。而大司农奏计国用不足，上深患之，以问嘉。嘉为进三策，其一曰：榷天下之利，山海之资，一切籍于县官。行之一年，财用丰赡，上大悦。兵兴有功而还。上利其财，故榷法不罢，管山海之利，自嘉始也。

居一年，嘉告老，上曰：“钜合侯，其忠可谓尽矣。”遂得爵其子。又令郡守择其宗支之良者，每岁贡焉。嘉子二人，长曰抟，有父风，故以袭爵。次子挺，抱黄白之术，比于抟，其志尤淡泊也。尝散其资，拯乡闾之困，人皆德之。故乡人以春伐鼓，大会山中，求之以为常。

赞曰：今叶氏散居天下，皆不喜城邑，惟乐山居。氏于闽中者，盖嘉之苗裔也。天下叶氏虽伙，然风味德馨为世所贵，皆不及闽。闽之居者又多，而郝源之族为甲。嘉以布衣遇天子，爵彻侯，位八座，可谓荣矣。然其正色苦谏，竭力许国，不为身计，盖有以取之。夫先王用于国有节，取于民有制，至于山林川泽之利，一切与民，嘉为策以榷之，虽救一时之急，非先王之举也，君子讥之。或云管山海之利，始于盐铁丞孔、桑弘羊之谋也，嘉之策未行于时，至唐赵赞，始举而用之。

【解题】

本文为寓言体，叙叶嘉节操刚健，身居高位而能直言进谏，不计个人得失，而对叶嘉所倡榷天下山海之利则不无微言，这一点反映了苏轼对王安石变法不合作的态度。本文或疑为陈元规所作。

温陶君传

石中美，字信美，中牟人也。本姓麦氏，既破，随母罗氏去其夫而适石氏，因冒其姓。始中美之生也，其父太卜氏以连山筮之，遇师☷☵之爻，是谓师之革☱☲，曰，生乎土，成乎水，而变乎火，坎以鞣之，坤以布之，釜以熟之，口以内之，腹以藏之，美在其中，而畅于四支。能者乐之以为大腹，不能者伤之以为心病，众所说也，善孰大焉。故因以名字之。

中美幼轻躁踈散，与物不合，得其乡人储子之意，因使从滏水汤先生游。既熟，遂陶而成之。为人白晳而长，温厚柔忍，在诸石中最有名。

储子因秦故，司马错、李斯子由、赵高、阎乐，并荐于秦王，得与圃田蔡甲、肥乡羊奭、内黄韩音子俱召见。是时王方省览文书，日昃未食，见之甚喜，曰：“卿等向者安在，何相见之晚也。‘未见君子，惄如调饥。’卿等之谓也。”由是皆得进见，充上心腹。赐爵土，更上食，典御旦夕召对，所献纳时或粗疏，上未尝不尽善也。秦王以嫪毐事出文信侯而迁太后，怒恚，数日不食。中美赐爵彻侯，食温、定陶二县，号温陶君。

中美既被任用，凡有造作，自丞相以下莫不是之。其为人柔和，有以塞谗人之口故也。

他日秦王坐朝，日旰，意有所思，亟召中美，将虚以纳之。中美不熟计以进，其说颇刚鲠，志不快之者累日。有博士单轸说上曰：“为其所伤矣，宜有以下之，即无患。”因进其弟子巳升、元华于上，上意稍平，然自是遂疏中美，不得为尚食矣。中美曰：“吾为尚食，日夕自谓不素餐兮者，今吾与羊生辈皆不得进，纵复有用者，将诛辱乎？昔也得充心腹，而今也遽不信，是有不善我之心，虽使时或思我，彼将不尽矣。”遂称疾，以侯就第。

其后子孙生郡郭者，散居四方，自号浑氏、扈氏、索氏、石氏，为四族云。

【解题】

本文为寓言体。温陶即和面，也称温面，文章因其品性拟为君臣事，颇诙谐。

蔡使君传

使君讳道恭，字怀俭，南阳冠军人也。父讳那，宋益州刺史。使君少宽厚，有大量，仕齐为西中郎中兵参军，加辅国将军。梁武帝起兵，萧颖胄以使君素著威略，专任以事。齐和帝即位，为右卫将军，出为司州刺史。

梁天监初，论功封汉寿县伯，进号平北将军。三年，魏围司州，时城中众不满五千，食裁半岁。魏人攻之昼夜不息，作大车载土，四面俱前，欲以填堑。使君于堑内作艨艟斗舰以待之，魏人不得进，潜作伏道以决堑水，使君以土犹塞之。相持百余日，前后斩获不可胜计。魏人大造梯冲，攻围日急。使君用四石乌漆大弓射之，所中皆洞甲，饮羽一发，或贯两人，魏人望弓皆靡。又于城内起土山，多作大矟，长二丈五尺，施长刃，使壮士执以刺魏人。

魏人将退。会使君病笃，乃呼兄子僧勰、从弟灵恩及将帅谓曰："吾所苦势不能久，汝等当以死固节，无令吾没有遗恨。"又令取所持节授僧勰曰："禀命出疆，既不得奉以还朝，意欲与之俱逝，可以是殉我。"众皆流涕。其年五月卒。

魏人知使君没，攻之愈急。初，朝廷遣郢州刺史曹景宗援之，景宗不前。八月粮尽，城陷。赠镇西将军，且购其丧。八年，魏人归其丧，葬襄阳。传国至孙固，固早卒，国除。

【解题】

本文叙南朝梁将军蔡道恭死守司州事，赞扬了蔡道恭英武善战、忠于职守的优秀品质。《梁书》、《南史》有蔡道恭传，可参看。

七 赋颂

屈原庙赋

浮扁舟以适楚兮，过屈原之遗宫。览江上之重山兮，曰惟子之故乡。伊昔放逐兮，渡江涛而南迁。去家千里兮，生无所归而死无以为坟。

悲夫！人固有一死兮，处死之为难。徘徊江上欲去而未决兮，俯千仞之惊湍。赋《怀沙》以自伤兮，嗟子独何以为心。忽终章之惨烈兮，逝将去此而沉吟。吾岂不能高举而远游兮，又岂不能退默而深居？独嗷嗷其怨慕兮，恐君臣之愈疏。生既不能力争而强谏兮，死犹冀其感发而改行。苟宗国之颠覆兮，吾亦独何爱于久生。托江神以告冤兮，冯夷教之以上诉。历九关而见帝兮，帝亦悲伤而不能救。怀瑾佩兰而无所归兮，独惸惸乎中浦。

峡山高兮崔嵬，故居废兮行人哀。子孙散兮安在，况复见兮高台。自子之逝今千载兮，世愈狭而难存。贤者畏讥而改度兮，随俗变化斫方以为圆。黾勉于乱世而不能去兮，又或为之臣佐。变丹青于玉莹兮，彼乃谓子为非智。惟高节之不可以企及兮，宜夫人之不吾与。违国去俗死而不顾兮，岂不足以免于后世。

呜呼！君子之道，岂必全兮。全身远害，亦或然兮。嗟子区区，独为其难兮。虽不适中，要以为贤兮。夫我何悲，子所安兮。

【解题】

本文作于嘉祐四年（1059）十月，时苏轼服母丧毕，随苏洵至京，途经忠州屈原庙，有感而赋之。文中歌颂了屈原至死不改的忠君爱国之志，同时也谴责了后世士人避祸变节的行为。

滟滪堆赋 并叙

世以瞿塘峡口滟滪堆为天下之至险，凡覆舟者，皆归咎于此石。以余观之，盖有功于斯人者。夫蜀江会百水而至于夔，弥漫浩汗，横放于大野，而峡之大小，曾不及其十一。苟先无以龃龉于其间，则江之远来，奔腾迅快，尽锐于瞿塘之口，则其崄悍可畏，当不啻于今耳。因为之赋，以待好事者试观而思之。

天下之至信者，唯水而已。江河之大与海之深兮，可以意揣。唯其不自为形，而因物以赋形，是故千变万化而有必然之理。掀腾勃怒，万夫不敢前兮，宛然听命，惟圣人之所使。余泊舟乎瞿塘之口，而观乎滟滪之崔嵬，然后知其所以开峡而不去者，固有以也。蜀江远来兮，浩漫漫之平沙。行千里而未尝龃龉兮，其意骄逞而不可摧。忽峡口之逼窄兮，纳万顷于一盃。方其未知有峡也，而战乎滟滪之下，喧豗震掉，尽力以与石斗，勃乎若万骑之西来。忽孤城之当道，钩援临冲，毕至于其下兮，城坚而不可取。矢尽剑折兮，迤逦循城而东去。于是滔滔汩汩，相与入峡，安行而不敢怒。嗟夫！物固有以安而生变兮，亦有以用危而求安。得吾说而推之兮，亦足以知物理之固然。

【解题】

本文作于嘉祐四年（1059）十月。滟滪堆雄踞瞿塘峡口，人皆视为险途，而苏轼独推其功，发为此赋。因为江水千里直泻而入峡口，其势骄猛，幸得滟滪堆抵挡，消解水势，使其安然入峡，不得为害，因此滟滪堆实有使瞿塘峡转危为安之功。文中绘写激流遇石，以战阵拟之，扬厉声色，文采斑斓，骇人耳目。文末归之于安危互生互变之理，发人所未见，见识过人。

石室先生画竹赞 并叙

与可，文翁之后也。蜀人犹以石室名其家，而与可自谓笑笑先生。盖可谓与道皆逝，不留于物者也。顾尝好画竹，客有赞之者曰：

先生闲居，独笑不已。问安所笑，笑我非尔。物之相物，我尔一也。先生又笑，笑所笑者。笑笑之余，以竹发妙。竹亦得风，夭然而笑。

【解题】

本文作于治平元年（1064）正月。文中以弃世傲物释文与可自号“笑笑”二字。石室先生，即文与可。

油　水　颂 并侯溥跋

熙宁元年七月二十八日，元叔设食嘉祐院，见召，谒长老，观佛牙。赵郡苏轼为之颂曰：

水在油中，见火则起。油水相搏，水去油住。湛然光明，不知有火。在火能定，由水净故。若不经火，油水同定。非真定故，见火复起。

仆尝与子瞻学士会食于嘉祐长老纪公之丈室。子瞻识其行于壁，又书水去真定之喻十二言于其所谓禅版者。纪曰：“壁有时以圮，版有时以蠹，不幸而及于此，则吾之所宝去矣。我将宝其真笔而摹其字于石，垂之绵绵，使观者知大贤之所存。”熙宁四年八月九日，河南侯溥元叔题。

【解题】

本文论真性情须经艰苦的考验才能显现出来。

九马图赞 并叙

长安薛君绍彭，家藏曹将军《九马图》，杜子美所为作诗者也，拳毛师子二骏在焉。作《九马图赞》：

牧者万岁，绘青惟霸。甫为作诵，伟哉九马。姚、宋庙堂，李、郭治兵。帝下毛龙，以驭群英。我思开元，今为几日。筋骨应图，至三万疋。云何寂寥，跬步山川。负盐挽磨，汨湿九泉。牝牡骊黄，自以为至。较其一毛，弃我千里。蹄啮是乘，脂蜡其鞭。道阻且长，喟其永叹。

【解题】

本文作于熙宁二年（1069）正月。

邓公砚铭 并叙

王巩，魏国文正公之孙也。得其外祖张邓公之砚，求铭于轼。铭曰：

邓公之砚，魏公之孙。允也其物，展也其人。思我魏公文而厚，思我邓公德而寿。三复吾铭，以究令名。

【解题】

本文约作于熙宁二年（1069）八月。

玉堂砚铭 并叙

文同与可将赴陵州，孙洙巨源以玉堂大砚赠之。与可属苏轼子瞻为之铭，曰：

坡陁弥漫，大阔海浅，巨源之砚。淋漓荡潏，神没鬼出，与可之笔。烬南山之松，为煤无余。涸陵阳之水，维以濡之。砚大如四砖许，而陵州在高山上，至难得水，故以戏之。

王平甫砚铭

玉德金声，而寓于斯。中和所熏，不水而滋。正直所冰，不寒而澌。平甫之砚，而轼铭之。

【解题】

此两文皆作于熙宁三年（1070）十一月。王平甫即王安国。

金山长老宝觉师真赞

望之俨然，即之也温。是惟宝觉，大士之像。因是识师，是则非师，因师识道，道亦如是。

【解题】

本文作于熙宁四年（1071）十一月，时苏轼往任杭州通判，游金山寺并访宝觉园通长老，作本文。真，即人物画像。

阿弥陀佛颂　并叙

钱塘圆照律师，普劝道俗归命西方极乐世界阿弥陀佛。眉山苏轼敬舍亡母蜀郡太君程氏遗留簪珥，命工胡锡采画佛像，以荐父母冥福。谨再拜稽首而献颂曰：

佛以大圆觉，充满河沙界。我以颠倒想，出没生死中。云何以一念，得往生净土。我造无始业，本从一念生。既从一念生，还从一念灭。生灭灭尽处，则我与佛同。如投水海中，如风中鼓橐。虽有大圣智，亦不能分别。愿我先父母，与一切众生。在处为西方，所遇皆极乐。人人无量寿，无往亦无来。

【解题】

本文作于熙宁五年（1072）十二月，为亡父母祈冥福。

凤味砚铭

帝规武夷作茶囿，山为孤凤翔且嗅。下集芝田啄琼玖，玉乳金沙发灵窦。残璋断璧泽而黝，治为书砚美无有。至珍惊世初莫售，黑眉黄眼争妍陋。苏子一见名凤味，坐令龙尾羞牛后。

【解题】

本文于熙宁五年（1072）为王巩而作。

金星洞铭

宝山南麓凤左翅，惊雷划石逋虬起，凝阴嘘坚出怪玮。是生神草肖苍虺，离离赤志挟脊尾，飞流丹石决痈痏。金星非实特取似，旋及山石亦见谓，凡名相因皆此比。

【解题】

本文约作于熙宁六年（1073）。金星洞，在杭州凤凰山上，因洞生金星草而得名。

后杞菊赋　并叙

天随生自言常食杞菊。及夏五月，枝叶老硬，气味苦涩，犹食不已，因作赋以自广。始余尝疑之，以为士不遇，穷约可也，至于饥饿，嚼啮草木，则过矣。而余仕宦十有九年，家日益贫，衣食之奉，殆不如昔者。及移守胶西，意且一饱，而斋厨索然，不堪其忧。日与通守刘君廷式，循古城废圃，求杞菊食之，扪腹而笑。然后知天随生之言，可信不谬。作《后杞菊赋》以自嘲，且解之云。

“吁嗟先生，谁使汝坐堂上称太守？前宾客之造请，后掾属之趋走。朝衙达午，夕坐过酉。曾杯酒之不设，揽草木以诳口。对案颦蹙，举箸噎呕。昔阴将军设麦饭与葱叶，井丹推去而不嗅，怪先生之眷眷，岂故山之无有？”先生听然而笑曰：“人生一世，如屈伸肘。何者为贫？何者为富？何者为美？何者为陋？或糠核而瓠肥，或粱肉而墨瘦。何侯方丈，庾郎三九。较丰约于梦寐，卒同归于一朽。吾方以杞为粮，以菊为糗。春食苗，夏食叶，秋食花实而冬食根，庶几乎西河、南阳之寿。”

【解题】

本文作于熙宁八年（1075）七月，时苏轼任密州太守。因生活困难，苏轼与友人刘廷式往废园寻求杞菊作食物，遂作此赋。文中表达了自己不以贫困为苦，安于现状的豁达的世界观，文章采取了传统的答问形式，活泼诙谐，极富情趣。

山　堂　铭　并叙

熙宁九年夏六月，大雨，野人来告故东武城中沟渎圮坏，出乱石无数。取而储之，因守居之北墉为山五，成，列植松柏桃李其上，且开新堂北向，以游心寓意焉。其铭曰：

谁裒斯坚，土伯所储。潦流发之，神以畀予。因庑为堂，践城为山。有乔苍苍，俯仰百年。

【解题】

本文作于熙宁九年（1076）六月。

胶西盖公堂照壁画赞　并引

陆探微画师子在润州甘露寺，李卫公镇浙西所留者。笔法奇古，绝不类近世。予为甘露寺诗有云“破板陆生画，青猊戏盘跚。上有二天人，挥手如翔鸾。笔墨虽欲尽，典刑垂不刊”者也。熙宁九年十一月十五日，命工摹置胶西盖公堂中，且赞之云：

高其目，仰其鼻，奋髯吐舌威见齿。舞其足，前其耳，左顾右盼喜见尾。虽猛而和盖其戏，置之高堂护燕几。啼呼颠沛走百鬼，嗟乎妙哉古陆子。

【解题】

胶西，地名，属密州。陆探微，南朝宋人，以善画得名。本文极言称赞陆探微所绘狮子神态毕具、笔法奇古。

韩干画马赞

韩干之马四。其一在陆，骧首奋鬣，若有所望，顿足而长鸣。其一欲涉，尻高首下，择所由济，局蹐而未成。其二在水，前者反顾，若以鼻语，后者不应，欲饮而留行。以为厩马也，则前无羁络，后无棰策，以为野马也，则隅目耸耳，丰臆细尾，皆中度程。萧然如贤大夫、贵公子，相与解带脱帽，临水而濯缨。遂欲高举远引，友麋鹿而终天年，则不可得矣。盖优哉游哉，聊以卒岁而无营。

【解题】

本文作于熙宁十年（1077）三月。文中细致地描绘韩干所绘马图。韩干，唐玄宗时著名画家，善画马，骨肉停匀，神气俱现，自成一家。

徐州莲华漏铭　并叙

故龙图阁直学士礼部侍郎燕公肃，以创物之智闻于天下，作莲华漏，世服其精。凡公所临，必为之，今州郡往往而在，虽有巧者，莫敢损益。而徐州独用瞽人卫朴所造，废法而任意，有壶而无箭。自以无目而废天下之视，使守者伺其满，则决之而更注，人莫不笑之。国子博士傅君裼，公之外曾孙，得其法为详。其通守是邦也，实始改作，而请铭于轼。铭曰：

人之所信者，手足耳目也，目识多寡，手知重轻。然人未有以手量而目计者，必付之于度量与权衡。岂不自信而信物，盖以为无意无我，然后得万物之情。故天地之寒暑，日月之晦明。昆仑旁薄于三十八万七千里之外，而不能逃于三尺之箭、五斗之鉼。虽疾雷霾风雨雪昼晦而迟速有度，不加亏赢。使凡为吏者，如鉼之受水不过其量，如水之浮箭不失其平。如箭之升降也，视时之上下，降不为辱，升不为荣。则民将靡然心服，而寄我以死生矣。

【解题】

本文作于元丰元年（1078）正月。莲花漏，古用作计时之器。此漏为宋天圣中燕肃所作，甚有名。

王元之画像赞　并叙

《传》曰：“不有君子，其能国乎？”余常三复斯言，未尝不流涕太息也。如汉汲黯、萧望之、李固，吴张昭，唐魏郑公、狄仁杰，皆以身徇义，招之不来，麾之不去，正色而立于朝，则豺狼狐狸，自相吞噬，故能消祸于未形，救危于将亡。使皆如公孙丞相、张禹、胡广，虽累千百，缓急岂可望哉！故翰林王公元之，以雄文直道，独立当世，足以追配此六君子者。方是时，朝廷清明，无大奸慝。然公犹不容于中，耿然如秋霜夏日，不可狎玩，至于三黜以死。有如不幸而处于众邪之间，安危之际，则公之所为，必将惊世绝俗，使斗筲穿窬之流，心破胆裂，岂特如此而已乎？始余过苏州虎丘寺，见公之画像，想其遗风余烈，愿为执鞭而不可得。其后为徐州，而公之曾孙汾为兖州，以公墓碑示余，乃追为之赞，以附其家传云。

维昔圣贤，患莫己知。公遇太宗，允也其时。帝欲用公，公不少贬。三黜穷山，之死靡憾。咸平以来，独为名臣。一时之屈，万世之信。纷纷鄙夫，亦拜公像。何以占之，有泚其颡。公能泚之，不能已之。茫茫九原。爰莫起之。

【解题】

本文作于元丰元年（1078）六月。王元之，即宋初名臣、文学家王禹偁。王禹偁出身卑微，太平兴国年间进士，历官左司谏、知制诰、翰林学士。因忠直敢言，三次受贬。其诗文作品皆简淡古雅，有《小畜集》、《小畜外集》传世。

王仲仪真赞　并叙

《孟子》曰："所谓故国者，非谓有乔木之谓也，有世臣之谓也。"又曰："为政不难，不得罪于巨室。巨室之所慕，一国慕之。一国之所慕，天下慕之。"夫所谓世臣者，岂特世禄之人；而巨室者，岂特侈富之家也哉？盖功烈已著于时，德望已信于人。譬之乔木，封殖爱养，自拱把以至于合抱者，非一日之故也。平居无事，商功利，课殿最，诚不如新进之士。至于缓急之际，决大策，安大众，呼之则来，挥之则散者，惟世臣、巨室为能。余嘉祐中，始识懿敏王公于成都，其后从事于岐，而公自许州移镇平凉。方是时，虏大举犯边，转运使摄帅事，与副总管议不合，军无纪律，边人大恐，声摇三辅。及闻公来，吏士踊跃传呼，旗帜精明，鼓角谨亮，虏即日解去。公至，燕劳将佐而已。余然后知老臣宿将，其功用盖如此。使新进之士当之，虽有韩、白之勇，良、平之奇，岂能坐胜默成如此之捷乎？熙宁四年秋，余将往钱塘，见公于私第佚老堂，饮酒至暮。论及当世事，曰："吾老矣，恐不复见，子厚自爱，无忘吾言。"既去二年而公薨。又六年，乃作公之真赞，以遗其子巩。词曰：

堂堂魏公，配命召祖。显允懿敏，维周之虎。魏公在朝，百度维正。懿敏在外，有闻无声。高明广大，宜公宜相。如木百围，宜宫宜堂。天既厚之，又贵富之。如山如河，维安有之。彼窭人子，既陋且寒。终劳永忧，莫知其贤。曷不观此，佩玉剑履。晋公之孙，魏公之子。

【解题】

本文约作于元丰二年（1079）正月。王仲仪，名素，北宋名臣，苏轼友王巩之父。

昆阳城赋

淡平野之霭霭，忽孤城之如块。风吹沙以苍莽，怅楼橹之安在。横门豁以四达，故道宛其未改。彼野人之何知，方伛偻而畦菜。

嗟夫！昆阳之战，屠百万于斯须，旷千古而一快。想寻、邑之来阵，兀若驱云而拥海。猛士扶轮以蒙茸，虎豹杂沓而横溃。罄天下于一战，谓此举之不再。方其乞降而未获，固已变色而惊悔。忽千骑之独出，犯初锋于未艾。始凭轼而大笑，旋弃鼓而投械。纷纷籍籍死于沟壑者，不知其何人，或金章而玉佩。彼狂童之僭窃，盖已旋踵而将败。岂豪杰之能得，尽市井之无赖。贡符献瑞，一朝而成群兮，纷就死之何怪。独悲伤于严生，怀长才而自浼。岂不知其必丧，独徘徊其安待。过故城而一吊，增志士之永慨。

【解题】

本文约作于元丰二年（1079）。昆阳城在今河南叶县，汉刘秀（光武）曾于此以兵三千大破王莽军数十万，奠定了东汉的基业。本文满怀激情地咏颂了这场大战，并对古之豪杰表示追悼，文风豪放、遒劲、简洁，颇能代表苏轼的风格。

文与可飞白赞

呜呼哀哉，与可岂其多好，好奇也欤，抑其不试，故艺也。始余见其诗与文，又得见其行草篆隶也，以为止此矣。既没一年，而复见其飞白。美哉多乎，其尽万物之态也。霏霏乎其若轻云之蔽月，翻翻乎其若长风之卷旆也；猗猗乎其若游丝之萦柳絮，袅袅乎其若流水之舞荇带也；离离乎其远而相属，缩缩乎其近而不隘也。其工至于如此，而余乃今知之。则余之知与可者固无几，而其所不知者盖不可胜计也。呜呼哀哉！

【解题】

本文作于元丰三年（1080）正月。时苏轼自狱中释出，将往黄州贬所，途经陈州，吊文与可之丧，并于文与可家见其“飞白书”，作此文极称之。文风亦类挽词。

菩萨泉铭 并叙

陶侃为广州刺史，有渔人每夕见神光海上，以白侃。侃使迹之，得金像。视其款识，阿育王所铸文殊师利像也。初送武昌寒溪寺。及侃迁荆州，欲以像行，人力不能动。益以牛车三十乘，乃能至船。船复没，遂以还寺。其后惠远法师迎像归庐山，了无艰碍。山中世以二僧守之。会昌中，诏毁天下寺，二僧藏像锦绣谷。比释教复兴，求像不可得，而谷中至今有光景，往往发见，如峨眉、五台所见。盖远师文集载处士张文逸之文，及山中父老所传如此。今寒溪少西数百步，别为西山寺，有泉出于嵌窦间，色白而甘，号菩萨泉，人莫知其本末。建昌李常谓余，岂昔像之所在乎？且属余为铭。铭曰：

像在庐阜，宵光烛天。旦朝视之，寥寥空山。谁谓寒溪，尚有斯泉。盍往鉴之，文殊了然。

【解题】

本文作于元丰三年（1080）十月。菩萨泉在武昌寒溪西。

凤咮砚铭 并序

北苑龙焙山，如翔凤下饮之状。当其咮，有石苍黑，致如玉。熙宁中，太原王颐以为砚，余名之曰凤咮。然其产不富。或以黯黮滩石为之，状酷类而多拒墨。时方为《易传》。铭曰：

陶土涂，凿山石。玄之蠹，颖之贼。涵清泉，闳重谷。声如铜，色如铁。性滑坚，善凝墨。弃不取，长太息。招伏羲，揖西伯。发秘藏，与有力。非相待，为谁出。

【解题】

本文作于元丰三年（1080）十二月。

裙靴铭 并序

予在黄州时，梦神考召入小殿赐宴，乃令作《宫人裙铭》，又令作《御靴铭》。

百叠漪漪风皱，六铢纚纚云轻。独立含风广殿，微闻环佩来声。

寒女之丝，铢积寸累。天步所临，云蒸雾起。

【解题】

本文作于元丰三年（1080）十二月。文中所言《宫人裙铭》

收入诗集卷四十八。

送海印禅师偈　并引

海印禅师纪公，将赴峨眉，往别太子少保赵公于三衢。公以三诗赠行，而禅师复枉道过轼于齐安，亦求一偈，公以元臣大老功成而归，某以非才窃禄得罪而去。禅师道眼，了无分别。迺知法界海惠，照了万殊，大小从横，不相留碍。直从巴峡逢僧宴，道到东坡别纪公。当时半破峨眉月，还在平羌江水中。

请以此偈附于三诗之末。元丰四年九月十五日。

【解题】

偈，佛经中的颂词，多用三言、四言、六言、七言以至多言为句，四句合为一偈。然后世文人所作则大多阐发佛理，形式上往往也突破四句一首的格式。

东坡羹颂　并引

东坡羹，盖东坡居士所煮菜羹也。不用鱼肉五味，有自然之甘。其法以菘若蔓菁、若芦菔、若荠，揉洗数过，去辛苦汁。先以生油少许涂釜缘及一瓷碗，下菜沸汤中。入生米为糁，及少生姜，以油碗覆之，不得触，触则生油气，至熟不除。其上置甑，炊饭如常法，既不可遽覆，须生菜气出尽乃覆之。羹每沸涌。遇油辄下，又为盌所压，故终不得上。不尔，羹上薄饭，则气不得达而饭不熟矣。饭熟羹亦烂可食。若无菜，用瓜、茄，皆切破，不揉洗，入罨，熟赤豆与粳米半为糁。余如煮菜法。应纯道人将适庐山，求其法以遗山中好事者。以颂问之：

甘苦尝从极处回，咸酸未必是盐梅。问师此个天真味，根上来么尘上来？

【解题】

本文作于元丰四年（1081）。引文中介绍了自创的东坡羹的制作方法，颂辞显示了苏轼安贫乐道的生活态度。

丹石砚铭 并序

唐林父遗予丹石砚，粲然如芙蕖之出水，杀墨而宜笔，尽砚之美。唐氏谱天下砚，而独不知兹石之所出，余盖知之。铭曰：

彤池紫渊，出日所浴。蒸为赤霓，以贯旸谷。是生斯珍，非石非玉。因材制用，璧水环复。耕予中洲，蓺我玄粟。投种则获，不炊而熟。元丰壬戌之春，东坡题。

【解题】

本文作于元丰五年（1082）春。

赤壁赋

壬戌之秋，七月既望，苏子与客泛舟游于赤壁之下。清风徐来，水波不兴。举酒属客，诵明月之诗，歌窈窕之章。少焉，月出于东山之上，徘徊于斗牛之间。白露横江，水光接天。纵一苇之所如，凌万顷之茫然。浩浩乎如凭虚御风，而不知其所止；飘飘乎如遗世独立，羽化而登仙。于是饮酒乐甚，扣舷而歌之。歌曰："桂棹兮兰桨，击空明兮溯流光。渺渺兮予怀，望美人兮天一方。"客有吹洞箫者，倚歌而和之，其声呜呜然，如怨如慕，如泣如诉，余音嫋嫋，不绝如缕。舞幽壑之潜蛟，泣孤舟之嫠妇。

苏子愀然，正襟危坐而问客曰："何为其然也？"客曰："'月明星稀，乌鹊南飞。'此非曹孟德之诗乎？西望夏口，东望武昌，山川相缪，郁乎苍苍，此非孟德之困于周郎者乎？方其破荆州，下江陵，顺流而东也，舳舻千里，旌旗蔽空，酾酒临江，横槊赋诗，固一世之雄也，而今安在哉？况吾与子渔樵于江渚之上，侣鱼虾而友麋鹿；驾一叶之扁舟，举匏尊以相属；寄蜉蝣于天地，渺沧海之一粟。哀吾生之须臾，羡长江之无穷。挟飞仙以遨游，抱明月而长终。知不可乎骤得，托遗响于悲风。"

苏子曰："客亦知夫水与月乎？逝者如斯，而未尝往也；盈虚者如彼，而卒莫消长也。盖将自其变者而观之，则天地曾不能以一瞬；自其不变者而观之，则物与我皆无尽也，而又何羡乎？且夫天地之间，物各有主。苟非吾之所有，虽一毫而莫取。惟江上之清风，与山间之明月，耳得之而为声，目遇之而成色，取之无禁，用之不竭，是造物者之无尽藏也，而吾与子之所共适。"客喜而笑，洗盏更酌。肴核既尽，杯盘狼籍。相与枕藉乎舟中，不知东方之既白。

【解题】

本文作于元丰五年（1082）七月。黄州赤壁非三国"赤壁之战"旧址，苏轼不过借题发挥而作此文。文中所兴发的逝者如斯、英雄不再的悲凉情怀，正与作者当时的艰难处境相吻合。而作者笔锋陡转，自"不变"的世界观来看，则自我与这静谧安详的自然，由于一刹那间的接触而成为永恒。本文反映了苏轼旷达潇洒的胸襟，能于苦闷和矛盾中善自解脱，并从中获得积极向上的生命力。本文的艺术风格极为突出，它有散文一般自然逸放，又有着赋的华茂整饬，写景优美，议论纵横，以流畅多变的韵律，舒卷自如的结构，为读者营造出隽永清新的意境。

后赤壁赋

是岁十月之望。步自雪堂，将归于临皋。二客从予，过黄泥之坂。霜露既降，木叶尽脱。人影在地，仰见明月。顾而乐之，行歌相答。已而叹曰："有客无酒，有酒无肴，月白风清，如此良夜何?"客曰："今者薄暮，举网得鱼，巨口细鳞，状似松江之鲈。顾安所得酒乎?"归而谋诸妇。妇曰："我有斗酒，藏之久矣，以待子不时之须。"

于是携酒与鱼，复游于赤壁之下。江流有声，断岸千尺。山高月小，水落石出。曾日月之几何，而江山不可复识矣。予乃摄衣而上，履巉岩，披蒙茸，踞虎豹，登虬龙，攀栖鹘之危巢，俯冯夷之幽宫。盖二客不能从焉。划然长啸，草木震动，山鸣谷应，风起水涌。予亦悄然而悲，肃然而恐，凛乎其不可久留也。反而登舟，放乎中流，听其所止而休焉。时夜将半，四顾寂寥，适有孤鹤，横江东来，翅如车轮，玄裳缟衣，戛然长鸣，掠予舟而西也。须臾客去，予亦就睡。梦一道士，羽衣翩仙，过临皋之下，揖予而言曰："赤壁之游乐乎?"问其姓名，俛而不答。呜呼噫嘻！我知之矣，畴昔之夜，飞鸣而过我者，非子也耶?道士顾笑，予亦惊悟。开户视之，不见其处。

【解题】

本文作于元丰五年（1082）十月。文章摹写了秋冬之季的赤壁夜色，枯木瘦石，山水凄厉，境界与前文迥异。所云"山高月小，水落石出"之句，灵珑圆熟，尽得自然之妙，深为后人叹赏。本文能在前赋之外，另辟蹊径，且各具韵味，足见作者出神入化之艺术创造力。

黼砚铭 并叙

龙尾黼砚，章圣皇帝所尝御也。乾兴升遐，以赐外戚刘氏，而永年以遗其舅王齐愈，臣轼得之，以遗臣宗孟。且铭之曰：

黟、歙之珍，匪斯石也。黼形而谷縠理，金声而玉色也。云蒸露湛，祥符之泽也。二臣更宝之，见者必作也。

【解题】

本文约作于元丰五年（1082）。

服胡麻赋 并叙

始余尝服伏苓，久之良有益也。梦道士谓余："伏苓燥，当杂胡麻食之。"梦中问道士："何者为胡麻?"道士言："脂麻是也。"既而读《本草》，云："胡麻，一名狗虱，一名方茎，黑者为巨胜。其油正可作食。"则胡麻之为脂麻，信矣。又云："性与伏苓相宜。"于是始异斯梦，方将以其说食之。而子由赋伏苓以示余。乃作《服胡麻赋》以答之。世间人闻服脂麻以致神仙，必大笑。求胡麻而不可得，则妄指山苗野草之实以当之。此古所谓道在迩而求诸远者欤？其词曰：

我梦羽人，颀而长兮。惠而告我，药之良兮。乔松千尺，老不僵兮。流膏入土，龟蛇藏兮。得而食之，寿莫量兮。于此有草，众所尝兮。状如狗虱，其茎方兮。夜炊昼曝，久乃臧兮。伏苓为君，此其相兮。我兴发书，若合符兮。乃瀹乃烝，甘且腴兮。补填骨髓，流发肤兮。是身如云，我何居兮。长生不死，道之余兮。神药如蓬，生尔庐兮。世人不信，空自劬兮。搜抉异物，出怪迂兮。槁死空山，固其所兮。至阳赫赫，发自坤兮。至阴肃肃，跻于乾兮。寂然反照，珠在渊兮。沃之不灭，又不燔兮。长虹流电，光烛天兮。嗟此区区，何与于其间兮。譬之膏油，火之所传而已耶？

【解题】

本文作于元丰五年（1081）前后，时苏轼在黄州。此文叙服胡麻养生事之缘起，表达了自己旷大超俗之情。

代黄檗答子由颂　六月二十日

子由问黄檗长老疾云：五蕴皆非四大空，身心河岳尽圆融。病根何处容他住，日夜还将药石攻。不知黄檗如何答？东坡老僧代云：

有病宜须药石攻，寒时火烛热时风。病根既是无容处，药石还同四大空。

【解题】

本文作于元丰六年（1083）六月。

郭忠恕画赞　并叙

右张梦得所藏郭忠恕画山水屋木一幅。忠恕字恕先，以字行，洛阳人。少善属文，及史书小学，通九经。七岁举童子。汉湘阴公辟从事，与记室董裔争事，谢去。周祖召为

《周易》博士。国初与监察御史符昭文争忿朝堂，贬乾州司户，秩满，遂不仕。放旷岐、雍、陕、洛间，逢人无贵贱，口称猫。遇佳山水，辄留旬日。或绝粒不食，盛夏暴日中，无汗，大寒凿冰而浴。尤善画，妙于山水屋木。有求者，必怒而去。意欲画，即自为之。郭从义镇岐下，延止山亭，设绢素粉墨于坐。经数月，忽乘醉就图之一角，作远山数峰而已，郭氏亦宝之。岐有富人子，喜画，日给淳酒，待之甚厚。久乃以情言，且致匹素，恕先为画小童持线车放风鸢，引线数丈满之。富家子大怒，遂绝。时与役夫小民入市肆饮食，曰："吾所与游，皆子类也。"太宗闻其名，召赴阙，馆于内侍省押班窦神兴舍。恕先长髯而美，忽尽去之。神兴惊问其故。曰："聊以效颦。"神兴大怒。除国子监主簿，出，馆于太学，益纵酒肆言时政，颇有谤讟。语闻，决杖配流登州。至齐州临清，谓部送吏曰："我逝矣。"因掊地为穴，度可容面，俯窥焉而卒，藁葬道左。后数月，故人欲改葬，但衣衾存焉，盖尸解也。赞曰：

长松掺天，苍壁插水。凭栏飞观，缥缈谁子。空蒙寂历，烟雨灭没。恕先在焉，呼之或出。

【解题】

本文作于元丰六年（1083）。文中叙写了郭忠恕的生平行事及其神异之死，塑造了一个独立特行、极富个性的形象。

卵砚铭

东坡砚，龙尾石。开鹄卵，见苍壁。与居士，同出入。更崄夷，无燥湿。今何者，独先逸。从参寥，老空寂。

【解题】

本文于元丰六年（1083）为参寥而作。

送寿圣聪长老偈 并叙

佛说作、止、任、灭，是谓四病。如我所说，亦是诸佛四妙法门。我今亦作、亦止，亦任、亦灭。灭则无作，作则无止，止则无任，任则无灭。是四法门，更相扫除，火出木尽，灰飞烟灭。如佛所说，不作不止，不任不灭。是则灭病，否即任病。如我所说，亦作亦止，亦任亦灭。是则作病，否即止病。我与佛说，既同是法，亦同是病。昔维摩诘，默然无语，以对文殊。而舍利弗，亦复默然，以对天女。此二人者，何有差别。我以是知，苟非其人，道不虚行。时长老聪师，自筠来黄，复归于筠。东坡居士为说偈言：

珍重圣寿师，听我送行偈。愿闵诸有情，不断一切法。人言眼睛上，一物不可住。我谓如虚空，何物住不得。我亦非然我，而不然彼义。然则两皆然，否则无然者。

【解题】

本文作于元丰七年（1084）三月。

石菖蒲赞 并叙

《本草》："菖蒲，味辛温无毒，开心，补五脏，通九窍，明耳目。久服轻身不忘，延年益心智，高志不老。"注云："生石碛上概节者，良。生下湿地大根者，乃是昌阳，不可服。"韩退之《进学解》云："訾医师以昌阳引年，欲进其稀苓。"不知退之即以昌阳为菖蒲耶，抑谓其似是而非不可以引年也？凡草木之生石上者，必须微土以附其根，如石韦、石斛之类，虽不待土，然去其本处，辄槁死。惟石菖蒲并石取之，濯去泥土，渍以清水，置盆中，可数十年不枯。虽不甚茂，而节叶坚瘦，根须连络，苍然于几案间，久而益可喜也。其轻身延年之功，既非昌阳之所能及。至于忍寒苦，安淡泊，与清泉白石为伍，不待泥土而生者，亦岂昌阳之所能仿佛哉？余游慈湖山中，得数本，以石盆养之，置舟中。间以文石、石英，璀璨芬郁，意甚爱焉。顾恐陆行不能致也，乃以遗九江道士胡洞微，使善视之。余复过此，将问其安否。赞曰：

清且泚，惟石与水。托于一器，养非其地。瘠而不死，夫孰知其理。不如此，何以辅五藏而坚发齿。

【解题】

本文作于元丰七年（1084）五月。文中颂扬石菖蒲“忍寒苦，安淡泊”的美好品质，显示了作者洁身自好的高尚情操。

迈砚铭　迈往德兴，赉以一砚，以此铭之

以此进道常若渴，以此求进常若惊，以此治财常思予，以此书狱常思生。

【解题】

本文作于元丰七年（1084）六月。迈，苏轼长子苏迈，时将赴德兴尉任，苏轼赠以砚及铭文。

南安军常乐院新作经藏铭

佛以一口，而说千法。千佛千口，则为几说。我法不然，非千非一。如百千灯，共照一室。虽各遍满，不相坏杂。咨尔学

者，云何览阅。自非正眼，表里洞达。已受将受，则相陵夺。惟回屡空，无所不悦。是名耳顺，亦号莫逆。以此转经，有转无竭。道人山居，僻介楚越。常乐我静，一食破衲。达磨耶藏，勤苦建设。我无一钱，檀波罗密。施此法水，以灌尔睫。

【解题】

南安军在今江西省境，元丰七年（1084），苏轼自黄州迁为汝州团练副使，途经江西。本文或作于此时。

天石砚铭　并序

轼年十二时，于所居纱縠行宅隙地中，与群儿凿地为戏。得异石，如鱼肤温莹，作浅碧色。表里皆细银星，扣之铿然，试以为砚，甚发墨，顾无贮水处。先君曰："是天砚也。有砚之德，而不足于形耳。"因以赐轼，曰："是文字之祥也。"轼宝而用之，且为铭曰：

一受其成，而不可更。或主于德，或全于形。均是二者，顾予安取。仰唇俯足，世固多有。元丰二年秋七月，予得罪下狱，家属流离，书籍散乱。明年至黄州，求砚不复得，以为失之矣。七年七月，舟行至当涂，发书笥，忽复见之。甚喜，以付迨、过。其匣虽不工，乃先君手刻其受砚处，而使工人就成之者，不可易也。

【解题】

本文作于元丰七年（1084）七月。文中发思父悼亡之情。

木峰偈

元丰七年腊月朔日，东坡居士过临淮，谒普照王塔，过襄师房，观所藏佛骨舍利，舍山木一峰供养。乃说偈言：

枵然无根，生意永断。劫火洞然，为君作炭。

【解题】

本文作于元丰七年（1084）十二月。

鲁直所惠洮河石砚铭

洗之砺，发金铁。琢而泓，坚密泽。郡洮岷，至中国。弃矛剑，参笔墨。岁丙寅，斗南北。归予者，黄鲁直。

【解题】

本文作于元祐元年（1086）正月。鲁直即黄庭坚。

佛心鉴偈

轼第三子过，蓄乌铜鉴，圜径数寸，光明洞澈。元丰八年十一月二日，游登州延洪禅院，院僧文泰方造释迦文像，乃舍为佛心鉴，且说偈云：

鉴中面像热时灾，无我无造无受者。心花发明照十方，还度如是常法众。

眉山苏轼元祐元年三月一日立石。

【解题】

本文记儿子苏过舍铜境事，偈子颂扬佛法无边，普度众生。

法云寺钟铭　并叙

元丰七年十月，有诏大长老圆通禅师法秀住法云寺。寺成而未有钟，大檀越驸马都尉武胜军节度观察留后张敦礼，与冀国大长公主唱之，从而和者若干人。元祐元年四月，钟成，万斤。东坡居士苏轼为之铭。曰：

有钟谁为撞？有撞谁撞之？三合而后鸣，闻所闻为五。阙一不可得，汝则安能闻？汝闻竟安在？耳视目可听。当知所闻者，鸣寂寂时鸣。大圜空中师，独处高广座。卧士无所著，人引非引人。二俱无所说，而说无说法。法法虽无尽，问则应曰三。汝应如是闻，不应如是听。

【解题】

本文作于元祐元年（1086）四月。

复改科赋

新天子兮，继体承乾。老相国兮，更张孰先？悯科场之积弊，复诗赋以求贤。探经义之渊源，是非纷若；考辞章之声律，去取昭然。

原夫诗之作也，始于虞舜之朝；赋之兴也，本自两京之世。迤逦陈、齐之代，绵邈隋、唐之裔。故遒人徇路，为察治之本；历代用之，为取士之制。追古不易，高风未替。祖宗百年而用此，号曰得人；朝廷一旦而革之，不胜其弊。谓专门足以造圣域，谓变古足以为大儒。事吟哦者为童子，为雕篆者非壮夫。殊不知采摭英华也簇之如锦绣，较量轻重也等之如锱铢。韵韵合璧，联联贯珠。稽诸古其来尚矣，考诸旧不亦宜乎？特令可畏之后生，心潜六义；伫见大成之君子，名振三都。莫不吟咏五字之章，铺陈八韵之旨。字应周天之日兮，运而无积；荀合一岁之月兮，终而复始。过之者成疣赘之患，不及者贻缺折之毁。曲尽古人之意，乃全天下之美。

遭逢日月，忻欢者诸子百家；抖擞历图，快活者九经三史。议夫赋曷可已，义何足非。彼文辞泛滥也，无所统纪；此声律切当也，有所指归。巧拙由一字之可见，美恶混千人而莫违。正方圆者必藉于绳墨，定檃括者必在于枢机。所以不用孔门，惜扬雄之未达；其逢汉帝，嘉司马之知微。

噫，昔元丰之《新经》未颁，临川之《字说》不作。止戈为武兮，曾试于京国。通天为王兮，必舒于禁籥。孰不能成始成终，谁不道或详或略。秋闱较艺，终期李广之双雕；紫殿唱名，果中祢衡之一鹗。大凡法既久而必弊，士贻患而益深。谓罢于开封，则远方之隘者，空自韫玉；取诸太学，则不肖之富者，私于怀金。虽负凌云之志，未酬题柱之心。三舍既兴，贿赂公行于庠序；一年为限，孤寒半老于山林。自是愤愧者莫不颦眉，公正者为之切齿。思罢者而未免，欲改之而未止。羽翼成商山之父，讴歌归吾君之子。谏必行言必听焉，此道飘飘而复起。

【解题】

苏轼一贯主张朝廷科试当以诗赋为主。元祐初年，司马光废除专以经义论策取士的新法，恢复了诗赋明经各科，深合苏轼之意，故作此赋颂之。

兴国寺浴室院六祖画赞　并叙

予嘉祐初举进士，馆于兴国浴室老僧德香之院。浴室之南有古屋，东西壁画六祖像。其东，刻木为楼阁堂宇以障之，不见其全，而西壁三师，皆神宇靖深，中空外夷，意非知是道者不能为此。书其上曰：蜀僧令宗笔。予初不闻宗名，而家有伪蜀待诏丘文播笔，画相似，殆不可辨。曰："宗岂师播者耶?"已而问诸蜀父老。曰："文播，汉州人，弟曰文晓，而令宗其异父弟，或曰其表弟也。”皆善画山水人物竹石，其品在黄筌、句龙爽之间。而文播之子仁庆，尤长于花实羽毛，蜀人赵昌所师者。予去三十一年，而中书舍人彭君器资，亦馆于是。予往见之，则院中人无复识予者。独主僧惠汶，盖当时堂上侍者，然亦老矣。导予观令宗画，则三祖依然尚在荫翳间。予与器资相顾太息。汶曰：“嘻，去是也何有。”乃徙置所谓楼阁堂宇者，北向而出之，六师相亲，如言如笑，如以法相授。都人闻之，观者日众，汶乃作栏楯以护之。而器资请余为赞之，曰：

少林傃壁，不以为碍。弥天同辇，不以为泰。稽首六师，昔晦今明。不去不来，何损何增。俯仰屈信，三十一年。我虽日化，其孰能迁之。

【解题】

本文作于元祐元年（1086）。兴国寺在京师，苏轼嘉祐元年进京时就寓居兴国寺浴室院。

真相院释迦舍利塔铭 并叙

洞庭之南，有阿育王塔，分葬释迦如来舍利。尝有作大施会出而浴之者，缁素传捧，涕泣作礼。有比丘窃取其三，色如含桃，大如薏苡，将置之他方，为众生福田。久而不能，以授白衣方子明。元丰三年，轼之弟辙谪官高安，子明以畀之。七年，轼自齐安蒙恩徙临汝，过而见之。八年，移守文登，召为尚书礼部郎。过济南长清真相院，僧法泰方为砖塔十有三层，峻峙蟠固，人天鬼神所共瞻仰，而未有以葬。轼默念曰：“予弟所宝释迦舍利，意将止于此耶？昔予先君文安主簿赠中大夫讳洵，先夫人武昌太君程氏，皆性仁行廉，崇信三宝，捐馆之日，追述遗意，舍所爱作佛事，虽力有所止，而志则无尽。自顷忧患，废而不举，将二十年矣。复广前事，庶几在此。”泰闻踊跃，明年来请于京师。探箧中得金一两，银六两，使归求之众人，以具棺椁。铭曰：

如来法身无有边，化为舍利示人天。伟哉有形斯有年，紫金光聚飞为烟。惟有坚固百亿千，轮王阿育愿力坚。役使空界鬼与仙，分置众刹奠山川。棺椁十袭閟精圜，神光昼夜发层巅。谁其取此智且权，佛身普现众目前。昏者坐受远近迁，冥行黑月堕坎泉。分身来化会有缘，流转至此谁使然。并包齐鲁穷海壖，犷悍柔淑冥愚贤。愿持此福达我先，生生世世离垢缠。

【解题】

本文作于元祐元年（1086）。真相院在济南。舍利，即佛骨。

寒 热 偈

今岁大热，八十余日，物我同病，是热非虚。方其热时，谓不复凉。及其既凉，热复安在。凡世寒热，更相显见。热既无有，凉从何立。令我又复，认此为凉。后日更凉，此还是热。毕竟寒热，为无为有。如此分别，皆是众生。客尘浮想，以此为达。无有是处，使谓为迷。则又不可，如火烧木。从木成炭，从炭成灰。为灰不已，了无一物。当以此偈，更问子由。

仆在黄州戏书，为江夏李乐道持去。后七年，复相见京师，出此书，茫然如梦中语也。元祐戊辰三年三月三日。

【解题】

本偈子认为，世间万物皆如寒热，是相对而存在的，并不切实，因此可视为“了无一物”。

葆光法师真赞

嗟夫法师。行年四十有四，而不知牝牡之欲。身居京邑，而不营利欲之私。体无威容，口无文词。头如蓬荜，性如鹿麋。意之所向，虽金石莫隔，而鬼神莫逆。此所以陟降天门，睥睨帝所，而终莫能疑者耶？

【解题】

本文作于元祐三年（1088）十一月。

延和殿奏新乐赋　成德之老来奏新乐

皇帝践祚之三载也，治道旁达，王功告成。御延和之高拱，奏元祐之新声。翕然便坐之前，初观击拊；允也德音之作，皆协和平。

自昔钟律不调，工师失职。郑卫之声既盛，雅颂之音殆息。时有作者，仅存遗则。于魏则大乐令夔，在汉则河间王德。俾后世之有考，赖斯人之用力。时移事改，嗟制作之各殊；昔是今非．知高下之孰得？爰有耆德，适丁盛时。以谓乐之作也，臣尝学之。顾近世之所用，校古人而失宜。岘下朴律，犹有太高之弊；瑗改照尺，不知同失于斯。是用稽《周官》之旧法而均其分寸，验太府之见尺而审其毫厘。铸器而成，庶几改数以正度；具书以献，孰谓体知而无师。

时维帝俞，眷兹元老。虽退身而安逸，未忘心于论讨。铿然钟磬之调适，灿然筍虡之华好。聊即便安之所，奏黄钟而歌大成；行咏文明之章，荐英祖而享神考。尔乃停法部之役，而众工莫与；肄太常之业，而迩臣必陪。天听聪明而下就，时风和协以徐回。歌曲既登，将叹贯珠之美；韶音可合，庶观仪凤之来。斯盖世格文明，俗跻仁寿。天地之和既应，金石之乐可奏。延英旁瞩，念故老之不来；讲武前临，消群慝之交构。然则律制既立，治功日新。号令皆发而中节，磬筦无闻于夺伦。上以导和气于宫掖，下以胥悦豫于臣邻。以清浊任意而相讥，何忧工玉；谓宫商各谐而自遂，无愧音臣。

鸣呼，赵铎固中于宫商，周尺仍分于清浊。道欲详解，事资学博。倘非夔、旷之徒，孰能正一代之乐？

【解题】

本赋当作于元祐三年（1088）十二月，时苏轼在京师为翰林学士，知制诰，兼侍读。本文为颂圣文字。

米芾石钟山砚铭

有盗不御，探奇发瑰。攘丁彭蠡，斫钟取追。有米楚狂，惟盗之隐。因山作砚，其词如陨。

【解题】

本文作于元祐四年（1089）六月。

端砚石铭 并引

苏坚伯固之子庠，字养直，妙龄而有异才。赠以端砚，且铭之曰：

我友三益，取溪之石。寒松为煤，孤竹为笔。蓬麻效纸，仰泉致滴。斩几信钩，以全吾直。

【解题】

本文作于元祐四年（1089）。

六观堂赞

我观众生，念念为人。昼不见心，夜不见身。佛言如梦，非想非因。梦中常觉，孰为形神？我观众生，终日疑怖。土偶不然，无挂碍故。佛言如幻，永离爱恶。饥餐画饼，无有是处。我观众生，起灭不停。以是为故，乃有死生。佛言如泡，泡本无成。能坏能成，虽佛不能。我观众生，颠倒已久。以光为无，以影为有。佛言光影，我亦举手。从此永断，日中狂走。我观众生，同游露中。对面不见，衣沾眼蒙。佛言如露，一照而通。蒙者既灭，照者亦空。我观众生，神通自在。于电光中，建立世界。佛言如电，言发意会。佛与众生，了无杂坏。垂慈老人，尝作是观。自一至六，六生千万。生故无穷，一故不乱。东坡无口，孰为此赞？

【解题】

本文作于元祐五年（1090）二月，时苏轼任杭州太守，游临安孤山西湖智果院，作此文以阐扬佛家思想。

六一泉铭　并叙

欧阳文忠公将老，自谓六一居士。予昔通守钱塘，见公于汝阴而南。公曰：“西湖僧惠勤甚文，而长于诗，吾昔为《山中乐》三章以赠之。子闲于民事，求人于湖山间而不可得，则盍往从勤乎？”予到官三日，访勤于孤山之下，抵掌而论人物。曰："公，天人也。人见其暂寓人间，而不知其乘云驭风历五岳而跨沧海也。此邦之人，以公不一来为恨。公麾斥八极，何所不至，虽江山之胜，莫适为主，而奇丽秀绝之气，常为能文者用，故吾以谓西湖盖公几案间一物耳。"勤语虽幻怪，而理有实然者。明年，公薨，予哭于勤舍。又十八年，予为钱塘守，则勤亦化去久矣。访其旧居，则弟子二仲在焉，画公与勤之像，事之如生。舍下旧无泉，予未至数月，泉出讲堂之后，孤山之趾，汪然溢流，甚白而甘。即其地，凿岩架石为室。二仲谓余："师闻公来，出泉以相劳苦，公可无言乎？"乃取勤旧语，推本其意，名之曰六一泉，且铭之曰：

泉之出也，去公数千里，后公之没，十有八年，而名之曰六一，不几于诞乎？曰：君子之泽，岂独五世而已，盖得其人，则可至于百传。尝试与子登孤山而望吴越，歌山中之乐而饮此水，则公之遗风余烈，亦或见于斯泉也。

【解题】

本文作于元祐五年（1090）十二月。六一泉在孤山，文中多发思旧之情。

参寥泉铭 并叙

余谪居黄，参寥子不远数千里从余于东城，留期年。尝与同游武昌之西山，梦相与赋诗，有"寒食清明"、"石泉槐火"之句，语甚美，而不知其所谓。其后七年，余出守钱塘，参寥子在焉。明年，卜智果精舍居之。又明年，新居成，而余以寒食去郡，实来告行。舍下旧有泉，出石间，是月又凿石得泉，加洌。参寥子撷新茶，钻火煮泉而瀹之，笑曰："是见于梦九年，卫公之为灵也久矣。"坐人皆怅然太息，有知命无求之意。乃名之参寥泉，为之铭曰：

在天雨露，在地江湖。皆我四大，滋相所濡。伟哉参寥，弹指八极。退守斯泉，一谦四益。余晚闻道，梦幻是身。真即是梦，梦即是真。石泉槐火，九年而信。夫求何神，实弊汝神。

【解题】

本文作于元祐六年（1091）三月。

四达斋铭 并序

高邮使君赵晦之，作斋东园，户牖四达，因以名之。眉山苏轼过而为之铭，曰：

有藏于中，必谍于外。惟慢与谨，皆盗之诲。孰如此间，空洞无物。户牖阖开，廓焉四达。击去盗易，使无盗难。我无可攘，以守则完。赵侯无心，得法赤溪。四出其斋，以达民迷。

【解题】

本文作于杭州太守任上。

秋阳赋

越王之孙，有贤公子，宅于不土之里，而咏无言之诗，以告东坡居士曰："吾心皎然，如秋阳之明；吾气肃然，如秋阳之清；吾好善而欲成之，如秋阳之坚百谷；吾恶恶而欲刑之，如秋阳之陨群木。夫是以乐而赋之。子以为何如？"居士笑曰："公子何自知秋阳哉？生于华屋之下，而长游于朝廷之上，出拥大盖，入侍帏幄，暑至于温，寒至于凉而已矣。何自知秋阳哉？若予者，乃真知之。方夏潦之淫也，云烝雨泄，雷电发越，江湖为一，后土冒没，舟行城郭，鱼龙入室。菌衣生于用器，蛙蚓行于几席。夜违湿而五迁，昼燎衣而三易。是犹未足病也。耕于三吴，有田一廛。禾已实而生耳，稻方秀而泥蟠。沟塍交通，墙壁颓穿。面垢落塈之涂，目泫湿薪之烟。釜甑其空，四邻悄然。鹳鹤鸣于户庭，妇宵兴而永叹。计有食其几何，矧无衣于穷年。忽釜星之杂出，又灯花之双悬。清风西来，鼓钟其镗。奴婢喜而告余，此雨止之祥也。蚤作而占之，则长庚淡其不芒矣。浴于旸谷，升于扶桑。曾未转盼，而倒景飞于屋梁矣。方是时也，如醉而醒，如喑而鸣，如痿而起行，如还故乡初见父兄。公子亦有此乐乎？”公子曰：“善哉！吾虽不身履，而可以意知也。”居士曰：“日行于天，南北异宜。赫然而炎非其虐，穆然而温非其慈。且今之温者，昔之炎者也。云何以夏为盾，而以冬为衰乎？吾侪小人，轻愠易喜。彼冬夏之畏爱，乃群狙之三四。自今知之，可以无惑。居不墐户，出不仰笠，暑不言病，以无忘秋阳之德。”公子拊掌，一笑而作。

【解题】

本文于元祐六年（1091）十一月，苏轼为宗室子弟赵令畤而作。文章叙写了秋阳对人类的恩泽，进而歌颂了自然的化育养生之德。文中反复铺垫，节奏前紧后舒，颇能烘托气氛，引人入胜。

洞庭春色赋　并引

安定郡王以黄柑酿酒，名之曰洞庭春色。其犹子德麟得之以饷予。戏作赋曰：

吾闻橘中之乐，不减商山。岂霜余之不食，而四老人者游戏于其间？悟此世之泡幻，藏千里于一斑。举枣叶之有余，纳芥子其何艰。宜贤王之达观，寄逸想于人寰。袅袅兮秋风，泛天宇兮清闲。吹洞庭之白浪，涨北渚之苍湾。携佳人而往游，勒雾鬓与风鬟。命黄头之千奴，卷震泽而与俱还。糅以二米之禾，藉以三脊之菅。忽云烝而冰解，旋珠零而涕潸。翠勺银罂，紫络青纶。随属车之鸱夷，款木门之铜环。分帝觞之余沥，幸公子之破悭。我洗盏而起尝，散腰足之痺顽。尽三江于一吸，吞鱼龙之神奸。醉梦纷纭，始如髦蛮。鼓巴山之桂楫，扣林屋之琼关。卧松风之瑟缩，揭春溜之淙潺。追范蠡于渺茫，吊夫差之茕鳏。属此觞于西子，洗亡国之愁颜。惊罗袜之尘飞，失舞袖之弓弯。觉而赋之，以授公子，曰："呜呼噫嘻！吾言夸矣，公子其为我删之。"

【解题】

本文作于元祐六年（1091）十二月，文中赋咏了酿酒、饮酒之乐。

择胜亭铭

维古颍城，因颍为隍。倚舟于门，美哉洋洋。如淮之甘，如汉之苍。如洛之温，如浚之凉。可侑我客，可流我觞。我欲即之，为馆为堂。近水而构，夏潦所襄。远水而筑，邈焉相望。乃作斯亭，筵楹栾梁。凿枘交设，合散靡常。赤油仰承，青幄四张。我所欲往，一夫可将。与水升降，除地布床。可使杜蒉，洗觯而扬。可使庄周，观鱼而忘。可使逸少，祓禊而祥。可使太白，泳月而狂。既荠我荼，亦醪我浆。既濯我缨，亦浣我裳。岂独临水，无适不臧。春朝花郊，秋夕月场。无胫而趋，无翼而翔。敝又改为，其费易偿。榜曰择胜，名实允当。维古至人，不留一方。虚白为室，无可为乡。神马尻舆，孰为轮箱。流行坎止，虽触不伤。居之无盗，中靡所藏。去之无恋，如所宿桑。岂如世人，生短虑长。尺宅不治，寸田是荒。锡瓦铜雀，石门阿房。俯仰变灭，与生俱亡。我铭斯亭，以砭世盲。

【解题】

本文于元祐六年（1091）十二月作于颍州。

黠鼠赋

苏子夜坐，有鼠方啮。拊床而止之，既止复作。使童子烛之，有橐中空。嘐嘐聱聱，声在橐中。曰："嘻，此鼠之见闭而不得去者也。"发而视之，寂无所有。举烛而索，中有死鼠。童子惊曰："是方啮也，而遽死耶？向为何声，岂其鬼耶？"覆而出之，堕地乃走。虽有敏者，莫措其手。

苏子叹曰："异哉，是鼠之黠也。闭于橐中，橐坚而不可穴也。故不啮而啮，以声致人；不死而死，以形求脱也。吾闻有生，莫智于人。扰龙、伐蛟，登龟、狩麟。役万物而君之，卒见使于一鼠。堕此虫之计中，惊脱兔于处女。乌在其为智也？"坐而假寐，私念其故。若有告余者曰："汝惟多学而识之，望道而未见也。不一于汝，而二于物，故一鼠之啮而为之变也。人能碎千金之璧，不能无失声于破釜；能搏猛虎，不能无变色于蜂虿。此不一之患也。言出于汝，而忘之耶？"余俛而笑，仰而觉。使童子执笔，记余之作。

【解题】

本赋作于元祐六年（1091）。此年苏轼以翰林学士承旨被召还朝，遂即受到政敌的攻击，其中诬陷他在扬州题诗"有欣幸先帝上仙之意"。苏轼由此痛感邪佞小人的险恶用心，防不胜防。本文即借黠鼠刻画了这些小人的形象，表达了自己的鄙夷，并提醒自己多加戒惧。本文富有戏剧性，议论亦极为精辟，由小见大，意味深长，启人深思。或以为此赋是苏轼少年时作，然文笔老练，当成年所作。

文与可画赞

友人文与可既殁十四年，见其遗墨于吕元钧之家，嗟叹之余，辄赞之：

竹寒而秀，木瘠而寿，石丑而文，是为三益之友。粲乎其可接，邈乎其不可囿。我怀斯人，呜呼，其可复觏也。

【解题】

本文作于元祐七年（1092）九月，文中表达了对老友文与可的怀念。

石塔戒衣铭

石塔得三昧，初从戒定入。是故常宝护，登坛受戒衣。吾闻得道人，一物不可留。云何此法衣，补缉成百衲。诸法念已逝，此衣非昔衣。此法无生灭，衣亦无坏者。振此无尘衣，洗此无垢人。坏则随他去，是故终不坏。

【解题】

本文作于元祐七年（1092）五月，时苏轼在自扬州往京城途中。

洗 玉 池 铭

世忽不践，以用为急。秦汉以还，龟玉道熄。六器仅存，五瑞莫辑。赵璧妇玩，鲁璜盗窃。鼠乱郑璞，鹊抵晋棘。维伯时父，吊古啜泣。道逢玉人，解骖推食。剑璏镢珌，错落其室。既获拱宝，遂空四壁。哀此命世，久就沦蛰。时节沐浴，以幸斯石。孰推是心，施及王国。如伯时父，琅然环玦。援手之劳，终睨莫拾。得丧在我，匪玉欣戚。仲和父铭之，维以咏德。

【解题】

本文于元祐八年（1093）八月为李伯时所作。

德威堂铭 并叙

元祐之初，诏起太师潞公于洛，命以重事。公惟仁宗、英宗、神考三圣眷倚之重，不敢以既老为辞，杖而造朝。期年，乃求去。诏曰："昔西伯善养老，而太公自至。鲁穆公无人子思之侧。则长者去之。公自为谋则善矣，独不为朝廷惜乎?"又曰："唐太宗以干戈之事，尚能起李靖于既老。而穆宗、文宗以燕安之际，不能用裴度于未病。治乱之效，于斯可见。"公读诏耸然，不敢言去，盖复留四年。天下无事，朝廷奠安，乃力请而归。公之在朝也，契丹使耶律永昌、刘霄来聘，轼奉诏馆客，与使者入觐，望见公殿门外，却立改容，曰："此潞公也耶?所谓以德服人者。"问其年。曰："何壮也!"轼曰："使者见其容，未闻其语，其综理庶务，酬酢事物，虽精练少年有不如。贯穿古今，洽闻强记，虽专门名家有不逮。"使者拱手，曰："天下异人也。"公既归洛，西羌首领有温溪心者，请于边吏，愿献良马于公。边吏以闻，诏听之。公心服天下，至于四夷。《书》曰："德威惟畏，德明惟明。"世所以守伯夷之典，用皋陶之法者，以其德也。若夫非德之威，虽猛而人不畏；非德之明，虽察而人不服。公修德于几席之上，而其威折冲于万里之外。退居于家，而人望之如在廊庙，可不谓德威乎？公之子及为河阳守，公将往临之。吏民喜甚，自洛至三城，欢呼之声相属。及作堂以待公，而请铭于轼，乃榜之曰德威，而铭之曰：

德威惟畏，德明惟明。惟师潞公，展也大成。公在洛师，崧洛有光。驾言三城，河流不扬。愿公百年，子孙千亿。家于两河，日见颜色。西戎来朝，祗栗公门。岂惟两河，四方其训之。

【解题】

本文于元祐年间在京所作。潞公，即文彦博，宋名臣。

水陆法像赞　并引

盖闻净名之钵，属餍万口。宝积之盖，遍覆十方。若知法界，本造于心。则虽凡夫，皆具此理。在昔梁武皇帝，始作水陆道场，以十六名，尽三千界。用狭而施博，事约而理详。后生莫知，随世增广。若使一二而悉数，虽至千万而靡周。惟我蜀人，颇存古法。观其像设，犹有典刑。虔召请于三时，分上下者八位。但能起一念于慈悲之上，自然抚四海于俯仰之间。轼敬发愿心，具严绘事，而大檀越张侯敦礼，乐闻其事。共结胜缘，清法云寺法涌禅师善本，差择其徒，修营此会，永为无碍之施，同守不刊之仪。轼拜手稽首，各为之赞，凡十六首。

上　八　位

一切常住佛陀耶众

谓此为佛，是事理障。谓此非佛，是断灭相。事理既融，断灭亦空。佛自现前，如日之中。

一切常住达摩耶众

以意为根，是谓法尘。以佛为体，是谓法身。风止浪静，非有别水。放为江河，汇为沼沚。

一切常住僧伽耶众

佛既强名，法亦非真。神而明之，存乎其人。惟佛法僧，非三非一。如云出雨，如水现日。

一切常住大菩萨众

神智无方，解脱无碍。以何因缘，得大自在。障尽愿满，反于自然。无始以来，亡者复存。

一切常住大辟支迦众

现无佛处，如第二乘。如日入时，膏火为灯。我说三乘，如应病药。敬礼辟支，即大圆觉。

一切常住大阿罗汉众

大不可知，山随线移。小入无间，澡身军持。我虽不能，能设此供。知一切人，具此妙用。

一切五通神仙众

孰云飞仙，高举违世。湛然神凝，物不疵疠。为同为异，本自无同。契我无生，长生之宗。

一切护法龙神众

外道坏法，如刀截风。坏者既妄，护者亦空。伟兹龙神，威而不怒。示有四友，佛之御侮。

下　八　位

一切官僚吏从众

至难者君，至忧者臣。以众生故，现宰官身。以难为易，以忧为乐。乐兼万人，祸倍众恶。

一　切　天　众

苦极则修，乐极则流。祸福无穷，纠缠相求。遂超欲色，至非非想。不如一念，真发无上。

一切阿修罗众

正念淳想，则为飞行。毫厘之差，遂堕战争。以此为道，穴胸陨首。是真作家，当师子吼。

一　切　人　众

地狱天宫，同一念顷。涅槃生死，同一法性。抱宝号穷，钻穴索空。今夕何夕，当选大雄。

一切地狱众

汝一念起，业火炽然，非人燔汝，乃汝自燔。观法界性，起灭电速。知惟心造，是破地狱。

一切饿鬼众

说食无味，涎流妄咽。真食无火，中虚妄见。美从妄生，恶亦幻成。如幻即离，既饱且宁。

一切畜生众

欲人不知，心则有负。此念未成，角尾已具。集我道场，一洗濯之。尽未来劫，愧者勿为。

一切六道外者众

陋劣之极，荡于杳冥。胎卵湿化，莫从而生。闻吾法音，飙起雷动。如梦觉人，不复见梦。

【解题】

本文元祐年间在京城作。水陆道场，佛教设斋供奉以超度水陆众鬼的法会。法像即佛像。

仁宗皇帝御书颂 并叙

天禧中，仁宗皇帝在东宫。故太傅邓国张文懿公讳士逊为太子谕德，帝亲书十二字以赐之，曰："寅亮天地，弼余一人"，又曰"日新其德"。公之曾孙假承务郎臣钦臣，以属翰林学士臣苏轼为之颂二篇。

其一曰：天地不言，付之人君。明其德刑，物自秋春。人君无心，属之辅弼。信其赏罚，身为衡石。惟天惟君，与相为三。孰能俯仰？其德不惭。于皇仁宗，恭己无为。以天为心，以民为师。其相邓公，履信思顺。天下颂之，以退为进。寿考百年，以没元身。呜呼休哉，寅亮天地，弼余一人。

其二曰：圣人如天，时杀时生。君子如水，因物赋形。天不违仁，水不失平。惟一故新，惟新故一。一故不流，新故无斁。伊尹暨汤，咸有一德。"周虽旧邦，其命维新。"孰知此言，若出一人。小臣稽首，敬颂遗墨。呜呼休哉，日新其德。

【解题】

本文元祐年间在京城作。颂辞分别演绎"寅亮天地，弼余一人"和"日新其德"两句话的含义。

观　音　赞　并引

兴国浴室院法真大师慧汶，传宝禅月大师贯休所画十六大阿罗汉，左朝散郎集贤校理欧阳棐为其女为轼子妇者舍所服用装新之。轼亦家藏庆州小孟画观世音，舍为中尊，各作赞一首，为亡者追福灭罪。

众生堕八难，身心俱丧失。惟有一念在，能呼观世音。火坑与刀山，猛兽诸毒药。众苦萃一身，呼者常不痛。呼者若自痛，则必不能呼。若其了不痛，何用呼菩萨。当自救痛者，不烦观音力。众生以二故，一身受众苦。若能真不二，则是观世音。八万四千人，同时俱赴救。

【解题】

本文于元祐年间在京师作。欧阳棐为欧阳修子，其女与苏轼子苏迨结姻在元祐元年（1086）。

净因净照臻老真赞

净故能照，为照故净。亦如是身，孰知其正。四大是假，此反为真。从古圣贤，所莫能分。视彼如此，凡贼皆子。喜甲怒乙，虽子犹贼。人方自我，物固相物。是故东坡，即此为实。

十二琴铭

震陵孤桐

震陵孤桐下阳岑，音如涧水响深林。二圣元祐岁丁卯，器巧名之张益老。

香林八节

河渭之水多土，其声厚以沉。江汉之水多石，其声激而清。香林八节，是谓天地之中，山水之阴。

号　钟

薄则播，厚则石，侈则哆，弇则郁，长甬则震。无此五疾，则鸣而中律，是谓号钟之实。

玉　磬

其清越以长者，玉也。听万物之秋者，磬也。宝如是中，藜藿不再食。以是乐饥，不以告籴。

松　风

忽乎青苹之末而生有，极于万窍号怒而实无。失其荡枝蟠叶，霎而脱其枯。风鸣松耶？松鸣风耶？

古娲黄

炼石补天之年，截匏比竹之音。虽不可得见，吾知古之犹今。木声犁然，当于人心。非参寥者，孰钩其深？

南　风

声歌南风舜作则，欲报父母天罔极。

归　鹤

琴声三叠舞胎仙，肉飞不到梦所传。白鹤归来见曾玄，陇头松风入朱弦。

秋　风

秋风度而草木先惊，感秋者弦直而志不平。揽变衰之色，为可怜之声。不战者善将，伤手者代匠。悲莫悲于湘滨，乐莫乐于濠上。

渔　桹

袯襫大须，萧然于万物之表。槁项黄馘，闯然于一苇之航。与鸥鸬而物化，发山水之天光。惊潜鱼而出听，是谓渔桹。

九　州　璜

钓渔得九州之璜，避纣得九州之王。湮沉乎谢鲋之谷，委蛇乎凤凰之堂。其音不爽，惟德之常。

天　球

天球至意，合以人力。作者七人，传以华国。有蔚者桐，僵于下阳之庭。奏刀而玉质，成器而金声。山川畀之耶？其天性之耶？

【解题】

上文于元祐年间在京城作。

释迦文佛颂 并引

端明殿学士兼翰林侍读学士苏轼，为亡妻同安郡君王氏闰之，请奉议郎李公麟敬画释迦文佛及十大弟子。元祐八年十一月十一日，设水陆道场供养。轼拜手稽首而作颂曰：

我愿世尊，足指按地。三千大千，净琉璃色。其中众生，靡不解脱。如日出时，眠者皆作。如雷震时，蛰者皆动。同证无上，永不退转。

【解题】

本文礼赞释迦文佛，为亡妻王闰之做佛事时作。

中山松醪赋

始予宵济于衡漳，车徒涉而夜号。燧松明而识浅，散星宿于亭皋。郁风中之香雾，若诉予以不遭。岂千岁之妙质，而死斤斧于鸿毛？效区区之寸明，曾何异于束蒿？烂文章之纠缠，惊节解而流膏。嗟构厦其已远．尚药石而可曹。收薄用于桑榆，制中山之松醪。救尔灰烬之中，免尔萤爝之劳。取通明于盘错，出肪泽于烹熬。与黍麦而皆熟，沸春声之嘈嘈。味甘余而小苦，叹幽姿之独高。知甘酸之易坏，笑凉州之蒲萄。似玉池之生肥，非内府之烝羔。酌以瘿藤之纹樽，荐以石蟹之霜螯。曾日饮之几何，觉天刑之可逃。投拄杖而起行，罢儿童之抑搔。望西山之咫尺，欲褰裳以游遨。跨超峰之奔鹿，接挂壁之飞猱。遂从此而入海，渺翻天之云涛。使夫嵇、阮之伦，与八仙之群豪。或骑麟而翳凤，争榼挈而瓢操。颠倒白纶巾，淋漓宫锦袍。追东坡而不可及，归餔歠其醨糟。漱松风于齿牙，犹足以赋《远游》而续《离骚》也。

【解题】

本文作于元祐八年（1093）十二月，时苏轼离京出知定州。本文叙写松木姿质高妙，而只能用作照明不能材尽其用。文章以松明自喻，抒发了不遇之悲，并表达了超凡出世、升天远游的梦想。

雪浪斋铭 并引

予于中山后圃得黑石，白脉，如蜀孙位、孙知微所画石间奔流，尽水之变。又得白石曲阳，为大盆以盛之，激水其上，名其室曰雪浪斋云。

尽水之变蜀两孙，与不传者归九原。异哉驳石雪浪翻，石中乃有此理存。玉井芙蓉丈八盆，伏流飞空漱其根。东坡作铭岂多言，四月辛酉绍圣元。

【解题】

本文绍圣元年（1094）四月作于定州太守任上。

阿弥陀佛赞

苏轼之妻王氏，名闰之，字季章，年四十六。元祐八年八月一日，卒于京师。临终之夕，遗言舍所受用，使其子迈、迨、过为画阿弥陀像。绍圣元年六月九日，像成，奉安于金陵清凉寺。赞曰：

佛子在时百忧绕，临行一念何由了。口诵南无阿弥陀，如日出地万国晓。何况自舍所受用，画此圆满天日表。见闻随喜悉成佛，不择人天与虫鸟。但当常作平等观，本无忧乐与寿夭。丈六全身不为大，方寸千佛夫岂小。此心平处是西方，闭眼便到无魔娆。

【解题】

本文作于绍圣元年（1094）六月，时苏轼由定州太守贬为知英州军州事，途经金陵，遵亡妻王闰之遗嘱，将其子画阿弥陀佛像奉安于清凉寺，并作此文赞之。

苏程庵铭 并引

程公庵，南华长老辩公为吾表弟程德孺作也。吾南迁过之，更其名曰苏程，且铭之曰：

辩作庵，宝林南。程取之，不为贪。苏后到，住者三。苏既住，程则去。一弹指，三世具。如我说，无是处。百千灯，同一光。一尘中，两道场。齐说法，不相妨。本无通，安有碍。程不去，苏亦在。各遍满，无杂坏。

卓锡泉铭 并叙

六祖初住曹溪，卓锡泉涌，清凉滑甘，赡足大众，逮今数百年矣。或时小竭，则众汲于山下。今长老辩公住山四岁，泉日涌溢，闻之嗟异。为作铭曰：

祖师无心，心外无学。有来扣者，云涌泉落。问何从来，初无所从。若有从处，来则有穷。初住南华，集众须水。水性融会，岂有无理。引锡指石，寒泉自冽。众渴得饮，如我说法。云何至今，有溢有枯。泉无溢枯，盖其人乎。辩来四年，泉水洋洋。烹煮濯溉，饮及牛羊。手不病汲，肩不病负。匏勺瓦盂，莫知其故。我不求水，水则许我。讯于祖师，有何不同。

【解题】

此二文作于绍圣元年（1094）九月，时苏轼在贬往惠州途中，至曹溪南华寺，与僧人重辩观程公庵及卓锡泉，并作此二铭。

思无邪丹赞

饮食之精，草木之华。集我丹田，我丹所家。我丹伊何？铅汞丹砂。客主相守，如巢养鸥。培以戊己，耕以赤蛇。化以丙丁，滋以河车。乃根乃株，乃实乃华。昼炼于日，赫然丹霞。夜浴于月，皓然素葩。金丹自成，曰思无邪。

此赞信笔直书，不加点定，殆是天成，非以意造也。

绍圣元年十月二十日。

【解题】

本文写道家炼丹之术。

桂 酒 颂 并叙

《礼》曰："丧有疾，饮酒食肉，必有草木之滋焉。"姜桂之谓也。古者非丧食，不彻姜桂。《楚辞》曰："奠桂酒兮椒浆。"是桂可以为酒也。《本草》："桂有小毒，而菌桂、牡桂皆无毒，大略皆主温中，利肝腑气，杀三虫，轻身坚骨，养神发色，使常如童子，疗心腹冷疾，为百药先，无所畏。”陶隐居云：“《仙经》，服三桂，以葱涕合云母，烝为水。”而孙思邈亦云：“久服，可行水上。”此轻身之效也。吾谪居海上，法当数饮酒以御瘴，而岭南无酒禁。有隐者，以桂酒方授吾，酿成而玉色，香味超然，非人间物也。东坡先生曰：“酒，天禄也。其成坏美恶，世以兆主人之吉凶，吾得此，岂非大哉！”故为之颂，以遗后之有道而居夷者。其法盖刻石置之罗浮铁桥之下，非忘世求道者莫至焉。其词曰：

中原百国东南倾，流膏输液归南溟。祝融司方发其英，沐日浴月百宝生。水娠黄金山空青，丹砂书嗞珠夜明。百卉甘辛角芳馨，旃檀沈水乃公卿。大夫芝兰士蕙蘅，桂君独立冬鲜荣。无所慑畏时靡争，酿为我醪淳而清。甘终不坏醉不醒，辅安五神伐三彭。肌肤渥丹身毛轻，泠然风飞罔水行。谁其传者疑方平，教我常作醉中醒。

【解题】

本文作于绍圣二年（1095）三月。文中记桂之药用及制酒之效果，并颂扬了桂芳洁独立的品质。

石　鼎　铭　并序

张安道以遗子由，子由以为轼生日之馈。铭曰：

石在洛书，盖隶从革。矢砮医砭，皆金之职。有坚而忍，为釜为鬲。居焚不炎，允有三德。

【解题】

本文约作于绍圣二年（1095）十二月。此月十九日为苏轼六十岁生日，苏辙以石鼎祝寿，苏轼为作此铭。

远游庵铭 并叙

吴复古子野，吾不知其何人也。徒见其出入人间，若有求者，而不见其所求。不喜不忧，不刚不柔，不惰不修，吾不知其何人也。昔司马相如有言："列仙之儒，居山泽间，形容甚癯。"意甚鄙之。乃取屈原《远游》作《大人赋》，其言宏妙，不遣而放。今子野行于四方十余年矣，而归老于南海之上，必将俯仰百世，奄忽万里，有得于屈原之《远游》者，故以名其庵而铭之。曰：

悲哉世俗之迫隘也，愿从子而远游。子归不来，而吾不往，使罔象乎相求。问道于屈原，借车于相如，忽焉不自知历九疑而过崇丘。宛兮相逢乎南海之上，踞龟壳而食蛤蜊者必子也。庶几为我一笑而少留乎？

【解题】

本文作于绍圣三年（1096）十一月。吴子野平生远游四方，后出家为道士，名其居为远游庵。

梦斋铭 并叙

至人无梦。或曰："高宗、武王、孔子皆梦，佛亦梦。梦不异觉，觉不异梦，梦即是觉，觉即是梦，此其所以为无梦也欤？"卫玠问梦于乐广，广对以想。曰："形神不接而梦，此岂想哉？"对曰："因也。"或问因之说，东坡居士曰："世人之心，依尘而有，未尝独立也。尘之生灭，无一念住。梦觉之间，尘尘相授。数传之后，失其本矣。则以为形神不接，岂非因乎？人有牧羊而寝者，因羊而念马，因马而念车，因车而念盖，遂梦曲盖鼓吹，身为王公。夫牧羊之与王公，亦远矣，想之所因，岂足怪乎？”居士始与芝相识于梦中，旦以所梦求而得之，今二十四年矣，而五见之。每见辄相视而笑，不知是处之为何方，今日之为何日，我尔之为何人也。题其所寓室曰梦斋，而子由为之铭曰：

法身充满，处处皆一。幻身虚妄，所至非实。我观世人，生非实中。以寤为正，以寐为梦。忽寐所遇，执寤所遭。积执成坚，如丘山高。若见法身，寤寐皆非。知其皆非，寤寐无为。遨游四方，斋则不迁。南北东西，法身本然。

【解题】

文中叙于绍圣三年（1096）十一月为昙秀所作，铭文出于苏辙之手。

思无邪斋铭　并叙

东坡居士问法于子由。子由报以佛语，曰：“本觉必明，无明明觉。”居士欣然有得于孔子之言曰：“《诗》三百，一言以蔽之，曰思无邪。”夫有思皆邪也，无思则土木也，吾何自得道，其惟有思而无所思乎？于是幅巾危坐，终日不言，明目直视，而无所见，摄心正念，而无所觉。于是得道，乃名其斋曰思无邪，而铭之曰：

大患缘有身，无身则无病。廓然自圜明，镜镜非我镜。如以水洗水，二水同一净。浩然天地间，惟我独也正。

【解题】

本文约作于绍圣四年（1097）二月。思无邪斋是苏轼白鹤观新居书斋名。

海月辩公真赞　并引

钱塘佛者之盛，盖甲天下。道德才智之士，与夫妄庸巧伪之人，杂处其间，号为难齐。故于僧职正副之外，别补都僧正一员。簿帐案牒奔走将迎之劳，专责正副以下，而都师总领要略，实以行解表众而已。然亦通号为僧官。故高举远引山栖绝俗之士，不屑为之。惟清通端雅，外涉世而中遗物者，乃任其事，盖亦难矣。余通守钱塘时，海月大师惠辩者，实在此位。神宇澄穆，不见愠喜，而缁素悦服，予固喜从之游。时东南多事，吏治少暇，而余方年壮气盛，不安厥官。每往见师，清坐相对，时闻一言，则百忧水解，形神俱泰。因悟庄周所言东郭顺子之为人，人貌而天虚，缘而葆真，清而容物，物无道正，容以悟之，使人之意也消，盖师之谓也欤？一日，师卧疾，使人请余入山。适有所未暇，旬余乃往，则师之化四日矣。遗言须余至乃阖棺，趺坐如生，顶尚温也。余在黄州，梦至西湖上，有大殿榜曰弥勒下生，而故人辩才、海月之流，皆行道其间。师没后二十一年，余谪居惠州，天竺净惠师属参寥子以书遗余曰："檀越许与海月作真赞，久不偿此愿，何也？"余矍然而起，为说赞曰：

人皆趋世，出世者谁？人皆遗世，世谁为之？爰有大士，处此两间。非浊非清，非律非禅。惟是海月，都师之式。庶复见之，众缚自脱。我梦西湖，天宫化城。见两天竺，宛如平生。云披月满，遗象在此。谁其赞之？惟东坡子。

【解题】

本文作于惠州。文中回忆了自己和僧惠辩在杭州时的交往，颇有感情。

偃松屏赞 并引

余为中山守，始食北岳松膏，为天下冠。其木理坚密，瘠而不瘁，信植物之英烈也。谪居罗浮山下，地暖多松，而不识霜雪，如高才胜人生绮纨家，与孤臣孽子有间矣。士践忧患，安知非福。幼子过从我南来，画寒松偃盖为护首小屏。为之赞曰：

燕南赵北，大茂之麓。天僵雪峰，地裂冰谷。凛然孤清，不能无生。生此伟奇，北方之精。苍皮玉骨，硗硗䜺䜺。方春不知，沍寒秀发。孺子介刚，从我炎荒。霜中之英，以洗我瘴。

惠州李氏潜珍阁铭

袭九渊之神龙，沕渊潜以自珍。虽无心于求世，亦择胜而栖神。蔚鹅城之南麓，擢仙李之芳根。因石阜以庭宇，跨饮江之鳌鼋。岌飞檐与铁柱，插清江之奫沦。眩古潭之百尺，涵万象于瑶琨。耿月魄以终夜，湛天容之方春。信苍苍之非色，极深远而自然。疑贝阙与珠宫，有玉函之老人。予南征其万里，友鱼虾与蛭螾。逝将去而反顾，托江流以投文。悼此江之独西，叹妙意之不陈。逮公子之东归，寓此怀于一樽。虽神龙之或杀，终不杀之为仁。

【解题】

上二文皆作于惠州，年月不详。

沉香山子赋　子由生日作

古者以芸为香，以兰为芬，以郁鬯为裸，以脂萧为焚，以椒为涂，以蕙为薰。杜衡带屈，菖蒲荐文。麝多忌而本膻，苏合若芗而实荤。嗟吾知之几何，为六入之所分。方根尘之起灭，常颠倒其天君。每求似于仿佛，或鼻劳而妄闻，独沉水为近正，可以配薝蔔而并云。矧儋崖之异产，实超然而不群。既金坚而玉润，亦鹤骨而龙筋。惟膏液之内足，故把握而兼斤。顾占城之枯朽，宜爨釜而燎蚊。宛彼小山，巉然可欣。如太华之倚天，象小孤之插云。往寿子之生朝，以写我之老勤。子方面壁以终日，岂亦归田而自耘。幸置此于几席，养幽芳于帨帉。无一往之发烈，有无穷之氤氲。盖非独以饮东坡之寿，亦所以食黎人之芹也。

【解题】

本文作于绍圣五年（1098）二月。时苏轼居儋州，而苏辙亦被贬在雷州。文中吟咏了沉香的芬芳，并以此为苏辙祝寿，表达了手足之情。

《三马图赞》　并引

元祐初，上方闭玉门关，谢遣诸将。太师文彦博、宰相吕大防、范纯仁建遣诸生游师雄行边，饬武备。师雄至熙河，蕃官包顺请以所部熟户除边患，师雄许之，遂禽猾羌大首领鬼章青宜结以献。百官皆贺，且遣使告永裕陵。时西域贡马，首高八尺，龙颅而凤膺，虎脊而豹章。出东华门，入天驷监，振鬣长鸣，万马皆喑，父老纵观，以为未始见也。

然上方恭默思道，八骏在庭，未尝一顾。其后圉人起居不以时，马有毙者，上亦不问。明年，羌温溪心有良马，不敢进，请于边吏，愿以馈太师潞国公，诏许之。蒋之奇为熙河帅，西蕃有贡骏马汗血者。有司以为非入贡岁月，留其使与马于边。之奇为请，乞不以时入。事下礼部。轼时为宗伯，判其状云：朝廷方却走马以粪，正复汗血，亦何所用。事遂寝。于时兵革不用，海内小康，马则不遇矣，而人少安。轼尝私请于承议郎李公麟，画当时三骏马之状，而使鬼章青宜结效之，藏于家。绍圣四年三月十四日，轼在惠州，谪居无事，因阅旧书画，追思一时之事，而叹三马之神骏，乃为之赞曰：

吁鬼章，世悍骄。奔贰师，走嫖姚。今在廷，服虎貂。效天骥，立内朝。八尺龙，神超遥。若将西，燕昆瑶。帝念之，乃下招。箖归云，逝房妖。

【解题】

本文作于绍圣四年（1097）三月。

桄榔庵铭 并叙

东坡居士谪于儋耳，无地可居，偃息于桄榔林中，摘叶书铭，以记其处。

九山一区，帝为方舆。神尻以游，孰非吾居。百柱赑屃，万瓦披敷。上栋下宇，不烦斤鈇。日月旋绕，风雨扫除。海氛瘴雾，吞吐吸呼。蝮蛇魑魅，出怒入娱。习若堂奥，杂处童奴。东坡居士，强安四隅。以动寓止，以实托虚。放此四大，还于一如。东坡非名，岷峨非庐。须发不改，示现毗卢。无作无止，无欠无余。生谓之宅，死谓之墟。三十六年，吾其舍此，跨汗漫而游鸿濛之都乎？

【解题】

本文作于绍圣五年（1098）五月。苏轼于去年再贬儋耳，借居官舍，此年四月，章惇、蔡京遣使臣至儋州，将苏轼逐出官舍。苏轼遂在当地人民帮助下，于城南桄榔林筑室，并为此文。

天庆观乳泉赋

阴阳之相化，天一为水。六者其壮，而一者其稚也。夫物老死于坤，而萌芽于复。故水者，物之终始也。意水之在人寰也，如山川之蓄云，草木之含滋，漠然无形而为往来之气也。为气者水之生，而有形者其死也。死者咸而生者甘，甘者能往能来，而咸者一出而不复返，此阴阳之理也。

吾何以知之？盖尝求之于身而得其说。凡水之在人者，为汗、为涕、为洟、为血、为溲、为泪、为涎、为沫，此数者，皆水之去人而外骛，然后肇形于有物，皆咸而不能返。故咸者九而甘者一。一者何也？唯华池之真液，下涌于舌底，而上流于牙颊，甘而不坏，白而不浊，宜古之仙者以是为金丹之祖，长生不死之药也。

今夫水之在天地之间者，下则为江湖井泉，上则为雨露霜雪，皆同一味之甘，是以变化往来，有逝而无竭。故海洲之泉必甘，而海云之雨不咸者，如泾渭之不相乱，河济之不相涉也。若夫四海之水，与凡出盐之泉，皆天地之死气也。故能杀而不能生，能槁而不能浃也，岂不然哉？

吾谪居儋耳，卜筑城南，邻于司命之宫，百井皆咸，而醪醴湩乳，独发于宫中，给吾饮食酒茗之用，盖沛然而无穷。吾尝中夜而起，挈瓶而东。有落月之相随，无一人而我同。汲者未动，夜气方归。锵琼佩之落谷，滟玉池之生肥。吾三咽而遄返，惧守神之诃讥。却五味以谢六尘，悟一真而失百非。信飞仙之有药，中无主而何依。渺松乔之安在，犹想像于庶几。

【解题】

本文作于元符元年（1098）六月。文中阐发道家阴阳相化及养生之道。

菜羹赋 并叙

东坡先生卜居南山之下，服食器用，称家之有无。水陆之味，贫不能致，煮蔓菁、芦菔、苦荠而食之。其法不用醯酱，而有自然之味。盖易具而可常享。乃为之赋，辞曰：

嗟余生之褊迫，如脱兔其何因。殷诗肠之转雷，聊御饿而食陈。无刍豢以适口，荷邻蔬之见分。汲幽泉以揉濯，持露叶与琼根。爨鉶锜以膏油，泫融液而流津。汤濛濛如松风，投糁豆而皆匀。覆陶瓯之穹崇，谢搅触之烦勤。屏醯酱之厚味，却椒桂之芳辛。水初耗而釜泣，火增壮而力均。滃嘈杂而麋溃，信净美而甘分。登盘盂而荐之，具匕箸而晨飧。助生肥于玉池，与吾鼎其齐珍。鄙易牙之效技，超傅说而策勋。沮彭尸之爽惑，调灶鬼之嫌嗔。嗟丘嫂其自隘，陋乐羊而匪人。先生心平而气和，故虽老而体胖。计余食之几何，固无患于长贫。忘口腹之为累，以不杀而成仁。窃比予于谁欤？葛天氏之遗民。

【解题】

本文作于元符元年（1098）十月。时苏轼贬在儋州，生活拮据，米菜不济，遂杂煮野菜充饥。本文对此不作怨言，发之以诙谐，反映了作者安于贫困、乐天知命的达观精神。

酒　子　赋　并引

南方酿酒，未大熟，取其膏液，谓之酒子，率得十一。既熟，则反之醅中。而潮人王介石，泉人许珏，乃以是饷予。宁其醅之漓，以蕲予一醉。此意岂可忘哉，乃为赋之。

米为母，曲其父。烝羔豚，出髓乳。怜二子，自节口。饷滑甘，辅衰朽。先生醉，二子舞。归瀹其糟饮其友。先生既醉而醒，醒而歌之曰：吾观稚酒之初泫兮，若婴儿之未孩。及其溢流而走空兮，又若时女之方笄。割玉脾于蜂室兮，氄雏鹅之毰毸。味盎盎其春融兮，气凛冽而秋凄。自我皤腹之瓜罂兮，入我凹中之荷杯。暾朝霞于霜谷兮，濛夜稻于露畦。吾饮少而辄醉兮，与百榼其均齐。游物初而神凝兮，反实际而形开。顾无以酬二子之勤兮，出妙语为琼瑰。归怀璧且握珠兮，挟所有以傲厥妻。遂讽诵以忘食兮，殷空肠之转雷。

【解题】

本文作于元符元年（1098）十二月。文章反映了苏轼与当地学生之间的真挚友情。

十八大阿罗汉颂　有跋

蜀金水张氏，画十八大阿罗汉。轼谪居儋耳，得之民间。海南荒陋，不类人世，此画何自至哉！久逃空谷，如见师友，乃命过躬易其装标，设灯涂香果以礼之。张氏以画罗汉有名，唐末盖世擅其艺，今成都僧敏行，其玄孙也。梵相奇古，学术渊博，蜀人皆曰："此罗汉化生其家也。"轼外祖父程公，少时游京师，还，遇蜀乱，绝粮不能归，困卧旅舍。有僧十六人往见之，曰："我，公之邑人也。"各以钱二百贷之，公以是得归，竟不知僧所在。公曰："此阿罗汉也。"岁设大供四。公年九十，凡设二百余供。今轼虽不亲睹至人，而困厄九死之余，鸟言卉服之间，获此奇胜，岂非希阔之遇也哉？乃各即其体像，而穷其思致，以为之颂。

第一尊者，结跏正坐，蛮奴侧立。有鬼使者，稽颡于前，侍者取其书通之。颂曰：

月明星稀，孰在孰亡。煌煌东方，惟有启明。咨尔上座，及阿阇黎。代佛出世，惟大弟子。

第二尊者，合掌趺坐，蛮奴捧牍于前。老人发之，中有琉璃器，贮舍利十数。颂曰：

佛无灭生，通塞在人。墙壁瓦砾，谁非法身。尊者敛手，不起于坐。示有敬耳，起心则那。

第三尊者，抹乌木养和。正坐。下有白沐猴献果，侍者执盘受之。颂曰：

我非标人，人莫吾识。是雪衣者，岂具眼只。方食知献，何愧于猿。为语柳子，勿憎王孙。

第四尊者，侧坐屈三指，答胡人之问。下有蛮奴捧函，童子戏捕龟者。颂曰：

彼问云何，计数以对。为三为七，莫有知者。雷动风行，屈信指间。汝观明月，在我指端。

第五尊者，临渊涛，抱膝而坐。神女出水中，蛮奴受其书。颂曰：

形与道一，道无不在。天宫鬼府，奚往而碍。婉彼奇女，跃于涛泷。神马尻舆，摄衣从之。

第六尊者，右手支颐，左手拊稚师子。顾视侍者，择瓜而剖之。颂曰：

手拊雏猊，目视瓜献。甘芳之意，若达于面。六尘并入，心亦遍知。即此知者，为大摩尼。

第七尊者，临水侧坐。有龙出焉，吐珠其手中。胡人持短锡杖，蛮奴捧钵而立。颂曰：

我以道眼，为传法宗，尔以愿力，为护法龙。道成愿满，见佛不怍。尽取玉函，以畀思邈。

第八尊者，并膝而坐，加肘其上。侍者汲水过前，有神人涌出于地，捧槃献宝。颂曰：

尔以舍来，我以慈受。各获其心，宝则谁有。视我如尔，取与则同。我尔福德，如四方空。

第九尊者，食已襆钵，持数珠，诵呪而坐。下有童子，构火具茶，又有埋筒注水莲池中者。颂曰：

饭食已异，襆钵而坐。童子茗供，吹籥发火。我作佛事，渊乎妙哉。空山无人，水流花开。

第十尊者，执经正坐。有仙人侍女焚香于前。颂曰：

飞仙玉洁，侍女云眇。稽首炷香，敢问至道。我道大同，有觉无修。岂不长生，非我所求。

第十一尊者，趺坐焚香。侍者拱手，胡人捧函而立。颂曰：

前圣后圣，相喻以言。口如布谷，而意莫传。鼻观寂如，诸根自例。孰知此香，一炷千偈。

第十二尊者，正坐入定枯木中。其神腾出于上，有大蟒出其下。颂曰：

默坐者形，空飞者神。二俱非是，孰为此身？佛子何为，怀毒不已。愿解此相，问谁缚尔。

第十三尊者，倚杖垂足侧坐。侍者捧函而立，有虎过前，有童子怖匿而窃窥之。颂曰：

是与我同，不噬其妃。一念之差，堕此髦騺。导师悲愍，为尔颦叹。以尔猛烈，复性不难。

第十四尊者，持铃杵，正坐诵咒。侍者整衣于右，胡人横短锡跪坐于左。有虬一角，若仰诉者。颂曰：

彼髯而虬，长跪自言。特角亦来，身移怨存。以无言音，诵无说法。风止火灭，无相仇者。

第十五尊者，须眉皆白，袖手趺坐。胡人拜伏于前，蛮奴手持拄杖，侍者合掌而立。颂曰：

闻法最先，事佛亦久。耄然众中，是大长老。薪水井臼，老矣不能。摧伏魔军，不战而胜。

第十六尊者，横如意趺坐。下有童子发香篆，侍者注水花盆中。颂曰：

盆花浮红，篆烟缭青。无问无答，如意自横。点瑟既希，昭琴不鼓。此间有曲，可歌可舞。

第十七尊者，临水侧坐，仰观飞鹤。其一既下集矣，侍者以手拊之。有童子提竹篮，取果实投水中。颂曰：

引之浩茫，与鹤皆翔。藏之幽深，与鱼皆沉。大阿罗汉，入佛三昧。俯仰之间，再拊海外。

第十八尊者，植拂支颐，瞪目而坐。下有二童子，破石榴以献。颂曰：

植拂支颐，寂然跏趺。尊者所游，物之初耶。闻之于佛，及吾子思。名不用处，是未发时。

佛灭度后，阎浮提众生刚狠自用，莫肯信入。故诸贤圣皆隐不现，独以像设遗言，提引未悟。而峨眉、五台、庐山、天台犹出光景变异，使人了然见之。轼家藏十六罗汉像，每设茶供，则化为白乳，或凝为雪花桃李芍药，仅可指名。或云：罗汉慈悲深重，急于接物，故多现神变。傥其然乎？今于海南得此十八罗汉像，以授子由弟，使以时修敬，遇夫妇生日，辄设供以祈年集福，并以前所作颂寄之。子由以二月二十日生，其妇德阳郡夫人史氏，以十一月十七日生。是岁中元日题。

【解题】

本文作于元符二年（1099）四月。

老　饕　赋

庖丁鼓刀，易牙烹熬。水欲新而釜欲洁，火恶陈。而薪恶劳。九蒸暴而日燥，百上下而汤鏖。尝项上之一脔，嚼霜前之两螯。烂樱珠之煎蜜，滃杏酪之蒸羔。蛤半熟而含酒，蟹微生而带糟。盖聚物之大美，以养吾之老饕。

婉彼姬姜，颜如李桃。弹湘妃之玉瑟，鼓帝子之云璈。命仙人之萼绿华，舞古曲之郁轮袍。引南海之玻璃，酌凉州之蒲萄。愿先生之耆寿，分余沥于两髦。候红潮于玉颊，惊暖响于檀槽。忽累珠之妙唱，抽独丝之长缲。闵手倦而少休，疑吻燥而当膏。倒一缸之雪乳，列百柂之琼艘。各眼滟于秋水，咸骨醉于春醪。

美人告去已而云散，先生方兀然而禅逃。响松风于蟹眼，浮雪花于兔毫。先生一笑而起，渺海阔而天高。

【解题】

本文作于元符二年（1099）九月。苏轼身处贫馁之中，作此赋以自娱。

广州东莞县资福寺舍利塔铭　并叙

自有生人以来，人之所为见于世者，何可胜道。其鼓舞天下，经纬万世，有伟于造物者矣。考其所从生，实出于一念。巍乎大哉，是念也，物复有烈于此者乎？是以古之真人，以心为法，自一身至一世界，自一世界至百千万亿世界，于屈信臂项，作百千万亿变化，如佛所言，皆真实语，无可疑者。至于持身厉行，练精养志，或乘风而仙，或解形而去，使枯槁之余，化为金玉，时出光景，以作佛事者，则多有矣。其见伏去来，皆有时会，非偶然者。予在惠州，或示予以古舍利，状若覆盂，圆径五寸，高二寸，重二斤二两，外密而中疏，其理如芭蕉，舍利生其中无数，五色具备，意必真人大士之遗体。盖脑之在颅中，颅亡而脑存者。予曰："是当以施僧，与众共之，藏私家非是。"其人难之。适有东莞资福长老祖堂来惠州，见而请之，曰："吾方建五百罗汉阁，壮丽甲于南海，舍利当栖我阁上。"则以犀带易之。有自京师至者，得古玉璧，试取以荐舍利，若合符契。堂喜，遂并璧持去，曰："吾当以金银琉璃为窣堵波，置阁上。"铭曰：

真人大士何所修，心精妙明舍九州。此身性海一浮沤，季蜕如遗不自收。戒光定力相烝休，结为宝珠散若旒。流行四方独此留，带犀微矣何足酬。璧来万里端相投，我非与堂堂非求。共作佛事知谁由，瑞光一起三千秋，永照南海通罗浮。

【解题】

元符三年（1100）十月间，苏轼授舒州团练副使，永州安置，北还途中病于广州，曾往东莞资福寺，作有《罗汉阁记》，本文亦当作于此时。

东莞资福寺老柏再生赞

生石首肯，栾松肘回。是心苟真，金石为开。堂去柏枯，其留复生。此柏无我，谁为枯荣。方其枯时，不枯者存。一枯一荣，皆方便门。人皆不闻，瓦砾说法。今闻此柏，炽然常说。

资福白长老真赞

是是是。是资福，白老子。身如空，我如尔。无一事，长欢喜。东坡有，老居士。见此真，欲拟议。未开口，落第二。有一语，略相似。门如市，心如水。

【解题】

资福寺在东莞县，属广州。苏轼在元符三年（1100）于海南北还，十月经过广州，曾游资福寺。上两文或作于此时。

自海南归过清远峡宝林寺敬赞禅月所画十八大阿罗汉

第一宾度罗跋啰堕尊者

白氎在膝，贝多在巾。目视超然，忘经与人。面颅百皱，不受刀祭。无心扫除，留此残雪。

第二迦诺迦代蹉尊者

耆年何老，粲然复少。我知其心，佛不妄笑。瞋喜虽幻，笑则非瞋。施此无忧，与无量人。

第三迦诺迦跋梨随阇尊者

扬眉注目，拊膝横拂。问此大士，为言为默。默如雷霆，言如墙壁。非言非默，百祖是式。

第四苏频陀尊者

聃耳属肩，绮眉覆颧。佛在世时，见此耆年。开口诵经，四十余齿。时闻雷雹，出一弹指。

第五诺矩罗尊者

善心为男，具室法喜。背痒孰爬？有木童子。高下适当，轻重得宜。使真童子，能如兹乎？

第六跋陁罗尊者

美狠恶婉，自昔所闻。不圆其辅，有圆者存。现六极相，代众生报。使诸佛子，具佛相好。

第七迦理迦尊者

佛子三毛，发眉与须。既去其二，一则有余。因以示众，物无两遂。既得无生，则无生死。

第八代阇罗弗多尊者

两眼方用，两手自寂。用者注经，寂者寄膝。二法相忘，亦不相捐。是四句偈，在我指端。

第九戒博迦尊者

一劫七日，刹那三世。何念之勤，屈指默计。屈者已往，伸者未然。孰能住此？屈伸之间。

第十半托迦尊者

垂头没肩，俛目注视。不知有经，而况字义。佛子云何，饱食昼眠。勤苦功用，诸佛亦然。

第十一罗怙罗尊者

面门月满，瞳子电烂。示和猛容，作威喜观。龙象之姿，鱼鸟所惊。以是幻身，为护法城。

第十二那伽犀那尊者

以恶辘物，如火自爇。以信入佛，如水自湿。垂眉捧手，为谁虔恭。大师无德，水火无功。

第十三因揭陁尊者

捧经持珠，杖则倚肩。植杖而起，经珠乃闲。不行不立，不坐不卧。问师此时，经杖何在？

第十四伐那婆斯尊者

六尘既空，出入息灭。松摧石陨，路迷草合。逐兽于原，得箭忘弓。偶然汲水，忽然相逢。

第十五阿氏多尊者

劳我者皙，休我者黔。如晏如岳，鲜不僻淫。是哀骀它，澹台灭明。各妍于心，得法眼正。

第十六注茶半托迦尊者

以口说法，法不可说。以手示人，手去法灭。生灭之中，自然真常。是故我法，不离色声。

第十七庆友尊者

以口诵经，以手叹法。是二道场，各自起灭。孰知毛窍？八万四千。皆作佛事，说法炽然。

第十八宾头卢尊者

右手持杖，左手拊右。为手持杖，为杖持手，宴坐石上，安以杖为。无用之用，世人莫知。

【解题】

本文作于元符三年（1100）十一月。佛教称佛的上足弟子为罗汉，宋前期所称十六罗汉较为固定，另两名说法不一。

陈公密子石砚铭 并引

公密躬自采石岩下，获黄卵，剖之，得紫砚。铭曰：

孰形无情，石亦卵生。黄胞白络，孕此黝赪。已器不死，可候雨晴。天畀夫子，瑞其家庭。

【解题】

本文作于元符三年（1100）十二月。

谈妙斋铭

南华老翁，端静简洁。浮云扫尽，但挂孤月。吾宗伯固，通亮英发。大圭不琢，天骥超绝。室空无有，独设一榻。空毗耶城，奔走竭蹶。二士共谈，必说妙法。弹指千偈，卒无所说。有言皆幻，无起不灭。问我何为，镂冰琢雪。人人造语，一一说法。孰知东坡，非问非答。

【解题】

本文作于元符三年（1100）十二月。

九成台铭

韶阳太守狄咸新作九成台，玉局散吏苏轼为之铭。曰：

自秦并天下，灭礼乐，韶之不作，盖千三百二十有三年。其器存，其人亡，则韶既已隐矣，而况于人器两亡而不传。虽然，韶则亡矣，而有不亡者存，盖常与日月寒暑晦明风雨并行于天地之间。世无南郭子綦，则耳未尝闻地籁也，而况得闻于天。使耳闻天籁，则凡有形有声者，皆吾羽旄干戚管磬匏弦。尝试与子登夫韶石之上，舜峰之下，望苍梧之眇莽，九疑之联绵。览观江山之吐吞，草木之俯仰，鸟兽之鸣号，众窍之呼吸，往来唱和，非有度数而均节自成者，非韶之大全乎！上方立极以安天下，人和而气应，气应而乐作，则夫所谓箫韶九成，来凤鸟而舞百兽者，既已粲然毕陈于前矣。

建中靖国元年正月一日。

【解题】

本文以散体写成，文中阐发庄子“天籁”旨意，气象廓大，语言流畅、优美。

英宗皇帝御书颂 并序

嘉祐中，太常博士周秉，以文行选为诸王记室，宗室之贤者多爱敬之。时英宗皇帝，龙潜藩邸，尝赐秉手书，其家宝之。臣过曲江，见其孙袁州司法参军超，出以示臣。谨稽首再拜，为之颂曰：

云汉之章，融为庆云，结为甘露。融而不晞，结而不散，以焘冒其子孙。

建中靖国元年月日臣苏某记。

【解题】

本文当作于建中靖国元年（1101）正月。

观世音菩萨颂　并引

金陵崇因禅院长老宗袭，自以衣钵造观世音像，极相好之妙，余南迁过而祷焉。曰：“吾北归当复过此，而为之颂。”建中靖国元年五月日，自海南归至金陵。乃作颂曰：

慈近乎仁，悲近乎义。忍近乎勇，忧近乎智。四者似之，而卒非是。有大圆觉，平等无二。无冤故仁，无亲故义。无人故勇，无我故智。彼四虽近，有作有止。此四本无，有取无匮。有二长者，皆乐檀施。其一大富，千金日费。其一甚贫，百钱而已。我说二人，等无有异。吁观世音，净圣大士。遍满空界，挈携天地。大解脱力，非我敢议。若其四无，我亦如此。

【解题】

本文颂观世音菩萨，为还愿而作。

飓　风　赋　并叙

《南越志》：熙安间多飓风。飓者，具四方之风也，尝以五六月发。未至时，鸡犬为之不鸣。又《岭表录》云：秋夏间有晕如虹者，谓之飓母，必有飘风。

仲秋之夕，客有叩门指云物而告予曰：“海气甚恶，非祲非祥。断霓饮海而北指，赤云夹日而南翔。此飓之渐也，子盍备之？”语未卒，庭户肃然，槁叶薮薮。惊鸟疾呼，怖兽辟易。忽野马之决骤，矫退飞之六鹢。袭土囊而暴怒，掠众窍之叱吸。予乃入室而坐，敛衽变色。客曰：“未也，此飓之先驱尔。”

少焉，排户破牖，殒瓦擗屋。礧击巨石，揉拔乔木。势翻渤澥，响振坤轴。疑屏翳之赫怒，执阳侯而将戮。鼓千尺之涛澜，翻百仞之陵谷。吞泥沙于一卷，落崩崖于再触。列万马而并骛，会千车而争逐。虎豹詟骇，鲸鲵奔蹙。类钜鹿之战，殷声呼之动地；似昆阳之役，举百万于一覆。予亦为之股栗毛耸，索气侧足。夜拊榻而九徙，昼命龟而三卜。盖三日而后息也。

父老来唁，酒浆罗列，劳来僮仆，惧定而说。理草木之既偃，辑轩槛之已折。补茅屋之罅漏，塞墙垣之隤缺。已而山林寂然，海波不兴。动者自止，鸣者自停。湛天宇之苍苍，流孤月之荧荧。

忽悟且叹，莫知所营。呜呼，小大出于相形，忧喜因于相遇。昔之飘然者，若为巨耶？吹万不同，果足怖耶？蚁之缘也吹则坠，蚋之集也呵则举。夫嘘呵曾不能以振物，而施之二虫则甚惧。鹏水击而三千，抟扶摇而九万。彼视吾之惴慄，亦尔汝之相莞。均大块之噫气，奚巨细之足辨？陋耳目之不广，为外物之所变。且夫万象起灭，众怪耀眩，求仿佛于过耳，视空中之飞电。则向之所谓可惧者，实耶虚耶，惜吾知之晚也。

【解题】

本文描绘了飓风过境时景象，踵事增华，层层递进，多方描摹、设喻、对比，惊心骇目，给人以深刻的印象，足见作者有着高超的语言驾驭能力。文末反思自己的惊怖之状，归之于外物虚实之辨，显得见识过人。本文亦有人认作是苏过的作品。下文皆不详作年。

酒隐赋 并叙

凤山之阳，有逸人焉，以酒自晦。久之，士大夫知其名，谓之酒隐君，目其居曰酒隐堂，从而歌咏者不可胜纪。隐者患其名之著也，于是投迹仕途，即以混世，官于合肥郡之舒城。尝与游，因与作赋，归书其堂云。

世事悠悠，浮云聚沤。昔日濬壑，今为崇丘。眇万事于一瞬，孰能兼忘而独游？爰有达人，泛观天地。不择山林，而能避世。引壶觞以自娱，期隐身于一醉。且曰封侯万里，赐璧一双。从使秦帝，横令楚王。飞鸟已尽，弯弓不藏。至于血刃膏鼎，家夷族亡。与夫洗耳颍尾，食薇首阳。抱信秋溺，徇名立殭。臧谷之异，尚同归于亡羊。于是笑蹑糟丘，揖精立粕。酣羲皇之真味，反太初之至乐。烹混沌以调羹，竭沧溟而反爵。邀同归而无徒，每踌躇而自酌。若乃池边倒载，瓮下高眠。背后持锸，杖头挂钱。遇故人而腐胁，逢曲车而流涎。暂托物以排意，岂胸中而洞然。使其推虚破梦，则扰扰万绪起矣，乌足以名世而称贤者耶？

【解题】

本文歌咏了一个隐身于酒、超凡脱俗的贤士。

浊醪有妙理赋

酒勿嫌浊，人当取醇。失忧心于卧梦，信妙理之疑神。浑盎盎以无声，始从味入；杳冥冥其似道，径得天真。伊人之生，以酒为命。常因既醉之适，方识此心之正。稻米无知，岂解穷理；

曲蘖有毒，安能发性。乃知神物之自然，盖与天工而相并。

得时行道，我则师齐相之饮醇；远害全身，我则学徐公之中圣。湛若秋露，穆如春风。疑宿云之解驳，漏朝日之暾红。初体粟之失去，旋眼花之扫空。酷爱孟生，知其中之有趣；犹嫌白老，不颂德而言功。兀尔坐忘，浩然天纵。如如不动而体无碍，了了常知而心不用。坐中客满，惟忧百榼之空；身后名轻，但觉一杯之重。今夫明月之珠，不可以襦；夜光之璧，不可以餔。刍豢饱我而不我觉，布帛燠我而不我娱。惟此君独游万物之表，盖天下不可一日而无。

在醉常醒，孰是狂人之药；得意忘味，始知至道之腴。又何必一石亦醉，罔间州闾；五斗解酲，不问妻妾。结袜廷中，观廷尉之度量；脱靴殿上，夸谪仙之敏捷。阳醉逷地，常陋王式之褊；乌歌仰天，每讥杨恽之狭。我欲眠而君且去，有客何嫌；人皆劝而我不闻，其谁敢接。殊不知人之齐圣，匪昏之如。古者晤语，必旅之于。独醒者，汨罗之道也；屡舞者，高阳之徒欤？恶蒋济而射木人，又何狷浅；杀王敦而取金印，亦自狂疎。故我内全其天，外寓于酒。浊者以饮吾仆，清者以酌吾友。吾方耕于渺莽之野，而汲于清泠之渊，以酿此醪，然后举窪樽而属予口。

【解题】

本文表达了借酒避世、全身远害的思想。文中屡用典故，语多豪壮，而句式于变化中寓整饬，文气跌宕冲沛，大大淡化了思想中的消极情调，反显得趣味盎然，文风洒脱。

明君可与为忠言赋　明则知远能受忠告

臣不难谏，君先自明。智既审乎情伪，言可竭其忠诚。虚己以求，览群心于止水；昌言而告，恃至信于平衡。君子道大而不回，言出而为则。事父能孝，故可以事君；谋身必忠，而况于谋国。

然而言之虽易，听之实难，论者虽切，闻者多惑。苟非开怀用善，若转丸之易从；则投人以言，有按剑之莫测。国有大议，人方异词。佞者莫能自直，昧者有所不知。虽有智者，孰令听之？皎如日月之照临，罔有道形之蔽；虽复药石之瞑眩，曾何苦口之疑。盖疑言不听，故确论必行；大功可成，故众患自远。上之人闻危言而不忌，下之士推赤心而无损。岂微忠之能致，有至明而为本。是以伊尹丑有夏而归亳，大贤固择所从；百里愚于虞而智秦，一身非故相反。

噫，言悦于目前者，不见跬步之外；论难于耳顺者，有以百年而兴。苟其聪明蔽于嗜好，智虑溺于爱憎，因其所喜而为善，虽有愿忠而孰能？心苟无邪，既坐瞻于百里；人思其效，将或锡之十朋。彼非谓之贤而欲违，知其忠而莫受。目有眯则视白为黑，心有蔽则以薄为厚。遂使谀臣乘隙以汇进，智士知微而出走。仲尼不谏，惧将困于妇言；叔孙诡辞，畏不免于虎口。故明主审逊志之非道，知拂心之谓忠。不求耳目之便，每要社稷之功。有汉宣之贤，充国得尽破羌之计；有魏明之察，许允获伸选吏之公。

大哉事君之难，非忠何报。虽曰伸于知己，而无自辱于善道。《诗》不云乎，哲人顺德之行，可以受话言之告。

【解题】

本文劝谏皇帝多纳忠言，远离佞臣。

通其变使民不倦赋　通物之变民用无倦

物不可久，势将自穷。欲民生而无倦，在世变以能通。器当极弊之时，因而改作；众得日新之用，乐以移风。

昔者世朴未分，民愚多屈，有大人卓尔以运智，使天下群然而胜物。凡可养生之具，莫不便安；然亦有时而穷，使之弗郁。下迄尧舜，上从轩羲。作网罟以绝禽兽之害，服牛马以纾手足之疲。田焉而尽百谷之利，市焉而交四方之宜。

神农既没，而舟楫以济也；后圣有作，而弧矢以威之。至贵也，而衣裳之有法；至贱也，而臼杵之不遗。居穴告劳，易以屋庐之美；结绳既厌，改从书契之为。如地也，草木之有盛衰；如天也，日星之有晦见。皆利也，孰识其所以为利；皆变也，孰诘其所以制变？五材天生而并用，或革或因；百姓日用而不知，以歌以抃。岂不以俗狃其事，化难以神。疾从古之多弊，俾由吾而一新。观《易》之卦，则圣人之时可以见；观卦之象，则君子之动可以循。备物致功，盖适推移之用；乐生兴事，故无怠惰之民。及夫古帝既遥，后王继踵。虽或不繇于圣作，而皆有适于民用。以瓦屋则无茅茨之敝漏，以骑战则无车徒之错综。更皮弁以圜法，周世所宜；易古篆以隶书，秦民咸共。乃知制器者皆出于先圣，泥古者盖生于俗儒。

昔之然今或以否，昔之有今或以无。将何以鼓舞民志，周流化区？王莽之复井田，世滋以惑；房琯之用车战，众病其拘。是知作法何常，视民所便。苟新令之可复，虽旧章而必擅。神而化之，使民宜之，夫何懈倦！

【解题】

本文主张对器用之物，当求不断变新改革，以便民用。文中歌颂了历代革新利民的人物。

三法求民情赋　王用三法断民得中

民之枉直难其辩，王有刑罚从其公。用三法而下究，求舆情而上通。司刺所专，精测浅深之量；人心易晓，断依狱讼之中。民也性失而习奸邪，讼兴而干狱犴。残而肌肤，不足使之畏；酷而宪令，不足制其乱。故先王致忠义以核其实，悉聪明以神其断。盖一成不可变，所以尽心于刑；此三法以求民情，孰有不平之叹？

若夫老幼之类，蠢愚之人。或过失而冒罪，或遗忘而无伦。或顽而不识，或冤而未伸。一踏禁网，利口不能肆其辩；一定刑辟，士师不得私其仁。孰究枉弊，孰明伪真？刑宥舍以尽公，与原其实；轻重中而制法，何滥于民。虽入钩金，未可谓之坚；虽入束矢，孰可然其直？召伯之明，犹恐不能以意察；皋陶之贤，犹恐不能以情得。必也有秋官之联，赞司寇之职。臣民以讯，谳国宪以何疑；宽恕其愆，断人中而无惑。然则圜土之内，听有狱正之良；棘木之下，议有九卿之详。五辞以原其诚伪，五声以观其否臧。尚由哀矜而不喜，悼痛以如伤。三宽然后制邦辟，三舍然后施刑章。盖念罚一非辜，则民情郁而多怨；法一滥举，则治道汨而不纲。故折狱致刑，本丰亨而御世；赦过宥罪，取解象以为王。得非君示天下公，法与天下共？当赦则赦，奸不吾惠；可杀则杀，恶非汝纵。议狱缓死，以《中孚》之意；明罚敕法，以《噬嗑》之用。彼吕侯作训。赦者止五刑之疑；而《王制》有言，本此听庶人之讼。

噫，刑德济而阴阳合，生杀当而天地参。后世不此务，百姓无以堪。有苗之暴，以虐民者五；叔世之乱，以酷民者三。因嗟秦氏之峻刑，丧邦甚速；傥踵周家之故事，永世何惭。大哉！唐之兴三覆其刑，汉之起三章而法。皆除三代之酷暴，率定一时之检押。然其犹夷族之令而断趾之刑，故不及前王之浃洽。

【解题】

本文对朝廷推行三法断狱，以减少冤狱，进行了赞扬。

六事廉为本赋 先圣之贵廉也如此

事有六者，本归一焉。各以廉而为首，盖尚德以求全。官继条分，虽等差而立制；吏功旌别。皆清慎以居先。

器尔众才，由吾先圣。人各有能，我官其任；人各有德，我目其行。是故分为六事，悉本廉而作程；用启庶官，俾厉节而为政。善者善立事，能者能制宜。或靖恭而不懈，或正直而不随。法则不失，辨别不疑。第其课兮，事区别矣；举其要兮，廉一贯之。蔽吏治之否臧，必旌美效；为民极之介洁，斯作丕基。

所谓事者，各一人之攸能；所谓贤者，通众贤之咸暨。拟之网罟。先网而后目；况之布帛，先经而后纬。于冢宰处八法之末，厥执既分；在西京同大孝之科，于斯为贵。乃知功废于贪，行成于廉。苟务渎货，都忘属厌。若是则善与能者为汗而为滥，恭且正者为诐而为憸。法焉不能守节，辨焉不能明嫌。故圣人恶彼败官，虽百能而莫赎；上兹洁行，在六计以相兼。此盖周公差次之，小宰分掌者。考课则以是黜陟，大比则以为用舍。彼六条四曰洁，晋法有所亏焉；四善二为清，唐制未之得也。曷曰独标兹道，分贯其余？

始于善而迄辨，皆以廉而为初。念厥德之至贵，故他功之莫如。譬夫五事冠于周家，闻之诗雅；九畴统之皇极，载自箕书。噫，绩效皆烦，清名至美。故先责其立操，然后褒其善理。是以古者之治，必简而明，其术由此。

【解题】

本文推崇廉洁为官吏最重要的品质，认为任官、考课当以此为准，才能成就政事。

快哉此风赋 并引

时与吴彦律、舒尧文、郑彦能各赋两韵，子瞻作第一、第五。

贤者之乐，快哉此风。虽庶民之不共，眷佳客以攸同。穆如其来，既偃小人之德；飒然而至，岂独大王之雄。若夫鹢退宋都之上，云飞泗水之湄。寥寥南郭，怒号于万窍；飒飒东海，鼓舞于四维。固以陋晋人一吷之小，笑玉川两腋之卑。野马相吹，抟羽毛于汗漫；应龙作处，作鳞甲以参差。

【解题】

本文吟咏风之多般姿态，妙用典故，造句工整，颇有可观。疑此文有缺佚。

养老篇

软蒸饭，烂煮肉。温美汤，厚毡褥。少饮酒，惺惺宿。缓缓行，双拳曲。虚其心，实其腹。丧其耳，忘其目。久久行，金丹熟。

猪肉颂

净洗锅，少著水，柴头罨烟焰不起。待他自熟莫催他，火候足时他自美。黄州好猪肉，价贱如泥土。贵人不肯吃，贫人不解煮，早晨起来打两碗，饱得自家君莫管。

食豆粥颂

道人亲煮豆粥。大众齐念《般若》。老夫试挑一口，已觉西家作马。

【解题】

此三文记日常饮食，显示了苏轼穷中作乐的生活态度。

与明上人二颂

一

字字觅奇险，节节累枝叶。咬嚼三十年，转更无交涉。

二

冲口出常言，法度法前轨。人言非妙处，妙处在于是。

枯骨观颂

李伯时为柳仲远画枯骨观，苏子瞻颂之。

这个在这里，那个那里去。终待乞伊来，大家做一处。

石恪画维摩颂

我观众工工一师，人持一药疗一病。风劳欲寒气欲暖，肺肝胃肾更相克。挟方储药如丘山，卒无一药堪施用。有大医王拊掌笑，谢遣众工病随愈。问大医王以何药，还是众工所用者。我观三十二菩萨，各以意谈不二门。而维摩诘默无语，三十二义一时堕。我观此义亦不堕，维摩初不离是说。譬如油蜡作灯烛，不以火点终不明。忽见默然无语处，三十二说皆光焰。佛子若读维摩经，当作是念为正念。我观维摩方丈室，能受九百万菩萨。三万三千师子坐，皆悉容受不迫迮。又能分布一钵饭，餍饱十方无量众。断取妙喜佛世界，如持针锋一枣叶。云是菩萨不思议，住大解脱神通力。我观石子一处士，麻鞋破帽露两肘。能使笔端出维摩，神力又过维摩诘。若云此画无实相，毗耶城中亦非实。佛子若作维摩像，应作此观为正观。

醉僧图颂

人生得坐且稳坐，劫劫地走觅什么。今年且屙东禅屎，明年去拽西林磨。

鱼枕冠颂

莹净鱼枕冠，细观初何物。形气偶相值，忽然而为鱼。不幸遭纲罟，剖鱼而得枕。方其得枕时，是枕非复鱼。汤火就模范，巉然冠五岳。方其为冠时，是冠非复枕。成坏无穷已，究竟亦非冠。假使未变坏，送与无发人。簪导无所施，是名为何物。我观此幻身，已作露电观。而况身外物，露电亦无有。佛子慈闵故，愿受我此冠。若见冠非冠，即知我非我。五浊烦恼中，清净常欢喜。

黄州李樵卧帐颂

问李岩老，何必居此。爱护铁牛，障栏佛子。

答孔君颂

梦中投井，入半而止。出入不能，本非住处。我今何为，自此作苦。忽然梦觉，身在床上。不知向来，本元无井。不应复作，出入住想。道无深浅，亦无远近。见物失空，空未尝灭。物去空现，亦未尝生。应当正远，作如是观。

禅戏颂

已熟之肉，无复活理。投在东坡无碍羹釜中，有何不可。问天下禅和子，且道是肉是素，吃得是吃不得是？大奇大奇，一碗羹，勘破天下禅和子。

【解题】

上八文皆阐发禅佛之理，作年不详。

东门交箴

汉武帝为窦太主置酒宣室，使谒者引纳董偃。东方朔以谓有斩罪三，安得入宣室。上为更置酒北宫而引偃，从东司马门而前，更无讥焉。作《东交门箴》：

上所好恶，民实趋之。风俗厚薄，君实驱之。道之以正，民俗罔中。唱之以淫，实烦有从。帝于馆陶，在齐文姜。矧董外人，干国乱常。既不能戮，反以为好。予饮予燕，宣室是傲，伟彼臣朔，辟戟趋陛。謇拳是效，刚而有礼。改馆彻馔，北宫东门。虽曰从谏，东交实存。维藩维戚，礼法遂恣。延及齐民，惟上所使。昔在季孙，赏盗以邑。鲁遂多盗，而罔敢诘。矧兹土宫，奸人是纳。昭示来世，有惭斯阖。蒉也扬觯，杜举得名。殿槛勿辑，直臣是旌，人孰无过，过而勿贰。宣室东交，实同名异。

【解题】

箴是一种以规戒为主题的文体。本文讥汉武帝为窦太后引纳董偃事。此文又见于苏过《斜川集》卷三。

王仲仪砚铭

汲、郑蚤闻，颇、牧晚用。谏草风生，羽檄雷动。人亡器有，质小任重。施易何常，明哲所共。

王定国砚铭二首

一

石出西山之西，北山之北。戎以发剑，予以试墨。剑止一夫敌，墨以万世则。吾以是知天下之才，皆可以纳诸圣贤之域。

二

月之从星，时则风雨。汪洋翰墨，将此是似。墨云浮空，漫不见天。风起云移，星月凛然。

三槐堂铭 并叙

天可必乎？贤者不必贵，仁者不必寿。天不可必乎？仁者必有后。二者将安取衷哉？吾闻之申包胥曰："人众者胜天，天定亦能胜人。"世之论天者，皆不待其定而求之，故以天为茫茫。善者以怠，恶者以肆，盗跖之寿，孔颜之厄，此皆天之未定者也。松柏生于山林，其始也困于蓬蒿，厄于牛羊，而其终也，贯四时阅千岁而不改者，其天定也。善恶之报，至于子孙，而其定也久矣。吾以所见所闻所传闻考之，而其可必也审矣。国之将兴，必有世德之臣，厚施而不食其报，然后其子孙能与守文太平之主共天下之福。故兵部侍郎晋国王公显于汉、周之际，历事太祖、太宗，文武忠孝，天下望以为相，而公卒以直道不容于时。盖尝手植三槐于庭曰："吾子孙必有为三公者。"已而其子魏国文正公相真宗皇帝于景德、祥符之间，朝廷清明天下无事之时，享其福禄荣名者十有八年。今夫寓物于人，明日而取之，有得有否。而晋公修德于身，责报于天，取必于数十年之后，如持左券，交手相付。吾是以知天之果可必也。吾不及见魏公，而见其子懿敏公，以直谏事仁宗皇帝，出入侍从将帅三十余年，位不满其德。天将复兴王氏也欤？何其子孙之多贤也。世有以晋公比李栖筠者，其雄才直气，真不相上下，而栖筠之子吉甫，其孙德裕，功名富贵，略与王氏等，而忠信仁厚，不及魏公父子。由此观之，王氏之福盖未艾也。懿敏公之子巩与吾游，好德而文，以世其家。吾是以录之。铭曰：

鸣呼休哉！魏公之业，与槐俱萌。封植之勤，必世乃成。既相真宗，四方砥平。归视其家，槐荫满庭。吾侪小人，朝不及夕。相时射利，皇邺厥德。庶几侥幸，不种而获。不有君子，其何能国。王城之东，晋公所庐。郁郁三槐，惟德之符。鸣呼休哉！

【解题】

上三铭皆为王巩而作。

鼎　砚　铭

鼎无耳，槊有趾。鉴幽无见几不倚。旸虫陨羿丧厥喙，羽渊之化帝祝尾。不周偾裂东南圮，黝然而深维水委。谁乎为此昔未始，戏名其臀加幻诡。

端　砚　铭

千夫挽绠，百夫运斤。篝火下缒，以出斯珍。一嘘而泫，岁久愈新。谁其似之，我怀斯人。

孔毅甫龙尾砚铭

涩不留笔，滑不拒墨。爪肤而縠理，金声而玉德。厚而坚，足以阅人于古今。朴而重，不能随人以南北。

孔毅甫凤味石砚铭

昔余得之凤凰山下龙焙之间，今君得之剑浦之上黯黮之滩。如乐之和，如金之坚，如玉之有润，如舌之有泉。此其大凡也，为然为不然？然也，虽胡越同名犹可；不然，徒与此石同溪而产，何异于九鹏而一鹯。

端　砚　铭

与墨为入，玉灵之食。与水为出，阴鉴之液。懿矣兹石，君子之侧。匪以玩物，维以观德。

黄鲁直铜雀砚铭

漳滨之埴，陶氏我厄，受成不化，以与真隔。人亡台废，得反天宅。遇发丘陇。复为麟获。累然黄子，玄岂尚白。天实命我，使与其迹。

龙尾石月砚铭

萋萋兮雾縠石，宛宛兮黑白月。其受水也哉生明，而运墨也旁死魄。忽玄云之霮霼，观玉兔之沐浴。集幽光于毫端，散妙迹于简册。照千古其如在，耿此月之不没。

端溪紫蟾蜍砚铭

蟾蜍爬沙到月窟，隐避光明入岩骨。琢磨黝赪出尤物，雕龙渡懿倾澥渤。

迨　砚　铭

有尽石，无已求。生阴壑，闷重湫。得之艰，岂轻授。旌苦学，畀长头。

唐陆鲁望砚铭

噫先生，隐唐余。甘杞菊，老樵渔。是器宝，实相予。为散人，出丛书。

周炳文瓢砚铭

以汝为砚，罂肖而瓢质。以汝为瓢，砚剖而腹实。饮西江之水，吾以汝砺齿。泻悬河之辩，吾以汝借面。不即不离，孰曰非道人之应器耶！

故人王颐有自然端砚砚之成于片石上稍稍加磨治而已铭曰

其色马肝，其声磬，其文水中月，真宝石也。而其德则正，其形天合。其于人也略是，故可使而不可役也。

【解题】

以上十二文皆为砚铭，作年不详。

汉 鼎 铭 并引

禹铸九鼎，用器也，初不以为宝，象物以饰之，亦非所以使民远不若也。武王迁之洛邑，盖已见笑于伯夷、叔齐矣。方周之盛也，鼎为宗庙之观美而已。及其衰也，为周之患，有不可胜言者。匹夫无罪，怀璧其罪。周之衰也，与匹夫何异。嗟夫，孰知九鼎之为周之角齿也哉？自春秋时，楚庄王已问其轻重大小。而战国之际，秦与齐、楚皆欲之，周人惴惴焉，视三虎之垂涎而睨己也；绝周之祀不足以致寇，裂周之地不足以肥国，然三国之君，未尝一日而忘周者，以宝在焉故也。三国争之，周人莫知所适与。得鼎者未必能存周，而不得者必碎之，此九鼎之所以亡也。周显王之四十二年，宋太丘社亡，而鼎沦没于泗水，此周人毁鼎以缓祸，而假之神妖以为之说也。秦始皇、汉武帝乃始万方以出鼎，此与儿童之见无异。善夫吾丘寿王之说也，曰："汾阴之鼎，汉鼎也，非周鼎。"夫周有鼎，汉亦有鼎，此《易》所谓正位凝命者，岂三趾两耳之谓哉！恨寿王小子方以谀进，不能究其义，余故作《汉鼎铭》，以遗后世君子。其铭曰：

惟五帝三代及秦汉以来受命之君，靡不有兹鼎。鼎存而昌，鼎亡而亡。盖鼎必先坏而国随之，岂有易姓而鼎犹传者乎？不宝此器，而拳拳于一物。孺子之智，妇人之仁，乌乎，悲矣。

大觉鼎铭

乐全先生遗我鼎甗，我复以饷大觉老禅。在昔宋、鲁，取之以兵。书曰部鼎，以器从名。乐全、东坡，予之以义。书曰大觉之鼎，以名从器。挹山之泉，烹以其薪。为苦为甘，咨尔学人。

【解题】

以上两文为鼎铭，作年不详。

谷　庵　铭

孔公之堂名虚白，苏子堂后作圆屋。堂虽白矣庵自黑，知白守黑名曰谷。谷庵之中空无物，非独无应亦无答，洞然神光照毫发。

夕　庵　铭

与昼皆作，雾散毛脉。夜气既归，肝胆是宅。我铭夕庵，惟以照寂。八万四千，忽然而一。

清隐堂铭

已去清隐，而老崇庆。崇庆亦非，何者为正。清者其行，隐者其言。非彼非此，亦非中间。在清隐时，念念不住。今既情忘，本无住处。八万四千，劫火洞然。但随他去，何处不然。

广心斋铭

细德险微，憎爱彼我。君子广心，物无不可。心不运寸，中积琐琐。得之戚戚，忿欲生火。然炉倾侧，焚我中和。沃以远水，井泉无波。天下为量，万物一家。前圣后圣，惠我光华。

澹轩铭

以船撑船船不行。以鼓打鼓鼓不鸣。子欲察味而辨色，何不坐于澹轩之上，出澹语以问澹叟，则味自味，而色自形。吾然后知澹叟之不淡，盖将尽口眼之变，而起无穷之争。其自谓丛林之一害，岂虚名也哉？

大别方丈铭

闭目而视，目之所见，冥冥蒙蒙。掩耳而听，耳之所闻，隐隐隆隆。耳目虽废，见闻不断，以摇其中。孰能开目，而未尝视，如鉴写容？孰能倾耳，而未尝听，如穴受风？不视而见，不听而闻，根在尘空。湛然虚明，遍照十方，地狱天宫。蹈冒水火，出入金石，无往不通。我观大别，三门之外，大江方东。东西万里，千溪百谷，为江所同。我观大别，方丈之内，一灯常红。门闭不开，光出于隙，晔如长虹。问何为然，笑而不答，寄之盲聋。但见庞然，秀眉月面，纯漆点瞳。我作铭诗，相其木鱼，与其鼓钟。

【解题】

以上六文皆为堂室铭文，作年不详。

却鼠刀铭

野人有刀，不爱遗余。长不满尺，剑钺之余。文如连环，上下相缪。错之则见，或漫如无。昔所从得，戒以自随。畜之无害，暴鼠是除。有穴于垣，侵堂及室。跳床撼幕，终夕窣窣。叱诃不去，啖啮枣栗。掀盃舐缶，去不遗粒。不择道路，仰行蹑壁。家为两门，窘则旁出。轻趫捷猾，忽不可执。吾刀入门，是去无迹。又有甚者，聚为怪妖。昼出群斗，相视睢盱。舞于端门，与主杂居。猫见不噬，又乳于家。狃于永氏，谓世皆然。亟磨吾刀。槃水致前。炊未及熟，肃然无踪。物岂有是，以为不诚。试之弥旬，凛然以惊。夫猫鸷禽，昼巡夜伺。拳腰弭耳，目不及顾。须摇乎穴，走赴如雾。碎首屠肠，终不能去。是独何为，宛然尺刀。匣而不用，无有爪牙。彼孰为畏，相率以逃。呜呼嗟夫，吾苟有之。不言而谕，是亦何劳。

杨次公家浮磬铭

清而直，朴而一。虽有郑卫，无自而入。以托于君子之室。

邵伯埭钟铭　并叙

邵伯埭之东，寺僧子康募千人为千斤铜钟，蜀人苏轼为之铭。曰：

无量智慧火，烧此无明铜。戒定以为模，铸成无漏钟。以汝平等手，执彼慈悲撞。声从无有出，遍满无边空。

文与可琴铭

攫之幽然，如水赴谷。醳之萧然，如叶脱木。按之噫然，应指而长言者似君。置之枵然，遗形而不言者似仆。

【解题】

以上四文为器物、乐器等铭文。浮磬，古人特指泗水岸边可作磬之石头。

《二疏图》赞

惟天为健，而不干时。沈潜刚克，以燮和之。于赫汉高，以智力王。凛然君臣，师友道丧。孝宣中兴，以法驭人。杀盖、韩、杨，盖三良臣。先生怜之，振袂脱屣。使知区区，不足骄士。此意莫陈，千载于今。我观画图，涕下沾襟。

【解题】

二疏，即东汉人疏广、疏受叔侄。宣帝时，疏广为太傅，疏受为少傅，二人在位五年，上书乞归乡里，送者车数百辆，称誉一时。本文称赞二疏不满当世而退隐乡里的作为。

石恪《三笑图》赞

彼三士者，得意忘言。卢胡一笑，其乐也天。嗟此小童，麋鹿狙猿。尔各何知，亦复粲然。万生纷纶，何鄙何妍。各笑其笑，未知孰贤？

顾恺之画《黄初平牧羊图》赞

先生养生如牧羊，放之无何有之乡。止者自止行者行，先生超然坐其旁。挟策读书羊不亡，化而为石起复僵。流涎磨牙笑虎狼，先生指呼羊服箱。号称雨工行四方，莫随上林芒孱郎，齅门舐地寻盐汤。

李潭《六马图》赞

六马异态，以似为妍。画师何从，得所以然。相彼痒者，举唇见咽。方其痒时，槁木万钱。络以金玉，非为所便。乌乎，各适其适，以全吾天乎？

戒坛院文与可画《墨竹》赞

风梢雨箨，上傲冰雹。霜根雪节，下贯金铁。谁为此君，与可姓文。惟其有之，是以好之。

文与可《枯木》赞

怪木在廷，枯柯北走。穷猿投壁，惊雀入牖。居者蒲氏，画者文叟。赞者苏子，观者如流。

文与可画《墨竹屏风》赞

与可之文，其德之糟粕。与可之诗，其文之毫末。诗不能尽，溢而为书。变而为画，皆诗之余。其诗与文，好者益寡。有好其德如好其画者乎？悲夫！

李伯时所画《沐猴马》赞

吾观沐猴，以马为戏。至使此马，窃衔诡辔。沐猴宜马，真虚言尔。

《捕鱼图》赞

荇秀水暖，龟鱼出戏。独蛙无朋，寂寞鼓吹。孰谓鱼乐，强羸相屠。去是哆口，以完长须。

《三禽图》赞

瓦盎粒食，于何不有。巢林一枝，何苦而斗。剥啄清音，发于高深。决然惊起，翠羽在林。俯而饮，仰而咽。海运鹏搏，吾亦尤羡。

《救月图》赞

痴蟆脔肉，睥睨天目。伟哉黑龙，见此蛇服。蟆死月明，龙反其族。乘云上天，雨我百谷。

东坡过余清虚堂，欲挥翰笔，误落纸如蜿蜒状。因点成眼目，画缺月其上，名《救月图》，并题此赞。

偶尔游戏，遂成奇笔。王巩题。

【解题】

上十画赞为前代及当时绘画而作，作年不详。

李伯时作《老子新沐图》遗道士蹇拱辰赵郡苏某见而赞之

老聃新沐，晞发于庭。其心淡然，若忘其形。夫子与回，见之而惊。入而问之，强使自名。曰：岂有已哉，夫人皆然。惟役于人，而丧其天。其人苟忘，其天则全。四肢百骸，孰为吾缠？死生终始，孰为吾迁？彼赫赫者，将为吾温。彼肃肃者，将为吾寒，一温一寒交，而万物生焉，物皆赖之，而况吾身乎？温为吾和，寒为吾坚，忽乎不知，而更千万年。葆光志之，夫非养生之根乎？

【解题】

李公麟，字伯时，号龙眠居士，北宋著名画家，与苏轼相友善。苏洵父子以汉顺帝时苏章为先祖，苏章为冀州刺史，其子孙家于赵州，故三苏皆自称“赵郡苏氏”。本文一说为苏辙所作。

李西平画赞

以吾观，西平王。提孤军，自北方。赴行在，走怀光。斩朱泚，如反掌。及其后，帅凤翔。与陇右，瞰河湟。兵益振，谋既臧。终不能，取寻常。堕贼计，困平凉。卒罢兵，仆三将。谁之咎？在庙堂。斩马剑，诛延赏。为菹醢，不足偿。览遗像，涕泗滂。

【解题】

李西平，即李晟，字良器，唐洮州人，唐德宗时，率军讨伐藩镇田悦叛乱，后又击败叛据长安的朱泚，收复京师，累官至太尉兼中书令，封西平郡王。

自画《背面图》并赞

元祐罪人，写影示迈。

子由真赞

心是道人，形是农夫。误入廊庙，还即里闾。秋稼登场，社酒盈壶。颓然一醉，终日如愚。

【解题】

此二首赞文为自己及弟苏辙画像所作。

王定国真赞

温然而泽者，道人之腴也。凛然而清者，诗人之癯也。雍容委蛇者，贵介之公子。而短小精悍者，游侠之徒也。人何足以知之，此皆其肤也。若人者，泰不骄，困不挠，而老不枯也。

秦少游真赞

以君为将仕也，其服野，其行方。以君为将隐也，其言文，其神昌。置而不求君不即，即而求之君不藏。以为将仕将隐者，皆不知君者也，盖将挈所有而乘所遇，以游于世，而卒反于其乡者乎？

徐大正真赞

贤哉徐子，温文而毅。儒不乱法，侠不犯忌。求之古人，尚论其世。登唐减汉，三国之士。我非北海，安识子义。愿观伯符，挐戟为戏。

李端叔真赞

龙眠居士画李端叔，东坡老人赞之曰：

须发之拳然，眉宇之渊然，披胸腹之掀然，以为可得而见欤？则漠乎其无言。以为不可得而见欤？则已见画于龙眠矣。呜呼，其将为既琢之玉，以役其天乎？其将为不雨之云，以抱其全乎？抑将游戏此世，而时出于两者之间也？

元华子真赞

方口而髯，秀眉覆颧。示我其华，我识其元。我来从之，目击道存。我有陋室，茅茨采椽。洒扫庭户，窗牖廓然。虚空无人，愿受我言。

醉吟先生画赞

黄金斗，碧玉壶。足踏东流水，目送西飞凫。拥髻顾影者，真子干之侍妾；奋髯直视者，非列仙之臞儒。

【解题】

以上赞文皆苏轼为友人、门生画像所作，写作年月不详。

小篆《般若心经》赞

草隶用世今千载，少而习之手所安。如舌于言无拣择，终日应对惟所问。忽然使作大小篆，如正行走值墙壁。纵复学之能粗通，操笔欲下仰寻索。譬如鹦鹉学人语，所习则能否则默。心存形声与点画，何暇复求字外意。世人初不离世间，而欲学出世间法。举足动念皆尘垢，而以俄顷作禅律。禅律若可以作得，所不作处安得禅。善哉李子小篆字，其间无篆亦无隶。心忘其手手忘笔，笔自落纸非我使。正使匆匆不少暇，倏忽千百初无难。稽首《般若多心经》，请观何处非《般若》。

文勋篆赞

世人篆字，隶体不除。如浙人语，终老带吴。安国用笔，意在隶前。汲冢鲁壁，周鼓秦山。

【解题】

此二文为篆字而作。篆文《般若多心经》乃李康年作，苏轼曾为之作跋。

延州来季子赞　并序

鲁襄公十二年，吴子寿梦卒。延州来季子，其少子也，以让国闻于诸侯，则非童子矣。至哀公十年冬，楚令尹子期伐陈，季子救陈，谓子期曰：“二君不务德而力争诸侯，民何罪焉。我请退，以为子名，务德而安民。”乃还。时去寿梦卒，盖七十七年矣，而能千里将兵，季子何其寿而康也。然其卒不书于《春秋》。哀公之元年，吴王夫差败越于夫椒，勾践使大夫种因太宰嚭以行成于吴，吴王许之，子胥谏不听，则吴之亡形成矣。季子观乐于鲁，知列国之废兴于百年之前，方其救陈也，去吴之亡十三年耳，而谓季子不知，可乎？阖庐之自立也，曰：“季子虽至，不吾废也。”是季子德信于吴人，而言行于其国也。且帅师救陈，不战而去之，以为敌国名，则季子之于吴，盖亦少专矣。救陈之明年，而子胥死。季子知国之必亡，而终无一言于夫差，知言之无益也。夫子胥以阖庐霸，而夫差杀之如皂隶，岂独难于季子乎！乌乎悲夫，吾是以知夫差之不道，至于使季子不敢言也。苏子曰：延州来季子、张子房，皆不死者也。江左诸人好谈子房、季札之贤，有以也夫。此可与知者论，难与俗人言也。作《延州来季子赞》曰：

泰伯之德，钟于先生。弃国如遗，委蜕而行。坐阅春秋，几五之二。古之真人，有化无死。

【解题】

季札，春秋时吴国贤人，事见《左传》。本文赞季札之仁，并感叹其寿长。

梦作司马相如求画赞 并叙

夜梦严君平、司马相如、扬子云合席而坐。子云曰：“长卿久欲求公作画赞。”余辞以罪戾之余，久废笔砚。子云恳祈，不获已为之。既成，子云戏余曰："三赋果足以重赵乎？"余曰："三赋足以重赵，则子之《太玄》果足以重赵乎？"为之一笑而散。其赞曰：

长卿有意，慕蔺之勇。言还故乡，闾里是耸。景星凤凰，以见为宠。煌煌三赋，可使赵重。

【解题】

此赞为梦中所作。司马相如，西汉著名辞赋作家，在历代享有文名。

孔北海赞 并序

文举以英伟冠世之资，师表海内，意所予夺，天下从之，此人中龙也。而曹操阴贼险狠，特鬼蜮之雄者耳。其势决不两立，非公诛操，则操害公，此理之常。而前史乃谓公负其高气，志在靖难，而才疏意广，讫无成功，此盖当时奴婢小人论公之语。公之无成，天也。使天未欲亡汉，公诛操如杀狐兔，何足道哉！世之称人豪者，才气各有高庳，然皆以临难不惧，谈笑就死为雄。操以病亡，子孙满前而咿嘤涕泣，留连妾妇，分香卖履，区处衣物，平生奸伪，死见真性。世以成败论人物，故操得在英雄之列。而公见谓才疏意广，岂不悲哉！操平生畏刘备，而备以公知天下有己为喜，天若胙汉，公使备，诛操无难也。予读公所作《杨四公赞》，叹曰：方操害公，复有鲁国一男子慨然争之，公庶几不死。乃作《孔北海赞》曰：

晋有羯奴，盗贼之靡。欺孤如操，又羯所耻。我书《春秋》，与齐豹齿。文举在天，虽亡不死。我宗若人，尚友千祀。视公如龙，视操如鬼。

【解题】

孔北海，即孔融。本文称赞孔融的才德，驳斥了世人谓其“才疏意广”的评论。

忠懿王赞

文武忠懿，堂堂如春。中有樗里，不以示人。雷行八区，震惊听闻。提十五州，共为帝民。送君者自崖而返，以安乐其子孙。九万里则风斯在下矣，眇大物而成仁。

【解题】

忠懿王，不详何人。

僧伽赞

盲人有眼不自知，忽然见日喜而舞。非谓日月有在亡，实自庆我眼根在。泗滨大士谁不见，而有熟视不见者。彼岂无眼业障故，以知见者皆希有。若能便作希有见，从此成佛如反掌。传摹世间千万亿，皆自大士法身出。麻田供养东坡赞，见者无数悉成佛。

【解题】

僧伽，梵语，省称为僧。此文一题为《普照王赞》。

磨衲赞　并叙

长老佛印大师了元游京师，天子闻其名，以高丽所贡磨衲赐之。客有见而叹曰："乌乎善哉，未曾有也。尝试与子摄其斋衽，循其钩络，举而振之，则东尽嵎夷，西及昧谷，南放交趾，北属幽都，纷然在吾箴孔线蹊之中矣。"佛印听然而笑曰："甚矣，子言之陋也。吾以法眼视之，一一箴孔有无量世界，满中众生所有毛窍，所衣之衣箴孔线蹊，悉为世界。如是展转经八十反，吾佛光明之所照，与吾君圣德之所被，如以大海注一毛窍，如以大地塞　箴孔，曾何嵎夷昧谷交趾幽都之足云乎？当知此衲，非大非小，非短非长，非重非轻，非薄非厚，非色非空。一切世间，折胶堕指，此衲不寒；砾石流金，此衲不热；五浊流浪，此衲不垢；劫火洞然，此衲不坏。云何以有思惟心，生下劣想？"于是蜀人苏轼，闻而赞之曰：

匣而藏之，见衲而不见师。衣而不匣，见师而不见衲。惟师与衲，非一非两。眇而视之，虮虱龙象。

【解题】

磨衲，袈裟名。佛印，宋代名僧，名了元，与苏轼、黄庭坚相友善，能诗，事见《续传灯录》、《建中靖国续录》。

药师琉璃光佛赞　并引

佛弟子苏籥，与其妹德孙，病久不愈。其父过，母范氏，供养祈祷药师琉璃光佛，遂获痊损。其大父轼，特为造画尊像，敬拜稽首，为之赞曰：

我佛出现时，众生无病恼。世界悉琉璃，大地皆药草。我今众稚孺，仰佛如翁媪，面颐既圆平，风末亦除扫。弟子籥与德，前世衲衣老。敬造世尊像，寿命仗佛保。

【解题】

苏轼之孙、孙女获病，祷于药师琉璃光佛，痊愈后，苏轼特为造像并作本文，以示虔敬。药师，又称药王，佛教菩萨名，梵语鞞庱梨，掌治疾病。

傅大士赞

善慧执板，南泉作舞。借我门槌，为君打鼓。

应梦观音赞

稽首观音，宴坐宝石。忽忽梦中，应我空寂。观音不来，我亦不往。水在盆中，月在天上。

静安县君许氏绣观音赞

太岳之裔，邑于静安。学道求心，妙湛自观。观观世音，凛不违颜。三年之后，心法自圆。闻思修王，如日现前。心识其容，口莫能言。发于六用，以所能传。自手达针，自针达线。为针几何，巧历莫算。针若是佛，佛当千万。若其非佛，此相曷缘？孰融此二，为不二门？拜手敬赞，东坡老人。

绣佛赞

凡作佛事，各以所有。富者以财，壮者以力。巧者以技，辩者以言。若无所有，各以其心。见闻随喜，礼拜赞叹。曾未及彼，一针之劳。而其获报，等无有二。若复缘此，得度成佛。则此绣者，乃是导师。

题王霭画如来出山相赞

头髯髻，耳卓朔。适从何处来，碧色眼有角。明星未出万家闲，外道天魔犹奏乐。错不错。安得无上菩提，成正等觉?

罗汉赞十六首

第一尊者

正坐敛眉，扼腕立拂。问此大士，为言为默。默如雷霆，言如墙壁。非言非默，百祖是式。

第二尊者

旃檀非烟，火亦无香。是从何生，俯仰在亡。弹指赞叹，善思念之。是一炷香，是天人师。

第三尊者

我观西方，度无量国。诸佛陀耶，在我掌握。右顾睥然，汝则皆西。随我所印，识道不迷。

第四尊者

袖手不言，跏趺终日。两眉虽举，六用皆寂。寂不为身，动不为人。天作时雨，山川出云。

第五尊者

掌中浮图，舍利所宅。放大光明，照十方刹。椟而藏之，了无见闻。众所发心，与佛皆存。

第六尊者

手中竹根，所指如意。云何不动，无意可指。食已宴坐，便腹果然。是中空洞，以受世间。

第七尊者

梵书旁行，俛首注视。不知有经，而况字义。佛子云何，饱食昼眠。勤苦功用，诸佛亦然。

第八尊者

众生颠倒，为物所转。我转是珠，以一贯万。过现不住，未则未来。举珠示人，孰为轮回？

第九尊者

柏子庭际，正觉妙慧。悟最上乘，了第一义。为大摩尼，传鸡足衣。示现虚寂，端坐俛眉。

第十尊者

半肩磨衲，为谁缓颊。彼以诚叩，此缘问答。佛意玄微，有觉无为。肉眼执着，捧函捕龟。

第十一尊者

幻体有累，法身无着。幻法两忘，圆明寥廓。以大愿力，援诸有情。见闻悉入，真妄一真。

第十二尊者

长江皎洁，可鉴毛发。师心水心，一般奇绝。目寓波中，意若扰龙。真机掣电，微妙玄通。

第十三尊者

默坐无说，是名妙说。月槩芹献，花开子结。宝锡一枝，中含真机。悟此机者，处处泉飞。

第十四尊者

摄衣跏趺，观此烟穗。与我定香，本无内外。贝叶琅函，三乘指南。胡人捧立，云谁启缄。

第十五尊首

何去何从，叩应感通。如响答声，声寂还空。诉者谁衅，皆有佛性。去尔嗔恚，随处清净。

第十六尊者

一般心眼，两般见解。将人我矿，烹炼沙汰。廓然圆明，超悟上乘。示现兹悲，授诸有情。

罗　汉　赞

左手持经，右手引带。为卷为开，是义安在。已读则卷，未读则开。我无所疑，其音如雷。

唐画罗汉赞

东坡居士，告悟清师："昔绍远上人宝持唐画十六大阿罗汉，如护眼目。远上人亡，今此罗汉在黄梅山常欢喜所。子往，为我致问常公，欲求是画，当可得否？若彼常公爱而不舍，则不可得，舍而不爱，则不可取，不爱不舍，则取以来。”旬有八日，清师复命，且以画来。居士升堂，普告大众，烧香作礼，为远上人追福灭罪。众问居士：“是画罗汉，有何胜相？供养赞叹，得何功德？当以何等，报酬常公？”居士言：“是画实无胜相，亦无功德。彼与我者，即以报之。”乃作赞云：

五更粥熟闻鱼鼓，起对孤灯与谁语。溪边洗钵月中归，还君罗汉君收取。

【解题】

上八文皆为观音、罗汉或佛像所作，作年不详。大士，菩萨的通称。

东林第一代广惠禅师真赞

忠臣不畏死，故能立天下之大事；勇士不顾生，故能立天下之大名。是人于道亦未也，特以义重而身轻。然犹所立如此，而况于出三界，了万法，不生不老，不病不死，应物而无情者乎？

堂堂总公，僧中之龙，呼吸为云，噫欠为风。且置是事，聊观其一戏。盖将拊掌谈笑不起于坐，而使庐山之下，化为梵释龙天之宫。

【解题】

东林，即东林寺，故址在今江西庐山，晋江州刺史桓伊为释慧远所建。

马祖庞公真赞

南岳坐下一马，四蹄踏杀天下。马后复一老庞，一口吸尽西江。天下是老师脚，西江即渠侬口。不知谁踏谁杀，何缘自吸自受。

湜长老真赞

道与之貌，天与之形。虽同乎人，而实无情。彼真清隐，何殊丹青，日照月明，雷动风行。夫孰非幻，忽然而成。此画清隐，可谒雨晴。

辩才大师真赞

余顷年尝闻妙法于辩才老师，今见其画像，乃以所闻者赞之：

即之浮云无穷，去之明月皆同。欲知明月所在，在汝唾雾之中。

参寥子真赞

东坡居士曰：维参寥子，身寒而道富。辩于文而讷于口。外尫柔而中健武。与人无竞，而好刺讥朋友之过。枯形灰心，而喜为感时玩物不能忘情之语。此余所谓参寥子有不可晓者五也。

无名和尚传赞

道无分成，佛无灭生。如影外光，孰在孰亡？如井中空，孰虚孰盈？无名和尚，盖名无名。

五祖山长老觉师真赞

问道白云端，踏着自家底。万心八捧禅，一月千江水。路逢魔登伽，石上漫浇水。赤土画簸箕，也有第一义。谁言川𧄍苴，具相三十二。

清都谢道士真赞

谢道士，生丙子。真一存，长不死。欲识清都面目，一江春水东流。滔滔直入沧海，大至蓬莱顶头。

醴泉观真靖崇教大师真赞

北方有神君，出内冈与民。被发拊剑驭两灵，国之东南福其庭。注然天醪涌其泠，汰选妙士守籥扃。翛然真靖有典刑，眉间三出杳而清，何必控鲤浮南溟。

定光师赞

定光石佛，不显其光。古锥透穿，大千为囊。卧像出家，西峰参道。亦俗亦真，一体三宝。南安石窟，开甘露门。异类中住，无天中尊。彼逆我顺，彼顺我逆。过即追求，虚空乌集。驱使草木，教诲蛇虎。愁霖出日，枯旱下雨。无男得男，无女得女。法法如是，谁夺谁与。令若威怒，免我伽梨。既而释之，遂终白衣。寿帽素履，发鬓皤皤。寿八十二，与世同波。穷崖草木，枯腊风雨。七闽香火，家以为祖。萨埵御天，宋有万姓。乃锡象服，名曰定应。

光道人真赞 字晏然

海口山颧，犀颅鹤肩。定眼水止，秀眉月弦。自一而两，至百亿千。即妄而真，是真晏然。

玉岩隐居阳行先真赞

道不二，德不孤。无人所有，有人所无。世之所争者五，天啬其三，而畀其二。是以日计之不足，岁计之有余也。

【解题】

以上十一文皆苏轼为佛道人物所作，其中大部分为苏轼友人。文章写作年月不详。

髑 髅 赞

黄沙枯髑髅，本是桃李面。而今不忍看，当时恨不见。业风相鼓转，巧色美倩盼。无师无眼禅，看便成一片。

【解题】

本文阐发佛家色空思想。

采日月华赞

每日采日月华时，不能诵得古人咒语，以意撰数句云：

我性真有，是身本空。四大合成，与天地通。如莲芭蕉，万窍玲珑。无道不入，有光必容。瞳瞳太阳，凡火之雄。湛湛明月，众水之宗。我尔法身，何所不充。不足则取，有余则供。取予无心，唯道之公。各忘其身，与道俱融。

【解题】

本文言修炼事，掺合佛道思想。

送僧应纯偈

苏寿明、巢谷、僧应纯与东坡居士，皆眉人也。会于黄冈。纯将之庐山，作偈送之。

一般口眼，两般肚肠。让取乡人，闻早归去。

灵感观音偈 并引

或问居士："佛无不在，云何僧荣，所常供养，观世音像，独称灵感？"居士答言："譬如静夜，天清无云，我目无病，未有举头，而不见月，今此画像，方其画时，工适清净。又此僧荣，方供养时，秉心端严，不入诸相，无有我人，众生寿者，则观世音，廓然自现。"尔时居士，作此言已，心开形解，随其所得，而说偈言：

夫物芸芸，各升其英。为天苍苍，为日月星。无在不在，容光则明。矧我大士，渊兮净神。妙湛生光，即光为形。亭亭空中，靡所倚凭。眷此幻身，如鬼如氓。生则囿物，轩昂权衡。地所不载，而能空行。灭则荡空，附离四生。不可控抟，矧此亭亭。涕泪请救，搏颊顿缨。如月下照，著心寒清。不因修为，得法眼净。碎身微尘，莫报圣灵。

朱寿昌梁武忏赞偈 并叙

我观世间，诸得道者，多因苦恼。苦恼之极，无所告诉，则呼父母。父母不闻，仰而呼天。天不能救，则当归命，于佛世尊。佛以大悲，方便开示。令知诸苦，以爱为本。得爱则喜，犯爱则怒。失爱则悲，伤爱则惧。而此爱根，何所从生？展转观察，爱尽苦灭，得安乐处。诸佛亦言，爱别离苦。父母离别，其苦无量。于离别中，生离最苦。有大长者，曰朱寿昌。生及七岁，而母舍去。长大怀思，涕泣追求。刺血写经，礼佛忏悔。四十余年，乃见其母。念报佛恩，欲度众苦。观诸教门，切近周至。莫如梁武，所说忏悔。文既繁重，旨亦渊秘。一切众生，有不能了。乃以韻语，谐诸音律。使一切人，歌咏赞叹，获福无量。时有居士，蜀人苏轼。见闻随喜，而说偈曰：

长者失母，常自念言：母本生我，我生母去，有我无母，不如无我。誓以此身，出生入死，母若不见，我亦随尽。在众人中，犹如狂人，终日皇皇，四十余年，乃见其母。我初不记，母之长短，大小肥瘠，云何一见，便知是母。母子天性，自然冥契，如磁石针，不谋而合。我未见母，不求何获，既见母已，即无所求。诸佛子等，歌咏忏文，既忏罪已，当求佛道，如我所说，作求母观。

玉石偈

嘻嘻呀呀三伏中，草木生烟地生火。遗君玉石百有八，愿君置之白石盆。注以碧芦井中泉，遗君肝肺凉如水。热恼既除心自定，当观热相无去来。寒至折胶热流金，是我法身二呼吸。寒人者冰热者火，冰火初不自寒热。一切世间我四大，毕竟谁受寒热者。愿以法水浸摩尼，当观此石如瓦砾。

无名和尚颂观音偈　徐因饶州人

我观诸佛及菩萨，皆以六尘作佛事。虽有妙智如观音，根性亦自闻思复。佛子流荡无始劫，未空言语文字性。譬如多财石季伦，知财为害不早散。手挥金宝弃沟壑，不如施与贫病者。累累三百五十珠，持与观音作缨络。

地狱变相偈

我闻吴道子，初作酆都变。都人惧罪业，两月罢屠宰。此画无实相，笔墨假合成。譬如说食饱，何从生怖汗。乃知法界性，一切惟心造。若人了此言，地狱自破碎。

无 相 庵 偈

出庵见庵，入庵见圆。问此圆相，何所因起。非土非木，亦非虚空。求此圆相，了不可得。乃至无有，无有亦无。是中有相，名大圆觉。是佛心地，是诸魔种。

南屏激水偈

水激之高，如所从来。屈伸相报，报尽而止。止不失平，于以观法。

观藏真画布袋和尚像偈

柱杖指天，布袋着地。掉却数珠，好一觉睡。

养　生　偈

闲邪存诚，炼气养精。一存一明，一炼一清。清明乃极，丹元乃生。坎离乃交，梨枣乃成。中夜危坐，服此四药。一药一至，到极则处。几费千息，闲之廓然，存之卓然，养之郁然，炼之赫然。守之以一，成之以久。功在一日，何迟之有。

《易》曰："闲邪存其诚。"详味此字，知邪中有诚，无非邪者，闲亦邪也。至于无所闲，乃见其诚者，幻灭灭故，非幻不灭。

十二时中偈

十二时中，常切觉察，遮个是什么。十二月二十日，自泗守席上回，忽然梦得个消息。乃作偈曰：

百滚油铛里，恣把心肝煠。遮个在其中，不寒亦不热。似则是似，是则未是。不唯遮个不寒热，那个也不寒热，咄！甚叫做遮个那个。

【解题】

上十一篇偈语皆不详作年。

八 奏议

议学校贡举状

熙宁四年正月日，殿中丞直史馆判官告院苏轼状奏：准敕讲求学校贡举利害，令臣等各具议状闻奏者。

右臣伏以得人之道，在于知人，知人之法，在于责实。使君相有知人之才，朝廷有责实之政，则胥史皂隶，未尝无人，而况于学校贡举乎？虽因今之法，臣以为有余。使君相无知人之才，朝廷无责实之政，则公卿侍从，常患无人，况学校贡举乎？虽复古之制，臣以为不足矣。

夫时有可否，物有废兴。方其所安，虽暴君不能废。及其既厌，虽圣人不能复。故风俗之变，法制随之。譬如江河之徙移，顺其所欲行而治之，则易为功；强其所不欲而复之，则难为力。使三代圣人复生于今，其选举养才，亦必有道矣，何必由学？且天下固尝立学矣，庆历之间，以为太平可待，至于今日，惟有空名仅存。今陛下必欲求德行道艺之士，责九年大成之业，则将变今之礼，易今之俗，又当发民力以治宫室，敛民财以食游士，百里之内，置官立师，狱讼听于是，军旅谋于是，又当以时简不率教者，屏之远方，终身不齿，则无乃徒为纷乱，以患苦天下耶？若乃无大变改，而望有益于时，则与庆历之际何异？故臣以谓今之学校，特可因循旧制，使先王之旧物不废于吾世，足矣。

至于贡举之法，行之百年，治乱盛衰，初不由此。陛下视祖宗之世贡举之法，与今为孰精？言语文章，与今为孰优？所得文武长才，与今为孰多？天下之事，与今为孰办？较此四者，而长短之议决矣。今议者所欲变改，不过数端。或曰乡举德行而略文章；或曰专取策论而罢诗赋；或欲举唐室故事，兼采誉望，而罢封弥；或欲罢经生朴学，不用贴、墨，而考大义。此数者皆知其一，不知其二者也。

臣请历言之。夫欲兴德行，在于君人者修身以格物，审好恶以表俗，孟子所谓“君仁莫不仁，君义莫不义”，君之所向，天下趋焉。若欲设科立名以取之，则是教天下相率而为伪也。上以孝取人，则勇者割股，怯者庐墓；上以廉取人，则弊车羸马，恶衣菲食。凡可以中上意，无所不至矣。德行之弊，一至于此乎！自文章而言之，则策论为有用，诗赋为无益；自政事言之，则诗赋、策论均为无用矣。虽知其无用，然自祖宗以来莫之废者，以为设法取士，不过如此也。岂独吾祖宗，自古尧舜亦然。《书》曰：“敷奏以言，明试以功。”自古尧舜以来，进人何尝不以言，试人何尝不以功乎？议者必欲以策论定贤愚、决能否，臣请有以质之。近世士大夫文章华靡者，莫如杨亿，使杨亿尚在，则忠清鲠亮之士也，岂得以华靡少之。通经学古者，莫如孙复、石介，使孙复、石介尚在，则迂阔矫诞之士也，又可施之于政事之间乎？自唐至今，以诗赋为名臣者，不可胜数，何负于天下，而必欲废之！近世士人纂类经史，缀缉时务，谓之策括，待问条目，搜抉略尽，临时剽窃，窜易首尾，以眩有司，有司莫能辨也。且其为文也，无规矩准绳，故学之易成；无声病对偶，故考之难精。以易学之士，付难考之吏，其弊有甚于诗赋者矣。唐之通榜，故是弊法。虽有以名取人，厌伏众论之美，亦有贿赂公行，权要请托之害。至使恩去王室，权归私门。降及中叶，结为朋党之论，通榜取人，又岂足尚哉！诸科举取人，多出三路。能文者既已变而为进士，晓义者又皆去以为明经，其余皆朴鲁不化者也。至于人才，则有定分，施之有政，能否自彰。今进士日夜治经传子史，贯穿驰骛，可谓博矣。至于临政，曷尝用其一二。顾视旧学，已为虚器，而欲使此等分别注疏，粗识大义，而望其才能增长，亦已疎矣。

臣故曰：此数者皆知其一，而不知其二也。特愿陛下留意其远者大者。必欲登俊良，黜庸回，总览众才，经略世务，则在陛下与二三大臣，下至诸路职司与良二千石耳，区区之法何预焉。然臣窃有私忧过计者，敢不以告。昔王衍好老庄，天下皆师之，风俗凌夷，以至南渡。王缙好佛，舍人事而修异教，大历之政，至今为笑。故孔子罕言命，以为知者少也。子贡曰："夫子之文章，可得而闻也，夫子之言性与天道，不可得而闻也。"夫性命之说，自子贡不得闻，而今之学者，耻不言性命，此可信也哉！今士大夫至以佛老为圣人，鬻书于市者，非庄老之书不售也。读其文，浩然无当而不可穷，观其貌，超然无著而不可挹，岂此真能然哉？盖中人之性，安于放而乐于诞耳。使天下之士，能如庄周齐死生，一毁誉，轻富贵，安贫贱，则人主之名器爵禄，所以砺世摩钝者，废矣。陛下亦安用之，而况其实不能，而窃取其言以欺世者哉！臣愿陛下明勑有司，试之以法言，取之以实学。博通经术者，虽朴不废；稍涉浮诞者，虽工必黜。则风俗稍厚，学术近正，庶几得忠实之士，不至蹈衰季之风，则天下幸甚。谨录奏闻，伏候勅旨。

【解题】

王安石推行新法，准备变科举、兴学校，苏轼上书反对王安石废除诗赋明经考试，而代之以经义论策取士的作法，认为根本问题不在于改革考试制度，而在于朝廷用人得当与否。本文应作于熙宁二年（1069），原文有误。

谏买浙灯状

熙宁四年正月日，殿中丞直史馆判官告院权开封府推官臣苏轼状奏：右臣向蒙召对便殿，亲奉德音，以为凡在馆阁，皆当为朕深思治乱，指陈得失，无有所隐者。自是以来，臣每见同列，未尝不为道陛下此语，非独以称颂盛德，亦欲朝廷之间如臣等辈，皆知陛下不以疎贱间废其言，共献所闻，以辅成太平之功业。然窃谓空言率人，不如有实而人自劝，欲知陛下能受其言之实，莫如以臣试之。故臣愿以身先天下试其小者，上以补助圣明之万一，下以为贤者卜其可否，虽以此获罪，万死无悔。

臣伏见中使传宣下府市司买浙灯四千余盏，有司具实直以闻，陛下又令减价收买，见已尽数拘收，禁止私买，以须上令。臣始闻之，惊愕不信，咨嗟累日。何者？窃为陛下惜此举动也。臣虽至愚，亦知陛下游心经术，动法尧舜；穷天下之嗜欲，不足以易其乐；尽天下之玩好，不足以解其忧，而岂以灯为悦者哉。此不过以奉二宫之欢，而极天下之养耳。

然大孝在乎养志，百姓不可户晓，皆谓陛下以耳目不急之玩，而夺其口体必用之资。卖灯之民，例非豪户，举债出息，畜之弥年；衣食之计，望此旬日。陛下为民父母，唯可添价贵买，岂可减价贱酬？此事至小，体则甚大。凡陛下所以减价者，非欲以与此小民争此豪末，岂以其无用而厚费也？如知其无用，何必更索？恶其厚费，则如勿买。且内庭故事，每遇放灯，不过令内东门杂物务临时收买，数目既少，又无拘收督迫之严；费用不多，民亦无憾。故臣愿追还前命，凡悉如旧。京城百姓，不惯侵扰，恩德已厚，怨讟易生，可不慎欤！可不畏欤！

近日小人妄造非语，士人有展年科场之说，商贾有京城榷酒之议，吏忧减俸，兵忧减廪。虽此数事，朝廷所决无，而此纷纷，亦有以见陛下勤恤之德。未信于下，而有司聚敛之意或形于民。方当责己自求，以消谗慝之口。而台官又劝陛下以严刑悍吏捕而戮之。亏损圣德，莫大于此。而又重以买灯之事，使得因缘以为口实，臣实惜之。

方今百冗未除，物力凋弊，陛下纵出内帑财物，不用大司农钱；而内帑所储，孰非民力？与其平时耗丁不急之用，曷若留贮以待乏绝之供？故臣愿陛下将来放灯与凡游观苑囿宴好赐予之类，皆饬有司，务从俭约。顷者诏旨裁减皇族恩例，此实陛下至明至断，所以深计远虑，割爱为民。然窃揆其间，不能无少望于陛下，惟当痛自刻损，以身先之，使知人主且犹若此，而况于吾徒哉！非惟省费，亦且弭怨。

昔唐太宗遣使往凉州讽李大亮献其名鹰，大亮不可，太宗深嘉之。诏曰："有臣若此，朕复何忧。"明皇遣使江南采鸡鹊，汴州刺史倪若水论之，为反其使。又令益州织半臂背子、琵琶捍拨、镂牙合子等，苏许公不奉诏。李德裕在浙西，诏造银盝子妆具二十事，织绫二千匹，德裕上疏极论，亦为罢之。使陛下内之台谏有如此数人者，则买灯之事，必须力言。外之有司有如此数人者，则买灯之事，必不奉诏。陛下聪明睿圣，追迹尧舜，而群臣不以唐太宗、明皇事陛下，窃尝深咎之。臣忝备府寮，亲见其事，若又不言，臣罪大矣。陛下若赦之不诛，则臣又有非职之言大于此者，忍不为陛下尽之。若不赦，亦臣之分也。谨录奏闻，伏候敕下。

【解题】

因宫庭下令减价收买浙灯四千盏，苏轼上此表状，反对神宗"以耳目不急之玩，而夺其口体必用之资"，要求今后放灯及游观赐赏之类的活动都应务从俭约，并期望皇帝能从谏如流，广开言路。言辞委婉，说理透辟。本文应作于熙宁二年（1069），原文有误。

上神宗皇帝书

熙宁四年二月日，殿中丞直史馆判官告院权开封府推官臣苏轼，谨昧万死，再拜上书皇帝陛下。臣近者不度愚贱，辄上封章言买灯事。自知渎犯天威，罪在不赦，席藁私室，以待斧钺之诛。而侧听逾旬，威命不至，问之府司，则买灯之事，寻已停罢。乃知陛下不惟赦之，又能听之，惊喜过望，以至感泣。何者？改过不吝，从善如流，此尧舜禹汤之所勉强而力行，秦汉以来之所绝无而仅有。顾此买灯毫发之失，岂能上累日月之明，而陛下幡然改命，曾不移刻。则所谓智出天下，而听于至愚；威加四海，而屈于匹夫。臣今知陛下可与为尧舜，可与为汤武，可与富民而措刑，可与强兵而伏戎虏矣。有君如此，其忍负之。惟当披露腹心，捐弃肝脑，尽力所至，不知其它。乃者，臣亦知天下之事，有大于买灯者矣，而独区区以此为先者。盖未信而谏，圣人不与；交浅言深，君子所戒。是以试论其小者，而其大者固将有待而后言。今陛下果赦而不诛，则是既已许之矣，许而不言，臣则有罪，是以愿终言之。

臣之所欲言者三，愿陛下结人心、厚风俗、存纪纲而已。

人莫不有所恃，人臣恃陛下之命，故能役使小民；恃陛下之法，故能胜服强暴。至于人主所恃者谁与？《书》曰：“予临兆民，凛乎若朽索之驭六马。”言天下莫危于人主也。聚则为君臣，散则为仇雠，聚散之间，不容毫厘。故天下归往谓之王，人各有心谓之独夫。由此观之，人主之所恃者，人心而已。人心之于人主也，如木之有根，如灯之有膏，如鱼之有水，如农夫之有田，如商贾之有财。木无根则槁，灯无膏则灭，鱼无水则死，农夫无田则饥，商贾无财则贫，人主失人心则亡。此理之必然，不可逭之灾也。其为可畏，从古以然。苟非乐祸好亡、狂易丧志，则孰敢肆其胸臆，轻犯人心？昔子产焚《载书》以弭众言，赂伯石以安巨室，以为众怒难犯，专欲难成。而子夏亦曰："信，而后劳其民；未信，则以为厉己也。"唯商鞅变法，不顾人言，虽能骤致富强，亦以召怨天下，使其民知利而不知义，见刑而不见德。虽得天下，旋踵而失也。至于其身，亦卒不免，负罪出走，而诸侯不纳；车裂以徇，而秦人莫哀。君臣之间，岂愿如此？宋襄公虽行仁义，失众而亡；田常虽不义，得众而强。是以君子未论行事之是非，先观众心之向背。谢安之用诸桓未必是，而众之所乐，则国以乂安；庾亮之召苏峻未必非，而势有不可，则反为危辱。自古及今，未有和易同众而不安，刚果自用而不危者也。

今陛下亦知人心之不悦矣。中外之人，无贤不肖，皆言祖宗以来，治财用者不过三司使副判官，经今百年，未尝阙事。今者无故又创一司，号曰制置三司条例。使六七少年日夜讲求于内，使者四十余辈，分行营干于外。造端宏大，民实惊疑；创法新奇，吏皆惶惑。贤者则求其说而不可得，未免于忧；小人则以其意而度朝廷，遂以为谤：谓陛下以万乘之主而言利，谓执政以天子之宰而治财。商贾不行，物价腾踊。近自淮甸，远及川蜀，喧传万口，论说百端。或言京师正店，议置监官，夔路深山，当行酒禁，拘收僧尼常住，减刻兵吏廪禄，如此等类，不可胜言。而甚者至以为欲复肉刑，斯言一出，民且狼顾。陛下与二三大臣，亦闻其语矣。然而莫之顾者，徒曰"我无其事，又无其意，何恤于人言！"夫人言虽未必皆然，而疑似则有以致谤。人必贪财也，而后人疑其盗；人必好色也，而后人疑其淫。何者？未置此司，则无此谤。岂去岁之人皆忠厚，而今岁之人皆虚浮？孔子曰："工欲善其事，必先利其器。"又曰："必也正名乎。"今陛下操其器而讳其事，有其名而辞其意，虽家置一喙以自解，市列千金以购人，人必不信，谤亦不止。夫制置三司条例司，求利之名也；六七少年与使者四十余辈，求利之器也。驱鹰犬而赴林薮，语人曰“我非猎也”，不如放鹰犬而兽自驯。操网罟而入江湖，语人曰“我非渔也”，不如捐网罟而人自信。故臣以为消谗慝以召和气，复人心而安国本，则莫若罢制置三司条例司。

夫陛下之所以创此司者，不过以兴利除害也。使罢之而利不兴，害不除，则勿罢。罢之而天下悦，人心安，兴利除害，无所不可，则何苦而不罢？陛下欲去积弊而立法，必使宰相熟议而后行。事若不由中书，则是乱世之法。圣君贤相，夫岂其然？必若立法不免由中书，熟议不免使宰相，则此司之设，无乃冗长而无名？智者所图，贵于无迹。汉之文、景，《纪》无可书之事；唐之房、杜，《传》无可载之功。而天下之言治者与文、景，言贤者与房、杜。盖事已立而迹不见，功已成而人不知。故曰：“善用兵者，无赫赫之功。”岂惟用兵，事莫不然。今所图者，万分未获其一也，而迹之布于天下，已若泥中之斗兽，亦可谓拙谋矣。陛下诚欲富国，择三司官属与漕运使副，而陛下与二三大臣，孜孜讲求；磨以岁月，则积弊自去而人不知。但恐立志不坚，中道而废。孟子有言：“其进锐者其退速。”若有始有卒，自可徐徐，十年之后，何事不立？孔子曰：“欲速则不达，见小利则大事不成。”使孔子而非圣人，则此言亦不可用。《书》曰：“谋及卿士，至于庶人，翕然大同，乃底元吉。”若违多而从少，则静吉而作凶。今上自宰相大臣，既已辞免不为，则外之议论，断亦可知。宰相，人臣也，且不欲以此自汙，而陛下独安受其名而不辞，非臣愚之所识也。君臣宵旰，几一年矣，而富国之效，茫如捕风。徒闻内帑出数百万缗，祠部度五千余人耳。以此为术，其谁不能？

且遣使纵横，本非令典。汉武遣绣衣直指，桓帝遣八使，皆以守宰狼籍，盗贼公行，出于无术，行此下策。宋文帝元嘉之政，比于文、景，当时责成郡县，未尝遣使。及至孝武，以为郡县迟缓，始命台使督之，以至萧齐，此弊不革。故景陵王子良上疏，极言其事，以为此等朝辞禁门，情态即异；暮宿村县，威福便行；驱追邮传，折辱守宰。公私劳扰，民不聊生。唐开元中，宇文融奏置劝农判官使裴宽等二十九人，并摄御史，分行天下，招携户口，检责漏田。时张说、杨玚、皇甫璟、杨相如皆以为不便，而相继罢黜。虽得户八十余万，皆州县希旨，以主为客，以少为多。及使百官集议都省，而公卿以下，惧融威势，不敢异辞。陛下试取其《传》而读之，观其所行，为是为否？近者均税宽恤，冠盖相望，朝廷亦旋觉其非，而天下至今以为谤。曾未数岁，是非较然。臣恐后之视今，亦犹今之视昔。且其所遣，尤不适宜。事少而员多，人轻而权重。夫人轻而权重，则人多不服，或致侮慢以兴争。事少而员多，则无以为功，必须生事以塞责。陛下虽严赐约束，不许邀功，然人臣事君之常情，不从其令而从其意。今朝廷之意，好动而恶静，好同而恶异，指趣所在，谁敢不从。臣恐陛下赤子，自此无宁岁矣。

至于所行之事，行路皆知其难。何者？汴水浊流，自生民以来，不以种稻。秦人之歌曰：“泾水一石，其泥数斗。且溉且粪，长我禾黍。”何尝言长我粳稻耶？今欲陂而清之，万顷之稻，必用千顷之陂，一岁一淤，三岁而满矣。陛下遽信其说，即使相视地形，万一官吏苟且顺从，真谓陛下有意兴作，上糜帑廪，下夺农时，堤防一开，水失故道。虽食议者之肉，何补于民？天下久平，民物滋息，四方遗利，盖略尽矣。今欲凿空访寻水利，所谓即鹿无虞，岂惟徒劳，必大烦扰。凡所擘画利害，不问何人，小则随事酬劳，大则量才录用。若官私格沮，并重行黜降，不以赦原；若材力不办兴修，便许申奏替换。赏可谓重，罚可谓轻。然并终不言诸色人妄有申陈，或官司误兴工役，当得何罪。如此，则妄庸轻剽，浮浪奸人，自此争言水利矣。成功则有赏，败事则无诛。官司虽知其疎，岂可便行抑退？所在追集老少，相视可否，吏卒所过，鸡犬一空。若非灼然难行，必须且为兴役。何则？格沮之罪重，而悮兴之过轻。人多爱身，势必如此。且古陂废堰，多为侧近冒耕，岁月既深，已同永业。苟欲兴复，必尽追收，人心或摇，甚非善政。又有好讼之党，多怨之人，妄言某处可作陂渠，规坏所怨田产；或指人旧业，以为官陂，冒佃之讼，必倍今日。臣不知朝廷本无一事，何苦而行此哉。

自古役人，必用乡户，犹食之必用五谷，衣之必用丝麻，济川之必用舟楫，行地之必用牛马，虽其间或有以他物充代，然终非天下所可常行。今者徒闻江浙之间，数郡雇役，而欲措之天下，是犹见燕晋之枣栗，岷蜀之蹲鸱，而欲以废五谷，岂不难哉？又欲官卖所在坊场，以充衙前雇直，虽有长役，更无酬劳。长役所得既微，自此必渐衰散，则州郡事体，憔悴可知。士大夫捐亲戚，弃坟墓，以从宦于四方者，宣力之余，亦欲取乐，此人之至情也。若凋弊太甚，厨传萧然，则似危邦之陋风，恐非太平之盛观。陛下诚虑及此，必不肯为。且今法令莫严于御军，军法莫严于逃窜，禁军三犯，厢军五犯，大率处死。然逃军常半天下。不知雇人为役，与厢军何异？若有逃者，何以罪之？其势必轻于逃军，则其逃必甚于今日，为其官长，不亦难乎？近者虽使乡户颇得雇人，然至于所雇逃亡，乡户犹任其责。今遂欲于两税之外，别立一科，谓之庸钱，以备官雇。则雇人之责，官所自任矣。自唐杨炎废租庸调以为两税，取大历十四年应干赋敛之数，以定两税之额，则是租调与庸，两税既兼之矣。今两税如故，柰何复欲取庸？圣人之立法，必虑后世，岂可于两税之外，别出科名哉！万一不幸，后世有多欲之君，辅之以聚敛之臣，庸钱不除，差役仍旧，使天下怨讟，推所从来，则必有任其咎者矣。又欲使坊郭等第之民，与乡户均役，品官形势之家，与齐民并事。其说曰："《周礼》：田不耕者出屋粟，宅不毛者有里布；而汉世宰相之子，不免戍边。”此其所以借口也；古者官养民，今者民养官。给之以田而不耕，劝之以农而不力，于是乎有里布、屋粟、夫家之征。而民无以为生，去为商贾，事势当尔，何名役之？且一岁之戍，不过三日，三日之雇，其直三百。今世三大户之役，自公卿以降，毋得免者，其费岂特三百而已？大抵事若可行，不必皆有故事。若民所不悦，俗所不安，纵有经典明文，无补于怨。若行此二者，必怨无疑。女户单丁，盖天民之穷者也。古之王者，首务恤此。而今陛下首欲役之，此等苟非户将绝而未亡，则是家有丁而尚幼，若假之数岁，则必成丁而就役，老死而没官。富有四海，忍不加恤。

孟子曰：“始作俑者，其无后乎？”《春秋》书“作丘甲”、“用田赋”，皆重其始为民患也。青苗放钱，自昔有禁。今陛下始立成法；每岁常行，虽云不许抑配，而数世之后，暴君污吏，陛下能保之欤？异日天下恨之，国史记之曰，青苗钱自陛下始，岂不惜哉！且东南买绢，本用见钱；陕西粮草，不许折兑。朝廷既有著令，职司又每举行。然而买绢未尝不折盐，粮草未尝不折钞，乃知青苗不许抑配之说，亦是空文。只如治平之初，拣刺义勇，当时诏旨慰谕，明言永不戍边，著在简书，有如盟约。于今几日，议论已摇，或以代还东军，或欲抵换弓手，约束难恃，岂不明哉！纵使此令决行，果不抑配，计其间愿请之户，必皆孤贫不济之人。家若自有赢余，何至与官交易？此等鞭挞已急，则继之逃亡，逃亡之余，则均之邻保。势有必至，理有固然。且夫常平之为法也，可谓至矣，所守者约，而所及者广。借使万家之邑，止有千斛，而谷贵之际，千斛在市，物价自平。一市之价既平，一邦之食自足，无操瓢乞丐之弊，无里正催驱之劳。今若变为青苗，家贷一斛，则千户之外，孰救其饥？且常平官钱，常患其少，若尽数收籴，则无借贷；若留充借贷，则所籴几何？乃知常平青苗，其势不能两立，坏彼成此，所丧愈多，亏官害民，虽悔何逮？臣窃计陛下欲考其实，则必亦问人；人知陛下方欲力行，必谓此法有利无害。以臣愚见，恐未可凭。何以明之？臣顷在陕西，见刺义勇，提举诸县，臣尝亲行。愁怨之民，哭声振野。当时奉使还者，皆言民尽乐为。希合取容，自古如此。不然，则山东之盗，二世何缘不觉，南诏之败，明皇何缘不知？今虽未至于此，亦望陛下审听而已。

昔汉武之世，财力匮竭，用贾人桑弘羊之说，买贱卖贵，谓之均输。于时商贾不行，盗贼滋炽，几至于乱。孝昭既立，学者争排其说，霍光顺民所欲，从而予之，天下归心，遂以无事。不意今者此论复兴。立法之初，其说尚浅，徒言徙贵就贱，用近易远。然而广置官属，多出缗钱，豪商大贾，皆疑而不敢动，以为虽不明言贩卖，然既已许之变易，变易既行，而不与商贾争利者，未之闻也。夫商贾之事，曲折难行，其买也先期而与钱，其卖也后期而取直，多方相济，委曲相通，倍称之息，由此而得。今官买是物，必先设官置吏，簿书廪禄，为费已厚，非良不售，非贿不行，是以官买之价，比民必贵，及其卖也，弊复如前。商贾之利，何缘而得？朝廷不知虑此，乃捐五百万缗以予之。此钱一出，恐不可复。纵使其间薄有所获，而征商之额，所损必多。今有人为其主牧牛羊，不告其主，而以一牛易五羊。一牛之失，则隐而不言，五羊之获，则指为劳绩。陛下以为坏常平而言青苗之功，亏商税而取均输之利，何以异此？

陛下天机洞照，圣略如神，此事至明，岂有不晓，必谓已行之事，不欲中变，恐天下以为执德不一，用人不终，是以迟留岁月，庶几万一。臣窃以为过矣。古之英主，无出汉高。郦生谋挠楚权，欲复六国，高祖曰："善，趣刻印。"及闻留侯之言，吐哺而骂之，曰："趣销印。"夫称善未几，继之以骂，刻印、销印，有同儿戏。何尝累高祖之知人，适足明圣人之无我。陛下以为可而行之，知其不可而罢之，至圣至明，无以加此。议者必谓民可与乐成，难与虑始，故劝陛下坚执不顾，期于必行。此乃战国贪功之人，行险侥倖之说。陛下若信而用之，则是徇高论而逆至情，持空名而邀实祸，未及乐成，而怨已起矣。臣之所愿结人心者，此之谓也。

士之进言者，为不少矣，亦尝有以国家之所以存亡、历数之所以长短告陛下者乎？夫国家之所以存亡者，在道德之浅深，不在乎强与弱；历数之所以长短者，在风俗之厚薄，不在乎富与贫。道德诚深，风俗诚厚，虽贫且弱，不害于长而存；道德诚浅，风俗诚薄，虽强且富，不救于短而亡。人主知此，则知所轻重矣。是以古之贤君，不以弱而忘道德，不以贫而伤风俗。而智者观人之国，亦以此而察之。齐至强也，周公知其后必有篡弑之臣；卫至弱也，季子知其后亡；吴破楚入郢，而陈大夫逢滑知楚之必复；晋武既平吴，何曾知其将乱；隋文既平陈，房乔知其不久；元帝斩郅支，朝呼韩，功多于武、宣矣，偷安而王氏之衅生；宣宗收燕赵，复河湟，力强于宪、武矣，消兵而庞勋之乱起。故臣愿陛下务崇道德而厚风俗，不愿陛下急于有功而贪富强。使陛下富如隋，强如秦，西取灵武，北取燕蓟，谓之有功可也，而国之长短，则不在此。夫国之长短，如人之寿夭；人之寿夭在元气，国之长短在风俗。世有尫羸而寿考，亦有盛壮而暴亡。若元气犹存，则尫羸而无害；及其已耗，则盛壮而愈危。是以善养生者，慎起居，节饮食，导引关节，吐故纳新。不得已而用药，则择其品之上、性之良、可以久服而无害者，则五脏和平而寿命长。不善养生者、薄节慎之功，迟吐纳之效，厌上药而用下品，伐真气而助强阳，根本已空，僵仆无日。天下之势，与此无殊。故臣愿陛下爱惜风俗，如护元气。

古之圣人，非不知深刻之法可以齐众，勇悍之夫可以集事，忠厚近于迂阔，老成初若迟钝。然终不肯以彼而易此者，知其所得小而所丧大也。曹参，贤相也，曰“慎无扰狱市”。黄霸，循吏也，曰“治道去泰甚”。或讥谢安以清谈废事，安笑曰：“秦用法吏，二世而亡。”刘晏为度支，专用果锐少年，务在急速集事，好利之党，相师成风。德宗初即位，擢崔祐甫为相，祐甫以道德宽大，推广上意，故建中之政，其声翕然，天下想望，庶几贞观。及卢杞为相，讽上以刑名整齐天下，驯致浇薄，以及播迁。我仁祖之驭天下也，持法至宽，用人有叙，专务掩覆过失，未尝轻改旧章。然考其成功，则曰未至：以言乎用兵，则十出而九败；以言乎府库，则仅足而无余。徒以德泽在人，风俗知义，是以升遐之日，天下如丧考妣。社稷长远，终必赖之。则仁祖可谓知本矣。今议者不察，徒见其末年吏多因循，事不振举，乃欲矫之以苛察，齐之以智能，招来新进勇锐之人，以图一切速成之效，未享其利，浇风已成。且大时不齐，人谁无过？国君含垢，至察无徒。若陛下多方包容，则人材取次可用；必欲广置耳目，务求瑕疵，则人不自安，各图苟免。恐非朝廷之福，亦岂陛下所愿哉。汉文欲拜虎圈啬夫，释之以为利口伤俗，今若以口舌捷给而取士，以应对迟钝而退人；以虚诞无实为能文，以矫激不仕为有德，则先王之泽，遂将散微。

自古用人，必须历试。虽有卓异之器，必有已成之功。一则使其更变而知难，事不轻作；一则待其功高而望重，人自无辞。昔先主以黄忠为后将军，而诸葛亮忧其不可，以为忠之名望，素非关、张之伦，若班爵遽同，则必不悦，其后关羽果以为言。以黄忠豪勇之姿，以先主君臣之契，尚复虑此，况其他乎？世常谓汉文不用贾生，以为深恨。臣尝推究其旨，窃谓不然。贾生固天下之奇才，所言亦一时之良策。然请为属国欲以系单于，则是处士之大言，少年之锐气。昔高祖以三十万众，困于平城，当时将相群臣，岂无贾生之比，三表五饵，人知其疎，而欲以困中行说，尤不可信矣。兵，凶器也，而易言之，正如赵括之轻秦，李信之易楚。若文帝亟用其说，则天下殆将不安。使贾生尝历艰难，亦必自悔其说，用之晚岁，其术必精，不幸丧亡，非意所及。不然，文帝岂弃材之主，绛、灌岂蔽贤之士。至于晁错，尤号刻薄。文帝之世，止于太子家令，而景帝既立，以为御史大夫，申屠贤相，发愤而死，纷更政令，天下骚然。及至七国发难，而错之术亦穷矣。文、景优劣，于斯可见。大抵名器爵禄，人所奔趋，必使积劳而后迁，以明持久而难得。则人各安其分，不敢躁求。今若多开骤进之门，使有意外之得，公卿侍从，跬步可图。其得者既不肯以侥倖自名，则其不得者必皆以沉沦为恨。使天下常调，举生妄心，耻不若人，何所不至？欲望风俗之厚，岂可得哉？选人之改京官，常须十年以上，荐更险阻，计析毫厘。其间一事聱牙，常至终身沦弃。今乃以一人之荐，举而与之，犹恐未称，章服随至。使积劳久次而得者，何以厌服哉？夫常调之人，非守则令，员多阙少，久已患之，不可复开多门以待巧进。若巧者侵夺已甚，则拙者迫怵无聊。利害相形，不得不察。故近岁朴拙之人愈少，而巧佞之士益多。惟陛下重之惜之，哀之救之。如近日三司献言，使天下郡选一人，催驱三司文字，许之先次指射以酬其劳，则数年之后，审官吏部，又有二百余人得先占阙，常调待次，不其愈难？此外，勾当发运均输，按行农田水利，已据监司之体，各怀进用之心。转对者望以称旨而骤迁，奏课者求为优等而速化，相胜以力，相高以言，而名实乱矣。惟陛下以简易为法，以清净为心，使奸无所缘，而民德归厚。臣之所愿厚风俗者，此之谓也。

古者建国，使内外相制，轻重相权。如周如唐，则外重而内轻；如秦如魏，则外轻而内重。内重之弊，必有奸臣指鹿之患；外重之弊，必有大国问鼎之忧。圣人方盛而虑衰，常先立法以救弊。我国家租赋籍于计省，重兵聚于京师，以古揆今，则似内重。恭惟祖宗所以深计而预虑，固非小臣所能臆度而周知。然观其委任台谏之一端，则是圣人过防之至计。历观秦、汉以及五代，谏诤而死，盖数百人。而自建隆以来，未尝罪一言者，纵有薄责，旋即超升，许以风闻，而无官长，风采所系，不问尊卑，言及乘舆，则天子改容，事关廊庙，则宰相待罪。故仁宗之世，议者讥宰相但奉行台谏风旨而已。圣人深意，流俗岂知。台谏固未必皆贤，所言亦未必皆是，然须养其锐气而借之重权者，岂徒然哉，将以折奸臣之萌，而救内重之弊也。夫奸臣之始，以台谏折之而有余；及其既成，以干戈取之而不足。今法令严密，朝廷清明，所谓奸臣，万无此理，然而养猫所以去鼠，不可以无鼠而养不捕之猫；畜狗所以防奸，不可以无奸而畜不吠之狗。陛下得不上念祖宗设此官之意，下为子孙立万一之防？朝廷纪纲，孰大于此？

臣自幼小所记，及闻长老之谈，皆谓台谏所言，常随天下公议。公议所与，台谏亦与之，公议所击，台谏亦击之。及至英庙之初，始建称亲之议，本非人主大过，亦无礼典明文，徒以众心未安，公议不允，当时台谏，以死争之。今者物论沸腾，怨讟交至，公议所在，亦可知矣，而相顾不发，中外失望。夫弹劾积威之后，虽庸人亦可奋扬；风采消委之余，虽豪杰有所不能振起。臣恐自兹以往，习惯成风，尽为执政私人，以致人主孤立，纪纲一废，何事不生？孔子曰："鄙夫可与事君也欤，其未得之也，患得之。既得之，患失之。苟患失之，无所不至矣。"臣始读此书，疑其太过，以为鄙夫之患失，不过备位而苟容。及观李斯忧蒙恬之夺其权，则立二世以亡秦；卢杞忧怀光之数其恶，则误德宗以再乱。其心本生于患失，而其祸乃至于丧邦。孔子之言，良不为过。是以知为国者，平居必常有忘躯犯颜之士，则临难庶几有徇义守死之臣。若平居尚不能一言，则临难何以责其死节？人臣苟皆如此，天下亦曰殆哉！"君子和而不同，小人同而不和。"和如和羹，同如济水。孙宝有言："周公上圣，召公大贤，犹不相悦，著于经典，两不相损。"晋之王导，可谓元臣，每与客言，举坐称善，而王述不悦，以为人非尧、舜，安得每事尽善，导亦敛衽谢之。若使言无不同，意无不合，更唱迭和，何者非贤？万一有小人居其间，则人主何缘得以知觉？臣之所愿存纪纲者，此之谓也。

臣非敢历诋新政，苟为异论。如近日裁减皇族恩例、刊定任子条式、修完器械、阅习鼓旗，皆陛下神算之至明，乾刚之必断。物议既允，臣安敢有词？至于所献之三言，则非臣之私见，中外所病，其谁不知。昔禹戒舜曰："无若丹朱傲，惟慢游是好。"舜岂有是哉！周公戒成王曰："毋若商王，受之迷乱，酗于酒德。"成王岂有是哉！周昌以汉高为桀、纣，刘毅以晋武为桓、灵，当时人君，曾莫之罪，而书之史册，以为美谈。使臣所献三言，皆朝廷未尝有此，则天下之幸，臣与有焉。若有万一似之，则陛下安可不察？然而臣之为计，可谓愚矣。以蝼蚁之命，试雷霆之威，积其狂愚，岂可数赦，大则身首异处，破坏家门，小则削籍投荒，流离道路。虽然，陛下必不为此，何也？臣天赋至愚，笃于自信。向者与议学校贡举，首违大臣本意，已期窜逐，敢意自全。而陛下独然其言，曲赐召对，从容久之，至谓臣曰："方今政令得失安在，虽朕过失，指陈可也。"臣即对曰："陛下生知之性，天纵文武，不患不明，不患不勤，不患不断，但患求治太速，进人太锐，听言太广。"又俾具述所以然之状。陛下颔之曰："卿所献三言，朕当熟思之。"臣之狂愚，非独今日，陛下容之久矣。岂有容之于始而不赦之于终？恃此而言，所以不惧。臣之所惧者，讥刺既众，怨仇实多，必将诋臣以深文，中臣以危法，使陛下虽欲赦臣而不可得，岂不殆哉？死亡不辞，但恐天下以臣为戒，无复言者。是以思之经月，夜以继昼，表成复毁，至于再三。感陛下听其一言，怀不能已，卒吐其说。惟陛下怜其愚忠而卒赦之，不胜俯伏待罪忧恐之至。

【解题】

本文全面论述了王安石所推行的新法的种种弊病，反对急功近利，提出“结人心、厚风俗、存纪纲”三项建议，认为这是治国的根本之道。文章规模宏大，旁征博引，条理清晰，语言犀利，是研究苏轼政治思想的重要文献。本文当作于熙宁二年（1069）底，原文有误。

再上皇帝书

熙宁四年三月日，殿中丞直史馆判官告院权开封府推官臣苏轼，谨昧万死再拜上书皇帝陛下。臣闻之：益戒于禹曰：“任贤勿贰，去邪勿疑。”仲虺言汤之德，曰：“用人惟己，改过不吝。”秦穆丧师于崤，悔痛自誓，孔子录之。自古聪明豪杰之主，如汉高帝、唐太宗，皆以受谏如流，改过不惮，号为秦汉以来百王之冠也。孔子曰：“君子之过，如日月之食焉。过也，人皆见之；更也，人皆仰之。”圣贤举动，明白正直，不当如是耶？所用之人，有邪有正；所作之事，有是有非。是非邪正，两言而足。正则用之，邪则去之；是则行之，非则改之。此理甚明，犹饥之必食，渴之必饮，岂有别生义理，曲加粉饰，而能欺天下哉！《书》曰：“与治同道，罔不兴；与乱同事，罔不亡。”陛下自去岁以来，所行新政，皆不与治同道。立条例司，遣青苗使，敛助役钱，行均输法，四海骚动，行路怨咨。自宰相以下，皆知其非而不敢争。臣愚蠢不识忌讳，乃者上疏论之详矣，而学术浅陋，不足以感动圣明。近者故相旧臣，藩镇侍从，杂然争言不便，以至台谏二三人者，本其所与缔交唱和表里之人也，然犹不免一言其非者，岂非物议沸腾，事势迫切，而不可止欤？自非见利忘义居之不疑者，孰肯终始胶固，不自湔洗？如吴师孟乞免提举，胡宗愈不愿检详，如逃垢秽，惟恐不脱，人情畏恶，一至于此。近者中外讙言，陛下已有悔悟意，道路相庆，如蒙大赉，实望陛下于旬日之间，涣发德音，洗荡乖僻，追还使者，而罢条例司。今者侧听所为，盖不过使监司体量抑配而已，比之未悟，所较几何？此孟子所谓知兄臂之不可紾，而姑劝以徐；知邻鸡之不可攘，而月取其一。帝王改过，岂如是哉？

臣又闻陛下以为此法且可试之三路。臣以为此法，譬之医者之用毒药，以人之死生，试其未效之方，三路之民，岂非陛下赤子，而可试以毒药乎！今日之政，小用则小败，大用则大败，若力行而不已，则乱亡随之。臣非敢过为危论，以耸动陛下也。自古存亡之所寄者，四人而已，一曰民，二曰军，三曰吏，四曰士。此四人者一失其心，则足以生变。今陛下一举而兼犯之。青苗、助役之法行，则农不安；均输之令出，则商贾不行，而民始忧矣。并省诸军，追逐老病，至使戍兵之妻，与士卒杂处其间，贬杀军分，有同降配，迁徙淮甸，仅若流放，年近五十，人人怀忧，而军始怨矣。内则不取谋于元臣侍从，而专用新进小生，外则不责成于守令监司，而专用青苗使者，多置闲局，以摈老成，而吏始解体矣。陛下临轩选士，天下谓之龙飞榜，而进士一人首削旧恩，示不复用，所削者一人而已，然士莫不怅恨者，以陛下有厌薄其徒之意也。今用事者，又欲渐消进士，纯取明经，虽未有成法，而小人招权，自以为功，更相扇摇，以谓必行，而士始失望矣。今进士半天下，自二十以上，便不能诵记注义为明经之学，若法令一更，则士各怀废弃之忧，而人材短长，终不在此。昔秦禁挟书，而诸生皆抱其业以归胜、广，相与出力而亡秦者，岂有它哉，亦徒以失业而无所归也。故臣愿陛下勿复言此。民忧而军怨，吏解体而士失望，祸乱之源，有大于此者乎？今未见也，一旦有急，则致命之士必寡矣。方是之时，不知希合苟容之徒，能为陛下收板荡而止土崩乎？去岁诸军之始并也，左右之人，皆以士心乐并告陛下，近者放停军人李兴，告虎翼吏率钱行赂以求不并，则士卒不乐可知矣。夫谄谀之人，苟务合意，不惮欺罔者，类皆如此。故凡言百姓乐请青苗钱，乐出助役钱者，皆不可信。陛下以为青苗抑配果可禁乎？不惟不可禁，乃不当禁也。何以言之？若此钱放而不收，则州县官吏，不免责罚。若此钱果不抑配，则愿请之户，后必难收索。前有抑配之禁，后有失陷之罚，为陛下官吏，不亦难乎！故臣以为既行青苗钱，则不当禁抑配，其势然也。人皆谓陛下圣明神武，必能徙义修慝，以致太平。而近日之事，乃有文过遂非之风，此臣所以愤懑太息而不能已也。

昔贾充用事，天下忧恐，而庾纯、任恺，戮力排之，及充出镇秦凉，忠臣义士，莫不相庆，屈指数日，以望维新之化。而冯𬘘之徒，更相告语曰："贾公远放，吾等失势矣。"于是相为献谋而充复留。则晋氏之乱，成于此矣。自古惟小人为难去。何则？去一人而其党莫不破坏。是以为之计谋游说者众也。今天下贤者，亦将以此观陛下，为进退之决。或再失望，则知几之士，相率而逝矣。岂皆如臣等辈，偷安怀禄而不忍去哉！猖狂不逊，忤陛下多矣，不敢复望宽恩，俯伏引领，以待诛殛。臣轼诚惶诚恐，顿首顿首。谨言。

【解题】

本文抨击新法不得"民、军、吏、士"之心，为"祸乱之源"，请求皇上摈斥奸佞小人，从善如流，废除新法。本文应作于熙宁三年（1070），原文有误。

密州谢上表

臣轼言。昨奉敕差知密州军州事，已于今月三日到任上讫。草芥贱微，敢干洪造；乾坤广大，曲遂私诚。受命抚躬，已自知于不称；入境问俗，又复过于所期。臣轼中谢。

伏念臣家世至寒，性资甚下。学虽笃志，本先朝进士篆刻之文；论不适时，皆老生常谈陈腐之说。分于圣世，处以散材。一自离去阙庭，屡更岁籥。尘埃笔砚，渐忘旧学之渊源；奔走簿书，粗识小人之情伪。欲自试于民社，庶有助于涓埃。以为公朝，不废私愿。携孥上国，预忧桂玉之不弃；请郡东方，实欲弟昆之相近。自惟何幸，动获所求。虽父兄所以处臣，其侥幸不过如此。虽云疎外，有此遭逢。此盖伏遇皇帝陛下躬上圣之资，建太平之业，以为人无贤愚，皆有可用。故虽如臣等辈，犹未尽捐。臣敢不抑仞至恩，益坚素守。推广中和之政，抚绥疲瘵之民。要使民之安臣，则为臣之报国。臣无任瞻天荷圣激切屏营之至。

【解题】

本文作于熙宁七年（1074）十一月。苏轼因其弟苏辙在济南，请求为东方的知州事，诏任知密州。密州治所在今山东诸城县。谢表，唐宋外任官到任并升除，或内廷有所宣赐，照例要向皇帝上献表，用四六体裁。

论河北京东盗贼状

熙宁七年十一月日，太常博士直史馆权知密州军州事苏轼状奏。臣伏见河北、京东比年以来，蝗旱相仍，盗贼渐炽。今又不雨，自秋至冬，方数千里，麦不入土，窃料明年春夏之际，寇攘为患，甚于今日。是以辄陈狂瞽，庶补万一。谨按山东自上世以来，为腹心根本之地，其与中原离合，常系社稷安危。昔秦并天下，首取三晋，则其余强敌，相继灭亡。汉高祖杀陈余，走田横，则项氏不支。光武亦自渔阳、上谷发突骑，席卷以并天下。魏武帝破杀袁氏父子，收冀州，然后四方莫敢敌。宋武帝以英伟绝人之资，用武历年，而不能并中原者，以不得河北也。隋文帝以庸夫穿窬之智，窃位数年而一海内者，以得河北也。故杜牧之论以为山东之地，王者得之以为王，霸者得之以为霸，猾贼得之以乱天下。自唐天宝以后，奸臣僭峙于山东，更十一世，竭天下之力，终不能取，以至于亡。近世贺德伦挈魏博降后唐，而梁亡。周高祖自邺都入京师，而汉亡。由此观之，天下存亡之权，在河北无疑也。陛下即位以来，北方之民，流移相属，天灾谴告，亦甚于四方，五六年间，未有以塞大异者。至于京东，虽号无事，亦当常使其民安逸富强，缓急足以灌输河北。瓶竭则罍耻，唇亡则齿寒。而近年以来，公私匮乏，民不堪命。

今流离饥馑，议者不过欲散卖常平之粟，劝诱蓄积之家。盗贼纵横，议者不过欲增开告赏之门，申严缉捕之法。皆未见其益也。常平之粟，累经赈发，所存无几矣。而饥寒之民，所在皆是，人得升合，官费丘山。蓄积之家，例皆困乏，贫者未蒙其利，富者先被其灾。昔季康子患盗，问于孔子。对曰："苟子之不欲，虽赏之不窃。"乃知上不尽利，则民有以为生，苟有以为生，亦何苦而为盗。其间凶残之党，乐祸不悛，则须敕法以峻刑，诛一以警百。今中民以下，举皆阙食，冒法而为盗则死，畏法而不盗则饥，饥寒之与弃市，均是死亡，而赊死之与忍饥，祸有迟速，相率为盗，正理之常。虽日杀百人，势必不止。苟非陛下至明至圣，至仁至慈，较得丧之孰多，权祸福之孰重，特于财利少有所捐，衣食之门一开，骨髓之恩皆遍，然后信赏必罚，以威克恩，不以侥幸废刑，不以灾伤挠法。如此而人心不革，盗贼不衰者，未之有也。谨条其事，画一如左。

一、臣所领密州，自今岁秋旱，种麦不得，直至十月十三日，方得数寸雨雪，而地冷难种，虽种不生，比常年十分中只种得二三。窃闻河北、京东，例皆如此。寻常检放灾伤，依法须是检行根苗，以定所放分数。今来二麦元不曾种，即无根苗可检，官吏守法，无缘直放。若夏税一例不放，则人户必至逃移。寻常逃移，犹有逐熟去处；今数千里无麦，去将安往？但恐良民举为盗矣。且天上无雨，地下无麦，有眼者共见，有耳者共闻，决非欺罔朝廷。岂可坐观不放？欲乞河北、京东逐路选差臣僚一员，体量放税，更不检视。若未欲如此施行，即乞将夏税斛斗，取今日以前五年酌中一年实直，令三等已上人户，取便纳见钱或正色，其四等以下，且行倚阁。缘今来麦田空闲，若春雨调匀，却可以广种秋稼，候至秋熟，并将秋色折纳夏税，若是已种苗麦，委有灾伤，仍与依条检放。其阙麦去处，官吏诸军请受，且支白米或支见钱。所贵小民不致大段失所。

一、河北、京东，自来官不榷盐，小民仰以为生。近日臣僚上章，辄欲禁榷，赖朝廷体察，不行其言，两路官民，无不相庆。然臣勘会近年盐税日增，元本两路祖额三十三万二千余贯，至熙宁六年，增至四十九万九千余贯，七年亦至四十三万五千余贯，显见刑法日峻，告捕日繁，是致小民愈难兴贩。朝廷本为此两路根本之地，而煮海之利，天以养活小民，是以不忍尽取其利，济惠鳏寡，阴销盗贼。旧时孤贫无业，惟务贩盐，所以五六年前，盗贼稀少。是时告捕之赏，未尝破省钱，惟是犯人催纳，役人量出。今盐课浩大，告讦如麻，贫民贩盐，不过一两贯钱本，偷税则赏重，纳税则利轻，欲为农夫，又值凶岁，若不为盗，惟有忍饥。所以五六年来，课利日增，盗贼日众。臣勘会密州盐税，去年一年，比祖额增二万贯，却支捉贼赏钱一万一千余贯，其余未获贼人尚多。以此较之，利害得失，断可见矣。欲乞特敕两路，应贩盐小客，截自三百斤以下，并与权免收税，仍官给印本空头关子，与灶户及长引大客，令上历破使逐旋书填月日姓名斤两与小客，限十日内更不行用，如敢借名为人影带，分减盐货，许诸色人陈告，重立赏罚，候将来秋熟日仍旧，并元降敕榜，明言出自圣意，令所在雕印，散榜乡村。人非木石，宁不感动，一饮一食，皆诵圣恩。以至旧来贫贱之民，近日饥寒之党，不待驱率，一归于盐，奔走争先，何暇为盗，人情不远，必不肯舍安稳衣食之门，而趋冒法危亡之地也。议者必谓今用度不足，若行此法，则盐税大亏，必致阙事。臣以为不然。凡小客本少力微，不过行得三两程，若三两程外，须藉大商兴贩，决非三百斤以下小客所能行运。无缘大段走失。且平时大商所苦，以盐迟而无人买。小民之病，以僻远而难得盐。今小商不出税钱，则所在争来分买。大商既不积滞，则轮流贩卖，收税必多。而乡村僻远，无不食盐，所卖亦广。损益相补，必无大亏之理。纵使亏失，不过却只得祖额元钱。当时官司，有何阙用？苟朝廷捐十万贯钱，买此两路之人不为盗贼，所获多矣。今使朝廷为此两路饥馑，特出一二十万贯见钱，散与人户，人得一贯，只及二十万人，而一贯见钱，亦未能济其性命。若特放三百斤以下盐税半年，则两路之民，人人受赐，贫民有衣食之路，富民无盗贼之忧，其利岂可胜言哉！若使小民无以为生，举为盗贼，则朝廷之忧，恐非十万贯钱所能了办。又况所支捉贼赏钱，未必少于所失盐课。臣所谓“较得丧之孰多，权祸福之孰重”者，为此也。

一、勘会诸处盗贼，大半是按问减等灾伤免死之人，走还旧处，挟恨报仇，为害最甚。盗贼自知不死，既轻犯法，而人户亦忧其复来，不敢告捕，是致盗贼公行。切详按问自言，皆是词穷理屈，势必不免，本无改过自新之意，有何可愍，独使从轻！同党之中，独不免死。其灾伤，敕虽不下，与行下同，而盗贼小民，无不知者，但不伤变主，免死无疑。且不伤变主，情理未必轻于偶伤变主之人，或多聚徒众，或广置兵仗，或标异服饰，或质劫变主，或驱虏平人，或赂遗贫民，令作耳目，或书写道店，恐动官私。如此之类，虽偶不伤人，情理至重，非止阙食之人，苟营糇粮而已。欲乞今后盗贼赃证未明，但已经考掠方始承认者，并不为按问减等。其灾伤地分，委自长吏，相度情理轻重，内情理重者，依法施行。所贵凶民稍有畏忌，而良民敢于捕告。臣所谓“衣食之门一开，骨髓之恩皆遍，然后信赏必罚，以威克恩，不以侥幸废刑，不以灾伤挠法”者，为此也。

右谨具如前。自古立法制刑，皆以盗贼为急。盗窃不已，必为强劫；强劫不已，必至战攻，或为豪杰之资，而致胜、广之渐。而况京东之贫富，系河北之休戚，河北之治乱，系天下之安危，识者共知，非臣私说。愿陛下深察，此事至重，所捐小利至轻，断自圣心，决行此策。臣闻天圣中，蔡齐知密州。是时东方饥馑，齐乞放行盐禁，先帝从之，一方之人，不觉饥旱。臣愚且贱，虽不敢望于蔡齐，而陛下圣明，度越尧、禹，岂不能行此小事，有愧先朝？所以越职献言，不敢自外。伏望圣慈察其区区之意，赦其狂僭之诛。臣无任悚栗待罪之至。谨录奏闻，伏候敕旨。

【解题】

本文作于苏轼知密州时。文章指出密州地处京东，关系国家安危，由于蝗、旱灾害相继，和朝廷盐税繁重，致使百姓铤而走险，沦为盗贼。因此苏轼主张及时救灾，适当减税，并加紧镇压盗贼，从根本上杜绝盗贼的产生。

代张方平谏用兵书

臣闻好兵犹好色也。伤生之事非一，而好色者必死；贼民之事非一，而好兵者必亡。此理之必然者也。

夫惟圣人之兵，皆出于不得已。故其胜也，享安全之福；其不胜也，必无意外之患。后世用兵，皆得已而不已。故其胜也，则变迟而祸大；其不胜也，则变速而祸小。是以圣人不计胜负之功，而深戒用兵之祸。何者？兴师十万，日费千金，内外骚动，怠于道路者，七十万家。内则府库空虚，外则百姓穷匮。饥寒逼迫，其后必有盗贼之忧，死伤愁怨，其终必致水旱之报。上则将帅拥众，有跋扈之心；下则士众久役，有溃叛之志。变故百出，皆由用兵。至于兴事首议之人，冥谪尤重。盖以平民无故缘兵而死，怨气充积，必有任其咎者。是以圣人畏之重之，非不得已，不敢用也。

自古人主好动干戈，由败而亡者，不可胜数，臣今不敢复言，请为陛下言其胜者，秦始皇既平六国，复事吴越，戍役之患，被于四海。虽拓地千里，远过三代，而坟土未干，天下怨叛，二世被害，子婴被擒，灭亡之酷，自古所未尝有也。汉武帝承文、景富溢之余，首挑匈奴，兵连不解，遂使侵寻及于诸国，岁岁调发，所向成功。建元之间，兵祸始作，是时蚩尤旗出，长与天等，其春戾太子生。自是师行三十余年，死者无数。及巫蛊事起，京师流血，僵尸数万，太子父子皆败。班固以为太子生长于兵，与之终始。帝虽悔悟自克，而殁身之恨，已无及矣。隋文帝既下江南，继事夷狄。炀帝嗣位，此心不衰。皆能诛灭强国，威震万里。然而民怨盗起，亡不旋踵。唐太宗神武无敌，尤喜用兵，既已破灭突厥、高昌、吐谷浑等，犹且未厌，亲驾辽东。皆志在立功，非不得已而用。其后武氏之难，唐室凌迟，不绝如线。盖用兵之祸，物理难逃。不然，太宗仁圣宽厚，克己裕人，几至刑措，而一传之后，子孙涂炭，此岂为善之报也哉。由此观之，汉、唐用兵于宽仁之后，故其胜而仅存。秦、隋用兵于残暴之余，故其胜而遂灭。臣每读书至此，未尝不掩卷流涕，伤其计之过也。若使此四君者，方其用兵之初，随即败衄，惕然戒惧，知用兵之难，则祸败之兴，当不至此。不幸每举辄胜，故使狃于功利，虑患不深。臣故曰：胜则变迟而祸大，不胜则变速而祸小。不可不察也。

昔仁宗皇帝覆育天下，无意于兵。将士惰偷，兵革朽钝，元昊乘间窃发，西鄙延安、泾、原、麟、府之间，败者三四，所丧动以万计，而海内晏然。兵休事已，而民无怨言，国无遗患。何者？天下臣庶知其无好兵之心，天地鬼神谅其有不得已之实故也。

今陛下天锡勇智，意在富强。即位以来，缮甲治兵，伺候邻国。群臣百寮，窥见此指，多言用兵。其始也，弼臣执国命者，无忧深思远之心；枢臣当国论者，无虑害持难之识；在台谏之职者，无献替纳忠之议。从微至著，遂成厉阶。既而薛向为横山之谋，韩绛效深入之计，陈升之、吕公弼等，阴与之协力，师徒丧败，财用耗屈。较之宝元、庆历之败，不及十一，然而天怒人怨，边兵背叛，京师骚然，陛下为之旰食者累月。何者？用兵之端，陛下作之。是以吏士无怒敌之意而不直陛下也。尚赖祖宗积累之厚，皇天保祐之深，故使兵出无功，感悟圣意。然浅见之士，方且以败为耻，力欲求胜，以称上心。于是王韶构祸于熙河，章惇造衅于梅山，熊本发难于渝泸。然此等皆戕贼已降，俘累老弱，困弊腹心，而取空虚无用之地，以为武功。使陛下受此虚名而忽于实祸，勉强砥砺，奋于功名。故沈起、刘彝，复发于安南，使十余万人暴露瘴毒，死者十而五六，道路之人，毙于输送，赀粮器械，不见敌而尽。以为用兵之意，必且少衰。而李宪之师，复出于洮州矣。今师徒克捷，锐气方盛，陛下喜于一胜，必有轻视四夷凌侮敌国之意。天意难测，臣实畏之。

且夫战胜之后，陛下可得而知者，凯旋捷奏，拜表称贺，赫然耳目之观耳。至于远方之民，肝脑屠于白刃，筋骨绝于馈饷，流离破产，鬻卖男女，薰眼折臂自经之状，陛下必不得而见也。

慈父、孝子、孤臣、寡妇之哭声，陛下必不得而闻也。譬犹屠杀牛羊、刳脔鱼鳖以为膳馐，食者甚美，见食者甚苦。使陛下见其号呼于挺刃之下，宛转于刀匕之间，虽八珍之美，必将投箸而不忍食，而况用人之命，以为耳目之观乎？且使陛下将卒精强，府库充实，如秦、汉、隋、唐之君。既胜之后，祸乱方兴，尚不可救，而况所在将吏罢软凡庸，较之古人，万万不逮。而数年以来，公私窘乏，内府累世之积，扫地无余，州郡征税之储，上供殆尽，百官廪俸，仅而能继，南郊赏给，久而未办，以此举动，虽有智者，无以善其后矣。且饥役之后，所在盗贼蜂起，京东、河北，尤不可言。若军事一兴，横敛随作，民穷而无告，其势不为大盗，无以自全。边事方深，内患复起，则胜、广之形，将在于此。此老臣所以终夜不寐，临食而叹，至于恸哭而不能自止也。

且臣闻之：凡举大事，必顺天心。天之所向，以之举事必成；天之所背，以之举事必败。盖天心向背之迹，见于灾祥丰歉之间。今自近岁日蚀星变，地震山崩，水旱疠疫，连年不解，民死将半。天心之向背，可以见矣。而陛下方且断然不顾，兴事不已，譬如人子得过于父母，惟有恭顺静思，引咎自责，庶几可解。今乃纷然诘责奴婢，恣行棰楚，以此事亲，未有见赦于父母者。故臣愿陛下远览前世兴亡之迹，深察天心向背之理，绝意兵革之事，保疆睦邻，安静无为；固社稷长久之计。上以安二宫朝夕之养，下以济四方亿兆之命。则臣虽老死沟壑，瞑目于地下矣。昔汉祖破灭群雄，遂有天下，光武百战百胜，祀汉配天。然至白登被围，则讲和亲之议；西域请吏，则出谢绝之言。此二帝者，非不知兵也。盖经变既多，则虑患深远。今陛下深居九重，而轻议讨伐，老臣庸懦，私窃以为过矣。

然人臣纳说于君，因其既厌而止之，则易为力，迎其方锐而折之，则难为功。凡有血气之伦，皆有好胜之意。方其气之盛也，虽布衣贱士，有不可夺，自非智识特达，度量过人，未有能勇于奋发之中，舍己从人，惟义是听者也。今陛下盛气于用武，势不可回，臣非不知，而献言不已者，诚见陛下圣德宽大，听纳不疑。故不敢以众人好胜之常心望于陛下，且意陛下他日亲见用兵之害，必将哀痛悔恨，而追咎左右大臣未尝一言，臣亦将老且死见先帝于地下，亦有以借口矣。惟陛下哀而察之。

【解题】

本文作于熙宁十年（1077）四月。苏轼在赴徐州太守上任途中，代张方平作此文。本文坚持儒家仁政思想，反对战争，主张无为。这在当时显然是低估了边境之外的危险，对积弱不振的宋朝有害无益。本文引经据典，历数事实，行文流畅，且能动之以情，足见苏轼知见广博，辩才无碍。

徐州谢上表

臣轼言。分符高密，已窃名邦；改命东徐，复尘督府。荷恩深厚，抚己兢惭。臣轼中谢。

伏念臣奋身农亩，托迹书林。信道直前，曾无坎井之避；立朝寡助，谁为先后之容。向者屡献瞽言，仰尘圣鉴。岂有意于为异，盖笃信其所闻。顾惭迂阔之言，虽多而无益；惟有朴忠之素，既久而犹坚。远不忘君，未忍改其常度；言之无罪，实深恃于至仁。知臣者谓臣爱君，不知臣者谓臣多事。空怀此意，谁复见明。

伏惟皇帝陛下，日月照临，乾坤覆焘。察孤危之易毁，谅拙直之无他。安全陋躯，畀付善地。民淳讼简，殊无施设之方；食足身闲，仰愧生成之赐。顾力报之无所，怀孤忠而自怜。

【解题】

苏轼于熙宁十年（1077）四月到徐州任，谢上表当作于此时。

徐州贺改元表

祇勤国本，已获顺成之年；奉若天休，更新统始之序。庆均夷夏，欢洽神人。中谢。

切以为政急于爱民，改元所以表信。非有年无以致家给人足，非盛德无以贻时和岁丰。鸿惟徽称，独冠前代。恭惟皇帝陛下，和布治法，底修事功。辟土而任三农，顺时而佐五谷。天用眷佑，秋常大登。蜡通八方之神，民足四鬴之养。乃顺休命，著为始年。

臣等均被至恩，共膺优禄。祇奉诏诰，更形颂言。非特降康，已类商王之福；行观嗣岁，复兴周室之隆。

【解题】

本文熙宁十年（1077）十二月作。次年改年号为元丰。

徐州谢奖谕表

臣轼言。伏奉今月四日勅，以臣去岁修城捍水，粗免疏虞，特赐奖谕者。奔走服勤，人臣之常事；褒称劳勉，学者之至荣。自惟何人，乃辱斯语。臣轼诚惶诚恐稽首顿首。

伏念臣学无师法，才与世疎。经术既已不深，吏事又其所短。累忝优寄，卒无异称。宽如定远之言，平平无取；拙比道州之政，下下宜然。乃者河决澶渊，毒流淮泗。百堵皆作，盖僚吏之劬劳；三板不沉，本朝廷之威德。而臣下掠众美，上贪天功。独窃玺书之荣，以为私室之宝。此盖伏遇皇帝陛下，天覆四海，子养万民。哀无辜之遭罹，特遣使以存问。既蠲免其赋调，又饮食其饥寒。所以录臣之微劳，盖将责臣之来效。臣敢不躬亲畚筑，益修今岁之防；安集流亡，尽复平时之业。庶殚朽钝，少补丝毫。臣无任。

【解题】

本文作于元丰元年（1078）二月。去岁黄河大决，水涌至徐州城下，苏轼亲率吏民奋力筑堤，徐州得以保全。朝廷为表彰苏轼的功劳，特降敕嘉奖。苏轼作表谢之，并归功于朝廷和吏民。

同天节进绢表

伏以大人之德、莫得而名；万寿之觞，无物可称。前件绢，土地所出，赋租之余。敢输向日之诚，少备充庭之末。

徐州贺河平表

臣轼言。窃闻黄河决口已遂闭塞者。圣谟独运，天眷莫违。庶邦子来，民罔告病。万杵雷动，役不逾时。遂消东北莫大之忧，然后麦禾可得而食。人无后患，喜若再生。臣轼中贺。

伏以大河为灾，历世所病。禹治兖州之野，十有三载乃同；汉筑宣防之宫，二十余年而定。未有收狂澜于既溃，复故道于将堙。俛仰而成，神速若此。

恭惟皇帝陛下，至仁博施，神智无方。达四聪以来众言，广大孝以安宗庙。水当润下，河不溢流。属岁久之无虞，故患生于所忽。方其决也，本吏失其防，而非天意；及其复也，盖天助有德，而非人功。振古所无，溥天同庆。维丰、沛之大泽，实汴、泗之所钟。伊昔横流，凛孤城之若块；迨兹平定，蔚秋稼以如云。害既广则利多，忧独深而喜倍。虽官守有限，不获趋外庭以称觞；而民意所同，亦能抒下情而作颂。臣无任。

【解题】

此二文作于元丰元年（1078）四月。

徐州上皇帝书

元丰元年十月日，尚书祠部员外郎直史馆权知徐州军州事苏轼，谨昧万死再拜上书皇帝陛下。臣以庸材，备员册府，出守两郡，皆东方要地，私窃以为守法令，治文书，赴期会，不足以报塞万一。辄伏私念东方之要务，陛下之所宜知者，得其一二，草具以闻，而陛下择焉。

臣前任密州，建言自古河北与中原离合，常系社稷存亡，而京东之地，所以灌输河北，瓶竭则罍耻，唇亡则齿寒，而其民喜为盗贼，为患最甚，因为陛下画所以待盗贼之策。及移守徐州，览观山川之形势，察其风俗之所上，而考之于载籍，然后又知徐州为南北之襟要，而京东诸郡安危所寄也。昔项羽入关，既烧咸阳，而东归则都彭城。夫以羽之雄略，舍咸阳而取彭城，则彭城之险固形便，足以得志于诸侯者可知矣。臣观其地，三面被山，独其西平川数百里，西走梁、宋，使楚人开关而延敌，材官驺发，突骑云纵，真若屋上建瓴水也。地宜菽麦，一熟而饱数岁。其城三面阻水，楼堞之下，以汴、泗为池，独其南可通车马，而戏马台在焉。其高十仞，广袤百步，若用武之世，屯千人其上，聚檑木炮石，凡战守之具，以与城相表里，而积三年粮于城中，虽用十万人，不易取也。其民皆长大，胆力绝人，喜为剽掠，小不适意，则有飞扬跋扈之心，未止为盗而已。汉高祖，沛人也；

项羽，宿迁人也；刘裕，彭城人也；朱全忠，砀山人也；皆在今徐州数百里间耳。其人以此自负，凶桀之气，积以成俗。魏太武以三十万人攻彭城，不能下。而王智兴以卒伍庸材，恣睢于徐，朝廷亦不能讨。岂非以其地形便利，人卒勇悍故耶？

州之东北七十余里，即利国监，自古为铁官，商贾所聚，其民富乐，凡三十六冶，冶户皆大家，藏镪巨万，常为盗贼所窥，而兵卫寡弱，有同儿戏。臣中夜以思，即为寒心，使剧贼致死者十余人，白昼入市，则守者皆弃而走耳。地既产精铁，而民皆善锻，散冶户之财，以啸召无赖，则乌合之众，数千人之仗，可以一夕具也。顺流南下，辰发巳至，而徐有不守之忧矣。使不幸而贼有过人之才，如吕布、刘备之徒，得徐而逞其志，则京东之安危，未可知也。近者河北转运司奏乞禁止利国监铁不许入河北，朝廷从之。昔楚人亡弓，不能忘楚，孔子犹小之，况天下一家，东北二冶，皆为国兴利，而夺彼与此，不已隘乎？自铁不北行，冶户皆有失业之忧，诣臣而诉者数矣。臣欲因此以征冶户，为利国监之捍屏。今三十六冶，冶各百余人，采矿伐炭，多饥寒亡命强力鸷忍之民也，臣欲使冶户每冶各择有材力而忠谨者，保任十人，籍其名于官，授以枪刃刀槊，教之击刺，每月两衙，集于知监之庭而阅试之，藏其刃于官，以待大盗，不得役使，犯者以违制论。冶户为盗所睨久矣，民皆知之。使冶出十人以自卫，民所乐也，而官又为除近日之禁，使铁得北行，则冶户皆悦而听命，奸猾破胆而不敢谋矣。徐城虽险固，而楼橹敝恶，又城大而兵少，缓急不可守。今战兵千人耳，臣欲乞移南京新招骑射两指挥于徐。此故徐人也，尝屯于徐，营垒材石既具矣，而迁于南京，异时转运使分东西路，畏馈饷之劳，而移之西耳。今两路为一，其去来无所损益，而足以为徐之重。城下数里，颇产精石无穷，而奉化厢军见阙数百人，臣愿募石工以足之，听不差出，使此数百人者常采石以甃城。数年之后，举为金汤之固，要使利国监不可窥，则徐无事，徐无事，则京东无虞矣。

沂州山谷重阻，为逋逃渊薮，盗贼每入徐州界中。陛下若采臣言，不以臣为不肖，愿复三年守徐，且得兼领沂州兵甲巡检公事，必有以自效。京东恶盗，多出逃军。逃军为盗，民则望风畏之，何也？技精而法重也。技精则难敌，法重则致死，其势然也。自陛下置将官，修军政，士皆精锐而不免于逃者，臣尝考其所由。盖自近岁以来，部送罪人配军者，皆不使役人，而使禁军，军士当部送者，受牒即行，往返常不下十日，道路之费，非取息钱不能办，百姓畏法不敢贷，贷亦不可复得，惟所部将校，乃敢出息钱与之，归而刻其粮赐。以故上下相持，军政不修，博弈饮酒，无所不至，穷苦无聊，则逃去为盗。臣自至徐，即取不系省钱百余千别储之，当部送者，量远近裁取，以三月刻纳，不取其息，将吏有敢贷息钱者，痛以法治之。然后严军政，禁酒博。比期年，士皆饱暖，练熟技艺，等第为诸郡之冠。陛下遣敕使按阅，所具见也。臣愿下其法诸郡，推此行之，则军政修而逃者衰，亦去盗之一端也。

臣闻之汉相王嘉曰："孝文帝时，二千石长吏，安官乐职，上下相望，莫有苟且之意。其后稍稍变易，公卿以下，转相促急，司隶、部刺史，发扬阴私，吏或居官数月而退。二千石益轻贱，吏民慢易之，知其易危，小失意则有离畔之心。前山阳亡徒苏令从横，吏士临难，莫肯伏节死义者，以守相威权素夺故也。国家有急，取办于二千石，二千石尊重难危，乃能使下。"以王嘉之言而考之于今，郡守之威权，可谓素夺矣。上有监司伺其过失，下有吏民持其长短，未及按问，而差替之命已下矣。欲督捕盗贼，法外求一钱以使人，且不可得。盗贼凶人，情重而法轻者，守臣辄配流之，则使所在法司覆按其状，劾以失入。惴惴如此，何以得吏士死力，而破奸人之党乎？由此观之，盗贼所以滋炽者，以陛下守臣权太轻故也。臣愿陛下稍重其权，责以大纲，略其小过，凡京东多盗之郡，自青、郓以降，如徐、沂、齐、曹之类，皆慎择守臣，听法外处置强盗。颇赐缗钱，使得以布设耳目，蓄养爪牙。然缗钱多赐则难常，少又不足于用，臣以为每郡可岁别给一二百千，使以酿酒，凡使人葺捕盗贼，得以酒予之，敢以为他用者，坐赃论。赏格之外，岁得酒数百斛，亦足以使人矣。此又治盗之一术也。

然此皆其小者。其大者非臣之所当言，欲默而不发，则又私自念遭值陛下英圣特达如此，若有所不尽，非忠臣之义，故昧死复言之。昔者以诗赋取士，今陛下以经术用人，名虽不同，然皆以文词进耳。考其所得，多吴、楚、闽、蜀之人。至于京东、西，河北，河东，陕西五路，盖自古豪杰之场，其人沈鸷勇悍，可任以事，然欲使治声律，读经义，以与吴、楚、闽、蜀之士争得失于毫厘之间，则彼有不仕而已，故其得人常少。夫惟忠孝礼义之士，虽不得志，不失为君子，若德不足而才有余者，困于无门，则无所不至矣。故臣愿陛下特为五路之士，别开仕进之门。

汉法：郡县秀民，推择为吏，考行察廉，以次迁补，或至二千石，入为公卿。古者不专以文词取人，故得士为多。黄霸起于卒史，薛宣奋于书佐，朱邑选于啬夫，丙吉出于狱吏，其余名臣循吏，由此而进者，不可胜数。唐自中叶以后，方镇皆选列校以掌牙兵。啬是时四方豪杰，不能以科举自达者，皆争为之，往往积功以取旄钺。虽老奸巨盗，或出其中。而名卿贤将如高仙芝、封常清、李光弼、来瑱、李抱玉、段秀实之流，所得亦已多矣。王者之用人如江河，江河所趋，百川赴焉，蛟龙生之。及其去而之他，则鱼鳖无所还其体，而鲵鳅为之制，今世胥史牙校皆奴仆庸人者，无他，以陛下不用也。今欲用胥史牙校，而胥史行文书，治刑狱钱谷，其势不可废鞭挞，鞭挞一行，则豪杰不出于其间。故凡士之刑者不可用，而用者不可刑。故臣愿陛下采唐之旧，使五路监司郡守，共选士人以补牙职，皆取人材。心力有足过人，而不能从事于科举者，禄之以今之庸钱，而课之镇税场务督捕盗贼之类，自公罪杖以下听赎。依将校法，使长吏得荐其才者，第其功阀，书其岁月，使得出仕比任子，而不以流外限其所至。朝廷察其尤异者，擢用数人。则豪杰英伟之士，渐出于此涂，而奸猾之党，可得而笼取也。其条目委曲，臣未敢尽言，惟陛下留神省察。

昔晋武平吴之后，诏天下罢军役，州郡悉去武备，惟山涛论其不可，帝见之，曰："天下名言也。"而不能用。及永宁之后，盗贼蜂起，郡国皆以无备不能制，其言乃验。今臣于无事之时，屡以盗贼为言，其私忧过计，亦已甚矣。陛下纵能容之，必为议者所笑。使天下无事而臣获笑可也，不然，事至而图之，则已晚矣。干犯天威，罪在不赦。臣轼诚惶诚恐，顿首顿首。谨言。

【解题】

本文根据徐州的地理条件和民风特点，提出治理徐州的诸种措施，如废除铁禁令，加强徐州兵力，严明军政，扩大守者职权，并适当改革用人制度等，以确保天下大平。

乞医疗病囚状

元丰二年正月日，尚书祠部员外郎直史馆权知徐州军州事苏轼状奏。右臣闻汉宣帝地节四年诏曰："令甲，死者不可生，刑者不可息。此先帝之所重，而吏未称，今系者或以掠辜若饥寒瘐死狱中，何用心逆人道也！朕甚痛之。其令郡国岁上系囚以掠笞若瘐死者所坐名、县、爵、里，丞相御史课殿最以闻。"此汉之盛时，宣帝之善政也。朝廷重惜人命，哀矜庶狱，可谓至矣。

囚以掠笞死者法甚重，惟病死者无法，官吏上下莫有任其责者。苟以时言上，检视无他，故虽累百人不坐。其饮食失时，药不当病而死者，何可胜数。若本罪应死，犹不足深哀；其以轻罪系而死者，与杀之何异。积其冤痛，足以感伤阴阳之和。是以治平四年十二月二十四日手诏曰："狱者，民命之所系也。比闻有司岁考天下之奏，而瘐死者甚多。窃惧乎狱吏与犯法者旁缘为奸，检视或有不明，使吾元元横罹其害，良可悯焉。《书》不云乎：与其杀不辜，宁失不经。其具为今后诸处军巡院、州司理院所禁罪人，一岁内在狱病死及两人者，推司狱子并从杖六十科罪，每增一名，加罪一等，至杖一百止。如系五县以上州，每院岁死及三人，开封府府司军巡院岁死及七人，即依上项死两人法科罪，加等亦如之。典狱之官推狱经两犯即坐本官，仍从违制失入，其县狱亦依上条。若三万户以上，即依五县以上州军条。其有养疗不依条贯者，自依本法。仍仰开封府及诸路提点刑狱，每至岁终，会聚死者之数以闻，委中书门下点检。或死者过多，官吏虽已行罚，当议更加黜责。"

行之未及数年，而中外臣僚争言其不便。至熙宁四年十月二日中书札子详定编敕所状，令众官参详，狱囚不因病死，及不给医药饮食，以至非理惨虐，或谋害致死，自有逐一条贯。及至捕伤格斗，实缘病死，则非狱官之罪。况有不幸遭遇瘴疫，死者或众，而使狱官滥被黜罚，未为允当。今请只行旧条外，其上件狱囚病死条贯更不行用。奉圣旨，依所申。

臣窃惟治平四年十二月二十四日手诏，乃陛下好生之德，远同汉宣，方当推之无穷，而郡县俗吏，不能深晓圣意，因其小不通，辄为驳议，有司不能修其缺，通其碍，乃举而废之，岂不过甚矣哉！

臣愚以谓狱囚病死，使狱官坐之，诚为未安。何者？狱囚死生，非人所能必，责吏以其所不能必，吏且惧罪，多方以求免，囚小有疾，则责保门留，不复疗治，苟无亲属，与虽有而在远者，其捐瘠致死者，必甚于在狱。

臣谨按：《周礼·医师》：“岁终，则稽其医事，以制其食。十全为上，十失一次之，十失二次之，十失三次之，十失四为下。”臣愚欲乞军巡院及天下州司理院各选差衙前一名，医人一名，每县各选差曹司一名，医人一名，专掌医疗病囚，不得更充他役，以一周年为界。量本州县囚系多少，立定佣钱，以免役宽剩钱或坊场钱充，乃于三分中先给其一，俟界满比较，除罪人拒捕及斗致死者不计数外，每十人失一以上为上等，失二为中等，失三为下等，失四以上为下下。上等全支，中等支二分，下等不支，下下科罪，自杖六十至杖一百止，仍不分首从。其上中等医人界满，愿再管勾者听。人给历子以书等第。若医博士助教有阙，则比较累岁等第最优者补充。如此，则人人用心，若疗治其家人，缘此得活者必众。且人命至重，朝廷所甚惜，而宽剩役钱与坊场钱，所在山积，其费甚微，而可以全活无辜之人，至不可胜数，感人心，合天意，无善于此者矣。

独有一弊，若死者稍众，则所差衙前曹司医人，与狱子同情，使囚诈称疾病，以张人数。臣以谓此法责罚不及狱官、县令，则狱官、县令无缘肯与此等同情欺罔。欲乞每有病囚，令狱官、县令具保，明以申州，委监医官及本辖干系官吏觉察，如诈称病，狱官、县令皆科杖六十，分故失为公私罪。伏望朝廷详酌，早赐施行。谨录奏闻，伏候敕旨。

【解题】

本文从人道主义出发，呈请神宗皇帝用专人专职医治病囚，以免狱吏为推卸犯人病死之责，置病囚于不顾。

湖州谢上表

臣轼言。蒙恩就移前件差遣，已于今月二十日到任上讫者。

风俗阜安，在东南号为无事；山水清远，本朝廷所以优贤。顾惟何人，亦与兹选。臣轼中谢。

伏念臣性资顽鄙，名迹堙微。议论阔疎，文学浅陋。凡人必有一得，而臣独无寸长。荷先帝之误恩，擢置三馆；蒙陛下之过听，付以两州。非不欲痛自激昂，少酬恩造。而才分所局，有过无功；法令具存，虽勤何补；罪固多矣，臣犹知之。夫何越次之名邦，更许借资而显授。顾惟无状，岂不知恩？

此盖伏遇皇帝陛下，天覆群生，海涵万族。用人不求其备，嘉善而矜不能。知其愚不适时，难以追陪新进；察其老不生事，或能牧养小民。而臣顷在钱塘，乐其风土。鱼鸟之性，既自得于江湖；吴越之人，亦安臣之教令。敢不奉法勤职，息讼平刑。上以广朝廷之仁，下以慰父老之望。臣无任。

【解题】

本文作于元丰二年（1079）四月，时苏轼新到湖州太守任上。熙宁年间，王安石变法运动渐至高潮，苏轼等反对派皆不愿在朝，文中所言“知其遇不适时，难以追陪新进；察其老不生事，或能牧养小民”，即此种情绪的反映。后监察御史何中正又指责此句“妄自尊大，愚弄朝廷”，成为乌台诗案罪证之一。

湖州上监司先状

弭棹江郊，耸闻风采。驰神德守，若奉诲音。欣抃之深，敷宣莫究。

【解题】

本文作于元丰二年。

到黄州谢表

臣轼言。去岁十二月二十九日，准敕责降臣检校尚书水部员外郎充黄州团练副使本州安置不得佥书公事，臣已于今月一日到本州讫者。

狂愚冒犯，固有常刑。仁圣矜怜，特从轻典。赦其必死，许以自新。祇服训辞，惟知感涕。中谢。伏念臣早缘科第，误忝缙绅。亲逢睿哲之兴，遂有功名之意。亦尝召对便殿，考其所学之言；试守三州，观其所行之实。而臣用意过当，日趋于迷。赋命衰穷，天夺其魄；叛违义理，辜负恩私。茫如醉梦之中，不知言语之出。虽至仁屡赦，而众议不容。案罪责情，固宜伏斧锧于两观；推恩屈法，犹当御魑魅于三危。岂谓尚玷散员，更叨善地。投畀麏鼯之野，保全樗栎之生。臣虽至愚，岂不知幸。

此盖伏遇皇帝陛下，德刑并用，善恶兼容。欲使法行而知恩，是用小惩而大诫。天地能覆载之，而不能容之于度外；父母能生育之，而不能出之于死中。伏惟此恩，何以为报。惟当蔬食没齿，杜门思愆。深悟积年之非，永为多士之戒。贪恋圣世，不敢杀身；庶几余生，未为弃物。若获尽力鞭棰之下，必将捐躯矢石之间。指天誓心，有死无易。臣无任。

【解题】

苏轼于元丰三年（1080）二月至黄州贬所，遂作此谢表。苏轼自入狱后，何大正等欲置之于死地，幸而神宗认为“人材实难，不忍终弃”，仅予贬官。故苏轼文中的感恩悔过之言，亦非全是例行文字。

谢徐州失觉察妖贼放罪表

臣轼言。去年十二月十五日，准淮南转运司牒，奉圣旨，差官取勘臣前任知徐州日，不觉察百姓李铎、郭进等谋反事。臣寻具析在任日，曾选差沂州白姓程棐令缉捕凶逆贼人，致棐告获前件妖贼因依，乞勘会施行，至今年七月二日，复准转运司牒，坐准尚书刑部牒，奉圣旨，苏轼送尚书刑部更不取勘。盗发所临，守臣固当重责；罪疑则赦，圣主所以广恩。自惊废逐之余，犹在愍怜之数。臣轼诚惶诚恐，顿首顿首。

伏念臣早蒙殊遇，擢领大邦。上不能以道化民，达忠孝于所部；下不能以刑齐物，消奸宄于未萌。致使妄庸，敢图僭逆。原其不职，夫岂胜诛。况兹沟渎之中，重遇雷霆之谴。无官可削，抚己知危。至于捕斩群盗之功，乃是邻近一夫之力。靖言其始，偶出于臣。虽为国督奸，常怀此志；而因人成事，岂足言劳。勉自效于涓埃，庶少宽于斧钺。岂谓荡然之泽，许以勿推。收惊魄于散亡，假余生之晷刻。退思所自，为幸何多。此盖伏遇皇帝陛下，舞虞舜之干，示人不杀；祝成汤之网，与物求生。其间用刑，本不得已；稍有可赦，无不从宽。务在考实而原情，何尝记过而忘善。益悟向时之所坐，皆是微臣之自贻。感愧终身，论报无地。布衣蔬食，或未死于饥寒；石心木肠，誓不忘于忠义。臣无任。

【解题】

本文作于元丰四年（1081）七月。苏轼被贬黄州后，又有人上奏苏轼在徐州时，对妖贼有失察之罪，苏轼遂为己辩护，神宗也降旨不再追究，使得苏轼再一次逃脱陷害，作此表以谢皇帝。

谢量移汝州表

臣轼言。伏奉正月二十五日诰命，特授臣汝州团练副使本州安置不得签书公事者。稍从内迁，示不终弃。罪已甘于万死，恩实出于再生。祗服训词，惟知感涕。臣轼诚惶诚恐，顿首顿首。

伏念臣向者名过其实，食浮于人。兄弟并窃于贤科，衣冠或以为盛事。旋从册府，出领郡符。既无片善，可纪于丝毫；而以重罪，当膏于斧钺。虽蒙恩贷，有愧平生。只影自怜，命寄江湖之上；惊魂未定，梦游缧绁之中。憔悴非人，章狂失志。妻孥之所窃笑，亲友至于绝交。疾病连年，人皆相传为已死；饥寒并日，臣亦自厌其余生。岂谓草芥之贱微，尚烦朝廷之纪录。开其悯悔，许以甄收。

此盖伏遇皇帝陛下，汤德日新，尧仁天覆。建原庙以安祖考，正六官而修典刑。百废具兴，多士爰集。弹冠结绶，共欣千载之逢；掩面向隅，不忍一夫之泣。故推涓滴，以及焦枯。顾惟效死之无门，杀身何益；更欲呼天而自列，尚口乃穷。徒有此心，期于异日。臣无任。

【解题】

此文作于元丰七年（1084）三月。时告下苏轼由黄州谪移汝州。文中诉说了自己数年来凄凉的江湖生活，并对朝廷没有忘记自己表示感谢。

代滕达道湖州谢上表

郡压五湖，城交二水。既先世旧居之地，亦年少初仕之邦。

父老纵观，不谓微臣之尚在；吏民感涕，共知洪造之难酬。中谢。

臣闻忠臣可使死封疆，而不能受无根之谤议。志士本不求富贵，而不能安有道之贱贫。况臣早蒙希世之恩，常有捐躯之意。岂容暧昧，略不辨明。然疑似之难知，实古今之通患。汉文帝，贤君也，而不能信贾生之屈；尹吉甫，慈父也，而不能雪伯奇之冤。此小人谮夫所以得志而欺天，忠臣孝子所以抱恨而入地。况臣结累朝之深怨，无半面之先容。而诉章朝闻，恩诏夕下。历数千载，唯臣一人。

此盖伏遇皇帝陛下，妙物言神，睿思作圣。谓天盖远，以穷呼而必闻；如日之明，虽浸润而不受。念兹七年之厄，收之九死之余。臣敢不更励初心，驯图后效。老当益壮，未甘结草之幽途；死且不辞，尚欲据鞍于前殿。

【解题】

本文代滕元发作，作于元丰七年（1084）八月。

乞常州居住表

汝州团练副使、本州安置不得签书公事、骑都尉臣苏轼。右臣向以狂妄得罪，伏蒙圣恩，赐以余生，处之善地。岁月未几，又蒙收录，量移近郡。再生之赐，万死难酬。臣以家贫累重，须至乘船赴安置所。自离黄州，风涛惊恐，举家重病，幼子丧亡。今虽已至扬州，而费用竭罄，无以出陆。又汝州别无田业，可以为生，犬马之忧，饥寒为急。窃谓朝廷至仁，既已全其性命，必亦怜其失所。

臣先有薄田，在常州宜兴县，粗给饘粥，欲望圣慈特许于常州居住。若罪戾之余，稍获全济，则捐躯论报，有死不回。臣今来不敢住滞，一面前去至南京以来听候指挥。干犯天威，臣无任俯伏待罪战恐之至。谨录奏闻，伏候敕旨。元丰七年十月十九日，汝州团练副使、本州安置不得签书公事、骑都尉臣苏轼状奏。

【解题】

苏轼于此文中自陈生活窘迫，请求能允许他居住常州就田而食。文中描摹近状，凄惨动人。

乞常州居住表

臣轼言。臣闻圣人之行法也，如雷霆之震草木，威怒虽甚，而归于欲其生；人主之罪人也，如父母之谴子孙，鞭挞虽严，而不忍致之死。臣漂流弃物，枯槁余生。泣血书词，呼天请命。愿回日月之照，一明葵藿之心。此言朝闻，夕死无憾。臣轼诚惶诚恐，顿首顿首。

臣昔者尝对便殿，亲闻德音。似蒙圣知，不在人后，而狂狷妄发，上负恩私。既有司皆以为可诛，虽明主不得而独赦。一从吏议，坐废五年。积忧薰心，惊齿发之先变；抱恨刻骨，伤皮肉之仅存。近者蒙恩量移汝州，伏读训词，有“人材实难，弗忍终弃”之语。岂独知免于缧绁，亦将有望于桑榆。但未死亡，终见天日。岂敢复以迟暮为叹，更生侥觊之心。但以禄廪久空，衣食不继。累重道远，不免舟行，自离黄州，风涛惊恐，举家重病，一子丧亡。今虽已至泗州，而资用罄竭，去汝尚远，难于陆行。无屋可居，无田可食，二十余口，不知所归，饥寒之忧，近在朝夕。与其强颜忍耻，干求于众人；不若归命投诚，控告于君父。臣有薄田在常州宜兴县，粗给饘粥，欲望圣慈，许于常州居住。又恐罪戾至重，未可听从便安，辄叙微劳，庶蒙恩贷。臣先任徐州日，以河水浸城，几至沦陷。臣日夜守捍，偶获安全，曾蒙朝廷降敕奖谕。又尝选用沂州百姓程棐，令购捕凶党，致获谋反妖贼李铎、郭进等一十七人，亦蒙圣恩保明放罪。皆臣子之常分，无涓埃之可言。冒昧自陈，出于穷迫。庶几因缘侥幸，功过相除。稍出羁囚，得从所便。重念臣受性刚褊，赋命奇穷。既获罪于天，又无助于下。怨仇交积，罪恶横生。群言或起于爱憎，孤忠遂陷于疑似。中虽无愧，不敢自明。向非人主独赐保全，则臣之微生岂有今日。

伏惟皇帝陛下，圣神天纵，文武生知。得天下之英才，已全三乐；跻斯民于仁寿，不弃一夫。勃然中兴，可谓尽善。而臣抱百年之永叹，悼一饱之无时。贫病交攻，死生莫保。虽凫雁飞集，何足计于江湖；而犬马盖帷，犹有求于君父。敢祈仁圣，少赐矜怜。臣见一面前去，至南京以来，听候朝旨。干冒天威，臣无任。

【解题】

本文作于元丰八年（1085）正月。苏轼于表中请求皇帝允许自己居住常州。文中诉说自己经济上的窘状及丧子之哀，极为沉痛。据年表，此为第二次上表乞居常州。

到常州谢表二首

一

臣轼言。先蒙恩授汝州团练副使本州安置，寻上表乞于常州居住，奉圣旨，依所乞，臣已于今月二十二日到常州讫者。积衅难磨，未经洗涤；至仁易感，许即便安。祇荷宠灵，惟知感涕。中谢。

伏念臣所犯罪戾，本合诛夷。向非先帝之至明，岂有余生于今日。衔恩未报，有志不从。已分没身，寄残骸于魑魅；敢期择地，收暮景于桑榆。

此盖伏遇皇帝陛下，仁孝生知，聪明天纵。寅奉上帝之眷命，述修累圣之成谋。念此菅蒯之微，庶几簪履之旧。俾安田亩，稍出缧囚。饱食无思，但日陶于新化；杜门自省，当益念于往愆。臣无任。

二

臣轼言。先蒙恩授汝州团练副使本州安置。寻上表乞于常州居住，奉圣旨。依所乞，臣已于今月二十二日到常州讫者。罪大人微，自甘永弃；食贫口众，未免求安。忽奉俞音，出于独断；仰衔恩施，不觉涕零。中谢。

伏念臣猥以凡材，早尘仕籍。生逢有作之圣，独抱不移之愚。废弃六年，已忘形于田野；溯沿万里，偶脱命于江潭。岂谓此生，得从所便。

此盖伏遇太皇太后陛下，厚德载物，至仁代天。春生秋成，本无心于草木；风行雷动，自有信于虫鱼。致此幽顽，亦叨恩宥。耕川凿井，得渐齿于平民；碎首刳肝，尚未知其死所。臣无任。

【解题】

此二表是苏轼元丰八年（1085）五月到常州所上。前表致哲宗，后表致高太后。

登州谢上表二首

一

臣轼言。伏奉告命，授臣朝奉郎、知登州军州事，臣已于今月十五日到任上讫者。

登虽小郡，地号极边。自惊缧绁之余，忽有民社之寄。拜恩不次，陨涕何言。中谢。臣闻臣不密则失身，而臣无周身之智；人不可以无学，而臣有不学之愚。积此两愆，本当万死。坐受六年之谪，甘如五鼎之珍。击鼓登闻，止求自便；买田阳羡，誓毕此生。岂期枯朽之中，有此遭逢之异。收召魂魄，复为平人；洗濯瑕玼，尽还旧物。

此盖伏遇皇帝陛下，内行曾、闵之孝，外发禹、汤之仁。日将旦而四海明，天方春而万物作。于其党而观过，谓臣或出于爱君；就所短而求长，知臣稍习于治郡。致兹异宠，骤及非才。恭惟先帝全臣于众怒必死之中，陛下起臣于散官永弃之地。没身难报，碎首为期。臣无任。

二

臣轼言。伏奉告命，授臣朝奉郎、知登州军州事，臣已于今月十五日到任上讫者。宠命过优，训词尤厚。非臣愚蠢，所克承当。臣轼诚惶诚恐，顿首顿首。

臣所领州，下临涨海。人淳事简，地瘠民贫。入境问农，首见父老。载白扶杖，争来马前。皆云："枯朽之余，死亡无日，虽在田野，亦有识知。恭闻圣母至明而慈，嗣皇至仁而孝。每下号令，人皆涕流。愿忍垂死之年，以待维新之政。"言虽甚拙，意则可知。见朝廷擢臣于久废之中，谓臣愚必有以少塞其责。或能推广上意，惠康小民。而臣天资钝顽，学问寡浅。心已耗于多难，才不周其一身。将何以上答圣知，下慰民愿。

伏惟太皇太后陛下，以任姒之位，行尧舜之仁。勤邦俭家，永为百王之令典；时使薄敛，故得万国之欢心。岂烦爝火之微，更助日月之照。但知奉法，不敢求名。臣无任。

登州谢宣召赴阙表

仕路崎岖，群言摧沮。虽死生不变乎己，况用舍岂累其怀。中谢。

臣草野微生，雕虫末学。昔从仁庙，误蒙拔擢之恩；旋至神宗，亦荷优嘉之礼。祇合俯身从众，卑论趋时。奈何明不自知，谏于未信。屡遭尤谴，实自己为。力常勉于苟安，悔欲追而何及。以此迁延岁月，荏苒尘埃。望已绝于朝端，志必期于老死。

此盖皇帝陛下，躬成王之幼，赖文母之贤。辅成天纵之才，训导日跻之圣。斯民多幸，神断至公。凡所有为，稍复用旧。况秉节推忠之士，将欲甄收；而作新立法之人，旋行降黜。如臣者擢从远郡，俯届大邦。岂意寒灰之复燃，试其驽马之再驾。每思至此，其念尤深。敢不云云。

【解题】

此三文皆作于元丰八年（1085）十月。苏轼到登州五日，即被召还朝任礼部郎中。

登州召还议水军状

元丰八年十二月日，朝奉郎前知登州军州事苏轼状奏。右臣窃见登州地近北虏，号为极边，虏中山川，隐约可见，便风一帆，奄至城下。自国朝以来，常屯重兵，教习水战，旦暮传烽，以通警急。每岁四月，遣兵戍驼基岛，至八月方还，以备不虞。自景德以后，屯兵常不下四五千人。除本州诸军外，更于京师、南京、济、郓、兖、单等州，差拨兵马屯驻。至庆历二年，知州郭志高为诸处差来兵马头项不一，军政不肃，擘画奏乞创置澄海水军弩手两指挥，并旧有平海两指挥，并用教习水军，以备北虏，为京东一路捍屏，虏知有备，故未尝有警。

议者见其久安，便谓无事。近岁始差平海六十人分屯密州信阳、板桥、涛洛三处，去年本路安抚司又更差澄海二百人往莱州，一百人往密州屯驻。检会景德三年五月十二日圣旨指挥。今后宣命抽差本城兵士往诸处，只于威边等指挥内差拨，即不得抽差平海兵士。其澄海兵士，虽无不许差出指挥，盖缘元初创置，本为抵替诸州差来兵马，岂有却许差往诸处之理，显是不合差拨。不惟兵势分弱，以启戎心，而此四指挥更番差出，无处学习水战，武艺惰废，有误缓急。

伏乞朝廷详酌，明降指挥，今后登州平海、澄海四指挥兵士，并不得差往别州屯驻。谨录奏闻，伏候敕旨。

【解题】

本文指出登州地近契丹，为边防重地，呈请朝廷恢复旧例，集中训练登州水师，加强边防。

乞罢登莱榷盐状

元丰八年十二月日，朝奉郎前知登州军州事苏轼状奏。右臣窃闻议者谓近岁京东榷盐，既获厚利，而无甚害，以谓可行。以臣观之，盖比之河北、淮、浙，用刑稀少，因以为便，不知旧日京东贩盐小客无以为生，太半去为盗贼，然非臣职事所当言者，故不敢以闻。

独臣所领登州，计入海中三百里，地瘠民贫，商贾不至，所在盐货，只是居民吃用。今来既榷入官，官买价贱，比之灶户卖与百姓，三不及一，灶户失业，渐以逃亡，其害一也。居民咫尺大海，而令顿食贵盐，深山穷谷，遂至食淡，其害二也。商贾不来，盐积不散，有入无出，所在官舍皆满，至于露积，若行配卖，即与福建、江西之患无异；若不配卖，即一二年间，举为粪土，坐弃官本，官吏被责，专副破家，其害三也。官无一毫之利，而民受三害，决可废罢。

窃闻莱州亦是元无客旅兴贩，事体与此同。欲乞朝廷相度不用，行臣所言，只乞出自圣意，先罢登、莱两州榷盐，依旧令灶户卖与百姓，官收盐税，其余州军，更委有司详讲利害施行。谨录奏闻，伏候敕旨。

【解题】

苏轼认为官榷食盐的政策不适用于登莱等地，于官于民有害无利，呈请“先罢登、莱两州盐榷。”

论给田募役状

元丰八年十二月日，朝奉郎礼部郎中苏轼状奏。臣窃见先帝初行役法，取宽剩钱不得过二分，以备灾伤，而有司奉行过当，通计天下乃及十四五。然行之几十六七年，常积而不用，至三千余万贯石。先帝圣意固自有在，而愚民无知，因谓朝廷以免役为名，实欲重敛，斯言流闻，不可以示天下后世。臣谓此钱本出民力，理当还为民用。不幸先帝升遐，圣意所欲行者，民不知也。徒见其积，未见其散。此乃今日太皇太后陛下、皇帝陛下所当追探其意，还于役法中散之，以塞愚民无知之词，以兴长世无穷之利。

臣伏见熙宁中尝行给田募役法，其法亦系官田，如退摊户绝没纳之类。及用宽剩钱买田，以募役人，大略如边郡弓箭手。臣知密州，亲行其法，先募弓手，民甚便之。曾未半年，此法复罢。臣闻之道路，本出先帝圣意，而左右大臣意在速成，且利宽剩钱以为它用，故更相驳难，遂不果行。臣谓此法行之，盖有五利。朝廷若依旧行免役法，则每募一名，省得一名雇钱，因积所省，益买益募，要之数年，雇钱无几，则役钱可以大减，若行差役法，则每募一名，省得一名色役，色役既减，农民自宽，其利一也。应募之民，正与弓箭手无异，举家衣食，出于官田，平时重犯法，缓急不逃亡，其利二也。今者谷贱伤农，农民卖田，常苦不售，若官与买，则田谷皆重，农可小纾，其利三也。钱积于官，常苦币重，若散以买田，则货币稍均，其利四也。此法既行，民享其利，追悟先帝所以取宽剩钱者，凡以为我用耳，疑谤消释，恩德显白，其利五也。独有二弊，贪吏狡胥，与民为奸，以瘠薄田中官，雇一浮浪人暂出应役，一年半岁，即弃而走，此一弊也。愚民寡虑，见利忘患，闻官中买田募役，即争以田中官，以身充役，业不离主，既初无所失，而骤得官钱，必争为之，充役之后，永无休歇，患及子孙，此二弊也。但当设法以防二弊，而先帝之法，决不可废。

今日既欲尽罢宽剩钱，将来无继，而系官田地，数目不多，见在宽剩钱虽有三千万贯石，而兵兴以来，借支几半。臣今擘画，欲于内帑钱帛中，支还兵兴以来所借钱斛，复完三千万贯石，止于河北、河东、陕西被边三路，行给田募役法，使五七年间役减太半，农民完富，以备缓急，此无穷之利也。今弓箭手有甲马者，给田二顷半，以躯命偿官，且犹可募，则其余色役，召募不难。臣谓良田二顷，可募一弓手，一顷可募一散从官，则三千万贯石，可以足用。谨具合行事件，画一如左。

一、给田募役，更不出租。依旧纳两税，免支移折变。

一、今来虽以一顷二顷为率，若所在田不甚良，即临时相度，添展亩数，务令召募得行。但役人所获稍优，则其法坚久不坏。

一、今若立法，便令三路官吏推行，若无赏罚，则官吏不任其责，缪悠灭裂，有名无实。若有赏罚，则官吏有所趋避，或抑勒买田，或召募浮浪，或多买瘠薄，或取办一时，不顾后患。臣今擘画，欲选才干朴厚知州三人，令自辟属县令，每路一州，先次推行，令一年中略成伦理，一州既成伦理，一路便可推行，仍委转运提刑常切提举。若不切推行，或推行乖方，朝廷觉察，重赐行遣。

一、应募役人，大抵多是州县百姓，所买官田去州县太远，即久远难以召募。欲乞所买田，并限去州若干里，去县若干里。

一、出榜告示百姓。卖田如系所限去州县里数内，仍及所定顷亩（或两户及三户相近共及所定顷亩数目亦可），即须先申官令佐，亲自相验，委是良田，方得收买。如官价低小，即听卖与其余人户，不得抑勒。如买瘠薄田，致久远召募不行，即官吏并科违制分故失定断，仍不以去官赦降原减。

一、预先具给田顷亩数，出榜召人投名应役。第二等已上人户，许充弓手，仍依旧条拣选人材。第三等以上，计充散从官。以下色役，更不用保。如第等不及，即召第一等一户，或第二等两户委保。如充役七年内逃亡，即勒元委保人承佃充役。

一、每买到田，未得交钱，先召投名人承佃充役，方得支钱，仍不得抑勒。

一、卖田入官，须得交业与应募人，不许本户内人丁承佃充役。

一、募役人。老病走死或犯徒以上罪，即须先勒本户人丁充役，如无丁，方别召募。

一、应募人交业承佃后，给假半年，令葺理田业。

一、退摊户绝没纳等，系官田地，今后不许出卖，更不限去州县里数，仍以肥瘠高下，品定顷亩，务令召募得行。

一、系官田，若是人户见佃者，先问见佃人。如无丁可以应募，或自不愿充役者，方得别行召募。

右所陈五利二弊，及合行事件一十二条，伏乞朝廷详议施行。然议者必有二说，一谓召募不行。二谓欲留宽剩钱斛以备它用。臣请有以应之。富民之家以三二十亩田中分其利，役属佃户，有同仆隶。今官以两顷一顷良田，有税无租，而人不应募，岂有此理。又弓箭手已有成法，无可疑者。宽剩役钱，本非经赋常入，亦非国用所待而后足者。今付有司逐旋支费，终不能卓然立一大事，建无穷之利，如火铄薪，日减日亡。若用买田募役，譬如私家变金银为田产，乃是长久万全之策。深愿朝廷及此钱未散，立此一事，数年之后，钱尽而事不立，深可痛惜。臣闻孝子者，善继人之志，善述人之事，武王、周公所以见称于万世者，徒以能行文王之志也。昔苏绰为魏立征税之法，号为烦重，已而叹曰："此犹张弓也，后之君子，谁能解之?"其子威侍侧，闻之，慨然以为己任。及威事隋文帝，为民部尚书，奏减赋役，如绰之言，天下便之。威为人臣，尚能成父之志，今给田募役，真先帝本意，陛下当优为武王、周公之事，而况苏威区区人臣之孝，何足道哉！臣荷先帝之遇，保全之恩，又蒙陛下非次拔擢，思慕感涕，不知所报，冒昧进计。伏惟哀怜裁幸。谨录奏闻，伏候敕旨。

【解题】

本文作于礼部郎中任上。苏轼指出实行给田募役法的益处，并提出实施的具体措施，请朝廷详议。

辞免起居舍人第一状

右轼准阁门告报，已降告命，除臣依前官守起居舍人者。臣受材浅薄，临事迂踈。起于罪废之中，未有丝毫之效。骤升清职，必致烦言。愿回虚授之恩，庶免素餐之愧。所有告身，臣不敢祗受。

辞免起居舍人第二状

右臣近奏乞辞免起居舍人恩命，准尚书省札子奉圣旨不许辞免者。天威在颜，不违咫尺。父命于子，惟所东西。况兹久废之余，敢有不回之意。伏念臣受性褊狷，赋命奇穷。既早窃于贤科，复滥登于册府。多取天下之公器，又处众人之所争。若此而全，从来未有。今者出于九死之地，始有再生之心。危迹粗安，惊魂未返。若骤膺非分之宠，恐别生意外之忧。纵无人灾，必有鬼责。伏望圣慈，廓天地包函之量，推父母爱怜之心。知其实出于至诚，止欲自处于无过。追还新命，更选异材。使之识分以安身，孰与包羞而冒宠。再伸微悃，伏俟重诛。所有告身，臣不敢祗受。

【解题】

元丰八年（1085）十二月，苏轼至京未久，遂迁起居舍人之职。苏轼因免罪之后，骤受清职，恐招物议而致祸，连上两状辞免，皆不获准。

代李琮论京东盗贼状

右臣伏见自来河北、京东，常苦盗贼，而京东尤甚。不独穿窬祛箧椎埋发冢之奸，至有飞扬跋扈割据僭拟之志。近者李逄徒党，青、徐妖贼，皆在京东。凶愚之民，殆已成俗。自昔大盗之发，必有衅端。今朝廷清明，四方无虞，而此等常有不轨之意者，殆土地风气习俗使然，不可不察也。汉高帝，沛人；项羽，宿迁人；刘裕，彭城人；黄巢，宛朐人；朱全忠，砀山人。其余历代豪杰出于京东者，不可胜数。故凶愚之人，常以此藉口，而其材力心胆，实亦过人。加以近年改更贡举条制，扫除腐烂，专取学术，其秀民善士，既以改业，而其朴鲁强悍难化之流，抱其无用之书，各怀不逞之意。朝廷虽敕有司别立字号，以收三路举人，而此等自以世传朴学，无由复践场屋，老死田里，不入彀中，私出怨言，幸灾伺隙。臣每虑及此，即为寒心。

扬雄有言："御得其道，则天下狙诈咸作使；御失其道，则天下狙诈咸作敌。"而班固亦论剧孟、郭解之流，皆有绝异之资，而惜其"不入于道德，苟放纵于末流"。是知人之善恶，本无常性。若御得其道，则向之奸猾，尽是忠良。故许子将谓曹操曰："子，治朝之能臣，乱世之奸雄。"使韩、彭不遇汉高，亦与盗贼何异。臣窃尝为朝廷计，以谓穷其党而去之，不如因其材而用之。何者？其党不可胜去，而其材自有可用。昔汉武尝遣绣衣直指督捕盗贼，所至以军兴从事，斩二千石以下，可谓急矣。而盗贼不为少衰者，其党固不可尽也。若朝廷因其材而用之，则盗贼自消，而豪杰之士可得而使。请以唐事明之。自天宝以后，河北诸镇相继僭乱，虽宪宗英武，亦不能平。观其主帅，皆卒伍庸材，而能于六、七十年间与朝廷相抗者，徒以好乱乐祸之人，背公死党之士，相与出力而辅之也。至穆宗之初，刘总入朝，而河北始平。总知河北之乱，权在此辈，于是尽籍军中宿将名豪如朱克融之流，荐之于朝，冀厚与爵位，使北方之人，羡慕向进，革去乱心。而宰相崔植、杜元颖皆庸人，无远虑，以为河北既平，天下无事。克融辈久留京师，终不录用，饥寒无告，怨忿思乱。会张弘靖赴镇，遂遣还幽州，而克融等作乱，复失河朔。

今陛下鉴唐室既往之咎，当收京东、河北豪杰之心。臣伏见近日沂州百姓程棐，告获妖贼郭进等。窃闻棐之弟岳，乃是李逢之党，配在桂州，豪侠武健，又过于棐。京东州郡如棐、岳者，不可胜数。此等弃而不用，即作贼，收而用之，即捉贼。其理甚明。臣愿陛下精选青、郓两帅，京东西职司，及徐、沂、兖、单、潍、密、淄、齐、曹、濮知州，谕以此意。使阴求部内豪猾之士，或有武力，或多权谋，或通知术数而晓兵，或家富于财而好施，如此之类，皆召而劝奖，使以告捕自效。籍其姓名以闻于朝，所获盗贼，量轻重酬赏。若获真盗大奸，随即录用。若只是寻常劫贼，即累其人数，酬以一官。使此辈歆艳其利，以为进身之资。但能拔擢数人，则一路自然竞劝。贡举之外，别设此科。则向之遗材，皆为我用。纵有奸雄啸聚，亦自无徒。但每州搜罗得一、二十人，即耳目遍地，盗贼无容足之处矣。历观自古奇伟之士，如周处、戴渊之流，皆出于群盗，改恶修善，不害为贤。而况以捉贼出身，有何不可？若朝廷随材试用，异日攘夷狄，立功名，未必不由此涂出也。非陛下神圣英武，不能决行此策。臣虽非职事，而受恩至深，有所见闻，不敢瘖默。谨录奏闻。伏候敕旨。

【解题】

本文作于元丰年间。因河北、京东多盗贼，官府捕捉不尽，特奏请朝廷招纳其中有才之士，使之捕贼立功，一以变其风俗，一以为国求才。

辞免中书舍人状

右臣准阁门告报，已降告命，除臣轼中书舍人者。伏念臣顷自贬所，起知登州，到州五日，而召以省郎，到省半月，而擢为右史。欲自勉强，少酬恩私。而才无他长，职有常守。出入禁阕，三月有余；考论事功，一毫无取。今又冒荣直授，躐众骤迁。非次之升，既难以处；不试而用，尤非所安。愿回异恩，免速官谤。所有告身，臣不敢祗受。

谢中书舍人表二首

臣轼言。伏奉制命，授臣试中书舍人，仍改赐章服者。右史记言，已尘高选；西垣视草，复玷近班。皆儒者之至荣，岂平生之所望。臣轼诚感诚惧，顿首顿首。

窃以词命之职，古今所难。非独取之于文，盖将试之以事。至于机务，亦或与闻。虽四户擅权，非当时之公议；而五花判事，亦前代之美谈。及夫三字之除，乃是一切之政。但谓内朝之法从，安知宰相之属官。既任止于训词，故权移于胥史。恬不知怪，习为故常。先皇帝道冠百王，法垂万世。建六官而修故事，辟三省以待异人。典章一新，名实皆正。遂申明于四禁，俾分领于六曹。远则追直阁之司，近则通检正之任。虽未闻政而闻事，盖须有德而有言。

如臣之愚，无一而可。草创润色，既非郑国之材；除书德音，又乏唐人之誉。忽当此选，莫测其由。此盖伏遇皇帝陛下，将圣与仁，能哲而惠。虽在三年不言之际，已有十日并照之光。而臣日侍迩英，亲闻访道。仰天威之甚近，知圣鉴之难逃。谓臣尝受先朝之知，实无左右之助。弃瑕往昔，责效将来。臣敢不益励素心。无忘旧学。上体周公烦悉之诰，助成汉家深厚之文。苟无旷官，其敢言报。臣无任。

二

臣轼言。伏奉制命，授臣试中书舍人，仍改赐章服者。圣神独断，出成命于省中；衰病增光，溢虚名于朝右。训词之重，士论所荣。臣轼诚感诚惧，顿首顿首。

臣闻有言逆心，此古人所以颠沛；积毁消骨，非圣主莫能保全。臣本受知于裕陵，亦尝见待以国士。嘉其好直，许以能文。虽窜谪流离之余，决无可用；而哀怜收拾之意，终不少衰。抱弓剑以长号，分簪履之永弃。岂期晚遇，又过初心。矧外制之深严，极西垣之清要。在唐之盛，以马周、岑文本为得人；近世所传，有杨亿、欧阳修之故事。不试而用，于今几人。遂超同列之先，远继前修之末。夫何顽钝，有此遭逢。此盖伏遇太皇太后陛下，忧国忘身，爱民如子。忧深故任其事者重，爱极故为之虑也长。敷求哲人，以遗嗣圣。所以兼收而并用，庶几有得于其间。

臣敢不尽其所能，期于无愧。始终自誓，故常以道而事君；夷崄不同，则必见危而授命。臣无任。

【解题】

上三文作于元祐元年（1086）三月。时告下迁苏轼中书舍人，苏轼进状辞免，不允，遂作表谢皇帝、太后。

缴进范子渊词头状

元祐元年二月八日，朝奉郎试中书舍人苏轼状奏。今月八日，准吏房送到词头一道，司农少卿范子渊知兖州者。右臣谨按，子渊见为殿中侍御史吕陶弹奏，为修堤开河，糜费巨万，及护堤压埽之人，溺死无数，自元丰六年兴役至七年，功用不成，其罪甚于吴居厚、蹇周辅，乞行废放。今来差知兖州，臣欲作责词，又缘吕陶奏状已进呈讫，别无行遣，其兖州又是节镇，自来系监司以上差遣，即非责降有罪去处。臣欲不为责词，又缘子渊无故罢司农少卿，出领外郡，似缘上件弹奏。有此疑惑，乞明降指挥，合与不合作责词。谨录奏闻，伏候敕旨。

缴进吴荀词头状

元祐元年三月十六日，朝奉郎试中书舍人苏轼状奏。今月十六日，准吏房送到词头一道，朝散郎吴荀可广东运判者。右臣闻孟子曰："观远臣以其所主。"近日朝廷进监司，全用举主。如吴荀者，名迹无闻，而举主三人，乃吕惠卿、杨汲、黄履。履之为人，朝论不以正人待之；如惠卿、汲，穷奸积恶，不待臣言而知。今乃擢其所举，使临按一道，臣实未晓其说。所有告词，臣未敢撰。谨录奏闻，伏候敕旨。

缴进沈起词头状

元祐元年三月二十二日，朝奉郎试中书舍人苏轼状奏。今月二十二日，准刑房送到词头一道，三省同奉圣旨，沈起与叙朝散郎监岳庙者。右臣伏见熙宁以来，王安石用事，始求边功，构隙四夷。王韶以熙河进，章惇以五溪用，熊本以泸夷奋，沈起、刘彝闻而效之，结怨交蛮，兵连祸结，死者数十万人，苏缄一家，坐受屠灭。至今二广创痍未复，先帝始欲戮此二人，以谢天下。而王安石等，曲加庇护，得全首领，已为至幸。元丰六年三月二十六日圣旨，沈起所犯深重，永不叙用，天下传诵，以为至当。此乃先帝不刊之语，非今日陛下以即位之恩所得赦也。沈起与彝，各负天下生灵数十万性命，虽废锢终身，犹未塞责。近者只因稍用刘彝，起不自量，辄敢披诉，妄以罪衅并归于彝，攀援把持，期于必得。臣谓安南之役，起实造端，而彝继之。法有首从。而彝吏干学术，犹有可取。如起人材猥下，素行惸崄。庆州兵叛，起守永兴，流言始闻，被甲乘城，惊动三辅，几致大变。所至治状，人以为笑。知杭州日，措置尤为乖方，致灾伤之民，死倍他郡。与张靓等违法燕饮交私，靡所不至。朝廷用彝，既不允公议，而况于起，万无可赦之理。今以一朝散郎监岳庙，诚不足计较，窃哀先帝至明至当不刊之语，轻就改易，诚不忍下笔草词，遂使四方群小，阴相庆幸，吕惠卿、沈括之流，亦有可起之渐，为害不细。伏望圣明深念先帝永不叙用之诏，未可改易，而数十万人性命之冤，亦未可忽忘，明诏有司，今后有敢为起等辈乞叙用者，坐之。所有告词，臣未敢撰。谨录奏闻，伏候敕旨。

缴进陈绎词头状

元祐元年四月二十三日，朝奉郎试中书舍人苏轼同朝请大夫试中书舍人范百禄状奏。今月二十二日，准吏房送到词头，内知建昌军陈绎奉圣旨差知兖州者。右臣等勘会陈绎知广州日，私自取索，用市舶库乳香斤两至多，本犯极重，以元勘不尽，至薄其罪。外买生羊寄屠行，令供肉，计亏价钱三十七贯有余。州宅元供养檀木观音一尊，绎别造杉木胎者，货易入己，计亏官钱二贯文，系自盗赃一匹二丈，合准例除名。纵男役将下禁军织造坐褥，不令赴教。纵男与道士何德顺游从。绎曲庇何德顺弟何迪，偷税金四百两，事不断抽，罚不觉察。公使库破，男并随行助教供给食钱。以公使谷养白鹇，系窃盗自守不尽脏，罪杖。其余罪犯，难以悉陈。奉敕，陈绎落职降官知建昌军，其词略曰：“蔽罪至于除名，论脏至于自盗。”臣等谨按绎资性倾险，士行鄙恶，当时所犯，自合除名。建昌之命，已犯公议。岂宜收录，复典大邦？非惟必致人言，亦恐奸邪复用，其渐可畏。所有告命，不敢依例撰词。谨录奏闻，伏候敕旨。

贴黄。再详陈绎元犯，若依法断自盗除名，虽后来累该霈恩，登极大赦，其叙法止于散官，即与其他脏犯不同。既以贷其除名，今复与之大郡，将使贪墨无耻，复蠹宄民，非朝廷为民设官、慎选守长之意。

缴进张诚一词头状

元祐元年五月十八日，朝奉郎试中书舍人苏轼同范百禄状奏。今月十八日，准本省刑房送到词头一道，奉圣旨，张诚一邪险害政，有亏孝行，追观察使遥郡防御团练使刺史，依旧客省使提举江州太平观发赴本任者。右臣等看详，张诚一无故多年不葬亲母，既非身在远官，又非事力不及，冒宠忘亲，清议所弃，犹获提举宫观，已骇物听。况谏官本言诚一开父棺椁，掠取财物。使诚有之，虽肆诸市朝，犹不为过；使诚无之，亦当为诚一辨明。缘事系恶逆不道，非同寻常罪犯，可以不尽根究。今既体量末见归着，即合置司推鞠，尽理施行。所有告命，臣等未敢撰词。谨录奏闻，伏候敕旨。

贴黄。据京西提刑司体量文字称，诚一取父排方犀腰带，缘葬埋岁久，须令工匠重行装钉。是时诚一任密院副都承旨，当直人从皆可考验。及虑棺柩内，更有贼人盗不尽物，为诚一等私窃收藏，其族人当有知者。臣等欲乞详酌，依上件事理，根究施行。

缴进李定词头状

元祐元年五月十八日，朝奉郎试中书舍人苏轼同范百禄状奏。今月十八日，准本省刑房送到词头一道，奉圣旨，李定备位侍从，终不言母为谁氏，强颜匿志，冒荣自欺，落龙图阁直学士，守本官分司南京，许于扬州居住者。右臣等看详，李定所犯，若初无人言，即止是身负大恶。今既言者如此，朝廷勘会得实，而使无母不孝之人，犹得以通议大夫分司南京，即是朝廷亦许如此等类得据高位，伤败风教，为害不浅。兼勘会定乞侍养时，父年八十九岁，于礼自不当从。定若不乞，必致人言，获罪不轻。岂可便将侍养，折当心丧。考之礼法，须合勒令追服。所有告命，臣等未敢撰词。谨录奏闻，伏候敕旨。

贴黄。准律，诸父母丧，匿不举哀者，流二千里。今定所犯，非独匿而不举，又因人言，遂不认其所生。若举轻明重，即定所坐，难议于流二千里已下定断。

缴楚建中户部侍郎词头状

元祐元年七月二十九日，朝奉郎试中书舍人苏轼状奏，今月二十八日，准中书吏房送到词头一道，正议大夫充天章阁待制致仕楚建中可户部侍郎者。右臣窃惟七十致仕，古今通议。非独人臣有始终进退之分，亦在朝廷为礼义廉耻之风。若起之于既谢之年，待之以不次之任，即须朝廷有非常之政，而其人有绝俗之资，才望既隆，中外自服。近者起文彦博，天下属目，四夷革心。岂有凡才之流，亦尘盛德之举。如建中辈，决非其人。窃料除目一传，必致群言交上，幸其未布，可以追回。所有前件告词，臣未敢撰。谨录奏闻，伏候敕旨。

【解题】

以上诸状，都是元祐元年（1086），苏轼任中书舍人时所作。首状作于三月，原文有误。宋代称代朝廷命官任职、处理正文政事的谕旨为词头。

乞罢详定役法札子

元祐元年五月二十五日，朝奉郎试中书舍人苏轼札子奏。臣近奏为论招差衙前利害，所见偏执，乞罢详定役法，寻奉圣旨依所乞，今来给事中胡宗愈却封还上件圣旨。切缘圣旨，本缘臣自知偏执乞罢，即非朝廷以臣异议罢臣，胡宗愈不知，悮有论奏，重念臣前来议论，委是疏阔，又况衙前招之与差，所系利害至重，非止是役法中一事。臣既不同，决难随众签书。伏乞依前降指挥，早赐罢免。取进止。

申省乞罢详定役法状

元祐元年五月日，朝奉郎试中书舍人苏轼状申。右轼近奏言招差衙前利害，盖缘所见偏执，是致所议不同，理当黜责。若朝廷察其愚忠，非是固立异论，即乞早赐罢免详定役法差遣。所贵议论归一。谨具申三省，伏候指挥。

再乞罢详定役法状

元祐元年七月二日，朝奉郎试中书舍人苏轼状奏。右臣先曾奏论衙前一役，只当招募，不当定差，执政不以为然，臣等奏乞罢免臣详定役法，奉圣旨不许。经今月余，前所论奏，并不蒙施行，而臣愚蠢终执所见。近又窃见吏部尚书孙永奏，驳臣所论。

盖是臣愚暗无状，上与执政不同，下与本局异议。若不罢免，即执政所欲立法，无缘得成。况今来季限已满，诸路立法文字，节次到局，全藉通晓协同之人，共力裁定。如臣乖异，必害成法，乞早赐指挥罢免。所有臣固违圣旨之罪，亦乞施行。谨录奏闻，伏候敕旨。

申省乞不定夺役法议状

元祐元年七月日，朝奉郎中书舍人苏轼状申。轼近奏乞罢详定役法，已奉圣旨依奏。窃见孙给事奏缴前件圣旨，乞取孙尚书及轼所议付台谏给舍郎官，定其是否，然后罢其不可者，须至申乞指挥。右轼前后所论役法事，轼已自知疏缪，决难施行。所有是否，更无可定夺，只乞依前降指挥行下，轼自今月已后，更不敢赴详定所签书公事。伏乞早赐施行。谨具申中书省，伏候指挥。

【解题】

札子，奏议中的一种，用于向皇帝或长官进言议事。苏轼在此接连上书请求解除他参与详定役法的差事，表明了他对新法不合作的态度。

荐朱长文札子

元祐元年六月二十五日，朝奉郎试中书舍人苏轼，同邓温伯、胡宗愈、孙觉、范百禄等札子奏。臣等伏见前许州司户参军苏州居住朱长文，经明行修，嘉祐四年乙科登第，堕马伤足，隐居不仕，仅三十年。不以势利动其心，不以穷约易其介，安贫乐道，阖门著书。孝友之诚，风动闾里；廉高之行，著于东南。本路监司本州长吏前后累奏，称其士行经术，乞朝廷旌擢，差充苏州州学教授，未蒙施行。近奉诏，中外臣僚自监察御史已上并举堪充内外学官二人。此实朝廷博求人才、广育士类之意。如长文者，诚不可多得。其人行年五十余，昔苦足疾，今亦能履。臣等欲望圣慈褒难进之节，收久废之材，量能而使之，特赐就差充苏州州学教授，非惟禄饩赒养一乡之善士，实使道义模范彼州之秀民。取进止。

贴黄。伏乞特赐检会新除楚州州学教授徐积体例施行。

【解题】

本文与邓温伯、胡宗愈等五人联名奏请哲宗皇帝，擢用贤士朱长文充任苏州州学教授，以励风俗。

论椿管坊场役钱札子

元祐元年六月日，朝奉郎试中书舍人苏轼白札子。应坊场河渡钱，及坊郭人户、乡村单丁、女户、官户、寺观所出役钱，及量添酒钱，并作一处椿管，通谓之坊场等钱，并用支酬衙前，召募纲运官吏，接送雇人及应缘衙役人诸般支使。如本州不足，即申本路，于别州移用。如本路不足，即申户部，于别路移用。如府界，即县申提点司，提点司申户部。其有余去处，不得为见有余分外支破；其不足去处，亦不得为见不足将合招募人却行差拨。乞详酌指挥。

论诸处色役轻重不同札子

元祐元年六月日，朝奉郎试中书舍人苏轼白札子。勘会逐处色役，各随本处土俗事宜，轻重不同。借如盗贼多处，以弓手耆长为重。赋税难催处，以户长为重。土人不闲书算处，以曹司为重。难以限定等第，一概立法。今来若是衙前召募得足，即须将以次重役于第一等户内差拨。欲乞立下项条贯，诸处色役，委本路监司与逐处官吏同共相度，立本处色役轻重高下次第，将最重役从上差拨。乞详酌指挥。

【解题】

此二文就征收役钱提出自己的建议。

议富弼配享状

元祐元年六月日，朝奉郎试中书舍人苏轼，同孙永、李常、韩忠彦、王存、邓温伯、刘挚、陆佃、傅尧俞、赵瞻、赵彦若、崔台符、王克臣、谢景温、胡宗愈、孙觉、范百禄、鲜于侁、梁焘、顾临、何洵直、孔文仲、范祖禹、辛公祐、吕希纯、周秩、颜复、江公著状奏。近准敕节文，中书省、尚书省送礼部状："本部勘会，英宗配享功臣，系神主祔庙，后降敕以韩琦、曾公亮配享。所有神宗皇帝神主祔庙，所议配享功臣，今乞待制以上及秘书省长贰著作与礼部郎官并太常寺博士以上同议。奉圣旨，依。"右臣等谨按：《商书》："兹予大享于先王，尔祖其从与享之。"《周官》："凡有功者，名书于王之太常，祭于大烝，司勋诏之。"国朝祖宗以来，皆以名臣侑食清庙，历选勋德，实难其人。神宗皇帝以上圣之资，恢累圣之业，尊礼故老，共图大治。辅相之臣，有若司徒赠太尉谥文忠富弼，秉心直谅，操术闳远，历事三世，计安宗社，熙宁访落，眷遇特隆，匪躬正色，进退以道，爱君之志，虽没不忘。以配享神宗皇帝庙廷，实为宜称。谨录奏闻，伏候敕旨。

【解题】

苏轼与孙永、李常等二十八人联名奏请以富弼配享神宗。富弼，字彦国，河南洛阳人，官至宋朝宰相，反对王安石变法，其时已亡。配享是指陪同已故帝王一同接受祭祀，是死者极高之荣誉。

乞留刘攽状

元祐元年七月二十三日，朝奉郎试中书舍人苏轼同胡宗愈、孙觉、范百禄等状奏。右臣等伏见朝议大夫直龙图阁刘攽，近自襄阳召还秘省，旋以病，乞出守蔡州。自受命以来，日就痊损，假以数月，必复康强。谨按攽名闻一时，身兼数器，文章尔雅，博学强记，政事之美，如古循吏，流离困踬，守道不回，此皆朝廷之所知，不待臣等区区诵说。但以人才之难，古今所病，旧臣日已衰老，而新进长育未成，如攽成材，反在外服，此有志之士，所宜为朝廷惜也。欲望圣慈留攽京师，更赐数月之告，稍加任使，必有过人。臣等备员侍从，怀不能已，冒昧陈论，伏候诛谴。谨录奏闻，伏候敕旨。

【解题】

本状陈请留良吏刘攽任京官，以辅佐朝廷。

乞不给散青苗钱斛状

元祐元年八月四日，朝奉郎试中书舍人苏轼状奏。准中书录黄，先朝初散青苗，本为利民，故当时指挥，并取人户情愿，不得抑配。自后因提举官速要见功，务求多散，讽胁州县，废格诏书，名为情愿，其实抑配。或举县勾集；或排门抄札；亦有无赖子弟，谩昧尊长，钱不入家；亦有他人冒名诈请，莫知为谁，及至追催，皆归本户。朝廷深知其弊，故悉罢提举官，不复立额，考校访闻，人情安便。昨于四月二十六日，有敕令给常平钱斛，限二月或正月，只为人户欲借请者及时得用。又令半留仓库，半出给者，只为所给不得辄过此数。至于取人户情愿，亦不得抑配，一遵先朝本意。虑恐州县不晓朝廷本意，将为朝廷复欲多散青苗钱谷，广收利息，勾集抑配，督责严急，一如向日置提举官时。八月二日，三省同奉圣旨，令诸路提点刑狱司告示州县，并须候人户自执状结保赴县乞请常平钱谷之时，方得勘会，依条支给，不得依前勾集抄札，强行抑配。仍仰提点刑狱常切觉察，如有官吏似此违法骚扰者，即时取勘施行。若提点刑狱不切觉察，委转运安抚司觉察闻奏，仍先次施行者。

右臣伏见熙宁以来，行青苗、免役二法，至今二十余年，法日益弊，民日益贫，刑日益烦，盗日益炽，田日益贱，谷帛日益轻，细数其害，有不可胜言者。今廊庙大臣，皆异时痛心疾首，流涕太息，欲已其法而不可得者。况二圣恭己，惟善是从，免役之法，已尽革去，而青苗一事，乃独因旧稍加损益，欲行纱臂徐徐月攘一鸡之道。如人服药，病日益增，体日益羸，饮食日益减，而终不言此药不可服，但损其分剂，变其汤，使而服之，可乎？熙宁之法，本不许抑配，而其害至此，今虽复禁其抑配，其害故在也。农民之家，量入为出，缩衣节口，虽贫亦足，若令分外得钱，则费用自广，何所不至。况子弟欺谩父兄，人户冒名诈请，如诏书所云，以此之类，本非抑勒所致。昔者州县并行仓法，而给纳之际，十费二三；今既罢仓法，不免乞取，则十费五六，必然之势也。又官吏无状，于给散之际，必令酒务设鼓乐倡优，或关扑卖酒牌子，农民至有徒手而归者，但每散青苗，即酒课暴增，此臣所亲见而为流涕者也。二十年间，因欠青苗至卖田宅、雇妻女、投水自缢者，不可胜数，朝廷忍复行之欤！

臣谓四月二十六日指挥，以散及一半为额，与熙宁之法，初无小异，而今月二日指挥，犹许人户情愿请领，未免于设法网民，使快一时非理之用，而不虑后日催纳之患，二者皆非良法，相去无几也。今者已行常平粜籴之法，惠民之外，官亦稍利，如此足矣。何用二分之息，以贾无穷之怨？或云："议者以为帑廪不足，欲假此法以赡边用。"臣不知此言虚实，若果有之，乃是小人之邪说，不可不察。昔汉宣帝世，西羌反，议者欲使民入谷边郡以免罪。萧望之以为古者藏于民，不足则取，有余则与；西边之役，虽户赋口敛以赡其乏，古之通议，民不以为非；岂可遂开利路，以伤既成之化。仁宗之世，西师不解盖十余年。不行青苗，有何妨阙？况二圣恭俭，清心省事，不求边功，数年之后，帑廪自溢，有何危急？而以万乘君父之尊，负放债取利之谤，锥刀之末，所得几何，臣虽至愚，深为朝廷惜之。欲乞特降指挥，青苗钱斛，今后更不给散，所有已请过钱斛，候丰熟日，分作五年十料随二税送纳。或乞圣慈念其累岁出息已多，自第四等以下人户，并与放免。庶使农民自此息肩，亦免后世有所讥议。兼近日谪降吕惠卿告词云："首建青苗，力行助役。"若不尽去其法，必致奸臣有词，流传四方，所损不细。所有上件录黄，臣未敢书名行下。谨录奏闻，伏候敕旨。

【解题】

本文奏请哲宗皇帝完全废除青苗法。

论高强户应色役疏

诸路多称高强户同是第一等，而家业钱数与本等人户大段相远。若止应第一等色役，显属侥幸，有亏其余人户，乞下详定役法所相度申尚书省，应高强户随逐处第一等家业钱数如及一倍外，即计其家业，每及一倍，即展所应役一年。除元役年限外，展及五年为止。投募衙前，即依展年法，将展年应本等合入诸般色役。假如本处以家业及二千贯为第一等，其高强户及四千贯以上计其家业，又及四千贯，即展役一年。通计家业及二万四千贯，即展五年以上，更不展。如投募衙前，亦自四千贯以上计其家业，不及四千贯，方应诸般色役一年，仍以五年为止。其休役年限，依本等体例。

【解题】

本文作于元祐元年（1086）八月。

辞免翰林学士第一状

右臣准阁门告报，已降告命，除臣翰林学士知制诰者。臣窃谓自从西掖，直迁内制，虽祖宗故事，而近岁以来，少有此比，非高材重德雅望，不在此选。臣自量三者皆不迨人，骤当殊擢，实不自安。伏望圣慈察臣至诚，非苟辞避，追还异恩，以厌公论。谨录奏闻。

辞免翰林学士第二状

右臣近者奏乞辞免翰林学士知制诰恩命，伏蒙降诏不允者。天地之恩，义无所谢；父母之训，理不可违。而臣至愚，尚守所见。再倾微恳，不避重诛。非独以学问荒唐，文词鄙浅，已试无效，如前所陈。实以劳旧尚多，必有积薪之诮；兄弟并进，岂无连茹之嫌。诚不自安，非敢矫饰，伏望圣慈亮其悃愊，特许追还。庶免人言，俾得自效。所有告命，臣不敢祇受。谨录奏闻。

谢宣召入院状二首

一

右臣今月日西头供奉官充待诏董士隆至臣所居，奉宣圣旨，召臣入院充学士者。诏语春温，再命而伛；使华天降，一节以趋。在故事以尝闻，岂平生之敢望。省循非称，愧汗交深。窃以视草之官，自唐为盛。虽职亲事秘，号为北门学士之荣；而禄薄地寒，至有京兆掾曹之请。岂如圣代，一振儒风。非徒好爵之縻，兼享大烹之养。玉堂赐篆，仰淳化之弥文；宝带重金，佩元丰之新渥。既厚其礼，愈难其人。

而臣以空疏冗散之材，衰病流离之后。生还万里，坐阅三迁。不缘左右之容，躐处贤豪之上。此盖伏遇皇帝陛下，生资文武，天胙圣神。虽亮阴不言，尚隐高宗之德；而小毖求助，已启成王之心，首择辅臣，次求法从。知人材之难得，采虚名而用臣。敢不益励初心，力图后效。才不逮古，虽惭内相之名；志常在民，庶免私人之诮。臣无任。

二

右臣今月日西头供奉官充待诏董士隆至臣所居，奉宣圣旨，召臣入院充学士者。里巷传呼，亲临诏使；私庭望拜，恭被德音。人言稽古之荣，臣有素餐之愧。恳词虽至，成命莫回。

伏以朝论所高，禁林为重。非徒翰墨之选，乃是将相之储。礼绝同僚，叹裴、李于座上；功成异域，得颇、牧于禁中。宜有异人，来膺此选。而臣颛愚自信，狂直不回。先帝怜其孤忠，欲召而未果；陛下出于独断，决用而无疑。曾未周岁，而阅三官；试以百为，而无一可。保全已幸，擢用何名。此盖伏遇太皇太后陛下，德协天人，心存社稷。受圣子之托天下，抱神孙而朝诸侯。巍巍其有成功，不见治迹；断断而无他技，专用老成。推其类以及臣，顾何能而在此。忠义之报，死生不移。臣无任。

谢翰林学士表二首

一

臣轼言。蒙恩除臣翰林学士知制诰者。名微不称，宠至若惊。伏念臣经术空疏，吏能短浅。少年自守，无用于作新；去国生还，适逢于求旧。初何云补，遽辱甄收。此盖伏遇皇帝陛下，文武生知，聪明天纵。法乾坤之广运，体日月之照微。过采虚名，使陈薄技。敢不激昂晚节，砥砺初心。虽洪造之难酬，尽微生而后已。臣无任。

二

臣轼言。蒙恩除臣翰林学士知制诰者。宠光逾分，荣愧交中。伏念臣本以疏愚，起于遐陋。学虽笃志，皆场屋之空文；言不适时，岂朝廷之通论。老于忧患，望绝缙绅。此盖伏遇太皇太后陛下，总览政纲，灼知治体。恢复祖宗之旧，兼收文武之资。过录愚忠，以敦薄俗。敢不临宠而惧，职思其忧。非敢有意于功名，庶几少逃于罪悔。臣无任。

谢赐对衣金带马表二首

一

臣轼言。伏蒙圣慈，以臣入院，特赐衣一对，金腰带一条，金镀银鞍辔马一匹。被三品之服章，君子所以昭令德。分六闲之驵骏，朝廷所以旌有功。顾惟何人，亦与兹宠。拜恩俯偻，流汗交并。臣轼中谢。

伏念臣人微地寒，性迂才短。袭布韦而自荐，偶忝缙绅；驾款段以言归，终安畎亩。岂谓便蕃之锡，萃于衰病之躯。此盖伏遇皇帝陛下，总览众工，财成大化。至诚乐与，有缁衣之好贤；俊民用章，无白驹于空谷，不遗寒陋，亦被光华。揽佩以思，遂识断金之义；举鞭自誓，敢忘希骥之心。臣无任。

二

臣轼言。伏蒙圣慈，以臣入院，特赐衣一对，金腰带一条，金镀银鞍辔马一匹。命服出笥，荣动搢绅。左骖在廷，光生徒驭。德不称物，愧无所容。臣轼中谢。

伏念臣衰朽无功，蠢愚不学。已分鹈梁之刺，敢逃负乘之讥。再惟此恩，何自而至。此盖伏遇太皇太后陛下，至神广运，盛德兼容。躬周公之勤劳，而逸于委任；宝老氏之慈俭，而侈于礼贤。致此光荣，下及微陋。慨然揽辔，敢有意于澄清；束以立朝，尚可言于宾客。臣无任。

笏记二首

一

禁林之选，多士所荣。非独文章之工，俾专翰墨；当属典刑之老，以重朝廷。如臣空疏，岂宜尘冒。此盖伏遇皇帝陛下，刚健纯粹，缉熙光明。曲搜已弃之材，将建无穷之业。顾惭浅陋，将何补于盛明；惟有朴忠，誓不回于生死。臣无任。

二

西掖代言，已愧一时之高选；北门视草，又忝诸生之极荣。岂伊衰朽之余，有此遭遇之异。此盖伏遇太皇太后陛下，坤元利正，天造无私。靡求备于一人，将曲成于万物。文章小技，纵有效于涓埃；草木微生，终难酬于雨露。臣无任。

【解题】

上数皆作于元祐元年（1086）八月。时哲宗再迁苏轼为翰林学士、知制诰，苏轼两次上状辞免，不允，又诏赐苏轼对衣、金带、金镀银鞍辔马，令入学士院。苏轼上表谢之。笏记，即书于笏板上的文字。

论每事降诏约束状

元祐元年九月日，翰林学士朝奉郎知制诰苏轼状奏。右臣闻之孔子曰："天何言哉！四时行焉，百物生焉。天何言哉！"天子法天恭己，正南面，守法度，信赏罚而天下治，三代令王，莫不由此。若天下大事，安危所系，心之精微，法令有不能尽，则天子乃言，在三代为训诰誓命，自汉以下为制诏，皆所以鼓舞天下，不轻用也。若每行事立法之外，必以王言随而丁宁之，则是朝廷自轻其法，以为不丁宁则未必行也。言既屡出，虽复丁宁，人亦不信。今者十科之举，乃朝廷政令之一耳，况已立法。或不如所举，举主从贡举非其人律，犯正入己赃，举主减三等坐之，若受贿徇私，罪名重者自从重，虽见为执政，亦降官示罚。臣谓立法不为不重，若以为未足，又从而降诏，则是诏不胜降矣。臣请略举今年朝廷所行荐举之法，凡有七事：举转运、提刑，一也；举馆职，二也；举通判，三也；举学官，四也；举重法县令，五也；举经明行修，六也。与十科为七。七事轻重略等。若十科当降诏，则六事不可不降。今后一事一诏，则亵慢王言，莫甚于此。若但取谏官之意，或降或否，则其义安在？臣愿戒敕执政，但守法度，信赏罚，重惜王言，以待大事而发，则天下耸然，敢不敬应。所有前件降诏，臣不敢撰。谨录奏闻，伏候敕旨。

【解题】

本状奏请朝廷谨慎下诏，以加强政令的权威。

乞加张方平恩礼札子

元祐元年十月日，翰林学士朝奉郎知制诰苏轼札子奏。臣伏见太子太保致仕张方平，以高才绝识，博学雄文，出入中外四十余年，号称名臣，仁宗皇帝眷遇至重。特以受性刚简，论高寡合，故龃龉于世。然赵元昊反，西方用兵，累岁不解，公私疲极。方平首建和戎之策，仁宗从之，民以息肩，书之国史。又于熙宁之初，首论王安石不可用，及新法之行，方平皆逆陈其害。

大节如此。其余政事文学，有补于世，未易悉数。神宗皇帝知人之明，擢为执政，会丁忧服除，为安石等不悦，而方平亦不为少屈，故不复用。今已退老南都，以患眼不出，灰心槁形，与世相忘。臣窃以为国之元老，历事四朝，耄期称道，为天下所服者，独文彦博与方平、范镇三人而已。今彦博在廷，镇亦复用，方平虽老，杜门难以召致，犹当加恩劳问，表异其人，以示二圣贵老尊贤之义。今独置而不问，有识共疑，以为阙典。愿因大礼之后，以向者召陪祠不至，特出圣意，少加恩礼；或遣使就问国事，观其所论，必有过人。臣忝备禁近，不敢自外，昧冒陈列，战越待罪。取进止。

【解题】

苏轼以张方平为四朝贤吏，众望所归，请求皇帝起用。

论冗官札子

元祐元年十月二十三日，翰林学士朝奉郎知制诰苏轼札子奏。臣伏见近日言者，以吏部员多阙少，欲清入仕之源，救官冗之弊，裁减任子及进士累举之恩，流外入官之数，已有旨下吏部、礼部与给舍详议。臣窃谓此数者，行之则人情不悦，不行则积弊不去，要当求其分义，务适厥中，使国有去弊之实，人无失职之叹，然后为得也。欲乞应任子及进士累举免解恩例，并一切如旧，只行下项。

一、奏荫文官人，每遇科场，依进士法试大义策论。如系武官，即试弓马，或试法。并三人中解一人。仍年及二十五已上，方得出官。内已举进士得解者免试。如三试不中，年及三十五已上，亦许出官。应试大义策论及试法者，在京随进士赴国学，在外赴转运司。试弓马者，在京随武举人赴武学，在外转运司差官。

一、进士累举免解，合推恩者，并约嘉祐以前内中数目。立为定额。如所试优长，系额内人数，即等第推恩，并许出官。如系额外，即并与一不出官名衔。

一、流外入官人，除近已有旨裁减三省恩例外，其余六曹寺监等处，及州郡监司人吏出职者，并委官取索文字，看详有无侥幸定夺，酌中恩例。

右若行此数者，则任子虽有三试滞留之艰，而无终身绝望之叹。亦使人人务学，文臣知经术时务，武臣闲弓马法律，皆有益于事。而进士累举，有词学人自得出官，若无所能，得虚名一官，免为白丁，亦无所恨。如有可采，乞降下与前文字一处详议。取进止。

【解题】

苏轼针对当时冗官积弊，在既不伤人情又能为朝廷除弊的原则下，向哲宗皇帝提出解决冗官问题的三项具体措施。

代吕大防乞录用吕诲子孙札子

臣窃见故御史中丞吕诲，忠于先朝，极陈谠论，致忤时宰，继死外藩。臣等皆尝与之同官，备闻论议，一切出于至诚，而有不挠不回之节。虽处散地，未尝一日有忘朝廷之意。忧伤愤疾，以致殒没，临终之日，召司马光面托后事，无一言及其家私，惟云朝廷事犹可救，愿公更且竭力。历观前后谏臣，忠勤忘身，少见其比。今其家甚贫，诸子仕于常调。欲望圣慈特赐矜悯，优加赠典，录用诸子之才者，以旌名臣之后，取进止。

【解题】

本札子作于元祐元年（1086）。

论宰相用人之术不正疏

臣窃见前者台官论朱服不孝，因此乞外官，宰相除服直龙图阁知润州。服因人言，反获美命。盖宰相上欺朝廷，下困台谏，习用此术，久已成例，不可不察。

【解题】

本文作于元祐初年。

辩《试馆职策问》札子二首

一

元祐元年十二月十八日，翰林学士朝奉郎知制诰苏轼札子奏。臣窃闻谏官言臣近所撰《试馆职策问》有涉讽议先朝之语。臣退伏思念，其略曰："今朝廷欲思仁祖之忠厚，而患百官有司不举其职，或至于媮。欲法神考之励精，而恐监司守令不识其意，流入于刻。"臣之所谓"媮"与"刻"者，专指今之百官有司及监司守令不能奉行，恐致此病，于二帝何与焉？至于前论周公、太公，后论文帝、宣帝，皆是为文引证之常，亦无比拟二帝之意。况此《策问》第一、第二首，邓温伯之词，末篇乃臣所撰，三首皆臣亲书进入，蒙御笔点用第三首。臣之愚意，岂逃圣鉴，若有毫发讽议先朝，则臣死有余罪。伏愿少回天日之照，使臣孤忠不为众口所铄。臣无任伏地待罪战恐之至。取进止。

二

元祐二年正月十七日，翰林学士朝奉郎知制诰苏轼札子奏。

臣近以《试馆职策问》为台谏所言，臣初不敢深辩，盖以自辩而求去，是不欲去也。今者窃闻明诏已察其实，而臣四上章，四不允，臣子之义，身非己有，词穷理尽，不敢求去，是以区区复一自言。

臣所撰《策问》，首引周公、太公之治齐、鲁，后世皆不免衰乱者，以明子孙不能奉行，则虽大圣大贤之法，不免于有弊也。后引文帝、宣帝仁厚而事不废，核实而政不苛者，以明臣子若奉行得其理，无观望希合之心，则虽文帝、宣帝足以无弊也。中间又言六圣相受，为治不同，同归于仁；其所谓"媮"与"刻"者，专谓今之百官有司及监司守令，不识朝廷所以师法先帝之本意，或至于此也。文理甚明，粲若黑白，何尝有毫发疑似，议及先朝。非独朝廷知臣无罪可放，臣亦自知无罪可谢也。然臣闻之古人曰：人之至信者，心目也。相亲者，母子也。不惑者，圣贤也。然至于窃铁而知心目之可乱，于投杼而知母子之可疑，于拾煤而知圣贤之可惑。今言臣者不止三人，交章累上，不啻数十，而圣断确然深明其无罪，则是过于心目之相信，母子之相亲，圣贤之相知远矣。德音一出，天下颂之，史册书之，自耳目所闻见，明智特达，洞照情伪，未有如陛下者。非独微臣区区，欲以一死上报，凡天下之为臣子者闻之，莫不欲碎首糜躯，效忠义于陛下也。不然者，亦非独臣受暧昧之谤，凡天下之为臣子者闻之，莫不以臣为戒，崇尚忌讳，畏避形迹，观望雷同以求苟免，岂朝廷之福哉！

臣自闻命以来，一食三叹，一夕九兴，身口相谋，未知死所。然臣所撰《策问》，以实亦有罪，若不尽言，是欺陛下也。臣闻圣人之治天下也，宽猛相资；君臣之间，可否相济。若上之所可，不问其是非，下亦可之，上之所否，不问其曲直，下亦否之，则是晏子所谓"以水济水，谁能食之"，孔子所谓"惟予言而莫予违，足以丧邦"者也。臣昔于仁宗朝举制科，所进策论及所答圣问，大抵皆劝仁宗励精庶政，督察百官，果断而力行也。及事神宗，蒙召对访问，退而上书数万言，大抵皆劝神宗忠恕仁厚，含垢纳汙，屈己以裕人也。臣之区区，不自量度，常欲希慕古贤，可否相济，盖如此也。伏观二圣临御已来，圣政日新，一出忠厚，大率多行仁宗故事，天下翕然，衔戴恩德，固无可议者。然臣私忧过计，常恐百官有司矫枉过直，或至于媮，而神宗励精核实之政，渐致惰坏，深虑数年之后，驭吏之法渐宽，理财之政渐疏，备边之计渐弛，则意外之忧，有不可胜言音。虽陛下广开言路，无所讳忌，而台谏所击不过先朝之人，所非不过先朝之法，正是“以水济水”，臣窃忧之。故辄用此意，撰上件《策问》，实以讥讽今之朝廷及宰相台谏之流，欲陛下览之，有以感动圣意，庶几兼行二帝忠厚励精之政也。台谏若以此言臣，朝廷若以此罪臣，则斧钺之诛，其甘如荠。今乃以为讥讽先朝，则亦疏而不近矣。

且非独此《策问》而已，今者不避烦渎，尽陈本末。臣前岁自登州召还，始见故相司马光，光即与臣论当今要务，条其所欲行者。臣即答言：“公所欲行者诸事，皆上顺天心，下合人望，无可疑者。惟役法一事，未可轻议。何则？差役、免役，各有利害，免役之害，掊敛民财，十室九空，钱聚于上，而下有钱荒之患；差役之害，民常在官，不得专力于农，而贪吏猾胥，得缘为奸。此二害轻重，盖略相等，今以彼易此，民未必乐。”光闻之愕然，曰：“若如君言，计将安出？”臣即答言：“法相因则事易成，事有渐则民不惊。昔三代之法，兵农为一，至秦始分为二，及唐中叶，尽变府兵为长征之卒，自尔以来，民不知兵，兵不知农，农出谷帛以养兵，兵出性命以卫农，天下便之，虽圣人复起，不能易也。今免役之法，实大类此。公欲骤罢免役而行差役，正如罢长征而复民兵，盖未易也。先帝本意，使民户率出钱，专力于农，虽有贪吏猾胥，无所施其虐。坊场河渡，官自出卖，而以其钱雇募衙前，民不知有仓库纲运破家之祸，此万世之利也，决不可变。独有二弊：多取宽剩役钱，以供他用实封；争买坊场河渡，以长不实之价。此乃王安石、吕惠卿之阴谋，非先帝本意也。公若尽去二弊，而不变其法，则民悦而事易成。今宽剩役钱，名为十分取二，通计天下，乃及十五，而其实一钱无用。公若尽去此五分，又使民得从其便，以布帛谷米折纳役钱，而官亦以为雇直，则钱荒之弊，亦可尽去，如此，而天下便之，则公又何求。若其未也，徐更议之，亦未晚也。”光闻臣言，大以为不然。臣又与光言：“熙宁中常行给田募役法，其法以系官田及以宽剩役钱买民田以募役人，大略如边郡弓箭手。臣时知密州，推行其法，先募弓手，民甚便之。此本先帝圣意所建，推行未几，为左右异议而罢，今略计天下宽剩钱斛约三千万贯石，兵兴支用，仅耗其半，此本民力，当复为民用。今内帑山积，公若力言于上，索还此钱，复完三千万贯石，而推行先帝买田募役法于河北、河东、陕西三路，数年之后，三路役人，可减大半，优裕民力，以待边鄙缓急之用，此万世之利，社稷之福也。”光尤以为不可。此二事，臣自别有画一利害文字，甚详，今此不敢备言。

及去年二月六日敕下，始行光言，复差役法。时臣弟辙为谏官，上疏具论，乞将见在宽剩役钱雇募役人，以一年为期，令中外详议，然后立法，又言衙前一役，可即用旧人，仍一依旧数，支月给重难钱，以坊场河渡钱总计，诸路通融支给。皆不蒙施行。及蒙差臣详定役法，臣因得伸弟辙前议，先与本局官吏孙永、傅尧俞之流论难反复，次于西府及政事堂中与执政商议，皆不见从，遂上疏极言衙前可雇不可差，先帝此法可守不可变之意，因乞罢详定役法。当此之时，台谏相视，皆无一言决其是非。今者差役利害，未易一二遽言，而弓手不许雇人，天下之所同患也，朝廷知之，已变法许雇，天下皆以为便，而台谏犹累疏力争，由此观之，是其意专欲变熙宁之法，不复校量利害，参用所长也。臣为中书舍人，刑部大理寺列上熙宁已来不该赦降去官法凡数十条，尽欲删去。臣与执政屡争之，以谓先帝于此盖有深意，不可尽改，因此得存留者甚多。臣每行监司守令告词，皆以奉守先帝约束毋敢弛废为戒，文案具在，皆可复按。由此观之，臣岂谤议先朝者哉！

所以一一缕陈者，非独以自明，诚见士大夫好同恶异，泯然成俗，深恐陛下深居法宫之中，不得尽闻天下利害之实也。愿因臣此言，警策在位，救其所偏，损所有余，补所不足，天下幸甚。若以其狂妄不识忌讳，虽赐诛戮，死且不朽。臣无任感恩思报，激切战恐之至。取进止。

【解题】

针对朱光廷等人对苏轼的《试馆职策问》的不断攻击，苏轼分别于元祐元年（1086）和二年（1087）上书自辩，历述自己在各朝的政治主张，特别提出新法也有可取之处，反对尽废新法的观点，表明自己并非“谤议先朝者”。

缴进给田募役议札子　前连元丰八年十二月奏状

元祐二年二月一日，翰林学士朝奉郎知制诰苏轼札子奏。臣前年十二月自登州召还，草此奏状，而未果上。近因论事，已具奏闻其略，切谓今日尚可推行，辄备录前状，缴连申奏。臣前年过郓州，本与京东转运使范纯粹同建此议，纯粹令臣发之，已当继之。已而闻执政议不合，故不复言。然纯粹讲此事，尤为精详，臣所不及。若朝廷看详此状，可以施行，即乞更下纯粹，令具利害条奏。取进止。

【解题】

本文是对呈进前所作《给田募役状》的说明。

论改定受册手诏乞罢札子

元祐二年二月七日，翰林学士朝奉郎知制诰苏轼札子奏。臣近被旨，撰太皇太后将来只于崇政殿受册手诏，臣愚亦恐有是今非昔之嫌，故其略云“朝廷损益之文，各从宜称”，所以推广圣明谦抑退托之意，言此文德受册之礼，于今为过，于昔为称也。不悟文词鄙浅，未尽圣意，致烦改定。谨按故事，凡词命有所改易，为不称职，皆当罢去。伏望圣慈察其衰病废学，特赐解职，以安微分。臣无任待罪之至。取进止。

【解题】

苏轼为自己奉旨所撰诏册未能曲尽“圣意”，特呈请准予引咎辞职。

乞录用郑侠王斿状

元祐二年三月日，翰林学士朝奉郎知制诰苏轼状奏。右臣闻国之兴衰，系于习俗，若风节不竞，则朝廷自卑。故古之贤君，必厉士气，当务求难合自重之士，以养成礼义廉耻之风。臣等伏见英州别驾郑侠，向以小官触犯权要，冒死不顾以献直言。而秘阁校理王安国，以布衣为先皇帝所知，擢至馆阁，召对便殿，而兄安石为相，若少加附会，可立至富贵，而安国挺然不屈，不独纳忠于先帝，亦尝以苦言至计规戒其兄，竟坐与侠游从，同时被罪。吕惠卿首兴大狱，邓绾、舒亶之徒，构成其罪，必欲置此人于死。赖先帝仁圣，止加窜逐，曾未数年，逐惠卿而起安国。今来朝廷赦侠之罪，复其旧官，经今踰年，而侠终不赴吏部参选。

考其始终出处之大节，合于古之君子杀身成仁、难进易退之义，朝廷若不少加优异，则臣等恐侠浩然江湖，往而不返，若溘先朝露，则有识必为朝廷兴失士之叹。至于安国，不幸短命，尤为忠臣义士之所哀惜。臣等尝识其少子斿，敏而笃学，直而好义，颇有安国之风，养成其才，必有可用。欲望圣慈召侠赴阙，及考察斿行实，与侠并赐录用，不独旌直臣于九泉之下，亦所以作士气于当代也。谨录奏闻，伏候敕旨。

【解题】

本状请求朝廷录用郑侠和王安国之子王斿，以奋士气。

荐布衣陈师道状

元祐二年四月十九日，翰林学士朝奉郎知制诰苏轼同傅尧俞、孙觉状奏。右臣等伏见徐州布衣陈师道，文词高古，度越流辈，安贫守道，若将终身，苟非其人，义不往见，过壮未仕，实为遗才。欲望圣慈特赐录用，以奖士类。兼臣轼、臣尧俞，皆曾以十科荐师道，伏乞检会前奏，一处施行。谨录奏闻，伏候敕旨。

【解题】

本文为向朝廷推荐布衣陈师道所作。

乞留顾临状

元祐二年四月二十日，翰林学士朝奉郎知制诰苏轼，同李常、王存、邓温伯、孙觉、胡宗愈状奏。右臣等窃见给事中顾临，资性方正，学有根本，慷慨中立，无所阿挠。自供职以来，封驳论议，凛然有古人之风，侥幸之流，侧目畏惮。近闻除天章阁待制充河北都转运使，远去朝廷，众所嗟惜。方今二圣临御，肃正纪纲，如临等辈，正当置之左右，以辅阙遗。或者谓缘黄河辍临干治。临之所学，实有大于治河；治河之才，固有出临之上者。欲望朝廷别选深知河事者以使河北，且留临在朝廷，以尽忠亮补益之节。臣等备位待从，怀有所见，不敢不尽。谨录奏闻，伏候敕旨。

【解题】

本奏状是苏轼等人为请求朝廷留用顾临在京师供职而作。

辞免侍读状

右臣今月二十六日，准阁门告报，蒙恩除臣兼侍读者。入侍迩英，其选至重。非独分擿章句，实以仰备顾问。臣学术浅陋，恐非其人。况臣待罪禁林，初无吏责。又加廪赐之厚，益负尸素之忧。伏望圣慈，察其诚心，追回新命，以授能者。谨录奏闻，伏候敕旨。

谢除侍读表二首

一

臣轼言。今月一日蒙恩除臣兼侍读者。学术本疏，老复加于謇讷；官联愈近，职专在于讨论。退省其愚，莫知所措。中谢。

伏以天威咫尺，顾末技以何施；圣敬日跻，岂群臣之可望。非张禹、宽中之笃学，无量、怀素之懿文，则何以奉天子五学之游，求王人多闻之益！如臣愚暗，何与选抡。此盖伏遇皇帝陛下，卓然生知，辅以好学。方高宗恭默之后，正宣帝励精之初。众论并陈，悉洞照其情伪；陈编一览，已周知于废兴。察臣衰病而无求，庶可亲近而寡过。故兹拔用，骤及疲驽。臣敢不温故知新，粗办有司之职；见危致命，更输异日之忠。臣无任。

二

臣轼言。今月一日蒙恩除臣兼侍读者。北门视草，已叨儒者之极荣；西学上贤，复玷侍臣之高选。省循非称，愧汗交怀。中谢。

窃惟讲读之臣，止以言语为职。考功课吏，无殿最之可书；陈善闭邪，有膏泽之潜润。岂臣愚陋，亦所克堪。此盖伏遇太皇太后陛下，忧思深长，德业久大。受先帝投艰之托，为神孙经远之谋。故选左右前后之人，罔非吉士；使知兴亡治乱之效，莫若多闻。谓臣虽无大过人之才，知臣粗有不欺君之实。故使朝夕，与于讨论。奉永日之清闲，未知所报；毕微生于尽瘁，终致此心。臣无任。

【解题】

此二书分别作于元祐二年（1087）七月底和八月初。时诏命苏轼兼侍读之职，苏轼辞而未准，作表谢之。侍读，为皇帝讲学之官。

论擒获鬼章称贺太速札子

元祐二年八月二十七日，翰林学士朝奉郎知制诰兼侍读苏轼札子奏。臣窃闻熙河经略司奏，生擒西蕃首领鬼章，宰相欲以明日称贺。臣愚以谓偏师独克，固亦可庆，然行于明日，臣谓太速。如闻本路出兵非一，见有一将方指青塘，此乃阿里骨巢穴，若更待三五日间，必续有奏报，贺亦未晚。今者俘获丑虏，功诚不细，赏功劝后，固不应轻，然朝廷方欲缉治边防，整肃骄慢，若捷奏朝至，举朝夕贺，则边臣闻之，自谓不世之奇功，或恩礼太过，则将骄卒惰，后无以使人。臣愿朝廷镇之以静，示之以不可测。昔谢安破苻坚书至，安与客围棋不辍，曰："小儿辈遂已破贼。"安亦非矫情，盖万目观望，事体应尔。所有明日称贺，乞更详酌指挥。臣受恩至深，不敢不尽，出位妄言，罪当万死。取进止。

【解题】

元祐二年（1087），宋兵生擒吐蕃宰相，朝廷打算于第二天庆贺此捷。苏轼上此札子，认为不应称贺太速，以免滋长边将骄傲情绪，于边防不利。

乞允文彦博等辞免拜札子

臣近奉圣旨，撰赐文彦博、吕公著今后入朝免拜诏书，今又准内降指挥，撰不允彦博辞避免拜批答。臣谨按《礼经》："八十拜君命，一坐再至。"所谓"拜君命"者，传命而拜，非朝见也，然且不免。周天子赐齐桓公胙曰："伯父耋老，无下拜。"公曰："天威不违颜咫尺。"下拜登受。所谓"无下拜"者，拜于堂上，非不拜也，然且不敢。钟繇以足疾乘车就坐，疑若不拜，然亦无明文。君前乘车，岂足为法。而马燧延英不拜，盖是临时优礼，无今后遂不复拜之文。祖宗旧例，如吕端之流，以老病进对，亦止于临时传宣不拜。今来彦博、公著今后免拜指挥，自是朝廷优贤贵老，度越古今，无可议者。但臣是有司，合守典礼，兼恐彦博、公著终不敢当。以臣愚见，不若允其所请。若圣恩优闵老臣，眷眷不已，遇其朝见，间或传宣不拜，足以为非常之恩。臣忝备侍从，怀有所见，不敢不尽。所有不允批答，臣未敢撰。取进止。

【解题】

本文当作于元祐二年（1087）八月。奏请允许文彦博等辞避“入朝免拜”的诏命，以维护朝礼。

因擒鬼章论西羌夏人事宜札子

元祐二年九月八日，翰林学士朝奉郎知制诰兼侍读苏轼札子奏。臣窃见近者熙河路奏生擒鬼章，百官称贺，中外同庆。臣愚无知，窃谓安危之机，正在今日。若应之有道，处之有术，则安边息民，必自是始。不然，将骄卒惰，以胜为灾，亦不足怪。故臣区区欲先陈前后致寇之由，次论当今待敌之要，虽狂愚无取，亦臣子之常分。

昔先帝用兵累年，虽中国靡弊，然夏人困折，亦几于亡。横山之地，沿边七八百里中，不敢耕者至二百余里。岁赐既罢，和市亦绝，虏中匹帛至五十余千，其余老弱转徙，牛羊堕坏，所失盖不可胜数，饥羸之余，乃始款塞。当时执政大臣谋之不深，因中国厌兵，遂纳其使。每一使至，赐予、贸易无虑得绢五万余匹，归鬻之，其直匹五六千，民大悦。一使所获，率不下二十万缗，使五六至，而累年所罢岁赐，可以坐复。既使虏因吾资以德其民，且饱而思奋，又使其窥我厌兵欲和之意，以为欲战欲和，权皆在我，以故轻犯边陲，利则进，否则复求和，无不可者。若当时大臣因虏之请，受其词不纳其使，且诏边臣与之往返商议，所获新疆，取舍在我，俟其词意屈服，约束坚明，然后纳之，则虏虽背恩反覆，亦不至如今日之速也。虏虽有易我意，然不得西蕃解仇结好，亦未敢动。夫阿里骨，董毡之贼臣也。挟契丹公主以弑其君之二妻。董毡死，匿丧不发，逾年众定，乃诈称嗣子，伪书鬼章温溪心等名以请于朝。当时执政，若且令边臣审问鬼章等以阿里骨当立不当立，“若朝廷从汝请，遂授节钺。阿里骨真汝主矣，汝能臣之如董毡乎？”若此等无词，则是诸羌心服，既立之后，必能统一都部，吾又何求；若其不服，则衅端自彼，爵命未下，曲不在吾。彼既一国三公，则吾分其恩礼，各以一近上使额命之，鬼章等各得所欲，宜亦无患。当时执政不深虑此，专以省事为安，因其妄请，便授节钺。阿里骨自知不当立，而忧鬼章之讨也，故欲借力于西夏以自重，于是始有解仇结好之谋。而鬼章亦不平朝廷之以贼臣君我也，故怒而盗边。夏人知诸羌之叛也，故起而和之。此臣所谓前后致寇之由，明主不可以不知者也。虽既往不咎，然可以为方来之鉴。

元昊本怀大志，长于用兵，亮祚天付凶狂，轻用其众，故其为边患皆历年而后定。今梁氏专国，素与人多不协，方内自相图，其能以创残呻吟之余，久与中国敌乎？料其奸谋，盖非元昊、亮祚之比矣。意谓二圣在位，恭默守成，仁恕之心，著于远迩，必无用武之意，可肆无厌之求，兰会诸城，鄜延五寨，好请不获，势胁必从，猖狂之后，求无不获，计不过此耳。今者切闻朝廷降诏诸路，敕励战守，深明逆顺曲直之理，此固当今之急务，而诏书之中，亦许夏人之自新。臣切以谓开之太易，纳之太速，曾未一战，而厌兵欲和之意已见乎外，此复蹈前日之失矣。臣甚惜之。今既闻鬼章之捷，或渐有款塞之谋，必将为恭狠相半之词，而继之以无厌之请。若朝廷复纳其使，则是欲战欲和，权皆在虏，有求必获，不获必叛，虽媮一时之安，必起无穷之衅。故臣愿明主断之于中，深诏大臣，密敕诸将，若夏人款塞，当受其词而却其使；然后明敕边臣，以夏人受恩不赀，无故犯顺，今虽款塞，反复难保，若实改心向化，当且与边臣商议，苟词意未甚屈服，约束未甚坚明，则且却之，以示吾虽不逆其善意，亦不汲汲求和也。彼若心服而来，吾虽未纳其使，必不于往返商议之间，遽复盗边。若非心服，则吾虽荡然开怀，待之如旧，能必其不叛乎？今岁泾原之入，岂吾待之不至耶？但使吾兵练士饱，斥候精明，虏无大获，不过数年，必自折困，今虽小劳，后必坚定，此臣所谓当今待敌之要，亦明主不可以不知者也。

今朝廷意在息民，不惮屈己，而臣献言，乃欲艰难其请，不急于和，似与圣意异者。然古之圣贤欲行其意，必有以曲成之，未尝直情而径行也。将欲翕之，必固张之；将欲取之，必固予之。夫直情而径行，未有获其意者也。若权其利害，究其所至，则臣之愚计，于安边息民，必久而固，与圣意初无小异。然臣窃度朝廷之间，似欲以畏事为无事者，臣窃以为过矣。夫为国不可以生事，亦不可以畏事，畏事之弊，与生事均。譬如无病而服药，与有病而不服药，皆可以杀人。夫生事者，无病而服药也；畏事者，有病而不服药也。乃者阿里骨之请，人人知其不当予，而朝廷予之，以求无事，然事之起，乃至于此，不几于有病而不服药乎？今又欲遽纳夏人之使，则是病未除而药先止，其与几何。臣于侍从之中，受恩至深，其于委曲保全与众独异，故敢出位先事而言，不胜恐悚待罪之至。取进止。

【解题】

元祐二年（1087）宋擒获吐蕃首领鬼章，苏轼借此批评朝廷无意用兵，准备许和的苟且偷安观点。主张加强战备，强调掌握“和”、“战”的主动权，才能真正“安边息民”。

乞诏边吏无进取及论鬼章事宜札子

元祐二年九月二十七日，翰林学士朝奉郎知制诰兼侍读苏轼札子奏。臣闻善用兵者，先服其心，次屈其力，则兵易解而功易成。若不服其心，惟力是恃，则战胜而寇愈深，况不胜乎？功成而兵不解，况不成乎？

顷者西方用兵累年，先帝之意，本在吊伐，而贪功生事之臣，惟务杀人争地，得尺寸之土，不问利害，先筑城堡，置州县，使四夷憎畏中国，以谓朝廷专欲得地，非尽灭我族类不止，是以併力致死，莫有服者。今虽朝廷好生恶杀，不务远略，而此心未信，憎畏未衰，心既不服，惟有斗力，力屈情见，胜负未可知也。今日新获鬼章，威震戎狄，边臣贾勇，争欲立功，以为河南之地，指顾可得。正使得之，不免筑城堡，屯兵置吏，积粟而守之，则中国何时息肩乎？乃者王韶取熙河，全师独克，使韶有远虑，诛其叛者，易以忠顺，即用其豪酋而已，则今复何事？其所以兵连祸结，罢弊中国者，以郡县其地故也。往者既不可悔，而来者又不以为戒，今又欲取讲主城，曰：“此要害地，不可不取。”方唐盛时，安西都护去长安万里，若论要害，自此以西无不可取者。使诸羌知中国有进取不已之意，则寇愈深而兵不解，其祸岂可量哉！臣愿陛下深诏边吏，叛则讨之，服则安之，自今已往，无取尺寸之地，无焚庐舍，无杀老弱，如此期年，诸羌可传檄而定。然朝廷至意，亦自难喻，将帅未必从也，虽日行文书，终恐无益。宜驿召陕西转运使一员赴阙，面敕戒之，使归以喻将帅，而察其不如诏者。

臣又窃闻朝论谓鬼章犯顺，罪当诛死。然譬之鸟兽，不足深责，其子孙部族，犹足以陆梁于边。全其首领，以累其心，以为重质，庶获其用，此实当今之良策。然臣窃料鬼章凶豪素贵，老病垂死，必不能甘于困辱，为久生之计。自知生存终不得归，徒使其臣子首鼠顾忌，不敢复雠，必将不食求死，以发其众之怒。就使不然，老病愁愤，自非久生之道。鬼章若死，则其臣子专意复雠，必与阿里骨合，而北交于夏人，此正胡越同舟遇风之势，其交必坚。而温溪心介于阿里骨、夏人之间，地狭力弱，其势必危。若见并而吾不能救，使二寇合三面以窥熙河，则其患未可以一二数也。如臣愚计，可诏边臣与鬼章约，若能使其部族讨阿里骨而纳赵纯忠者，当放汝生还，质之天地，示以必信。鬼章若从，则稍富贵之，使招其信臣而喻至意焉。鬼章既有生还之望，不为求死之计，其众必从。以鬼章之众与温溪心合而讨阿里骨，其势必克。既克而纳纯忠，虽放还鬼章，可以无患，此必然之势也。西羌本与夏人世仇，而鬼章本与阿里骨不协，若许以生还，其众必相攻，纵未能诛阿里骨，亦足以使二盗相疑而不合也。昔太史慈与孙策战，几杀策，策后得慈，释不诛，放还豫章，卒立奇功。李愬得吴元济将李祐，解缚用之，与同卧起，卒擒元济。非豪杰名将不能行此度外事也。议者或谓鬼章之获，兼用近界酋豪力战而得之，仇怨已深，若放生还，此等必无全理。臣以谓不然，若鬼章死于中国，其众雠此等必深。若其生还，其雠之亦浅。此等依中国为援，足以自全。自古西羌之患，惟恐解仇结盟。若所在为雠敌，正中国之利，无可疑者。臣出位言事，不胜恐悚待罪之至。取进止。

【解题】

辽和西夏，一直是北宋的心腹之患。苏轼对此虽然主张抵抗，但又反对轻开边衅，主张“叛则讨之，服则安之”。对被俘的鬼章，他也主张释放，以便联合吐蕃对付西夏。

谢赐御书诗表

臣轼言。今月十五日，赐宴东宫，伏蒙圣恩，差中使就赐臣御书诗一首者。玉斝金尊，霈若云天之泽；宝章宸翰，焕乎奎璧之文。喜溢心颜，光生怀袖。臣轼诚感诚惧，顿首顿首。

伏念臣猥缘末技，获玷清流。早岁数奇，已老江湖之上；余生何幸，得依日月之光。入侍燕闲，与闻讲学。卒桓荣之业，因人而成；登刘洎之床，则臣岂敢。夫何珍赐，亦及微躯。此盖伏遇皇帝陛下，道本生知，才惟天纵。文不数于游、夏，书已逼于锺、王。心慕手追，陋文皇之曲学；笔纵字大，笑宋武之未工。知臣遭遇之难，欲以显荣其老。镂之金石，庶传玩于人人；付与子孙，俾输忠于世世。臣无任。

【解题】

元祐二年（1087）九月，哲宗赐诸位执政讲读史官各御书诗一首，苏轼得《紫薇花绝句》，作表谢之。

乞约鬼章讨阿里骨札子

元祐二年十月七日，翰林学士朝奉郎知制诰兼侍读苏轼札子奏。臣近者窃见刘舜卿贺表，具言阿里骨罪状，又窃闻舜卿乞削阿里骨官爵，又窃闻阿里骨上章请命，议者或欲许其自新。以臣愚虑，二者之说，皆未为得。何者？阿里骨凶狡反复，必无革面洗心之理，今闻其女已嫁梁乞逋之子，度其久远，必须协力致死，共为边患。今来上章请命，盖是部族新破，众叛亲离，恐吾乘胜致讨，力未能支，故匿情忍诟，以就大事。若得休息数年，蓄力养锐，假吾爵命，以威胁诸羌，诛不附己者，羽翼既成，西北相应，必为中原之忧，非独一方之病也。且夏贼逆天犯顺，本因轻料朝廷，以为必不能讨己，今若便从阿里骨之请，则其所料，良不为过。西蕃小丑，朝为叛逆，暮许通和，则夏国之请，理无不许。二寇滔天自若，欲战欲和，无不可者。则西方之忧，无时而止矣。然遂欲从舜卿之请，削夺官爵，即须发兵深入致讨，彼新丧大首领，举国戒惧，我师深入，苟无它奇，恐难以得志。臣愚以谓当使边将发厚币，遣辩士，以离其腹心，坏其羽翼。今闻温溪心等诸族已为所质，势未能动，而心侔敛毡在其肘腋，迹同而心异。若用臣前计，使边臣与鬼章约，若能使其部族与温溪心、敛毡等合而讨阿里骨，纳赵纯忠，即许以生还，此政所谓以夷狄攻夷狄，计无出此者。若朝廷便许阿里骨通和，即须推示赤心，待之如旧，不可复用计谋以图此贼，数年之后，必自飞扬，此所谓养虎自遗患者也。故臣愿朝廷既不纳其通和之请，又不削夺其官爵，存而勿论，置之度外，阴使边臣以计图之，似为得策。臣屡渎天听，罪当诛死，取进止。

【解题】

宋俘获鬼章后，西夏请和。朝议不一。苏轼于十月再次奏请朝廷不要轻易许和，主张释放鬼章，以联合吐蕃对付西夏，达到“以夷狄攻夷狄”的目的。

参定叶祖洽廷试策状二首

一

元祐二年十月二十一日，翰林学士朝奉郎知制诰兼侍读苏轼同苏辙、刘攽状奏。准元祐二年十月十一日尚书省札子节文：“臣寮上言，近闻兵部郎中叶祖洽改礼部郎中，给事中赵君锡封驳以为不当，兼论祖洽廷试对策，有讪及宗庙之语。臣愚今详君锡所驳，极未为允。臣取祖洽印本试策寻究，即无讥讪之言，不知君锡何以见其讥讪也。伏望陛下令君锡条具祖洽讥讪之言，下近臣参定，以明枉直，庶使策试之士，谋议之臣，悉心不回，毋悼后害。三省同奉圣旨，令翰林学士、中书舍人、谏议大夫同共参定闻奏者。”右臣等窃谓先帝亲策贡士，本欲人人尽言，无所回忌，士之论事，必欲究极始末，其语或及祖宗，事有是非，义难隐讳，但当考其所言当否，以为进退，不可一一指为谤讪。取到叶祖洽所试策卷子看详，其略云："祖宗以来至于今，纪纲法度，苟简因循而不举者，诚不为少。"又云："与忠智豪杰之臣合谋，而鼎新之。"臣等以谓祖宗拨乱反正，承平百年，纪纲法度，最为明备，纵使时异事变，理合小有损益，亦不当谓之因循苟简，便欲朝廷与大臣合谋而鼎新之。详此，显是祖洽学术浅暗，议论乖缪，若谓之讥讪宗庙，则亦不可。谨录奏闻，伏候敕旨。

贴黄。臣等准朝旨，与谏议大夫同共参定闻奏，今据左谏议大夫孔文仲牒，已别状奏陈，更不连书。

又贴黄。叶祖洽及第日，臣轼系编排官。曾奏乞行黜落。今已具事实，别状奏闻去讫。

二

元祐二年十月二十二日，翰林学士朝奉郎知制诰兼侍读苏轼状奏。右臣近奉圣旨，参定叶祖洽所试策。臣已与刘攽等定夺奏闻去讫。臣今看详元降臣寮上言有云："凡在朝廷大臣，率多当时考试之宫。信有此语，安敢擢在第一。"臣等今来定夺得叶祖洽显是学术浅暗，议论乖谬。缘祖洽及第时，臣系编排官，据初考官吕惠卿等定祖洽为第三等中，合在甲科，覆考官宋敏求等定祖洽为第五等中，合是黜落。臣曾具事由闻奏，乞行黜落。兼据祖洽元试策卷子云"祖宗以来至于今，纪纲法度因循苟简而不举者，诚为不少"。今来祖洽上章自辩，却减落上件言语，只云"祖宗已来至于今，纪纲制度，比之前古，亦有因循未举之处"。显见祖洽心知"苟简"之语为不可，故行减落。谨录奏闻，伏候敕旨。

【解题】

元祐二年（1087），有人状奏叶祖洽在廷试对策中有诽谤宗庙之语，哲宗诏令翰林学士、谏议大夫等定夺。苏轼等三人呈此状，认为叶祖洽的言论不当，是“学术浅暗，议论乖谬”，而非“讥讪宗庙”，为其辩诬。

大雪乞省试展限兼乞御试不分初覆考札子

元祐三年正月日，翰林学士朝奉郎知制诰兼侍读苏轼札子奏。臣窃见近者大雪方数千里，道路艰塞，四方举人赴省试者，三分中未有二分到阙，朝廷虽议展限，然迫于三月放榜，所展日数不多，至时，若隔下三五百人赴试不及，即恐孤寒举人，转见失所，亦非朝廷急才喜士之意。欲乞自今日已往，更展半月，方始差官，仍令礼部疾速雕印，出榜晓示旁近州郡，但未试以前到者，并许投保引试，若虑放榜迟延，恐趁三月内不及，即乞省试添差小试官十人，却促限五七日出榜。臣又窃见自来御试差官，分为初考、覆考、编排、详定四处，日限既迫，考官又少，以此多不暇精详。又缘初、覆考官，不敢候卷子齐足，方定等第，只是逐旋据誊录所关到卷子三十五十卷，便定等第，以此前后不相照，所定高下，或寄于幸与不幸，深为不便。不若只依南省条式，聚众考官为一处，通用日限，候卷子齐足，众人共定其等第，不惟精详寡失，又御试放榜，亦可以速了。臣窃意祖宗之法，所以分考官为四处者，盖是当时未有封弥誊录，故须分别以防弊幸。今来既有封弥誊录，纵欲循私，其势无由。若只依南省条格，委无妨碍，乞赐详酌指挥。取进止。

【解题】

因大雪，交通不便，前来参加省试的举子按时抵京的不到三分之二，为不使考生误试，耽搁放榜，苏轼呈此状建议考期宽限半月，初考覆考合而为一。

大雪论差役不便札子

元祐三年二月九日，翰林学士朝奉郎知制诰兼侍读苏轼札子奏。臣伏见陛下发德音，下明诏，以大雪过常，暖气不效，农夫失业，商旅不行，引咎在躬，涣汗之泽，覃及方外。而诏下之夕，雪作不已。臣备位近侍，诚窃感愤，废食而叹。退伏思念陛下即位以来，发政施仁，无一不合人心、顺天意者，当获丰年刑措之报，凤凰景星之瑞。而水旱作沴，常寒为罚，殆无虚日，此岂理之当然者哉！臣诚愚蠢，不识忌讳，试论其近似者，而陛下择焉。

臣闻差役之法，天下以为未便，独台谏官数人者主其议，以为不可改，磨砺四顾，以待言者，故人畏之而不敢发耳。近闻疏远小臣张行者力言其弊，而谏官韩川深诋之，至欲重行编窜。此等亦无他意。方司马光在时，则欲希合光意；及其既没，则妄意陛下以为主光之言。殊不知光至诚尽公，本不求人希合；而陛下虚心无我，亦岂有所主哉。使光无恙至今，见其法稍弊，则更之久矣。臣每见吕公著、安焘、吕大防、范纯仁，皆言差役不便，但为已行之令，不欲轻变，兼恐台谏纷争，卒难调和。愿陛下问公著等，令指陈差雇二法各有若干利害。昔日雇役，中等人户岁出钱几何，今者差役，岁费钱几何，及几年一次差役，皆可以折长补短，约见其数，以此计算，利害灼然。而况农民在官，贪吏狡胥，百端蚕食，比之雇人，苦乐十倍。又五路百姓，例皆朴拙，差手分须至转雇惯习人，尤为患苦。其费不赀，民穷无告，监司守令观望不言。若非此一事，则何以感伤阴阳之和，至于如此，虽责躬肆眚，彻膳祷祠，而此事不变，终恐无益。今侍从之中，受恩至深，无如小臣，臣而不言，谁当言者。然臣前岁因详定役法，与台谏异论，遂为其徒所疾，屡遭口语；今来所言，若不合圣意，即乞便行责降，以戒妄言。若万一稍有可采，即乞留中，只作圣意行下。庶几上答天戒，下全小臣。不胜恐悚待罪之至。取进止。

【解题】

苏轼借发生雪灾之机，再次进呈札子，陈述恢复差役法的弊病。

贡院札子四首

奏巡铺郑永崇举觉不当乞差晓事使臣交替

元祐三年二月日，翰林学士朝奉郎知制诰苏轼同孙觉、孔文仲札子奏。贡院今月三日，据巡铺官郑永崇领押到进士王太初、王博雅，称是传义。问得举人，各称被巡铺官诬执。寻令巡铺官宣德郎王厚将逐人卷子与众官点对，得逐人试卷内有一十九字同，即不成片段。本院检准条贯，惟经学不许传义，口授者同，至于进士，须是怀挟代笔，方令扶出。今来逐人试卷，点对得只有一十九字偶同，别无违碍，显是巡铺官郑永崇举觉不当。兼两日内巡铺内臣屡将暖昧单词，令本院扶出举人，本院未敢施行。见奏取旨，及有巡铺所手分杨观作过，本院依法区分。其巡铺内臣并来帘前告属，坚要放免，本院亦不敢依随，以此挟恨罗织举人，必欲求胜。今来进士尚有两甲，诸利尚有一十五场，未曾引试，若信令巡铺官内臣挟情罗织，即举人无由存济。欲望圣慈速赐指挥，或且勾回石君召、郑永崇两人，却差晓事使臣交替，所贵不致非理生事。取进止。

奏劾巡铺内臣陈慥

元祐三年二月日，翰林学士朝奉郎知制诰苏轼同孙觉、孔文仲札子奏。贡院今月三日，据巡铺官捉到怀挟进士共三人，依条扶出，逐次巡铺宫并令兵士高声唱叫。至今月十一日扶出进士蒋立时，约有兵士三五十人齐声大叫。在院官吏公人，无不惊骇；在场举人，亦皆恐悚不安。寻取到虎翼节级李及等状，称是巡铺内臣陈慥指挥，令众人唱叫。窃详朝廷取士之法，动以礼义举人，怀挟自有条法，而内臣陈慥乃敢号令众卒，齐声唱叫，务欲摧辱举人，以立威势，伤动士心，损坏国体，本院无由指约。伏望圣慈特赐行遣。取进止。

申明举人卢君修王燦等

元祐三年二月日，翰林学士朝奉郎知制诰苏轼同孙觉、孔文仲札子奏。贡院今月三日，据巡铺官押领到进士卢君脩、王灿，称是传义。却问得举人，称是卢君脩来就王燦问道，不知耿邓之洪烈，为复是“洪烈”，为复是“洪勋”？其王燦别无应对。当院看详，若将问字便作传义，未为允当。已一面且令逐人就试，乞早降指挥，合与不合，一例考校。取进止。

论 特 奏 名

元祐三年二月二十九日，翰林学士朝奉郎知制诰苏轼同孙觉、孔文仲札子奏。臣等伏见从来天下之患，无过官冗，人人能言其弊，而不能去其害。惟往年韩琦、富弼等，独能裁减任子及展年磨勘。发议之初，士大夫相顾，莫敢以身当之者，以为必致谤议，而琦等不顾。既立成法，天下肃然，无一人非之者。何则？私欲不可以胜公议故也。流弊之极，至于今日：一官之阙，率四五人守之，争夺纷纭，廉耻道尽；中材小官，阙远食贫，到官之后，求取渔利，靡所不为，而民病矣。今日之弊，譬如羸病之人，负千钧之重，纵未能分减，岂忍更添。臣等自入贡院，四方免解举人投状称，今来是龙飞榜，乞为敷奏法外推恩者，不可胜数。臣等一切不行，兼不住，有经朝省下状，蒙送下本院，亦只是坐条告示。近准圣旨，依逐举体例，下第举人，各以举数特奏名，已约计四百五十人。今日又准尚书省札子取前来圣旨，特奏名外各递减一举人数。若依此数，则又添数百人。虽未知朝廷作何行遣，不当先事建言，但恐朝命已行，即论奏不及。臣等伏见恩榜得官之人，布在州县，例皆垂老，别无进望，惟务黩货以为归计，贪冒不职，十人而九。朝廷所放恩榜几千人矣，何曾见一人能自奋励有闻于时，而残民败官者不可胜数。以此谓其无益有损，不言可知。今之议者不过谓即位之初，宜广恩泽，苟以悦此侥幸无厌数百人者。而不知吏部以有限之官，待无穷之吏，户部以有限之财，禄无用之人，而所至州县，举罹其害。乃即位之初，有此过举，谓之恩泽，非臣所识也。伏乞断自圣意，明敕大臣，特奏名举人，只依近日圣旨指挥，仍诏殿试考官精加考校，量取一二十人，委有学问，词理优长者，即许出官，其余皆补文学、长史之类，不理选限，免使积弊之极，增重不已。臣等非不知言出怨生，既忝近臣，理难缄默。取进止。

贴黄。臣觉见备员吏部，亲见其害。阙每一出，争者至一二十人，虽川、广、福建烟瘴之地，不问日月远近，惟欲争先注授。臣窃怪之，阴以访问。以为授官之后，即请雇钱，多者至五七十千，又既授远阙，许先借料钱，远者许借三月，又得四十余千。以贪惏无知之人，又以衰老到官之后，望其持廉奉法，尽公治民，不可得也。

省试放榜后札子三首

乞裁减巡铺兵士重赏

元祐三年三月日，翰林学士朝奉郎知制诰苏轼同孙觉札子奏。臣等近奉敕权知贡举，窃谓朝廷待士之意，本于礼义而辅以文法，虽有怀挟、传义之禁，然事皆付之主司，终不以此多辱士类，亏损国体。近年缘练亨父为试官，非理凌忽举人，遂致喧竞，因此多差巡铺兵士，南省至一百人，诃察严细，如防盗贼。而恩赏至重，官员使臣，减年磨勘，指射差遣诸色人，支钱多至六百贯。若非理罗织，却尤指定深重刑名。缘此小人贪功希赏，搜探怀袖，众证以成其罪，其间不免冤滥。近者内臣石君召、郑永崇、陈慥非理搜捕，臣等已具论奏，寻蒙朝廷取问行遣讫。欲乞下有司立法裁减重赏及减定巡铺兵士人数，如非理罗织举人，即重行责罚，以称朝廷待士之意。取进止。

乞不分经取士

元祐三年三月日，翰林学士朝奉郎知制诰苏轼同孙觉札子奏。臣等近奉敕权知贡举，窃见自来条贯分经取士，既于逐经中纽定分数取人，或一经中合格者少，即取词理浅谬卷子，以足其数，如合格者多，则虽优长亦须落下，显是弊法。将来兼用诗赋，不专经义。欲乞今后更不分经，专以工拙为去取，取进止。

乞不分差经义诗赋试官

元祐三年三月日，翰林学士朝奉郎知制诰苏轼同孙觉札子奏。臣等近奏，为将来科场既复诗赋，乞更不分经取人，已奉圣旨依奏。今来却见礼部新立条贯，将来科场如差试官三员者，以二员经义，一员词赋，两员者各差一员。臣等窃谓，既复诗赋与经义策论通考，举人尚不分经，而试官乃分而为二，甚无谓也。凡差试官，务在有词学者而已。若得其人，则治《易》及第不害其能问《春秋》经义，入官不害其能考诗赋。若不得人，虽用本科，不免乖错。须自声律变为经义，则诗赋之士，便充试官，何曾别求经义及第之人然后取士。若必用本科各考所试，则经义、策论、诗、赋四场，文理不同，亦须各差试官一人而后可。此本议者私忧过计，而有司不察，便为创立此条，使一试院中有两头项试官，自有科场以来，无此故事。自来试官，患在争竞不一，又分为两党。试经义者主虚浮之文，考诗赋者主声病之学。纷纭争竞，理在不疑。举人闻之，必兴词讼，为害如此，了无所益。今来朝廷既复诗赋，又立此条，深恐天下监司，妄意朝廷必欲用诗赋之人为试官，不问有无词学，一例差充。其间久离科场之人，或已废学，若用虚名差使，显不如经义及第有文之人。人之有材，何施不可，经义、诗赋等是文词，而议者便谓治经之人，不可使考诗赋，何其待天下士大夫之薄也。欲乞特赐指挥，今后差试官不拘曾应经义、诗赋举者，专务选择有词学人充，其礼部近日所立条贯，更不施行。取进止。

御试札子二首

奏乞御试放榜馆职皆侍殿上

元祐三年三月日，翰林学士朝奉郎知制诰苏轼同孙觉札子奏。臣等近奉敕权知贡举，窃见自来御试放榜日，馆职皆在殿上祗候，乃是祖宗旧法，以彰王国多士之美。熙宁中，因阁门偶失检举，不令上殿，自此遂为定制。欲乞检会治平以前故事施行。取进止。

放榜后论贡举合行事件

元祐三年三月日，翰林学士朝奉郎知制诰苏轼札子奏。臣近领贡举，侍立殿上，祗候放榜，伏见举人程试，有犯皇帝旧名者，有旨特许依本等赐第。又有犯真宗旧名者，执政亦乞依例收录，而陛下亲发德音，以谓此人犯祖宗庙讳，不可不降等。已而又有犯僖宗庙讳者，有旨押出。在廷之人，无不稽首欣服，臣与同列退相告语，非独以见圣人卑躬尊祖之意，亦足以知陛下严于取士之法，不好小惠以求虚名。臣备位禁近，固当推广圣意，将顺其美而补其所未备，谨具贡举合行事件，画一如左。

一、伏见祖宗旧制，过省举人，一经殿试，黜落不少，既以慎重取人，又以见名器威福，专在人主。至嘉祐中，始尽赐出身，然犹不取杂犯。而近岁流弊之极，杂犯亦或收录，遂使过省举人便同及第，纵使纰缪，亦玷科举。恩泽既滥，名器自轻，非祖宗本意也。自来过省举人，限年累举，积日持久，方该特奏名恩。今来一次过省殿试不合格，当年便得进士出身，此何义也？伏乞下省司立法，将来殿试，除放合格人外，其余并皆黜落，或乞以分数立额取人。所贵上无姑息之政，下绝侥幸之心。如闻已有去取二分指挥，然有法不行，与无法同。如已有法，即乞申明，仍告喻天下，将来殿试依法去取。

一、自来释褐举人，惟南省榜首或本场第一人唱名近下者，或有旨升一甲。然皆出自圣意，初无著令。今者南省十人已上，及别试第一人，国学开封解元，武举第一人，经明行修举人，与凡该特奏名人正及第者，皆著令升一甲。纷然并进，士不复以升甲为荣，而法在有司，恩不归于人主，甚无谓也。窃谓累奏举名，已是滥恩，而经明行修，尤是弊法。其间权势请托，无所不有，侵夺解额，崇奖虚名，有何功能，复令升甲！人主所以砺世磨钝，正在科举等级升降荣辱之间。今乃轻以与人，不复爱惜，臣所未喻。伏望圣慈更与大臣详议前件著令，乞赐刊削，今后殿试唱名，除南省逐场第一人临时取旨外，其余更不升甲。所贵进退之权，专在人主。其经明行修一科，亦乞详议，早行废罢。

一、臣近在贡院，与孙觉、孔文仲同入札子，论特奏名人恩泽太滥，未蒙施行。伏乞检会前奏，降付有司，详议裁减。仍乞立法应特奏名人授文学、长史之类，今后南郊赦书，更不许召保出官。

一、伏见近日礼部立法，今后科场差试官三人者，一人诗赋，二人经义，差两人者，诗赋、经义各一人。臣谓此法不可施行。凡差试官，务在选择能文之士，若得其人，则治《易》及第不害其能问《春秋》经义，入官不害其能考诗赋。若不得人，纵用本科，不免错缪。须自声律变为经义，则诗赋之士便充试官，何曾别求经义及第之人然后取士，若必用本科各考所试，则经义、诗、赋、策论四场，文理不同，亦须各差试官一人而后可。此本言者私忧过计，而有司不察，便为生出此条。自有科场以来，无此故事。今后每一试院，分两头项试官，问经义者则主虚浮之文，考诗赋者则贵声病之学，纷纭争竞，理在不疑。自此科场日有词讼，为害不小，了无所益。今来朝廷既复诗赋，又立此条，深恐天下监司，妄意朝廷必欲用作诗赋之人为试官，不问有无词学，一例差充。其间久离场屋之人，或已废学，若用虚名差使，显不如经义及第有文之人。欲乞特赐指挥，今后差使官，不拘经义、诗赋，专务选择有才学之人，其礼部近日所立条贯，更不施行。右取进止。

【解题】

以上九札子皆作于权知礼部贡举，主持礼部考试时。都是针对省试中出现的各种问题而发。苏轼特别指出，宽恩取士，不考其能，也是导致冗官泛滥的原因，因此呈请朝廷严格选士制度。

乞罢学士除闲慢差遣札子

元祐三年三月日，翰林学士朝奉郎知制诰兼侍读苏轼札子奏。臣近因宣召，面奉圣旨："何故屡入文字乞郡?"臣具以疾病之状对。又蒙宣谕："岂以台谏有言故耶?兄弟孤立，自来进用，皆是皇帝与太皇太后主张，不因他人。今来但安心，勿恤人言，不用更入文字求去。"臣退伏思念，顷自登州召还，至备员中书舍人以前，初无人言，只从参议役法。及蒙擢为学士后，便为朱光庭、王岩叟、贾易、韩川、赵挺之等攻击不已，以至罗织语言，巧加酝酿，谓之诽谤。未入试院，先言任意取人。虽蒙圣主知臣无罪，然臣窃自惟，盖缘臣赋性刚拙，议论不随，而宠禄过分，地势侵迫，故致纷纭，亦理之当然也。臣只欲坚乞一郡，则是孤负圣知，上违恩旨；欲默而不乞，则是与台谏为敌，不避其锋，势必不安。伏念臣多难早衰，无心进取，得归丘壑以养余年，其甘如荠。今既未许请郡，臣亦不敢远去左右，只乞解罢学士，除臣一京师闲慢差遣，如秘书监、国子祭酒之类，或乞只经筵供职，庶免众人侧目，可以少安。取进止。

【解题】

苏轼自任职翰林学士后，屡遭洛党的朱光庭、贾易等人的攻讦，所以他连上章疏，要求出任地方官。在此札子中，苏轼见自己的请求不获恩准，又呈请辞去翰林学士，在京师任一闲职。

转对条上三事状

元祐三年五月一日，翰林学士朝奉郎知制诰兼侍读苏轼状奏。准御史台牒，五月一日文德殿视朝，臣次当转对，虽愚无知，备位禁林，怀有所见，不敢不尽，谨条上三事如左。

一、谨按唐太宗著《司门令式》云："其有无门籍人有急奏者，皆令监门司与仗家引奏，不许关碍。"臣以此知明主务广视听，深防蔽塞，虽无门籍人，犹得非时引见。祖宗之制，自两省两制近臣、六曹寺监长贰，有所欲言；及典大藩镇，奉使一路，出入辞见，皆得奏事殿上。其余小臣布衣，亦时特赐召问。非独以通下情，知外事，亦以考察群臣能否情伪，非苟而已。臣伏见陛下嗣位以来，惟执政日得上殿外，其余独许台谏官及开封知府上殿，不过十余人。天下之广，事物之变，决非十余人者所能尽。若此十余人者，不幸而非其人，民之利病，不以实告，则陛下便谓天下太平，无事可言，岂不殆哉？其余臣僚，虽许上书言事，而书入禁中，如在天上，不加反复诘问，何以尽利害之实？而况天下事有不可以书载者，心之精微，口不能尽，而况书乎？恭惟太皇太后以盛德在位，每事抑损，以谦逊不居为美。虽然，明目达聪，以防壅塞，此乃社稷大计，岂可以谦逊之故，而遂不与群臣接哉？方今天下多事，饥馑盗贼，四夷之变，民劳官冗，将骄卒惰，财用匮乏之弊，不可胜数。而政出帷箔，决之庙堂大臣，尤宜开兼听广览之路，而避专断壅塞之嫌，非细故也。伏望圣慈，更与大臣商议，除台谏、开封知府已许上殿外，其余臣僚，旧制许请间奏事，及出入辞见许上殿者，皆复祖宗故事，则天下幸甚。

一、凡为天下国家，当爱惜名器，慎重刑罚。若爱惜名器，则斗升之禄，足以鼓舞豪杰。慎重刑罚，则笞杖之法，足以震耆顽狡。若不爱惜慎重，则虽日拜卿相，而人不劝，动行诛戮，而人不惧。此安危之机，人主之操术也。自祖宗以来，用刑至慎，习以成风，故虽展年磨勘、差替、冲替之类，皆足以惩警在位；独于名器爵禄，则出之太易。每一次科场放进士诸科及特奏名约八、九百人，一次郊礼，奏补子弟约二、三百人，而军职转补，杂色入流，皇族外戚之荐不与。自近世以来，取人之多，得官之易，未有如本朝者也。今吏部一官阙，率常五、七人守之，争夺纷纭，廉耻道尽，中材小官，阙远食贫。到官之后，侵渔求取，靡所不为。自本朝以来，官冗之弊，未有如今日者也。伏见祖宗旧制，过省举人，御试黜落不少，既以慎重取人，又以见名器威福专在人主。至嘉祐末年，始尽赐出身，虽文理纰缪，亦玷科举。而近岁流弊之极，至于杂犯，亦免黜落，皆非祖宗本意。又进士升甲，本为南省第一人，唱名近下，方有特旨，皆是临时出于圣断。今来南省第十人以上，别试第一人，国子开封解元，武举第一人，经明行修举人，与凡该特奏名人正及第者，皆著令升一甲。纷然并进，人不复以升甲为荣，而法在有司，恩不归于人主，甚无谓也。特奏名人，除近上十余人文词稍可观外，其余皆词学无取，年迫桑榆，进无所望，退无所归，使之临政，其害民必矣。欲望圣慈，特诏大臣详议，今后进士诸科御试过落之法，及特奏名出官格式。务在精核，以艺取人，不行小惠以收虚誉，其著令升甲指挥，乞今后更不施行。昔诸葛亮与法正论治道，其略曰："刑政不肃，君臣之道，渐以陵替。宠之以位，位极则贱。顺之以恩，恩竭则慢。于今威之以法，法行则知恩。限之以爵，爵加则知荣。恩荣并济，上下有节，为治之要也。"唐德宗蒙尘山南，当时事势，可谓危急，少行姑息，亦理之常，而沿路进瓜果人，欲与一试官，陆贽力言以为不可。今天下晏然，朝廷清明，何所畏避，而行姑息之政？故臣愿陛下常以诸葛亮、陆贽之言为法，则天下幸甚。

一、臣于前年十月内曾上言，其略曰："议者欲减任子以救官冗之弊。此事行之，则人情不悦；不行，则积弊不去。要当求其分义，务适厥中，使国有去弊之实，人无失职之叹。欲乞应奏荫文官人，每遇科场，随进士考试，武官即随武举或试法人考试，并三人中解一人，仍年及二十五以上，方得出官；内已曾举进士得解者免试，如三试不中，年及三十五以上，亦许出官。虽有三试留滞之艰，而无终身绝望之叹。亦使人人务学，不坠其家，为益不小。"后来不蒙降出施行。切虑当时圣意，必谓改元之初，不欲首行约损之政。今者即位已四年矣，官冗之病，有增而无损，财用之乏，有损而无增，数年之后，当有不胜其弊者。若朝廷恬不为怪，当使谁任其忧，及今讲求，臣恐其已晚矣。伏乞检会前奏，早赐施行。右谨录奏闻，伏候敕旨。

【解题】

本文奏请三事，一欲朝廷广开言路，二欲朝廷严格科举，三欲朝廷以考试选录荫官。后二事皆对宋朝冗官泛滥而发，极有见地。

谢三伏早出院表

臣轼言。君逸臣劳，固上下之分；金伏火见，亦消长之常。乃缘异恩，而许夙退。中谢。伏念臣等误缘末技，待罪禁林。戴星而朝，虽粗输其勤拙；穷日之力，卒无补于丝毫。遽蒙假借之私，得遂委蛇之乐。此盖伏遇太皇太后陛下，严于恭己，恕以驭臣。事既省于清心，日自长于化国。朝而不夕，前追静治之风；伏当早归，下遂疏愚之性。臣无任。

【解题】

本表当作于元祐三年（1088）六月，因暑热，皇帝准予早归，故上此谢表。

论魏王在殡乞罢秋宴札子

元祐三年八月二十一日，翰林学士朝奉郎知制诰兼侍读苏轼札子奏。臣近准钤辖教坊所关到撰《秋燕致语》等文字。臣谨按《春秋左氏传》昭公九年，晋荀盈如齐，卒于戏阳，殡于绛。未葬，晋平公饮酒乐，膳宰屠蒯趋入，酌以饮工曰："汝为君耳，将司聪也。辰在子卯，谓之疾日，君彻燕乐，学人舍业，为疾故也。君之卿佐，是谓股肱，股肱或亏，何痛如之。汝弗闻而乐，是不聪也。"公说，彻乐。又按昭公十五年，晋荀跞如周葬穆后，既葬除丧，周景王以宾燕，叔向讥之，谓之乐忧。夫晋平公之于荀盈，盖无服也。周景王之于穆后，盖期丧也。无服者未葬而乐，屠蒯讥之；期丧者已葬而燕，叔向讥之。书之史册，至今以为非。仁宗皇帝以宰相富弼母在殡，为罢春燕。传之天下，至今以为宜。今魏王之丧，未及卒哭，而礼部太常寺皆以谓天子绝期，不妨燕乐，臣窃非之。若绝期可以燕乐，则《春秋》何为讥晋平公、周景王乎？魏王之亲，孰与"卿佐"？远比荀盈，近比富弼之母，轻重亦有间矣。魏王之葬，既以阴阳拘忌，别择年月，则当准礼以诸侯五月为葬期，自今年十一月以前，皆为未葬之月，不当燕乐，不可以权宜郊殡便同已葬也。臣窃意皇帝陛下笃于仁孝，必罢秋燕，不待臣言。但至今未奉指挥，缘上件教坊致语等文字，准令合于燕前一月进呈，臣既未敢撰，亦不敢稽延，伏乞详酌。如以为当罢，只乞自皇帝陛下圣意施行，更不降出臣文字。臣忝备待从，叨陪讲读，不欲使人以丝毫议及圣明，故不敢不奏。取进止。

【解题】

苏轼作此札子奏请皇帝在魏王丧期暂停宴乐。

述灾沴论赏罚及修河事缴进欧阳修议状札子

元祐三年九月五日，翰林学士朝奉郎知制诰兼侍读苏轼札子奏。臣今日迩英进读《宝训》，及雍熙、淳化间事。太宗皇帝每见时和岁丰，雨雪应时，辄喜不自胜，举酒以属群臣。又是日荧惑与日同度，太史奏言当旱，既而雨足岁丰。臣读至此，因进言水旱虽天数，然人君修德，可以转灾为福。故宋景文公一言，荧惑退三舍。元丰八年，荧惑守心，逆行犯房，又逆而西垂，欲犯氐。氐四星，后妃之象也。方是时，二圣在位，发政施仁，惟恐不及。臣视荧惑退舍甚速，如有所畏，不敢复西。以此知天人之应，捷于影响。太宗皇帝亲致太平，而每遇丰年，若获非常之福，喜乐如此者，岂非水旱不作自是朝廷难得之事乎？《书》曰："天聪明自我民聪明。"匹夫匹妇有不获其所，犹能致水旱，而况政令之失，小及一言，大及四海，其为灾沴，理在不疑。自二圣嗣位，于今四年，恭俭慈孝，至仁至公，可谓尽矣。而四年之中，非水则旱，日月薄蚀，五星相凌，淫雨大雪，常寒久阴之类，殆无虚月，岂盛德之报也哉？臣愚无知，窃谓陛下身修而政未修，故监司守令多不得人。百姓失职，无所告诉，谣怨上达，以伤阴阳之和。所以致此者，盖由朝廷赏罚不明，举措不当之咎也。

臣请略而言之。去年熙河诸将，力战以获鬼章，此奇功也，故增秩赐金；泾原诸将，闭门自守，使贼大掠而去，若涉无人之境，此罪人也，亦增秩赐金。赏罚如此，何以使人？广东妖贼岑探反，围新州，差将官童政救之，政贼杀平民数千，其害甚于岑探。朝廷使江西提刑傅燮体量其事，燮畏避权势，归罪于新州官吏，又言新州官吏却有守城之功，乞以功过相除。愚弄上下，有同儿戏，然卒不问。岑探聚众构谋，经年乃发，而所部官吏，茫不觉知，使一方赤子，肝脑涂地，然亦止于薄罚。童政凶狡贪残，非一日之积，而监司乃令将兵讨贼，以致数千人无辜就死，亦止降一差遣。近日温杲诱杀平民十九人，冤酷之状，所不忍闻，而杲止于降官监当。蔡州捕盗吏卒，亦杀平民一家五六人，皆妇女无辜，屠割形体，以为丈夫首级，欲以请赏，而守倅不按，监司不问。以至臣僚上言，及行下本路，乃云杀时可与不可辨认。白日杀人，不辨男女，岂有此理？乃是预为凶人开苟免之路。事如此者非一，臣不敢尽言，特举其甚者耳。如此，不过恩庇得无状小人十数人，正使此等歌咏爱戴，不知有何补益。而纪纲颓弛，偷惰成风，则千万人受其害，此得为仁乎？大抵为国，要在分别是非，以行赏罚，然后善人有所恃赖，平人有所告诉。若不穷究曲直，惟务两平，则君子无告，小人得志，天下之乱，可坐而待，此臣所谓赏罚不明之咎也。

黄河自天禧已来，故道渐以淤塞，每决而西，以就下耳。熙宁中，决于曹村，先帝尽力塞之，不及数年，遂决小吴。先帝圣神，知河之欲西北行也久矣，今强塞之，纵获目前之安，而旋踵复决，必然之势也，故不复塞。今都水使者王孝先乃欲于北京南开孙村河，欲夺河身以复故道。此岂独一方之安危，天下之休戚也！古者举大事，谋及庶人，上下佥同，然犹有意外之患。今内自工部侍郎、都水属官，外至安抚转运使及外监丞，皆以为故道高仰，势若登屋，功必无成，而患有不可测者。以至河北吏民，无贤愚贵贱，皆以为然。独一孝先以为可作。臣闻自孙村至海口旧管堤埽四十五所，役兵万五千人，勾当使臣五十员，岁支物料五百余万。自小吴之决，故道诸埽，皆废不治，堤上榆柳，并根掘取，残零物料，变卖无余，官吏役兵，仅有存者。使孙村之役，不能夺过河身，则官私财力，举为虚弃。若幸而复行故道，则四十五埽，皆以废坏，横流之灾，必倍于今。孝先建议之初，略不及此，近因人言沸腾，方牒北外监丞司云：四十五埽，并属北外监丞司地分，令一面相度枝梧。又云：因检计春料，便令计置。今来欲兴修四十五处已坏隄埽，准备河水复行故道。此莫大之役，不赀之费也。孝先当于建议之初，首论其事，待朝廷上下熟议而行。今孝先便将此役作常程熟事行与北外监丞司，令一面管认。意望败事之后，归罪他人。其为欺罔，实骇群听。其余患害，未易悉数。但臣采察众论，以为此役不可不罢。若今岁罢役，不过枉费九百万物料，虚役二万兵工，若更接续兴修，则来岁当役数十万人，仍费三千余万。此外民劳之极，变故横生，嗟怨之声，足以复致水旱。若将三千万物料钱，分作数年，因水所欲行之地，稍立堤防，增卑培薄，数年之后，必渐安流。何苦徇一夫之私计，逆万人之公论，以兴必不可成之役乎？此臣所谓措置不当之咎也。

臣窃见仁宗朝名臣欧阳修为学士日，有《修河议状》二篇，虽当时事宜，而其所画利害，措置方略，颇切今日之事。臣以为可用，故辄缮写进呈。自祖宗以来，除委任执政外，仍以侍从近臣为耳目，请间论事，殆无虚日。今自垂帘以来，除执政、台谏、开封尹外，更无人得对，惟有迩英讲读，犹获亲近清光，若复瘖默不言，则是耳目殆废。臣受恩深重，不敢观望上下，苟为身谋，谨备录今日进读之言，上陈圣鉴。臣无任恐慄待罪之至。取进止。

贴黄。臣为衰病眼昏，所言机密，又不敢令别人写录，书字不谨，伏望圣慈，特赐宽赦。

【解题】

元祐三年（1088），高太后听政处理国事。苏轼在札子中讽谏朝廷不能严惩恶吏，致使生民涂炭。文中指责都水使者王孝先为个人名利，滥用财物民力开挖孙村河，因此奏请朝廷罢除此役。本文言辞激烈，其嫉恶如仇、爱国爱民之心，溢于言表。

乞郡札子

元祐三年十月十七日，翰林学士朝奉郎知制诰兼侍读苏轼札子奏。臣近以左臂不仁，两目昏暗，有失仪旷职之忧，坚乞一郡。伏蒙圣慈降诏不允，遣使存问，赐告养疾。恩礼之重，万死莫酬。以臣子大义言之，病未及死，皆当勉强，虽有失仪旷职之罚，亦不当辞。然臣终未敢起就职事者，实亦有故。言之则触忤权要，得罪不轻；不言则欺罔君父，诛罚尤大。故卒言之。

臣闻之《易》曰："君子安其身而后动。"又曰："君不密，则失臣；臣不密，则失身。"以此知事君之义，虽以报国为先，而报国之道，当以安身为本。若上下相忌，身自不安，则危亡是忧，国何由报。恭惟陛下践祚之始，收臣于九死之余。半年之间，擢臣为两制之首。方将致命，岂敢告劳。特以臣拙于谋身，锐于报国，致使台谏，列为怨仇。臣与故相司马光，虽贤愚不同，而交契最厚。光既大用，臣亦骤迁，在于人情，岂肯异论。但以光所建差役一事，臣实以为未便，不免力争。而台谏诸人，皆希合光意，以求进用。及光既殁，则又妄意陛下以为主光之言，结党横身，以排异议，有言不便，约共攻之。曾不知光至诚为民，本不求人希合，而陛下虚心无我，亦岂有所主哉！其后又因刑部侍郎范百禄与门下侍郎韩维争议刑名，欲守祖宗故事，不敢以疑法杀人，而谏官吕陶又论维专权用事。臣本蜀人，与此两人实是知旧。因此，韩氏之党一例疾臣，指为川党。御史赵挺之，在元丰末通判德州，而著作黄庭坚方监本州德安镇，挺之希合提举官杨景棻，意欲于本镇行市易法。而庭坚以谓镇小民贫，不堪诛求，若行市易，必致星散，公文往来，士人传笑。其后挺之以大臣荐，召试馆职，臣实对众言，挺之聚敛小人，学行无取，岂堪此选？又挺之妻父郭概为西蜀提刑时，本路提举官韩玠违法虐民，朝旨委概体量，而概附会隐庇，臣弟辙为谏官，劾奏其事，玠、概并行黜责。以此挺之疾臣，尤出死力。臣二年之中，四遭口语，发策草麻，皆谓之诽谤。未出省榜，先言其失士。以至臣所荐士，例加诬篾，所言利害，不许相度。近日王觌言胡宗愈指臣为党，孙觉言丁骘云是臣亲家。臣与此两人有何干涉，而于意外巧构曲成，以积臣罪。欲使臣桡椎于十夫之手，而使陛下投杼于三至之言。中外之人，具晓此意，谓臣若不早去，必致倾危。臣非不知圣主天纵聪明，察臣无罪。但以台谏气焰，震动朝廷，上自执政大臣，次及侍从百官，外至监司守令，皆畏避其锋，奉行其意，意所欲去，势无复全。天下知之，独陛下深居法宫之中，无由知耳。

臣窃观三代以下，号称明主，莫如汉宣帝、唐太宗。然宣帝杀盖宽饶，太宗杀刘洎，皆信用谗言，死非其罪，至今哀之。宣帝初知盖宽饶忠直不畏强御，自候、司马擢为太中大夫、司隶校尉，不可谓不知之深矣。而盖宽饶上书有云："五帝官天下，三王家天下。"而当时谗人乃谓宽饶欲求禅位。宣帝不察，致使宽饶自到北阙下。太宗信用刘洎，言无不从，尝比之魏文贞公，亦不可谓不知之深矣。而太宗征辽患痈，洎泣曰："圣体不康，甚可忧惧。"而当时谗人，乃谓洎欲行伊、霍之事。太宗不察，赐洎自尽。二主非不明也，二臣之受知，非不深也，恃明主之深知，不避谗人积毁，以至身首异处，为天下笑。今臣自度受知于陛下，不过如盖宽饶之于汉宣帝，刘洎之于唐太宗也。而谗臣者，乃十倍于当时，虽陛下明哲宽仁，度越二主，然臣亦岂敢恃此不去，以卒蹈二臣之覆辙哉？且二臣之死，天下后世，皆言二主信谗邪而害忠良，以为圣德之累。使此二臣者，识几畏渐，先事求去，岂不身名俱泰，臣主两全哉？臣纵不自爱，独不念一旦得罪之后，使天下后世有以议吾君乎？昔先帝召臣上殿，访问古今，敕臣今后遇事即言。其后臣屡论事，未蒙施行，乃复作为诗文，寓物托讽，庶几流传上达，感悟圣意。而李定、舒亶、何正臣三人，因此言臣诽谤，臣遂得罪。然犹有近似者，以讽谏为诽谤也。今臣草麻词，有云“民亦劳止”，而赵挺之以为诽谤先帝，则是以白为黑，以西为东，殊无近似者。臣以此知挺之崄毒甚于李定、舒亶、何正臣，而臣之被谗甚于盖宽饶、刘洎也。古人有言曰：“为君难，为臣不易。”臣欲依违苟且，雷同众人，则内愧本心，上负明主。若不改其操，知无不言，则怨仇交攻，不死即废。伏望圣慈念为臣之不易，哀臣处此之至难，始终保全，措之不争之地，特赐指麾，检会前奏，早赐施行。臣无任感恩知罪，祈天请命，激切战恐之至。取进止。

贴黄。郭概人材凡猥，众所共知，既以附会小人得罪，近复擢为监司者，盖畏挺之之口，欲以苟悦其意。正如向时王岩叟在言路时，擢用其父荀龙知澶州，妻父梁焘为谏议，天下知其为岩叟也。

又，贴黄。臣所举自代人黄庭坚、欧阳棐、十科人王巩、制科人秦观，皆诬以过恶，了无事实。臣又曾建言乞行给田募役法，吕大防、范纯仁皆深以为便。方行下相度，而台谏争言其不可，更不得相度。至今臣每见大防、纯仁、皆咨嗟太息，惜此法之不行，但畏台谏不敢行下耳。

又，贴黄。中外臣寮，畏避台谏，附会其言，以欺朝廷者，皆有实状。但以事不关臣，故不敢一一奏陈耳。

又，贴黄。陛下若谓臣此言狂妄，即乞付外核实其事，显加黜责。若以为然，即乞留中省览，臣当别具札子乞郡外付施行。

【解题】

因刚直不阿，不肯附依权贵，一再遭到党人的诬陷、排斥，苏轼自觉危机四伏，请求离京外任。本文历举事实，援引经典、史事，反复陈述因果利害，说事清楚，言辞亦至为恳切。

谢御膳表

臣伏蒙圣恩，特赐宽假将理。今月七日，又再蒙中使临赐御膳，问其治疗之增损，督以朝参之日辰。臣下履渊冰，上负芒刺。蹄涔虽小，能延两耀之光；寸草何知，莫报三春之泽。正使豚鱼幽陋，木石坚顽。亦将激励忘躯，奔走赴职。而臣尚有无厌之请，敢守不移之愚。在法当诛，原情可悯。实以负薪之疾，积有岁时；勿药之祥，恐非旦夕。终愿江淮之一郡，以安犬马之余生。尚冀此身，未填沟壑。期于异日，别效涓涘。

【解题】

本文作于元祐三年（1088）十月，谢皇帝赐御膳。

辨举王巩札子

元祐三年十一月十五日，翰林学士朝奉郎知制诰兼侍读苏轼札子奏。臣近举宗正寺丞王巩充节操方正可备献纳科。窃闻台谏官言巩奸邪，及离间宗室，因谄事臣，以获荐举。奉圣旨，除巩西京通判。谨按巩好学有文，强力敢言，不畏强御，此其所长也，年壮气盛，锐于进取，好论人物，多致怨憎，此其所短也。顷者窜逐万里，偶获生还，而容貌如故，志气逾厉，此亦有过人者。故相司马光深知之，待以国士，与之往返，论议不一。臣以为所短不足以废所长，故为国收才，以备选用。去岁以来，吏民上书盖数千人，朝廷委司马光看详，择其可用者得十五人，又于十五人中独称奖二人，孔宗翰与巩是也。巩缘此得减二年磨勘，仍擢为宗正寺丞。则臣之称荐，与光之擢用，其事正同。若果是奸邪，台谏当此时何不论奏。巩上疏论宗室之疏远者，不当称皇叔、皇伯，虽未必中理，然不过欲尊君抑臣，务合古礼而已，何名为离间哉？况巩此议，执政多以为非，独司马光深然之，故下礼部详议。又兵部侍郎赵彦若，亦曾建言。若果是离间，光亦离间也，彦若亦离间也。方行下有司时，台谏初无一言，及光没之后，乃有奸邪离间之说，则是巩之邪正，系光之存亡，非公论也。巩与臣世旧，幼小相知，从臣为学，何名"谄事"？三者之论，了无一实。上赖圣明不以此罪巩，亦不以此责臣，止除外官，以厌塞言者之意，臣复何所辨论。但痛司马光死未数月，而所贤之士变为奸邪，又伤言者本欲中臣而累及巩，诬罔之渐，惧者甚众。是以冒昧一言，伏深战越。取进止。

贴黄。臣曾亲闻司马光称巩忠义，及见光亲书简帖与巩，往复议论政事，及有手简与李清臣，称巩之贤，真迹犹在。

【解题】

苏轼每荐举人才，都受到政敌的诬陷，本文即为自己荐举王巩而辩护。

论周穜擅议配享自劾札子二首

一

元祐三年十二月二十一日，翰林学士朝奉郎知制诰兼侍读苏轼札子奏。臣先任中书舍人日，敕举学官，曾举江宁府右司理参军周穜，蒙朝廷差充郓州州学教授。近者窃闻穜上疏，言朝廷当以故相王安石配享神宗皇帝。谨按汉律，擅议宗庙者弃市。自高后至文、景、武、宣，皆行此法，以尊宗庙，重朝廷，防微杜渐，盖有深意。本朝自祖宗以来，推择元勋重望始终全德之人，以配食列圣。盖自天子所不敢专，必命都省集议，其人非天下公议所属，不在此选。既上，诏云恭依册告宗庙，然后敢行。其严如此，岂有既行之后，复请疏远小臣，各出私意，以议所配？若置而不问，则宗庙不严而朝廷轻矣。窃以安石平生所为，是非邪正，中外具知，难逃圣鉴。先帝盖亦知之，故置之闲散，终不复用。今已改青苗等法，而废退安石党人吕惠卿、李定之徒，至于学校贡举，亦已罢斥佛老，禁止字学。大议已定，行之数年，而先帝配享已定用富弼，天下翕然以为至当。穜复何人，敢建此议，意欲以此尝试朝廷，渐进邪说，阴唱群小，此孔子所谓"行险侥幸，居之不疑"者也。而臣忝备侍从，谬于知人，至引此人以汙学校，若又隐而不言，则罔上党奸，其罪愈大。谨自劾以待罪，伏望圣慈特敕有司，议臣妄举之罪，重赐责降，以儆在位。取进止。

二

元祐三年十二月日，翰林学士朝奉郎知制诰兼侍读苏轼札子奏。臣近上言，以所举学官周穜擅议先帝配享，欲以尝试朝廷，渐进邪说，阴唱群小，乞下有司议臣妄举之罪，重行责降，以警在位。至今累日，未奉指挥。

切以为国之本，在于明赏罚，辨邪正。二者不立，乱亡随之。《易》曰："大君有命，开国承家，小人勿用。"象曰："大君有命，以正功也。小人勿用，必乱邦也。"昔郭公善善恶恶而不免于亡者，以善善而不能用，恶恶而不能去也。

臣观二圣嗣位以来，斥逐小人，如吕惠卿、李定、蔡确、张诚一、吴居厚、崔台符、杨汲、王孝先、何正臣、卢秉、蹇周辅、王子京、陆师闵、赵济，中官李宪、宋用臣之流，或首开边隙，使兵连祸结；或渔利榷财，为国敛怨；或倡起大狱，以倾陷善良，其为奸恶，未易悉数。而王安石实为之首。今其人死亡之外，虽已退处闲散，而其腹心羽翼，布在中外，怀其私恩，冀其复用，为之经营游说者甚众。皆矫情匿迹，有同鬼蜮，其党甚坚，其心甚一，而明主不知，臣实忧之。夫君子之难致如麟凤，色斯举矣，翔而后集，况可麾而却之乎？小人之易进如蛆蝇，腥膻所聚，瞬息千万，况可招而来之乎？朝廷日近稍宽此等，如李宪乞于近地居住，王安礼抗拒恩诏，蔡确乞放还其弟，皆即听许；崔台符、王孝先之流，不旋踵进用；杨汲亦渐牵复；吕惠卿窥见此意，故敢乞居苏州。此等皆民之大贼，国之巨蠹，得全首领，以为至幸，岂可与寻常一眚之臣，计日累月，洗雪复用哉！今既稍宽之后，必渐用之。如此不已，则惠卿、蔡确之流，必有时而用，青苗、市易等法，必有时而复。何以言之？将作监丞李士京者，邪佞小人，众所嗤鄙，而大臣不察，稍稍引用，以汙寺监，犹能建开壕之议，为修城之渐。其策既行，遂唱言于众，欲次复用臣茶磨之法。由此观之，惠卿、蔡确之流，何忧不用？青苗、市易等法，何忧不复哉？

昔卢杞责降既久，经涉累赦，德宗欲与一小郡，举朝忧恐，而宰相李勉、给事中袁高、谏官赵需、裴佶、宇文炫、卢景亮、张荐、常侍李泌等皆以死争之。勉等非惜一郡也，知杞得郡不已，必将复用，一炬有燎原之忧，而滥觞有滔天之祸故也。今周穜草芥之微，而敢建此议，盖有以启之矣。昔淮南王谋反，所惮独汲黯，以谓说公孙丞相，若发蒙耳。今穜虮虱小臣，而敢为大奸，愚弄朝廷，若无人然，不幸而有淮南王，当复谁惮乎？臣不敢远引古人，但使执政之中，有如富弼、韩琦，台谏之中，有如包拯、吕诲，或司马光尚在，此鼠辈敢尔哉？昔王安石在仁宗、英宗朝，矫诈百端，妄窃大名，或以为可用，惟韩琦独识其奸，终不肯进。使琦不去位，安石何由得志？以此知辨人物之邪正，消祸患于未萌，真宰相事也。臣数日以来，窃闻执政之议，多欲薄臣之责而宽穜之罪，若果如此，则是使今后近臣轻引小人，而惠卿之流，有以卜朝廷之轻重。事关消长，忧及治乱。伏望特出宸断，深诏有司议臣与穜之罪，不可轻恕。纵使朝廷察臣本无邪心，止是暗缪，亦乞借臣以立法，则臣上荷知遇，虽云得罪，实同被赏。若蒙宽贷，则是私臣之身，而废天下之法。臣之愧耻，若挞于市，不胜愤懑。忧国之心，意切言戆，伏候诛谴。取进止。

贴黄。周穜州县小吏，意在寸进而已，今忽猖狂，首建大议，此必有人居中阴主其事。不然者，穜岂敢出位犯分，以摇天听乎？此臣所以不得不再三论列也。

【解题】

周穜上疏主张以王安石配享神宗。苏轼一贯反对王安石及其党人，因竭力主张惩治周穜擅议宗庙之罪，亦请求朝廷对自己失于察人给以惩罚。苏轼把此事看作是王安石新党东山再起的信号，所以十分重视，一再上章弹劾，决心很大。

论边将隐匿败亡宪司体量不实札子

元祐三年闰十二月四日，翰林学士知制诰兼侍读苏轼札子奏。臣近以目昏臂痛，坚乞一郡，盖亦自知受性刚褊，黑白太明，难以处众。伏蒙圣慈降诏不许，两遣使者存问慰安。天恩深厚，沦入骨髓。臣谓此恩当以死报，不当更计身之安危，故复起就职，而职事清闲，未知死所，每因进读之间，事有切于今日者，辄复尽言，庶补万一。

昨日所读《宝训》，有云："淳化二年，上谓侍臣，诸州牧监马多瘷死，盖养饲失时，枉致病毙。近令取十数槽寘殿庭下，视其刍秣，教之养疗，庶革此弊。"臣因进言马所以病，盖将吏不职，致圉人盗减刍粟，且不卹其饥饱劳逸故也。马不能言，无由申诉，故太宗至仁，深哀怜之，寘之殿庭，亲加督视。民之于马，轻重不同，若官吏不得其人，人虽能言，上下隔绝，不能自诉，无异于马。马之饥瘦劳苦，则有毙踣奔逸之忧；民之困穷无聊，则有沟壑盗贼之患。然而四海之众，非如养马，可以寘之殿庭，惟当广任忠贤，以为耳目，若忠贤疏远，谄佞在傍，则民之疾苦，无由上达。

秦二世时，陈胜、吴广，已屠三川，杀李由，而二世不知。陈后主时，隋兵已渡江，而后主不知。此皆昏主，不足道。如唐明皇亲致太平，可谓明主，而张九龄死，李林甫、杨国忠用事，鲜于仲通以二十万人没于云南，不奏一人，反更告捷；明皇不问，以至上下相蒙，禄山之乱，兵已过河，而明皇不知也。今朝廷虽无此事，然臣闻去岁夏贼犯镇戎，所杀掠不可胜数，或云"至万余人"。而边将乃奏云"野无所掠"。其后朝廷访闻，委提刑司体量，而提刑孙路止奏十余人，乞朝廷先赐放罪，然后体量实数。至今迁延二年，终未结绝闻奏。凡死事之家，官所当邮，若隐而不奏，则生死衔冤，何以使人？此岂小事，而路为耳目之司，既不随事奏闻朝廷，既行蒙蔽，又乞放罪，迁延侮玩，一至于此！臣谓此风渐不可长，驯致其患，何所不有，此臣之所深忧也。臣非不知陛下必已厌臣之多言，左右必已厌臣之多事，然受恩深重，不敢自同众人，若以此获罪，亦无所憾。取进止。

【解题】

本札子奏请朝廷对隐瞒败情的边将和庇护边将的提刑孙路给予处罚。

荐何宗元《十议》状

元祐三年闰十二月十九日，翰林学士朝奉郎知制诰兼侍读苏轼状奏。右臣伏见朝廷近制，川峡四路员缺，并归吏部注拟。臣窃原圣意，盖为蜀道险远，人材众多，若就本路差除，则士皆怀土重迁，老死乡邑，可用之人，朝廷莫得而器使也。士虽在远，亦识此意，闻命忻然，皆有不远千里观光求用之心。然法行数年，未见朝廷非次擢用一人，此乃如臣等辈不举所闻之过也。伏见蜀人朝奉郎新差通判延州事何宗元，吏道详明，士行修饰，学古著文，颇适于用。近以所著《十议》示臣，文词雅健，议论审当。臣愚不肖，谓可试之以事，观其所至。谨缮写《十议》上进。伏望圣慈降付三省详看，如有可采，乞随才录用，非独以广育材之道，亦以慰答远方多士求用之意也。谨录奏闻，伏候敕旨。

【解题】

本文为向朝廷荐举才士何宗元而作。

举何去非换文资状

元祐四年正月日，翰林学士朝奉郎知制诰兼侍读苏轼状奏。右臣伏见左侍禁何去非，本以进士六举到省，元丰五年，以特奏名就御庭唱名。先帝见其所对策词理优赡，长于论兵，因问去非："愿与不愿武官?"去非不敢违圣意。遂除右班殿直，武学教授，后迁博士。今已八年。尝见其所著述，材力有余，识度高远，其论历代所以废兴成败，皆出人意表，有补于世。去非虽喜论兵，然本儒者，不乐为武吏。又其他文章，无施不宜。欲望圣慈特与换一文资，仍令充太学博士，以率励学者，稍振文律，庶几近古。若后不如所举，臣等甘伏朝典。谨录奏闻，伏候敕旨。

【解题】

本文请求朝廷考虑何去非的文才，将其由武官改为文官。

谢除龙图阁学士表二首

一

臣轼言。伏蒙圣恩，以臣累章请郡，特除臣龙图阁学士知杭州者。中禁宝储，上应奎璧之象；先朝谟训，远同河洛之符。隶职其间，省躬非据。臣轼诚惶诚恐，顿首顿首。

伏念臣学非有得，愚至不移。虽叨过实之名，卒无适用之器。少时忘意，盖尝有志于事功；晚岁积忧，但欲归安于田亩。属圣神之履运，荷识拔之非常。犹冀桑榆之收，遽迫犬马之疾。力求闲散，庶免颠挤。岂谓皇帝陛下，圣度包荒，天慈委照。察其才有所短，不欲强置之禁严；知其进不由人，故特保全其终始。遂加此职，以贲其行。

臣敢不仰缘末光，益励素守。往何适而不可，中无愧之为安。但未死亡，必期报塞。臣无任感天荷圣激切屏营之至。

二

臣轼言。伏蒙圣恩，以臣累章请郡，特除臣龙图阁学士知杭州者。北扉清密，久愧素餐；内阁深严，复膺殊宠。以荣为惧，有靦在颜。臣轼诚惶诚恐，顿首顿首。

伏念臣赋命数奇，与人多忤。遭遇仁祖，忝窃贤科。继蒙英庙之深知，尤荷裕陵之见器。而流离若此，穷薄可知。晚亲日月之光，常恐缾罍之溢。故求闲散，以避灾迍。岂谓太皇太后陛下，天高听卑，坤厚载物。爱惜臣下，固无异于子孙；委任官师，本不分于中外。致兹衰病，不失清华。然臣辞宠而益荣，求闲而得剧。虽云稍远于争地，尚恐终非其久安。敢不磨钝自修，履冰知戒。庶全孤节，少答殊私。臣无任。

谢赐对衣金带马表二首

一

臣轼言。伏蒙圣慈，特赐衣一对，金腰带一条，金镀银鞍辔一副，马一匹者。出笥之珍，已华朽质；解骖之赐，益耀众观。顾惟何人，亦被兹宠。臣轼诚惶诚恐，顿首顿首。

伏念臣少而拙讷，老益疏愚。山野之姿，非文绣之所及；疲驽之质，虽鞭策以何加。方祈冗散之安，更忝便蕃之锡。此盖伏遇皇帝陛下，缉熙儒术，网罗人材。不爱车服宠数之章，使为吏民瞻望之美。据鞍有愧，束袵知荣。敢不奉以牧民，永思去害之指；施之大邑，庶无学制之伤。臣无任。

二

臣轼言。伏蒙圣恩，特赐衣一对，金腰带一条，金镀银鞍辔一副，马一匹者。命服斯皇，《诗》咏周宣之德；康侯用锡，《易》称王母之仁。惠泽所加，臣工知劝。臣轼诚惶诚恐，顿首顿首。

伏念臣资材朽钝，学术空疏，矧兹衰病之余，岂复光华之羡。荷宠章之蕃庶，人以为荣；顾形影之支离，臣惟自愧。此盖伏遇太皇太后陛下，知人尧哲，遍物舜仁。时遣拾遗补过之臣，出为承流宣化之任。子衣安吉，不待请而得之；我马虺隤，盖知劳而赐者。敢不勉思忠荩，务报恩勤。永惟厩库之珍，莫非民力；无忘狱市之寄，以副上心。臣无任。

笏记二首

一

臣轼言。隶职宸居，承流阃寄。自知衰朽，有玷宠光。此盖伏遇皇帝陛下，总揽群材，靡遗片善，曲收顽钝，俾处清华。徒倾草木之心，莫报乾坤之施。臣无任。

二

既尘美职，复玷名藩。荣宠过情，省循知愧。此盖伏遇太皇太后陛下，仁均动植，明烛幽微。特示宠章，以旌眷遇。恩勤莫报，生死难忘。臣无任。

【解题】

苏轼在朝，虽得太后宠爱，却屡为他人攻讦，为避祸计，连章请郡，元祐四年（1089）三月，诏除龙图阁学士充浙西路兵马钤辖知杭州军州事，并照例赐对衣、金带、马。苏轼因作上诸谢表。

论行遣蔡确札子

元祐四年四月十一日，龙图阁学士朝奉郎新知杭州苏轼札子奏。臣近蒙圣恩，哀臣疾病，特许补外。臣窃自惟受恩深重，不敢以出入之故，便同众人，有所闻见而不尽言。窃闻臣寮有缴进蔡确诗言涉谤讟者。臣与确元非知旧，实自恶其为人。今来非敢为确开说，但以此事所系国体至重，天下观望二圣所为，若行遣失当，所损不小。臣为侍从，合具奏论。若朝廷薄确之罪，则天下必谓皇帝陛下见人毁谤圣母，不加忿疾，其于孝治，所害不浅。若深罪之，则议者亦或以谓太皇太后陛下圣量宽大，与天地等，而不能容受一小人谤怨之言，亦于仁政不为无累。臣欲望皇帝陛下降敕，令有司置狱，追确根勘，然后太皇太后内出手诏云："吾之不德，常欲闻谤以自儆。今若罪确，何以来天下异同之言。矧确尝为辅臣，当知臣子大义，今所缴进，未必真是确诗。其一切勿问，仍榜朝堂。"如此处置，则二圣仁孝之道，实为两得。天下有识，自然心服。臣不胜爱君忧国之心，出位僭言，谨俟诛殛。取进止。

【解题】

苏轼离京出知杭州时，闻有人揭发蔡确有诗怨谤太后，为保住太后及皇帝清誉，苏轼特上疏献策。蔡确为新党干将，苏轼虽遭新党排挤，却没有趁机进言报复，亦见其胸襟开阔。

乞将台谏官章疏降付有司根治札子

元祐四年四月十七日，龙图阁学士朝奉郎新知杭州苏轼札子奏。臣近以臂疾，坚乞一郡，已蒙圣恩差知杭州。臣初不知其他，但谓朝廷哀怜衰疾，许从私便。及出朝参，乃闻班列中纷然，皆言近日台官论奏臣罪状甚多，而陛下曲庇小臣，不肯降出，故许臣外补。臣本畏满盈，力求闲退，既获所欲，岂更区区自辩，但窃不平。数年以来，亲见陛下以至公无私治天下，今乃以臣之故，使人上议圣明，以谓抑塞台官，私庇近侍，其于君父，所损不小。此臣之所以不得不辩也。

臣平生愚拙，罪戾固多，至于非义之事，自保必无。只因任中书舍人日，行吕惠卿等告词，极数其凶慝，而弟辙为谏官，深论蔡确等奸回。确与惠卿之党，布列中外，共雠疾臣。近日复因臣言郓州教授周穜，以小臣而为大奸，故党人共出死力，构造言语，无所不至。使臣诚有之，则朝廷何惜窜逐，以示至公？若其无之，臣亦安能以皎然之身，而受此暧昧之谤也？人主之职，在于察毁誉，辨邪正。夫毁誉既难察，邪正亦不易辨，惟有坦然虚心而听其言，显然公行而考其实，则真妄自见，谗构不行。若阴受其言，不考其实，献言者既不蒙听用，而被谤者亦不为辩明，则小人习知其然，利在阴中，浸润肤受，日进日深，则公卿百官，谁敢自保，惧者甚众，岂惟小臣。此又臣非独为一身而言也。伏望圣慈，尽将台谏官章疏降付有司，令尽理根治，依法施行。所贵天下晓然知臣有罪无罪，自有正法，不是陛下屈法庇臣，则臣虽死无所恨矣。夫君子之所重者，名节也。故有“舍生取义”、“杀身成仁”、“可杀不可辱”之语。而爵位利禄，盖古者有志之士所谓鸿毛弊屣也。人臣知此轻重，然后可与事君父，言忠孝矣。今陛下不肯降出台官章疏，不过为爱惜臣子，恐其万一实有此事，不免降黜。而不念臣元无一事，空受诬蔑，圣明在上，瘖鸣无告，重坏臣爵位，而轻坏臣名节，臣切痛之。意切言尽，伏候诛殛。取进止。

贴黄。臣所闻台官论臣罪状，亦未知虚实，但以议及圣明，故不得不辩。若台官元无此疏，则臣妄言之罪，亦乞施行。又，贴黄。臣今方远去阙庭，欲望圣慈察臣孤立，今后有言臣罪状者，必乞付外施行。

【解题】

苏轼闻台谏有诬告自己的章疏进缴朝廷，因此请求朝廷将这些章疏交给有司，对章疏中的事实进行调查，以弄清真相。苏轼希望通过此举可以一洗冤屈，还自己清白的名声。

杭州到状

得请支郡，备员属城。幸兹衰病之余，托在庇庥之末。即谐瞻奉，预切欣愉。

杭州谢上表二首

一

臣轼言。伏奉制书，除臣龙图阁学士知杭州，臣已于今月三日到任上讫者。始衰而病，岂非满溢之灾；乞越得杭，又过平生之望。臣轼诚惶诚恐，顿首顿首。

伏念臣起自废黜，骤登禁严。毕命驱驰，未偿万一。怀安退缩，岂所当然。盖散材不任于斧斤，而病马空糜于刍粟。故求外补，以尽余年。岂期避宠而益荣，求闲而得剧。此盖伏遇皇帝陛下，刚健中正，缉熙光明。无为盖虞舜之仁，笃学有仲尼之智。

而臣猥以末技，日奉讲帷。凛然威光，近在咫尺。惟古人责难之意，每不自量；方陛下好问之初，遽以疾去。推之理数，可谓奇穷。荷眷遇之不移，窃恩荣而愈重。虽雨露之施，初不择物；而犬马之报，期于杀身。臣无任。

二

臣轼言。伏奉制书，除臣龙图阁学士知杭州，臣已于今月三日到任上讫者。入奉禁严，出膺方面。皆人臣之殊选，在儒者以尤荣。臣轼诚惶诚恐，顿首顿首。

伏念臣受宠逾涯，积忧成疾。既思退就于安养，又欲少逃于满盈。仰荷至仁，曲从微愿。江山故国，所至如归；父老遗民，与臣相问。知朝廷辍近侍为太守，盖圣主视天下如一家。鞭扑未施，争讼几绝。臣之厚幸，岂易名言。此盖伏遇太皇太后陛下，天地之仁，贤愚兼取；日月之照，邪正自分。每包函其蠢迂，欲保全其终始。兄弟孤立，尝亲奉于德音；死生不移，更誓坚于晚节。臣无任。

【解题】

元祐四年（1089）七月，苏轼到杭州任。

乞赐州学书板状

元祐四年八月日，龙图阁学士朝奉郎知杭州苏轼状奏。右臣伏见本州学尽管生员二百余人，及入学参假之流，日益不已。盖见朝廷尊用儒术，更定贡举条法，渐复祖宗之旧，人人慕义，学者日众。若学粮不继，使至者无归，稍稍引去，甚非朝廷乐育之意。前知州熊本，曾奏乞用废罢市易务书板，赐与州学，印赁收钱，以助学粮；或乞卖与州学，限十年还钱。今蒙都督指挥，只限五年。见今转运司差官重行估价，约计一千四百六贯九百八十三文。若依限送纳，即州学岁纳二百八十一贯三百九十七文，五年之间，深为不易。学者旦夕阙食，而望利于五年之后，何补于事。而朝廷岁得二百八十一贯三百九十七文，如江海之中增损涓滴，了无所觉。徒使一方士民，以谓朝廷既已捐利与民，废罢市易，所放欠负，动以万计，农商小民，衔荷圣泽，莫知纪极，而独于此饥寒儒素之士，惜毫末之费，犹欲于此追收市易之息，流传四方，为损不小。此乃有司出纳之吝，非朝廷宽大之政也。臣以侍从，备位守臣，怀有所见，不敢不尽。伏望圣慈特出宸断，尽以市易书板赐与州学，更不估价收钱，所贵稍服士心以全国体。谨录奏闻，伏候敕旨。

贴黄。臣勘会市易务元造书板用钱一千九百五十一贯四百六十九文，自今日以前所收净利，已计一千八百八十九贯九百五十七文，今若赐与州学，除已收净利外，只是实破官本六十一贯五百一十二文，伏乞详酌施行。

【解题】

本状奏请朝廷将书板赐予州学，不收分文，以解决州学的经济困难。

奏为法外刺配罪人待罪状

元祐四年八月日，龙图阁学士朝奉郎知杭州苏轼状奏。右臣自入境以来，访闻两浙诸郡，近年民间例织轻疏糊药细绢以备送纳，和买夏税官吏，欲行拣择，而奸猾人户及揽纳人递相扇和，不纳好绢。致使官吏无由拣择，期限既迫，不免受纳。岁岁如此，习以成风。故京师官吏军人，但请两浙衣赐，皆不堪好。上京纲运，岁有估剥，日以滋多。去年估剥至九千余贯，元纳专典枷锁鞭挞，典卖竭产，有不能偿。姑息之弊，一至于此。

臣自到郡，欲渐革此弊，即指挥受纳官吏，稍行拣择。至七月二十七日，有百姓二百余人，于受纳场前，大叫数声，官吏军民，并皆辟易。遂相率入州衙，诣臣喧诉。臣以理喻遣，方稍引去。臣知此数百人，必非齐同发意，当有凶奸之人，为首纠率。密行缉探，当日据受纳官仁和县丞陈皓状申，有人户颜巽男颜章、颜益纳和买绢五疋，并是轻疏糊药，丈尺短少，以此拣退。其逐人却将专典拑撮及与揽纳人等数百人，对监官高声叫唤，奔走前去。臣即时差人捉到颜章、颜益二人，枷送右司理院禁勘。只至明日，人户一时送纳好绢，更无一人敢行喧闹。

续据右司理院勘到颜章、颜益，招为本家有和买紬绢共三十七疋，章等为见递年例只是将轻疏糊药紬绢纳官，今年本州为纲运估剥数多，以此指挥要纳好绢。章等既请和买官钱每疋一贯，不合将低价收买昌化县轻疏糊药短绢纳官，其颜章又不合与兄颜益商量，若或拣退，即须拑撮专拣，扇摇众户，叫唤投州，吓胁官吏，令只依递年受纳不堪紬绢，寻将买到轻疏糊药短绢五疋，付拣子家人翁诚纳官。寻被翁诚覆本官拣退。章等既见众户亦有似此轻疏短绢，多被拣退，寻钳撮翁诚叫屈。颜益在后用手推翁诚，令颜章拑去投州，即便走出三门前，叫屈二声，跑出栏干，将两手抬起，唤众户扇摇叫唤，称一时投州去来。众户约二百余人，因此亦一时叫唤相随，投州衙喧诉。臣寻体访得颜章、颜益系第一等豪户颜巽之子。巽先充书手，因受赃虚消税赋，刺配本州牢城，寻即用幸计构胥吏、医人，托患放停，又为诈将产业重叠当出官盐，刺配滁州牢城，依前托患放停归乡。父子奸凶，众所畏恶。下狱之日，闾里称快。

谨按颜益、颜章以匹夫之微，令行于众，举手一呼，数百人从之，欲以众多之势，胁制官吏，必欲今后常纳恶绢，不容臣等少革前弊，情理巨蠹，实难含忍。本州既已依法决讫。臣独判云："颜章、颜益，家传凶狡，气盖乡闾。故能奋臂一呼，从者数百。欲以摇动长吏，胁制监官。蠹害之深，难从常法。已刺配本州牢城去讫。"仍以散行晓示乡村城郭人户，今后更不得织造轻疏糊药䌷绢，以备纳官。庶几明年全革此弊。伏望朝廷详酌，备录臣此状，下本路转运司，遍行约束晓示。所贵今后京师及本路官吏军人，皆得堪好衣赐，及受纳专副，不至破家陪填。所有臣法外刺配颜章、颜益二人，亦乞重行朝典。谨录奏闻，伏候敕旨。

贴黄。勘会本州去年发和买夏税物帛计一十四纲，今来只估剥到四纲，已及九千余贯，乞下左藏库，便见估剥数目浩大。

【解题】

苏轼在本状中，陈述了自己为革除杭州民间不纳好绢的弊端，严格查办煽动州民闹事的富户兄弟二人，平息了民众，并请朝廷令本路转运司知晓此事，以求变革此弊。

杭州谢放罪表二首

一

臣轼言。臣近以法外刺配本州百姓颜章、颜益二人，上章待罪，奉圣旨特放罪者。职在承宣，当遵三尺之约束；事关利害辄从一切之便宜。曲荷天恩，不从吏议。臣轼诚惶诚恐，顿首顿首。

伏念臣早缘刚拙，屡致忧虞。用之朝廷，则逆耳之奏形于言；施之郡县，则疾恶之心见于政。虽知难每以为戒，而临事不能自回。苟非日月之明，肝胆必照，则臣岂惟获罪于今日，久已见倾于众言。恭惟皇帝陛下，睿哲生知，清明旁达。委任群下，退托于不能；爱养成材，惟恐其有过。知臣欲去一方之积弊，须除二猾以示民。特屈宪章，以全器使。

臣敢不省循过咎，祇服简书。眷此善良，自不犯于汉法；时有贷舍，用益广于尧仁。臣无任。

二

乱群之诛，不请而决。盖恩威之无素，致奸猾之敢行。方俟谴何，岂期宽宥。臣轼诚惶诚恐，顿首顿首。

伏以法吏网密，盖出于近年；守臣权轻，无甚于今日。观祖宗信任之意，以州郡责成于人。岂有不择师帅之良，但知绳墨之驭。若平居仅能守法，则缓急何以使民。顾臣不才，难以议此。

恭惟太皇太后陛下，宽仁从众，信顺得天。推一身之至公，纳万方于无罪。而臣始终被遇，中外蒙恩。谓事有专而合宜，情无他而可恕。故加贷舍，以示宠绥。朝廷之明，粗以臣为可信；吏民自服，当不令而率从。臣无任。

【解题】

本二表当作于元祐四年（1089）八月。苏轼在杭法外刺配颜章父子，意在为朝廷收取好绢，而贾易等屡次弹劾苏轼非法。诏令释放颜章等，不议苏轼之罪。苏轼遂上此谢表，并对“法吏网密”、“守臣权轻”表示了不满。

乞赐度牒修廨宇状

元祐四年九月日，龙图阁学士朝奉郎知杭州苏轼状奏。右臣伏见杭州地气蒸润，当钱氏有国日，皆为连楼复阁，以藏衣甲物帛。及其余官屋，皆珍材巨木，号称雄丽。自后百余年间，官司既无力修换，又不忍拆为小屋，风雨腐坏，日就颓毁。中间虽有心长吏，果于营造，如孙沔作中和堂，梅挚作有美堂，蔡襄作清暑堂之类，皆务创新，不肯修旧。其余率皆因循支撑，以苟岁月。而近年监司急于财用，尤讳修造，自十千以上，不许擅支。以故官舍日坏，使前人遗构，鞠为朽壤，深可叹惜。臣自熙宁中通判本州，已见在州屋宇，例皆倾邪，日有覆压之惧。今又十五、六年，其坏可知。到任之日，见使宅楼庑，欹仄罅缝，但用小木横斜撑住。每过其下，慄然寒心，未尝敢安步徐行。及问得通判职官等，皆云每遇大风雨，不敢安寝正堂之上。至于军资甲仗库，尤为损坏。今年六月内使院屋倒，压伤手分书手二人；八月内鼓角楼摧，压死鼓角匠一家四口，内有孕妇一人。因此之后，不惟官吏家属，日负忧恐，至于吏卒往来，无不狼顾。

臣以此不敢坐观，寻差官检计到官舍城门楼橹仓库二十七处，皆系大段隳坏，须至修完，共计使钱四万余贯，已具状闻奏，乞支赐度牒二百道，及且权依旧数支公使钱五百贯，以了明年一年监修官吏供给，及下诸州划刷兵匠应副去讫。臣非不知破用钱数浩大，朝廷未必信从，深欲减节，以就约省。而上件屋宇，皆钱氏所构，规摹高大，无由裁撙，使为小屋。若顿行毁拆，改造低小，则目前萧然，便成衰陋，非惟军民不悦，亦非太平美事。窃谓仁圣在上，忧爱臣子，存恤远方，必不忍使官吏胥徒，日以躯命，侥幸苟安于腐栋颓墙之下。兼恐弊陋之极，不即修完，三五年间，必遂大坏，至时改作，又非二百道度牒所能办集。伏望圣慈，特出宸断，尽赐允从。如蒙朝廷体访得不合如此修完，臣伏欺罔之罪。谨录奏闻，伏候敕旨。

【解题】

因杭州官舍颓坏，至有倒塌伤人，苏轼因此请求朝廷颁赐度牒（度牒是官府颁给僧尼的文凭，可凭此免除赋役，元丰年间规定每道度牒一百三十千钱），以供修缮官舍。

贺明堂赦书表二首

一

臣轼言。宗祀告成，修累朝之盛典；端门肆眚，答万宇之欢心。凡有识知，举增抃跃。臣轼诚欢诚喜，顿首顿首。

窃谓祖宗恩信之所被，譬如天地寒暑之不差。将推作解之仁，必在当郊之岁。恭惟皇帝陛下，宪章六圣，左右三灵。上帝眷而风雨时，壬人去而蛮夷服。讲明大礼，对越昊天。怀柔百神，向用五福。大河修复，奏轨道于东流；藩邸顾怀，锡鸿名于西府。臣备员法从，待罪守臣。想闻路寝之鼓钟，曾叨奉引；嘉与海隅之草木，同被恩私。臣无任。

二

臣轼言。严配礼成，民心知孝；好生德洽，天下归仁。凡蒙一洗之恩，举有惟新之喜。臣轼诚欢诚抃，顿首顿首。

伏以功存庙社而辞其礼，泽及草木而讳其名。此圣人之所难，幸微生之亲见。恭惟太皇太后陛下，勋高任姒，道配唐虞。顾惟致治于和平，孰不归心于保佑。合宫均福，毕修累圣之文；会庆告成，不居先后之位。臣职叨禁从，身远阙庭。既欣涣汗之私，溥霑动植；更喜谦光之美，独冠古今。臣无任。

【解题】

此二表作于元祐四年（1089）九月。时朝廷宗祀告成，大享明堂，并诏令大赦天下。

乞诗赋经义各以分数取人将来只许诗赋兼经状

元祐四年十月十八日，龙图阁学士朝奉郎知杭州苏轼状奏。右臣今月五日，据本州进士汪溉等一百四十人诣臣陈状，称准元祐四年四月十九日敕，诗赋、经义各五分取人。朝廷以谓学者久传经义，一旦添改诗赋，习者尚少，遂以五分立法，是欲优待诗赋勉进词学之人。然天下学者，寅夜竞习诗赋，举业率皆成就，虽降平分取人之法，缘业已习就，不愿再有改更，兼学者亦以朝廷追复祖宗取士故事，以词学为优，故士人皆以不能诗赋为耻。比来专习经义者，十无二三，见今本土及州学生员，多从诗赋，他郡亦然。若平分解名，委是有亏诗赋进士，难使捐已习之诗赋，抑令就经义之科。或习经义多少，各以分数发解，乞据状敷奏者。

臣曩者备员侍从，实见朝廷更用诗赋本末。盖谓经义取人以来，学者争尚浮虚文字，止用一律，程试之日，工拙无辨，既去取高下，不厌外论，而已得之后，所学文词，不施于用，以故更用祖宗故事，兼取诗赋。而横议之人，欲收姑息之誉，争言天下学者不乐诗赋，朝廷重失士心，故为改法，各取五分。然臣在都下，见太学生习诗赋者十人而七。臣本蜀人，闻蜀中进士习诗赋者，十人而九。及出守东南，亲历十郡，及多见江湖福建士人皆争作诗赋，其间工者已自追继前人。专习经义，士以为耻。以此知前言天下学者不乐诗赋，皆妄也。惟河北、河东进士，初改声律，恐未甚工，然其经义文词，亦自比他路为拙，非独诗赋也。朝廷于五路进士，自许礼部贡院分数取人，必无偏遗一路士人之理。今臣所据前件进士汪溉等状，不敢不奏，亦料诸处似此申明者非一。

欲乞朝廷参详众意，特许将来一举随诗赋、经义人数多少，各纽分数发解，如经义零分不及一人，许并入诗赋额中，仍除将来一举外，今后并只许应诗赋进士举，所贵学者不至疑惑，专一从学。谨录奏闻，伏候敕旨。

贴黄。诗赋进士，亦自兼经，非废经义也。

【解题】

本文作于杭州。因士子多学诗赋，而少学经义，故奏请朝廷将来只用诗赋取进士。

论高丽进奉状

元祐四年十一月三日，龙图阁学士朝奉郎知杭州苏轼状奏。臣伏见熙宁以来，高丽人屡入朝贡，至元丰之末，十六、七年间，馆待赐予之费，不可胜数。两浙、淮南、京东三路筑城造船，建立亭馆，调发农工，侵渔商贾，所在骚然，公私告病。朝廷无丝毫之益，而夷虏获不赀之利。使者所至，图画山川，购买书籍。议者以为所得赐予，大半归之契丹。虽虚实不可明，而契丹之强，足以祸福高丽；若不阴相计构，则高丽岂敢公然入朝中国？有识之士，以为深忧。

自二圣嗣位，高丽数年不至，淮、浙、京东吏民有息肩之喜。唯福建一路，多以海商为业，其间凶险之人，犹敢交通引惹，以希厚利。臣稍闻其事，方欲觉察行遣。今月三日，准秀州差人押到泉州百姓徐戬，擅于海舶内载到高丽僧统义天手下侍者僧寿介、继常、颖流，院子金保、裴善等五人，及赍到本国礼宾省牒云："奉本国王旨，令寿介等赍义天祭文来祭奠杭州僧源阇黎。"臣已指挥本州送承天寺安下，选差职员二人，兵级十人，常切照管，不许出入接客，及选有行止经论僧伴话，量行供给，不令失所外，已具事由画一，奏禀朝旨去讫。

又据高丽僧寿介有状称："临发日，奉国母指挥，令赍金塔二所，祝延皇帝、太皇太后圣寿。"臣窃观其意，盖为二圣嗣位数年，不敢轻来入贡，顿失厚利。欲复遣使，又未测圣意。故以祭奠源阇黎为名，因献金塔，欲以尝试朝廷，测知所以待之之意轻重厚薄。不然者，岂有欲献金塔为寿，而不遣使奉表，止因祭奠亡僧，遂致国母之意？盖疑中国不受，故为此苟简之礼以卜朝廷。若朝廷待之稍重，则贪心复启，朝贡纷然，必为无穷之患。待其已至，然后拒之，则又伤恩。恭惟圣明灼见情状，庙堂之议，固有以处之。臣忝备侍从，出使一路，怀有所见，不敢不尽，以备采择。谨具画一如左。

一、福建狡商，专擅交通高丽，引惹牟利，如徐戬者甚众。访闻徐戬，先受高丽钱物，于杭州雕造夹注《华严经》，费用浩汗，印板既成，公然于海舶载去交纳，却受本国厚赏，官私无一人知觉者。臣谓此风岂可滋长，若驯致其弊，敌国奸细，何所不至。兼今来引致高丽僧人，必是徐戬本谋。臣已枷送左司理院根勘，即当具案闻奏，乞法外重行，以戒一路奸民猾商矣。

一、高丽僧寿介有状称："临发日，国母令赍金塔祝寿。"臣以为高丽因祭奠亡僧，遂致国母之意，苟简无礼，莫斯为甚。若朝廷受而不报，或报之轻，则夷虏得以为词。若受而厚报之，则是以重币答其苟简无礼之馈也。臣已一面令管当职员退还其状，云朝廷清严，守臣不敢专擅奏闻。臣料此僧势不肯已，必云本国遣其来献寿，今若不奏，归国得罪不轻。臣欲于此僧状后判云："州司不奉朝旨，本国又无来文，难议投进。执状归国照会。"如此处置，只是臣一面指挥，非朝廷拒绝其献，颇似稳便。如以为可，乞赐指挥施行。

一、高丽僧寿介赍到本国礼宾省牒云："祭奠源阇黎，仍诸处等寻师学法。"臣谓寿介等只是义天手下侍者，非国王亲属。其来乃致私奠，本非国事。待之轻重，当与义天殊绝。欲乞只许致奠之外，其余寻师学法出入游览之类，并不许。仍与限日，却差船送至明州，令搭附因便海舶归国，更不差人船津送。如有买卖，许量办归装，不得广作商贩。

右谨件如前。若如此处置，使亡厚利，以绝其来意，上免朝廷帑廪无益之费，下免淮、浙、京东公私靡弊之患。不胜区区。谨录奏闻，伏候敕旨。

【解题】

宋朝国防积弱，有识之士多有戒惧之心。苏轼见高丽商旅、僧人入国，给国家在经济上带来损失；又推想高丽人往来不断，给契丹奸细创造了机会，威胁国防。因此主张禁绝往来，并对擅自与高丽经商、勾结的商民进行惩处。

乞赈济浙西七州状

元祐四年十一月初四日，两浙西路兵马钤辖龙图阁学士朝奉郎苏轼状奏。勘会浙西七州军，冬春积水，不种早稻，及五六月水退，方插晚秧；又遭干旱，早晚俱损，高下并伤，民之艰食，无甚今岁。见今米斗九十足钱，小民方冬已有饥者。两浙水乡，种麦绝少，来岁之熟，指秋为期，而熟不熟又未可知。深恐来年春夏之交，必有饥馑盗贼之忧。本司除已与提、转商量多方擘画准备外，有合申奏事件，谨具画一如左。

一、转运司来年合发上供额斛及补填旧欠共一百六十余万硕，本路钱物，大抵空匮，划刷变转不行，官吏急于趁办，务在免责，催迫赋租，督促欠负，钳束私酒漏税之类，必倍于平日。

饥贫之民，无路逃死，必将聚为盗贼。又缘上供额斛数目至广，都无有备。见今逐州广行收籴，指挥严紧，官吏不免遮拦，米谷添价贵籴，以此斛斗涌贵，小民乏食。欲望圣慈愍此一方遭罹。熙宁中饥疫，人死大半，至今城市寂寥。少欠官私逋负，十人而九，若不痛加赈恤，则一方余民，必在沟壑。今来亦不敢望朝廷别赐钱米，但祇宽得转运司上供年额钱斛，则官吏自然不行迫急之政，而民日受赐矣。乞出自宸断，来年本路上解钱斛，且起一半或三分之二，其余候丰熟日，分作二年，随年额上供钱物起发，所贵公私稍获通济。又恐官吏为见明年既得宽减，侥幸替移，更不尽心擘画收拾，以备补填年额。乞特赐指挥，须管依年分收簇数足，若遇移替，具所收簇到数交割与后政承认，不得出违年限。

一、见今逐州和籴常平斛斗及省仓军粮，又籴封椿钱，上供米，名目不一。官吏各务趁办，争夺相倾，以此米价益贵。伏望圣慈速赐勘会，如在京诸仓，不待此米支用，即令提、转疾速契勘逐州，如省仓不阙军粮，常平籴散有备外，更不得收籴。所贵米价稍平，小民不至失所。

一、两浙中自来号称钱荒，今者尤甚。百姓持银绢丝绵入市，莫有顾者。质库人户，往往昼闭，若得官钱三、二十万，散在民间，如水救火。欲乞指挥提、转令将合发上供钱，散在诸州税户，令买金银细绢充年额起发。

一、自来浙中奸民，结为群党，兴贩私盐，急则为盗。近来朝廷痛减盐价，最为仁政。然结集兴贩，犹未甚衰。深恐饥馑之民，散流江海之上，群党愈众，或为深患。欲乞朝廷指挥，盗贼情理重者，及私盐结聚群党，皆许申钤辖司，权于法外行遣，候丰熟日依旧。所贵弹压奸慝，有所畏肃。

右谨件如前。勘会熙宁中两浙饥馑，是时米斗二百，人死大半，父老至今言之流涕。今来米斗已及九十，日长炎炎，其势未已，深可忧虑。伏望仁圣哀怜，早行赈恤。今来所奏，一一并是诣实。伏乞详酌，速赐指挥。谨录奏闻，伏候敕旨。

【解题】

元祐四年（1089），杭州冬春水涝，后又遭旱灾，两季损失，灾情严重。为防止熙宁间饥疫重演，苏轼请求朝廷准予暂缓缴纳本路上供米之一部分，并散发官钱，以备救济。

论役法差雇利害起请画一状

元祐四年十一月十日，龙图阁学士朝奉郎知杭州苏轼状奏。臣自熙宁以来，从事郡县，推行役事，及元祐改法，臣忝详定，今又出守，躬行其法，考问吏民，备见雇役、差役利害，不敢不言。

雇役之法，自第二等以上人户，岁出役钱至多。行之数年，钱愈重，谷帛愈轻，田宅愈贱，以至破散，化为下等。请以熙宁以前第一、第二等户逐路逐州都数而较之。元丰之末，则多少相绝，较然可知。此雇役之法，害上户者一也。第四等已下，旧本无役，不过差充壮丁，无所陪备。而雇役法例出役钱，虽所取不多，而贫下之人，无故出三、五百钱，未办之间，吏卒至门，非百钱不能解免，官钱未纳，此费已重。故皆化为游手，聚为盗贼。当时议者，亦欲蠲免此等，而户数至广，积少成多，役钱待此而足，若皆蠲免，则所丧大半，雇法无由施行。此雇役之法，害下户者二也。今改行差役，则二害皆去，天下幸甚。独有第三等人户，方雇役时，每户岁出钱多者不过三四千。而今应一役，为费少者，日不下百钱，二年一替，当费七十余千。而休闲远者，不过六年。则是八年之中，昔者徐出三十余千，而今者并出七十余千，苦乐可知也。而况农民在官，贪吏狡胥，恣为蚕食，其费又不可以一二数。此则差役之法，害于中等户者一也。

今之议者，或欲专行差役，或欲复行雇法，皆偏词过论也。臣愚以谓朝廷既取六色钱，许用雇役，以代中等人户，颇除一害，以全二利。此最良法，可久行者。但元祐二年十二月二十四日敕，合役空闲人户不及三番处，许以六色钱雇州手，分散从官承符人。此法未为允当。何者？百姓出钱，本为免役。今乃限以番次，不许尽用，留钱在官，其名不正。又所雇者少，未足以纾中等人户之劳。法不简径，使奸吏小人，得以伸缩。臣到杭州，点检诸县雇役，皆不应法。钱塘、仁和，富实县分，则皆雇人。新城、昌化，最为贫薄，反不得雇。盖转运司特于法外创立式样，令诸县不得将逐等人户，各别比较，须得将上三等人户，都数通比，其贫下县分，第一、第二等人户，例皆稀少，至第三等，则户数猥多，以此涨起，人户皆及三番。然第三等户，岂可承当第一等色役，则知通计三等，乃俗吏之巧薄，非朝廷立法之本意也。臣方一面改正施行次，旋准元祐四年八月十八日敕，诸州衙前投名不足处，见役年满乡差衙前并行替放，且依旧条，差役更不支钱，又诸州役，除吏人衙前外，依条定差，如空闲未及三年，即以助役钱支募。此法既下，吏民相顾，皆所未晓。其余缭绕不通，又恐甚于前三番之法。《前史》称萧何为法，讲若画一，盖谓简径易晓，虽山邑小吏，穷乡野人，皆能别白遵守，然后为不刊之法也。臣身为侍从，又忝长民，不可不言。谨具前件条贯不便事状，及臣愚见所欲起请者，画一如左。

一、前件敕节文云：“看详衙前自降招募指挥，仅及一年，诸州、路、军，尚有招募投名不足去处。其应役年满衙前，虽且依旧支与支酬，勒令在役，然非乡户情愿充应。若向后更无人愿募，即乡户衙前，卒无替期。乃是勒令长名祗应，显于人情未便。今欲将诸州衙前投名不足去处，见役年满乡差衙前，并行替放，且依旧条差役，更不支钱。如愿投充长名，及向去招募到人，其雇食支酬钱，即令全行支给，却罢差充，仍除乡差年限未满人户，依旧理当本户差役外，其投募长名之人，并与免本户役钱二十贯文，如所纳数少，不系出纳役钱之人，即许计会六色合纳役钱之人，依数免放。并仰逐处监司，相度见充衙前，如有虚占窠名，可以省併去处，裁减人额，却将减下钱数，添搭入重难支酬施行。”

臣今看详前件敕条，深为未便。凡长名衙前所以招募不足者，特以支钱亏少故也。自元丰前，不闻天下有阙额衙前者，岂常抑勒差充，直以重难月给，可以足用故也。当时奉使之人，如李承之、沈括、吴雍之类，每一奉使，辄以减刻为功。至元丰之末，衙前支酬，可谓仅足而无余矣。而元祐改法之初，又行减刻，多是不支月给，以故招募不行。今不反循其本，乃欲重困乡差，全不支钱，而应募之人，尽数支给，又放免役钱二十贯，欲以诱胁尽令应募。然而岁免役钱二十千许，计会六色人户放免，则是应募日增而六色钱日减也。若天下投名衙前，并免此二十千，即六色钱存者无几。若只是缺额招募到人，方得免放，则均是投名，厚薄顿殊，其理安在？朝廷既许岁免二十千，则是明知支酬亏少，以此补足，何如直添重难月给，令招募得行。所谓计会六色人户者，盖令衷私商量取钱，若遇顽猾人户，抵赖不还，或将诸物高价准折，讼之于官，经涉岁月，乃肯备偿，则衙前所获无几。何如官支二十千，朝请暮获，岂不简径易晓。故臣愚以谓上件敕条，必难久行。议者多谓官若添钱招募，则奸民观望，未肯投名，以待多添钱数。今来计会六色人户放免役钱，正与添钱无异。虽巧作名目，其实一般。大抵支钱既足，万无招募不行之理。自熙宁以来，无一人缺额，岂有今日顿不应募？臣今起请，欲乞行下诸路监司守令，应阙额长名衙前，须管限日招募数足，如不足，即具元丰以前因何招募得行，今来因何不足事由申奏。如合添钱雇募，即与本路监司商议，一面施行，讫具委无大破保明闻奏。若限满无故招募不足，即取勘干系官吏施行。如此，不过半年，天下必无缺额长名衙前，而所添钱数，未必人人岁添二十千，兼止用坊场河渡钱，非如今法计会放免侵用六色钱也。

一、前件敕节文云："看详乡差人户，物力厚薄，等第高下，丁口进减，故不常定，恐难限以番次召募，不若约空闲之年以定差法，立役次轻重，雇募役人，显见均当，兼可以将宽剩役钱，裁减无丁及女户所出钱数，欲乞诸州役除吏人衙前外，依条定差，如空闲未及三年，即据未及之户以助役钱支募，候有户罢支。已募之人，各依本役年限候满日差罢，今后遇有支募，准此。及以一路助役钱，移那应副，仍将支使外，宽剩钱除依条量留一分准备外，据余剩钱数，却于无丁及女户所出役钱内量行裁减，具数奏闻。所有先降雇募州役，及分番指挥，更不施行。"臣今看详诸役，大率以二年为一番。向来指挥，如空闲人户不及差三番，则令雇募，是圣恩本欲百姓空闲六年也。今来无故忽减作三年，吏民无不愕然。以谓中等人户方苦差役，正望朝廷别加宽恤，而六色钱幸有余剩，正可加添番数，而乃减作三年！农民皆纷然相告，云："向来差役虽甚劳苦，然朝廷犹许我辈闲了六年，今来只许闲得三年，必是朝廷别要此钱使用。"方二圣躬行仁厚，天下归心，忽有此言，布闻远迩，深为可惜。虽云"量留一分准备外，据余剩数却于无丁及女户所出役钱内量行裁减"，此乃空言无实，止是建议之人，假为此名，以济其说。臣请为朝廷诘之。人户差役年月，人人不同，本县无户有户，日日不同，加以税产开收，丁口进退，虽有圣智，莫能前知，当雇当差，临事乃定，如何于一年前预知来年合用钱数，见得宽剩便行减放？臣知此法，必无由施行，但空言而已。若今来宽剩已行减放，来年不足，又须却增，增减纷然，簿书淆乱，百弊横生，有不可胜言者矣。方今中等人户，正以应役为苦，而六色人户，犹以出钱为乐。苦者更减三年，乐者又行减放，其理安在？大抵六色钱本缘免役，理当尽用雇人，除量留准备外，一文不合椿留，然后事简而法意通，名正而人心服。惟有一事，不得不加周虑。盖逐州逐县六色钱，多少不同，若尽用雇人，则苦乐不齐，钱多之处，役户太优，与六色人户相形，反为不易。臣今起请，欲乞今后六色钱常桩留一年准备。（如元祐四年，只得用元祐二年钱，其二年钱桩，留准备用）及约度诸般合用钱（谓如官吏请雇人钱之类）外，其余委自提刑、转运与守令商议，将逐州逐县人户贫富，色役多少，预行品配，以一路六色钱通融分给，令州县尽用雇人，以本处色役轻重为先后，如此则事简而易行，钱均而无弊，雇人稍广，中外渐苏，则差役良法，可以久行而不变矣。

贴黄。若行此法，今后空闲三年人户，官吏隐庇不差，却行雇募，无由点检。纵许人告，自非多事好讼之人，谁肯告诉。若有本等已上闲及三年未委，专以空闲先后为断，为复参用物力高下定差，既无果决条贯，今后词讼必多。

右谨件如前。朝廷改法数年，至今民心纷然未定，臣在外服，目所亲见，正为此数事耳。伏望圣慈与执政大臣，早定此法，果断而行之。若还付有司，则出纳之吝，必无成议，日复一日，农民凋弊，所忧不小。臣干犯天威，谨俟斧钺之诛，谨录奏闻，伏候敕旨。

【解题】

本文作于杭州。文中比较分析了雇役法和差役法的利害，认为皆有不足之处，从而提出自己的想法，以使役法更加便利于百姓和国家。从文中也可以看出苏轼并非只是一意反对新法、坚持旧法的顽固派。

论高丽进奉第二状

元祐四年十一月十三日，龙图阁学士朝奉郎知杭州苏轼状奏。右臣近奏为高丽僧寿介状称："临发日，奉国母指挥，将金塔二所附寿介前来祝延皇帝、太皇太后圣寿。"臣已一面退还其状，仍令本州所差伴话僧思义只作己意体问所献金塔次第。其高丽僧寿介，知臣不为闻奏，方始将出僧统义天付身文字，以示思义，乃是欲将金塔二所舍入杭州惠因院等处，祝延圣寿，仍云随身收管，不可擅动元封，俟续有疏文到日，方可施纳。以此显见高丽人将此金塔尝探中国意度。臣既退还其状，将来必是自将此塔舍在惠因等院，既是衷私舍施僧院，即朝廷难为回赐，若受而不报，夷虏性贪，或生怨望。伏望朝廷检会臣前奏，早赐指挥，如寿介等将上件金塔舍施，亦乞只作臣意度，一面答云不奉朝旨，不敢令僧院收留。所贵稍绝后患。谨录奏闻，伏候敕旨。

贴黄。臣体问得，惠因院亡僧净源，本是庸人，只因多与福建海商往还，故商人等于高丽国中妄有谈说，是致义天远来从学，因此本院厚获施利，而淮、浙官私遍遭扰乱。今来又访闻得，还是本院行者姓颜人，赍持净源真影舍利，随舶船过海，是致义天复差人祭奠。臣见令所司根勘，候见诣实奏闻次，今来若许惠因院收留金塔，乃是庸人奸猾，自图厚利，为国生事，深为不可。

乞令高丽僧从泉州归国状

元祐四年十二月三日，龙图阁学士朝奉郎知杭州苏轼状奏。

臣近为泉州商客徐戩带领高丽国僧统义天手下侍者僧寿介等到来杭州，致祭亡僧净源，因便带到金塔二所，遂具画一事由闻奏。已准朝旨，许令寿介等致祭亡僧净源毕，差人船送到明州，附因便海舶归国，如净源徒弟愿与回赠物色，即量度回赠。本州已依准指挥，许令寿介等致祭净源了毕，其徒弟量将士仪回赠寿介等收受。所有带到金塔二所，据寿介等令监伴职员前来告臣云，恐带回本国，得罪不轻。臣已依元奏词语判状，付遂僧执归本国照会，及本州即时差拨人船乘载寿介等，亦将米面蜡烛之类随宜饯送。逐僧于十一月三十日起发前去外，访闻明州近日，少有因便商客入高丽国，窃恐久滞，逐僧在彼不便，窃闻泉州多有海舶入高丽往来买卖，除已牒明州契勘，如寿介等到来年卒无因便舶船，即一面申奏，乞发往泉州附船归国外，须至奏闻者。

右伏乞朝廷特降指挥，下明州疾速契勘，依此施行。所贵不至住滞。谨录奏闻，伏候敕旨。

【解题】

以上两状皆陈奏对高丽僧人处理情况。

贺兴龙节表

臣轼言。天佑民而作君，惟德是辅；帝生商而立子，有开必先。纳富寿于方来，实兆基于兹日。臣轼中贺。恭惟皇帝陛下，文思天纵，圣敬日跻。以若稽古之心，上遵王路；行不忍人之政，下酌民言。神听靖共，天寿平格。臣久尘法从，出领郡符。奉万年之觞，虽阻陪于下列；接千岁之统，犹及见于升平。草木之情，日月所照。臣无任。

【解题】

本表作于元祐四年（1089）十一月。兴龙节，当是皇帝生日。

杭州贺冬表二首

一

月临天统，首冠于三正；气应黄钟，复来于七日。君道浸长，阳德光亨。恭惟皇帝陛下，清明在躬，仁孝遍物。垂衣南面，大何言而四时成；问孝西清，日将旦而群阴伏。蛮夷奔走，年谷顺成。岂惟四海之欢心，自识三灵之阴赞。臣祇膺诏命，恪守郡符。身虽在于江湖，颜不忘于咫尺。敢同率土，惟祝后天。

二

消长有时，候微阳之来复；贤愚同庆，知君子之汇征。德化所加，神人并应。恭惟太皇太后陛下，睿明天纵，慈俭身先。振海岳以不倾，地无私载；顺阴阳之自化，天且不违。成功已陋于汉、唐，论德盖高于任、姒。黄云可望，共沾至治之祥；彤史何知，莫赞无为之德。臣备员法从，祇役海隅。东阁拜章，阻陪于百辟；南山献寿，徒颂于万年。

【解题】

此二文作于元祐四年（1089）十一月。

谢赐历日诏书表二首

一

臣轼言。伏蒙圣恩，特赐臣诏书并元祐五年历日一卷者。论道调元，虽大臣之职；授时赋政，亦郡守之常。而臣供奉内朝，使指一道。居则代言而颁令，出则劝民以务农。沐此恩荣，敢忘奉顺。臣轼中谢。恭惟皇帝陛下，文明宪古，睿哲先天。历象教民，本尧舜之智；水旱罪己，盖禹汤之仁。固将推广其诚心，岂特奉行于故事。爰因岁首，已宣布于王言；孰谓民愚，咸识知于帝力。臣无任。

二

臣轼言。伏蒙圣恩，特赐臣诏书并元祐五年历日一卷者。窃惟稽古之君，必以授时为急。底日不失日，官既有常；先时不及时，罚在无赦。申以丁宁之诏，致其恻怛之诚。习见颁行，止谓有司之故事；考其情实，则本圣人之用心。臣轼中谢。恭惟太皇太后陛下，元功在天，盛德冠古，顺帝之则，虽并用于恩威；与物为春，盖同归于仁厚。而臣入奉讲学，出牧农民。恭布诏书，悉传闾里。庶德音之昭格，致嗣岁之丰穰。臣无任。

【解题】

此二文于元祐四年（1089）十一月，为谢朝廷颁赐历日、诏书而作。

上皇帝贺正表

东方发律，气迎万物之新。南面受图，礼勤三朝之始。惟圣时宪，自天降康。恭惟皇帝陛下，文武生知，圣神天纵。旧邦新命，既光启于前人；大德小心，以昭事于上帝。臣久尘从橐，外领藩符。敢倾葵藿之心，仰献松椿之寿。

【解题】

本文作于元祐四年（1089）十二月。

论浙西闭籴状

本路今岁不熟，初水后旱，早晚俱伤，高下并损，已具事由闻奏去讫。勘会本路，唯苏、湖、常、秀等州出米浩瀚，常饱数路，漕输京师。自杭、睦以东衢、婺等州，谓之上乡，所产微薄，不了本庄所食。里谚云："上乡熟，不抵下乡一锅粥。"盖全仰苏、秀等州商旅贩运以足官私之用。今来虽一例灾伤，而苏、秀等州所产，终是滂沛。访闻逐州例皆闭籴，严立赏罚，不许米斛出境，是致杭州常平省仓籴买不行，民亦阙食，见今粳米已至八九十足钱。寻具牒苏、秀等州，不得闭籴。访问逐州虽承受本司指挥，依旧闭籴。寻差识字公人陈宥往秀州抄录到所出榜示二本，其大略云：如有诸色人抬价买米贩往别州，许人告捉，立定赏，多者至五十贯。兼取问得杭州米行人状称，因逐州见今立赏告捉私贩，全无米船到州。认是逐州官吏坚意闭籴，本司无缘止绝。若商旅不行，米贵不已，公私窘乏，盗贼之类，何所不有。以此合系本司知管，除已牒转运、提刑司外，须至闻奏者。

右本司访闻得浙中父老皆言，熙宁七、八年，两浙灾伤，人死大半。当时虽系天时不熟，亦是本路监司郡守如张靓、沈起之流处置乖方，助成灾变，既无方略赈济，惟务所在闭籴。苏、秀等州米斛既不到杭，杭州又禁米不得过浙东，是致人心惊危，有停塌之家，亦皆深藏固惜，不肯出粜。民有衣被罗纨，戴佩珠金，而米不可得，毙于道路，不可胜数。流殍之变，古今罕闻。伏望仁圣痛加哀怜，曲赐过虑，体念今来浙中虽未是大段凶年，只恐官吏有失措置，渐成灾患，所忧不小。若商旅不行，米贵不已，农夫阙食，春夏之交无力种，则明年灾伤，公私并竭，不知何以待之？伏望圣慈深以熙宁之事为鉴，严赐指挥本路监司，多方擘画，安之于未动，救之于未危，仍乞指挥速行止绝逐州闭粜。所贵杭、睦、衢、婺等州，不至全然乏食。谨录奏闻，伏候敕旨。

再论闭粜状

本路灾伤，本司已两次奏闻。窃见比年以来，京东、河北、淮南等处灾伤，并蒙朝廷支赐钱米，或于他路截拨斛斗赈救，数目至广。今来本路灾伤，不敢便望支赐截拨，只乞稍宽转运司年额上供，使得转换擘画，多方救卹。已于十一月十日奏乞，至今未奉指挥。数内一事，苏、湖、常、秀等州，见今米商全不通行，不唯逐州立赏闭粜，亦为逐处税务承例违条收米斛力胜税钱，是致商旅算计脚钱本重，无由兴贩。检会《元祐编敕》："诸兴贩斛斗及以柴炭草木博粮食者，并免纳力胜税钱。"注云："旧收税处依旧例。即灾伤地分，虽有旧例，亦免。"本司看详，本路见今灾伤，正合施行上条，已牒诸州施行，仍散牓辖下城郭、乡村外，深虑逐处税务自来收米斛力胜处，指为课额。今来虽系灾伤，合依上条放免，至年终比较日，转运司不容如此分说，有亏欠折遭责罚，须至奏请者。

右伏望圣慈愍念本路灾伤及前件放免力胜条贯，系今来合行事件，特赐指挥：转运司将来年终比较日，除米斛力胜一项税额权免，比较科罚候将来丰熟日依旧。所贵商旅通行，场务亦免罪责。谨录奏闻，伏候敕旨。

【解题】

以上两状约作于元祐四年（1089）末，苏轼在杭州知州任上。本状奏请朝廷下令各州不得禁止米粮出境，以解救无米之州的危急。

乞降度牒召人入中斛斗出粜济饥等状

元祐五年二月十四日，龙图阁学士朝奉郎知杭州苏轼状奏。右臣近指挥本州令在州并倚郭两县粜常平米一千石，及外七县大县日粜百石，小县五十石，约计日粜五百余石。自二月至六月终，将见管里外常平米均匀兑拨。除本州倚郭略已足用外，其余七县，见缺三万余石。虽蒙朝廷赐上供米二十万石于本路出粜，已准转运司牒报，于越、睦州拨三万石与杭州。然本州年计见缺军粮六万余石，越、睦州米尚不了兑充军粮，更无缘出卖。以此，外县出粜，实缺三万余石。臣已一面指挥诸县那移般运，开场出粜，以平米价，庶几深山穷谷小民，不至大段失所。然约度见管米数，恐只至四、五月间，必然粜尽。若秋谷未登，粜场不继，即民间顿然缺食，深可忧虑。臣勘会诸州，例皆缺米，纵使督迫转运、提刑司，必是无处擘画，那移应副。惟有一策，恐可济办。缘臣去岁曾奏乞度牒二百道，修完本州廨宇，未蒙施行。臣于十二月末，曾作书与太师文彦博以下执政八人，乞早奏陈，特许给上件度牒二百道。臣欲权将上件度牒，召募苏、湖、常、秀人户，令于本州缺米县分入中。斛斗以优价入中，减价出卖，约可得二万五千石，粜得一万五千贯。访闻苏、湖、常、秀，虽甚灾伤，富民却薄有蓄积，若以度牒召募，必肯入中。却以此钱修完廨宇，庶几先济饥殍之民，后完久坏屋宇，两事皆济，则吏民荷德无穷。臣发此书已四十余日，至今无报，不免干冒朝廷，上渎圣听。伏乞圣慈深哀本州外邑溪谷之民将坠沟壑，特发宸断，速赐允从。臣无任惶恐战慄待罪之至。谨录奏闻，伏候敕旨。

【解题】

本状作于元祐五年（1090），杭州灾荒不解，官米即将粜尽，苏轼因特请将修官舍所用之二百度牒，挪作买米之用，先济饥殍之民。

论叶温叟分擘度牒不公状

元祐五年二月十八日，龙图阁学士左朝奉郎知杭州苏轼状奏。今月十七日，准转运使叶温叟牒杭州，准尚书礼部符，准元祐五年正月二十六日敕，勘会两浙、淮南路，见系灾伤，民间谷价涌贵，虽已降指挥，截拨上供斛斗出粜，及依条赈恤外，切虑所用斛斗数多，不能周足，牒奉敕各出给空名度牒三百道，付逐路转运、提刑、钤辖司，分擘与灾伤州、军，召人入纳斛斗或见钱，籴入官司封樁及诸色斛斗，添助赈济支用者。省部今依准敕命指挥，出给到空名度牒三百道，并封皮，须至符送者。符当司主者候到，一依前项敕命指挥，及照会元祐敕令，疾速施行，仍关提刑、钤辖司，及合属去处，不管稍有违悮者。当司契勘，杭、越、苏、湖、常、秀、润、衢、婺、台等州，灾伤放税，除衢州放税只及二厘不至灾伤更不拨外，今将杭、越等九州放税钱数究纽，每州合得道数，须至行遣数内杭州三十道者。

臣看详上件敕旨，为两浙、淮南路灾伤，各出给空名度牒三百道，付逐路转运、提刑、钤辖司，分擘与灾伤州、军。转运司既受上件敕旨，即合与提刑及浙东西两路钤辖司商量分擘，仍须参用各州郡大小，户口众寡，及灾伤分数，品配合得道数，依公分擘。今来转运使叶温叟，因出巡苏、秀等州，在路受得上件敕旨，便敢公然违戾，更不计会提刑及两路钤辖司，亦不与转运判官张璹商议，便一面擅行分擘，内杭州只得三十道。切缘杭州城内，生齿不可胜数，约计四、五十万人。里外九县主客户口，共三十余万。今来检放水旱，虽只计一分六厘，又缘杭州自来土产米谷不多，全仰苏、湖、常、秀等州般运斛斗接济。若数州不熟，即杭州虽十分丰稔，亦不免为饥年。自去岁十月以后，米价涌长，至每斗九十足钱。近岁浙中难得见钱，每斗九十，便比熙宁以前百四、五十，因粜常平米，每日不下五、六万人争籴，方免饿殍。今来圣恩优恤，一路委自提、转及两路钤辖司分擘度牒，而温叟独出私意，只分与杭州三十道。内润州人户，比杭州十分才及一、二，却分得一百道，其余多少任情，未易悉数。致杭州百姓，例皆咨怨，将谓圣恩偏厚润州，不及杭州。不知自是温叟公违敕旨，任情分擘，须至奏陈者。

右臣先于二月四日奏。为杭州诸县出粜官米，自二月至六月终，缺三万余石，乞特赐度牒二百道召人入中米，外县吏民，日夜企望朝廷施行，虽大旱望雨，执热思濯，未喻其急。度奏状未到间，已蒙朝廷施行。乃是圣明洞照数千里外事，有如目睹。今乃为转运使叶温叟自出私意，多少任情，以杭州众大，甲于两路，只分与三十道，吏民惊骇，莫晓其意。

臣窃原圣意，盖谓提刑专主赈济，钤辖司专管灾伤盗贼，故令转运司与两司同共相度分擘。今温叟并不计会两司及转运判官，直自一面任意分擘，牒送诸州，更不关报钤辖司。臣忝为侍从，出使一路，温叟似此凌蔑肆行，臣若不言，必无人更敢论列。况杭州见今里外一十九处开场粜米，籴者如云，虽寄居待缺官员，亦行差请，杭人素来骄奢，本以籴官米为耻，若非饥急，岂肯来籴？此皆温叟与诸监司所共目睹。今来只分三十道，深骇物听。

切缘度牒三百道，约直钱五万余贯，所在商贾富民，为之奔走汹动，而温叟一面任意分擘，更不计会逐司，岂得稳便。兼臣访闻去岁诸郡检放税赋，多有不实不尽。只如苏州积水渺望，众所共见。今来放税分数，反不及润州，盖是检放官吏观望，漕司意指，及各随本州长吏用意厚薄，未必皆是得实。今来温叟专用放税分数为断，深为未允。纵使检放得实，而州郡大小，户口多寡不同，亦合参酌品配，从逐司公共相度分擘，方得允当。今来但系温叟所定赈济州郡，即多得度牒，应系别人地分，例皆靳惜不与，显见全然不公。臣已牒转运司，请细详上件朝旨，计会提刑、钤辖司，依公分擘去讫。深虑温叟未肯听从，纵肯听从，不过量添三、二十道，亦是支用不足。

伏望圣慈体念杭州元奏缺米三万石，本乞度牒二百道，方稍足用，今来不敢更望上件数目，只乞特赐指挥于三百道内支一百五十道与杭州。况其余州、军，元无奏请缺米去处，将其余一百五十道分与，亦无缺事。伏乞早赐指挥。所贵灾伤之民，均受圣泽，不至以一夫私意，专制多少。谨录奏闻，伏候敕旨。

贴黄。杭州元奏缺米三万石，乞度牒二百道。今来转运使只与三十道。润州元不奏缺米，显是常平钱米足用，今来却与一百道，深骇物听。乞朝廷详酌。诸州元无奏请缺米去处，若依臣所奏，分与一百五十道，已出望外。杭州若得一百五十道，犹未足用，乞自圣旨分擘施行。若只下本路，其转运使叶温叟，必是遂非，不肯应副。

【解题】

本状指控转运使叶温叟分配朝廷所赐度牒严重不公，欲为重灾之杭州多争取牒数。

杭州乞度牒开西湖状

元祐五年四月二十九日，龙图阁学士左朝奉郎知杭州苏轼状奏。右臣闻天下所在陂湖河渠之利，废兴成毁，皆若有数。惟圣人在上，则兴利除害，易成而难废。昔西汉之末，翟方进为丞相，始决坏汝南鸿隙陂，父老怨之，歌曰："坏陂谁？翟子威。

饭我豆食羹芋魁。反乎覆，陂当复。谁言者？两黄鹄。”盖民心之所欲，而托之天，以为有神下告我也。孙晧时，吴郡上言，临平湖自汉末草秽壅塞，今忽开通，长老相传：“此湖开，天下平。”晧以为己瑞，已而晋武帝平吴。由此观之，陂湖河渠之类，久废复开，事关兴运。虽天道难知，而民心所欲，天必从之。

杭州之有西湖，如人之有眉目，盖不可废也。唐长庆中，白居易为刺史。方是时，西湖溉田千余顷。及钱氏有国，置撩湖兵士千人，日夜开浚。自国初以来，稍废不治，水涸草生，渐成葑田。熙宁中，臣通判本州，则湖之葑合，盖十二三耳。至今才十六、七年之间，遂堙塞其半。父老皆言十年以来，水浅葑合，如云翳空，倏忽便满。更二十年，无西湖矣。使杭州而无西湖，如人去其眉目，岂复为人乎？

臣愚无知，窃谓西湖有不可废者五。天禧中，故相王钦若始奏以西湖为放生池，禁捕鱼鸟，为人主祈福。自是以来，每岁四月八日，郡人数万会于湖上，所活羽毛鳞介以百万数，皆西北向稽首，仰祝千万岁寿。若一旦堙塞，使蛟龙鱼鳖同为涸辙之鲋，臣子坐观，亦何心哉？此西湖之不可废者，一也。杭之为州，本江海故地，水泉咸苦，居民零落。自唐李泌始引湖水作六井，然后民足于水，井邑日富，百万生聚，待此而后食。今湖狭水浅，六井渐坏，若二十年之后，尽为葑田，则举城之人，复饮咸苦，其势必自耗散。此西湖之不可废者，二也。白居易作《西湖石函记》云：“放水溉田，每减一寸，可溉十五顷；每一伏时，可溉五十顷。若蓄泄及时，则濒河千顷，可无凶岁。”今虽不及千顷，而下湖数十里间，茭菱谷米，所获不赀。此西湖之不可废者，三也。西湖深阔，则运河可以取足于湖水。若湖水不足，则必取足于江潮。潮之所过，泥沙浑浊，一石五斗。不出三岁，辄调兵夫十余万工开浚，而河行市井中盖十余里，吏卒搔扰，泥水狼藉，为居民莫大之患。此西湖之不可废者，四也。天下酒税之盛，未有如杭者也，岁课二十余万缗。而水泉之用，仰给于湖，若湖渐浅狭，水不应沟，则当劳人远取山泉，岁不下二十万工。此西湖之不可废者，五也。

臣以侍从，出膺宠寄。目睹西湖有必废之渐。有五不可废之忧，岂得苟安岁月，不任其责。辄已差官打量湖上葑田，计二十五万余丈，度用夫二十余万工。近者伏蒙皇帝陛下、太皇太后陛下以本路饥馑，特宽转运司上供额斛五十余万石，出粜常平米亦数十万石，约敕诸路，不取五谷力胜税钱，东南之民，所活不可胜计。今又特赐本路度牒三百，而杭独得百道。臣谨以圣意增价召人入中，米减价出粜以济饥民，而增减耗折之余，尚得钱米约共一万余贯石。臣辄以此钱米募民开湖，度可得十万工。自今月二十八日兴工，农民父老，纵观太息，以谓二圣既捐利与民，活此一方，而又以其余弃，兴久废无穷之利，使数千人得食其力以度此凶岁，盖有泣下者。臣伏见民情如此，而钱米有限，所募未广，葑合之地，尚存大半，若来者不嗣，则前功复弃，深可痛惜。若更得度牒百道，则一举募民除去净尽，不复遗患矣。

伏望皇帝陛下、太皇太后陛下少赐详览，察臣所论西湖五不可废之状，利害卓然，特出圣断，别赐臣度牒五十道，仍敕转运、提刑司，于前来所赐诸州度牒二百道内，契勘赈济支用不尽者，更拨五十道价钱与臣，通成一百道。使臣得尽力毕志，半年之间，目见西湖复唐之旧，环三十里，际山为岸，则农民父老，与羽毛鳞介，同泳圣泽，无有穷已。臣不胜大愿，谨录奏闻，伏候敕旨。

贴黄。目下浙中梅雨，葑根浮动，易为除去。及六七月，大雨时行，利以杀草，芟夷蕴崇，使不复滋蔓。又浙中农民皆言八月断葑根，则死不复生。伏乞圣慈早赐开允，及此良时兴工，不胜幸甚。

又贴黄。本州自去年至今开浚运河，引西湖水灌注其中，今来开除葑田逐一利害，臣不敢一一烦渎天听，别具状申三省去讫。

【解题】

由于西湖淤塞过半，影响这一带的农业生产和人民生活，苏轼特上疏朝廷，希望利用济灾余钱并请朝廷增拨度牒，既可雇工疏浚西湖，又可帮助数千雇工依此度灾。文中从五个方面阐述了西湖的重要性，极有说服力。

申三省起请开湖六条状

元祐五年五月初五日，龙图阁学士左朝奉郎知杭州苏轼状申。轼于熙宁中通判杭州，访问民间疾苦。父老皆云："惟苦运河淤塞。远则五年，近则三年，率常一开浚，不独劳役兵民，而运河自州前至北郭穿阛阓中，盖十四、五里，每将兴工，市肆汹动，公私骚然。自胥吏壕寨兵级等，皆能恐喝人户。或云当于某处置土，某处过泥水，则居者皆有失业之忧，既得重赂，又转而之他。及工役既毕，则房廊邸店，作践狼藉，园囿隙地，例成丘阜，积雨荡濯，复入河中，居民患厌，未易悉数。若三五年失开，则公私壅滞，以尺寸水欲行数百斛舟，人牛力尽，跬步千里，虽监司使命，有数日不能出郭者。其余艰阻，固不待言。"问其所以频开屡塞之由。皆云："龙山、浙江两闸，日纳潮水，沙泥浑浊，一泛一淤，积日稍久，便及四、五尺，其势当然，不足怪也。"轼又问言："潮水淤塞，非独近岁，若自唐以来如此，则城中皆为丘阜，无复平田。今验所在，堆叠泥沙，不过三、五十年所积耳，其故何也？"父老皆言："钱氏有国时，郡城之东有小堰门，既云小堰，则容有大者。昔人以大小二堰隔截江水，不放入城，则城中诸河，专用西湖水，水既清澈，无由淤塞。而余杭门外地名半道洪者，亦有堰名为清河，意似爱惜湖水，不令走下。自天禧中，故相王钦若知杭州，始坏此堰，以快目下舟楫往来，今七十余年矣。以意度之，必自此后湖水不足于用，而取足于江潮。又况今者西湖日就堙塞，昔之水面，半为葑田，霖潦之际，无所潴畜，流溢害田，而旱干之月，湖自减涸，不能复及运河。”

谨按唐长庆中刺史白居易浚治西湖，作《石函记》，其略曰“自钱塘至盐官界应溉夹河田者，皆放湖入河，自河入田，每减一寸，可溉十五顷，每一伏时，可溉五十顷。若堤防如法，蓄泄及时，则濒河千顷，无凶年矣。”用此计之，西湖之水，尚能自运河入田以溉千顷，则运河足用可知也。轼于是时，虽知此利害，而讲求其方，未得要便。今者蒙恩出典此州，自去年七月到任，首见运河干浅，使客出入艰苦万状，谷米薪刍，亦缘此暴贵。寻划刷捍江兵士及诸色厢军得千余人，自十月兴工，至今年四月终，开浚茅山、盐桥二河，各十余里，皆有水八尺以上。见今公私舟船通利。

父老皆言：“自三十年已来，开河未有若此深快者也。”然潮水日至，淤填如旧，则三、五年间，前功复弃。轼方讲问其策，而临濮县主簿监在城商税苏坚建议曰：“江潮灌注城中诸河，岁月已久，若遽用钱氏故事，以堰闸却之，令自城外转过，不惟事体稍大，而湖面葑合，积水不多，虽引入城，未可全恃。宜参酌古今，且用中策。今城中运河有二，其一曰茅山河，南抵龙山浙江闸口，而北出天宗门。其一曰盐桥河，南至州前碧波亭下，东合茅山河，而北出余杭门。余杭、天宗二门，东西相望，不及三百步。二河合于门外，以北抵长河堰下。今宜于钤辖司前创置一闸，每遇潮上，则暂闭此闸，令龙山浙江潮水，径从茅山河出天宗门，候一两时辰，潮平水清，然后开闸，则盐桥一河过阛阓中者，永无潮水淤塞、开淘搔扰之患。而茅山河纵复淤填，乃在人户稀少村落相半之中，虽不免开淘，而泥土有可堆积，不为人患。潮水自茅山河行十余里至梅家桥下，始与盐桥河相通，潮已行远，泥沙澄坠，虽入盐桥河，亦不淤填。（自来潮水入茅山、盐桥二河，只淤填十里，自十里以外，不曾开淘，此已然之明效也）茅山河既日受潮水，无缘涸竭，而盐桥河底低茅山河底四尺，（梅家桥下，量得水深四尺，而碧波亭前，水深八尺）则盐桥河亦无涸竭之患。然犹当过虑，以备乏水。今西湖水贯城以入于清湖河者，大小凡五道。（一，暗门外斗门一所。一，涌金门外水闸一所。一，集贤亭前水窗一所。一，集贤亭后水闸一所。一，菩提寺前斗门一所）皆自清湖河而下以北出余杭门，不复与城中运河相灌输，此最可惜。宜于涌金门内小河中，置一小堰，使暗门、涌金门二道所引湖水，皆入法慧寺东沟中，南行九十一丈，则凿为新沟二十六丈，以东达于承天寺东之沟，又南行九十丈，复凿为新沟一百有七丈，以东入于猫儿桥河口，自猫儿桥河口入新水门，以入于盐桥河，则咫尺之近矣。此河下流，则江潮清水之所入；上流，则西湖活水之所注，永无乏绝之忧矣。而湖水所过，皆阛阓曲折之间，颇作石柜贮水，使民得汲用浣濯，且以备火灾，其利甚博。此所谓参酌古今而用中策也。”

轼寻以坚之言使通直郎知仁和县事黄僎相度可否，及率僚吏躬亲验视，一一皆如坚言，可成无疑也。谨以四月二十日兴功开导及作堰闸，且以余力修完六井，（杭州城中多卤地，无甘井。唐刺史李泌始作六井，皆引湖水注其中，岁久不治。熙宁中，知州陈襄与轼同擘画修完，而功不坚致，今复废坏。轼今改作瓦筒，又以砖石培甃固护，可以坚久）皆不过数月，可以成就。而本州父老农民睹此利便，相率诣轼陈状，凡一百一十五人，皆言：“西湖之利，上自运河，下及民田，亿万生聚，饮食所资，非止为游观之美，而近年以来，堙塞几半，水面日减，茭葑日滋，更二十年，无西湖矣。”劝轼因此尽力开之。轼既深愧其言，而患兵工寡少，费用之资无所从出。父老皆言："窃闻朝廷近赐度牒一百道，每道一百七十贯，为钱一万七千贯。本州既高估米价，召人入中，又复减价出粜，以济饥民，消折之余，尚有钱米约共一万贯石，若支用此，亦足以集事矣。"

适会钱塘县尉许敦仁建言西湖可开状，其略曰："议者欲开西湖久矣，自太守郑公戬以来，苟有志于民者，莫不以此为急，然皆用工灭裂，又无以善其后。盖西湖水浅，茭葑壮猛，虽尽力开撩，而三二年间，人工不继，则随手葑合，与不开同。窃见吴人种菱，每岁之春，芟除涝漉，寸草不遗，然后下种。若将葑田变为菱荡，永无茭草堙塞之患。今乞用上件钱米，雇人开湖。候开成湖面，即给与人户，量出课利，作菱荡租佃，获利既厚，岁岁加功，若稍不除治，微生茭葑，即许人刬赁。但使人户常忧刬夺，自然尽力，永无后患。今有钱米一万贯石，度所雇得十万工。每工约开葑一丈，亦可添得十万丈水面，不为小补。（若量破钱米召募饥民兴役，必不济事。若每日破米三升钱五十五文足，雇一强壮人夫，然后可使。虽云强壮，然艰食之岁，使数千人得食其力以度凶年，亦归于赈济也）"

轼寻以敦仁之策，参考众议，皆谓允当。已一面牒本州依敦仁擘画，支上件钱米雇人，仍差捍江船务楼店务兵士共五百人，般载葑草，于四月二十八日兴工去讫。今来有合行起请事件，谨具画一如左。

一、今来所创置钤辖司前一闸，虽每遇潮上，闭闸一两时辰。而公私舟船欲出入闸者，自须先期出入，必不肯端坐以待闭闸，兼更有茅山一河自可通行，以此实无阻滞之患，而能隔截江潮，径自茅山河出天宗门，至盐桥一河，永无堙塞开淘搔扰之患，为利不小。恐来者不知本末，以阻滞为言，轻有变改，积以岁月，旧患复作，今来起请新置钤辖司前一闸，遇潮上闭讫，方得开龙山浙江闸，候潮平水清，方得却开钤辖司前闸。

一、盐桥运河岸上，有治平四年提刑元积中所立石刻，为人户屋舍侵占牵路已行除拆外，具载阔狭丈尺。今方二十余年，而两岸人户复侵占牵路，盖屋数千间，却于屋外别作牵路，以致河道日就浅窄。准法据理，并合拆除，本州方行相度，而人户相率经州，乞遽逐人家后丈尺，各作木岸，以护河堤，仍据所侵占地量出赁钱，官为桩管准备修补木岸，乞免拆除屋舍。本州已依状施行去讫。今来起请应占牵路人户所出赁钱，并送通判厅收管，准备修补河岸，不得别将支用，如违，并科违制。

一、自来西湖水面，不许人租佃，惟茭葑之地，方许请赁种植。今来既将葑田开成水面，须至给与人户请佃种菱。深虑岁久人户日渐侵占旧来水面种植，官司无由觉察，已指挥本州候开湖了日，于今来新开界上，立小石塔三五所，相望为界，亦须至立条约束。今来起请，应石塔以内水面，不得请射及侵占种植，如违，许人告，每丈支赏钱五贯文省，以犯人家财充。

一、湖上种菱人户，自来脔割葑地，如田塍状，以为疆界。缘此即渐葑合。不可不禁。今来起请应种菱人户，只得标插竹木为四至，不得以脔割为界。如违，亦许人划赁。

一、本州公使库，自来收西湖菱草荡课利钱四百五十四贯，充公使。今来既开草葑，尽变为菱荡，给与人户租佃，即今后课利，亦必稍增。若拨入公使库，未为稳便。今来起请欲乞应西湖上新旧菱荡课利，并委自本州量立课额，今后永不得增添。如人户不切除治，致少有草葑，即许人划赁，其划赁人，特与权免三年课利。所有新旧菱荡课利钱，尽送钱塘县尉司收管，谓之开湖司公使库，更不得支用，以备逐年雇人开葑撩浅，如敢别将支用，并科违制。

一、钱塘县尉廨宇，在西湖上。今来起请今后差钱塘县尉衙位内带管勾开湖司公事，常切点检，才有葑葑，即依法施行。或支开湖司钱物，雇人开撩替日，委后政点检交割。如有葑葑不切除治，即申所属点检，申吏部理为遗阙。

以上六条，并刻石置知州及钱塘县尉厅上，常切点检。

右谨件如前。勘会西湖葑田共二十五万余丈，合用人夫二十余万工。上件钱米，约可雇十万工，只开得一半。轼已具状奏闻，乞别赐度牒五十道，并于前来所赐本路诸州度牒二百道内，契勘赈济支用不尽者，更拨五十道，通成一百道，充开湖费用外，所有逐一子细利害，不敢一一紊烦天听。伏乞仆射相公、门下侍郎、中书侍郎、尚书左丞、尚书右丞特赐详览前件所陈利害，及起请六事，逐一敷奏，立为本州条贯，早赐降下，依禀施行。兼画成地图一面，随状纳上，谨具状申三省，谨状。

【解题】

本文备呈西湖淤塞之原因，官民亟望开浚西湖之情状，疏浚西湖之措施及西湖管理之规划，较前文更加详尽，堪于施行。

奏户部拘收度牒状

元祐五年五月二十七日，龙图阁学士左朝奉郎知杭州苏轼状奏。右臣近者伏见二圣遇灾而惧，忧劳四方，所以拯救饥民者，可谓至矣。两浙、淮南蒙赐度牒六百道，而杭、扬二州，各得百道，吏民鼓舞，歌咏圣泽。曾未数月，而淮西提刑申户部，本路常平斛斗足用，不须上件度牒；两浙转运、提刑亦申，本路今年丰熟，别无流民。是致户部申都省却乞拘收度牒钱斛，以备别时支用。都省更不奏禀圣旨，便行下本路提刑司，依户部所申施行。臣勘会自来圣恩以灾伤特赐钱物赈济，即无似此中变却自都省行下追收体例，深骇物听。淮、浙两路，去岁灾伤之甚，行路备知，便使今年秋谷大稔，犹恐未补疮痍，而况春夏之交，稻秧未了，未委逐路提、转，如何见得今年秋熟便申丰稔？显是小臣无意恤民，专务献谄，而户部、都省乐闻其言，即时施行，追寝二圣已行之泽。百姓闻之，皆谓朝廷不惜饥民，而惜此数百纸度牒，中路翻悔，为惠不终。臣忝备禁从，受恩至深，不忍小臣惑误执政，屯膏反汗，亏汙圣德，惜毫毛之费，致丘山之损，是以冒昧献言。伏望圣慈察臣孤忠，留中省览，更不降出，只作圣意访闻，戒饬执政，令速降指挥，更不得拘收，一依前降圣旨，尽用赈济。所贵艰食之民，始终被惠，亦免二圣已行恩命反覆追收，失信天下。臣不胜区区，谨录奏闻，伏候敕旨。

贴黄。臣近有状奏。乞更赐度牒五十道，用开西湖葑田，仍已一面指挥本州，将前来度牒变转赈济外，所余钱米，召募艰食之民，兴功开淘。今来才及一月，渐以见功。吏民踊跃从事，农工父老，无不感悦。忽蒙都省拘收钱米，自指挥到日，更不敢支动。吏民失望，前功并弃，深可痛惜。伏乞出自圣意，指挥三省检会前奏，早赐施行。臣自以受恩深重，每有所见，不敢不尽。今者上忤执政，下忤户部监司，伏望圣慈愍臣孤忠，不避仇怨，特乞留中不出，以全臣子。

【解题】

本文揭露了一些官吏为了媚上，不顾民间疾苦，谎报今年丰收，别无流民，要求收回度牒。苏轼对此行径极为痛恨，特具状斥责，并请求朝廷制止此事。

应诏论四事状

元祐五年六月初九日，龙图阁学士左朝奉郎知杭州苏轼状奏。臣近者伏睹邸报，以诸路旱灾，内出手诏两道，其略曰：

"岂政治失当，事之害物者尚多；上下厄塞，情之不通者非一；刑或不称其罪，用或不当其人?"又曰："意者政令宽弛，吏或为害而莫知，赋役失当，民病于事而莫察，忠言有壅而未达，贤材有抑而未用?"臣伏读至此，感愤涕泣而言曰："呜呼，陛下即位改元于今五年，三出此言矣，虽禹、汤之圣，不惜罪已，而臣子之心，诚不忍闻。思有以少补圣政，助成应天之实，使尧、舜之仁，名言皆行，心迹相应，庶几天人感通，灾沴不作，免使君父数出此言。不胜拳拳孤忠，而志虑短浅，又以出守外服，不能尽知朝政得失，独以目所亲见民之疾苦，州县官吏日夜奉行残伤其肌体，散离其父子，破坏其生业，为国敛怨，而了无丝毫上助国用者四事，昧死献言，谨具条件如左。

一、伏见元祐四年八月十九日敕节文："应见欠市易人户，籍纳拘收产业，自来所收课利乃估卖到诸般物色钱，已及官本，别无失陷，除已有人承买交业外，并特给还；未足者，许贴纳收赎，仍不限年。"四方闻之，莫不鼓舞歌咏，以谓圣恩深厚，烛知民隐，诚三王推本人情之政也。寻契勘杭州共有一百一十二户，合该上项敕条。方且次第施行次，忽准尚书户部符，据苏州申明，如何谓之折纳，如何谓之籍纳？本部已依条估覆。供认伏定入官，折还欠钱，谓之折纳。已经估覆三估不伏定，即以所估高价籍定者，谓之籍纳。惟籍纳产业，方许给还。用此契勘，遂无一户可以应得。指挥至有已给再追者。于是百姓讙然出诉于庭。以谓某等自失业以来，父母妻子离散，转在沟壑，久无所归。伏幸仁圣在上，昭恤如此，命下之初，如蒙更生。今者有司沿文生意，又复壅隔，虽有惠泽，盖与无同。臣即看详，元初立法，本为兴置，市易已来，凡异时民间生财自养之道，一切收之公上。小民既无他业，不免与官中首尾胶固，以至供通物产，召保立限，增价出息，赊贷转变，以苟趋目前之急。

及至限满，不能填偿，又理一重息罚，岁月益久，逋欠愈多，科决监锢，以逮妻孥。市易官吏，方且计较功赏，巧为文词，致许人户愿以屋业及田土折纳还官，各以差官检估取伏定文状了日理作季限，放免息罚，召人添价收买。方人户在系累之时，州县督责严急，如有产业田土，岂复自能为主，检估伏认，势须在官，虽名情愿，实只空文。唯是顽狡之人，或能抵拒，以至三估未肯供状，及其既纳，皆是折还欠钱，并籍在官，有何不同。圣恩宽大，特为立法，以救前日之弊。所称籍纳，只是临时立文，出于偶尔，而有司执阂，妄意分别。若果如申明，即是善良畏事之人，不蒙优恤，元初恃顽狡狯与官为竞之民，却被惠泽。事理如此，岂不倒置？不惟元条无此明文，实恐非朝廷绥养穷困之意。及检会元祐四年三月二十六日敕，人户欠市易官钱，将楼店屋产折纳在官，并将所收房课充折，别无少欠，亦许给还，亦不曾分别折纳、籍纳。以此推考，显无可疑。自是苏州官吏巧薄，以刻为忠，曲有申请，而户部吝于出纳，以害仁政。伏乞特加详察，不以折纳、籍纳，并依元条施行，所贵失业之人，均被圣恩。

一、伏见元祐元年九月八日敕："尚书户部状，据提点两浙刑狱公事乔执中奏，熙宁四年以后至元丰三年以前新法，积欠盐钱及有均摊等人陪填，见今贫乏无可送纳，已累经赦恩，比类市易等钱，只令送纳产盐场监官本价钱，其余并乞除放等事。本部勘当，欲并依乔执中所奏前项事理施行，仍连状奉圣旨依。及准提刑司备坐元奏，积欠盐钱，前后官司催纳，仅及六年，催到贯万不少，今来所欠，并是下等贫困之人，无可送纳，已累经赦恩，及逐节事理，遂具状申奏。今准省符，前项指挥请详朝旨施行。"本州契勘上件年分，计有四百四十五户，自承朝旨以来．迨今首尾五年，才放得二十三户。臣窃怪之，以谓东南盐法，久为民患，原其造端，盖自两浙流衍散漫，遂及江南、福建，流弊之末，人不堪命，故诏令之下，如救水火。今者五年之久，民之疾苦，依然尚在，朝廷德泽，十不行一，何也？推考其故，盖提举盐事司执文害意，谓非贫乏不在此数。而州县吏人，因缘为奸，以市贿赂，故久而不决。窃详元奏之意，本谓积欠岁久，前后官司催纳到贯万不少，今来所欠，并是贫困之人，既以累经赦恩，比类市易，只乞与纳官本价钱。本部勘当，以此并乞依奏仍连状奉圣旨施行，即是执中所奏欠户，自是贫困之人，皆当释放矣。省部行下务从文省，止是节略元奏，为其已涉六年，见今贫乏无可送纳，非为更行勘会，须得委是贫乏，方可施行。至元祐二年，本州再以元丰四年已后至八年登极大赦以前积欠盐户，奏乞除放，省部看详，方始行文，如委是贫乏，即依元祐元年九月十八日已降朝旨施行，以显执中当时所奏，并谓见今贫乏无可送纳，合行一例除放，及节次本州与转运司各曾申明省符，与元奏词语不同，省部亦已开析，缘元系连状，并依前项所奏施行，事理甚明。而主司坚执，至今疑惑，至使州县吏人，户户行遣，一一较量，计构官司，买嘱邻里，尚复多方指摘，以肆规求，待其充欲，然后保明。遂致其间一百四十九户已放，而复行勘会，一百六十五户申省见勘会而未圆，二十五户已圆而申禀监司，及有一户二户，旋申省部。如此反复，多方留难，即五年之久，未足为怪也。伏惟仁圣在上，忧民疾苦，寤寐不忘。惠泽之下，宜如置邮传命，今乃中道废格，以开奸吏乞取之路，反使朝廷之恩，得与夺于州县庸人之手；省部既不钩察，官吏亦恬不为虑，甚非所以仰称仁圣焦劳爱民之意也。伏乞昭示德音，申饬有司，更不勘会是与不是贫乏，无俾奸吏执文害意，以壅隔朝廷大惠。不然，或断以第三等以下，并依上件朝旨施行。则法令易简，一言自足矣。盖等第素定，贫富较然，朝行夕至，奸吏无所措意也。所有元丰四年以后，及至八年大赦以前所欠盐户，亦乞依此施行。

贴黄。契勘熙宁四年以后止元丰八年登极大赦以前，人户积欠，共计五万三百余贯。若谓非贫乏有可送纳，即自元祐元年至今并不曾纳到分文，显见有司空留账籍虚数，以害朝廷实惠。

一、伏见熙宁中，天下以新法从事，凡利源所在，皆归之常平使者。而转运司岁入之计，惟田赋与酒税而已。方是时，民财窘亟，酒税例皆减耗，诸路既已经费不足，上下督责益急，故酒务官吏，至有与庸保杂作，州县受官视事去处，亦或为小民喧哗群饮之肆，又不能售，往往苟逃罪戾，巧为文致，诱导无知之民，以陷欠负破荡之祸，如许人供通自己或借他人产业当酒是也。臣近契勘，杭州自承上件指挥以来，以产当酒者，计一千四百三十三户，计钱一十四万二千九百余贯，前后官司催督监锢，继以鞭笞拘当在官，遣之离业，又自收其租利，中间以至系累犴狱。公与私皆扰，人与产俱亡。十余年间，除已催到一十二万九千四百余贯，计千二十九户外，尚有余欠一万三千四百余贯，计四百四户。岁月既久，终不能填偿，岂非并是困穷无有之人乎？寻检会元丰四年五月二十一日敕，酒务留当产业，依盐钱例拘收，以其盐与酒事同一体故也。今者盐钱欠户，已准元祐元年九月十六日及二年九月十八日朝旨，许纳场监地头官本价钱，余并除放，独酒欠至今，未蒙如此施行。岂容事同一体，拘收则同，而除放则异？此无他，盖有司不能推广朝廷德意故也。臣愚欲乞将元丰八年登极大赦前酒欠人户，并依所欠盐钱已得朝旨并今来前项申明，更不勘会贫乏，或断自第三等以下事理施行，不惟海隅细民并蒙休泽，实亦无偏无党皇极之道也。

一、伏见元丰四年杭州合发和买绢二十三万一千疋，准朝旨拨转运司钱，于余杭等县，委官置场一十一处收买。寻以数内拣下不堪上供五万七千八百九十疋，计钱五万五千余贯，却勒逐场变转。是时钱重物轻，一日并出，既声言行滥不受于官，又须元价以冀偿足，捐之市中，莫有顾者。于是官吏惶骇，莫知所为，不免一切赊贷，及假借官势，抑配在民，往往其间浮浪小人与无赖子弟，诡冒姓名，朋欺上下。元买官吏苟得虚数还之有司，以缓目前之祸。其后督责严急，必于取偿奏立近期，专委强吏。十余年间如捕寇盗，除催到四万六千余贯外，余欠八千二百余贯，共二百八十二户，并是贫民下户，无所从出，与诡冒逃移不知头主及干系均纳之人，连延至今，终不能足。惟有簿书，以资奸吏追扰，遗害未已。今者伏准元祐五年四月初九日敕，诸处见欠蚕盐和预买青苗钱物，元是冒名无可催理，或全家逃移，邻里抱认；或元无头主，均及干系人，以此积年未能了绝，虽系元请官本，况内有已该元丰八年登极大赦者，依圣旨并特除放，欢声播传，和气充塞。臣于此时仰知圣德广大，正使尧汤水旱，亦不足虑也。然政有体，事有数，体虽备而数不能悉，言虽不及而意在是者，盖非俗吏所能知也。臣辄不避僭妄，窃详和买之法，以钱与民而收绢，是犹补助耕敛之意，公私两有之利也。元丰官吏以绢与民而收钱，又皆行滥弃捐之余，取偿倍称不实之直，赊贷抑配，以苟免一时失陷之责，即是利专自为，害专在民也。事理人情，轻重可见，圣恩矜恤，宜在所先。臣愚以谓元丰四年退卖物帛，既同是和买之名，又有非法病民之实。自合依今年四月九日朝旨施行外，伏望朝廷深念前项弊害，止是出于一时官吏私意，非如蚕盐和预买青苗天下公共之法，更赐加察，告示矜宽，不以有无头主是与不是冒名，及邻里抱认与均及干系人，并特与除放，是亦称物平施，天之道也。

右所有四事，伏望圣慈特察臣孤忠，志在爱君，别无情弊，更赐清问左右大臣，如无异论，便乞出敕施行。若后稍有一事一件不如所言，臣甘伏罔上误朝之罪。若复行下有司反复勘会，必是巧为驳难，无由施行。臣缘此得罪，万死无悔，但恨仁圣之心，本不如此，如天降甘雨，为物所隔，终不到地，可为痛惜。而况前件四事，钱物数目虽多，皆是空文，必难催索。徒使胥吏小人，缘而为奸，威福平民。故臣敢谓放之则损虚名而收实惠，不放则存虚数而受实祸，利害较然。伏望圣明，特出宸断，天下幸甚。臣愚蠢少虑，言语粗疏，干犯天威，伏俟斧锧。谨录奏闻，伏候敕旨。

贴黄。臣伏见四方百姓，皆知二圣恤民之心，无异父母。但臣子不能推行，致泽不下流。日近以苏州官吏妄有申明折纳、籍纳一事，户部从而立法，致已给还产业，却行追收，人户诣臣哀诉，皆云黄纸放了，白纸却收，有泣下者。臣窃深悲之。自二圣嗣位已来，恩贷指挥，多被有司巧为艰阂，故四方皆有“黄纸放”而“白纸收”之语，虽民知其实，止怨有司，然陛下亦未尝峻发德音，戒敕大臣，令尽理推行，则亦非独有司之过也。况臣所论四事，钱物虽多，皆是虚数，必难催理。除是复用小人如吴居厚、卢秉之类，假以事权，济其威虐，则五七年间，或能索及三五分。若官吏只循常法，何缘索得。三五年后，人户竭产，伍保散亡，势穷理尽，不得不放。当此之时，亦不谓之圣恩矣。伏见坤成节在近，天下臣子皆以放生为忠，度僧为福，臣愚无知，不识大体，辄敢以此四事为献。伏望留神省览，指挥执政便与施行，导迎天休，以益圣算，其贤于放生度僧亦远矣。若陛下不少留神，执政只作常程文字行下，一落胥吏庸人之手，则茫然如坠海中，民复何望矣。臣言狂意切，必遭众怒，伏乞圣慈只行出前件奏状，留此贴黄一纸，更不降出，以全孤危。庶使愚臣今后每有所闻，得尽论列，以报二圣知遇之恩万分之一也。臣不胜大愿。

【解题】

本文从百姓和朝廷着眼，斥责一些贪官污吏千方百计阻遏朝廷旨意，不但不积极减免百姓积欠，反而敲诈勒索，因此损害了朝廷的名声，招致怨恨。苏轼从政治上、经济上详细分析了诸事的利害关系，条理清晰，堪为朝廷所用。

辨题诗札子

元祐六年八月初八日，翰林学士承旨左朝奉郎知制诰兼侍读苏轼札子奏。臣今月七日，见臣弟辙与臣言，赵君锡、贾易言臣于元丰八年五月一日题诗扬州僧寺，有欣幸先帝上仙之意。臣今省忆此诗，自有因依，合具陈述。臣于是岁三月六日，在南京闻先帝遗诏，举哀挂服了当，迤逦往常州。是时新经大变，臣子之心，孰不忧惧。至五月初间，因往扬州竹西寺，见百姓父老十数人，相与道旁语笑。其间一人以两手加额，云："见说好个少年官家"。其言虽鄙俗不典，然臣实喜闻百姓讴歌吾君之子，出于至诚。又是时，臣初得请归耕常州，盖将老焉，而淮浙间所在丰熟，因作诗云"此生已觉都无事，今岁仍逢大有年。山寺归来闻好语，野花啼鸟亦欣然。"盖喜闻此语，故窃记之于诗，书之当涂僧舍壁上。臣若稍有不善之意，岂敢复书壁上以示人乎？又其时去先帝上仙，已及两月，决非"山寺归来"始闻之语，事理明白，无人不知。而君锡等辄敢挟词，公然诬罔。伏乞付外施行，稍正国法。所贵今后臣子，不为仇人无故加以恶逆之罪。取进止。

奏题诗状

元祐六年八月八日，翰林学士承旨左朝奉郎知制诰兼侍读苏轼状。准奏，尚书省札子，苏轼元丰八年五月一日于扬州僧寺留题诗一首，八月八日，三省同奉圣旨，令苏轼具留题因依，实封闻奏。

右臣所有前件诗留题因依，臣已于今日早具札子奏闻讫。乞检会降付三省施行。谨录奏闻，伏候敕旨。

【解题】

因贾易等诬其于元丰八年所作之诗，有欣喜神宗去世之意，遂上疏具陈作诗始末，为己辩诬。

谢除龙图阁学士知颍州表二首

一

臣轼言。伏蒙圣恩，以臣累章乞郡除臣龙图阁学士知颍州者。引嫌求避，顾旧典之甚明；易职宠行，荷新恩之至厚。疏愚自省，惭悚交并。中谢。

伏念臣学陋无闻，性迂难合。受四朝之知遇，窃五郡之蕃宣。吴会二年，但坐縻于廪禄；禁林数月，曾未补于丝毫。敢冀殊私，复还旧物。恭惟太皇太后陛下，仁涵动植，明烛幽微。知臣独受于圣知，欲使曲全于晚节。怜其无用，许以少安。凡力请八章而后从，使不为一乞而遽去。在臣进退，可谓光荣。虽老病怀归，已功名之无望；而衷诚思报，尚生死之不移。臣无任感天荷圣激切屏营之至。谨奉表称谢以闻。

二

臣轼言。伏蒙圣恩，以臣累章乞郡，除臣龙图阁学士知颍州者。备员经席，幸依日月之光；引避亲嫌，实有简书之畏。恩还旧职，宠寄近藩。衰朽增华，省循知愧。中谢。

伏念臣生无他技，天与愚忠。虽所向之奇穷，独受知于仁圣。力求便郡，盖常怀老退之心；伏读训词，有不为朕留之语。殊私难报，危涕自零。恭惟皇帝陛下，缉熙光明，刚健笃实。方收文王之四友，以集孔子之大成。而臣苟念余生之安，莫伸一割之用。桑榆暮齿，恐遂赍志而莫偿；犬马微心，犹恐盖棺而后定。臣无任。

谢赐对衣金带马状二首

一

右臣伏蒙圣慈特赐臣对衣一袭，金腰带一条，银鞍辔马一匹者。锡之上驷，敢忘致远之劳；佩以良金，无复忘腰之适。执鞭请事，顾影知惭。恭惟皇帝陛下，禹俭中修，尧文外焕。长辔以御，率皆四牡之良；所宝惟贤，岂徒三品之贵。出捐车服，收辑事功。而臣衰不待年，宠常过分。枯羸之质，匪伊垂之，而带有余；敛退之心，非敢后也，而马不进。徒坚晚节，难报深恩。臣无任。

二

右臣伏蒙圣慈特赐臣对衣一袭，金腰带一条，银鞍辔马一匹者。出笥之珍，以旌有德；在坰之驷，岂及无功。而臣首尾四年，叨尘三锡。省躬内灼，服宠汗流。恭惟太皇太后陛下，慈俭自居，龙光四达。德被海宇，岂惟一袭之衣；恩结华夷，何止十围之带。群贤在驭，六辔自调。而臣顷以衰羸，止求安便。奉宣德意，庶几五袴之谣；收敛壮心，无复千里之志。更期力报，有愧空言。臣无任。

颍州谢到任表二首

一

臣轼言。伏蒙圣恩，除臣龙图阁学士知颍州，臣已于今月二十二日到任讫者。避嫌引疾，惭无国士之风；揣分知难，粗守人臣之节。曲蒙温诏，遂假名邦；已见吏民，惟知感怍。臣某中谢。

伏念臣早缘多难，无意轩裳；晚以虚名，偶尘侍从。虽云时可，每与愿违。既未决于归田，故力求于治郡。慈母爱子，但怜其无能；明君知臣，终护其所短。自欣投老，渐获安身。此盖伏遇太皇太后陛下，慈俭临民，刚柔布政。参天地而有信，喜怒不陈；体水镜之无心，忠邪自辨。致兹愚直，亦克保全。虽任职居官，无过人者；而见危授命，盖有志焉。臣无任。

二

臣轼言。伏蒙圣恩，除臣龙图阁学士知颍州，臣已于今月二十二日到任讫者。支郡责轻，未即满盈于小器；丰年事简，非徒饱暖于一家。览几席之溪湖，杂簿书于鱼鸟。平生所乐，临老获从。臣某诚惶诚恐，顿首顿首。

伏以汝、颍为州，邦畿称首。土风备于南北，人物推于古今。宾主俱贤，盖宗资、范孟博之旧治；文献相续，有晏殊、欧阳修之遗风。顾臣何人，亦与兹选。此盖伏遇皇帝陛下，丕承六圣，总揽群英。生知仁孝之全，学识文武之大。谓臣簪履之旧物，尝忝帷幄之近臣。奉事七年，崎岖一节。意其忠义许国，故暂召还；察其老病畏人，复许补外。置之安地，养此散材。更少勉于桑榆，誓不忘于畎亩。臣无任。

【解题】

上文皆作于元祐六年（1091）八月。由于贾易等再次寻衅弹劾苏轼，苏轼只得以苏辙在朝欲避亲嫌之由请外任，是月告下除龙图阁学士知颍州军州事。

申省论八丈沟利害状二首

一

元祐六年九月日，龙图阁学士左朝奉郎知颍州苏轼状申。右轼今看详，前件李义修所陈划一事中，内三件，系欲开太康县枯河，及开陈州明河，并不涉颍州地分，无由相度可否利害。外有一件："欲乞自下蔡县界以东，江陂镇以西，地颇卑下之处，难为开淘者，平地筑岸，如汴河例不纳众流，免致沟中满溢横出之患。所是田间横贯沟港，两下自有归头去处，间或于要会处如次河口之类，可置斗门，遇田间有积水，临时开闭，甚无妨也。"轼今看详，八丈沟首尾有横贯大小沟渎极多，并系自来地势南倾，流入颍河，别无两下归头去处。遇夏秋涨溢，虽至小者，亦有无穷之水。虽下愚人亦知其不可塞，今义修乃欲筑岸如汴河，不纳众流，显是大段狂妄。又一件云：“八丈沟首尾三百余里，当往来道路，岂能尽置桥梁，欲乞于合该县镇济要去处，创立津渡，小立课额，积久，少助堤岸之费。”轼今看详，议者欲兴大役，劳力费国，公私汹汹，未见其可。而义修先欲置津渡，立课额，以网小利，所见猥下，无足观采。其余议论虽多，并只是罗提刑、李密学意度，更加枝蔓粉饰，附会其说而已，别无可考论。其八丈沟利害，轼见子细相验，打量地势，具的确事件申奏次，谨具申尚书省。谨状。

二

元祐六年九月日，龙图阁学士左朝奉郎知颍州苏轼状申。右轼体访得万寿、汝阴、颍上三县，惟有古陂塘，顷亩不少，见今皆为民田。或已起移为永业，或租佃耕种，动皆五六十年以上，与产业无异。若一旦收取，尽为陂塘，则三县之民，失业者众，人情骚动，为害不小。看详陈州水患，本缘罗朝散于府界疏道积水所致。今来进士皇维清，既知修复陂塘，可以弭横流之患，何不乞于府界元有积水久来不堪耕种之地，多作陂塘？不惟所占田地，元系积水占压之处，人户别无词说；兼亦陂塘既修之后，陈州水患，自然衰减，更不消糜弊公私开三百五十四里沟渠。今来维清既欲依罗朝散擘画，起夫十八万人，用钱米三十七万贯石；开沟之后，又别夺万寿等三县农民产业，不知凡几千百顷，又别破人夫钱米以兴陂塘，显是附会罗朝散议论，有害无利，必难施行。轼自承领得上件省司文字，访闻得民间，已稍惊疑，若更行下逐县勘会古陂顷亩，及起税请佃年月，则三县农民，必大惊扰。其事既决难施行，所以更不敢行下勘会。其李密学、罗朝散等所欲会议利害，轼见行相验，别具利害申奏次，谨具申尚书省，谨状。

奏论八丈沟不可开状

元祐六年十月日，龙图阁学士左朝奉郎知颍州苏轼状奏。臣先奉朝旨，令知陈州李承之、府界提刑罗适、都水监所差官及本路提刑、转运司，至颍州与臣会议开八丈沟利害。臣以到任之初，未知利害之详，难以会议，寻申尚书省乞指挥逐官未得前来，候到任见得的确利害，别具申省，方可指挥逐官前来会议。进呈，奉圣旨，依所乞。

臣今来到任已两月，体问得颍州境内诸水，但遇淮水涨溢，颍河下口壅遏不得通，则皆横流为害，下冒田庐，上逼城郭，历旬弥月，不减尺寸。但淮水朝落，则颍河暮退，数日之间，千沟百港，一时收缩。以此验之，若淮水不涨，则一颍河泄之足矣。若淮不免涨，则虽复旁开百沟，亦须下入于淮，淮水一涨，百沟皆壅，无益于事，而况一八丈沟乎？且陈之积水，非陈之旧也。乃是罗适创引府界积水，以为陈患。今又欲移之于颍，纵使朝廷卹陈而不卹颍，欲使颍人代陈受患，则彼此均是王民，臣亦不敢深诉。但恐颍州已被淮水逆流之患，而陈州但受州界下流之灾。若上下水并在颍州，则颍之受患，必倍于陈，田庐城郭，官私皆被其害，恐非朝廷之本意也。又况颍州北高南下，今颍河行于南，八丈沟行于北，诸沟水远者数百里，近者五七十里，皆自北泻下，贯八丈沟而南，其势皆可以夺并沟水，入于颍河。其间二水最大，一名次河，一名江陂，水道深阔，势若建瓴，南倾入颍河。而罗适欲以八丈沟夺并而东，此犹欲用五丈河夺汴河，虽至愚知其不可。而罗适与臣书，乃云："若疑之，只塞次河、江陂，勿令南流可也，何足为虑。"虽儿童之见，不至于此。纵使臣愚暗，全不晓事，与适相附会以兴大役，虽复起夫百万，糜费钱米至巨万亿，亦无由成，而况十八万人与三十七万贯石乎？

臣历观数年以来诸人议论，胡宗愈、罗适、崔公度、李承之以为可开，曾肇、陆佃、朱勃以为不可开，然皆不曾差壕寨用水平打量，见地形的实高下丈尺，是致臆度利害，口争胜负，久而不决。臣已选差教练使史昱等，令管押壕寨，自蔡口至淮上，计会本州逐县官吏，子细打量。每二十五步立一竿，每竿用水平量见高下尺寸，凡五千八百一十一竿，然后地面高下，沟身深浅，淮之涨水高低，沟之下口有无壅遏，可得而见也。并取到逐县官吏，保明文状讫，所有逐竿细账，见在本州使案收管，更不敢上渎圣听，只具史昱等相验到逐节事状，缴连申奏，并略具下项要切利害。

一、臣到任之初，便取问得汝阴、万寿、颍上三县官吏文状称，罗适、崔公度当初相度八丈沟时，只是经马行过，不曾差壕寨用水平打量地面高下，是实。切详适等建议，起夫一十八万人，用钱米三十七万贯石，元不知地面高下，未委如何见得利害可否，及如何计料得夫功钱粮数目，显是全然疏谬。兼看详罗适所上文字，称："八丈沟上口岸至水面，直深二丈五尺，至黄堆口，与淮水面约直深十丈有畸，即是陈州水面下比寿州淮河水面高七丈五尺。"又云："淮水面约阔二十余里。"又云："淮水大涨，不过四丈。"适只以此，便定八丈沟下口必无壅遏。臣窃详适若曾用水平打量，见的实丈尺，必不谓之约量，显是臆度高下，难为凭信。今据史昱等打量，自蔡口至黄堆口至淮上溜分丈尺，及验得每年淮水涨痕高下，将溜分折除外，尚有涨水八尺五寸。折除不尽，其势必须从八丈沟内逆流而上，行三百里，与地面平而后止。显见将来八丈沟遇淮水涨大时，临到淮三百里内，壅遏不行。二水相值，横流于数百里间，但五七日不退，则颍州苗稼，无遗类矣。罗适云："淮水面阔二十余里。"今量阔处，不过三里。适又云："淮水涨不过四丈。"今验得涨痕五丈三尺。适又云："黄堆口至淮面直深十丈有畸。"今量得四丈五尺。三事皆虚，乃是适意欲淮面之阔与溜分之多，则以意增之，欲涨水之小，则以意减之。此皆有实状，不可移易，适犹以意增损；其他利害不见于目前者，适固不肯以实言也。

一、江陂、次河深阔高下丈尺，其势必夺八丈沟水南入颍河，及其余沟水如泥沟、瓦沟之类，皆可以回夺八丈沟，不令东流。实状已具史昱等状内。臣体验得每年颍河涨溢水痕，直至州城门脚下，公私危惧。若八丈沟不能东流，却为次河、江陂等水所夺，南入颍河，则是颍河于常年分外，更受陈州一带积水，稍加数尺，必为州城深患。而罗适、胡宗愈等皆云："自天地有水已来，万折必东，必无回夺之理。"既云"万折必东"，则是水有时而行于西南北，但卒归于东耳，非谓不折而常东也，水之就下，儿童知之，适等不必其就下而必其常东，此岂足信哉？适又云："方水涨时，颍河亦自涨满，不能受水，则次河、江陂安能夺八丈沟而南？"臣谓八丈沟比颍河大小不相侔，八丈沟必常先颍河而涨，后颍河而落。方颍河之不受水也。则八丈沟已先涨矣，安能夺诸沟而东。及八丈沟稍落而能行水，则颍河已先落矣，安得不夺八丈沟而南？此必然之理也。

一、据史昱等打量到，罗适回易八丈古沟，创开六处，计取民田二十七顷八亩，合给还价钱，或系官田地，虽数目不多，而罗适未曾计入钱粮数内。又看验得地性疏恶，合用梢桩，土薄水浅，地脉沮洳，开未及元料丈尺间，必有水泉，又难为倒填，车水兴功，兼地形高下不等，而沟底须合，取令慢平，沟身既深，沟面随阔，则适所计料，全未是实数。其一十八万人夫及三十七万贯石钱米，必是使用不足。

右八丈沟利害大略，具上件三事，其余更有不便事节，未易悉数，兼已略见于本路转运判官朱勃申省状内。及考之前史，邓艾本为陈、颍间田良水少而开八丈沟，正与今日厌水患多之意不同，勃已论之详矣。伏望圣慈指挥，将朱勃申状与臣所奏，一处看详，即见八丈沟不可开事理实状，了然明白。乞早赐果决不开指挥，以安颍、寿之间百姓惊疑之心。不胜区区。谨录奏闻，伏候敕旨。

贴黄。据崔公度状称，取到寿州浮桥司状，照验得昨来五、六月间，陈、颍州大水之时，淮水比常年大小，显见自是诸河泛涨，并积水为害，并不干淮水之事。看详崔公度所言，显是只将是年淮水偶然不大，便定永远利害，未委崔公度如何保得今后淮水与诸河水永不一时皆涨乎？又，臣问得淮、颍间农民父老，若淮水小，则陈、颍诸河永无涨溢之理。公度所言，必非实事。

贴黄。罗适计料八丈沟要开深一丈，而汝阳县官吏，只计料八尺。适亦不知，据数申上，其疏谬例皆如此。

贴黄。胡宗愈、罗适等皆言八丈沟成，恐商贾舟船不复过颍州，故州城里居民豪户，妄生异议。今勘会蔡河水涨，每年中无一两月，其余月分，皆系水小。据罗适图序云，八丈沟上口岸去蔡河水面二丈五尺，而八丈沟止于地面上开深八尺，除大水涨时，沟口方与蔡河相通，至水落时，沟口去蔡河水面，乃高一丈七尺，颍人何缘过忧舟船不入城下？显是巧说，厚诬颍人，以伸其私意。

【解题】

此三文详述自己亲命人勘察八丈沟之经过、方法及结论，指出开沟之举不但无益于陈，且更有害于颍，文中批评了那些主张开沟的官员不能深入实际勘察，臆度利害，结果祸国害民。从此可见苏轼讲求实际、周密细致的工作作风。

上清储祥宫成贺德音表二首

一

臣轼言。伏睹九月二十七日德音，以上清储祥宫成，减决四京及诸道见禁罪人者。灵光下烛，庆新宫之落成；霈泽旁流，洗庶狱之多罪。散为和气，坐致丰年。臣某诚欢诚忭，顿首顿首。

臣闻舜禹之心，以奉先为孝本；释老之道，以损己为福田。永惟坤作之成，每辞天下之养。卑宫何陋，大练为安。故能捐万金之资，以成二圣之意。为国迎祥，而国无所费；与民祈福，而民不知劳。銮辂亲临，神灵昭格。睹士女之和会，既同其休；念囹圄之幽囚，或非其罪。用孚大号，以达惠心。

恭惟太皇太后陛下，恭俭以仁，明哲作则。爱惜帑廪，不供浮费之私；重慎典刑，每存数赦之戒。一宽汤网，众识尧心。臣以从官，出临近甸。率吏民而拜庆，助父老之欢谣。永望阙庭，实同咫尺。臣无任。

二

臣轼言。伏睹九月二十七日德音，以上清储祥宫成，减决四京及诸道见禁罪人者。琳馆告成，神人交庆；纶音下霈，过故尽除。臣某诚欢诚忭，顿首顿首。

臣闻汉武筑通天之台，魏明作凌云之观。皆厉民而私己，或秘祝以蕲年。然犹形于咏歌，被之金石。而况文孙继志，神母考祥。追六圣之心，本枝百世。均万方之庆。囹圄一空。岂惟洗濯于丹书，固已光华于青史。

恭惟皇帝陛下，知人尧哲，克己禹勤。积德之宫，以文章为藻饰，庇民之厦，以仁义为基扃。眷朴斫之成能，亦圣神之余事。臣久参法从，夙侍经帏。乐石铭诗，虽幸执太史之笔；大圭荐祼，不获践属车之尘。徒与吏民，共兹庆泽。臣无任。

【解题】

本文于元祐六年（1091）十月为庆贺朝廷上清储祥宫建成并减决囚犯而作。

贺驾幸太学表二首

一

臣轼言。恭闻十月十五日驾幸太学者。辇回原庙，既崇广孝之风，幄次儒宫，复示右文之化。礼行一日，风动四方。臣某诚欢诚忭，顿首顿首。

臣闻五学之临，三代所共。盖天子不敢自圣，而盛德必有达尊。在汉永平，始举是礼。虽临雍拜老，有先王之规；而正坐自讲，非人主之事。岂如允哲，退托不能。奠爵伏兴，意默通于先圣；横经问难，言各尽于诸儒。

恭惟皇帝陛下，文武宪邦，聪明齐圣。大度同符于艺祖，至仁追配于昭陵。爰举旧章，以兴盛节。臣早尘法从，久侍经帏。永矣驰诚，想闻合语于东序。斐然作颂，行观献馘于西戎。臣无任。

二

臣轼言。恭闻十月十五日皇帝驾幸太学者。济济多士，灵承上帝之休；雍雍在宫，服膺文母之教。风传海宇。庆溢臣工。臣某诚欢诚忭，顿首顿首。

臣闻学校太平之文，而以得士为实；经术致治之具，而以爱民为心。心既立而具乃行，实先充而文斯应。永惟坤载之厚，辅成天纵之能。惟使文子文孙莫不仁，故于先圣先师无所愧。

恭惟太皇太后陛下，忧深祖构，德燕孙谋。黄裳之文，斧藻万物；青衿之政，长育群材。岂惟鼓舞于士夫，实亦光华于史册。臣冒荣滋久，被遇最深。外告成功，行喜鸮音之革；中修潜德，孰知麟趾之风。臣无任。

【解题】

本文作于元祐六年（1091）十月，贺哲宗首次驾临太学。

奏淮南闭籴状二首

元祐六年十一月日，龙图阁学士左朝奉郎知颍州苏轼状奏。据汝阴县百姓朱宪状，伏为今年旱伤，稻苗全无，往淮南籴得晚稻一十六石，于九月二十八日到固始县朱皋镇，有望河栏头所由等栏住宪稻种，不肯放过河来，当时寄在陈二郎铺内。当来榜内只说拦截籴场粳米，不得过淮河，并不曾声说拦截稻种。今来不甘被望河栏头所由等拦截稻种，有误向春布种，申乞施行。

臣寻备录朱宪状及检坐敕条，牒淮南路监司及光州固始县并朱皋镇等处，请依条放行斛斗，不得拦截，至今未有施行回报。兼体问得本州今年，系秋田灾伤，检放税赋，百姓例阙谷种，见今在市绝少斛斗，米价翔贵，本州见阙军粮，亦是贵价收籴不行。寻勾到斛斗行人杨信等，取问在市少米因依。其杨信等供状称，问得船车客旅等，称说是淮南官场收籴，出立赏钱，不得津般粳米过淮南界，是致在市少米。须至奏乞指挥者。右检会《编敕》，诸兴贩斛斗，虽遇灾伤，官司不得禁止。又条，诸兴贩斛斗及以柴炭草木博籴粮食者，并免纳力胜税钱，注云旧收税处依旧，即灾伤地分，虽有旧例亦免。臣顷在杭州，亲见秀州等处为官籴上供粳米违条，禁止贩卖，及灾伤地分，并不依条免纳力胜税钱，于官并无所益，依旧收籴不行，徒使百姓惊疑，各务藏蓄斛斗，不肯出粜，致饿损人户，为害不少。今来淮南官吏，又袭此流弊，违条立赏，行闭籴之政。致本州城市阙米，农民阙种。若非朝廷严赐指挥，即人户必致失所。

伏乞备录臣奏及开坐敕条，指挥淮西转运、提刑司，行下逐州县，不得更似日前违条，禁止兴贩斛斗过淮。并勘会辖下，如系灾伤地分，不得违条收纳米谷力胜税钱。所贵逐路官司，稍获均济。仍乞速赐行下，使灾伤农民，早行耕种。谨录奏闻，伏候敕旨。

又

元祐六年十一月日，龙图阁学士左朝奉郎知颍州苏轼状奏。臣近为光州固始县朱皋镇官吏违条禁止本州汝阴县百姓朱宪收籴稻种，不令过淮。及取到行人杨信等状称，是淮南官场籴米，立赏禁止米斛过淮，致本州收籴军粮不行，及农民阙种，城市阙食。已具事由闻奏，乞严赐指挥，淮南监司，不得违条禁止贩卖米斛。仍乞勘会，如系灾伤地分，不得违条收五谷力胜去讫，仍已令本州一面移牒淮南提转及光州固始县朱皋镇等处，放行斛斗，其提转州县，并不回报依应施行。

惟朱皋镇官吏坐到本州县牒："所准淮南西路提刑司指挥出榜云，如有细民过渡，回运米斛，不满一硕，即勒白日任便渡载外。有一硕以上，满一席者，并仰地分捉拽赴官，依法施行。犯人，备赏钱一贯，每一席，加赏钱一贯。若或夜间过渡，一硕以下，犯人出赏钱一贯，每席，加一贯。其所捉来到米数，却勾栏前来，于本县元籴处出粜。若系他人捉到，其经历地分勾当人，并勾追勘断。以此，至本镇不敢放过米斛。”又于今月十五日，据汝阴县百姓杨怀状：“为本庄不熟，遂典田土得钱，于淮南收籴到纳税及供家吃用米四硕，被朱皋镇立赏勾栏，不令过淮。”臣又亲自体问得本州寄居官户，皆言：“有田在光州界内，今年为颍州米贵，各令人于本庄取米纳税供家，并被本处官司立赏禁止，不放前来。”切详逐州、县、镇，若非监司公然违背朝廷敕条，明出榜示，禁绝邻路馈粮，即逐处官吏，亦未敢似此肆行乖戾之政。须至再奏，乞赐指挥者。

右臣窃见近年诸路监司，每遇米贵，多是违条立赏闭籴，惊动人户，激成灾伤之势。熙宁中，张靓、沈起首行此事，至浙中饿死百余万人。臣任杭州日，累乞朝廷指挥，亦蒙施行。今来淮西提刑，既欲收籴官米，自合依市直立定优价，则人户岂有不赴官中卖之理？今乃明出榜示，严行重赏，令人捉搜勾栏收籴，显是强买人物，为国敛怨，无甚于此。况提刑司明知《编敕》“虽遇灾伤，不得禁止贩卖斛斗”，乃敢公出榜示，立赏禁绝！淮南、京西均是王民，而独绝其馈粮，禁其布种，以至官户本家庄课，亦不得搬取吃用，违法害物，未之前闻。其逐州、县、镇官吏，亦明知有上条及臣已坐条关牒，并不施行，宁违朝廷《编敕》条贯，不敢违监司乖戾指挥。

伏望圣慈详酌，早赐问取施行，少免官吏恣行，农民无告。谨录奏闻，伏候敕旨。

【解题】

本状请求朝廷下令，准予本州百姓往他州籴米，不得拦截。

贺兴龙节表

臣轼言。天佑我邦，祥开是日。山川贡瑞，日月增华。臣某诚欢诚忭，顿首顿首。伏以上圣所储，有慈俭不争之宝；舆情共献，盖忧勤无逸之龟。不待祷祠而求，自然天人之应。恭惟皇帝陛下，尧仁舜孝，禹勤汤宽。德莫大于好生，故以不杀为神武；道莫尊于问学，故以所闻为高明。敷锡庶民，向用五福。臣备员内阁，出守近畿。虽违咫尺天威，乃身在外；而上千万岁寿，此意则同。臣无任。

【解题】

本文元祐六年（1091）十一月作。

乞赐度牒粜斛斗准备赈济淮浙流民状

元祐六年十二月二十五日，龙图阁学士左朝奉郎知颍州苏轼状奏。臣近因出城市中，时有扶挈襁褓如流民者。问之，皆云自寿州来。寻取问得城门守把者，亦云时有此色人，见淮西提刑司出榜立赏，不许米斛过淮北。因此，体问得士人南来者皆云：今秋庐、濠、寿等州皆饥，见今农民已煎榆皮，乃用糠麸杂马齿苋煮食。兼寿州盗贼，已渐昌炽，安丰县木场镇打劫施助教家，霍丘县善乡镇打劫谢解元家，六安县故镇打劫魏家，贼徒皆十余人，或云二、三十人，颇有骑马者，器仗甚备。每处赃皆数千贯，申报官司，多不尽实，亦有不申报者。兼颍州界亦有恶贼尹遇、陈兴子、郑饶、李松等数人，皆老奸逋寇，私立名号，与官吏斗敌，方欲结集，规相应和。近日虽已败获，深恐淮南群盗不止，流入颍州界，纵不能为大害，但饥民附之，徒党稍众，如王冲、管三之流，便不易捕获。臣又闻淮南自秋至今，雨雪不足，麦熟不熟，盖未可知。若麦不熟，必大有饥民。浙西、江东既非丰熟地分，势必流徙北来，则颍州首被其患。若流民至颍，而官无以济之，则横尸布路，盗贼群起，必然之势也。所以须至先事奏乞。若至时元无此事，臣不敢避张皇过当之罪，若隐而不言，仓卒无备，别成意外之虞，其罪大矣。臣日夜计虑，势不可缓。谨具条件如左。

一、勘会本州常平斛斗，见管粳米三万四千余石，通纽元籴价每斗计一百一十八文有畸。绿豆一万三千余石，通纽元籴价每斗计七十二文有畸。小麦二万五千余石，通纽元籴价每斗计五十四文有畸。上件三色，并系元籴价高，纵依条量减出粜，亦未能大段平减市价，兼流民转徙失所，必无钱收买官米。虽依条许借贷人户，又缘流民既非土著，将来无缘催索；又条许常平斛斗召募饥民工役，及许依乞丐人给米斛，不得过所限之数两倍。臣今相度，不惟饥民羸弱聚散不常，难为工役，又缘常平斛斗本法，元只用粜籴以准平市价，若将召募工役及依乞丐人例给与，则是有出无收，今后常平本钱，日耗不已，有时而尽。臣知杭州日，为见浙西饥馑，全赖常平粜米，所救活不可胜数。以此知常平官本，只可令增，不可令耗。屡曾奏乞立法，常平钱米，只许粜籴外，不得支用。虽未蒙施行，所有本州见管常平斛斗，臣终不敢以流民之故，辄乞费用，留以准备来春斛斗翔贵时出粜，以济本州百姓。

贴黄。若蒙行下户部，不过检坐常平条贯量减价出粜，及召慕饥民工役，并依乞丐人给米之数行下，皆是空文，无益实事。乞自朝廷详酌，特赐裁处。

又，贴黄。元丰以前，常用常平钱米召募饥民工役，虽有减耗，却将宽剩息钱补填。今来常平官本，有出无收，若不立法禁止杂支，则数日而尽，深为可惜。乞检会臣前奏施行。

一、勘会本州见管封桩陕西军兵请受及禁军阙额粳米三千七百余石，估定每斗八十文，小麦三万三千余石，估定每斗六十文，绿豆二千一百余石，估定每斗五十五文，粟米三百余石，估定每斗九十文，豌豆五千一百余石，估定每斗六十文。准条，许估定价例出粜。除勘会本州军粮粳米年计不足，今将转运司钱兑籴上件封桩粳米充军粮外，其余小麦、绿豆、粟米、豌豆可以奏乞擘画钱物，尽数兑籴，准备赈济流民。

贴黄。所有逐色估定价例，并是在市实直，如蒙施行，乞依今来估定价例兑买。

右臣伏望圣慈，愍念淮浙累岁灾伤，来年春夏必有流民。而颍州正当南北孔道，万一扶老携幼，坌集境内，理难斥遣。若饥羸道路，臭秽薰蒸，饥民同被灾疫之苦。弱者既转沟壑，则强者必聚为寇盗。欲乞特赐度牒一百道，委臣出卖，将钱兑买前件小麦、粟米、绿豆、豌豆四色，封桩斛斗，候有流民到州，逐施支给赈济。如至时却无流民，自当封桩，度牒价钱，别听朝廷指挥。谨录奏闻，伏候敕旨。

贴黄。臣若不预作擘画陈乞，则仓卒之间，必难应办。若不密切奏论，至此声先驰，则恐引惹饥民，并来本州，官物有限，中路阙绝，则死者必众，反为深害。所以今来亲书奏状，贵免泄漏。臣以目昏，书写不谨，伏乞恕罪。如蒙施行，乞作不下司文字，付臣措置。

又，贴黄。臣所奏濠、寿等州灾伤盗贼次第，问得皆有本末，非是风传道路之言。深虑本路及逐州，各有检放赋税元未奏陈，致朝廷不信臣言。臣在杭州日，亲见监司州县，例皆讳言灾伤。只如今年苏、湖水灾，可为至甚，而台官贾易等，犹欲根究其事，行遣言者。苏州积水未退尚土城门，而知州黄履已奏秋种有望。似此蒙蔽，习以成风。伏望圣慈试采臣言，过作准备，则一方幸甚。

【解题】

本文分析了淮、浙灾情，指出，流民必将汇集颍州，弱者辗转沟壑，而强者则聚为盗贼，造成天下大害。因此请求朝廷赐一百道度牒，用作购买粮食，以备来年救济流民。

贺正表二首

一

献岁发春，天有信于生物；盛德在木，君无为而法天。嘉与含生，日陶至化。中贺。恭惟皇帝陛下，肇修人纪，祇畏天明。日月运行，物被无私之照；雷风鼓舞，民知不杀之威。有万斯年，惟一厥德。臣久尘从橐，出领藩符。身寄江湖之间，神驰卫仗之下。

二

若考箕畴，正月为王极之象；玩占羲易，三阳为交泰之期。顺履春朝，诞膺天禄。中贺。恭惟太皇太后陛下，道高载籍，恩浃含生。进贤退愚，蛮夷率服。下贱以贵，施舍自平。臣出领郡符，承宣天泽。吏民鼓舞，共瞻崇庆之光；海宇骏奔，永托坤元之载。

【解题】

此二文作于元祐六年（1091）十二月。

谢赐历日表二首

一

迎日推策，虽曰百王之常；后天奉时，惟我二后之德。伏读诏旨，灼知圣心。中谢。伏以嗣岁将兴，旧章毕举。三朝受海内之图籍，《七月》陈王业之艰难。冬有祁寒，知民言之可畏；阳居大夏，识天道之至仁。故于颁朔之初，更下布新之诏。恭惟太皇太后陛下，视民如子，以国为家。振廪劝分，人自忘于艰岁；消兵去杀，天必报之丰年。臣敢不省事清心，贵农时之不夺；思患预备，期岁计之有余。庶竭微诚，少裨洪造。臣无任。

二

岁颁正朔，盖春秋统始之经；郡赐玺书，亦汉家宽大之诏。实为令典，岂是空文。臣某诚惶诚恐，顿首顿首。伏以望岁者生民之至情，畏天者人君之大戒。所以常言报应而不言时数，每奏水旱而不奏嘉祥。上有消复之心，下有燮调之道。固资共理，同底纯熙。恭惟皇帝陛下，祗敬三灵，忧勤万宇。为仁一日，自然天下之归；教民七年，岂无善人之效。臣敢不仰遵尧典，寅奉夏时。谨提防沟洫之修，行劳来安定之政，庶殚绵力，少助至仁。臣无任。

【解题】

上二文皆元祐六年（1091）底作。

乞将合转一官与李直方酬奖状

元祐七年正月日，龙图阁学士左朝奉郎知颍州苏轼状奏。臣自到任以来，访问得本州旧出恶贼，自元祐二、三年间，管三等啸聚为寇。已而，又有陈钦、邹立、尹荣、尹遇等，亦是群党劫杀，累至与捕盗官吏斗敌。是时，朝廷访闻以名捕此等数人，寻已捉获凌迟处斩。惟尹遇一名漏网得脱，不改前非，结集陈钦之弟陈兴、郑饶、李松等数人，不住惊劫人户。尹遇自称大大王，陈兴称二大王，郑饶称饶三，李松称管四，乡村畏慑，不敢言及。纵被劫杀，不敢申报，以致被杀之家，父母妻子，不敢声张举哀。百姓蔡贵、莫谨、董安三人，只因偶然言及遇等，即时被杀。内董安仍更用尖刀割断脚筋，其余割取头发，及杀伤者不可胜数。每次打劫，皆用金贴纸甲，其余兵仗弓弩并全。累次与捕盗官吏斗敌，内一次射杀弓手。兼近日寿州界内，强贼甚多，打劫魏家、谢解元、施助教等家，皆一、二十人，白昼骑马于镇市中劫人。其尹遇等闻之，即欲商量应和，居民忧惧。

臣度事势迫切，即差职员监勒捕盗官吏，责限收捕。有汝阴县尉李直方，素有才干，自出家财，募人告缉，知得逐贼窟穴去处。内陈兴、郑饶、李松等，见住寿州霍丘县开顺场。尹遇一名，在寿州霍丘县成家步，比陈兴等去处更远二百里。直方以谓众贼之中，唯尹遇最为桀黠难捕，又其窟穴离州界最远，遂分布弓手，捕捉众贼。而直方亲领弓手五人，径往成家步捉杀尹遇。直方母年九十六，只有直方一子。临去之时，母子泣别，往返五百余里，骑杀一马。直方步行百余里，装作贩牛小客，既至地头，众皆畏惧不前，独弓手节级、程玉等二人与直方持枪大呼，排户而入。尹遇惊起，彀弓驾箭欲发，直方径前亲手刺倒，众弓手皆入，方始就擒。直方本与弓手分头捕捉众贼，内陈兴、郑饶、李松三人以地近故，先九日获。独尹遇一名，以地远难捕，直方亲行，故后九日获。既获之后，远近喜快。

有城郭乡村人户六百一十七人，诣臣陈状，备说逐贼凶恶，多年为害，人不敢言，若不尽法根勘，万一减死刺配，即须走回啸聚，为害转甚。以此知逐贼桀黠之甚，众所忧畏，若不以时捕获，因之以饥馑，必为王冲、管三之流。而直方以进士及第，母子二人相须为命，而能以忠义奋激，亲手击刺，以除一方之患，比之寻常捕盗官，偶然掩获十数饥寒之民号为劫贼者，不可同日而语矣。彼皆坐该赏典，而直方不蒙旌异，则忠义胆决方略之臣，无所劝激矣。须至奏陈者。

右检准《编敕》节文："诸官员躬亲帅众获盗一半以上，能分遣人于三十日内获余党者，通计人数，同躬亲法。"今来李直方，为见众贼之中唯尹遇最为宿奸老寇，窟穴深远，众不敢近，须至躬亲出界捕捉，是致后获。既是尹遇须至躬行，则陈兴等三人须至差人，无由躬亲。若使直方先为身谋，即须躬亲先往近处，捕陈兴等三人，然后多遣弓手，续于三十日内捕尹遇一名，即却应得上条，同躬亲法。只缘直方忠义激发，以除恶为先务，而不暇计较恩赏，故躬亲出界，专捕尹遇一名，以致所差弓手，却先获陈兴等三人，遂与上条不应，于赏格有碍。考之法意，显是该说不尽。伏望朝廷详酌，只缘直方先公后私，致得先后捕获之数，不尽应法。欲乞比附上条，通计人数，许同躬亲法，为第三等。若下刑部定夺，则有司须至执文计析毫厘，直方无缘该得第三等恩赏。惟望圣恩体念尹遇等若不以时捕获，必为啸聚群寇，而直方儒者，能捐躯奋命，忠义可嘉，特赐指挥。

臣又虑朝廷惜此恩例，恐今后妄有攀援。勘会臣见今于法合转朝散郎，情愿乞不改转，将此恩例与直方，循资酬奖。缘直方母年九十余，只有一子，因臣督迫，泣别而行。若万一为贼所害，使其老母失所，臣岂不愧见僚吏。以此将臣合转一官与直方充赏，不惟少酬其劳，亦使臣今后有以使人，不为空言无实者。于臣亦为莫大之幸，且免后人援例，庶朝廷易为施行。臣不胜大愿。谨录奏闻，伏候敕旨。

贴黄。臣所论奏，皆有实状可以覆按。本合候尹遇等结案了闻奏，又恐朝廷未尽以臣言为信，更当行下监司体问逐贼凶恶之实，与直方捐躯奋激之状，故及逐贼未死闻奏，庶可以覆按施行。饶三是管三火中有名强贼人，管四是管三弟。此二贼欲得远近畏服，故诈称二人姓名。

又，贴黄。奏为汝阴县尉李直方捕获强恶贼人，乞依《编敕》

第三等酬赏。候敕旨。

【解题】

苏轼于本状中奏报尹遇等结为盗寇，危害地方；而县尉李直方不顾安危，亲自捕捉盗首。因此请求朝廷褒奖李直方，并愿意将自己按例该获朝散郎一职，转与李直方。

乞赐光梵寺额状

元祐七年二月日，龙图阁学士左朝奉郎知颍州苏轼状奏。臣伏见本州颍上县白马村，有梵僧佛陀波利真身塔院舍，约四、五十间，元无敕额。父老相传佛陀波利本西域僧，唐仪凤中游五台，礼文殊师利，见老人，令复还西域，取佛顶尊胜陁罗尼经。佛陀波利用其言，往返数万里，以永淳中取经而还，至今流布。而佛陀波利于颍上亡没，里俗相与漆塑其身，造塔供养，时有光景，颇著灵验，不敢具述。臣于诸处见唐人所立《尊胜石幢刊记》本末，与所闻父老之言颇合。今年正月，大雪过度，农民冻馁无所，祈祷境内诸庙未应。闻父老以佛陀波利为言，臣即遣人赍香祷请，登时开霁，人情翕然归向，诣臣陈状，愿得敷奏，乞一敕额，庶几永远不致废坏。须至乞奏者。

右谨具如前，欲望圣慈曲从民欲，特赐本院一敕额，如蒙开允，以光梵为额。谨录奏闻，伏候敕旨。

【解题】

本状奏请皇帝为本地一所僧院赐额。

扬州谢到任表二首

一

臣轼言。伏蒙圣恩，除臣知扬州，臣已于今月二十六日到任讫者。支郡养疴，裁能免咎；通都移牧，自愧何功。屡玷恩荣，实深惭汗。臣某中谢。

伏念臣早缘窃禄，稍习治民。在先帝朝，已历三州，近八年间，复忝四郡。平生所愿，满足无余。志大才疏，信天命而自遂；人微地重，恃圣眷以少安。

恭惟太皇太后陛下，子惠万民，器使多士。以谓朝廷之德泽，付于郡县与监司。乃眷江淮之间，久罹水旱之苦。邻封二浙，饥疫相薰；积欠十年，丰凶皆病。臣敢不上推仁圣之意，下尽疲驽之心。庶复流亡，少宽忧轸。臣无任。

二

一麾出守，方愧媮安；十国为连，复膺宠寄。恩荣既溢，惭汗靡宁。臣某中谢。

伏念臣本以鲰生，冒居禁从。顷缘多病，力求颍尾之行；曾未半年，复有广陵之请。盖以鱼鸟之质，老于江湖之间。习与性成，乐居其旧。天从民欲，许择所安。

恭惟皇帝陛下，钦明文思，刚健引纯粹。天机默运，灼知万化之情；人材并收，各取一长之用。如臣衰朽，尚未遐遗。命至蹇而禄已盈，每怀忧惧；志虽大而才不副，莫报恩私。臣无任。

【解题】

元祐七年（1092）三月，苏轼改知扬州。上二表到任时作。

谢赐恤刑诏书表二首

一

臣轼言。伏蒙圣恩，赐臣钦恤行狱诏书一道者。时令举行，虽云故事；天心恻怛，本出至诚。德既洽于好生，民虽死而无憾。臣某诚惶诚惧，顿首顿首。

伏以刻木画地，志士不居；铄石流金，平人犹病。宜轸圣神之念，实为哀敬之先。训诰丁宁，吏民感动。恭惟皇帝陛下，禹汤罪己，尧舜性仁。以不忍人之心，行若稽古之政。岂止缓狱，实期无刑。臣敢不推广上恩，厚风俗于无犯；申严法意，消盗贼于未萌。少假岁时，庶空囹圄。臣无任。

二

暑雨其咨，既轸小民之病；麦秋已至，复虞轻系之淹。祗服训词，灼知天意。臣某中谢。

伏以仁圣之德，哀矜为先。常内恕以及人，故深居而念远。斋戒处掩，则知暴露之勤；纷絺袢延，不忘累绁之苦。吏既罔懈，民知无冤。恭惟太皇太后陛下，事法祖宗，德参天地。凯风养物，散为扇暍之凉；灵雨应时，同沾执热之濯。臣敢不尽其哀敬，济以宽明。奉汉律之严，毋令瘐死；推慈母之意，务在平反。庶竭愚忠，少行德意。臣无任。

贺立皇后表二首

一

臣轼言。伏睹制书，今月十六日皇后受册礼成者。缵女维莘，俔天之妹。事关庙社，喜溢人神。中贺。

臣闻三代之兴，皆有内助；二南之化，实本人伦。维《关雎》正始之风，具《既醉》太平之福。民有所恃，邦其永昌。恭惟皇帝陛下自诚而明，惟睿作圣。辑宁夷夏，德既茂于治朝；辅顺阴阳，政兼修于内职。既膺大庆，益广至仁。下逮海隅，夫妇无有愁叹；上符天造，日月为之光明。受禄无疆，与民同乐。臣无任。

二

吉日既涓，柔仪允正；谷珪往聘，象服来朝。中贺。

臣闻周姜、任、姒之贤，位非皆极；汉阴、马、邓之贵，德或有惭。盛哉六礼之陈，袭此三宫之庆。恭惟太皇太后陛下，任付托之重，躬保佑之劳。公天下不私其亲，配宸极必先以德。徽音不坠，嗣成慈孝之风；仁寿无疆，坐享云来之养。臣限以官守，不获躬诣阙庭。臣无任。

【解题】

上贺表皆元祐七年（1092）四月作。

荐宗室令畤状

元祐七年五月初五日，龙图阁学士左朝奉郎知颍州苏轼状奏。右臣闻之《诗》曰："怀德维宁，宗子维城。"宗室之有人，邦家之光，社稷之卫也。周之盛时，其卿士皆周、召、毛、原，非王之伯叔父，则其子弟也。逮至两汉，河间、东平之德，歆、向之文，天下以为口实。而唐之宗室，武略如道宗、孝恭，文章如白与贺者，不可以一二数；而以功名至宰相者，有九人焉。自建隆以来，累圣执谦，不私其亲；干国治民，不及宗子，虽有文武异才，终身不试。神宗皇帝实始慨然，欲出其英髦，与天下共之，故增立教养选举之法。行之二十年，出入中外，渐就器使，而未见有卓然显闻称先帝意者。夫岂无人？盖朝廷未有以大耸劝之耳。臣伏见承议郎签书颍州节度判官厅公事令畤，事亲笃孝，内行纯备，博学经史，手不释卷，吏事通敏，文采俊丽，志节端亮，议论英发，体兼众器，无适不宜。臣尝见其所著述，笔力雅健，博贯子史，盖清庙之瑚琏，明堂之杞梓也。使其生于幽远，犹当擢用，而况近托肺腑，已蒙试用者乎？伏望圣慈特赐考察，召致馆阁，养其高才，而遂其远业，以风动宗室，劝示海内，成先帝之意，不以臣人微言轻而废其请也。若后不如所举，臣甘伏朝典。谨录奏闻，伏候敕旨。

【解题】

本状奏请朝廷擢用德才兼备之皇帝宗室赵令畤。

论积欠六事并乞检会应诏所论四事一处行下状

元祐七年五月十六日，龙图阁学士左朝奉郎知扬州苏轼状奏。臣闻之孔子曰："善人教民七年，亦可以即戎矣。"夫民既富而教，然后可以即戎，古之所谓善人者，其不及圣人远甚。今二圣临御，八年于兹，仁孝慈俭，可谓至矣。而帑廪日益困，农民日益贫，商贾不行，水旱相继，以上圣之资，而无善人之效，臣窃痛之。

所至访问耆老有识之士，阴求其所以。皆曰，方今民荷宽政，无它疾苦，但为积欠所压，如负千钧而行，免于僵仆则幸矣，何暇举首奋臂，以营求于一饱之外哉？今大姓富家，昔日号为无比户者，皆为市易所破，十无一二矣。其余自小民以上，大率皆有积欠。监司督守令，守令督吏卒，文符日至其门，鞭笞日加其身，虽有白圭、猗顿，亦化为筚门圭窦矣。自祖宗已来，每有赦令，必曰，凡欠官物，无侵欺盗用，及虽有侵盗而本家及伍保人无家业者，并与除放。祖宗非不知官物失陷、奸民幸免之弊，特以民既乏竭，无以为生，虽加鞭挞，终无所得。缓之则为奸吏之所蚕食，急之则为盗贼之所凭藉，故举而放之，则天下悦服，虽有水旱盗贼，民不思乱，此为捐虚名而收实利也。

自二圣临御以来，每以施舍已责为先务，登极赦令，每次郊赦，或随事指挥，皆从宽厚。凡今所催欠负，十有六七，皆圣恩所贷矣。而官吏刻薄，与圣恩异，舞文巧诋，使不该放。监司以催欠为职业，守令上为监司之所迫，下为胥吏之所使，大率县有监催千百家，则县中胥徒举欣欣然，日有所得，若一旦除放，则此等皆寂寥无获矣。自非有力之家，纳赂请赇，谁肯举行恩贷。而积欠之人，皆邻于寒饿，何赂之有？其间贫困扫地，无可蚕食者，则县胥教令供指平人，或云衷私擅买，抵当物业，或虽非衷私，而云买不当价。似此之类，蔓延追扰，自甲及乙，自乙及丙，无有穷已。每限皆空身到官，或三五限得一二百钱，谓之破限。官之所得至微，而胥徒所取，盖无虚日，俗谓此等为县胥食邑户。嗟乎！圣人在上，使民不得为陛下赤子，而皆为奸吏食邑户，此何道也？商贾贩卖，例无现钱，若用现钱，则无利息，须今年索去年所卖，明年索今年所赊，然后计算得行，彼此通济。今富户先已残破，中民又有积欠，谁敢赊卖物货？则商贾自然不行，此酒税课利所以日亏，城市房廊所以日空也。诸路连年水旱，上下共知，而转运司窘于财用，例不肯放税，纵放亦不尽实。虽无明文指挥，而以喜怒风晓官吏，孰敢违者。所以逐县例皆拖欠两税，较其所欠，与依实检放无异，于官了无所益，而民有追扰鞭挞之苦。近日诏旨，凡积欠皆分为十科催纳，通计五年而足。圣恩隆厚。何以加此。而有司以谓有旨，倚阁者方得依十科指挥，余皆并催。纵使尽依十科，吏卒乞觅，必不肯分科少取。人户既未纳足，则追扰常在，纵分百科，与一科同。

臣顷知杭州，又知颍州，今知扬州，亲见两浙、京西、淮南三路之民，皆为积欠所压，日就穷蹙，死亡过半。而欠籍不除，以至亏欠两税，走陷课利，农末皆病，公私并困。以此推之，天下大率皆然矣。臣自颍移扬，舟过濠、寿、楚、泗等州，所至麻麦如云。臣每屏去吏卒，亲入村落，访问父老，皆有忧色。云："丰年不如凶年。天灾流行，民虽乏食。缩衣节口，犹可以生。若丰年举催积欠，胥徒在门，枷棒在身，则人户求死不得。"言讫，泪下。臣亦不觉流涕。又所至城邑，多有流民。官吏皆云："以夏麦既熟，举催积欠，故流民不敢归乡。"臣闻之孔子曰："苛政猛于虎。"昔常不信其言，以今观之，殆有甚者。水旱杀人，百倍于虎，而人畏催欠，乃甚于水旱。

臣窃度之。每州催欠吏卒不下五百人，以天下言之，是常有二十余万虎狼，散在民间，百姓何由安生？朝廷仁政何由得成乎？臣自到任以来，日以检察本州积欠为事。内已有条贯除放，而官吏不肯举行者，臣即指挥本州一面除放去讫。其于理合放而于条未有明文者，即且令本州权住催理，听候指挥。其于理合放而于条有碍者，臣亦不敢住催。各具利害，奏取圣旨，谨件如左。

一、准元祐五年五月十四日敕节文："应实封投状承买场务第五界已后，见欠未纳净利过日钱，亦许比第四界以前三界内一界小数催纳。”上件条贯，止为过界有人承买场务，可以分界，见得最小一界钱数豁除见欠，其间界满，无人承买场务，只勒见开沽人认纳过日钱数者，即无由分界，见得小数，所以不该上条除放。朝廷为见无人承买场务，比之有人承买者，尤为败阙，不易送纳，反不该上条除放，于理不均，故于元祐六年春颁条贯内，别立一条：“诸场务界满未交割者，且令依旧认纳课利，及过日钱，若委因事败阙，或一年无人投状承买，经县自陈申州，本州差官，限二十日体量减定净利钱数，令承认送纳，仍具减定钱数出榜，限一季召人承买。无人投状，本州再差官减定出榜。限满，又无人投状，依前再减出榜。若减及五分以上，无人投状，申提刑司差官与本州县官同共相度，再减节次，依前出榜。如减八分以上，无人投状承买，委是难以出纳净利钱，即所差官与本州县保明申提刑司审察，保明权停闭讫奏。（自界满后至停闭日，见开沽人，只依减定净利钱数送纳。）”臣今看详，朝廷立此两条，圣恩宽厚，敕语详备，应有人无人承买场务，皆合依条就小送纳，无可疑惑。只缘官吏多以刻薄聚敛为心，又不细详条贯，所以诸处元只施行逐界通比就小催纳指挥，其界满无人承买，只依减定净利钱数送纳条贯多不施行。臣细详上条，既云“自界满至停闭日，见开沽人只依减定净利钱数送纳”，即是分明指定合依临停闭日减定最小钱数送纳，虽逐次减定钱数不同，缘皆未有人承买，不免更减，终非定数，既已见得临停闭日所减定数，岂可却更追用逐次虚数为定！臣已指挥本州行下属县，应界满败阙无人承买场务，系见开沽人承认送纳者，并依上条只将临停闭日所定最小钱数为额催纳，内未停闭已前，有人承买，即依上见，各以当限所减定钱数为额催纳。以上如有欠负，即将已前剩纳过钱数豁除。如已纳过无欠负者，即给还所剩，本州已依应施行讫。深虑诸路亦有似此施行未尽处，乞圣旨备录行下。

一、准元祐五年四月九日朝旨："应大赦以前，见欠蚕盐和买青苗钱物，元是冒名，无可催理，或全家逃移，邻里抱认，或元无头主，均及干系人者，并特与除放。"今勘会江都县人户积欠青苗钱斛二万四千九百二十贯石，内四千九百贯石，系大赦已前欠负逃移，臣已指挥本州，依上件朝旨除放去讫。一千五百二十五贯石，虽系大赦前欠负，却系大赦后逃移，未有明文除放，见今无处催理，不免逐时行下乡村勘会，虚有搔扰。臣已指挥本州更不行下，欲乞圣旨指挥应大赦前欠负蚕盐和买青苗钱，但见今逃移无处催理者，本县官吏保明，并与除放。

贴黄。勘会上件朝旨，经隔二年，不为除放，臣今来方始施行。深虑诸州、军亦有似此大赦前欠蚕盐和买青苗钱逃移人户，合依圣旨除放，而官吏不为施行者，乞更赐行下免罪改正。

一、检准《熙宁编敕》："诸主持仓库欠折官物买扑场务少欠课利元无欺弊者，其产业虽已估计倍纳入官，许以所收子利纽计还元欠官钱，数足，即给还或贴纳所欠钱数，相兼收赎，如过十年不赎，依填欠田宅条施行。系十保干系人产业，虽欠人有欺弊，亦准此。"此乃祖宗令典，虽熙宁新法，亦许准折欠数，数足便还。只因元丰四年十二月内，两浙转运司奏，买扑之人，多是作弊，拖欠合纳课利，须至官司催逼紧急，却便乞依条将产业在官，拘收子利，折还系元抵田产物业。逐年所出花利微细，卒填所欠官钱不足，看详买扑场务，并系人户情愿实封投状，抱认勾当，其课利依条自合逐月送纳，即与公人主持仓库欠折官物陪填事体不同。今相度欲乞于《编敕》内删去"买扑场务少欠课利"八字，因此立法，诸主持官物欠折无欺弊者，其产业估纳入官，以所收子利，准折欠数，候足给还，或贴纳钱收赎，如过十年不赎，依填欠田宅法，系十保干系人产业，虽元欠有欺弊，仍以所估纳抵产子利，准折欠数，通计偿足给还抵产，其以前欠负，并准此，内剩纳过钱数，仍给还所剩。

一、准元丰三年九月二十八日《明堂赦书》节文："开封府界及诸路人户，见欠元丰元年以前夏秋租税，并沿纳不以分数，及二年以前误支雇食水利罚夫买扑场务出限罚钱，并免役及常平息钱，并特与除放。"是时转运司申中书称，见欠丁口盐钱，及盐博绢米及和预买细绢，并系人户已请官本，不合一侧除放。中书批状云："勘气赦书内，即无见欠丁口盐钱并盐博绢米及和预买细绢已请官本除放之文，因此州县却行催理。至元丰八年登极赦书，亦是除放两税，沿纳钱物。后来尚书户部仍举行元丰四年中书批状指挥，逐年蚕盐钱绢和预买细绢等，系已请官本，并不除放。臣今看详，内蚕盐钱绢一事，盐本至轻，所折钱绢至重。只如江都县每支盐六两，折绢一尺。盐六两，元价钱一十文五分足，绢一尺，价钱二十八文一分足。其支盐纳钱者，每盐五斤五两，纳钱三百三十一文八分足，比元价买盐每斤二十八文足已多一百八十三文足。又将钱折麦，所估麦价至低。又有仓省加耗及脚剩之类，一文至纳四五文。今来既不除放，即须催纳绢麦折色，所以人户愈觉困苦。臣今看详，丁口盐钱绢既为有官本，难议除放，即合据所支盐斤两实直价钱催纳，岂可将折色绢麦上增起钱数尽作官本，显是于理合放，于条未有明文。臣已指挥本州，应登极赦前见欠丁口盐钱及盐博绢米之类，只据当时所支官物实直为官本催纳，其因折色增起钱数，并权住催理，听候朝旨。伏望圣慈特赐指挥，依此除放。

一、准元祐元年九月六日《明堂赦书》："应内外欠市易钱人户，见欠钱二百贯以下，并特与除放。"续准元祐二年二月七日都省批状："知郑州张璪札子奏，臣伏睹《明堂赦书》节文，诸路人户，见欠市易钱二百贯以下，并特与除放。"臣自到州，契勘得本州旧系开封府界管城县日，本县市易抵当所，于元丰二年五月以后，节次准市易上界牒准太府寺牒支降到疋帛散茶，令搭息出卖，其本州自合依条许人户用物货等抵请及见钱变易，本州却赊卖与人户，仍不曾结保，致有二百九十八户除纳外，共拖欠下官钱计一千九百余贯文。虽契勘得逐户名下见欠各只是二百贯以下，本州为是元管勾官司违法赊散，不依太府寺搭息出卖指挥，致人户亦不曾用物货抵请，即与市易旧法许人结保赊请金银物帛见欠官本事体不同，以此未敢引用赦敕除放。系上件人户所欠物帛价钱，本因官吏违法赊过，其人户元不知有此违碍。伏望圣慈矜恤，特许依赦除放，庶使贫民均被圣泽。户部看详，住罢赊请，后来违法赊散过钱物，并府界县分人户抵当亏本糯米，各与未罢已前依条赊请事体不同。今勘当难以依赦除放。都省批状，依户部所申。又续准元祐三年十月二十七日敕，勘会内外见欠市易非违法赊请人户，已降指挥，二百贯文已下除放，其外路系违法者，即不该除放。切缘本因官司违法赊卖，今来人户若不量与蠲放，显见独不霑恩，须议指挥。十月二十五日奉圣旨，令户部指挥，诸路契勘，官私违法除放人户，许将息罚充折外，见欠钱二十贯文已下者，并与除放。又续准元祐四年正月初十日转运司牒："准尚书户部符，据淮南转运司状，契勘本路市易欠钱，除依条赊借，并元系经官司违法赊欠，已依上项赦敕朝旨施行外，元有未承元丰四年五月十九日朝旨住罢赊借以前，并以后有人户于市易务差出计置变易勾当人等头下赊借钱物，见欠不及二百贯及二十贯以下，今详所降元祐元年九月六日《明堂赦敕》，止言市易欠钱人户，见欠二百贯文以下除放，并元祐三年十月二十七日朝旨，亦止言官司违法赊借，见欠二十贯文以下除放，今来前项人户，从初径于市易差出勾当人等头下赊欠，本司疑虑，未敢一例除放申部者。本部看详，《明堂赦书》云内外欠市易钱人户，见欠二百贯以下除放。及近降朝旨，亦止云官私违法私放人户许将息罚充折外，见欠二百贯以下除放，即无似此窠名明文。今据所申符，本司主者详此，一依前后所降朝旨施行，无至违误。”臣今看详，元祐元年九月六日《明堂赦书》，止言“应内外欠市易务钱二百贯以下，并与除放”。赦文简易明白，元不分别人户，于官司请领或径于勾当人名下分请，亦不拘限。官司依条赊卖，或违法俵散，及有无抵当结保搭息不搭息之类，但系欠市易务钱二百贯以下者，便合依赦除放，更无疑虑。切原圣意，盖为市易务钱，本缘奸臣贪功希赏，设法陷民，赤子无知，为利所罔，故于即位改元躬祀明堂始见上帝之日，亲发德音，特与除放。皇天后土，实闻此言。当时有识，已恨所放不宽，既知小民为官法所陷，何惜不与尽放，更立二百贯之限。然是时欠负穷民，无不鼓舞涕泣，衔荷恩德。曾未半年，已有刻薄臣寮，强生支节，析文破敕，妄作申请，致有上项续降圣旨及都省批状指挥，应官司违法赊借者，止放二十贯以下，其于差出勾当人名下赊请者，并不除放一文，使宗祀赦文，反为虚语，非独失信于民，亦为失信于上帝矣。所系至大，而俗吏小人曾不为朝廷惜此，但知计析锥刀之末，实可痛愍。臣窃仰料二圣至仁至明，已发德音，除放二百贯以下，岂有却许刻薄臣寮出意阻难追改不行之理？必是当时议者，以为欠钱之人，诈立私下赊买人姓名，分破钱数，令不满二百贯，侥幸除放，以此更烦朝省，别立上项条约，以防情弊，一时指挥，不为无理。今来岁月已久，人户各蒙监催枷锢鞭挞，困苦理极，若非本身实欠，岂肯七年被监，不求诉免？以此观之，凡今日欠户，并是实欠，必非私相计会为人分减之人，明矣。伏望圣慈，特与举行元祐元年九月六日赦书，应内外欠市易钱人户，见欠钱二百贯以下，不以官私违法不违法，及人户于官司请领或径于勾当人名下分请者，并与除放，所贵复收穷困垂死之民，稍实宗祀赦书之语，以答天人之意。

一、准元祐六年五月二十六日圣旨："将府界诸路人户，应见欠诸般欠负，以十分为率，每年随夏秋料各带纳一分，所有前后累降催纳欠负分料展阁指挥，更不施行。"臣今看详上项指挥，明言应见欠诸般欠负并分十料催纳，元不曾分别系与不系因灾伤分料展阁之数，圣恩宽大，诏语分明，但系欠负，无不该者。只因户部出纳之吝，别生支节，谓之申明。其略云："本部看详，人户见催逐年拖欠下夏秋租税赃赏课利省房没官等钱物，若不系因灾伤许分料展阁理纳之数，自不该上条。"致尚书省八月三日批状指挥，依所申施行，即不曾别取圣旨。臣尝谓二圣即位已来，所行宽大之政，多被有司巧说事理，务为艰阂，使已出之令，不尽施行，屯膏反汗，皆此类也。兼检会元祐敕节文："诸灾伤倚阁租税，至丰熟日，分作二年四料送纳，若纳未足而又遇灾伤者，权住催理。"今来元祐六年五月二十五日圣旨指挥，虽分为十料，比旧稍宽，又却冲改，前后分料展阁指挥，即虽遇灾伤，亦须催纳。水旱之民，当年租赋尚不能输，岂能更纳旧欠？显是缘此指挥。反更不易，欲望特降圣旨，应诸般欠负，并只依元祐五年五月二十六日圣旨指挥，分十料施行。仍每遇灾伤，依元祐敕权住催理。内人户拖欠两税，不系灾伤倚阁者，亦分二年作四料送纳，未足而遇灾伤者，亦许权住催理。所有户部申明都省批状指挥，乞不施行。

贴黄。议者必谓若如此施行，今后百姓皆不肯依限送纳两税，侥幸分料。臣以谓不然。《编敕》明有催税末限不足分数官吏等第责罚，令佐至冲替，录事、司户与小处差遣，典押勒停，孔目、管押官降资，条贯至重，谁敢违慢。若非灾伤之岁，检放不尽实者，何缘过有拖欠。若朝廷不恤，须得并催，则人户惟有逃移，必无纳足之理。

一、臣先知杭州日，于元祐五年九月奏："臣先曾具奏，朝廷至仁，宽贷宿逋，已行之命，为有司所格沮，使王泽不得下流者四事。"其一曰："见欠市易籍纳产业，圣恩并许给还，或贴纳收赎。而有司妄出新意，创为籍纳、折纳之法，使十有八九不该给赎。"其二曰："积欠盐钱，圣旨已许止纳产盐场监官本价钱，其余并与除放。而提举盐事司执文害意，谓非贫乏不在此数。"其三曰："登极大赦以前人户，以产当酒见欠者，亦合依盐当钱法，只纳官本。"其四曰："元丰四年，杭州拣下不堪上供和买绢五万八千二百九十疋，并抑勒配卖与民，不住鞭笞，催纳至今，尚欠八千二百余贯，并合依今年四月九日圣旨除放。"然臣具此论奏，自经一百八日，未蒙回降指挥。乞检会前奏四事，早赐行下。尚书省取会到诸处，称不曾承受到上件奏状。十二月八日，三省同奏圣旨，令苏轼别具闻奏。臣已于元祐六年正月九日，备录元状，缴连奏去讫，经今五百余日，依前未蒙施行。伏乞检会前奏一处行下。右谨件如前。今所陈六事及前所陈四事，止是扬州、杭州所见。窃计天下之大，如此六事、四事者多矣。若今日不治，数年之后，百姓愈困愈急，流亡盗贼之患，有不可胜言者。伏望特留圣意，深诏左右大臣，早赐果决行下。臣伏见所在转运、提刑，皆以催欠为先务，不复以恤民为意。盖函、矢异业，所居使然。臣愚欲乞备录今状及元祐六年正月九日所奏四事，行下逐路安抚钤辖司，委自逐司选差辖下官僚一两人，不妨本职，置司取索逐州见催诸般欠负科名户眼，及元欠因依，限一月内具委无漏落，保明供申，仍备录应系见行欠负敕条，出榜晓示。如州县不与依条除放，许诣逐司自陈，限逐司于一季内看详了绝，内依条合放而州县有失举行者，与免罪改正讫奏。其于理合放而未有明条或于条有碍者，并权住催理，奏取敕裁，仍乞朝廷差官三五人置局看详，立限结绝。如此则期年之间，疲民尚有生望，富室完复，商贾渐通，酒税增羡，公私宽泰，必自此始也。臣身远言深，罪当万死，感恩徇义，不能默已，谨录奏闻，伏候敕旨。

贴黄。本州近准转运司牒坐准户部符："臣寮上言，去岁灾伤人户，农事初兴，生意稍还，正当惠养，助之苏息，伏望圣慈许将去年检放不尽秋税元只收三二分已下者，系本户已是七八分灾伤，今来若纳钱尚有欠，必是送纳不前，乞特与除放。其余纳钱见欠人户，亦乞特与减免三分外，若犹有欠，并上二等户，如不可一例减放，则并乞特与展限，候今年秋税，随秋料送纳。"其言至切，寻蒙圣恩送下户部。本部却只检坐元祐三年七月二十四日敕节文灾伤带纳欠负条贯应破诏旨，其臣寮所乞放免宽减事件，元不相度可否。显是圣慈欲行其言，而户部不欲，虽蒙行下，与不行下同。臣今来所论，若非朝廷特赐指挥，即户部必无施行之理。

又，贴黄。臣今所言六事及旧所言四事，并系民心邦本，事关安危，兼其间逐节利害甚多，伏望圣慈少辍清闲之顷，特赐详览。

又，贴黄。准条，检放灾伤税租，只是本州差官计会令佐同检，即无转运司更别差官覆按指挥。臣在颍州，见逐州检放之后，转运司更隔州差官覆按虚实，显是于法外施行，使官吏畏惮不敢尽实检放。近日淮南转运司为见所在流民倍多，而所放灾伤，多不及五分支破，贫粮有限，恐人情未安，故奏乞法外支给，若使尽实检放，流民不应如此之多，与其法外拯济于既流之后，曷若依法检放于未流之前，此道路共知，事之不可欺者也。臣忝居侍从，不敢不具实以闻奏。

又，贴黄。京师所置局，因令看详畿内欠负。

【解题】

本文根据自己历知数州之经验，以及从颍州赴扬州途中之见闻，陈述两浙、京西、淮南三路百姓被积年欠债重压，日益贫困，多有死亡。越是丰年，官吏催逼越紧，百姓流离失所更甚于灾年，苏轼直言不讳地认为这是朝政的重大失误。本文奏请朝廷暂时停止催欠，多方减免，以使“公私宽泰”，官民得利。文中摹写百姓情状，推断积欠之利害因果，至为急切。

再论积欠六事四事札子

元祐七年六月十六日，龙图阁学士左朝奉郎知扬州苏轼札子奏。臣已具积欠六事，及旧所论四事上奏。臣闻之孟子曰：“以不忍人之心，行不忍人之政。”若陛下初无此心，则臣亦不敢必望此政，屡言而屡不听，亦可以止矣。然臣犹孜孜强聒不已者，盖由陛下实有此心，而为臣子所格沮也。

窃观即位之始，发政施仁，天下耸然，望太平于期月。今者八年，而民益贫，此何道也？愿陛下深思其故。若非积欠所压，自古至今，岂有行仁政八年而民不苏者哉。臣前所论四事，不为不切，而经百余日，略不施行。臣既论奏不已，执政乃始奏云，初不见臣此疏，遂奉圣旨，令臣别录闻奏。意谓此奏朝上而夕行，今又二年于此矣。以此知积欠之事，大臣未欲施行也。若非陛下留意，痛与指挥，只作常程文字降出，仍却作熟事进呈，依例送户部看详，则万无施行之理。臣人微言轻，不足计较，所惜陛下赤子，日困日急，无复生理也。臣又窃料大臣必云今日西边用兵，急于财利，未可行此。臣谓积欠之在户部者，其数不赀，实似可惜。若实计州县催到数目，经涉岁月，积欠之在户部者累毫，何足以助经费之万一。臣愿圣主特出英断，早赐施行。

臣访闻浙西饥疫大作，苏、湖、秀三州，人死过半，虽积水稍退，露出泥田，然皆无土可作田塍，有田无人，有人无粮，有粮无种，有种无牛，饿死之余，人如鬼腊。臣窃度此三州之民，朝廷加意惠养，仍须官吏得人，十年之后，庶可完复。《书》曰："制治于未乱，保邦于未危。"浙西灾患，若于一二年前，上下疚心，同力拯济，其劳费残弊，必不至若今之甚也。臣知杭州日，预先奏乞下发运司，多籴米斛，以备来年拯济饥民。圣明垂察，支赐缗钱百万收籴。而发运使王觌，坚称米贵不籴。是年米虽稍贵，而比之次年春夏，犹为甚贱，纵使贵籴，尚胜于无，而觌执所见，终不肯收籴颗粒，是致次年拯济失备，上下共知而不诘问。小人浅见，只为朝廷惜钱，不为君父惜民，类皆如此。淮南东西诸郡，累岁灾伤，近者十年，远者十五六年矣。今来夏田一熟，民于百死之中，微有生意，而监司争言催欠，使民反思凶年。怨嗟之气，必复致水旱。欲望圣慈救之于可救之前，莫待如浙西救之于不可救之后也。

臣敢昧死请内降手诏云："访闻淮浙积欠最多，累岁灾伤，流殍相属，今来淮南始获一麦，浙西未保丰凶，应淮南、京西、浙西诸般欠负，不问新旧，有无官本，并特与权住催理一年。"使久困之民，稍知一饱之乐。仍更别赐指挥，行下臣所言六事四事，令诸路安抚钤辖司推类讲求，与天下疲民，一洗疮痏，则犹可望太平于数年之后也。

臣伏睹诏书，以五月十六日册立皇后，本枝百世，天下大庆。《孟子》有言："《诗》曰：'古公亶父，来朝走马。率西水浒，至于岐下。爰及姜女，聿来胥宇。'当是时也，内无怨女，外无旷夫。"此周之所以王也。今陛下膺此大庆，独不念积欠之民，流离道路，室家不保，鬻田质子，以输官者乎？若亲发德音，力行此事，所全活者不知几千万人。天监不远，必为子孙无疆之福。臣不胜拳拳孤忠，昧死一言。取进止。

【解题】

本札子作于前文一月之后，再次催促朝廷减免民间积欠，"使久困之民，稍知一饱之乐。"言辞真挚恳切，颇足感人。

论仓法札子

元祐七年七月二十七日，龙图阁学士左朝奉郎知扬州苏轼札子奏。臣窃谓仓法者，一时权宜指挥，天下之所骇，古今之所无，圣代之猛政也。自陛下即位，首宽此法，但其间有要剧之司，胥吏仰重禄为生者，朝廷不欲遽夺其请受，故且因循至今。盖不得已而存留，非谓此猛政可恃以为治也。自有刑罚已来，皆称罪立法，譬之权衡，轻重相报，未有百姓造铢两之罪，而人主报以钧石之刑也。今仓法不满百钱入徒，满十贯刺配沙门岛，岂非以钧石报铢两乎？天道报应，不可欺罔，当非社稷之利。凡为臣子，皆当为陛下重惜此事，岂可以小小利害而轻为之哉？臣窃见仓法已罢者，如转运、提刑司人吏之类。近日稍稍复行，若监司得人，胥吏谁敢作过，若不得人，虽行军令，作过愈甚。今执政不留意于拣择监司，而独行仓法，是谓此法可恃以为治也耶？今者又令真、扬、楚、泗转般仓斗子行仓法，纲运败坏，执政终不肯选择一强明发运使，以办集其事，但信仓部小吏，妄有陈请，便行仓法，臣所未喻也。

今来所奏，只是申明《元祐编敕》，不过岁捐转运司违法所收粮纲税钱一万贯，而能使六百万石上供斛斗，不大失陷，又能全活六路纲梢数千、牵驾兵士数万人免陷深刑。而押纲人员使臣数百人保全身计，以至商贾通行，京师富庶，事理明甚，无可疑者。但恐执政不乐臣以疏外辄议已行之政，必须却送户部，或却令本路监司相度，多方沮难，决无行理。

臣材术短浅，老病日侵，常恐大恩不报，衔恨入地，故贪及未死之间，时进瞽言，但可以上益圣德，下济苍生者。臣虽以此得罪，万死无悔。若陛下以臣言为是，即乞将此札子留中省览，特发德音，主张施行。若以臣言为妄，即乞并此札子降出，议臣之罪。取进止。

【解题】

苏轼一向认为用人比用法更为重要，尤其在当时法度多变的情况下更是如此。本文一以为仓法苛刻，一以为朝廷所用非人，皆于社稷不利，希望朝廷改正。

论纲梢欠折利害状

元祐七年七月二十七日，龙图阁学士左朝奉郎知扬州苏轼状奏。臣闻唐代宗时，刘晏为江淮转运使，始于扬州造转运船，每船载一千石，十船为一纲，扬州差军将押赴河阴。每造一船，破钱一千贯，而实费不及五百贯。或讥其枉费。晏曰：“大国不可以小道理。凡所创置，须谋经久。船场既兴，执事者非一，须有余剩衣食，养活众人，私用不窘，则官物牢固。”乃于扬子县置十船场，差专知官十人。不数年间，皆致富赡。凡五十余年，船场既无破败，馈运亦不阙绝。至咸通末，有杜侍御者，始以一千石船，分造五百石船二只，船始败坏。而吴尧卿者，为扬子院官，始勘会每船合用物料，实数估给，其钱无复宽剩，专知官十家即时冻馁，而船场遂破，馈运不继，不久遂有黄巢之乱。

刘晏以千贯造船，破五百贯为干系人欺隐之资，以今之君子寡见浅闻者论之，可谓疏缪之极矣。然晏运四十万石，当用船四百只，五年而一更造，是岁造八十只也。每只剩破五百贯，是岁失四万贯也。而吴尧卿不过为朝廷岁宽四万贯耳，得失至微，而馈运不继，以贻天下之大祸。臣以此知天下之大计，未尝不成于大度之士，而败于寒陋之小人也。国家财用大事，安危所出，愿常不与寒陋小人谋之，则可以经久不败矣。

臣窃见嘉祐中，张方平为三司使，上论京师军储云："今之京师，古所谓陈留，四通八达之地，非如雍、洛有山河之险足恃也，恃恃重兵以立国耳。兵恃食，食恃漕运，漕运一亏，朝廷无所措手足。"因画十四策，内一项云："粮纲到京，每岁少欠不下六、七万石，皆以折会偿填，发运司不复抱认，非祖宗之旧也。"臣以此知嘉祐以前，岁运六百万石，而以欠折六、七万石为多。访闻去岁，止运四百五十余万石，而欠折之多，约至三十余万石。运法之坏，一至于此。

又臣到任未几，而所断粮纲欠折干系人，徒流不可胜数。衣粮罄于折会，船车尽于拆卖，质妻鬻子，饥瘦伶俜，聚为乞丐，散为盗贼。窃计京师及缘河诸郡，例皆如此。朝廷之大计，生民之大病，如臣等辈，岂可坐观而不救耶？辄问之于吏。乃金部便敢私意创立此条，不取圣旨，公然行下，不惟非理刻剥，败坏祖宗法度，而人臣私意，乃能废格制敕，监司州郡，靡然奉行，莫敢谁何。此岂小事哉？

谨按一纲三十只船，而税务监官不过一员，未委如何随船点检得。三十只船，一时皆通而不勒留住岸，一般点检，即二十九只船皆须住岸伺候，显是违条舞法，析文破敕。苟以随船为名，公然勒留点检，与儿戏无异。访闻得诸州多是元祐三年以来始行点检收税，行之数年，其弊乃出。纲梢既皆赤露，妻子流离，性命不保，虽加刀锯，亦不能禁其攘窃。此弊不革，臣恐今后欠折不止三十余万石，京师军储不继，其患岂可胜言！

扬州税务，自元祐三年十月，始行点检收税，至六年终。凡三年间共收粮纲税钱四千七百余贯，折长补短，每岁不过收钱一千六百贯耳。以淮南一路言之，真、扬、高邮、楚、泗、宿六州、军，所得不过万缗，而所在税务专栏因金部转运司许令点检，缘此为奸，邀难乞取，十倍于官。遂致纲梢皆穷困骨立，亦无复富商大贾肯以物货委令搭载，以此专仰攘取官米，无复限量，拆卖船板，动使净尽，事败入狱。以命偿官。显是金部与转运司违条刻剥，得粮纲税钱一万贯，而令朝廷失陷纲运米三十万余石，利害皎然。

今来仓部并不体访纲运致欠之因，却言缘仓司斗子乞觅纲梢钱物，以致欠折，遂立法令真、扬、楚、泗转般仓并行仓法，其逐处斗子，仍只存留一半。命下之日，扬州转般仓斗子四十人，皆诣臣陈状，尽乞归农。臣虽且多方抑按晓谕，退还其状，然相度得此法必行，则见今斗子必致星散，虽别行召募，未必无人，然皆是浮浪轻生不畏重法之人，所支钱米，决不能赡养其家，不免乞取。既冒深法，必须重赂轻赍，密行交付。其押纲纲梢等，知专斗若不受赂，必无宽剩，斗面决难了纳。即须多方密行重赂，不待求乞而后行用，此必然之理也。

臣细观近日仓部所立条约，皆是枝叶小节，非利害之大本。何者？自熙宁以前，中外并无仓法，亦无今来仓部所立条约，而岁运六百万石，欠折不过六、七万石。盖是朝廷捐商税之小利，以养活纲梢，而缘路官司，遵守《编敕》法度，不敢违条点检收税，以致纲梢饱暖，爱惜身命，保全官物，事理灼然。臣已取责得本州税务状称，随船点检，不过检得一船。其余二十九船，不免住岸伺候，显有违碍。臣寻已备坐《元祐编敕》，晓示今后更不得以随船为名，违条勒令住岸点检去讫。其税务官吏，为准本州及仓部、发运、转运司指挥非是自擅为条，未敢便行取勘。其诸州、军税务，非臣所管，无由一例行下。欲乞朝廷申明《元祐编敕》不得勒令住岸条贯，严赐约束行下。并乞废罢近日仓部起请仓法，仍取问金部官吏不取圣旨擅立随船一法，刻剥兵梢，败坏纲运，以误国计，及发运、转运司官吏，依随情罪施行。庶使今后刻薄之吏，不敢擅行胸臆，取小而害大，得一而丧百。

臣闻东南馈运，所系国计至大，故祖宗以来，特置发运司，专任其责。选用既重，威令自行。如昔时许元辈，皆能约束诸路，主张纲运。其监司州郡及诸场务，岂敢非理刻剥邀难？但发运使得人，稍假事权，东南大计，自然办集，岂假朝廷更行仓法？此事最为简要，独在朝廷留意而已。谨具《元祐编敕》及金部擅行随船点检指挥如左。

一、准《元祐编敕》："诸纲运船筏到岸检纳税钱，如有违限，如限内无故稽留，及非理搜检，并约喝无名税钱者，各徒二年。诸新钱纲及粮纲，缘路不得勒令住岸点检，虽有透漏违禁之物，其经历处，更不问罪，至京下镍通津门，准此。"

一、准元祐三年十一月十九日尚书金部符："省部看详，监粮纲运，虽不得勒留住岸，若是随船点检得委有税物名件，自合依例饶润收纳税钱，即无不许纳税钱事理。若或别无税物，自不得违例喝免税钱，事理甚明。"

右谨件如前者。若朝廷尽行臣言，必有五利。纲梢饱暖，惜身畏法，运馈不大陷失，一利也。省徒配之刑，消流亡贼盗之患，二利也。梢工衣食既足，人人自重，以船为家，既免拆卖，又常修完，省逐处船场之费，三利也。押纲纲梢，既与客旅附载物货，官不点检，专栏无由乞取，然梢工自须赴务量纳税钱，以防告讦，积少成多，所获未必减于今日，四利也。自元丰之末，罢市易务、导洛司、堆垛场，议者以为商贾必渐通行，而今八年，略无丝毫之效，京师酒税课利皆亏，房廊邸店皆空，何也？盖祖宗以来，通许纲运揽载物货，既免征税，而脚钱又轻，故物货通流，缘路虽失商税，而京师坐获富庶。自导洛司废，而淮南转运司阴收其利，数年以来，官用窘逼，转运司督迫，诸路税务日急一日，故商贾全然不行，京师坐至枯涸。今若行臣此策，东南商贾，久闭乍通，其来必倍，则京师公私数年之后，必复旧观，此五利也。臣窃见近日官私例皆轻玩国法，习以成风。若朝廷以臣言为非，臣不敢避妄言之罪，乞赐重行责罚。若以臣言为是，即乞尽理施行，少有违戾，必罚无赦，则所陈五利，可以朝行而夕见也。谨录奏闻，伏候敕旨。

贴黄。本州已具转般仓斗子二十人，不足于用，必致阙误事理，申乞依旧存留四十人去讫。其斗子所行仓法。臣又体访得深知纲运次第，人皆云行仓法后，欠折愈多，若斗子果不取钱，则装发更无斗面，兵梢未免偷盗，则欠折必甚于今。若斗子不免取钱，则旧日行用一贯者须取三、两贯，方肯收受。然不敢当面乞取，势须宛转托人，减刻隔洛，为害滋深。伏乞朝廷详酌，早赐废罢，且依旧法。

又，贴黄。臣今看详，仓部今来起请条约，所行仓法，支用钱米不少。又添差监门小使臣，支与驿券。又许诸色人告捉构合乞取之人，先支官钱五十贯为赏。又支系省上供钱二万贯，召募纲梢。如此之类，费用浩大。然皆不得利害之要。行之数年，必无所补。臣今所乞，不过减却淮南转运司违条收税钱一万贯，使纲梢饱暖，官物自完，其利甚大。

【解题】

苏轼在扬州任上，他见每年纲粮折欠损失过多，船夫因此而被流放的人也不可胜数，认为原因在于新法导致船夫贫困，遂盗窃拆损粮、船。因此他奏请朝廷恢复旧法，放宽税收，听任船夫私载货物，使船夫有以为生，以减少亏欠。

贺坤成节表

臣轼言。岁复六壬，袭嘉祥于太史；火流七月，纪令节于诗人。尽海宇之含生，举欣荣于兹日。臣某中贺。

臣闻君以民为心体，天用民为聪明。未有心胖而体不纾，民悦而天不应。故好生恶杀，是为仁寿之基；捐利与民，斯获丰年之庆。

恭惟太皇太后陛下，恭俭一德，勤劳百为。推天覆地载之心，阜成民物；尽父教母怜之道，诲养臣邻。共知难报之恩，必享无疆之福。臣以出守淮海，无由躬诣阙庭。臣无任。

【解题】

本表元祐七年（1092）七月作。

乞罢转般仓斗子仓法状

元祐七年八月一日，龙图阁学士左朝奉郎知扬州苏轼状奏。右臣近于七月二十七日具状奏论纲梢欠折利害，内一事，乞罢真、扬、楚、泗转般仓斗子仓法，并乞扬州转般仓斗子依旧存留四十人。今来扬州转般仓斗子四十人并曾诣臣投状，乞一时归农。臣虽且抑按晓谕，退还其状，然体访得众情未安，惟欲逃窜。兼访闻泗州转般仓斗子已窜却一十二人，深虑逐州转般仓斗子渐次星散，别行召募，必是费力，兼恐多是浮浪轻犯重法之人，愈见败坏纲运。其逐一利害，已具前状。只乞朝廷详酌，先赐施行废罢转般仓斗子仓法，及扬州依旧存留转般仓斗子四十人为额，仍乞入急递行下，贵免斗子星散，住滞纲运。谨录奏闻，伏候敕旨。

【解题】

本状再次奏请废除仓法。

乞罢税务岁终赏格状

元祐七年八月初五日，龙图阁学士左朝奉郎知扬州苏轼状奏。准元祐三年八月二十三日敕："陕西转运司奏。准敕节文：'卖盐并酒税务增剩监专等赏钱，更不支给。'本司相度，欲且依旧条支给，所贵各肯用心，趁办课利。户部状欲依本司所乞，并从元丰赏格，依旧施行。检会元丰七年六月二十四日敕：'卖盐及税务监官年终课利增额，计所增数给一厘。卖盐务专副秤子税务专栏，年终课利增额，计所增数给半厘。'及检会元丰赏格'酒务盐官年终课利增额，计所增数给二氂。酒务专匠，年终课利增额，计所增数给一厘'者"。右臣闻之管仲："礼义廉耻，国之四维。四维不张，国乃灭亡。"今盐酒税务监官，虽为卑贱，然缙绅士人公卿胄子，未尝不由此进。若使此等不顾廉耻，决坏四维，掊敛刻剥，与专栏秤匠一处分钱，民何观焉？所得毫末之利，而所败者天下风俗、朝廷纲维，此有识之所共惜。臣至淮南，体访得诸处税务，自数年来，刻虐日甚，商旅为之不行，其间课利，虽已不亏，或已有增剩，而官吏刻虐，不为少衰。详究厥由，不独以财用窘急，转运司督迫所致。盖缘有上件给钱充赏条贯，故人人务为刻虐，以希岁终之赏，显是借关市之法，以蓄聚私家之囊橐。若朝廷悯救风俗，全养士节，即乞尽罢上件岁终支赏条贯。仍乞详察上件条贯于税务施行，尤为害物，先赐废罢。况祖宗以来，元无此格，所立场务增亏赏罚，各已明备，不待此条，方为劝奖。臣窃见今年四月二十七日敕，废罢诸路人户买扑土产税场。命下之日，天下歌舞，以致深山穷谷之民，皆免虐害。臣既亲被诏旨，辄敢仰缘德音，推广圣意，具论利害，以候敕裁。谨录奏闻，伏候敕旨。

【解题】

苏轼见朝廷所颁“税务岁终赏格”，客观上鼓励了税务监官对百姓的刻虐盘剥，因此奏请朝廷废除此条赏格。

乞岁运额斛以到京定殿最状

元祐七年八月五日，龙图阁学士左朝奉郎知扬州苏轼状奏。右臣近者论奏江淮粮纲运欠折利害。窃谓欠折之本，出于纲梢贫困，贫困之由，起于违法收税。若痛行此一事，则期年之间，公私所害，十去七八，此利害之根源，而其他皆枝叶小节也。若朝廷每闻一事，辄立一法，法出奸生，有损无益。则仓部前日所立斗子仓法，及其余条约是矣。臣愚欲乞尽赐寝罢，只乞明诏发运使，责以亏赢，而为之赏罚，假以事权，而助其耳目，则馈运大计可得而办也。

何谓责以亏赢而为之赏罚？盖发运使岁课，当以到京之数为额，不当以起发之数为额也。今者折欠，尽以折会偿填。而发运使不复抱认其数，但得起发数足，则在路虽有万般疏虞，发运使不任其责矣。今诸路转运司岁运斛斗，皆以到发运司实数为额，而发运司独不以到京及府界实数为额，此何义也？臣欲乞立法，今后发运司岁运额斛，计到京欠折分釐，以定殿罚，则发运使自然竭力点检矣。凡纲运弊害，其略有五。一曰发运司人吏作弊，取受交装不公。二曰诸仓专斗作弊，出入斗器。三曰诸场务排岸司作弊，点检附搭住滞。四曰诸押纲使臣人员作弊，减刻雇夫钱米。五曰在京及府界诸仓作弊，多量剩取，非理曝扬。如此之类，皆可得而去也。纵未尽去，亦贤于立空法而人不行者远矣。

何谓假以事权而助其耳目？盖运路千余里，而发运使二人，止在真、泗二州。其间诸色人作弊侵欺纲梢于百里之外，则此等必不能去离纲运而远赴诉也，况千里乎？臣欲乞朝廷选差或令发运使举辟京朝官两员为句当，纲运自真州至京，往来点检，逐州住不得过五日，至京及本司住不得过十日，以船为廨宇，常在道路，专切点检诸色人作弊，杖以下罪。许决，徒以上罪，送所属施行。使纲梢使臣人员等，常有所赴诉，而诸色人常有所畏忌，不敢公然作弊，以岁运到京数足，及欠折分釐为赏罚。

行此二者，则所谓人存政举，必大有益。伏望朝廷留念馈运事大，特赐检会前奏，一处详酌施行。臣忝备侍从，怀有所见，不敢不尽。屡渎天威，无任战恐待罪之至。谨录奏闻，伏候敕旨。

贴黄。臣前奏乞举行《元祐编敕》钱粮纲不得点检指挥。窃虑议者必谓钱粮纲既不点检，今后东南物货，尽入纲船揽载，则商税所失多矣。臣以谓不然。自祖宗以来《编敕》，皆不许点检，当时不闻商税有亏。只因导洛司既废，而转运司阴收其利，又自元祐三年十月后来，始于法外擅立随船点检一条，自此商贾不行，公私为害。今若依《编敕》施行，不惟纲梢自须投务纳税，如前状所论，而商贾坌集于京师，回路货物，无由复入，空纲揽载，所获商税必倍，此必然之理也。

【解题】

本文因纲运欠折问题，再次剖析其中弊端，为朝廷谋划解决的方法。

申明扬州公使钱状

元祐七年八月初六日，龙图阁学士左朝奉郎知扬州苏轼状奏。右臣勘会本州公使额钱每年五千贯文，除正赐六百贯、诸杂收簇一千九百贯外，二千五百贯并系卖醋钱。检会当日初定额钱日，本州醋务，系百姓纳净利课利钱承买，其钱并归转运司。当日以卖醋钱二千五百贯入额钱，即亦是拨系省官钱充数。后来公使库方始依新条认纳百姓净利课利等钱承买，逐年趁办上项额钱二千五百贯。检准《编敕》，诸州公使库，许以本库酒糟造醋酤卖，即系官监醋务本库愿认纳元额诸般课净钱，承买者听其所收醋息钱，并听额外收使。今契勘醋库每年酤卖到钱外，除糟米本钱并认纳买扑净利课利钱外，实得息钱，每年只收到一千六七百贯至二千贯以来，常不及元立额钱二千五百贯之数，更岂有额外收使之理？如此，即显是敕条虽许公使库买扑醋务，而扬州独无额外得钱之实。窃以扬于东南，实为都会，八路舟车，无不由此。使客杂遝，馈送相望，三年之间，八易守臣，将迎之费，相继不绝，方之他州，天下所无。每年公使额钱，只与真、泗等列郡一般，比之楚州少七百贯。况今现行例册，元修定日造酒糯米每斗不过五十文足；自元祐四年后来，每斗不下八九十文足。本州之费，一切用酒准折，又难为将例册随米价高下逐年增减，兼复累年接送知州，实为频数，用度不赀，是致积年诸般逋欠，约计七八千贯。若不申明，岁月愈深，积数逾多，隐而不言，则州郡负违法之责，创有陈乞，则朝廷有生例之难。虽天下诸郡比之扬州，实难攀援。今来亦不敢辄乞增添额钱，及蠲放欠负，只乞检会见行条贯，并当日元定额钱因依，既是于系省官醋务钱内拨二千五百贯元额钱，即乞逐年更不送纳卖扑净利课利钱，及更不用钱收买官糟，庶得卖醋钱相添支用。如此，即积年欠负渐可还偿，会藩事体，不致大段衰削。谨录奏闻，伏候敕旨。

贴黄。勘会本州与杭州事体一般，本州当八路口，使客数倍于杭州。杭州公使钱七千贯，而本州止有五千贯，显是支使不足。又，贴黄。准条，虽许公使库收遗利。缘本州委无遗利可收，须至奏乞。

【解题】

本状称扬州官府额钱不敷使用，并提出解决办法。

谢兼侍读表二首

一

伏奉制书，除臣守兵部尚书兼侍读者。重地隆名，不择所付；清资厚禄，以养不才。中谢。

伏念臣以草木之微，当天地之泽。七典名郡，再入翰林；两除尚书，三忝侍读。虽当世之豪杰，犹未易居；矧如臣之孤危，其何能副。

恭惟皇帝陛下，圣神格物，文武宪邦。重离继明，何烦爝火之助；大厦既构，尚求一木之支。而臣白首复来，丹心已折。望西清之帷幄，久立徬徨；闻长乐之鼓钟，恍如梦寐。莫报丘山之施，犹贪顷刻之荣。臣无任。

二

流汗恩荣，再辞莫获；强颜衰朽，一节以趋。臣轼中谢。

恭惟先帝复六卿之名，本欲后人识三代之旧。古今殊制，闲剧异宜。武选隶于天官，兵政总于枢辅。故司马之职，独省文书；而师氏之官，职在论说。命臣兼领，圣意可知。

恭惟太皇太后陛下，约己裕民，忘家忧国。知先王之兵，必本于道德，故以儒臣为七兵；知人主之学，必通于民情，故自郡守为五学。而臣迂疏，不可强合。早缘衰病，难以久居。终当自效于所长之间，或可报恩于未死之日。臣无任。

谢除兵部尚书赐对衣金带马状二首

一

蒙恩赐臣衣一对，金带一条，并鱼袋金镀银鞍辔马一匹者。盛服在躬，无复曳娄之叹，名驹出厩，遂忘奔走之劳。施重丘山，身轻毫末。

伏念臣少贱而鄙，性椎少文。衣敝缊袍，未尝有耻；乘款段马，自以为安。岂意晚年，屡膺此宠。此盖伏遇皇帝陛下，绍隆景命，总揽群英。无竞维人，势已加于九鼎；惟德其物，恩有重于千金。臣敢不上体眷怀，勉思报称。赠绕朝之策，愧不能谋；振屈原之衣，期于自洁。臣无任。

二

伏以在笥之珍，本出于民力；脱骖之赐，以结于士心。顾臣何人，屡膺此宠。

伏念臣学本为己，材不适时。乘伯厚之车，虽云疾恶；束公西之带，愧不能言。而二年之间，三拜是赐。此盖伏遇太皇太后陛下，心存社稷，德协天人。以长策驾驭四方，以盛德藩饰多士。故令衰朽，犹玷光华。岂曰无衣，盖独求于安吉；慨然揽辔，敢有志于澄清。臣无任。

【解题】

苏轼于元祐七年（1092）八月以兵部尚书召还朝廷兼差充南郊卤簿使。上谢表是九月到京后作。

乞罢宿州修城状

元祐七年九月日，龙图阁学士左朝奉郎新除兵部尚书苏轼状奏。臣近自淮南东路钤辖被召，过所部宿州，体访得本州见将零壁镇改作零壁县，及本州见准朝旨展筑外城两事，各有利害，既系臣前任部内公事；而改镇作县，又系兵部所管，所以须至奏陈，谨具条件如后。

一、零壁镇人户靳琮等，先经本路及朝省陈状，乞改零壁镇为县。却准转运使赵偁状称，看详得元只是本镇官势有力人户，意欲置县，增添诸般营运，妄有陈状。寻准敕依奏，依旧为镇。后来有转运使张修等及知州周秩别行奏请，却欲置县。仍取得本镇人户状称，所有置县费用，情愿自备钱物。致朝廷信凭，许令置县。臣今体访得零壁人户出办上件钱物，深为不易。元料置县用钱四千五十余贯，至今年八月终，已纳二千八百五十余贯，其余未纳钱数，认是催纳不行，纵使尽行催纳，亦恐使用不足。看详始议置县，只为本镇居民曾被惊劫，及人户输纳词讼，去县稍远。然未置县时，本镇已有守把兵士八十人，及京朝官一员，专领本镇烟火盗贼，别有监务官一员，又已移虹县尉一员，弓手六十人，在本镇足以弹压盗贼。而本镇去虹县六十里，至符离县一百二十里，至蕲县一百里，即非地远，又至符离县，各系水路，本不须添置一县。委只是本镇豪民靳琮等私自为计，却使近下人户一时出钱，深为不便。

一、宿州自唐以来，罗城狭小，居民多在城外。本朝承平百余年，人户安堵，不以城小为病，兼诸处似此城小人多，散在城外，谓之草市者甚众，岂可一一展筑外城。近年周秩奏论，过为危语，以动朝廷。意谓恐有盗贼窃据，以断运路，遂奏乞展筑外城一十一里有余，役兵及雇夫共五十七万有余工。每夫用七十省钱，召募雇夫及物料，合用钱一万九千余贯，约五年毕工。已蒙朝廷支赐抵当息钱一万贯，欲取来年春兴工。臣体访得元只是宿州豪民，多有园宅在外，扇摇此说，官吏不察，遂与奏请。况宿州土脉疏恶，若不用砖砌甃，随即颓毁，若待五年毕工，则东城未了，西城已坏，或更用砖，其费不赀。又七十省钱，亦恐召募不行，官吏避罪，必行差雇，搔扰不细，其间一事，深害仁政。缘今来踏逐外城基址，合起遣人户大坟墓六千九百所，小者犹不在数。不知本州有何急切利害，而使居民六千九百家暴露父祖骸骨，费耗擘画改葬，若家贫无力，便致弃捐，劳费公私，痛伤存殁，已上并有公案，可以覆验。

右臣今相度上件改镇作县事，系已行之命，兼构筑廨宇，略已见功，恐难中辍。而展城一事，有大害而无小利，兼未曾下手，犹可止罢。欲乞速赐指挥，更不展筑，却于已支赐一万贯钱内，量新置县合用数目，特与支拨修盖了当。其人户未纳到钱数，乞与放免。谨录奏闻，伏候敕旨。

【解题】

苏轼认为宿州把零壁镇改为零壁县，实只出于本镇豪民的利益，而修筑外城也必然会加重百姓负担，且所费实大，因此要求朝廷下令停止筑城。

乞擢用林豫札子

元祐七年十月日，龙图阁学士左朝奉郎守兵部尚书苏轼札子奏。臣窃谓才难之病，古今所同。朝廷每欲治财赋，除盗贼，干边鄙，兴利除害，常有临事乏人之叹。古人有言："宽则宠名誉之人，急则用介胄之士。"所用非所养，所养非所用。此古今之通患也。臣伏见承议郎监东排岸司林豫，自为布衣，已有奇节，及其从事，所至有声。其在涟水，屏除群盗，尤著方略。其人勇于立事，常有为国捐躯之意。试之盘错之地，必显利器。伏望圣慈特与量材擢用。若后不如所举，臣等甘伏朝典。取进止。

【解题】

苏轼作本札子向朝廷举荐林豫。

乞赙赠刘季孙状

元祐七年十月日，龙图阁学士左朝奉郎守兵部尚书苏轼状奏。右臣等窃闻仁宗朝赵元昊寇，延州危急，环庆将官刘平以孤军来援，众寡不敌，奸臣不救，平遂战殁，竟骂贼不食而死。诏赠侍中，赐大第，官其诸子庆孙、贻孙、宜孙、昌孙、孝孙、保孙、季孙等七人。诸子颇有异材，而皆不寿，卒无显者。家事狼狈，赐第易主。独季孙仕至文思副使，年至六十，笃志好学，博通史传，工诗能文，轻利重义，练达军政，至于忠义勇烈，识者以为有平之风。性好异书古文石刻，仕宦四十余年，所得禄赐，尽于藏书之费。近蒙朝廷擢知隰州，今年五月卒于官所。家无甔石，妻子寒饿，行路伤嗟。今者寄食晋州，旅榇无归。臣等实与季孙相知，既哀其才气如此，死未半年，而妻子流落；又哀其父平以忠义死事，声迹相接，四十年间，而子孙沦替，不蒙收录，岂朝廷之意哉？今执政侍从多知季孙者，如加访问，必得其实。欲望朝廷特诏有司，优与赙赠，以振其妻子朝夕饥寒之忧，亦使人知忠义死事之子孙，虽跨历岁月，朝廷犹赐存恤，于奖劝之道，不为小补。季孙之子三班借职璨，见在京师，乞早赐指挥。谨录奏闻，伏候敕旨。

贴黄。季孙身亡，合得送还人为般擎。女婿两房，并已死尽。其丧柩见在晋州，无由般归京师。欲乞指挥晋州，候本家欲扶护归葬日，即与差得力厢军三十人，节级一人，般至京师。

【解题】

刘季孙为烈士之子，生前曾得苏轼举荐，而其死后至为凄凉，妻子流落，灵柩无归。苏轼因此奏请朝廷厚与赙赠，以存恤烈士后人。

再论李直方捕贼功效乞别与推恩札子

元祐七年十一月初四日，龙图阁学士左朝奉郎守兵部尚书苏轼札子奏。臣先知颍州日，为有剧贼尹遇、陈兴、郑饶、李松等，皆宿奸大恶，为一方之患。而汝阴县尉李直方，本以进士及第，母年九十余，只有直方一子，相须为命。而能奋不顾身，躬亲持刃，刺倒尹遇；又能多出家财，缉知余党所在，分遣弓手，前后捕获，功效显著。直方先公后私，致所差人先获陈兴等三人，而直方躬亲，后获尹遇一名，与赏格小有不应。臣寻具事由闻奏，乞以臣合转朝散郎一官特与直方，比附第三等循资酬奖。后来朝旨，只与直方免试。窃缘选人免试，恩例至轻，其间以毫发微劳得者甚多，恐非所以激劝捐躯除患之士。伏望圣慈，特赐检会前奏，别与推恩，仍乞许臣更不磨勘转朝散郎一官。所贵余人难为援例。取进止。

【解题】

本文是第二次向朝廷为捕贼有功的李直方请赏。

辞免兼侍读札子

臣近准阁门告报，已降告命，除臣兼侍读者。臣以迂愚，本无学术，出从吏役，益复空疏。窃位禁林，已难久处，而况天纵之学，已集大成，非臣孱微所可仰望。伏望圣慈追寝成命以授能者。所有告命，未敢祗受。取进止。

【解题】

本文当作于元祐七年（1092）十一月，时朝廷再任兵部尚书苏轼兼侍读。

进郊祀庆成诗表

伏睹今月十四日郊祀礼成者。亲奠璧琮，始见天地。兼陈祖宗六庙之典，参用汉唐三代之文。夷夏来同，人神允答。臣某中贺。

恭惟皇帝陛下，聿追来孝，对越在天。外修神考之文章，内服文母之慈俭。四方观礼，百辟宅心。雪止风恬，验神祇之来飨；云黄岁美，知丰凶之在人。臣以艺文，入侍帷幄。考事而知天意，陈诗以达民言。虽无足观，亦各其志。臣无任瞻天望圣惭惧屏营之至。所撰《郊祀庆成诗》一首，谨缮写陈表，上进以闻。

【解题】

本表作于元祐七年（1092）十一月。

乞免五谷力胜税钱札子

元祐七年十一月初七日，龙图阁学士左朝奉郎守兵部尚书兼侍读苏轼札子奏。臣闻谷太贱则伤农，太贵则伤末。是以法不税五谷，使丰熟之乡，商贾争籴，以起太贱之价；灾伤之地，舟车辐辏，以压太贵之直。自先王以来，未之有改也。而近岁法令，始有五谷力胜税钱，使商贾不行，农末皆病。废百王不刊之令典，而行自古所无之弊法，使百世之下，书之青史，曰："收五谷力胜税钱，自皇宋某年始。"臣窃为圣世病之。臣顷在黄州，亲见累岁谷熟，农夫连车载米入市，不了盐茶之费。而蓄积之家，日夜祷祠，愿逢饥荒。又在浙西，亲见累岁水灾，中民之家有钱无谷，被服珠金，饿死于市。此皆官收五谷力胜税钱，致商贾不行之咎也。臣闻以物与人，物尽而止，以法活人，法行无穷。今陛下每遇灾伤，捐金帛，散仓廪，自元祐以来，盖所费数千万贯石，而饿殍流亡，不为少衰。只如去年浙西水灾，陛下使江西、湖北雇船运米以救苏、湖之民，盖百余万石。又计籴本水脚官钱不赀，而客船被差雇者，皆失业破产，无所告诉。与其官私费耗，为害如此！何似削去近日所立五谷力胜税钱一条，只行《天圣附令》免税指挥？则丰凶相济，农末皆利，纵有水旱，无大饥荒。虽目下稍失课利，而灾伤之地，不必尽烦陛下出捐钱谷，如近岁之多也。今《元祐编敕》虽云灾伤地分虽有例亦免，而谷所从来，必自丰熟地分，所过不免收税，则商贾亦自不行。议者或欲立法，如一路灾伤，则邻路免税，一州灾伤，则邻州亦然。虽比今之法，小为通疏，而隔一路一州之外，丰凶不能相救，未为良法。须是尽削近日弊法，专用《天圣附令》指挥，乃为通济。谨具逐条如后。

《天圣附令》

诸商贩斛斗，及柴炭草木博籴粮食者，并免力胜税钱。

诸卖旧屋材柴草米面之物及木铁为农具者，并免收税。其买诸色布帛不及疋而将出城，及陂池取鱼而非贩易者，并准此。

《元丰令》

诸商贩谷及以柴草木博籴粮食者，并免力胜税钱。（旧收税处依旧例）

诸卖旧材植或柴草谷面及木铁为农具者，并免税。布帛不及端疋，并捕鱼非货易者，准此。

《元祐敕》

诸兴贩斛斗及以柴炭草木博籴粮食者，并免纳力胜税钱。（旧收税处依旧例，即灾伤地分，虽有旧例，亦免）

诸卖旧材植或柴草斛斗并面及木铁为农具者，并免收税。布帛不及端疋，并捕鱼非货易者，准此。

右臣窃谓：若行臣言，税钱亦必不至大段失陷，何也？五谷无税，商贾必大通流，不载见钱，必有回货。见钱回货，自皆有税，所得未必减于力胜。而灾伤之地，有无相通，易为振救，官私省费，其利不可胜计。今肆赦甚近，若得于赦书带下，益见圣德，收结民心，实无穷之利。取进止。

【解题】

本文奏请免除“五谷力胜税钱”，使商农皆各得其所，钱谷皆得其用，以利生民。

奏内中车子争道乱行札子

元祐七年南郊，轼为卤簿使导驾。内中朱红车子十余两，有张红盖者，争道乱行于乾明寺前。轼于车中草此奏。奏入，上在太庙，驰遣人以疏白太皇太后。明日，中使传命申敕有司，严整仗卫，自皇后以下，皆不复迎谒中道。

元祐七年十一月十三日，南郊卤簿使龙图阁学士左朝奉郎守兵部尚书兼侍读苏轼札子奏。臣谨按汉成帝郊祠甘泉、泰畤、汾阴、后土，而赵昭仪常从在属车间。时扬雄待诏承明，奏赋以讽，其略曰："想西王母欣然而上寿兮，屏玉女而却宓妃。"言妇女不当与斋祠之间也。臣今备位夏官，职在卤簿。准故事，郊祀既成，乘舆还斋宫，改服通天冠，绛纱袍，孝坊钧容，作乐还内，然后后妃之属，中道迎谒，已非典礼。而况方当祀事未毕，而中宫掖庭得在勾陈、豹尾之间乎？窃见二圣崇奉大祀，严恭寅畏，度越古今，四方来观，莫不悦服。今车驾方宿斋太庙，而内中车子不避仗卫，争道乱行，臣愚窃恐于观望有损，不敢不奏。乞赐约束，仍乞取问随行合干勾当人施行。取进止。

【解题】

元祐七年（1092）十一月，朝廷南郊，任命苏轼为卤簿使。苏轼在导驾过程中见车驾乱行争道，有违礼仪，因上此疏。

任兵部尚书乞外郡札子

臣向在扬州，蒙恩除臣今任。臣于本州及缘路附递入文字辞免，准圣旨札子指挥，为已差充卤簿使，大礼日迫，不许迁延。

臣以此不敢坚辞，寻于南京附递奏，乞候过南郊，依前除臣一郡。今来已过郊礼。伏乞检会累次奏状，除臣知越州一次。取进止。

【解题】

本文当作于元祐七年（1092）十一、十二月之间。

辞两职并乞郡札子

臣近奏乞越州。伏蒙圣恩，降诏不允。续准阁门告报，已除臣端明殿学士兼翰林侍读学士守礼部尚书。闻命悸恐，不知所措。臣本以宠禄过分，衰病有加，故求外补，实欲自便，而荣名骤进，两职荐加，不独于臣有非据之羞，亦恐朝廷无以待有劳之士，岂徒内愧，必致人言。伏望圣慈特赐追寝，仍乞检会前奏，除臣一郡。若越州无阙，乞自朝廷除授。取进止。

第二札子

臣近奏乞辞免端明殿学士兼翰林侍读学士守礼部尚书恩命，仍乞检会前奏，除臣一郡。蒙降诏不允。圣恩隆厚，天旨丁宁，顾臣何人，敢守微意。但本缘请外，更蒙升擢，兼带两职，近岁所无，有何劳能，被此光宠。欲乞追寝新命，令臣且依旧供职，则臣更不敢请郡。若朝廷必欲臣受此职名，即乞除臣一重难边郡，令臣尽力报称，犹可少安。臣非敢自谓知兵，若朝廷有开边伐国之谋，求深入敢战之帅，则非臣所能办。若欲保境安民，宣布威信，使吏士用命，无所失亡，则承乏之际，犹可备数。伏望朝廷于此二者择一以处臣。非独在臣分义当然，亦朝廷名器不为虚授。取进止。

【解题】

此二札子当作于元祐七年（1092）十一、十二月之间。时朝廷任苏轼为端明殿学士、翰林侍读学士、礼部尚书，苏轼连章请辞，要求离京外任。

再荐宗室令畤札子

元祐七年十二月二十二日，龙图阁学士左朝奉郎守兵部尚书兼侍读苏轼札子奏。臣前任颍州日，曾论荐本州佥判承议郎赵令畤，儒学吏术，皆有过人，恭俭笃行，若出寒素。意望朝廷特赐进擢，以风晓宗室，成先帝教育之志。至今未蒙施行。令畤今已得替在京，若依前与外任差遣，臣切惜之。欲乞检会前奏，详酌施行。取进止。

再荐赵令畤状

右臣昨知颍州，曾荐签书本州节度判官厅公事赵令畤，乞置之馆阁，至今未蒙施行。其人近已替罢，旦夕赴阙朝见。计其所养，必不肯同众人奔走干谒。恐政府大臣无缘得知其所学，今缮写赵集平日与臣诗文三轴进呈。伏望圣慈清宴之暇，一赐观览，必有可取，然后付之三省近臣，考其人才，亦足以副神考教养宗子之意。谨具闻奏。

【解题】

上二文力请朝廷擢用赵令畤。后状亦作于此年，附此。

奏浙西灾伤第一状

元祐五年七月十五日，龙图阁学士左朝奉郎知杭州苏轼状奏。右臣闻事豫则立，不豫则废，此古今不刊之语也。至于救灾恤患，尤当在早。若灾伤之民，救之于未饥，则用物约而所及广，不过宽减上供，粜卖常平，官无大失，而人人受赐，今岁之事是也。若救之于已饥，则用物博而所及微，至于耗散省仓，亏损课利，官为一困，而已饥之民，终于死亡，熙宁之事是也。熙宁之灾伤，本缘天旱米贵，而沈起、张靓之流，不先事奏闻，但务立赏闭粜，富民皆争藏谷，小民无所得食。流殍既作，然后朝廷知之，始敕运江西及截本路上供米一百二十三万石济之。巡门俵米，拦街散粥，终不能救。饥馑既成，继之以疾疫，本路死者五十余万人，城郭萧条，田野丘墟，两税课利，皆失其旧。勘会熙宁八年，本路放税米一百三十万石，酒课亏减六十七万余贯，略计所失共计二百二十余万贯石。其余耗散不可悉数。至今转运司贫乏不能举手。此无它，不先事处置之祸也。去年浙西数郡，先水后旱，灾伤不减熙宁。然二圣仁智聪明，于去年十一月中，首发德音，截拨本路上供斛斗二十万石赈济。又于十二月中，宽减转运司元祐四年上供额斛三分之一，为米五十余万斛，尽用其钱，买银绢上供，了无一毫亏损县官。而命下之日，所在欢呼，官既行籴，米价自落。又自正月开仓粜常平米，仍免数路税务所收五谷力胜钱，且赐度牒三百道，以助赈济。本路帖然，遂无一人饿殍者，此无它，先事处置之力也。由此观之，事豫则立，不豫则废，其祸福相绝如此。

恭惟二圣天地父母之心，见民疾苦，匐匍救之，本不计较费用多少。而臣愚鲁无识，但知权利害之轻重，计得丧之大小，以谓譬如民庶之家，置庄田，招佃客，本望租课，非行仁义，然犹至水旱之岁，必须放免欠负借贷种粮者，其心诚恐客散而田荒，后日之失，必倍于今故也，而况有天下子万姓而不计其后乎！臣自去岁以来，区区献言，屡渎天听者，实恐陛下客散而田荒也。

去岁杭州米价，每斗至八、九十，自今岁正月以来，日渐减落。至五六月间，浙西数郡，大雨不止，太湖泛溢，所在害稼。六月初间，米价复长，至七月初，斗及百钱足陌。见今新米已出，而常平官米，不敢住粜，灾伤之势，恐甚于去年。何者？去年之灾，如人初病，今岁之灾，如病再发。病状虽同，气力衰耗，恐难支持。又缘春夏之交，雨水调匀，浙人喜于丰岁，家家典卖，举债出息，以事田作，车水筑圩，高下殆遍，计本已重，指日待熟。而淫雨风涛，一举害之，民之穷苦，实倍去岁。近者，将官刘季孙往苏州按教，臣密令季孙沿路体访。季孙还为臣言："此数州，不独淫雨为害，又多大风驾起潮浪，堤堰圩埕，率皆破损，湖州水入城中，民家皆尺余，此去岁所无有也。"而转运判官张踌自常、润还，所言略同，云："亲见吴江平望八尺，间有举家田苗没在深水底，父子聚哭，以船筏捞摝。云，半米犹堪炒㨡，青穟且以喂牛。"正使自今雨止，已非丰岁，而况止不止，又未可知。则来岁之忧，非复今年之比矣。何以言之？去年杭州管常平米二十三万石，今年已粜过十五万石，虽余八万石，而粜卖未已，又缘去年灾伤放税，及和籴不行省仓阙数，所有上件常平米八万石，只了兑拨充军粮，更无见在。惟有粜常平米钱近八万贯，而钱非救饥之物。若来年米益贵，钱益轻，虽积钱如山，终无所用。熙宁中，两浙市易出钱百万缗，民无贫富，皆得取用，而米不可得，故曳罗纨，带金玉，横尸道上者，不可胜计。今来浙东西大抵皆粜过常平米，见在数绝少。熙宁之忧，凛凛在人眼中矣。

臣材力短浅，加之衰病，而一路生齿，忧责在臣，受恩既深，不敢别乞闲郡。日夜思虑，求来年救饥之术，别无长策，惟有秋冬之间，不惜高价多籴常平米，以备来年出粜。今来浙西数州米既不熟，而转运司又管上供年额斛斗一百五十余万石。若两司争籴，米必大贵，饥馑愈迫，和籴不行，来年青黄不交之际，常平有钱无米，官吏拱手坐视人死，而山海之间，接连瓯闽，盗贼结集，或生意外之患，则虽诛殛臣等，何补于败。以此，须至具实闻奏。

伏望圣慈备录臣奏，行下户部，及本路转运提刑、两路钤辖司，疾早相度来年，合与不合准备常平斛斗出粜救饥。如合准备，即具逐州合用数目。臣已约度杭州合用二十万石，仍委逐司擘画，合如何措置，令米价不至大段翔涌，收籴得足。如逐司以谓不须准备出粜救济，即令各具保明来年委得不至饥殍流亡，结罪闻奏。缘今来已是入秋，去和籴月日无几，比及相度往复取旨，深虑不及于事。伏乞详察速赐指挥。臣屡犯天威，无任战栗待罪之至。谨录奏闻，伏候敕旨。

贴黄。臣闻之道路，闽中灾伤尤甚，盗贼颇众。或云邵武军有强贼，人数不少，恐是廖恩余党。转运司见令衢州官吏就近体访，虽未知虚实，然恐万一有之，不可不豫虑也。

又，贴黄。臣谨按《唐吏》，宪宗谓宰臣曰："卿等累言吴越去年水旱，昨有御史自江、淮按察回，言不至为灾，此事信否?"李绛对曰："臣见淮南、浙江东西道状，皆云水旱。且方隅授任，皆朝廷信重之臣，苟非事实，岂敢上陈，此固非虚说也。御吏官卑，选择非其人，奏报之间，或容希媚。况推诚之道，君人大本，苟一方不稔，当即日救济其饥贫，况可疑之耶?"帝曰："向者不思而有此问，朕言过矣。"绛等稽首再拜，帝曰："今后诸道被水旱饥荒之处，速宜蠲贷之。"又按本朝《会要》，太宗尝语宰臣曰："国家储蓄，最是急务，盖以备凶年，救人命。昨者江南数州，微有灾旱。朕闻之，急遣使往彼，分路赈贷，果闻不至流亡，兼无饥殍，亦无盗贼之患。苟无积粟，何以拯救饥民！”臣近者每观邸报，诸路监司，多是于三四月间，先奏雨水匀调，苗稼丰茂，及至灾伤，须待饿殍流亡，然后奏知。此有司之常态，古今之通患也。丰熟不须先知，人人争奏，灾伤正合豫备，相顾不言，若非朝廷广加采察，则远方之民，何所告诉？

一、去年灾伤，伏蒙宽减转运司上供额斛三分之一，尽用其钱，收买银绢。命下之日，米价斗落。今灾伤连年，民力重困，又缘春夏之交，雨水调匀，多典卖举债出息，以事田作，指日待熟。而淫雨风涛，一举害之，穷苦更倍去岁。伏望悯察，特与宽减转运司上供一半。所贵米价不至翔涌，和粜得行，且免本路钱荒之弊。

一、杭州所出米谷不多，深虑常平收籴不足，有误来年支粜。乞许于苏州、秀州寄籴。

一、检准《编敕》节文，五谷不得收力胜钱。然元降指挥，止于今年四月终。伏望愍念两浙连年灾伤且无麦，须至候秋熟六月中为止。

右件如前。臣亦知京师仓廪之数，不可耗缺。所以连奏乞减额斛者，诚恐来年饥馑已成，二圣不忍坐视流殍，必于他路般运钱米赈济，为费且倍，而已饥之民，岂复有钱买米，并须俵散，有出无收，不如及早宽减上供米斛，却收银绢，实数纵有损折，所较不多。伏惟深念熙宁之灾，本缘臣僚不早擘画奏请，以致饿死五十余万人，至今疮痍未复，呻吟未已。特望宸断，早赐准备，实一方幸甚。

【解题】

苏轼预料次年浙西之灾伤将更甚于去年，因此提前请求朝廷宽减本路上供米，并准备常平米出粜救饥。听奏言词恳切，既从浙西灾民的处境着眼，又为朝廷的收支考虑，提出“预则立”

的救灾观点，显示了苏轼关切民瘼之心。

奏浙西灾伤第二状

元祐五年七月二十五日，龙图阁学士左朝奉郎知杭州苏轼状奏。右臣近奏，为浙西数郡淫雨风涛为害，恐灾伤之势，甚于去年。而常平斛斗，例皆出粜，见在数少，恐来年民间阙食，无可赈济。乞备录臣奏，下户部及本路提、转、钤辖司相度，合如何擘画收籴，准备出粜。未蒙施行。今月二十一日至二十三日，皆连昼夜大风雨，二十四日雨稍止，至夜复大雨。窃料苏、湖等州风涛所损，必加于前，若不早作擘画，广行收籴常平斛斗准备，则来岁必有流殍之忧。伏惟圣慈早赐悯救，检会前奏，速赐施行。臣别无材术，惟知屡奏，喧渎圣听，罪当万死。谨录奏闻，伏候敕旨。

【解题】

本奏作于前文后十天，因连日风雨，来年灾相更加显露，苏轼因上奏催促朝廷准予施行前奏所呈诸法。字里行间，甚为急切。

贺坤成节表

臣轼言。仁惟天助，寿不假于祷祈；泽在民心，言自成于雅颂。恭临诞月，仰祝圣期。虽凡庶之何知，亦臣子之常分。中谢。恭惟太皇太后陛下，储神天地，托国祖宗。元勋本自于无心，神智实生于至静。同守大器，于兹六年。放亿万之羽毛，未若消兵以全赤子；饭无数之缁褐，岂如散廪以活饥民。臣躬领郡符，目睹兹事。载瞻象阙，阻奉瑶觞。嘉与海隅之人，同罄华封之祝。臣无任。

【解题】

本文作于元祐五年（1090）七月。坤成节是太后的生日。

乞禁商旅过外国状

元祐五年八月十五日，龙图阁学士左朝奉郎知杭州苏轼状奏。检会杭州去年十一月二十三日奏泉州百姓徐戬公案，为徐戬不合专擅为高丽国雕造经板二千九百余片，公然载往彼国，却受酬答银三千两。公私并不知觉，因此搆合密熟。遂专擅受载彼国僧寿介前来，以祭奠亡僧净源为名，欲献金塔，及欲住此寻师学法。显是徐戬不畏公法，冒求厚利，以致招来本僧搔扰州郡。况高丽臣属契丹，情伪难测。其徐戬公然交通，略无畏忌，乞法外重行，以警闽、浙之民，杜绝奸细。奉圣旨，徐戬特送千里外州、军编管。至今年七月十七日，杭州市舶司准密州关报，据临海军状申，准高丽国礼宾院牒，据泉州纲首徐成状称，有商客王应升等，冒请往高丽国公凭，却发船入大辽国买卖，寻捉到王应升等二十人，及船中行货，并是大辽国南挺银丝钱物，并有过海祈平安将入大辽国愿子二道。本司看详，显见闽、浙商贾因往高丽，遂通契丹，岁久迹熟，必为莫大之患。方欲具事由闻奏，乞禁止。近又于今月初十日，据转运司牒，准明州申报，高丽人使李资义等二百六十九人，相次到州。仍是客人李球于去年六月内，请杭州市舶司公凭往高丽国经纪，因此与高丽国先带到实封文字一角，及寄搭松子四十余布袋前来。本司看详，显是客人李球因往彼国交构密熟，为之乡导，以希厚利，正与去年所奏徐戬情理一同。

见今两浙、淮南，公私骚然，文符交错，官吏疲于应答，须索假借，行市为之忧恐。而自明及润七州，旧例约费二万四千六百余贯，未论淮南、京东两路及京师馆待赐予之费，度不下十余万贯。若以此钱赈济浙西饥民，不知全活几万人矣。不惟公私劳费，深可痛惜。而交通契丹之患，其渐可忧。皆由闽、浙奸民，因缘商贩，为国生事。除已具处置画一利害闻奏外，勘会熙宁以前《编敕》，客旅商贩，不得往高丽、新罗及登、莱州界。违者，并徒二年，船物皆没入官。窃原祖宗立法之意，正为深防奸细因缘与契丹交通。自熙宁四年，发运使罗拯始遣人招来高丽，一生厉阶，至今为梗。《熙宁编敕》，稍稍改更庆历、嘉祐之法。至元丰八年九月十七日敕，惟禁往大辽及登、莱州，其余皆不禁。又许诸蕃愿附船入贡，或商贩者听。《元祐编敕》亦只禁往新罗。所以奸民猾商，争请公凭，往来如织，公然乘载外国人使，附搭入贡，搔扰所在。若不特降指挥，将前后条贯看详，别加删定，严立约束，则奸民猾商，往来无穷，必为意外之患。谨具前后条贯，画一如左。

一、《庆历编敕》："客旅于海路商贩者，不得往高丽、新罗及登、莱州界。若往余州，并须于发地州、军，先经官司投状，开坐所载行货名件，欲往某州、军出卖。许召本土有物力居民三名，结罪保明，委不夹带违禁及堪造军器物色，不至过越所禁地分。官司即为出给公凭。如有违条约及海船无公凭，许诸色人告捉，船物并没官，仍估物价钱，支一半与告人充赏，犯人科违制之罪。"

一、《嘉祐编敕》："客旅于海道商贩者，不得往高丽、新罗及至登、莱州界。若往余州，并须于发地州、军，先经官司投状，开坐所载行货名件，欲往某州、军出卖。许召本土有物力居民三名结罪，保明委不夹带违禁及堪造军器物色，不至越过所禁地分。官司即为出给公凭。如有违条约及海船无公凭，许诸色人告捉，船物并没官，仍估纳物价钱，支一半与告人充赏，犯人以违制论。”

一、《熙宁编敕》：“诸客旅于海道商贩，于起发州投状，开坐所载行货名件，往某处出卖。召本土有物力户三人结罪，保明委不夹带禁物，亦不过越所禁地分。官司即为出给公凭。仍备录船货，先牒所往地头，候到日点检批凿公凭讫，却报元发牒州，即乘船。自海道入界河，及往北界高丽、新罗并登、莱界商贩者，各徒二年。”

一、元丰三年八月二十三日中书札子节文：“诸非广州市舶司，辄发过南蕃纲舶船，非明州市舶司，而发过日本、高丽者，以违制论，不以赦降去官原减。”

一、元丰八年九月十七日敕节文：“诸非杭、明、广州而辄发海商舶船者，以违制论，不以去官赦降原减。诸商贾由海道贩诸蕃，惟不得至大辽国及登、莱州。即诸蕃愿附船入贡或商贩者，听。”

一、《元祐编敕》：“诸商贾许由海道往外蕃兴贩，并具人船物货名数所诣去处，申所在州，仍召本土有物力户三人，委保物货内不夹带兵器，若违禁及堪造军器物，并不越过所禁地分。州为验实，牒送愿发舶州，置薄抄上，仍给公据。方听候回日，许于合发舶州住舶，公据纳市舶司。即不请公据而擅行，或乘船自海道入界河，及往新罗、登、莱州界者，徒二年，五百里编管。”

右谨件如前。堪会元丰八年九月十七日指挥，最为害事，将祖宗以来禁人往高丽、新罗条贯，一时削去，又许商贾得擅带诸蕃附船入贡。因此，致前件商人徐戬、王应升、李球之流，得行其奸。今来不可不改。乞三省密院相度裁定，一依庆历、嘉祐《编敕》施行。不惟免使高丽因缘猾商时来朝贡，搔扰中国，实免中国奸细，因往高丽，遂通契丹之患。谨录奏闻，伏候敕旨。

【解题】

本奏状呈请朝廷以前例禁止商人交通高丽、大辽等国，以防内外勾结，给国家安全带来威胁。

申明户部符节略赈济状

元祐五年八月二十五日，龙图阁学士左朝奉郎知杭州苏轼状奏。臣近以今年浙西数郡，大雨不止，太湖泛溢，所在害稼，寻于七月十五日具状奏闻。乞下户部及本路转运提刑、两路钤辖司疾早相度，来年合与不合准备常平斛斗，出粜救饥，如合准备，即具诸州合用数目。臣已约度杭州合用二十万石，仍委逐司擘画，合如何措置，令米价不至大段翔涌，收籴得足。如逐司以谓不须准备出粜救济，即令各具保明来年委得不至饥殍流亡，结罪闻奏。今准尚书户部符，本路转运、提刑、钤辖司准都省批送下八月四日敕，中书省知杭州充两浙西路兵马钤辖苏轼奏，勘会今年五六月间，浙西数郡，大雨不止，太湖泛溢，所在害稼，灾伤之势，恐甚于去年。伏望下户部及本路转运、提刑及两路钤辖司相度，来年合如何准备救济，候敕旨。八月四日，三省同奉圣旨，依奏。奉敕如右，牒到奉行。都省批，八月五日辰时送户部施行内相度仍限半月者。右臣窃详户部符内，止是节略行下，既奉圣旨依奏，即未审元初并依臣所奏，系有司节略，为复只依今来户部符下一节事理？切缘臣前奏所乞“如逐司以谓不须准备出粜救济，即令各具保明来年委得不至饥殍流亡，结罪闻奏”之意，盖欲逐司官吏依实相度，不敢灭裂，须至再具申明。伏乞朝廷检会臣前奏逐节事理，特赐明降指挥施行。谨录奏闻，伏候敕旨。

【解题】

本奏状奏请朝廷督促户部等逐一按前奏状行事。

相度准备赈济第一状

元祐五年九月七日，龙图阁学士左朝奉郎知杭州苏轼状奏。准尚书户部符，准敕知杭州两浙西路兵马钤辖苏轼奏，勘会今年五六月，浙西数郡，大雨不止，太湖泛溢，所在害稼，灾伤之势，恐甚于去年，伏望下户部及本路转运提刑、两路钤辖司相度，来年合如何准备救济。奉圣旨依奏，都省批内相度限半月。本司今相度到准备救济事件如左。

一、本司勘会去年八九月间，杭州在市米价每斗六十文足，至十一月，长至九十五文足。其势方踊贵间，因朝旨宽减转运司上供额斛三分之一，即时米港减落。及本州正月内，便行出粜常平米，至七月终，共粜一十八万余石。以此米价无由增长，人免流殍。今来在市米，见今已是七十五文足，至冬间，转运司收籴上供额斛，及检放秋税军粮，恐有阙少，亦须和籴取足。又本州须籴常平米二十余万石，诸州亦各收买，似此争籴，必须踊贵。纵使大破官钱，收籴得足，亦恐来年阙食，小民必不办高价收买官米。至时若米贵人饥，本司必须奏乞减价出卖。窃料仁圣在上，必不忍坐视人饥，不许减价。约度浙西诸郡，今年必须和籴常平米五十余万石，准备来年出粜。若价高本重，至时每斗只减十文，亦须坐失五万余贯，而况饥馑已成，流殍不已，则朝廷所以救恤之者，其费岂止五万贯而已哉？欲乞圣慈特许宽减转运司今来上供额斛一半，仍依去年例，令折价钱，置场收买金银细绢上供，则朝廷无所耗失，而浙中米价稍平，常平收籴得足，来年不至大段减价出卖，耗折常平本钱。一路之人，得免流殍，为惠不小。勘会去年本司亦乞宽减上供额斛一半，准敕只许宽减三分之一。今来灾伤及检放秋税次第皆甚于去年，又缘连年灾伤，民力愈耗，合倍加存恤，所以须奏乞宽减一半。伏望圣慈，怜愍一方，特依所乞，尽数宽减。

一、勘会熙宁八年两浙饥馑，朝旨截拨江西及本路上供斛斗一百二十五万石，赐本路赈济。只缘本路奏乞后时，不及于事，卒死五十万人。去岁十一月二十九日，圣旨令发运司拨上供斛斗二十万石，赐本路减价出粜，所费只及熙宁六分之一，然及时济用，仓廪有备，米不腾踊，人免流殍。本司今来勘会苏、湖、常、秀等州，频年灾伤，人户披诉，已倍去岁，检放苗米，亦必加倍，不惟人户阙食，亦恐军粮不足。欲乞检会去年体例，更赐加数，特与截拨本路或发运司上供斛斗三十万石，令本路减价出粜，或用补军粮之阙。伏望圣慈，愍念一路军民，特与尽数应副。

右谨件如前。本司已具上项事件，关牒本路转运、提刑司，照会相度施行去讫。深虑转运司官吏职在供馈，所有宽减额斛，难于自言，伏望圣明以一方生灵为心，非为苟宽官吏之责，特赐过虑，及早施行。又况所乞数目虽广，而所耗损钱数不多，若待饥馑已成，然后垂救，则所费十倍，无及于事。伏乞决自圣意，指挥三省，更不下有司往复勘当施行。谨录奏闻，伏候敕旨。

【解题】

本文具体呈奏了本年该籴米和截拨供粮的数目，以备次年赈灾。

相度准备赈济第二状

元祐五年九月十七日，龙图阁学士左朝奉郎知杭州苏轼状奏。近准朝旨，令本司及转运司、提刑司相度准备来年被灾阙食人户。本司已具二事闻奏，乞宽减转运司上供额斛一半，截拨上供米三十万石，准备及补军粮之阙，未蒙回降指挥。本司再相度来年准备大计，全在广籴常平斛斗，于正月以后，便行出粜，平准在市管价，以免流殍之灾。此外更无长策。今来选差官吏，开仓和籴，优估米价，戒约专斗不得乞觅，非不严切，然经今一月，并无一人赴仓入中。体问得盖是苏、湖、常、秀大段灾伤，兼自八月半间至今阴雨不止，灾伤之余，所收无几。又少遇晴干，已熟者不得刈，已刈者不得舂，有谷无米，日就腐坏。见今访闻苏、秀州在市米价，已是九十五文足，添长之势，炎炎未已。本司欲便令杭州添价收籴，不惟助长米价，为小民目下之患，又官本既贵，来年难为出粜，若不添钱，又恐终是收籴不行，来年春夏间，阙米出粜，必有流殍之忧。窃料至时难以讳言灾伤，官吏亦须略具事实闻奏。仁圣在上，理无不救，必须多方于邻路擘画斛斗赈济。若不预为之防，则恐邻路无备，临时擘画不行，须至先事奏乞者。

右本司勘会，去岁朝旨宽减转运司上供额斛三分之一，却令将折斛钱买银绢上供。又今年本司亦奏乞宽减额斛一半，如蒙施行，即转运司折斛钱万数不少。又勘会提刑司今年诸州粜常平米至多，所管常平司官钱万数不少，但有钱无米，坐视饥殍，为忧不细。欲乞圣慈，过为防虑，特敕发运司相度擘画钱本，于江淮近便丰熟州、军，差官置场，和籴白米五十万石，严赐指挥，须管数足，仍般运至真、扬州桩管。若令来春本路阙常平米出粜，即令发运司拨发，于逐州下卸，仍以本路常平钱充还。若至时本路常平米有备，不须般运上件米出粜，即就拨充本路转运司上供额斛，却以宽减折斛钱充还。如此，即于朝省钱物，无所耗损；而于本路生灵亿万性命，稍免沟壑之忧。谨录奏闻，伏候敕旨。

贴黄。今年灾伤，实倍去年。但官吏上下，皆不乐检放，讳言灾伤。只如近日秀州嘉兴县，因不受诉灾伤词状，致踏死四十余人。大率所在官吏，皆同此意，但此一处，以踏死人多，独彰露耳。若朝廷只据逐处申奏，及检放秋税分数，即无由尽见灾伤之实。又，臣轼切见转运、提刑司所奏灾伤，皆无迫切恳至之语，朝论必以臣为过当。然臣实见连年灾伤，父老皆言事势不减熙宁，民间有钱，尚因无米饿死四十万人，况今民间绝无见钱，若又无米，则流殍之灾，未易度量。伏望圣慈，深为防虑。若来年人户元不阙食，不须如此擘画，则臣不合过当张皇之罪，所不敢辞，纵被诛谴，终贤于有灾无备，坐视人死而不能救也。

【解题】

本状再次呈请朝廷准依前奏，并指责其他官员不以民情为意，表示自己愿意对所呈事实负全部责任。

乞检会应诏所论四事行下状

元祐五年九月二十七日，龙图阁学士左朝奉郎知杭州苏轼状奏。右臣今年六月九日，辄具朝廷至仁，宽贷宿逋，已行之命，为有司所格沮，使王泽不得下流者四事。其一曰：见欠市易籍纳产业，圣恩并许给还，或贴纳收赎。而有司妄出新意，创为籍纳、折纳之法，使十有八九，不该给赎。其二曰：积欠盐钱，圣恩已许只纳产场盐监官本价钱，其余并与除放。而提举盐事司，执文害意，谓非贫乏之不在此数。其三曰：登极大赦以前人户，以产当酒，见欠者亦合依盐当钱法，只纳官本。其四曰：元丰四年，杭州拣下不堪上供和买绢五万七千八百九十疋，并抑勒配卖与民，不住鞭笞催纳，至今尚欠八千二百余贯，并合依今年四月九日圣旨除放。然臣具此奏论，经今一百八日，不蒙回降指挥，乞检会前奏四事，早赐行下。谨录奏闻，伏候敕旨。尚书省取会到诸处，称不曾承受到上件奏状，仍连元状，十二月十八日三省同奉圣旨，令苏轼别具闻奏。仍仰户部指挥根究前奏，申尚书省。

【解题】

本状再请有司审议前所奏呈之四事，以图减轻百姓负担。

进何去非《备论》状

元祐五年十月十八日，龙图阁学士左朝奉郎知杭州苏轼状奏。右臣自揣虚薄，叨尘侍从，常求胜己，以为报国。恭惟先皇帝道配周孔，言成典谟，云汉之章，藻饰万物，而臣子莫副其意，盖尝当食不御，有才难之叹。伏见承奉郎徐州州学教授何去非，文章议论，实有过人，笔势雄健，得秦汉间风力。元丰五年，以累举免解，答策廷中，极论用兵利害，先帝览而异之，特授右班殿直，使教授武学，不久遂为博士。臣窃揆圣意，必将长育成就，以待其用，岂特以一博士期去非而已哉？而去非立志强毅，不苟合于当时，公卿故莫为一言推毂成就之者。臣任翰林学士日，尝具以此奏闻，乞换文资，置之太学。虽蒙恩换承奉郎，而今者乃出为徐州教授，比于博士，乃似左迁。非独臣人微言轻，不足取信，亦恐朝廷不见其文章议论，无以较量其人。谨缮写去非所著《备论》二十八篇附递进上，乞降付三省执政考览。如臣言不谬，乞除一馆职。非独以收罗逸才，风晓士类；亦以彰先帝知人之明，一经题品，决无虚士，书之史册，足为光华。若后不如所举，臣甘伏朝典。谨录奏闻，伏候敕旨。

【解题】

苏轼因见徐州州学教授何去非文才过人，特向朝廷举荐，并向朝廷呈递何去非所著《备论》二十八篇，以供考察。

相度准备赈济第三状

元祐五年十月二十一日，龙图阁学士左朝奉郎知杭州苏轼状奏。右臣近奉朝旨，相度准备来年赈济阙食人户，寻具画一事件闻奏。内多籴常平以备来年出粜平准市价一事，最为要切。

见今浙西诸郡，米价虽贵，然亦不过七十足。窃度来年青黄不交之际，米价必无一百以下。至时，若依元价出粜，犹可以平压翔踊之患，终胜于官无斛斗，坐视流殍。而提刑司专务靳惜两三钱，遍行文字，减勒官估。臣已指麾杭州不得减价，依旧作七十收籴。见今亦不过籴得三万余石，其余诸郡，不敢有违。访闻苏、秀最系出米地分，见今不过籴得二、三万石。而湖州一处，灾伤为甚，提刑司已指麾本州住籴，却令苏州拨常平米五万石与湖州，又令秀州拨十万石与杭州。若湖得五万石，犹恐未足于用，而苏、秀拨十五万石，深虑逐州不免妨阙；若新籴不多，即是两头阙事，而般运水脚兵稍有偷盗耗失之费，亦与所减两三钱不争。若使来年官米数少，不能平压市价，致有流殍，更烦朝廷截拨斛斗，散与饥民，则为十倍之费，乃是所减毫毛而所捐丘山，大为非策。访闻诸郡富民，皆知来年必是米贵，各欲广行收籴，以规厚利。若官估稍优，则农民米货尽归于官。此等无由乘时射利，吞并贫弱，故造作言语，以摇官吏。皆言多破官钱，深为可惜，若便为减价住籴，正堕其计。况今来已是十月下旬，不过更一、二十日，即无收籴，纵却添价，亦不及事，恐有误来年出粜大事。所以须至别作擘画，仰诉朝廷。缘臣先于九月十七日，曾奏乞下发运司于丰熟近便州、军，和籴五十万石，以备常平米不足般取出粜，却以本路常平钱还发运司，若常平米足用，即充本路转运司上供米，仍以额斛钱拨还。兼勘会淮南大熟，扬州、高邮军米价甚平。若行此策，显无妨害。

伏望圣慈检会前奏，速赐施行，与此一方连年被灾之民，广作准备。谨录奏闻，伏候敕旨。

【解题】

本文再度奏请朝廷准于增价收购米粮，以防米粮落入奸商富民之手，妨碍次年救灾。

相度准备赈济第四状

元祐五年十一月二十一日，龙图阁学士左朝奉郎知杭州苏轼状奏。右臣勘会今年本路风水之灾，倍于去年，本司累具合行救济事件闻奏。伏料仁圣在上，必已矜察。见今苏、湖、杭、秀等州，米价日长。杭州所籴粗米，以备出粜，每斗不下六十至七十足钱，犹自收籴不行，恐须至更添钱招买，方稍足用。窃计开春米价，必是翔踊。若依条，不亏元价出粜，则官本已重，小民艰于收籴，无以救济贫下，平准市价。若奏乞减价出粜，又恐耗失常平官本，亦非长策。须至奏闻。

又勘会杭州里外见管义仓米四万余石，准条，灾伤之年，并许俵散赈济。本州相度，若待饥馑已成，方将上件义仓米尽行俵散，亦未能尽济饥民。惟是开春已后，才见在市米价增长，即便将义仓常平米贱价出粜。但市价不长，则一郡之民，人人受赐。今来启请，欲乞将常平米除系三年以上依条合减价外，其余并每斗减五文足，内系今来贵价收籴者，每斗减二十文足出粜，仍将义仓米随色额估定，贱价一处出粜，所收钱，并用填还常平所亏官本钱，如填还足外，尚有剩数，亦许拨填本路别州常平米所亏官本钱，仍下浙西诸郡，依此体例施行。所贵本路明年饥民普得贱米吃用，全活亿万性命，其利至博，而其实止于耗却义仓，元不破官本米货十余万石。况自有条，灾伤之岁，许将义仓米俵散。但俵散之所及者狭，不如出粜之利所及者广。伏望圣慈，特出宸断，早赐施行。谨录奏闻，伏候敕旨。

贴黄。常平钱米，丰凶之际，平准物价以救民命，所系利害至重。本司已累次奏乞指挥诸路专行籴粜，不得别有他用，如召募饥民兴土工水利之类，有出无入，即渐耗散。伏乞留意。今来启请，只是权宜，一时施行，别不冲改前后条贯。

又，贴黄。本司相度来年艰食之势，深可忧畏。若候饥馑已成，疾疫已作，仁圣在上，必须广作擘画钱米救济，其费必相倍蓰。若行本司所奏，开春便行出粜，则米价不长，亿万生聚，人人蒙赐。所费不多，今来已是十一月末，乞速赐施行。所贵正月内，便得开仓出粜。

【解题】

本状呈奏于前状一月之后，仍是敦促朝廷籴米备灾，语气尤为恳切。

乞擢用刘季孙状

元祐五年十一月日，龙图阁学士左朝奉郎知杭州苏轼状奏。右臣自少闻赵元昊寇，延州危急，环庆将官刘平以孤军来援，奸臣不救，平遂战没，竟骂贼不食而死。平有数子，皆才用绝人，不幸早世。今臣所与同僚西京左藏库副使权两浙西路兵马都监兼东南第三将刘季孙，则平之少子。笃志力学，博通史传，工诗能文，轻利重义，虽文臣中亦未易得。况其练达武经，讲习边政，乃其家学。至于奋不顾身，临难守节，以臣度之，必不减平。今平诸子独有季孙在，而年已五十有八，虽备位将领，未尽其用。

伏望朝廷特赐采察，擢置边庭要害之地，观其设施，别加升进。不独为忠义之劝，亦以广文武之用。如蒙朝廷擢用，后犯入已赃，及不如所举，臣甘伏朝典。谨录奏闻，伏候敕旨。

【解题】

本状向朝廷举荐烈士之子刘季孙，认为他的文武才能，堪守边关。

上皇帝贺冬表

《易》称来复，盖知天地之心；《礼》戒无为，以待阴阳之定。恭惟皇帝陛下，尧仁冠古，舜孝通神。种德兆民，躬行文景之俭；游心六艺，灼知周孔之情。人既和而岁自丰，天不违而寿无极。臣久缘衰病，待罪江湖。莫瞻北极之光，但罄南山之祝。

杭州贺兴龙节表

帝武造周，已肇兴王之迹；日符阼汉，实开受命之祥。弥月载临，普天同庆。中贺。恭惟皇帝陛下，体乾刚粹，稽古温文。信顺尚贤，已获三灵之助；神武不杀，益修六圣之仁。愿承天休，永作神主。臣叨尘法从，出守郡章。身在江湖，梦想钧天之奏；心同葵藿，远倾向日之诚。

【解题】

此二文作于元祐五年（1090）十一月。

上太皇太后贺正表

尧历授时，夏正建统。气迎交泰之会，祥应重明之朝。恭惟太皇太后陛下，道无能名，德博而化。天人所助，本羲《易》之《益》、《谦》；慈俭不居，得老氏之三宝。时逢吉旦，福集清宫。臣职守江湖，心驰象魏。天威咫尺，想闻清跸之音；眉寿万年，远奉称觞之庆。

【解题】

本文作于元祐五年（1090）十二月。

乞子珪师号状

元祐五年十二月日，龙图阁学士左朝奉郎知杭州苏轼状奏。勘会杭州平陆，本江海故地，惟附山乃有甘泉，其余井皆咸苦。唐刺史李泌，始引西湖水作六井。其后白居易，亦治湖浚井，以足民用。嘉祐中，知州沈遘增置一大井，在美俗坊，今谓之沈公井，最得要地。四远取汲，而创始灭裂，水常不应。至熙宁中，六井与沈公井，例皆废坏。知州陈襄选差僧仲文、子珪、如正、思坦四人，董治其事。修完既毕，岁适大旱，民足于水，为利甚博。臣为通判，亲见其事。经今十八年，沈公井复坏，终岁枯涸。居民去水远者，率以七、八钱买水一斛，而军营尤以为苦。臣寻访求，熙宁中修井四僧，而三人已亡，独子珪在，年已七十，精力不衰。问沈公井复坏之由。子珪云：熙宁中虽已修完，然不免以竹为管，易致废坏。遂擘画用瓦筒盛以石槽，底盖坚厚，锢捍周密，水既足用，永无坏理。又于六井中控引余波，至仁和门外，及威果、雄节等指挥五营之间，创为二井，皆自来去井最远难得水处。西湖甘水，殆遍一城，军民相庆，若非子珪心力才干，无缘成就。缘子珪先已蒙恩赐紫，欲乞特赐一师号，以旌其能者。

右臣体问得灵石多福院僧子珪，委有戒行，自熙宁中及今，两次选差修井，营干劳苦，不避风雨，显有成效。如蒙圣恩赐一师号，即乞以惠迁为号，取《易》所谓“井居其所而迁”，之义。谨录奏闻，伏候敕旨。

【解题】

苏轼于杭州任上时，非常注意杭州的水利设施，因僧人子珪疏治沈公井有功，特向朝廷请求赐子珪“惠迁”师号，予以表彰。

缴进应诏所论四事状　前连元祐五年六月奏状

元祐六年正月九日，龙图阁学士左朝奉郎知杭州苏轼状奏。右臣去年六月具状奏闻，乞申明给还市易折纳产业，及除放积欠盐钱，并人户欠买退绢钱四事，未蒙回降指挥。今月五日，准元祐五年十二月十九日尚书省札子会到诸处，称不曾承受到上件奏状。十二月十八日，三省同奉圣旨，令臣别具闻奏者。今重具到元奏状缴连在前。谨录奏闻，伏候敕旨。

贴黄。臣窃见浙中州县市井人烟，比二十年前，不及四五。所在酒税课利亏欠，只如杭州酒务课利，昔年三十余万贯，今来只及二十余万贯。其它大率类此。朝廷力行仁政，不为不久，而公私凋耗，终不少苏，盖是商贾物货，元未通行故也。自来民间买卖，例少见钱，惟藉所在有富实人户可倚信者赊买而去。岁岁往来，常买新货，却索旧钱，以此行商坐贾，两获其利。今浙中州县，所理私债，大半系欠官钱人户。官钱尚不能足，私债更无由催，以此商旅不行，公私受害。若行此四事，则官之所失，止是虚数，而人户一苏，三二年间，商旅必复通行，酒税课利，渐可复旧，所补不小。

【解题】

本奏状作于元祐六年（1091）。

乞桩管钱氏地利房钱修表忠观及坟庙状

元祐六年二月二十八日，龙图阁学士左朝奉郎知杭州苏轼状奏。检准熙宁十年十月十一日中书札子节文："资政殿大学士右谏议大夫知杭州赵抃奏。伏见故吴越国王钱氏，有坟庙在本州界，欲乞两县应管钱氏诸坟庙，每县选委僧道一名，专切主管内钱塘县界文穆王元瓘等二十六处坟庙。勘会当州天庆观道正通教大师钱自然，本钱氏直下子孙，欲令钱自然永远住持。并临安县界武肃王镠等庙坟一十一处，今召到本县净土寺赐紫僧道微，乞依钱自然例主管。又勘会得文穆王元瓘坟庙并忠献王仁佐坟，并在龙山界。其侧有香火妙因院，本钱氏建造，见是道正钱自然权令徒弟道士在彼看守，欲望改赐观额，令钱自然已下徒弟，永远住持，渐次修葺，兼得就便照管坟庙，不致荒废。奉敕依奏。其钱塘妙因院，特改赐表忠观为额。并临安净土寺，令尚书祠部每遇同天节，各特与披剃童行一名。"

又准元丰五年三月十八日中书札子节文："皇城使庆州防御使钱晖等奏。臣等先臣祠庙，在杭、赵二州者五所，坟垅在钱塘、临安两县者六十余处。独临安有田园房廊，岁收一千三百四十贯有奇。太平兴国已后，寄纳本县，至大中祥符间，本处申明，蒙朝旨令杭州楼店务于军资库作臣家钱寄纳，日后不曾请领。近岁先臣祠庙，例皆摧塌，私家无力修葺，前项寄纳钱数虽多，切缘年岁深远，不敢更乞支给。今只乞降指挥下杭州，许将临安县旧田园房廊拨还臣家，庶收岁课，渐次完补坟庙。谨录奏闻，伏候敕旨。右奉圣旨，宜令杭州每年特支钱五百贯，与表忠观置簿拘管，只得修葺坟庙，不得别将支用，札付杭州，准此者。”

臣检会熙宁十年七月二十六日，据管内道正钱自然状，乞将临安县祖先置到产业，每年收掠赁钱一千三百五十四贯，修葺诸处坟庙。此时差官检计到钱塘、临安县所管钱氏坟庙，委是造来年深，木植朽损，共合用工料价钱一万二千八百九十贯九百九十九文。及临安县勘会到管纳钱氏归官房廊田产等赁钱，年纳一千三百五十四贯三百四十文省，送纳军资库，寻系本州申奏，乞将临安县管催上件赁钱支拨修葺，约计九年，方得完备。直至元丰五年内，因皇城使钱晖等奏乞方准。当年三月十八日中书札子，奉圣旨，每年特支钱五百贯，与表忠观修葺坟庙，不得别将支用。自后至元祐五年，虽支得四千五百贯省，盖为庙宇旧屋间架元造广大，一百余年不曾修治，例皆损塌，须得一起修葺，稍可完补。若每年只支得五百贯，虽逐旋修得大段倒损去处，又为连接屋宇数多，随手损塌。自熙宁十年检计，止今又及一十四年，寻于去年再差官重行检计到两县坟庙已修再损，未及修屋宇神像等，共合用工料价钱，内临安县四千三百五十八贯一百四十四文省，钱塘县一万二千五百二十贯五百九十一文省，两县共合用工料价钱计一万六千八百七十八贯七百三十五文省，须至奏陈者。

右臣窃惟钱氏之忠，著于甲令，朝野共知，不待臣言。而坟庙荒毁，行路嗟伤。就使朝廷特赐钱物，为之修完，犹不为过，而况本家自有地利房钱，可以支用，岂忍利此毫末，归之有司！恭惟神宗皇帝，深念钱氏之忠，特改妙因院，赐名表忠观，仍使其裔孙道士钱自然住持。而有司不能推明圣意，奏乞尽数拨还地利房钱，以助修完。经今十四年，表忠观既未成就，而诸处坟庙，依前荒毁，使先帝表显忠臣之意，徒为空言。臣愚欲望圣慈特许每年临安县所收地利房钱一千三百五十四贯三百四十文省，令表忠观每遇修本观及杭、越州诸坟庙，即具所修名件及合用钱数，赴州请领，仍候修造了，差官检计，具委无大破，保明申州。所贵事体稍正，毋使小民窃议。谨录奏闻，伏候敕旨。

贴黄。如蒙朝廷依奏，即乞指挥本州，将逐年所收到上件地利房钱，令须桩管，只得充修造表忠观及钱氏坟庙使用，官私不得别行支借使用。

【解题】

本状奏请朝廷准予将吴越王钱氏后裔所有之地利房钱，特用作修缮表忠观及钱氏坟庙之费用。吴越为唐末十国之一，宋太平兴国三年，吴越王钱俶归顺宋朝，举族归于京师，并受宋朝褒封。

辞免翰林学士承旨第一状

右臣今月二十八日奉敕，已除臣翰林学士承旨左朝奉郎知制诰，诏书到日，可依条交割公事讫，乘递马疾速发来赴阙。臣已于当日依条交割公事讫。

伏念臣顷以两目昏暗，左臂不仁。坚辞禁林，得请便郡；庶缘静退，少养衰残。二年于兹，一事无补。才有限而难强，病不减而益增。但以东南连被灾伤，不敢陈乞，别求安便；敢谓仁圣尚赐恩怜，召还故官，复加新宠。不惟朝廷公议未允，实亦衰病勉强不前。兼窃睹邸报，臣弟辙已除尚书右丞。兄居禁林，弟为执政。在公朝既合回避，于私门实惧满盈。计此误恩，必难安处。

伏望圣慈除臣一郡，以息多言。臣见起发前去，至宿、泗间听候指挥。谨录奏闻，伏候敕旨。

【解题】

元祐六年（1091）二月，诏下以翰林学士承旨召苏轼还朝，苏轼以公私二重理由请辞。

乞相度开石门河状

元祐六年三月日，龙图阁学士左朝奉郎知杭州苏轼状奏。右臣谨按《史记》秦始皇三十六年，东游至钱塘，临浙江，水波恶，乃西百二十里从狭中渡。始皇帝以天下之力徇其意，意之所欲出，赭山桥海无难，而独畏浙江水波恶，不敢径渡。以此知钱塘江天下之险，无出其右者。

臣昔通守此邦，今又忝郡寄，二十年间，亲见覆溺无数。自温、台、明、越往来者，皆由西兴径渡，不涉浮山之险，时有覆舟，然尚希少。自衢、睦、处、婺、宣、歙、饶、信及福建路八州往来者，皆出入龙山，沿溯此江，江水滩浅，必乘潮而行。潮自海门东来，势若雷霆，而浮山峙于江中，与鱼浦诸山相望，犬牙错入，以乱潮水，洄洑激射，其怒自倍，沙碛转移，状如鬼神。往往于渊潭中，涌出陵阜十数里，旦夕之间，又复失去，虽舟师、没人，不能前知其深浅。以故公私坐视覆溺，无如之何；老弱叫号，求救于湍沙之间，声未及终，已为潮水卷去，行路为之流涕而已。纵有勇悍敢往之人，又多是盗贼，利其财物，或因而挤之，能自全者，百无一二。性命之外，公私亡失，不知一岁凡几千万。而衢、睦等州，人众地狭，所产五谷，不足于食，岁常漕苏、秀米至桐庐，散入诸郡。钱塘亿万生齿，待上江薪炭而活，以浮山之险覆溺留碍之故，此数州薪米常贵。又衢、婺、睦、歙等州及杭之富阳、新城二邑，公私所食盐，取足于杭、秀诸场，以浮山之险覆溺留碍之故，官给脚钱甚厚，其所亡失，与依托风水以侵盗者不可胜数。此最其大者。其余公私利害，未可以一二遽数。

臣伏见宣德郎前权知信州军州事侯临，因葬所生母于杭州之南荡，往来江滨，相视地形，访闻父老，参之舟人，反复讲求，具得其实。建议：自浙江上流地名石门，并山而东，或因斥卤弃地，凿为运河，引浙江及溪谷诸水，凡二十二里有奇，以达于江。又并江为岸，度潮水所向则用石，所不向则用竹木，大凡八里有奇，以达于龙山之大慈浦。自大慈浦北折，抵小岭下，凿岭六十五丈，以达于岭东之古河。因古河稍加浚治，东南行四里有奇，以达于今龙山之运河，以避浮山之险。度用钱十五万贯，用捍江兵及诸郡厢军三千人，二年而成。臣与前转运使叶温叟、转运判官张璹，躬往按视，皆如临言。凡福建、两浙士民，闻臣与临欲奏开此河，万口同声，以为莫大无穷之利。臣纵欲不言，已为众论所迫，势不得默已。

臣闻之父老，章献皇后临朝日，以江水有皇天荡之险，内出钱数十万贯，筑长芦，起僧舍，以拯溺者。又见先帝以长淮之险，赐钱十万贯、米十万石，起夫九万二千人，以开龟山河。今浮山之险，非特长芦、龟山之比，而二圣仁慈，视民如伤，必将捐十五万缗以平此积险也。谨昧死上临所陈《开石门河利害事状》一本，及臣所差观察推官董华用临之说，约度功料，及合用钱物料状一本，并地图一面。伏乞降付三省看详，或召临赴省面加质问。仍乞下本路监司或更特差官同共相视。若臣与临言不妄，乞自朝廷擘画，支赐钱物施行。

臣观古今之事，非知之难，言之亦易，难在成之而已。临之才干，众所共知。臣谓此河非临不成。伏望圣慈，特赐访问左右近臣，必有知临者。乞专差临监督此役，不惟救活无穷之性命，完惜不赀之财物，又使数州薪米流通，田野市井，咏歌圣泽，子孙不忘。臣不胜大愿，谨录奏闻，伏候敕旨。

贴黄。石门新河，若出定山之南，则地皆斥卤，不坏民田。又自新河以北，潮水不到，灌以河水，皆可化为良田。然近江土薄，万一数十年后，江水转移，河不坚久；若自石门并山而东，出定山之北，则地坚土厚，久远无虞。然度坏民田五六千亩，又失所谓良田之利。体问民田之良者，不过亩二千，以钱偿之，亦万余缗而已。此二者，更乞令监司及所差官详议其利害。

又，贴黄。董华所料，只是约度大数，若蒙朝廷相度可以施行，更乞别差官入细计料。

又，贴黄。今建此议，不知者必有二难。其一，不过谓浙江浮山之险，经历古今贤哲多矣，若可平治，必不至今日。如此乃巷议臆度，不足取信。只如龟山新河，易长淮为安流，今日吕梁之险，窃闻亦已平治。岂可谓古人偶未经意，便谓今人不可复作？其一，不过谓并江作岸，为潮水所冲啮，必不能经久。今浙江石岸，亦有成规。自古本用木岸，转运使张夏始易以石。自龙山以东，江水溢深，石岸立于涨沙之上，又潮头为西陵石矶所射，正战于岸下，而四五十年，隐然不动，虽时有缺坏，随即修完，人不告劳，官无所费。今自慈浦以西，江水皆露出石脚，而潮头自龙山转向西南，则岸之易成而难坏，非张夏所建东堤之比也。

【解题】

苏轼在杭州时，见钱塘江江峡水急，覆舟害民，以至影响漕运和当地民众生计，因此请求朝廷主持开凿石门河，并举荐侯临负责开河之事。文中多有景物摹写，又能引据经典，议论风发，文采大有可观，颇不同于其他奏章。

再乞发运司应副浙西米状

元祐六年三月二十三日，龙图阁学士左朝奉郎前知杭州苏轼状奏。右臣近蒙恩诏，召赴阙庭。窃以浙西二年水灾，苏、湖为甚，虽访闻已详，而百闻不如一见。故自下塘路由湖入苏，目睹积水未退，下田固已没于深水，今岁必恐无望；而中上田亦自渺漫，妇女老弱，日夜车亩。而淫雨不止，退寸进尺，见今春晚，并未下种。乡村阙食者众，至以糟糠杂芹、莼食之。又为积水占压，薪刍难得，食糟饮冷，多至胀死。并是臣亲见，即非传闻。春夏之间，流殍疾疫必起。逐州去年所籴常平米，虽粗有备，见今州县出卖，米价不甚翔踊，但乡村远处饥羸之民，不能赴城市收籴。官吏欲差船载米下乡散粜，即所须数目浩瀚，恐不能足用，秋夏之间，必大乏绝。又自今已往，若得淫雨稍止，即农民须趁初夏秧种车水，耕耘之劳，十倍常岁，全藉粮米接济。见今已自阙食，至时必难施功。纵使天假之年，亦无所望，公私狼狈，理在必然。

臣去岁奏乞下发运司于江东、淮南丰熟近便处籴米五十万石，准备浙西灾伤州、军般运兑拨，出粜赈济。寻蒙圣恩行下，云已降指挥令发运司兑拨，合起上供并封桩等钱一百万贯，趁时籴卖斛斗封桩准备移用。送户部，依已得指挥，余依浙西钤辖司所奏施行。圣旨既下，本路具闻，农民欣戴，始有生意。而发运司官吏，全不上体仁圣恤民之意，奏称淮南、江东米价高贵，不肯收籴。勘会浙西去岁米价，例皆高贵，杭州亦是七十足钱收籴一斗，虽是贵籴，犹胜于无米，坐视民死。今来发运司官吏，亲被圣旨，全不依应施行，只以米贵为词，更不收籴，使圣主已行之命，顿成空言，饥民待哺之心，中涂失望。却使指准前年朝旨所拨上供米二十万石，与本路内出粜不尽米一十六万七千石有零，充填今来五十万石数目外，只乞于上供米内更截拨二十万石，与本路相兼出粜。切缘上件出粜不尽米一十六万七千余石，久已桩在本路。臣元奏乞于发运司籴五十万石之时，已是指准上件米数支用外，合更要五十万石。今来运司却将前件圣恩折充今年所赐，吏民闻之，何由心服？臣已累具执奏，未奉朝旨。今来亲见数州水灾如此，饥殍之势，极可忧畏。既忝近侍，理合奏闻。岂敢为已去官，遗患后人，更不任责。

伏望圣慈察臣微诚，垂愍一方，特赐指挥，发运司依元降指挥，除已截拨二十万石外，更兑拨三十万石与浙西诸州充出粜借贷。如发运司去年元不收籴，无可兑拨，即乞一面截留上供米充满五十万石数目，却令发运司将封桩一百万贯钱候今年秋熟日收籴填还。若朝廷不以臣言为然，待饥馑疾疫大作，方行赈济，即恐须于别路运致钱米，虽累百万，亦恐不及于事。谨录奏闻，伏候敕旨。

贴黄。发运司奏云："淮南、宿、亳等州灾伤，米价高处七十七文，江东米价高处七十文。"切缘臣元奏，乞于丰熟近便处收籴。访闻扬、楚之间，谷熟米贱，今来发运司却引宿、亳等州米价最高处，以拒塞朝旨，显非仁圣勤恤及臣元奏乞本意。

又，贴黄。若依发运司所奏，将出粜不尽一十六万七千有余石充数外，犹合拨三十四万石，方满五十万数。今来只拨二十万石，显亏元降圣旨一十四万石。而况上件出粜不尽米，已系前年圣恩所赐，发运司不合指准充数，显亏三十万石。

又，贴黄。如蒙施行，乞下转运司多拨数目，与苏、湖州。如合赈济，更不拘去年放税分数施行。

又，贴黄。若行下有司，反覆住滞，必不及事。只乞断自圣心，速降指挥。

【解题】

元祐六年（1091）三月苏轼被召入京，任翰林学士，知制诰，兼侍读。他虽已离开杭州，但仍关切浙西等地百姓的饥寒，奏请朝廷出粜借贷，帮助百姓度过灾年。

辞免翰林学士承旨第二状

右臣近蒙恩除翰林学士承旨。臣以衰病不才，难舍禁近，兼以弟辙忝与执政，理合回避，奏乞除臣一郡。今奉诏书，未赐开允。恩威之重，霈若雷雨，岂臣孱陋所敢固违。伏念臣自去阙庭，日加衰白。故疾不愈，旧学已荒。更冒宠荣，必速颠踬。而况清要之地，众所奔趋；兄弟迭居，势难安处。正使缘力辞而获谴，犹贤于忝冒而致灾。伏望圣慈察臣诚悬，特赐除臣知扬、越、陈、蔡一郡。臣今已到扬州，迤逦前去南京以来，听候指挥。干冒天威，臣无任战恐待罪之至。谨录奏闻，伏候敕旨。

辞免翰林学士承旨第三状

右臣近蒙恩除翰林学士承旨。臣以衰病不才，难居禁近。兼以弟辙备位执政，理合回避。寻两次奏乞除臣一郡，准尚书省札子，三省同奉圣旨，依前降诏书不允者。臣之愚虑，终以弟辙亲嫌，于义未安。窃见仁宗朝王洙为学士，以其从子尧臣参知政事，故罢。臣今来欲乞依王洙故事回避，仍乞检会前奏，除臣扬、越、陈、蔡一郡。屡犯天威，臣无任战恐待罪之至。谨录奏闻，伏候敕旨。

乞候坤成节上寿讫复遂前请状

右臣近奏，乞依王洙故事罢翰林学士承旨，仍乞一郡。奉圣旨依累降指挥不允者。衔戴恩慈，怵迫威命，已经三却，其敢固违！已于今月二十九日赴阁门祗受告命讫。然臣衰病日加，心力难强，亲嫌之避，愚守不移。伏见坤成节在近，欲候上寿讫，复遂前请。勉强供职，庶表见臣子恭顺之心；逡巡力辞，盖终存典刑分义之守。谨录奏闻。谨奏。

【解题】

上三状作于元祐六年（1091）四、五月。后书请等坤成节后再辞翰林学士承旨一职。

杭州召还乞郡状

元祐六年五月十九日，龙图阁学士左朝奉郎前知杭州苏轼状奏。右臣近奉诏书及圣旨札子，不允臣辞免翰林学士承旨恩命及乞郡事。臣已第三次奏乞除臣扬、越、陈、蔡一郡去讫。窃虑区区之诚，未能遽回天意，须至尽露本心，重干圣听，惶恐死罪！惶恐死罪！

臣昔于治平中，自凤翔职官得替入朝，首被英宗皇帝知遇，欲骤用臣。当时宰相韩琦以臣年少资浅，未经试用，故且与馆职。亦会臣丁父忧去官。及服阕入觐，便蒙神宗皇帝召对，面赐奖激，许臣职外言事。自惟羁旅之臣，未应得此，岂非以英宗皇帝知臣有素故耶？是时王安石新得政，变易法度，臣若少加附会，进用可必。自惟远人，蒙二帝非常之知，不忍欺天负心，欲具论安石所为不可施行状，以裨万一。然未测圣意待臣深浅，因上元有旨买灯四千碗，有司无状，亏减市价。臣即上书论奏，先帝大喜，即时施行。臣以此卜知先帝圣明，能受尽言，上疏六千余言，极论新法不便。后复因考试进士，拟对御试策进上，并言安石不知人，不可大用。先帝虽未听从，然亦嘉臣愚直，初不谴问。而安石大怒，其党无不切齿，争欲倾臣。御史知杂谢景温，首出死力，弹奏臣丁忧归乡日，舟中曾贩私盐。遂下诸路体量追捕当时梢工篙手等，考掠取证，但以实无其事，故锻炼不成而止。臣缘此惧祸乞出，连三任外补。而先帝眷臣不衰，时因贺谢表章，即对左右称道。党人疑臣复用，而李定、何正臣、舒亶三人，构造飞语，酝酿百端，必欲致臣于死。先帝初亦不听，而此三人执奏不已，故臣得罪下狱。定等选差悍吏皇遵，将带吏卒，就湖州追摄，如捕寇贼。臣即与妻子诀别，留书与弟辙，处置后事，自期必死。过扬子江，便欲自投江中，而吏卒坚守不果。到狱，即欲不食求死。而先帝遣使就狱，有所约敕，故狱吏不敢别加非横。臣亦觉知先帝无意杀臣，故复留残喘，得至今日。及窜责黄州，每有表疏，先帝复对左右称道，哀怜奖激，意欲复用，而左右固争，以为不可。臣虽在远，亦具闻之。古人有言，聚蚊成雷，积羽沉舟，言寡不胜众也。以先帝知臣特达如此，而臣终不免于患难者，以左右疾臣者众也。

及陛下即位，起臣于贬所，不及一年，备位禁林，遭遇之异，古今无比。臣每自惟昆虫草木之微，无以仰报天地生成之德，惟有独立不倚，知无不言，可以少报万一。始论衙前差顾利害，与孙永、傅尧俞、韩维争议，因亦与司马光异论。光初不以此怒臣，而台谏诸人，逆探光意，遂与臣为仇。臣又素疾程颐之奸，未尝假以色词，故颐之党人，无不侧目。自朝廷废黜大奸数人，而其余党犹在要近，阴为之地，特未敢发尔。小臣周穜，乃敢上疏乞用王安石配享，以尝试朝廷。臣窃料穜草芥之微，敢建此议，必有阴主其事者。是以上书逆折其奸锋，乞重赐行遣，以破小人之谋。因此，党人尤加忿疾。其后，又于经筵极论黄河不可回夺利害，且上疏争之，遂大失执政意。积此数事，恐别致患祸。又缘臂痛目昏，所以累章力求补外。

窃伏思念，自忝禁近，三年之间，台谏言臣者数四，只因发策草麻，罗织语言，以为谤讪，本无疑似，白加诬执。其间暖昧谮诉，陛下察其无实而不降出者，又不知其几何矣。若非二圣仁明，洞照肝膈，则臣为党人所倾，首领不保，岂敢望如先帝之赦臣乎？自出知杭州二年，粗免人言，中间法外刺配颜章、颜益二人，盖攻积弊，事不获已。陛下亦已赦臣，而言者不赦，论奏不已。其意岂为颜章等哉？以此知党人之意，未尝一日不在倾臣，洗垢求瑕，止得此事。

今者忽蒙圣恩召还擢用，又除臣弟辙为执政，此二事，皆非大臣本意。窃计党人必大猜忌，磨厉以须，势必如此。闻命悸恐，以福为灾，即日上章，辞免乞郡。行至中路，果闻弟辙为台谏所攻，般出廨宇待罪。又蒙陛下委曲，照见情状，方获保全。臣之刚褊，众所共知，党人嫌忌，甚于弟辙。岂敢以衰病之余，复犯其锋，虽自知无罪可言，而今之言者，岂问是非曲直？窃谓人主之待臣子，不过公道以相知，党人之报怨嫌，必为巧发而阴中。臣岂敢恃二圣公道之知，而傲党人阴中之祸？所以不避烦渎，自陈入仕以来进退本末，欲陛下知臣危言危行，独立不回，以犯众怒者，所从来远矣。又欲陛下知臣平生冒涉患难危险如此，今余年无几，不免有远祸全身之意，再三辞逊，实非矫饰。柳下惠有言；“直道而事人，焉往而不三黜。”臣若贪得患失，随世俯仰，改其常度，则陛下亦安所用。臣若守其初心，始终不变，则群小侧目，必无安理。虽蒙二圣深知，亦恐终不胜众。所以反覆计虑，莫若求去。非不怀恋天地父母之恩，而衰老之余，耻复与群小计较短长曲直，为世间高人长者所笑。

伏望圣慈，察臣至诚，特赐指挥执政检会累奏，只作亲嫌回避，早除一郡。所有今来奏状，乞留中不出，以保全臣子，臣不胜大愿。若朝廷不以臣不才，犹欲驱使，或除一重难边郡，臣不敢辞避，报国之心，死而后已。惟不愿在禁近，使党人猜疑，别加阴中也。干犯天威，谨俟斧锧。臣不任祈天请命战恐殒越之至。谨录奏闻，伏候敕旨。

贴黄。臣受圣知最深，故敢披露肝肺，尽言无隐。必致当途怨怒，愈为身灾。君臣不密，《周易》所戒，故亲书奏状。眼昏字大，又涉不恭，进退惟谷，伏望圣慈宽赦，臣不胜战恐之至。

【解题】

苏轼因遭新旧两党的打击，又曾经下狱，心有余悸。故屡次上疏辞免，以求全身远祸。本文历数任官以来之身世沉浮，及宦海风险，皆切身感受，不惟凄恻感人，亦可见其拳拳忠心。

撰上清储祥宫碑奏请状

元祐六年六月二十六日，翰林学士承旨左朝奉郎知制诰兼侍读苏轼状奏。近准敕修盖上清储祥宫，将欲了毕，合用修宫记，差臣撰文并书石，今有下项事，合奏请者。

一、窃见上清宫，元系太宗皇帝创建，于庆历中遗火焚荡。今欲见元建及遗火年月，乞下史院检会降下。

一、今来上清储祥宫，系神宗皇帝赐名，方议修盖。至元祐中，蒙内出钱物修盖成就。今欲见先朝所赐钱物并今来内出钱物数目，及系是何库钱支拨，或系太皇太后皇帝本殿钱物，并乞检会降下。

一、今欲见神宗皇帝赐名修宫因依，及二圣赐钱修盖成就意指，乞赐颁示。

一、臣窃见朝廷自来修建寺观，多是立碑，仍有铭文，于体为宜。若只作记，即更无铭，未委今来为碑为记，乞降指挥。

一、准敕差臣书石，合书篆额人衔位姓名，乞检会降下。

右谨录奏闻，伏候敕旨。

【解题】

本文为修撰上清储祥宫碑文事，而请示诸般事项。

谢宣召再入学士院二首

一

右臣今月十一日翰林待诏梁迪至臣所居，奉宣圣旨，召臣入院充学士承旨者。使星下烛，生蓬荜之光华；天泽旁流，及桑榆之枯槁。国有用儒之盛，士知稽古之荣。

伏以翰墨之林，号称内相；文章之外，不取他才。至于用人，可以观政。文武并用，或成颇牧之功；邪正杂居，至有伾文之患。惟贵且近，故难其人。而况金銮玉堂，亲被丝纶之密；北扉东阁，独称年德之高。必有异人，以齐众口。而臣本缘衰病，出守江湖。以一方凋弊之余，当二年水潦之厄。戴星而治，仅免流离；及瓜而还，恍如梦寐。交亲迎劳，都邑聚观。惊华发之半空，笑丹心之未折。宜投闲散，以养衰残。岂期过采于虚名，复使荣加于旧物。此盖伏遇皇帝陛下，德如乾健，明配日中。既祖述于尧仁，复躬行于舜孝。才难之叹，人诵斯言。缘先帝之德音，收孤臣于散地。言虽直而无罪，身愈远而益亲。委曲保全，始终录用。

臣敢不更磨朽钝，少补涓埃。难得者时，未有捐躯之会；勿欺而犯，誓无患失之心。臣无任感天荷圣激切屏营之至。谨录奏谢以闻。谨奏。

二

右臣今月十一日翰林待诏梁迪至臣所居，奉宣圣旨，召臣入院充学士承旨者。衰迟无用，宠既溢于当年；眷待有加，恩复隆于晚节。使华临贲，天语丁宁。耸里巷之惊观，叹朝廷之用旧。

伏以禁林分直，法本六人。帝语亲承，旧惟一老。不缘名次之先后，断自上心之简求。冠内朝供奉之班，极儒者遭逢之盛。凡膺此选，宜得异材。而臣本以愚忠，累尘器使。初无已试之效，但有过实之名。千里阙庭，二年江海。忧深投杼，岂无三至之言；诏复赐环，不待一人之誉。此盖伏遇太皇太后陛下，道无私载，公生至明。以七年之照临，观群臣之邪正。知臣刚褊自用，虽有宽饶之狂；察臣忠鲠不移，庶几长孺之守。故还旧物，盖茂新恩。

臣敢不早夜以思，死生不易。虽桑榆之景，已迫残年；而犬马之心，犹思后效。

谢赐对衣金带马状二首

一

右臣伏蒙圣慈以臣入院，特赐衣一对，金腰带一条并鱼袋、镀金银鞍辔马一匹者。汉官三服，已分密丽之珍；唐监八坊，复下权奇之骏。拜嘉甚宠，省己何功。

伏念臣受材迂疏，赋命寒蹇。幼师季路，止服缊袍；长慕少游，欲乘下泽。目眩重金之耀，神惊四牡之良。俯仰自惟，周章失次。此盖伏遇皇帝陛下，忧勤黎庶，寤寐俊贤。故损厩库之储，以广英雄之彀。致兹孱陋，亦被宠光。

臣敢不求称于衷，益鞭其后。薄德盛服，当戒《维鹈》之篇；强力安邦，庶几《有駜》之颂。臣无任感天荷圣激切屏营之至。谨录奏谢以闻。谨奏。

二

右臣伏蒙圣慈以臣入院，特赐衣一对，金腰带一条并鱼袋、金镀银鞍辔马一匹者。镂锡金轭，示有驰驱之劳；宝带袭衣，岂无约束之义。上既循名而责实，下当因物以贡诚。

伏念臣少则贱贫，长而困阨。仲卿龙具，追晏子之一裘；伯厚鸡栖，陋景公之千驷。无功拜赐，服宠汗颜。顾惟何人，膺此异数。此盖伏遇太皇太后陛下，躬行慈俭，德贯天人。约于奉己，而侈于养贤；严于私亲，而宽于驭众。怜其朽钝，借以光华。

臣敢不衣被训词、服勤鞭箠。惟德其物，永观不易之言；思马斯徂，更厉无邪之志。

【解题】

元祐六年（1091）六月，诏苏轼再入学士院，并赐对衣、金带、马，苏轼作表上谢。

谢兼侍读表二首

一

臣轼言。今月四日，伏奉告命除臣兼侍读者。用非其分，宠至若惊。满溢之忧，逡巡莫避。臣某诚惶诚恐，顿首顿首。

伏念臣与弟辙同登进士，并擢贤科。内外分掌于制书，先后迭居于翰苑。今臣以经史入侍，司言行于中。辙以丞辖立朝，督纲条于外。恭承明诏，不许固辞。以为兄弟之同升，自是朝廷之盛事。承明三入，仅比古人；大雅一门，无惭旧史。人非木石，恩重丘山。

恭惟太皇太后陛下，明极照临，忧深付托。欲为社稷之卫，莫如臣仆之贤。以帝尧之哲，而甚畏于壬人；以孔子之圣，而思见于狷者。致兹选擢，骤及迂愚。臣敢不淬励初心，激昂晚岁。誓坚必死之节，少报不赀之恩。臣无任感天荷圣激切屏营之至。谨奉表称谢以闻。臣某诚惶诚恐，顿首谨言。

二

臣轼言。今月四日伏奉告命除臣兼侍读者。叨承新命，祗服训词。薄技已穷，旧恩未替。臣某诚惶诚恐，顿首顿首。

伏念臣志大而才短，论迂而性刚。以自用不回之心，处众人必争之地。不早退缩，安能保全。是以三年翰墨之林，屡遭飞语；再岁江湖之上，粗免烦言。岂此身愚智之殊，盖所居闲剧之致。臣之自处，何者为宜。而况讲读之司，帷幄最近。分章摘句，则何以报非常之知；因事献言，又必贻前日之患。虽仰恃天日之照，实常负冰渊之虞。

恭惟皇帝陛下，大德庇民，小心顺帝。虽天覆地载，以圣不可知为神；而日就月将，以学而不厌为智。曲收旧物，以广多闻。臣敢不职思其忧，本无分于中外；欲报之德，誓不易于死生。臣无任感天荷圣激切屏营之至，谨奉表称谢以闻。臣某诚惶诚恐，顿首顿首谨言。

笏记二首

一

臣蒙恩授翰林学士承旨知制诰兼侍读者。出膺阃寄，入长禁林。皆儒者之极荣，岂驽材之所称。此盖伏遇皇帝陛下法天凝命，稽古象贤。总揽群英，兼收小器。欲效涓尘之报，未知糜陨之期。臣无任感天荷圣激切屏营之至。

二

臣蒙恩授翰林学士承旨知制诰兼侍读者。出守无功，方期窜逐；召还何幸，复玷清华。此盖伏遇太皇太后坤载沉潜，母慈均一。既陶甄于顽矿，复封植于散材。誓卒余生，少图来效。臣无任感天荷圣激切屏营之至。

谢三伏早休表二首

一

大火既中，三庚云伏。炎熏之病，贵贱所同。忽蒙退食之恩，遂失流金之酷。恭惟皇帝陛下，仁均动植，明烛幽微。上有无逸之勤，下无独贤之叹。臣等逢时多暇，窃禄安居。共扬扇暍之风，以安黎庶；更励饮冰之节，少答生成。臣等无任仰天荷圣激切屏营之至。

二

星火见而金微，日方可畏；朝气锐而昼惰，恩获少休。上既知劳，下皆忘暑。恭惟太皇太后陛下，劳谦恭己，内恕及人。虽天地无一物之私，而父母有至诚之爱。臣等仰蒙宽假，动获便安。未明无颠倒之衣，省循何幸；夙退有委蛇之食，歌咏而归。臣等无任仰天荷圣激切屏营之至。

【解题】

上文皆作于元祐六年（1091）六月。

进单锷《吴中水利书》状

元祐六年七月二日，翰林学士承旨左朝奉郎知制诰兼侍读苏轼状奏。右臣窃闻议者多谓吴中本江海大湖故地，鱼龙之宅。而居民与水争尺寸，以故常被水患，盖理之当然，不可复以人力疏治，是殆不然。

臣到吴中二年，虽为多雨，亦未至过甚。而苏、湖、常三州，皆大水害稼，至十七八。今年虽为淫雨过常，三州之水，遂合为一，太湖、松江，与海渺然无辨者。盖因二年不退之水，非今年积雨所能独致也。父老皆言，此患所从来未远，不过四、五十年耳，而近岁特甚。盖人事不修之积，非特天时之罪也。三吴之水，潴为太湖，太湖之水，溢为松江以入海。海水日两潮，潮浊而江清，潮水常欲淤塞江路；而江水清驶，随辄涤去，海口常通，故吴中少水患。昔苏州以东，官私船舫，皆以篙行，无陆挽者。古人非不知为挽路，以松江入海，太湖之咽喉不敢鲠塞故也。自庆历以来，松江始大筑挽路，建长桥，植千柱水中，宜不甚碍。而夏秋涨水之时，桥上水常高尺余，况数十里积石壅土筑为挽路乎？自长桥挽路之成，公私漕运便之，日葺不已。而松江始艰噎不快，江水不快，软缓而无力，则海之泥沙随潮而上，日积不已，故海口湮灭，而吴中多水患。近日议者，但欲发民浚治海口，而不知江水艰噎，虽暂通快，不过岁余，泥沙复积，水患如故。今欲治其本，长桥挽路固不可去，惟有凿挽路于旧桥外，别为千桥，桥拱各二丈，千桥之积，为二千丈，水道松江，宜加迅驶。然后官私出力以浚海口，海口既浚，而江水有力，则泥沙不复积，水患可以少衰。臣之所闻，大略如此，而未得其详。

旧闻常州宜兴县进士单锷，有水学，故召问之，出所著《吴中水利书》一卷，且口陈其曲折，则臣言止得十二三耳。臣与知水者考论其书，疑可施用，谨缮写一本，缴连进上。伏望圣慈深念两浙之富，国用所恃，岁漕都下米百五十万石，其他财赋供馈不可悉数，而十年九涝，公私凋弊，深可愍惜。乞下臣言与锷书，委本路监司躬亲按行，或差强干知水官吏考实其言，图上利害。臣不胜区区。谨录奏闻，伏候敕旨。

【解题】

苏轼因感吴中多水患，特向朝廷举荐常州进士单锷，并进呈单锷所著《吴中水利书》，以期望得到朝廷的重视。

录进单锷《吴中水利书》

切观三州之水，为患滋久，较旧赋之入，十常减其五六。以日月指之，则水为害于三州，逾五十年矣。所谓三州者，苏、常、湖也。朝廷屡责监司，监司每督州县，又间出使者，寻按旧迹，使讲明利害之原。然而西州之官求东州之利，目未尝历览地形之高下，耳未尝讲闻湍流之所从来，州县惮其经营，百姓厌其出力，钧曰：“水之患，天数也。”按行者驾轻舟于汪洋之陂，视之茫然，犹擿埴索途，以为不可治也。间有忠于国，志于民，深求而力究之。然有知其一而不知其二，知其末而不知其本，详于此而略于彼。故有曰：“三州之水，咸注之震泽，震泽之水，东入于松江，由松江以至于海。自庆历以来，吴江筑长堤，横截江流，由是震泽之水，常溢而不泄，以至壅灌三州之田。”此知其一偏者也。或又曰：“由宜兴而西，溧阳县之上有五堰者，古所以节宣、歙、金陵九阳江之众水。由分水、银林二堰，直趋太平州芜湖，后之商人，由宣、歙贩卖排簰木，东入二浙，以五堰为艰阻，因相为之谋，罔绐官中，以废去五堰。五堰既废，则宣、歙、金陵九阳江之水，或遇五、六月山水暴涨，则皆入于宜兴之荆溪，由荆溪而入震泽。盖上三州之水，东灌苏、常、湖也。”此又知其一偏者耳。或又曰：“宜兴之有百渎，古之所以泄荆溪之水，东入于震泽也，今已堙塞，而所存者四十九条，疏此百渎，则宜兴之水自然无患。”此亦知其一偏者也。三者之论，未尝参究，得之既不详，攻之则易破。

以锷视其迹，自西五堰，东至吴江岸，犹之一身也：五堰则首也，荆溪则咽喉也，百渎则心也，震泽则腹也，傍通太湖众渎，则络脉众窍也，吴江则足也。今上废五堰之固，而宣、歙、池九阳江之水不入芜湖，反东注震泽；下又有吴江岸之阻，而震泽之水，积而不泄，是犹有人焉桎其手，缚其足，塞其众窍，以水沃其口，沃而不已，腹满而气绝，视者恬然，犹不谓之已死。今不治吴江岸，不疏诸渎，以泄震泽之水，是犹沃水于人，不去其手桎，不解其足缚，不除其窍塞，恬然安视而已，诚何心哉？然而百渎非不可治，五堰非不可复，吴江岸非不可去，盖治之有先后。且未筑吴江岸已前，五堰其废已久，然而三州之田，尚十年之间，熟有五、六，五堰犹未为大患。自吴江筑岸已后，十年之间，熟无一、二。欲具验之，阅三州岁赋所入之数，则可见矣。

且以宜兴百渎言之。古者所以泄西来众水，入震泽而终归于海。盖震泽吐纳众水，今纳而不吐。锷窃视熙宁八年，时虽大旱，然连百渎之田，皆鱼游鳖处之地，低污之甚也。其田去百渎无多远，而田之苗，是时亦皆旱死。何哉？盖百渎及傍穿小港渎，历年不遇旱，皆为泥沙堙塞，与平地无异矣。虽去震泽甚迩，民力难以私举，时官又无留意疏导者，苗卒归乎槁死。自熙宁八年迄今十四年，其田即未有可耕之日，岁岁诉潦，民益憔悴。昔嘉祐中，邑尉阮洪，深明宜兴水利。方是时，吴中水，洪屡上书监司，乞开通百渎。监司允其请，遂鸠工于食利之民，疏导四十九条，是年大熟。此百渎之验，岁水旱皆不可不开也。

宜兴所利，非止百渎而已。东则有蠡河，横亘荆溪，东北透湛渎，东南接罨画溪。昔范蠡所凿，与宜兴之西蠡运河，皆以昔贤名呼。其蠡河，遇大旱则浅淀，中旱则通流，又有孟泾泄滆湖之水入震泽，其他沟渎淀塞，其名不可缕举。夫吴江岸界于吴松江、震泽之间，岸东则江，岸西则震泽。江之东则大海也，百川莫不趋海。自西五堰之上，众川由荆溪入震泽，注于江，由江归于海，地倾东南，其势然也。自庆历二年，欲便粮运，遂筑北堤，横截江流五六十里。遂致震泽之水，常溢而不泄，浸灌三州之田。每至五六月之间，湍流峻急之时，视之，则吴江岸之东，水常低，岸西之水，不下一二尺，此堤岸阻水之迹，自可览也。又睹岸东江尾与海相接之处，污淀茭芦丛生，沙泥涨塞，而又江岸之东自筑岸以来，沙涨成一村。昔为湍流奔涌之处，今为民居宅田，桑枣场圃。吴江县由是岁增旧赋不少。虽然，增一邑之赋，反损三州之赋，不知几百倍耶？夫江尾昔无茭芦壅障流水，今何致此？盖未筑岸之前，源流东下峻急，筑岸之后，水势迟缓，无以涤荡泥沙，以至增积而茭芦生，茭芦生则水道狭，水道狭则流泄不快。虽欲震泽之水不积，其可得耶？今欲泄震泽之水，莫若先开江尾茭芦之地，迁沙村之民，运其所涨之泥，然后以吴江岸凿其土为木桥千所，以通粮运。每桥用耐水土木棒二条，各长二丈五尺；横梁三条，各长六尺；柱六条，各长二丈；除首尾占阁外，可得二丈余拱道。每一里，计三百六十步，一里为桥十所，计除占阁外，可开水面二十三丈，每三十步一桥也。一千条桥，共开水面二千丈，计一十一里四十步也。随桥拱开茭芦为港走水，仍于下流开白蚬、安亭二江，使太湖水由华亭、青龙入海，则三州水患必大衰减。

常州运河之北偏，乃江阴县也。其地势自河而渐低。上自丹阳，下至无锡运河之北偏，古有泄水入江渎一十四条。曰孟渎、曰黄汀堰渎、曰东函港、曰北戚氏港、曰五卸堰港、曰梨溶港、曰蒋渎、曰欧渎、曰魏渎泾、曰支子港、曰蠡渎、曰牌（一曰碑）泾。皆以古人名或以姓称之，昔皆以泄众水入运河。立斗门，又北泄下江阴之江。今名存而实亡。今存者无几，二浙之粮船不过五百石，运河止可常存五、六尺之水足可以胜五百石之舟。以其一十四处立为石碶斗门，每渎于岸北先筑堤岸，则制水入江。若无堤防，则水泛溢而不制，将见灌浸江阴之民田民居矣。昔熙宁中，有提举沈披者，辄去五卸堰走运河之水，北下江中，遂害江阴之民田，为百姓所讼，即罢提举，亦尝被罪。始欲以为利，而适足以害之，此未达古人之智，以至败事也。

切见近日钱塘进士余默，两进三州水利，徒能备陈功力琐细之事，殊不知本末。惟有言得常州运河晋陵至无锡一十四处置斗门泄水，北下江阴大江，虽三尺童子，亦知如此可以为利。然余默虽能言斗门一事，合锷鄙策，奈何无法度以制入江之水，行之，则又岂止为一沈披耶？又睹主簿张寔进状，言吴江岸为阻水之患，泾函不通。其言然则然矣，虽言吴江岸，而不言措置水之术。盖古之所创，泾函在运河之下，用长梓木为之，中用铜轮力，水冲之，则草可刈也，置在运河底下，暗走水入江。今常州有东西二函地名者，乃此也。昔治平中，提刑元积中开运河，尝开见函管，但函管之中皆泥沙，以谓功力甚大，非可易复，遂已。今先开凿江湖海故道堙塞之处，泄得积水，他日治函管，则可。若未能开故道，而先治函管，是知末而不知本也。切见常州运河之北偏，皆江阴低下之田，常患积水，难以耕植。今河上为斗门，河下筑堤防，以管水入江，百姓由是缘此河堤，可以作田围，此泄水、利田之两端也。宜兴县西有夹苧干渎，在金坛、宜兴、武进三县之界，东至滆湖及武进县界，西南至宜兴，北至金坛，通接长塘湖，西接五堰。茅山、薛步山水，直入宜兴之荆溪，其夹苧干，盖古之人亦所以泄长塘湖东入滆湖，泄滆湖之水入大吴渎、塘口渎、白鱼湾、高梅渎四渎及白鹤溪，而北入常州之运河，由运河而入一十四条之港，北入大江。今一十四条之港，皆名存而实亡，累有知利便者献议朝廷，欲依古开通，北入运河以注大江，自滆湖、长塘湖两首，各开三分之二，为彼田户皆豪民，不知利便，惟恐开凿己田，阴构胥吏，皆柅而不行。元丰之间，金坛令曾长官奏请乞开，朝廷又降指挥，委江东及两浙两路监司相度，及近县官员相视，又为彼豪民计构不行。傥开夹苧干通流，则西来他州入震泽之水，可以杀其势，深利于三州之田也。

锷熙宁八年，岁遇大旱，切观震泽水退数里，清泉乡湖干数里，而其地皆有昔日丘墓、街井、枯木之根，在数里之间，信知昔为民田，今为太湖也。太湖即震泽也。以是推之，太湖宽广，愈于昔时，昔云有三万六千顷，自筑吴江岸，及诸港渎堙塞，积水不泄，又不知其愈广几多顷也。锷又尝见低下之田，昔人争售之，今人争弃之。盖积年之水，十无一熟，积空头之税，或遇频年不收，则饥饿丐殍，鬻妻子以偿王租，或置其田舍其庐而逋。至于酒坊，处在水乡，沽卖不行，以致败阙者，比年尤甚。皆缘水伤下田不收故也。锷又尝游下乡，切见陂嗥之间，亦多丘墓，皆为鱼鳖之宅。且古之葬者，不即高山，则于平原陆野之间，岂即水穴以危亡魂耶？尝得唐埋铭于水穴之中，今犹存焉。信夫昔为高原，今为污泽，今之水不泄如古也。

昨熙宁间，检正张锷命属吏殿丞刘悫相视，苏、秀二州海口诸浦渎，为沙泥壅塞，将欲疏凿以决流水。悫相视回申，以谓若开海口诸浦，则东风驾海水倒注，反灌民田。锷谓悫曰："地倾东南，百川归海，古人开诸海浦，所以通百川也。若反灌民田，古人何为置诸浦耶？百川东流则有常，西流则有时，因东风虽致西流，风息则其流亦复归于海，其势然也。凡江湖诸浦港，势亦一同。"悫虽信其如此，然犹有说。盖以昔视诸浦无倒注之患，而今乃有之。盖昔无吴江岸之阻，诸浦虽暂有泥沙之壅，然百川湍流浩急，泥沙自然涤荡，随流以下，今吴江岸阻绝，百川湍流缓慢，缓慢，则其势难以荡涤沙泥，设使今日开之，明日复合。又闻秀州青龙镇入海诸浦，古有七十二会。盖古之人以为七十二会曲折，宛转者，盖有深意，以谓水随地势东倾入海，虽曲折宛转，无害东流也。若遇东风驾起，海潮汹涌倒注，则于曲折之间有所回激，而泥沙不深入也。后人不明古人之意，而一皆直之，故或遇东风，海潮倒注，则泥沙随流直上，不复有阻。凡临江湖海诸港浦，势皆如此。所谓今日开之，明日复合者此也。今海浦昔日曲折宛转之势，不可不复也。夫利害挂于眉睫之间，而人有所不知。

今欲泄三州之水，先开江尾，去其泥沙茭芦，迁沙上之民；次疏吴江岸为千桥；次置常州运河一十四处之斗门石楔堤防，管水入江；次开导临江湖海诸县一切港渎，及开通茜泾。水既泄矣，方诱民以筑田围。昔郏亶尝欲使民就深水之中，叠成围岸。夫水行于地中，未能泄积水而先成田围，以狭水道，当春夏满流浩急之时，则水当涌行于田围之上，非止坏田围，且淹浸庐舍矣，此不智之甚也。欲乞朝廷指挥下两浙转运司，择智力了干官员，分布诸县，则不越数月，其工可毕。所有创桥疏通河港置斗门利便制度，不在规规而言也。

今所画《三州江湖溪海图》一本，但可观其大略，港渎之名，亦布其一二耳。欲见其详，莫若下苏、常、湖诸县，各画溪河沟港图一本，各言某河某渎通某县某处，俟其悉上，合而为一图。则纤悉若视于指掌之间也。

锷又睹秀州青龙镇有安亭江一条，自吴江东至青龙，由青龙泄水入海。昔因监司相视，恐走透商税，遂塞此一江。其江通华亭及青龙。夫笼截商税利国，能有几耶？堰塞湍流，其害实大。又况措置商税，不为难事。窃闻近日华亭、青龙人户，相率陈状，情愿出钱，乞开安亭江。见有状在，本县官吏未与施行。近又访得宜兴西滆湖有二渎，一名白鱼湾，一名大吴渎，泄滆湖之水入运河，由运河入一十四处斗门下江。其二渎在塘口渎之南。又有一渎名高梅渎，亦泄滆湖之水入运河，由运河入斗门，在吴渎之南。近闻知苏州王觌奏请开海口诸浦。锷切谓海口诸浦不可开。今开之，不逾日，或遇东风，则泥沙又合矣。尝观《考工记》曰："善沟者，水啮之；善防者，水淫之。"盖谓上水湍流峻急，则自然下水泥沙啮去矣。今若俟开江尾及疏吴江岸为桥，与海口诸浦同时兴功，则自然上流东下，啮去诸浦沙泥矣。

凡欲疏通，必自下而上。先治下，则上之水无不流，若先治上，则水皆趋下，漫灭下道，而不可施功力。其势理然也。故今治三州之水，必先自江尾海口诸浦，疏凿吴江岸，及置常州一十四处之斗门，筑堤制水入江，比与吴江两处分泄积水，最为先务也。然锷观合开三州诸沟渎，不必全藉官钱，盖三州之民，憔悴之久，人人乐开，故半可以资食利户之力也。今略举其一二。若开江尾疏吴江岸为桥，迁吴江岸东一村之民开地，使为昔日之江，置一十四处之斗门，并筑一十四条堤，制水入江。开荚苧干、白鹤溪、白鱼湾、大吴渎、塘口渎、宜兴东蠡河已上，非官钱不可开也。若宜兴之横塘、百渎，苏州之海口诸浦、安亭江，江阴之季子港、春申港、下港、黄田港、利港，宜兴之塘头渎，及诸县凡有自古泄水诸沟港浜渎，尽可资食利户之力也。莫若先下三州及诸县，抄录诸道江湖海一切诸港渎沟浜自古有名者，及供上丈尺料之工力之费，或系官钱，或系食利私力，期之以施工日月，同日开凿，同日疏放。若或放水有先后，则上水奔涌东下，冲损在下开浚未毕沟港，以故须同日决放也。

或者有谓："昔人创望亭、吕城、奔牛三堰，盖为丹阳下至无锡、苏州，地形东倾。古人创三堰，所以虑运河之水东下不制，是以创堰以节之，以通漕运。自熙宁、治平间，废去望亭、吕城二堰，然亦不妨纲运者，何耶?"锷曰："昔之太湖及西来众水，无吴江岸之阻，又一切通江湖海故道，未尝堙塞，故运河之水，尝虑走泄入于江湖之间，是以置堰以节之。今自庆历以来，筑置吴江岸，及诸港浦一切堙塞，是以三州之水，常溢而不泄，二堰虽废，水亦常溢，去堰若无害。今若泄江湖之水，则二堰尤宜先复。不复，则运河将见涸而粮运不可行，此灼然之利害也。又若宜兴创市桥，去西津堰。盖嘉祐中邑尉阮洪上言监司，就长桥东市邑中创一桥，使运河南通荆溪。初开凿市街，乃见昔日桥柱尚存泥中，咸谓古为桥于此也。又运河之西口，有古西津堰，今已废去久矣。且古之废桥置堰，以防走透运河之水，今也置桥废堰，以通荆溪，则溪水常倒注入运河之内，今之与古，何利害之相反耶？锷以谓古无吴江岸，众水不积，运河高于荆溪，是以创桥置堰，以防泄运河之水也。今因吴江岸之阻，众水积而常溢，倒注运河之内，是以创桥废堰，见利而不见害也。今若治吴江岸泄众水，则运河之水，再防走泄，当于北门之外，创一堰可也。其利害盖如此也。"或又曰："切观诸县高原陆野之乡，皆有塘圩，或三百亩，或五百亩，为一圩。盖古之人停滀水以灌溉民田。以今视之，其塘之外皆水，塘之中未尝滀水，又未尝植苗，徒牧养牛羊畜放凫雁而已。塘之所创，有何益耶?"锷曰：

“塘之为塘，是犹堰之为堰也。昔日置塘滀水，以防旱岁，今自三州之水，久溢而不泄，则置而为无用之地。若决吴江岸泄三州之水，则塘亦不可不开以滀诸水，犹堰之不可不复也。此亦灼然之利害矣。苟堰与塘为无益，则古人奚为之耶？盖古之贤人君子，大智经营，莫不除害兴利，出于人之未到。后人之浅谋管见，不达古人之大智，颠倒穿凿，徒见其害而莫见其利也。若吴江岸止知欲便粮运，而不知遏三州之水，反以为害。又若废青龙安亭江，徒知不漏商旅之税，又不知反狭水道以遏百川。今之人所以不如古者，凡如此也。

锷切观无锡县城内运河之南偏有小桥，由桥而南下，则有小渎，渎南透梁溪渎有小堰，名曰单将军堰，自桥至梁溪，其渎不越百步，堰虽有，亦不渡船筏，梁溪即接太湖。昔所以为此堰者，恐泄运河之水。昔熙宁八年，是岁大旱，运河皆旱涸，不通舟楫。是时锷自武林过无锡，因见将军堰，既不渡船筏，而开是渎者，古人岂无意乎？因语与邑宰焦千之曰：“今运河不通舟楫，切睹将军堰接运河，去梁溪无百步之远，古人置此堰渎，意欲取梁溪之水以灌运河。”千之始则以锷言为狂，终则然之。遂率民车四十二管，车梁溪之水以灌运河，五日河水通流，舟楫往来。信夫古人经营利害，凡一沟渎，皆有微意，而今人昧之也。尝见苏州之茜泾，昔范仲淹命工开导，以泄积水以入于海。当时谏官不知苏州患在积水不泄，咸上疏言仲淹走泄姑苏之水。盖不知其利，而反以为害。今茜泾自仲淹之后，未复开凿，亦久堙塞。

锷存心三州水利，凡三十年矣。每睹一沟一渎，未尝不明古人之微意，其间曲折宛转，皆非徒然也。锷今日之议，未始增广一沟一渎，其言与图符合。若非观地之势，明水之性，则无以见古人之意。今并图以献，惟执事者上之朝廷，则庶几三州憔悴之民，有望于今日也。

贴黄。其图画得草略，未敢进上。乞下有司计会单锷别画。

一、先开吴江县江尾茭芦地。

一、先迁吴江沙上居民，及开白蚬江通青龙镇，又开青龙镇安亭江通海。

一、先去吴江土为千桥。

一、先置常州运河斗门一十四所，用石碶并筑堤，管水入江。

一、次开荚苧干、白鹤溪、白鱼湾、塘口渎、大吴渎，令长塘湖、滆湖相连，走泄西水，入运河，下斗门入江。

一、次开宜兴百渎，见今只有四十九条，东入太湖。

一、次开苏州茜泾、白茅、七鸦、福山、梅里诸浦及茜泾。

一、次开江阴下港、黄田、春申、季子、灶子诸港。

一、次开宜兴东西蠡河。

一、次根究诸临江湖海诸县，凡泄水诸港渎，并皆疏凿。

五堰水利。昔钱舍人公辅为守金陵，常究五堰之利。虽知五堰之利，而不知五堰以东三州之利害。锷知三州之水利，而未究五堰以西之利害。一日，钱公辅以世之所为五堰之利害，与锷参究，方知始末利害之议完也。公辅以为五堰者，自春秋时，吴王阖闾用伍子胥之谋伐楚，始创此河，以为漕运，春冬载二百石舟而东，则通太湖，西则入长江，自后相传，未始有废。至李氏时，亦常通运，而置牛于堰上，挽拽船筏于固城湖之侧。又尝没监司，置廨宇，以收往来之税。自是河道淀塞，堰埭低狭，虚务添置者，十有一堰。往来舟筏，莫能通行，而水势遂不复西。及遇春夏大水，江湖泛涨，则园头、王母、龙潭三涧，合为一道，而奔冲东来，河之不治，愈可见也。今若开深故道，而存留银林、分水二堰，则诸堰尽可去矣。所欲存二堰者，盖本处地势，自银林堰以西，地形从东迤逦西下，自分水堰以东，地形从西迤迤东下，而其河自西壩至东壩十六里有余，开淘之际，须随逐处地形之高下以濬之，然后江东两浙可以无大水之患。然银林堰南则通建平、广德，北则通溧水、江宁，又当增修高广，以俟商旅舟船往还之多，可以置官收税，如前之利。此五堰所以不可不复也。今莫若治五堰，使上之水不入于荆溪，而由分水、银林二堰，直归太平之芜湖，下治吴江之岸为千桥，使太湖之水东入于海中，治百渎之故道，与夫苏、常、湖三州之有故道旁穿于太湖者。虽不可缕举，而概可以迹究也。难者曰："虽复五堰，奈何五堰之侧山水东下乎？复堰无益也。"锷答曰："由五堰而东注太湖，则有宣、歙、池、广德、溧水之水，苟复堰，使上之水不入于荆溪，自余山涧之水，宁有几耶？比之未复，十须杀其六七耳。"难者乃服。

【解题】

本文为常州进士单锷所著，经由苏轼进呈朝廷。文中详细分析了吴中的水利状况，并提出了治理方法，是一部水利学专著。

辞免撰赵瞻神道碑状

元祐六年七月日，翰林学士承旨左朝奉郎知制诰兼侍读苏轼状奏。准敕，差撰故中散大夫同知枢密院赵瞻神道碑并书者。右臣平生不为人撰行状、埋铭、墓碑，士大夫所共知。近日撰《司马光行状》，盖为光曾为亡母程氏撰埋铭；又为范镇撰墓志，盖为镇与先臣洵平生交契至深，不可不撰。及奉诏撰司马光、富弼等墓碑，不敢固辞，然终非本意。况臣老病废学，文辞鄙陋，不称人子所以欲显扬其亲之意。伏望圣慈别择能者，特许辞免。谨录奏闻，伏候敕旨。

【解题】

苏轼自言平生不为人撰行状、埋铭、墓碑等文，因这些文章近于阿谀，与苏轼性情不符，故上书力辞撰写《赵瞻神道碑》之命。

再乞郡札子

元祐六年七月六日，翰林学士承旨左朝奉郎知制诰兼侍读苏轼札子奏。臣闻朝廷以安静为福，人臣以和睦为忠。若喜怒爱憎，互相攻击，则其初为朋党之患，而其末乃治乱之机，甚可惧也。臣自被命入覲，屡以血恳，频干一郡，非独顾衰命为保全之计，实深为朝廷求安静之理。而事有难尽言者，臣与贾易本无嫌怨，只因臣素疾程颐之奸，形于言色，此臣刚褊之罪也。而贾易，颐之死党，专欲与颐报怨。因颐教诱孔文仲，令以其私意论事，为文仲所奏。颐既得罪，易亦坐去。而易乃于谢表中，诬臣弟辙漏泄密命，缘此再贬知广德军，故怨臣兄弟最深。臣多难早衰，无心进取，岂复有意记忆小怨。而易志在必报，未尝一日忘臣。其后召为台官，又论臣不合刺配杭州凶人颜章等，以此，见易于臣不报不已。今既擢贰风宪，付以雄权，升沉进退，在其口吻。臣之绵劣，岂劳排击。观其意趣，不久必须言臣，并及弟辙。辙既备位执政，进退之间，事关国体。则易必须扇结党与，再三论奏，烦渎圣聪，朝廷无由安静。皆臣愚蠢，不早回避所致。若不早赐施行，使臣终不免被人言而去，则臣虽自顾无罪，中无所愧，而于二圣眷待奖与之意，则似不终。窃惟天地父母之爱，亦必悔之。伏乞检会前奏，速除一郡，此疏即乞留中，庶以保全臣子。取进止。

贴黄。臣前在南京所奏乞留中一状，亦乞更赐详览施行。

又，贴黄。臣从来进用，不缘他人，中外明知。独受圣眷，乞赐保全，令得以理进退。若不早与一郡，使臣不免被人言而出，天下必谓臣因蒙圣知，故遭破坏，所损不细矣。

又，贴黄。臣未请杭州以前，言官数人造作谤议，皆言屡有章疏言臣。二圣曲庇，不肯降出。臣寻有奏状，乞赐施行，遂蒙付外。考其所言，皆是罗织，以无为有。只如经筵进朱云故事，云是离间大臣之类，中外传笑，以谓圣世乃有此风。今臣若更少留，必须掊拾。似此等事，虽圣明洞照有无，而党与既众，执奏不已，则朝廷终亦难违其意，纵未责降，亦须出臣。势必如此，何如今日因臣亲嫌之请，便与一郡，以全二圣始终之恩。若圣慈于臣眷眷不已，不行其言，则又须腾谤，以谓二圣私臣，曲行庇盖。臣既未能补报万一，而使浮议上及圣明，死有余罪矣。伏乞痛赐闵察，早除一郡。

【解题】

苏轼平素痛恨程颐的为人，并形于言色，因而受到洛党贾易的死力攻击。贾易曾三次上疏指责苏轼，并构造文字狱，妄称苏轼因为神宗去世而高兴。苏轼深为戒惧，具状再次请求出任外官。

乞将上供封桩斛斗应副浙西诸郡接续粜米札子

元祐六年七月十二日，翰林学士承旨左朝奉郎知制诰兼侍读苏轼札子奏。臣伏见浙西诸郡二年灾伤，而今岁大水，苏、湖、常三郡水通为一，农民栖于丘墓，舟筏行于市井。父老皆言，耳目未曾闻见，流殍之势，甚于熙宁。

臣闻熙宁中，杭州死者五十余万，苏州三十余万，未数他郡。今既秋田不种，正使来岁丰稔，亦须七月方见新谷。其间饥馑变故，未易度量。吴人虽号柔弱，不为大盗，而宣、歙之民，勇悍者多，以贩盐为业，百十为群，往来浙中，以兵仗护送私盐。官司以其不为他盗，故略而不问。今人既无食，不暇贩盐，则此等失业，聚而为寇，或得豪猾，为之首帅，则非复巡检县尉所能办也。恭惟二圣视民如子，苟有可救，无所吝惜。凡守臣监司所乞，一一应副，可谓仁圣勤恤之至矣。然臣在浙中二年，亲行荒政，只用出粜常平米一事，更不施行余策，而米价不踊，卒免流殍。盖缘官物有限，饥民无穷，若兼行借贷俵散，则力必不及，中路阙绝，大误饥民，不免拱手而视亿万之死也。不如并力一意，专务粜米，若粜不绝，则市价平和，人人受赐。纵有贫民，无钱可籴，不免流殍，盖亦有限量矣。

臣昨日得杭州监税苏坚书报臣云：杭州日粜三千石，过七月，无米可粜。人情汹汹，朝不谋夕，但官场一旦米尽，则市价倍踊，死者不可胜数，变故之生，恐不可复以常理度矣。欲乞圣慈速降指挥，令两浙运司，限一两日内，约度浙西诸郡，合粜米斛，酌中数目，直至来年七月终，除见在外，合用若干石，入急递奏闻。候到，即指挥发运司官吏于辖下诸路封桩，及年计上供钱斛内擘画应副，须管接续起发赴浙西诸郡粜卖，不管少有阙绝，仍只依地头元价及量添水脚钱出卖，及卖到米脚钱，并用收买金银还充上供及封桩钱物。所贵钱货流通，不至钱荒。所有借贷俵散之类，候出粜有余，方得施行。似此计置，虽是数目浩瀚，然止于粜卖，不失官本，似易应副。但令浙西官场粜米不绝，直至来年七月终，则虽天灾流行，亦不能尽害陛下赤子也。如蒙施行，即乞先降手诏，令监司出榜晓谕军民，令一路晓然，知朝廷已有指挥，令发运司将上供封桩斛斗，应副浙西诸郡粜米，直至明年七月终。不惟安慰人心，破奸雄之谋，亦使蓄积之家，知不久官米大至，自然趁时出卖，所济不少。惟望圣明，深愍一方危急，早赐施行。取进止。

贴黄。臣去岁奏乞下发运司，于丰熟近便州、军，籴米五十万石。蒙圣慈依奏施行，仍赐封桩钱一百万贯，令籴米。而发运司以本路米贵为词，不肯收籴。去年若用贵价收籴，不过每斗七十足钱，尽数收籴，犹可得百余万石，则今年出粜，所济不少。其发运司官吏，不切遵禀之罪，朝廷未尝责问。习玩号令，事无由集。今来若行臣言，即乞严切指挥，发运司稍有阙误，必行重责。所贵一方之民，得被实惠，所下号令，不为空言。

【解题】

苏轼虽身处朝廷，仍不忘浙西灾民饥寒，一再上疏为民请命，代朝廷作救济计划，请求朝廷下令执行。

乞擢用程遵彦状

元祐六年七月日，翰林学士承旨左朝奉郎知制诰兼侍读苏轼状奏。右臣窃谓朝廷用人，以行实为先，以才用为急。二者难兼，故常不免偏取。而端静之士，虽有过人之行，应务之才，又皆藏器待时，耻于自献，朝廷莫得而知之。如臣等辈，固当各举所闻以助乐育之意。伏见左朝散郎前佥书杭州节度判官厅公事程遵彦，吏事周敏，学问该洽，文词雅丽，三者皆有可观。而事母孝谨，有绝人者。母性甚严，遵彦甚宜其妻，而母不悦，遵彦出之。妻既被出，孝爱不衰，岁时伏腊所以事姑者，如未出。而母卒不悦，遵彦亦不再娶，十五年矣。身为仆妾之役，以事其母，虽前史所传孝友之士，殆不能过。臣与之同僚二年，备得其实。今替还都下，未有差遣，碌碌众中，未尝求人。臣窃惜之。伏望圣慈特赐采察，量材录用，非独广搜贤之路，亦以敦厉孝悌，激扬风俗。若后不如所举，臣甘伏朝典。谨录奏闻，伏候敕旨。

【解题】

本状请求朝廷擢用程遵彦，以表彰他的孝行。

乞外补回避贾易札子

元祐六年七月二十八日，翰林学士承旨左朝奉郎知制诰兼侍读苏轼札子奏。臣自杭州召还以来，七上封章，乞除一郡。又曾两具札子，乞留中省览。倾沥肝胆，不为不至。而天听高远，不蒙回照。退伏思念，不寒而栗。然臣计之已熟。若干忤天威，得罪分明，不避权要，获谴暧昧，臣今来甘被分明之罪，不愿受暧昧之谴。

臣闻贾易购求臣罪，未有所获。只有法外刺配颜章、颜益一事，必欲收拾砌累，以成臣罪。易前者乞放颜益，已蒙施行，今又乞放颜章。以此见易之心，未尝一日不在倾臣。只如浙西水灾，臣在杭州及替还中路并到阙以来，累次奏论，词意恳切，寻蒙圣慈采纳施行。而易扇摇台官安鼎、杨畏，并入文字，以谓回邪之人，眩惑朝廷，乞加考验，治其尤者。宰相以下，心知其非，然畏易之狠，不敢不行。赖给事中封驳，谏官论奏，方持其议。易等但务快其私忿，苟可以倾臣，即不顾一方生灵坠在沟壑。若非给事中范祖禹，谏官郑雍、姚勔，偶非其党，犹肯为陛下腹心耳目，依公论奏。则行下其言，浙中官吏，承望风旨，更不敢以实奏灾伤，则亿万性命，流亡寇贼，意外之患，何所不至。陛下指挥执政擘划救济，非不丁宁，而易等方欲行遣官吏言灾伤者，与圣意大异，而执政相顾不言，俛仰行下。显是威势已成，上下慑服，宁违二圣指挥，莫违贾易意旨。臣是何人，敢不回避。若不早去，不过数日，必为易等所倾。一身不足顾惜，但恐倾臣之后，朋党益众，羽翼成就，非细故也。不如今日令臣以亲嫌善去，中外观望，于朝廷事体，未有所害。臣之大意，止是乞出，若前来早赐施行，臣本不敢尽言，只为累章不允，计穷事迫，须至尽述本心，不敢有隐毫末。

伏望圣明察其至诚，止是欲得外补，即非无故论说是非。特赐留中省览，以保全臣子，不胜幸甚。取进止。

【解题】

苏轼于本文中揭露了贾易之流一心构陷自己的阴谋。为了全身避害，再次请求外任。

辨贾易弹奏待罪札子

元祐六年八月初四日，翰林学士承旨左朝奉郎知制诰兼侍读苏轼札子奏。臣今月三日，见弟尚书右丞辙为臣言，御史中丞赵君锡言，秦观来见君锡，称被贾易言观私事，及臣令亲情王遹往见君锡，言台谏等互论两浙灾伤，及贾易言秦观事。乞赐推究。

臣愚蠢无状，常不自揆，窃怀忧国爱民之意，自为小官，即好僭议朝政，屡以此获罪。然受性于天，不能尽改。臣与赵君锡，以道义交游，每相见论天下事，初无疑问。近日臣召赴阙，见君锡崇政殿门，即与臣言老缪非才，当此言责，切望朋友教诲。臣自后两次见君锡，凡所与言，皆忧国爱民之事。乞问君锡，若有一句及私，臣为罔上。君锡寻有手简谢臣，其略云："车骑临过，获闻诲益，谆谆开诱，莫非师保之训。铭镂肝肺，何日忘之。"臣既见君锡，从来倾心，以忠义相许，故敢以士君子朋友之义，尽言无隐。

又秦观自少年从臣学文，词采绚发，议论锋起。臣实爱重其人，与之密熟。近于七月末间，因弟辙与臣言贾易等论浙西灾伤，乞考验虚实，行遣其尤甚者，意令本处官吏，观望风旨，必不敢实奏行下，却为给事中封驳谏官论奏。臣因问弟辙云："汝既备位执政，因何行此文字？"辙云："此事众人心知其非。然台官文字，自来不敢不行。若不行，即须群起力争，喧渎圣听。”又弟辙因言秦观言赵君锡荐举得正字，今又为贾易所言。臣缘新自两浙来，亲见水灾实状，及到京后，得交代林希、提刑马瑊及属吏苏坚等书，皆极言灾伤之状，甚于臣所自见。臣以此数次奏论，虽蒙圣恩极力拯救，犹恐去熟日远，物力不足，未免必致流殍。若更行下贾易等所言，则官吏畏惧台官，更不敢以实言灾伤，致朝廷不复尽力救济，则亿万生齿，便有沟壑之忧。适会秦观访臣，遂因议论及之。又实告以贾易所言观私事。欲其力辞恩命，以全进退。即不知秦观往见君锡，更言何事。

又是日，王遹亦来见臣，云："有少事谒中丞。"臣知遹与君锡亲，自来密熟，因令传语君锡，大略云："台谏、给事中互论灾伤，公为中丞，坐视一方生灵，陷于沟壑，略无一言乎？"臣又语遹说与君锡，公所举秦观，已为贾易言了。此人文学议论过人，宜为朝廷惜之。臣所令王遹与赵君锡言事，及与秦观所言，止于此矣。二人具在，可覆按也。臣本为见上件事，皆非国家机密，不过行出数日，无人不知。故因密熟相知，议论及之。又欲以忠告君锡，欲其一言以救两浙亿万生齿，不为触忤。君锡遂至于此，此外别无情理者。

右臣既备位从官，弟辙以臣是亲兄，又忝论思之地，不免时时语及国事。臣不合辄与人言，至烦弹奏，见已家居待罪，乞赐重行朝典。取进止。

【解题】

因贾易一再攻讦苏轼及其朋友、门生，苏轼遂上此疏自辩。

谢除两职守礼部尚书表

一

伏蒙圣恩，除臣端明殿学士兼翰林侍读学士守礼部尚书者。衰年自引，久抱此心。异数并加，实为非意。辞不获命，愧何以堪。臣轼中谢。

窃惟以殿命官，本缘麟趾之旧；因时修废，近正金华之名。历代所荣，于今为甚。自元丰之末，官制以来，若非身兼数器之人，未有名冠两职之重。而况秩宗之任，邦礼是司。岂臣迂愚，所当兼领。此盖伏遇太皇太后陛下，忧深社稷，虑极安危。求忠臣于愚直之中，论治道于文字之外。知臣难进而易退，或非患失之鄙夫。故授以礼乐清闲之司，使专于论说琢磨之事。此恩难报，愿输岁月之勤；度己所宜，终遂江湖之请。臣无任。

二

备员西学，已愧空疏；易职东班，尤惊忝冒。遂领宗卿之事，并为儒者之荣。臣轼中谢。

始臣之学也，以适用为本，而耻空言；故其仕也，以及民为心，而惭尸禄。乃者屡请治郡，兼乞守边。欲及残年，少施实效。而有志莫遂，负愧何言。今乃以文字为官常，语言为职业。下无所见其能否，上无所考其幽明。循省初心，有觍面目。故于拜恩之日，少陈有益之言。孔子曰："一言可以兴邦。"而孟子亦曰："一正君而天下定。"昔汉文帝悦张释之长者之言，则以德化民，辅成刑措之功；而孝景帝入晁错数术之语，则以智驭物，驯致七国之祸。乃知为国安危之本，只在听言得失之间。

恭惟皇帝陛下，即位以来，学如不及。问道八年，寒暑不废。讲读之官，谈王而不谈霸，言义而不言利。八年之间，指陈至理，何啻千万，虽所论不同，然其要不出六事。一曰慈，二曰俭，三曰勤，四曰慎，五曰诚，六曰明。慈者，谓好生恶杀，不喜兵刑。俭者，谓约己省费，不伤民财。勤者，谓躬亲庶政，不迩声色。慎者，谓畏天法祖，不轻人言。诚者，谓推心待下，不用智数。明者，谓专信君子，不杂小人。此六者，皆先王之陈迹，老生之常谈。言无新奇，人所易忽。譬之饮膳，则为谷米羊豕，虽非异味，而有益于人；譬之药石，则为耆朮参苓，虽无近效，而有益于命。若陛下信受此言，如御饮膳，如服药石，则天人自应，福禄难量，而臣等所学先王之道，亦不为无补于世。若陛下听而不受，受而不信，信而不行，如闻春禽之声，秋虫之鸣，过耳而已。则臣等虽三尺之喙，日诵五车之书，反不如医卜执技之流，簿书奔走之吏，其为尸素，死有余诛。伏望陛下一览臣言，少留圣意，天下幸甚。

谢赐对衣金带马状二首

一

蒙恩赐衣一对，金带一条，并鱼袋金镀银鞍辔马一匹。服官奠篚，响动佩章；圉士效牵，光生鞯策。

伏以三赐之重，莫隆于车马；五采之贵，兼施于衣裳。汝必有功，服之无斁。而臣衰年弱干，固难强于驰驱；枯木朽株，本不愿于文绣。宠加意外，愧溢颜间。此盖伏遇皇帝陛下，因能任官，称物平施。操名器以励士，上有诚心；正衔勒以驭人，下无遗力。臣敢不思称其服，益励厥躬。虽愧立朝，乏能言之近用；

犹希辨道，输老智于暮年。臣无任。

二

蒙恩赐衣一对，金带一条，并鱼袋金镀银鞍辔马一匹。服章在笥，贲及衰残；衔勒过庭，喜先徒御。

伏以物生有待，天施无穷。草木何知，冒庆云之渥采；鱼虾至陋，借沧海之荣光。虽若可观，终非其有。妻孥相顾，惊屡致于匪颁；道路窃窥，或反增于指目。此盖伏遇太皇太后陛下，聪明齐圣，陈锡载周。含垢匿瑕，而察于求贤；卑宫菲食，而侈于养士。士岂轻于千里，念非其人；言有重于兼金，当思所报。臣无任。

笏记二首

一

荣兼两职，宠与六卿。岂伊衰朽之余，有此遭逢之异。此盖伏遇太皇太后陛下，坤元利正，天造无私。靡求备于一人，将曲成于万物。文章小技，纵有效于涓埃；草木微生，终难酧于雨露。臣无任。

二

升荣秘殿，列职西清。并此光华，付之衰朽。此盖伏遇皇帝陛下，刚健纯粹，缉熙光明。曲搜已弃之材，将建无穷之业。顾惭浅陋，将何补于盛明；惟有朴忠，誓不回于生死。臣无任。

【解题】

上文皆作于元祐七年（1092）十二月，时苏轼迁端明殿学士兼翰林侍读学士守礼部尚书。苏轼其时已感觉到哲宗和自己的关系不太融洽，渐渐离开了自己的圣君理想，故在上谢表时又作了最后一次规谏，所言皆有感而发。

论高丽买书利害札子三首

一

元祐八年二月初一日，端明殿学士兼翰林侍读学士左朝奉郎守礼部尚书苏轼札子奏。臣近准都省批送下国子监状："准馆伴高丽人使所牒称，人使要买国子监文书，请详批印造，供赴当所交割。本监检准元祐令，诸蕃国进奉人买书具名件申尚书省，今来未敢支卖，蒙都省送礼部看详。"臣寻指挥本部令申都省；除可令收买名件外，其《策府元龟》、历代史、太学敕式，本部未敢便令收买，伏乞朝廷详酌指挥。寻准都省批状云："勘会前次高丽人使到阙，已曾许买《策府元龟》并《北史》。今来都监本部并不检会体例，所有人使乞买书籍，正月二十七日送礼部指挥，许收买。其当行人吏上簿者。"

臣伏见高丽人使，每一次入贡，朝廷及淮浙两路赐予馈送燕劳之费，约十余万贯。而修饰亭馆，骚动行市，调发人船之费不在焉。除官吏得少馈遗外，并无丝毫之利，而有五害，不可不陈也：所得贡献，皆是玩好无用之物，而所费皆是帑廪之实，民之膏血，此一害也。所至差借人马什物，搅挠行市，修饰亭馆，民力暗有陪填，此二害也。高丽所得赐予，若不分遗契丹，则契丹安肯听其来贡，显是借寇兵而资盗粮，此三害也。高丽名为慕义来朝，其实为利，度其本心，终必为北虏用。何也？虏足以制其死命，而我不能故也。今使者所至，图画山川形胜，窥测虚实，岂复有善意哉？此四害也。庆历中，契丹欲渝盟，先以增置塘泊为中国之曲，今乃招来其与国，使频岁入贡，其曲甚于塘泊。幸今契丹恭顺，不敢生事，万一异日有桀黠之虏，以此藉口，不知朝廷何以答之？此五害也。

臣心知此五害，所以熙宁中通判杭州日，因其馈送书中不禀朝廷正朔，却退其物。待其改书称用年号，然后受之，仍催促进发，不令住滞。及近岁出知杭州，却其所进金塔，不为奏闻。及画一处置沿途接待事件，不令过当。仍奏乞编配狡商猾僧，并乞依祖宗《编敕》，杭、明州并不许发舶往高丽，违者徒二年，没入财货充赏。并乞删除元丰八年九月内创立“许舶客专擅附带外夷入贡及商贩”一条。已上事，并蒙朝廷一一施行。皆是臣素意欲稍稍裁节其事，庶几渐次不来，为朝廷消久远之害。

今既备员礼曹，乃是职事。近者因见馆伴中书舍人陈轩等申乞尽数差勒相国寺行铺入馆铺设，以待人使买卖，不惟徙市动众，奉小国之陪臣，有损国体，兼亦抑勒在京行铺，以资吏人广行乞取，弊害不小。所以具申都省，乞不施行。其乖方作弊官吏，并不蒙都省略行取问。今来只因陈轩等不待申请，直牒国子监收买诸般文字，内有《策府元龟》、历代史及敕式。国子监知其不便，申禀都省送下礼部看详。臣谨按：《汉书》，东平王宇来朝，上疏求诸子及《太史公书》，当时大臣以谓：“诸侯朝聘，考文章，正法度，非理不言。今东平王幸得来朝，不思制节谨度，以防违失，而求诸书，非朝聘之义也。诸子书或反经术，非圣人，或明鬼神，信物怪；《太史公书》有战国纵横权谲之谋。汉兴之初，谋臣奇策，天官灾异，地形阨塞，皆不宜在诸侯王家，不可予。”诏从之。臣窃以谓东平王骨肉至亲，特以备位藩臣，犹不得赐，而况海外之裔夷，契丹之心腹者乎？

臣闻河北榷场，禁出文书，其法甚严，徒以契丹故也。今高丽与契丹何异？若高丽可与，即榷场之法亦可废。兼窃闻昔年高丽使乞赐《太平御览》，先帝诏令馆伴以东平王故事为词，却之。近日复乞，诏又以先帝遗旨不与。今历代史、《策府元龟》，与《御览》何异。臣虽知前次曾许买《策府元龟》及《北史》，窃以谓前次本不当与，若便以为例，即上乖先帝遗旨，下与今来不赐《御览》圣旨异同，深为不便，故申都省止是乞赐详酌指挥，未为过当，便蒙行遣吏人上簿书罪。臣窃谓无罪可书，虽上簿薄责，至为末事，于臣又无丝毫之损。臣非为此奏论，所惜者，无厌之虏，事事曲从，官吏苟循其意，虽动众害物，不以为罪；稍有裁节之意，便行诘责，今后无人敢逆其请。使意得志满，其来愈数，其患愈深。所以须至极论，仍具今来合处置事件知后。

一、臣任杭州日，奏乞明州、杭州今后并不得发舶往高丽，蒙已立条行下。今来高丽使却搭附闽商徐积舶船入贡。及行根究，即称是条前发舶。臣窃谓立条已经数年，海外无不闻知，（据陈轩所奏语录，即是高丽知此条）而徐积犹执前条公凭，影庇私商，往来海外，虽有条贯，实与无同。欲乞特降指挥，出榜福建、两浙，缘海州县，与限半年内令缴纳条前所发公凭。如限满不纳，敢有执用，并许人告捕，依法施行。

一、今来高丽人使所欲买历代史、《策府元龟》及《敕式》，乞并不许收买。

贴黄。准都省批状指挥，人使所买书籍，内有《敕式》，若令外夷收买，事体不便。看详都省本为《策府元龟》及《北史》，前次已有体例，故以礼部并不检会为罪，未委《敕式》有何体例，一概令买？

一、近日馆伴所申乞为高丽使买金薄一百贯，欲于杭州粧佛，臣未敢许，已申禀都省。切虑都省复以为罪。切缘金薄本是禁物，人使欲以粧佛为名，久住杭州，搔扰公私。窃闻近岁西蕃阿里骨乞买金薄，朝廷重难其事，节次量与应副。今来高丽使朝辞日数已迫，乞指挥馆伴，令以打造不出为词。更不令收买。

一、近据馆伴所申，乞与高丽使抄写曲谱。臣谓郑卫之声，流行海外，非所以观德。若朝廷特旨为抄写，尤为不便，其状臣已收住不行。

贴黄。臣前任杭州，不受高丽所进金塔，虽曾密奏闻，元只作臣私意拒绝。兼自来馆伴虏使，若有所求请，不可应副，即须一面说谕不行，或其事体大，即候拒讫密奏。今陈轩等事事曲从，便为申请，若不施行，即显是朝廷不许，使虏使悦己而怨朝廷，甚非馆伴之体。

右所申都省状，其历代史、《策府元龟》及《敕式》，乞详酌指挥施行，并出臣意，不干僚属及吏人之事。若朝廷以为有罪，则臣乞独当责罚，所有吏人，乞不上簿。取进止。

贴黄。臣谨按《春秋》：晋盟主也，郑小国也。而晋之执政韩起欲买玉环于郑商人，子产终不与，曰："大国之求，若无礼以节之，是鄙我也。"又：晋平公使其臣范昭观政于齐，昭请齐景公之觞为寿，晏子不与，又欲奏成周之乐，太师不许。昭归谓晋侯曰："齐未可伐也。臣欲乱其礼，而晏子知之；欲乱其乐，而太师知之。"今高丽使，契丹之党，而我之陪臣也。乃敢干朝廷求买违禁物，传写郑卫曲谱，其亵慢甚矣。安知非黠虏欲设此事以尝探朝廷深浅难易乎？而陈轩等事事为请，惟恐失其意，臣窃惑之。又据轩等语录云：高丽使言海商擅往契丹，本国王捉送上国，乞更严赐约束，恐不稳便。而轩乃答云："风讯不顺飘过。"乃是与闽中狡商巧说词理，许令过界。切缘私往北界，条禁至重，海外陪臣，犹知遵禀，而轩乃归咎于风，以薄其罪，岂不乖戾倒置之甚乎？臣忝备侍从，事关利害，不敢不奏。

二

元祐八年二月十五日，端明殿学士兼翰林侍读学士左朝奉郎守礼部尚书苏轼札子奏。臣近奏论高丽使所买书籍及金薄等事，准尚书省札子，二月十二日三省枢密院同奉圣旨，所买书籍，曾经收买者许依例收买，金薄特许收买，余依奏，吏人免上簿者。臣所以区区论奏者，本为高丽契丹之与国，不可假以书籍，非止为吏人上簿也。今来吏人独免上簿，而书籍仍许收买，臣窃惑之。检会《元祐编敕》，诸以熟铁及文字禁物与外国使人交易，罪轻者徒二年。看详此条，但系文字，不问有无妨害，便徒二年，则法意亦可见矣。以谓文字流入诸国，有害无利。故立此重法，以防意外之患。前来许买《策府元龟》及《北史》，已是失错。古人有言："一之谓甚，其可再乎？"今乃废见行《编敕》之法，而用一时失错之例，后日复来，例愈成熟，虽买千百部，有司不敢复执，则中司书籍山积于高丽，而云布于契丹矣。臣不知此事于中国得为稳便乎？昔齐景公田，招虞人以旌，不至。曰："招虞人以皮冠。"孔子韪之，曰："守道不如守官。"夫旌与皮冠，于事未有害也，然且守之。今买书利害如此，《编敕》条贯如彼，比之皮冠与旌，亦有间矣。臣当谨守前议，不避再三论奏。伏望圣慈早赐指挥。取进止。

贴黄。臣点检得馆伴使公案内，有行下承受所收买文字数内一项指挥，所买《策府元龟》、《敕式》，并不曾卖与，然高丽之意，亦可见矣。

又，贴黄。臣已令本部备录《编敕》条贯，符下高丽人使所过州郡，约束施行去讫。亦合奏知。

三

元祐八年二月二十六日，端明殿学士兼翰林侍读学士左朝奉郎守礼部尚书苏轼札子奏。臣近再具札子，奏论高丽买书事。今准敕节文，检会《国朝会要》：淳化四年、大中祥符九年、天禧五年曾赐高丽《九经书》、《史记》、《两汉书》、《三国志》、《晋书》、诸子、历日、圣惠方、阴阳、地理书等。奉圣旨，依前降指挥。臣前所论奏高丽入贡，为朝廷五害，事理灼然，非复细故。近又检坐见行《编敕》，再具论奏，并不蒙朝廷详酌利害，及《编敕》法意施行，但检坐《国朝会要》，已曾赐予，便许收买。窃缘臣所论奏，所计利害不轻，本非为有例无例而发也。事诚无害，虽无例亦可；若其有害，虽百例不可用也。而况《会要》之为书，朝廷以备检阅，非如《编敕》一一皆当施行也。臣只乞朝廷，详论此事，当遵行《编敕》耶？为当检行《会要》而已？臣所忧者，文书积于高丽，而流于北虏，使敌人周知山川险要边防利害，为患至大。虽曾赐予，乃是前日之失，自今止之，犹贤于接续许买，荡然无禁也。又，高丽人入朝，动获所欲，频岁数来，驯致五害。如此之类，皆不蒙朝廷省察，深虑高丽人复来，遂成定例，所以须至再三论奏。兼今来高丽人已发，无可施行。取进止。

贴黄。今来朝旨，止为高丽已曾赐予此书，复许接续收买。譬《编敕》禁以熟铁与人使交易，岂是外国都未有熟铁耶？谓其已有，反不复禁，此大不可也。

【解题】

苏轼有见于契丹对大宋的威胁，故对高丽也抱有戒惧防备之心，主张绝其往来，对其有关求购中国书籍之事，也竭力阻止。

缴进免五谷力胜税钱议札子

元祐八年三月十三日，端明殿学士兼翰林侍读学士左朝奉郎守礼部尚书苏轼札子奏。臣闻应天以实不以文，动民以行不以言。去岁扈从南郊，亲见百姓父老，瞻望圣颜，欢呼鼓舞，或至感泣，皆云不意今日复见仁宗皇帝。臣寻与范祖禹具奏其状矣。窃揆圣心，必有下酌民言，上继祖武之意。兼奉圣旨，催促祖禹所编仁宗故事，寻以上进讫。臣愚窃谓陛下既欲祖述仁庙，即须行其实事，乃可动民。去岁十一月七日，曾奏乞放免五谷力胜税钱，盖谓此事出于《天圣附令》，乃仁宗一代盛德之事，入人至深，及物至广，望陛下主张决行。寻蒙降付三省，遂送户部下转运司相度，必无行理。谨昧万死，再录前来札子缴连进呈。伏愿圣慈特赐详览。若谓所捐者小，所济者大，可以追复仁宗圣政，慰答民心，即乞只作圣意批出施行。若谓不然，即乞留中，更不降出，免烦勘当。取进止。

贴黄。臣所乞放免五谷力胜税钱，万一上合圣意，有可施行，欲乞内出指挥，大意若曰：祖宗旧法，本不收五谷力胜税钱。近乃著令许依例收税，是致商贾无利，有无不通。丰年则谷贱伤农，凶年则遂成饥馑，宜令今后不问有无旧例，并不得收五谷力胜税钱，仍于课额内除豁此一项。臣昧死以闻，无任战汗待罪之至。

【解题】

苏轼作本文再次奏请免除“五谷力胜税钱”。

上圆丘合祭六议札子

元祐八年三月日，端明殿学士兼翰林侍读学士左朝奉郎守礼部尚书苏轼札子奏。臣伏见九月二十二日诏书节文，俟郊礼毕，集官详议祠皇地祇事，及郊祀之岁庙飨典礼闻奏者。臣恭睹陛下近者至日亲祀郊庙，神祇飨答，实蒙休应，然则圆丘合祭，允当天地之心，不宜复有改更。

臣窃惟议者欲变祖宗之旧，圆丘祀天而不祀地，不过以谓冬至祀天于南郊，阳时阳位也，夏至祀地于北郊，阴时阴位也，以类求神，则阳时阳位，不可以求阴也。是大不然，冬至南郊，既祀上帝，则天地百神莫不从也。古者秋分祀月于西郊，亦可谓阴位矣，至于从祀上帝，则以冬至而祀月于南郊，议者不以为疑，今皇地祇亦从上帝而合祭于圆丘，独以为不可，则过矣。《书》曰："肆类于上帝，禋于六宗，望于山川，遍于群神。"舜之受禅也，自上帝六宗山川群神，莫不毕告，而独不告地祇，岂有此理哉？武王克商，庚戌，柴望。柴，祭上帝也。望，祭山川也。一日之间，自上帝而及山川，必无南北郊之别也。而独略地祇，岂有此理哉？臣以知古者祀上帝则并祀地祇矣。何以明之？《诗》之序曰："昊天有成命，郊祀天地也。"此乃合祭天地，经之明文，而说者乃以比之丰年秋冬报也，曰："秋冬各报，而皆歌《丰年》，则天地各祀，而皆歌《昊天有成命》也。"是大不然，《丰年》之诗曰："丰年多黍多稌，亦有高廪，万亿及秭，为酒为醴，烝畀祖妣，以洽百礼，降福孔皆。"歌于秋可也，歌于冬亦可也。《昊天有成命》之诗曰："昊天有成命，二后受之，成王不敢康，夙夜基命宥密，于缉熙，单厥心，肆其靖之。"终篇言天而不及地。颂，所以告神明也，未有歌其所不祭，祭其所不歌也。今祭地于北郊，歌天而不歌地，岂有此理也？臣以此知周之世，祀上帝则地祇在焉。歌天而不歌地，所以尊上帝。故其序曰："郊祀天地也。"《春秋》书："不郊，犹三望。"《左氏传》曰："望，郊之细也。"说者曰："三望，太山、河、海。"或曰："淮、海、岱也。"又或曰："分野之星及山川也。鲁，诸侯也，故郊之细，及其分野山川而已。"周有天下，则郊之细，独不及五岳四渎乎？岳、渎犹得从祀，而地祇独不得合祭乎？秦燔诗书，经籍散亡，学者各以意推类而已。王、郑、贾、服之流，未必皆得其真。臣以《诗》、《书》、《春秋》考之，则天地合祭久矣。

议者乃谓合祭天地，始于王莽，以为不足法。臣窃谓礼当论其是非，不当以人废。光武皇帝，亲诛莽者也，尚采用元始合祭故事。谨按《后汉书·郊祀志》："建武二年，初制郊兆于洛阳。为圆坛八陛，中又为重坛，天地位其上，皆南乡，西上。"此则汉世合祭天地之明验也。又按《水经注》："伊水东北至洛阳县圆丘东，大魏郊天之所，准汉故事为圆坛八陛，中又为重坛，天地位其上。"此则魏世合祭天地之明验也。唐睿宗将有事于南郊，贾曾议曰："有虞氏禘黄帝而郊喾，夏后氏禘黄帝而郊鲧，郊之与庙，皆有禘，禘于庙，则祖宗合食于太祖，禘于郊，则地祇群望皆合祭于圆丘。以始祖配享，盖有事祭，非常祀也。《三辅故事》：祭于圆丘，上帝后土位皆南面。"则汉尝合祭矣。时褚无量、郭山恽等皆以曾言为然。明皇天宝元年二月敕曰："凡所祠享，必在躬亲，朕不亲祭，礼将有阙，其皇地祇宜于南郊合祭。"是月二十日，合祭天地于南郊，自后有事于圆丘，皆合祭。此则唐世合祭天地之明验也。

今议者欲冬至祀天，夏至祀地，盖以为用周礼也。臣请言周礼与今礼之别。古者一岁祀天者三，明堂飨帝者一，四时迎气者五，祭地者二，飨宗庙者四，凡此十五者，皆天子亲祭也。而又朝日夕月四望山川社稷五祀及群小祀之类，亦皆亲祭，此周礼也。太祖皇帝受天眷命，肇造宋室，建隆初郊，先飨宗庙，并祀天地。自真宗以来，三岁一郊，必先有事景灵，遍飨太庙，乃祀天地。此国朝之礼也。夫周之礼，亲祭如彼其多，而岁行之不以为难，今之礼，亲祭如此其少，而三岁一行，不以为易，其故何也？古者天子出入，仪物不繁，兵卫甚简，用财有节，而宗庙在大门之内，朝诸侯，出爵赏，必于太庙，不止时祭而已，天子所治，不过王畿千里，唯以斋祭礼乐为政事，能守此，则天下服矣，是故岁岁行之，率以为常。至于后世，海内为一，四方万里，皆听命于上，机务之繁，亿万倍于古，力有所不能给。自秦汉以来，天子仪物，日以滋多，有加无损，以至于今，非复如古之简易也。今所行皆非周礼。三年一郊，非周礼也。先郊二日而告原庙，一日而祭太庙，非周礼也。郊而肆赦，非周礼也。优赏诸军，非周礼也。自后妃以下至文武官，皆得荫补亲属，非周礼也。自宰相宗室以下至百官，皆有赐赉，非周礼也。此皆不改，而独于地祇，则曰周礼不当祭于圆丘，此何义也？

议者必曰："今之寒暑，与古无异，而宣王薄伐猃狁，六月出师，则夏至之日，何为不可祭乎？"臣将应之曰："舜一岁而巡四岳，五月方暑，而南至衡山，十一月方寒，而北至常山，亦今之寒暑也，后世人主能行之乎？周所以十二岁一巡者，唯不能如舜也。夫周已不能行舜之礼，而谓今可以行周之礼乎？天之寒暑虽同，而礼之繁简则异。是以有虞氏之礼，夏商有所不能行，夏商之礼，周有所不能用。时不同故也。宣王以六月出师，驱逐猃狁，盖非得已。且吉父为将，王不亲行也。今欲定一代之礼，为三岁常行之法，岂可以六月出师为比乎？"

议者必又曰："夏至不能行礼，则遣官摄祭祀，亦有故事。"此非臣之所知也。《周礼·大宗伯》："若王不与则摄位。"郑氏注曰："王有故，则代行其祭事。"贾公彦疏曰："有故，谓王有疾及哀惨皆是也。"然则摄事非安吉之礼也。后世人主，不能岁岁亲祭，故命有司行事，其所从来久矣，若亲郊之岁，遣官摄事，是无故而用有故之礼也。

议者必又曰："省去繁文末节，则一岁可以再郊。"臣将应之曰："古者以亲郊为常礼，故无繁文。今世以亲郊为大礼，则繁文有不能省也。若帷城幔屋，盛夏则有风雨之虞，陛下自宫入庙出郊，冠通天，乘大辂，日中而舍，百官卫兵，暴露于道，铠甲具装，人马喘汗，皆非夏至所能堪也。王者父事天，母事地，不可偏也。事天则备，事地则简，是于父母有隆杀也。岂得以为繁文末节而一切欲省去乎？国家养兵，异于前世，自唐之时，未有军赏，犹不能岁岁亲祠，天子出郊，兵卫不可简省，大辂一动，必有赏给，今三年一郊，倾竭帑藏，犹恐不足，郊赍之外，岂可复加？若一年再赏，国力将何以给；分而与之，人情岂不失望！”

议者必又曰：“三年一祀天，又三年一祭地。”此又非臣之所知也。三年一郊，已为疏阔，若独祭地而不祭天，是因事地而愈疏于事天，自古未有六年一祀天者，如此则典礼愈坏，欲复古而背古益远，神祇必不顾飨，非所以为礼也。

议者必又曰：“当郊之岁，以十月神州之祭，易夏至方泽之祀，则可以免方暑举事之患。”此又非臣之所知也。夫所以议此者，为欲举从周礼也。今以十月易夏至，以神州代方泽，不知此周礼之经耶，抑变礼之权耶？若变礼从权而可，则合祭圆丘，何独不可。十月亲祭地，十一月亲祭天，先地后天，古无是礼。而一岁再郊，军国劳费之患，尚未免也。

议者必又曰：“当郊之岁，以夏至祀地祇于方泽，上不亲郊而通爟火，天子于禁中望祀。”此又非臣之所知也。《书》之望秩，《周礼》之四望，《春秋》之三望，皆谓山川在境内而不在四郊者，故远望而祭也。今所在之处，俛则见地，而云望祭，是为京师不见地乎？

此六议者，合祭可否之决也。夫汉之郊礼，尤与古戾，唐亦不能如古，本朝祖宗钦崇祭祀，儒臣礼官，讲求损益，非不知圆丘方泽皆亲祭之为是也，盖以时不可行，是故参酌古今，上合典礼，下合时宜，较其所得，已多于汉、唐矣。天地宗庙之祭，皆当岁遍，今不能岁遍，是故遍于三年当郊之岁。又不能于一岁之中，再举大礼，是故遍于三日。此皆因时制宜，虽圣人复起，不能易也。今并祀不失亲祭，而北郊则必不能亲往，二者孰为重乎？若一年再郊，而遣官摄事，是长不亲事地也。三年间郊，当行郊地之岁，而暑雨不可亲行，遣官摄事，则是天地皆不亲祭也。夫分祀天地，决非今世之所能行。议者不过欲于当郊之岁，祀天地宗庙，分而为三耳。分而为三，有三不可。夏至之日，不可以动大众、举大礼，一也。军赏不可复加，二也。自有国以来，天地宗庙，唯飨此祭，累圣相承，唯用此礼，此乃神祇所歆，祖宗所安，不可轻动，动之则有吉凶祸福，不可不虑，三也。凡此三者，臣熟计之，无一可行之理。伏请从旧为便。

昔西汉之衰，元帝纳贡禹之言，毁宗庙。成帝用丞相衡之议，改郊位。皆有殃咎，著于史策，往鉴甚明，可为寒心。伏望陛下详览臣此章，则知合祭天地，乃是古今正礼，本非权宜。不独初郊之岁，所当施行，实为无穷不刊之典。顾陛下谨守太祖建隆、神宗熙宁之礼，无更改易郊祀庙飨，以敉宁上下神祇。仍乞下臣此章，付有司集议，如有异论，即须画一，解破臣所陈六议，使皆屈伏，上合周礼，下不为当今军国之患。不可固执，更不论当今可与不可施行。所贵严祀大典，早以时定。取进止。

贴黄。唐制，将有事于南郊，则先朝献太清宫，朝享太庙，亦如今礼，先二日告原庙，先一日享太庙，然议者或亦以为非三代之礼。臣谨按：武王克商，丁未祀周庙，庚戌柴望，相去三日。则先庙后郊，亦三代之礼也。

【解题】

因有人提出圆丘只能祭天而不能祭地等问题，欲改革当前祭祀制度。朝廷令众官集议此事。苏轼坚持认为圆丘合祭天地诸神，并多方考证，本文实可视为一篇学术论文。

请诘难圆丘六议札子

元祐八年三月二十二日，端明殿学士兼翰林侍读学士左朝奉郎守礼部尚书苏轼札子奏。臣近奏论圆丘合祭天地，非独适时之宜，亦自然上合三代六经，为万世不刊之典，然臣不敢必以为是，故发六议以开异同之端。欲望圣旨行下，令议者与臣反覆诘难，尽此六议之是非，而取其通者，则其论可得而定也。今奉圣旨，但云令集议官集议闻奏。窃虑议者各伸其意，不相诘难，则是非可否，终莫之决。虽圣明必有所择，而人各自为一议，但欲遂其前说，岂圣朝考礼之本意哉？臣今欲乞集议之日，若所见不同，即须画一难臣六议，明著可否之状，不得但持一说，不相诘难。臣非敢自是而求胜也，盖欲从长而取通也。若议不通，敢不废前说以从众论。取进止。

【解题】

苏轼在本札子中，请求朝廷下令众臣对前文论据、论点进行辩驳、诘难，以求得问题的解决。

乞改居丧婚娶条状

元祐八年三月日，端明殿学士兼翰林侍读学士左朝奉郎守礼部尚书苏轼状奏。臣伏见元祐五年秋颁条贯，诸民庶之家，祖父母、父母老疾，（谓于法应赎者）无人供侍，子孙居丧者，听尊长自陈，验实婚娶。右臣伏以人子居父母丧，不得嫁娶，人伦之正，王道之本也。孟子论礼、色之轻重，不以所重徇所轻，丧三年，为二十五月。使嫁娶有二十五月之迟，此色之轻者也。释丧而婚会，邻于禽犊，此礼之重者也。先王之政，亦有适时从宜者矣。然不立居丧嫁娶之法者，所害大也。近世始立女居父母丧及夫丧而贫乏不能自存，并听百日外嫁娶之法。既已害礼伤教矣，然犹或可以从权而冒行者，以女弱不能自立，恐有流落不虞之患也。今又使男子为之，此何义也哉？男年至于可娶，虽无兼侍，亦足以养父母矣。今使之释丧而婚会，是直使民以色废礼耳，岂不过甚矣哉。《春秋》礼经，记礼之变，必曰自某人始。使秉直笔者书曰：男子居父母丧得娶妻，自元祐始。岂不为当世之病乎？臣谨按此法，本因邛州官吏，妄有起请，当时法官有失考论，便为立法。臣备位秩宗，前日又因迩英进读，论及此事。不敢不奏。伏望圣慈特降指挥，削去上条，稍正礼俗。谨录奏闻，伏候敕旨。

【解题】

苏轼恪守儒教，故不能容忍男子在三年丧期内婚娶，思想过于教条、保守。

奏马澈不当屏出学状

元祐八年四月日，端明殿学士兼翰林侍读学士左朝奉郎守礼部尚书苏轼状奏。准太学条三，学生凡有进献文字及书启贽有位，并先经长贰看详可否，违者出学。右本部看详，诸色人苟有所见公私利害，皆得进状，许直于所属官司投下，即无更令官吏看详可否方得投进之文，所以达聪明、防壅蔽，古今不易之道也。本因国子监生员独缘本监起请，遂立上条，曲生防禁。至于投献书启文字，求知公卿，此正举人常事。今乃使本监长贰先行看详，违者皆屏出学。若论列朝政得失，使其言当理，固人主所欲闻也。若不当理，亦人主所当容也。今乃先令有司看详去取，甚非子产不毁乡校、魏相去副封之意也。去年九月内，太学内舍生马澈进状，论《礼部韵略》有疏略未尽事件，蒙朝廷送下本部。谨按澈所论，文指雅驯，考验经史，皆有援据。此乃内舍生员之优者，教养之官，所当爱惜，而其所论，亦当下有司详议增损施行。本部寻下本监勘当，准回申，已于十二月内检举上条，其马澈已屏出学。以此显见上条无益有害，欲乞朝廷详酌，特与删除不行，仍乞依旧令马澈充内舍生。其所进状，乞行下有司看详，如有可采，乞赐施行。谨录奏闻，伏候敕旨。

【解题】

本状认为太学有关条例阻止学生言论上达，违背古今之道，当予以废止。

乞校正陆贽奏议上进札子

元祐八年五月七日，端明殿学士兼翰林侍读学士左朝奉郎守礼部尚书苏轼，同吕希哲、吴安诗、丰稷、赵彦若、范祖禹、顾临札子奏。臣等猥以空疏，备员讲读，圣明天纵，学问日新，臣等才有限而道无穷，心欲言而口不逮，以此自愧，莫知所为。窃谓人臣之纳忠，譬如医者之用药，药虽进于医手，方多传于古人。若已经效于世间，不必皆从于己出。伏见唐宰相陆贽，才本王佐，学为帝师。论深切于事情，言不离于道德。智如子房，而文则过；辩如贾谊，而术不疏。上以格君心之非，下以通天下之志。三代已还，一人而已。但其不幸，仕不遇时。德宗以苛刻为能，而贽谏之以忠厚；德宗以猜疑为术，而贽劝之以推诚；德宗好用兵，而贽以消兵为先；德宗好聚财，而贽以散财为急；至于用人听言之法，治边驭将之方，罪己以收人心，改过以应天道，去小人以除民患，惜名器以待有功，如此之流，未易悉数，可谓进苦口之药石，针害身之膏肓。使德宗尽用其言，则贞观可得而复。臣等每退自西阁，即私相告言，以陛下圣明，必喜贽议论，但使圣贤之相契，即如臣主之同时。昔冯唐论颇、牧之贤，则汉文为之太息；魏相条晁、董之对，则孝宣以致中兴。若陛下能自得师，莫若近取诸贽。夫六经三史、诸子百家，非无可观，皆足为治。但圣言幽远，末学支离，譬如山海之崇深，难以一二而推择。如贽之论，开卷了然。聚古今之精英，实治乱之龟鉴。臣等欲取其奏议，稍加校正，缮写进呈。愿陛下置之坐隅，如见贽面，反覆熟读，如与贽言。必能发圣性之高明，成治功于岁月。臣等不胜区区之意。取进止。

【解题】

本文为进献唐宰相陆贽之奏议而作。文中实寄希望于哲宗以唐德宗为戒，以陆贽奏议为药石，自相疗救，足见苏轼等一片匡君爱国之苦心。

辨黄庆基弹劾札子

元祐八年五月十九日，端明殿学士兼翰林侍读学士左朝奉郎守礼部尚书苏轼札子奏。臣自少年从仕以来，以刚褊疾恶，尽言孤立，为累朝人主所知，然亦以此见疾于群小，其来久矣。自熙宁、元丰间，为李定、舒亶辈所谗，及元祐以来，朱光庭、赵挺之、贾易之流，皆以诽谤之罪诬臣。前后相传，专用此术，朝廷上下，所共明知。然小人非此无以深入臣罪，故其计须至出此。今者又闻台官黄庆基复祖述李定、朱光庭、贾易等旧说，亦以此诬臣，并言臣有妄用颍州官钱、失入尹真死罪，及强买姓曹人田等。虽知朝廷已察其奸，罢黜其人矣，然其间有关臣子之大节者，于义不可不辨。谨具画一如左。

一、臣先任中书舍人日，适值朝廷窜逐大奸数人。所行告词，皆是元降词头，所述罪状，非臣私意所敢增损。内吕惠卿自前执政责授散官安置，诛罚至重。当时蒙朝旨节录台谏所言惠卿罪恶降下，既是词头所有，则臣安敢减落。然臣子之意，以为事涉先朝，不无所忌，故特于告词内分别解说，令天下晓然，知是惠卿之奸，而非先朝盛德之累。至于窜逐之意，则已见于先朝。其略曰："先皇帝求贤若不及，从善如转圜。始以帝尧之心，姑试伯鲧；终然孔子之圣，不信宰予。发其宿奸，谪之辅郡，尚疑改过，稍畀重权。复陈罔上之言，继有砀山之贬。反覆教戒，恶心不悛；躁轻矫诬，德音犹在。"臣之愚意，以谓古今如鲧为尧之大臣，而不害尧之仁，宰予为孔子高弟，而不害孔子之圣。又况再加贬黜，深恶其人，皆先朝本意，则臣区区之忠，盖自谓无负矣。今庆基乃反指以为诽谤指斥，不亦矫诬之甚乎？其余所言李之纯、苏颂、刘谊、唐义问等告词，皆是庆基文致附会，以成臣罪。只如其间有"劳来安集"四字，便云是厉王之乱。若一一似此罗织人言，则天下之人，更不敢开口动笔矣。孔子作《孝经》曰："如临深渊，如履薄冰。"此幽王之诗也。不知孔子诽谤指斥何人乎？此风萌于朱光庭，盛于赵挺之，而极于贾易。今庆基复宗师之，臣恐阴中之害，渐不可长，非独为臣而言也。

一、庆基所言臣行陆师闵告词云："侵渔自端，怨讟四作。"亦谓之谤讪指斥。此词元不是臣行，中书案底，必自有主名，可以覆验。显是当时掌诰之臣，凡有窜逐之人，皆似此罪状，其事非独臣也。所谓"侵渔"、"怨讟"者，意亦指言师闵而已，何名为谤讪指斥乎？庆基以他人之词，移为臣罪，其欺罔类皆如此。

一、庆基所言臣妄用颍州官钱，此事见蒙尚书省勘会次，然所用皆是法外支赏，令人告捕强恶贼人，及逐急将还前知州任内公使库所少贫下行人钱物，情理如此，皆可覆验。日罪废之中，托亲识投状依条买得姓曹人一契田地。后来姓曹人却来臣处昏赖争夺。臣即时牒本路转运司，令依公尽理根勘。仍便具状申尚书省。后来转运司差官勘得姓曹人招服非理昏赖，依法决讫，其田依旧合是臣为主，牒臣照会。臣愍见小民无知，意在得财。臣既备位侍从，不欲与之计较曲直，故于招服断遣之后，却许姓曹人将元价收赎，仍亦申尚书省及牒本路施行。今庆基乃言是本县断还本人，显是诬罔。今来公案见在户部，可以取索案验。

一、庆基所言臣在颍州失入尹真死罪，此事已经刑部定夺，不是失入，却是提刑蒋之翰妄有按举。公案具在刑部，可以覆验。

右臣窃料庆基所以诬臣者非一，臣既不能尽知。又今来朝廷已知其奸妄，而罢黜其人。臣不当一一辩论，但人臣之义，以名节为重，须至上烦天听。取进止。

【解题】

本文作于元祐八年（1093），苏轼时任礼部尚书。台官黄庆基以五事诬陷弹劾苏轼。苏轼遂作本文逐一辩白，并表示了对奸妄小人的痛恨。

谢宣谕札子

元祐八年五月二十四日，端明殿学士兼翰林院侍读学士左朝奉郎守礼部尚书苏轼札子奏。臣伏准今月二十二日弟门下侍郎辙奉宣圣旨，缘近来众人正相捃拾，令臣且须省事者。天慈深厚，如训子孙；委曲保全，如爱肢体。感恩之涕，不觉自零。伏念臣才短数奇，性疏少虑，半生犯患，垂老困谗，非二圣之深知，虽百死而何赎。伏见东汉孔融，才疏意广，负气不屈，是以遭路粹之冤；西晋嵇康，才多识寡，好善暗人，是以遇钟会之祸。当时为之扼腕，千古为之流涕。臣本无二子之长，而兼有昔人之短。若非陛下至公而行之以恕，至仁而照之以明，察消长之往来，辨利害于疑似，则臣已下从二子游久矣，岂复有今日哉？谨当奉以周旋，不敢失坠，便须刻骨，岂独书绅。庶全蝼蚁之躯，以报丘山之德。臣无任感天荷圣激切屏营之至。谨奏。

【解题】

苏轼从弟苏辙口中，闻知皇太后告诫他谨慎从事，以防他人构罪。苏轼十分感激，上言致谢。可见朝中政敌对苏轼威胁甚大。

奏乞增广贡举出题札子

元祐八年五月二十六日，端明殿学士兼翰林侍读学士左朝奉郎守礼部尚书苏轼札子奏。臣伏见《元祐贡举敕》：“诸诗赋论题，于子史书出。（唯不得于老庄子出。）如于经书出，而不犯见试举人所治之经者亦听。（如谓引试治《诗》、《书》举人，即听于《易》、《春秋》经传出诗赋论题。引试治《易》、《春秋》举人，即听于《周礼》、《礼记》出诗赋论题之类。）臣窃谓自来诗赋论题杂出于《九经》、《孝经》、《论语》，注中文字浩博，有可选择，久而不穷。今详上条，止得于子史书出，所取者狭，虽听于经书出，又须不犯见试举人所治之经。如是在京试院，分经引试，可以就别经出题。至如外州、军，只作一场引试，即须回避，只如子史中出，恐非经久之法。臣今相度，欲乞诗赋论题，许于《九经》、《孝经》、《论语》子史并《九经》、《论语》注中杂出，更不避见试举人所治之经，但须于所给印纸题目下备录上下全文，并注疏不得漏落，则本经与非本经举人所记均一，更无可避，兼足以称朝廷待士之意。本只以工拙为去取，不以不全之文掩其所不知以为进退，于忠厚之风，不为无补。取进止。

【解题】

本札子奏请朝廷对科举考试方法作局部改革。

申省读汉唐正史状

元祐八年八月十九日，端明殿学士兼翰林侍读学士左朝奉郎守礼部尚书苏轼同顾临、赵彦若状申。昨准内降宰臣吕大防札子奏："臣每旬获侍经筵，窃见进读《五朝宝训》，将欲了毕，自来多用前代正史进读，窃谓其间有不足上烦圣览者。欲乞指挥读讲官同将汉、唐正史内可以进读事迹钞节成篇，遇读日进呈敷演，庶裨圣治。取进止。"奉御宝批依奏。右轼等今已钞节缮写，稍成卷帙，于将来开讲日进读，即未审与《五朝宝训》并进，为复间日一读？谨具申尚书省。伏候敕旨。

【解题】

本状向皇帝请示进读汉唐正史节录的方法。

乞越州札子

臣自去岁蒙恩召还，即时奏乞越州。盖为臣从仕以来，三任浙中，粗知土俗所宜，易于为政。又以老病日加，切于归休，旧有薄田在常州宜兴县，久荒不治，欲因赴任，到彼少加完葺，以为归计。越虽僻陋，在臣安便。及近者蒙恩知定州，虽宠眷隆异，而自早衰多难，心力疲耗，实非所堪。但以求州得州，若便辞免，是有拣择，所以施强拜命。今复念，定虽重镇，了无边警，事权雄重，禄赐优厚。若辞定乞越，于义无嫌。伏望圣慈察臣至情，特赐改差臣越州一次。则公私皆便，臣不胜幸甚。取进止。

【解题】

本文作于元祐八年（1093）八月前后，朝廷此时下令苏轼以两学士充河北西路安抚使，兼马步军都总管，出知定州军州事，苏轼特请求朝廷将其改派越州任职。

听政札子

臣等伏以天下不幸，大行太皇太后登遐，陛下号慕哀毁，孝性天至，在廷闻者，无不摧陨。今将总揽庶政，延见群臣，四方之民，倾耳而听，拭目而视。此乃宋室隆替之本，社稷安危之基，天下治乱之端，生民休戚之始，君子小人消长进退之际，天命人心去就离合之时也。呜呼，可不慎哉！可不慎哉！

臣等久备讲读，职在论思，首当献言以助万一。陛下宜先诚意正心，推广圣孝，发为德音，行为仁政，以慰答天下生民之望。此在陛下加意而已，非有所难也。愿陛下循其本而行之，则其末可以无难。昔周公以成王幼弱，故位冢宰，治天下七年，制礼作乐，以致太平，其功德至隆。周公既没，成王追念周公之勋劳，赐鲁以天子礼乐，使世世祀周公，以为非此不足以称周公之德也。成王所以报周公如此，故天下莫不归心。汉大将军霍光尊立宣帝，霍光既没，宣帝亦葬以天子之礼。帝始亲政事，又思报大将军功德。夫周公、霍光，皆人臣也，有非常之功。故成王、宣帝皆报以非常之礼，而况太皇太后，英宗之配，神宗之母，陛下之祖母，有大功于宗庙社稷，有大德于亿兆人民，于陛下之恩，与天地无极，岂人臣之比哉！然则今陛下所宜先者，莫如报太皇太后之德也。

自仁宗以来，三后临朝，皆有大功。章献明肃之于仁宗，慈圣光献之于英宗，鞠育扶持，勤劳艰难，亦未得如太皇太后之于陛下也。元丰之末，神宗寝疾，已不能出号令。陛下年始十岁，太皇太后内定大策，拥立陛下，储位遂定。陛下之有天下，乃得之于太皇太后也。听政之初，诏令所下，百姓无不欢呼鼓舞。自古母后，多私外家，惟太皇太后未尝有毫发假借族人。不唯族人而已，徐王、魏王，皆亲子也，以朝廷之故，疏远隔绝。魏王病既殁，然后一往。太皇太后疾已革，然后徐王得入。进退群臣，必从天下人望，不以己意为喜怒赏罚。故至公无私之德，虽匹夫匹妇之口，亦能道之。临朝九年，未尝少自娱乐，焦劳刻苦，以念生民。所以如此，岂有他求哉！凡皆为赵氏社稷宗室宗庙，专心一意以保佑陛下也。故身当其劳苦而使陛下享其安逸。昔章献明肃时，亲党多侥幸滥恩，仁宗既亲万几，不免厘革，故小人不能无怨。今太皇太后自临朝以来，左右请求，一切拒绝，内外肃然。盖以朝廷不可无纪纲，故身当其怨而使陛下坐收肃清之功。

陛下如欲报太皇太后之德，莫若循其法度而谨守之。祖宗以来，惟以德泽结百姓之心，欲四海安静无事。仁宗行之四十二年，天下至今思之。恭惟太皇太后之政事，乃仁宗之政事也。然而仁宗圣性宽裕，不忍拒人，内降滥恩，其后亦比比而有。惟太皇太后严正至静，不可干犯，故能外斥逐奸邪，以清朝廷，内裁抑侥幸，以肃宫禁，九年之间，终始如一。故虽德泽深厚结于百姓，而小人怨者亦不为少矣。

今必有小人进言曰："太皇太后不当改先帝之政，逐先帝之臣。"此乃离间之言，陛下不可不察也。当陛下嗣位之初，太皇太后同听政，中外臣民，上书者以万数，皆言政令有不便者。太皇太后因天下人心欲改，故与陛下同改之，非以己之私意而改也。既改其法，则作法之人及主其法者有罪当逐，陛下与太皇太后亦以众言而逐之。其所逐者，皆上负先帝，下负万民，天下之所仇疾，众庶所欲同去者也。太皇太后岂有憎爱于其间哉！顾不如此，则天下不安耳。惟陛下清心照理，辨察是非，斥远佞人，深拒邪说，有敢以奸言惑圣听者，宜明正其罪，付之典型，痛惩一人，以儆群慝，则帖然无事矣。陛下若稍入其语，不正其罪，则恐奸言邪说，继进不已。万一追报之礼，小有不至，此于太皇太后圣德无损，而于陛下孝道有亏，必大失天下人心。陛下岂不见司马光以公忠正直为天下所信服，陛下与太皇太后用以为相，海内之人无不欣悦，光没之日，无不悲哀，乃至茶坊酒肆之中，亦事其画像。光所以得人心如此者，为其能辅佐陛下与太皇太后，功及天下也。以光之功，比之太皇太后，止是万分之一，而百姓思之如此，而况太皇太后有天地之恩于陛下，有父母之德于生民，四海爱戴，思慕无穷，陛下若听小人谗说，或追报有所不至，或轻改其政事，岂不大失天下人心乎！人心离于下，则天变见于上，陛下虽欲为善以救之，改过以补之，亦无及矣。孝者万行之本，本既不立，则其余何足观焉。

夫小人之情，非为朝廷之计，亦非为先帝之事，皆为其身之利也。日夜伺候，欲逞其憾者久矣。今太皇太后，新弃天下，陛下初揽政事，乃小人乘间伺隙之时也，故不可不预防之。此等既上误先帝，今又欲复误陛下，天下之事，岂堪小人再破坏耶！

臣等恭闻陛下自太皇太后寝疾，朝夕不离左右，躬亲药膳，衣不解带，忧瘁泣涕，形于颜色。自遭变故以来，哀慕毁瘠，中外具闻，丧报之礼，务从至隆。又下诏发扬太皇太后盛德，推恩高氏，此大孝之极也。至亲之际，无所间然，然而臣等犹言及此者，窃以小人众多，恐置陛下于有过之地也。如臣等所言，虽万万无之，然不敢不虑于未然，或有纤芥流闻于外，则臣等上负陛下不先言之罪大矣。不胜忧国爱君之至，，唯陛下深留圣思。取进止。

贴黄。臣等伏见英宗即位之初，小臣中有张唐英者，上《慎始书》，预言不宜追尊濮王。近臣中唯司马光先言之。其后建议者上误英宗。追尊濮庙，举朝皆以为不可。朝廷虽尽逐台谏，而言者不息，英宗终不能夺众论，圣意但悒怏而已。及神宗即位，深悔英宗不从众言，遂擢张唐英为御史，而司马光大被信任。今小人进言，臣等固未知其有无，然不敢不预言者，亦虑朝廷既有其端，则忠正之士必争论不已。不唯上挠圣怀，亦使天下闻而不平，人心一离，不可复收，陛下他日追悔无及。臣等忧惧危栗，实在于此，唯陛下深察。

【解题】

元祐八年（1093）九月，宣仁太皇太后崩，哲宗亲政。苏轼料哲宗可能就此重新启用新党，因此立即与范祖禹共同上此书，劝说哲宗继续遵循太皇太后的治国方针。文中反复申述太后于国、于君的恩惠，以情动人，十分诚恳。然而这次劝说终于失败。

举黄庭坚自代状

蒙恩除臣翰林学士。伏见某官黄某，孝友之行，追配古人；瑰玮之文，妙绝当世。举以自代，实允公议。

荐毛滂状

翰林学士朝奉郎知制诰兼侍读臣苏轼。右臣伏睹新授饶州司法参军毛滂，文词雅健，有超世之韵，气节端丽，无徇人之意。及臣尝见其所作文论骚词。与闻其议论，皆于时可用。今保举堪充文章典丽可备著述科。如蒙朝廷擢用后，不如所举，甘伏朝典，不辞。谨录奏。

【解题】

上二文向朝廷举荐后学。作于元祐年间。

朝辞赴定州论事状

元祐八年九月二十六日，端明殿学士兼翰林侍读学士左朝奉郎新知定州苏轼状奏。右臣闻天下治乱，出于下情之通塞。至治之极，至于小民，皆能自通；大乱之极，至于近臣，不能自达。《易》曰："天地交，泰。"其词曰："上下交而其志同。"又曰："天地不交，否。"其词曰："上下不交，而天下无邦。"夫无邦者，亡国之谓也。上下不交，则虽有朝廷君臣，而亡国之形已具矣，可不畏哉！臣不敢复引衰世昏主之事，只如唐明皇，中兴刑措之君也，而天宝之末，小人在位，下情不通，则鲜于仲通以二十万人全军陷没于泸南，明皇不知，驯致其事，至安禄山反，兵已过河，而明皇犹以为忠臣。此无他，下情不通，耳目壅蔽，则其渐至于此也。臣在经筵，数论此事。

陛下为政九年，除执政台谏外，未尝与群臣接，然天下不以为非者，以为垂帘之际不得不尔也。今者祥除之后，听政之初，当以通下情、除壅蔽为急务。臣虽不肖，蒙陛下擢为河北西路安抚使，沿边重地，此为首冠，臣当悉心论奏，陛下亦当垂意听纳。祖宗之法，边帅当上殿面辞，而陛下独以本任阙官迎接人众为词，降旨拒臣不令上殿，此何义也？臣若伺候上殿，不过更留十日，本任阙官，自有转运使权摄，无所阙事；迎接人众，不过更支十日粮，有何不可！而使听政之初，将帅不得一面天颜而去，有识之士，皆谓陛下厌闻人言，意轻边事，其兆见于此矣。

臣备位讲读，日侍帷幄，前后五年，可谓亲近，方当戍边，不得一见而行，况疏远小臣，欲求自通，亦难矣。《易》曰："天行健，君子以自强不息。"又曰："帝出乎震，相见乎离。"夫圣人作而万物睹，今陛下听政之初，不行乘乾出震见离之道，废祖宗临遣将帅故事，而袭行垂帘不得已之政，此朝廷有识所以惊疑而忧虑也。臣不得上殿，于臣之私，别无利害，而于听政之始，天下属目之际，所损圣德不小。臣已于今月二十七日出门，非敢求登对，然臣始者本俟上殿，欲少效愚忠，今来不敢以不得对之故，便废此言，惟陛下察臣诚心，少加采纳。

古之圣人，将有为也，必先处晦而观明，处静而观动，则万物之情，毕陈于前。不过数年，自然知利害之真，识邪正之实，然后应物而作，故作无不成。臣敢以小事譬之。夫操舟者常患不见水道之曲折，而水滨之立观者常见之。何则？操舟者身寄于动，而立观者常静故也。弈棋者胜负之形，虽国工有所未尽，而袖手旁观者常尽之。何则？弈者有意于争，而旁观者无心故也。若人主常静而无心，天下其孰能欺之？汉景帝即位之初，首用晁错，更易法令，黜削诸侯，遂成七国之变。景帝往来两宫间，寒心者数月，终身不敢复言兵。武帝即位未几，遂欲用兵鞭挞四夷，兵连祸结，三十余年，然后下哀痛诏，封宰相为富民侯。臣以此知古者英睿之君，勇于立事，未有不悔者也。景帝之悔速，故变而复安。武帝之悔迟，故几至于乱。虽迟速安危小异，然比之常静无心，终始不悔如孝文帝者，不可同年而语矣。今陛下圣智绝人，春秋鼎盛。臣愿虚心循理，一切未有所为，默观庶事之利害与群臣之邪正，以三年为期。俟得利害之真，邪正之实，然后应物而作。使既作之后，天下无恨，陛下亦无悔，上下同享太平之利。则虽尽南山之竹，不足以纪圣功；兼三宗之寿，不足以报圣德。由此观之，陛下之有为，惟忧太早，不患稍迟，亦已明矣。

臣又闻为政如用药方，今天下虽未大治，实无大病。古人云："有病不治，常得中医。"虽未能尽除小疾，然贤于误服恶药、觊万一之利而得不救之祸者远矣。臣恐急进好利之臣，辄劝陛下轻有改变，故辄进此说，敢望陛下深信古语，且守中医安稳

汗。臣若严加训练，昼夜勤习，驰骤坐作，使耐辛苦，则此声先驰，北虏疑畏，或致生事。臣观祖宗以来沿边要害，屯聚重兵，止以壮国威而消敌谋，盖所谓先声后实、形格势禁之道耳。若进取深入，交锋两阵，犹当杂用禁旅，至于平日保境备御小寇，即须专用极边土人，此古今不易之论也。晁错与汉文帝画备边策，不过二事。其一曰徙远方以实广虚，其二曰制边县以备敌。宝元、庆历中，赵元昊反。屯兵四十余万，招刺宣毅、保捷二十五万人，皆不得其用，卒无成功。范仲淹、刘沪、种世衡等，专务整缉蕃汉熟户弓箭手，所以封殖其家、砥砺其人者非一道。藩篱既成，贼来无所得，故元昊复臣。

今河朔西路被边州、军，自澶渊讲和以来，百姓自相团结为弓箭社，不论家业高下，户出一人，又自相推择家资武艺众所服者为社头、社副录事，谓之头目。带弓而锄，佩剑而樵，出入山坂，饮食长技与北虏同。私立赏罚，严于官府。分番巡逻，铺屋相望，若透漏北贼及本土强盗不获，其当番人皆有重罚。遇有紧急，击鼓集众，顷刻可致千人。器甲鞍马，常若寇至，盖亲戚坟墓所在，人自为战，虏甚畏之。体问得元丰二年，北界群贼一火，约二十余人，在两界首不住打劫为患，久不败获。有北平军大悲村本社头目冉万、冉升及长行冉捷等，部领社人，与北贼斗敌，赶趁捉杀，直至北界地名北当山峪内，被冉万射中贼头徐德，冉捷赶上，斫获首级，并冉升亦斫到第二贼头贾贵。本路保明申奏朝廷，并已于班行内安排。以此知弓箭社人户骁勇敢战，缓急可用。先朝名臣帅定州者，如韩琦、庞籍皆加意拊循其人，以为爪牙耳目之用。而籍又增损其约束赏罚，奏得仁宗皇帝圣旨，见今具存。

昨于熙宁六年行保甲法，准当年十二月四日圣旨，强壮弓箭社并行废罢。又至熙宁七年，再准正月十九日中书札子圣旨，应两地供输人户，除元有弓箭社强壮并义勇之类，并依旧存留外，更不编排保甲。看详上件两次圣旨，除两地供输村分方许依旧置弓箭社，其余并合废罢。虽有上件指挥，公私相承，元不废罢。只是令弓箭社两丁以上人户兼充保甲，以致逐捕本界及化外盗贼，并皆驱使弓箭社人户，向前用命捉杀。见今州县委实全藉此等寅夜防托，显见弓箭社实为边防要用，其势决不可废。但以兼充保甲之故，召集追呼，劳费失业。今虽名目具存，责其实用，不逮往日。

臣窃谓陕西、河东弓箭手，官给良田以备甲马，今河朔沿边弓箭社，皆是人户祖业田产，官无丝毫之给，而捐躯捍边，器甲鞍马，与陕西、河东无异，苦乐相辽，未尽其用。近日霸州文安县及真定府北寨，皆有北贼惊劫人户，捕盗官吏，拱手相视，无如之何，以验禁军弓手，皆不得力。向使州县逐处皆有弓箭社人户致命尽力，则北贼岂敢轻犯边寨，如入无人之境。臣已戒饬本路将吏，申严赏罚，加意拊循其人去讫，辄复拾用庞籍旧奏约束，稍加增损，别立条目。欲乞朝廷立法，少赐优异，明设赏罚，以示惩劝。今已密切取会到本路极边州定、保两州，安肃、广信、顺安三军，边面七县一寨，内管自来团结弓箭社五百八十八村六百五十一火，共计三万一千四百一十一人。若朝廷以为可行，立法之后，更敕将吏常加拊循，使三万余人分番昼夜巡逻，盗边小寇，来即擒获，不至忸怵以生戎心，而事皆循旧，无所改作，虏不疑畏，无由生事。有利无害，较然可见。谨具所乞立法事件，画一如左。

一、看详嘉祐四年庞籍起请已获朝旨事件除见可施行外，有当时事体与今来稍有不同，须至少有增损。今参详到下项弓箭社人户，但系久来团结地分，并依见今已行体例，不拘物产高下，丁口众寡，并每户选择强壮一丁，充弓箭手。

贴黄。所谓军政不修，皆有实状，不敢一一奏闻。

又，贴黄。所有庞籍奏得圣旨，已具录缴连在前。

又，贴黄。前项所奏元丰二年冉万等捉杀北贼，系熙宁六年朝旨废罢后，兼冉万等不系两地供输，是合行废罢地分人户。

又，贴黄。高强人户，与下等各出一丁，虽似不均，缘行之已久，下等人户无词。乞且一切仍旧，若上户添差人数，即恐行法之初，人心不安。又缘保甲法，虽上户亦止一丁，所以今来不敢增损。

每社置社长、社副录事各一名为头目，并选有物力或好人材事艺众所推服者，方得差补。农事余暇，委头目常切提举阅习武艺，务令精熟齐整，如无盗贼，非时不得勾集。

每社及百人以上，选少壮者三人，不满百人者选二人，不满五十人者选一人，充急脚子，并轮番一月一替。专令探报盗贼。如探报不实，及稽留后时有误捕捉者，并申官乞行严断。

逐社各置鼓一面，如有事故及盗贼，并须声鼓勾集。若寻常社内声鼓不到者，每次罚钱一百。如社内一两村共为一火，地理稍远，不闻鼓声去处，即火急差急脚子勾唤。若强盗入村，声鼓勾唤不到，及到而不入贼者，并罚钱三贯。如三经罚钱一百，一经罚钱三贯，而各再犯者，并送所属严断。

如能捉获强盗一名，除依条支赏外，更支钱二十贯。如两次捉获依前支赏外，仍与免户下一年差徭。如三次以上，更免一年。无差徭可免者，各更支钱十贯折充。如获窃盗一名，除依条支赏外，更支钱二贯。以上钱，用社内罚钱充，如不足，并社众均备。

逐社各人，置弓一张、箭三十只、刀一口。内单丁及贫不及办者，许置枪及杆棒一条。内一件不足者，罚钱五百。弓箭不堪施放，器械虽有而不精，并罚钱二百。若全然不置者，即申送所属，乞行勘断。

逐社每夜轮差一十人，于地分内往来巡觑，仍本县每季给历一道，委本社头目抄上当巡人姓名。有不到者，罚钱二百。如本地分失贼，其当巡人委本社监勒依条限捕捉。限满不获，送官量事行遣。其所给历，除每季纳换及知佐下乡因便点检外，不得非时取索。

弓箭社人户，遇出入经宿以上，须告报本社头目及邻近同保之人，违者罚钱三百文。

社内遇捉杀贼盗，因斗致死，除依条官给绢外，更给钱一十贯付其家，被伤重者减半，并以系省钱充。

社内所纳罚钱，令社长等同共封记主管，须遇社会合行酬赏者，方得对众支给破使，即不得衷私别作支用。

社内遇丰熟年，只得春秋二社聚会，因便点集器械，非时不得乱有纠集搔扰。

已上并是庞藉起请已获朝旨事件。自熙宁六年圣旨废罢，后来民间依旧衷私施行，今参详增损修定。

一、弓箭社人户，为与强虏为邻，各自守护骨肉坟墓，晓夜不住巡逻探伺。以此巡检县尉，全藉此人为耳目肘臂之用。每遇冬教，内有本社弓箭人户见系保甲人数者，即须勾上一月教阅。其称捕盗，官司不敢放心，以致化外贼盗，既知逐社人户勾上，村堡空虚，即皆生心窃伺，公私忧恐。又人户勾集弥月，诸般费用不少，深为患苦。臣窃谓保甲人户，每年冬教，本为恐其因循，武艺生疏，缓急难用。今来弓箭社人户既处边塞，与北人气俗相似，以战斗为生，寝食起居，不释弓马，出入守望，常带器械，其势无由生疏。欲乞应弓箭人户，今后更不充保甲，仍免冬教，显无妨碍。而使人户稍免无益之费，专心守御，又免教集之月，村堡空虚以生戎心，公私安枕，为利不浅。其减罢保正长，并却令充本社守阙头目。

一、弓箭社人户，既任透漏失贼之责，动辄罚钱科罪及均出赏钱，显见与其余人户苦乐不同，理合稍加优异。欲乞应弓箭社人户，并免两税折变科配。今已取会到本路州、军所免折科钱物数目，比之和买价例，每岁剩费钱七千九百九十八贯五十六文，所获精锐可用民兵三万余人，费小利大，可行无疑。

一、弓箭社头目，并是乡村有物力心胆之人，责以齐众保境，亦须别加旌劝。欲乞立定年限，每勾当及二年，如无透漏及私罪情重者，委本县令佐及捕盗官保明申安抚司给与公据，公罪杖以下听赎。又及三年无上件过犯，仍与保明给公据，与免本户差徭。内别有功劳者，委自安抚司相度。如委是卓然显效，虽未及上件年限，亦与比类施行。若更有大段劳绩，难以常格论赏者，即委自本司奏乞录用。

一、弓箭社地分，本系人户私下情愿，自相团结。皆是缘边之人众共相约要害防托之处，行之已久，北虏不疑。所以庞籍奏请，并是因旧略加约束。今来不可更有移易地分及增添团结去处，永远只以今来所管五百八十八村为定。所贵事事循旧，不至张皇生事。如本地分内人户分烟析生，即各据户眼定差，或外来人户典买到本社田地，亦许收入差充弓箭社户。若两处有田产者，不得缘此带免别处折变。委所属官司常切觉察。

贴黄。保甲法，须是主户两丁以上方始差充，其弓箭社一丁以上并差即无。已充保甲而不充弓箭社人户者，今来所乞本社内人户，更不充保甲，只是减罢重叠虚名，即非幸免。

又，贴黄。弓箭社五百八十八村，内有八十九村系两地供输人户。勘会上件人户，元是有些小虚名税赋，自来北界差人过来计会本县收众户抱脚供赋，其人户并是一心捍边可信之人。切虑朝廷欲知其实。

一、今来既立法整齐弓箭社人户及免冬教，即须委自安抚司逐时差官按视，内有武艺胆力出众之人，即须与例物激赏，不惟使人户竞劝，亦所以致朝廷及将帅恩意，缓急易为驱使。今来会到辖下两州三军弓箭社人户兼充保甲者，每年冬教按赏，合用钱一千五百八十二贯七百八十八文。今来既免冬教，即保甲司却合出备上件钱数与安抚司，为上件激赏之用。但人数既多，上件钱数微少，支用不足，欲乞每年破五千贯。除上件钱数外，其余并以本路回易库见在钱贴支。

右谨件如前。臣窃见西山之下，定、保之间，山开川平，无陂塘之险，澶渊之役，虏自是入寇。见今本路只有战兵二万五千九百余人，分屯八州、军，若有警急，尚不足于守，而况战乎？论者或以保甲之众缓急可恃。臣窃谓保甲皆齐民也，集教止是一月，武艺无缘精熟，又平时无丝毫之利有得于官，每岁所获，按赏例物，不偿集教一月之费，一旦驱之于战守死地，恐未可保。惟弓箭社人户所处皆必争之地，世世相传，结发与虏战。若朝廷许依臣所乞，少有以优异其人，既免折科，间复赎罪免役，岁以五十缗赏其尤异者，深致朝廷将帅恩意。则此三万余人，真久远可恃者也。今录白到嘉祐四年庞籍奏获圣旨事件，兼取会到本路两州三军弓箭社火人数，及免折科每年和买费用钱数，并免冬教所省按赏例物数目，缴连在前，仍画到地图一面，帖出接连边面及逐社住坐去处随状进呈。伏望圣慈详酌施行。谨录奏闻，伏候敕旨。

贴黄。所乞免折科却行和买剩费钱七千九百九十八贯五十六文，所乞以回易库钱贴支保甲，按赏钱为五千贯，令安抚司支用计费钱三千四百一十七贯二百一十二文，共计钱一万一千四百一十五贯二百六十八文。所乞至微，恐不赡于用，未足以起士气，但臣不敢多乞耳。若朝廷深念北边事大，此三万余人，久远必大段得力，更赐擘画钱物应副成就，或于近里州、军趱那宽剩免役六色钱，与本路被边州、军添雇诸色役人。其弓箭社人户，并与免役。则人情翕然归戴，愿效死而不可得矣。更乞朝廷详酌。又今来所乞事件，先已密切下本路近地州、军官吏，相度利害，寻皆供到有利无害，经久可行，保明文状在本司讫。

二

元祐八年十一月日，端明殿学士兼翰林侍读学士左朝奉郎知定州苏轼状奏。右臣近奏乞修完极边弓箭社条约，已详具利害，于今月十一日入递去讫。

臣自到任以来，不住令主管衙前引到北人访问事宜，虽虚实难明，然前后参验，亦可见其略。大抵北虏近岁多为小国达靼、朮保之类所叛，破军杀将非一。近据北人契丹四哥探报，北界为差发兵马及人户家丁往招州以来，收杀朮保等国。及为近年不熟，是致朔、易、武州皆有强贼。兼燕京东北白浮图淀东恶山内有强贼一火，约百五十人，不住打劫。及又据北平军申据勾当事人李坚等体探得，北界昨差往西北路去者兵士并百姓等，近有逃背落草四十余人，马二十匹，见在狼山西头君市等村乞食，切虑来南界别作过犯。虽未见的实，然去岁之冬霸州文安县被北贼杀人劫物，朝廷已知其详，及真定府北寨于去年八月、今年二月两次被北贼群众打劫。近又访闻代州胡谷寨莎泉堡有北贼六七十人，劫掠本堡居人财物，杀伤弓箭手及妇女七、八人，及捕盗官会合，北贼已去，临去说与铺兵：“我只在你地分里，待更来打赤岸村。”

以此数事参验，显见北虏见今兵困于小国，调发频并，民不堪命，聚为盗贼。虽邻境多故，实中国之利，必无渝盟之忧，然盗贼充斥，虏自不能制，其余波末流，必延及吾境。若边臣坐观，不先事设备，则边民无由安居，亦恐更生意外之患。若督迫捕盗官吏带领兵甲，晓夜出入巡逻，则贼未必获，而居民先受其扰，又或缘此引惹生事。臣再三思虑，惟有整葺弓箭社一事，名不张皇，其实可用。若早获朝旨施行，令臣更加意拊循激励，其人决可使。北贼望风知畏，不敢于地分内作过。伏乞圣明特赐详酌，检会前奏，早降指挥。谨录奏闻，伏候敕旨。

贴黄。本路副总管王光祖，有男，见任胡谷寨主。家书报光祖，臣所以备知其详。

【解题】

以上两状，皆是苏轼在定州任上时，为增修弓箭社事而作。苏轼认为，沿边禁军将骄卒惰，不堪使用，若严加训练，又恐陡然间引起契丹惊疑，招致战事，所以主张加强民间弓箭社的建设，以增强边防。

谢赐衣袄表

十一月九日，翰林医官王宗古至，伏蒙圣慈传宣存问，赐臣等敕及初冬衣袄者。齐官三服，已宽卒岁之忧；汉札十行，更佩先春之暖。恩均吏士，声动华夷。臣轼中谢。伏以《礼》著始裘，《诗》歌无褐。边陲更戍，本为臣子之常；朔易早寒，特轸圣神之念。惟德其物，岂曰无衣。恭惟皇帝陛下，广运聪明，力行恭俭。威风旁振，方战栗于天骄；温诏下融，遂流澌于河冻。既无功而坐食，实有愧于解衣。敢不推广朝廷之仁，益收冻馁；申严祖宗之法，少肃惰媮。庶收汗马之劳，以解濡鹈之诮。臣无任。

谢赐历日表

夙颁温诏，宠拜新书。吏得承宣，民知早晚。臣轼中谢。臣闻言天道者有数，故闰以正时；训农事者在人，则王无罪岁。岂独典常之旧，必存忠利之心。恭惟皇帝陛下，辅相财成，聪明时宪。居德刑于冬夏，意与天同；暨声教于朔南，责在臣等。敢不时使薄敛，思患预防。勤恤鳏孤，幸流亡之尽复；兼明威惠，庶戎夏以皆安。臣无任。

慰正旦表

嗣岁将兴，虽有作新之庆；旧谷既没，共深追远之思。凡在照临，举增怀慕。臣轼中谢。恭惟皇帝陛下，道跻尧、禹，行比骞、参。方受图于三朝，明发不寐；念御帘于双日，孝思奈何。幸宽罔极之哀，少副有生之望。臣限以官守，不获躬诣阙庭。臣无任。

【解题】

上三表分别作于元祐八年（1093）十一月、十二月。

慰宣仁圣烈皇后山陵礼毕表

恭闻今月七日，大行宣仁圣烈太皇太后山陵礼毕者。日月有时，义当即远；雨露既降，思则无穷。遥知穆穆之光，尚起皇皇之望。臣轼中谢。恭惟皇帝陛下，道循祖武，德契天心。大哉孔子之仁，泫然流涕；至矣显宗之孝，梦若平生。愿宽舜慕之心，少副尧封之祝。臣限以官守，不获躬诣阙庭。无任瞻天望圣激切屏营之至。

慰宣仁圣烈皇后祔庙礼毕表

恭闻今月十七日，宣仁圣烈皇后升祔礼毕者。反寝而虞，既尽饰终之典；宅神于庙，益隆追远之思。凡在照临，举增悲慕。臣轼中谢。窃以六朝继圣，并传家法之余；三后御帘，高出古人之右。逮此登配，廓然永怀。恭惟皇帝陛下，奉顺母慈，表章坤德。四谥哀荣之诏，简策有光；数诗挽饯之音，道涂垂涕。日月云远，典礼告成。愿宽无益之悲，少副有生之望。臣限以官守，不获躬诣阙庭。无任瞻天望圣激切屏营之至。

【解题】

上二表作于元祐九年（1094）正、二月。高太后卒于去年九月，使苏轼丧失了在朝廷的依靠，哲宗召用新党诸人，贬逐元祐旧臣，苏轼命运亦急转直下。

乞减价粜常平米赈济状

绍圣元年正月日，端明殿学士兼翰林侍读学士左朝奉郎知定州苏轼状奏。勘会元祐八年，河北诸路并系灾伤，内定州一路，虽只是雨水为害，然其实亦及五分以上。只缘有司出纳之吝，不与尽实检放，秋税内定州只放二分。自臣到任后，累有人户披诉乞倚阁，又缘已过条限，致难施行。今体问得春夏之交，人户委是阙食，既非河水灾伤，即每事只依《编敕》指挥，欲坐观不救，恐非朝廷仁圣本意。

臣欲便将常平斛斗借贷，虽已有成法，不烦奏请。又体问得河北沿边人户，为见朝廷昔年遣使赈济，不问人户高下，愿与不愿借请，一例散贷，后来节次倚阁放免。以此愚民生心侥幸，每有借贷，例不肯及时还纳，多是拖欠，指望倚阁放免。既烦鞭挞追呼，使吏卒因缘为奸，毕竟不免失陷官物。兼约度得本州自第四等以下，每户贷两石，官破十万石，不过济得五万户。人户请纳，耗费房店宿食，不过得一石五斗入口未必能济活一家。而五万户之外，人户更不沾惠，鞭挞驱催，若得健吏，亦不过收得十七，其失陷三万石可必也。又欲抄札饥贫，奏乞法外赈济，不惟所费浩大，有出无收，而此声一布，饥贫云集，盗贼疾疫，客主俱毙。又况准条，边郡不得聚集饥民。以上二事，既皆不便，只有依条将常平斛斗依价出粜，即官司简便，不劳抄札。勘会给纳烦费，但得数万石斛斗在市，自然压下物价，境内百姓，人人受赐，古今之法，莫良于此。但以本州见管常平米二十七万余石，每斗衮纽到元本一百四文，比在市实直尚多二十二文，以此无人收籴。若不别作奏请，专守本条，不与减价出粜，深恐今年春夏新陈不接之际，必致大段流殍。

伏望圣慈愍念，比之本州，将十万石常平米依条借贷，必须陷失三万余石，非惟所给不广，而给纳驱催之弊亦多，特许将本路诸州、军见管常平米，契勘在市实直，如委是价高，出粜不行，即许每斗于衮纽价钱上减钱出粜，不得减过十分之二，仍给与贫民历头，令每日零买，不得令近上人户顿买兴贩，仍限不得粜过本州县见管常平数目三分之一。约度定州合粜得九万石，若每斗各减钱十分之二，即本州纽计亏元本官钱一万八千七十二贯文。比之借贷失陷，犹为省费，而本州里外出九万石米在市，则一境生灵，皆荷圣恩全活。又却得钱准备将来丰熟物贱，却行收籴，兼利农末，为惠不小者。右伏乞朝廷详酌，早赐施行。如以为便，即乞行下本司约束，觉察辖下官吏，所贵人沾实惠。谨录奏闻，伏候敕旨。

贴黄。契勘在市米价日长，正是二月间，合行出粜。伏乞速赐指挥，入急递行下。

乞将损弱米贷与上户令赈济佃客状

绍圣元年二月日，端明殿学士兼翰林侍读学士左朝奉郎知定州苏轼状奏。右臣契勘本路州、军灾伤阙食人户，虽已奏准朝旨，于法外减价出粜常平白米赈济。访闻民间阙乏，少得见钱籴买，尚有饥困之人。今点检得定州省仓，有专副杲荣、赵升界熙宁八年籴到军粮白米，及专副梁俭、刘受界元丰三年米，皆为年深夹杂损弱，不堪就整充厢军人粮支遣，每月只充厢军次米带支。今契勘得逐次止带支五百石，比至支绝，更须三五年间，显见转至陈恶。兼闻本州管下村坊客户，见今实阙馁粮，其上等人户，虽各有田业，缘值灾伤，亦甚阙食，难以赈济。况客户乃主户之本，若客户阙食流散，主户亦须荒废田土矣。今相度，欲望朝廷详酌，特降指挥下定州，将两界见在陈损白米二万余石，分给借贷与乡村第一等第二等主户吃用。令上件两等人户，据客户人数，不限石斗，依此保借。候向去丰熟日，依元籴例并令送纳十分好白米入官。不惟乘此饥年，人户阙食，优加赈济，又使官中却得新好白米充军粮支遣，及免年深转至损坏，尽为土壤。如以为便，即乞速赐指挥行下。谨录奏闻，伏候敕旨。

贴黄。今来已是春深，正当春夏青黄不交之际。可以发脱上件陈米斛斗，公私俱便。若失此时，则人户必不愿请，不免守支积年化为粪壤。乞断自朝廷，早赐指挥，入急递行下。更不下有司往复勘会。今来所乞借贷，皆是臣与官吏体问上户，愿得此米以济佃户，将来必无失陷，与寻常赈贷一例支与贫下户人催纳费力事体不同。乞早赐行下。

【解题】

以上两状皆作于绍圣元年（1094），苏轼时在定州知州任上。

因前年河北诸路受灾，苏轼估计今年春夏之交缺粮，特请求朝廷准许低价粜常平米，抑制米价；后又请求朝廷准许他将仓米陈米贷与当地有田业之主户，等丰熟之时偿还好米入官，以此帮助无钱之民度过灾荒之年。

乞降度牒修北岳庙状

绍圣元年三月日，端明殿学士兼翰林侍读学士左朝奉郎知定州苏轼状奏。右臣伏见定州曲阳县北岳安天元圣帝庙，建造年深，屋宇颓弊。自熙宁间，因守臣薛向奏请，止曾完葺正殿，自余诸殿及廊庑门宇墙垣，久已疏漏破损。前后累有守臣监司奏陈乞给赐钱或降度牒修完，皆准省符，止令依条以施利钱物充用。缘近岁民间屡值灾歉，施利微薄，只了得递年逐旋些小修补。后来刘奉世又乞依薛向例，于安抚司回易息钱内支钱三千贯，助修岳庙，亦不蒙朝廷允许。深虑摧坏日多，为费滋大。今据定州申检计到合用工料价钱三千三百余贯，乞降空名度牒一十五道，卖钱支用。如朝廷不许降度牒，即本庙有银器一千三百余两，别无使用，欲乞依令出卖，收买材植。臣契勘上件银器，元系朝廷给赐以备供神之物，若行出卖，恐于事体有损，况所费钱数不多，欲望圣慈特依定州所乞数目，给降度牒，付本州出卖，应副修造。庶得庙宇稍完，不致破坏。仍令本州通判两员更互到彼提举催促，务要早令了毕，上副朝廷崇奉之意。谨录奏闻，伏候敕旨。

贴黄。臣伏以朝廷崇奉五岳，礼极严备，凡有祈祷，多获感应。今北岳庙见弊陋，理当完葺，盖所用度牒道数至少。伏望特赐指挥施行，庶称朝廷尊事岳庙之意。

【解题】

本状奏请朝廷拨给空名度牒，以供修缮北岳庙之用。

英州谢上表

罪盈义绝，诛九族以犹轻；威震怒行，寘一州而大幸。惊魂方散，感涕徒零。

伏念臣草芥贱儒，岷峨冷族。袭先人之素业，借一第以窃名。虽幼岁勤劳，实学圣人之大道；而终身穷薄，常为天下之罪人。先帝全臣于众怒必死之中，陛下起臣于散官永弃之地。恩深报蔑，每忧天地之难欺；福眇祸多，是亦古今之罕有。自悲弃物，犹欲籲天。惟上圣纂宗庙之图，方太母听帘帷之政。招延俊乂，登进老成。何期章句之谀才，使掌丝纶之要职。凡一时黜陟进退之众，皆两宫威福赏罚之公。既在代言，敢思逃责。苟不能敷扬上意，尊朝廷于日月之明；则何以耸动四方，鼓号令于雷霆之震。固当昭陈功伐，直喻正邪。岂臣愚敢有于私心，盖王言不可以匿旨。当时之天夺其魄，但谓守官；今日之臣肆其言，期于必戮。赖父母之深悯，免子弟之偕诛。罪虽骇于听闻，怒终归于宽宥。不独再生于东市，犹令尸禄于南州。累岁宠荣，固已太过。此时窜责，诚所宜然。瘴海炎陬，去若清凉之地；苍颜素发，谁怜衰暮之年。恩重丘山，感藏骨髓。

此盖伏遇皇帝陛下，智惟天锡，行自生知。巍巍继六圣之神休，孜孜尽三宫之孝养。深原心迹，由示哀矜。臣实何人，恩常异众。在先朝偶脱于诛戮，故此日复烦于典刑。顽戾如斯，生存何面。臣敢不噬脐悔过，吞舌知非。革再三而不改之愆，庶万一有善终之望。杀身莫喻，敢怀穷困之忧；守土非轻，尚牧遐荒之俗。倘先朝露之化，永惟结草之忠。臣无任。

【解题】

绍圣元年（1094）闰四月，朝廷告下，言苏轼前掌制命时，语涉讥讪，削端明殿学士兼翰林侍读学士职，仍以左朝奉郎责知英州军州事。苏轼离定州任时作此谢表。文中全不辩护，但陈平生，有凛然之气在其中。

赴英州乞舟行状

臣轼言。近准诰命，落两职，追一官，谪守岭南小郡。臣寻火急治装，星夜上道，今已行次滑州。而自闻命已来，忧悸成疾。两目昏障，仅分道路；左手不仁，右臂缓弱；六十之年，头童齿豁，疾病如此，理不久长。而所负罪名至重，上孤恩义，下愧平生，悸伤血气，忧隔饮食，所以疾病有加无瘳。加以素来不善治生，禄赐所得，随手耗尽，道路之费，囊橐已空。臣本作陆行，日夜奔驰，速于赴任，而疾病若此，资用不继。英州接人，卒未能至；定州送人，不肯前去；雇人买马之资，无所从出。道尽涂穷，譬如中流失舟，抱一浮木，恃此为命，而木将沉，臣之衰危亦云极矣。窃伏思念得罪以来，三改谪命，圣恩保全，终付一郡。岂期圣主至仁至明，尚念八年经筵之旧臣，意欲全其性命乎？臣若强衰病之余生，犯三伏之毒暑，陆走炎荒四千余里，则僵仆中途，死于逆旅之下，理在不疑。虽罪累之重，不足多惜，而死非其道，则非仁圣不杀全育之意也。辄已分散骨肉，令长子带往近地，躬耕就食。臣只带家属数人，前去汴泗之间，乘舟泛江，倍道而行，至南康军出陆赴任。所贵医药粥食，不至大段失所。臣切揣自身，多病早衰，气息仅属，必无生还之道。然尚延晷刻于舟中，毕余生于治所，虽以瘴疠死于岭表，亦所甘心，比之陆行弊于中道，稿葬路隅，常为羁鬼，则犹有间矣。恭惟圣主之德，下及昆虫，以臣曾经亲近任使，必不欲置之死地，所以辄为舟行之计。敢望天慈，少加悯恻。臣无任。

【解题】

本状作于绍圣元年（1094）夏季。本年四月，宋哲宗以“讥斥先朝”的罪名，将苏轼贬官英州。因为陆路遥远，苦热难当，又兼无钱买马，因此苏轼奏状请求允许他乘舟赴英州。

到惠州谢表

先奉告命，落两职，追一官，以承议郎知英州军州事，续奉告命，责授臣宁远军节度副使惠州安置，已于今月二日到惠州公参讫者。仁圣曲全，本欲畀之民社；群言交击，必将致之死亡。尚荷宽恩，止投荒服。臣轼中谢。

伏念臣性资褊浅，学术荒唐。但守不移之愚，遂成难赦之咎。迹其狂妄，久合诛夷。方尚口乃穷之时，盖擢发莫数其罪。岂谓天幸，得存此生。

此盖伏遇皇帝陛下，以大有为之资，行不忍人之政。汤网开其三面，舜干舞于两阶。念臣奉事有年，少加怜愍。知臣老死无日，不足诛锄。明降德音，许全余息。故使尳尵之马，犹获盖帷，觳觫之牛，得逭刀匕。臣敢不服膺严训，托命至仁；洗心自新，没齿无怨。但以瘴疠之地，魑魅为邻；衰疾交攻，无复首丘之望。精诚未泯，空余结草之忠。臣无任。

【解题】

苏轼于绍圣元年（1094）十月到惠州贬所，进此谢表。文中庆幸自己能避开“群言交击，必将致之死亡”的结局，其自责之辞亦是不卑不亢，并无佞词，令人赞叹。

到昌化军谢表

今年四月十七日，奉被告命，责授臣琼州别驾昌化军安置，臣寻于当月十九日起离惠州，至七月二日已至昌化军讫者。并鬼门而东骛，浮瘴海以南迁。生无还期，死有余责。臣轼中谢。

伏念臣顷缘际会，偶窃宠荣。曾无毫发之能，而有丘山之罪。宜三黜而未已，跨万里以独来。恩重命轻，咎深责浅。此盖伏遇皇帝陛下，尧文炳焕，汤德宽仁。赫日月之照临，廓天地之覆育。譬之蠕动，稍赐矜怜；俾就穷途，以安余命。而臣孤老无托，瘴疠交攻。子孙恸哭于江边，已为死别；魑魅逢迎于海外，宁许生还。念报德之何时，悼此心之永已。俯伏流涕，不知所云。臣无任。

【解题】

本表作于绍圣四年（1097）七月。文末述己孤老无托、生离死别之语，极为凄伤，令人感慨。

移廉州谢上表

使命远临，初闻丧胆。诏词温厚，亟返惊魂。拜望阙庭，喜溢颜面。否极泰遇，虽物理之常然；昔弃今收，岂罪余之敢望。伏膺知幸，挥涕无从。中谢。

伏念臣顷以狂愚，遽遭谴责。荷先朝之厚德，宽萧律之重诛。投畀遐荒，幸逃鼎镬。风波万里，顾衰病以何堪；烟瘴五年，赖喘息之犹在。怜之者嗟其已甚，嫉之者恨其太轻。考图经止曰海隅，其风土疑非人世。食有并日，衣无御冬。凄凉百端，颠踬万状，恍若醉梦，已无意于生还；岂谓优容，许承恩而近徙。虽云侥幸，实有夤缘。

此盖伏遇皇帝陛下，道本生知，圣由天纵。旧劳于外，爰及小人之依；堪家多艰，鉴于先帝之德。奉圣母之慈训，择正人而与居。凡有嘉谋，出于睿断。悯臣以孤忠援寡，察臣以众忌获愆。许以更新，庶其改过。虽天地有化育之德，不能使臣之再生；虽父母有鞠育之恩，不能全臣于必死。报期碎首，言岂渝心。濯去泥涂，已有遭逢之便；扩开云日，复观于变之时。此生敢更求荣，处世但知缄默。臣无任。

【解题】

本文作于元符三年（1100）五月，文中对自遇赦量移廉州深表感激。

谢量移永州表

海上囚拘，分安死所；天边涣汗，诏许生还。驻世之魂，自招合浦；感恩之泪，欲涨溟波。中谢。

伏念臣生而愚朴，少也艰勤。佽佽而行，不知所届；冲冲而活，何以为生。言则招尤，动常速祸。顾已于时龃龉，使人费力保全。仁宗之朝早得名，神考之朝终见贷。谓宜饰躬自省，去恶莫为。而乃肆言元祐之间，放意太平之际。凡获不虞之誉，宜任非常之辜。过既暴闻，众知不赦。先皇帝明罚敕法，使万里以思愆；今天子发政施仁，无一夫之失所。凡在名籍，举赐洗湔。俾离一海之中，复至五岭之外。拜天恩之优厚，知圣化之密庸。挈是破家，航以一苇。蛟鳄潜底，风涛不惊。遂齐编户之民，不为异域之鬼。视偕飞走，施谢乾坤。天日弥高，徒极驰心于魏阙；乡关入望，尚期归骨于眉山。残生无与于杀身，余识终同于结草。

【解题】

元符三年（1100）八月，诏苏轼改舒州团练副使，永州安置，苏轼上此谢表，并表达了归老眉山的愿望。

提举玉局观谢表

臣先自昌化军贬所奉敕移廉州安置，又自廉州奉敕授臣舒州团练副使永州居住，今行至英州，又奉敕授臣朝奉郎提举成都府玉局观在外州军任便居住者。七年远谪，不意自全；万里生还，适有天幸。骤从缧绁，复齿缙绅。臣轼中谢。

伏念臣才不逮人，性多忤物。刚褊自用，可谓小忠；猖狂妄行，乃蹈大难。皆臣自取，不敢怨尤。会真人之勃兴，与万物而更始。而臣独在幽远，最为冥顽。迨兹起废之初，倍费生成之力。终蒙记录，不遂弃捐。

此盖伏遇皇帝陛下，正位龙飞，对时虎变。神武不杀，岂非受命之符；清净无为，坐获消兵之福。聪明不作，邪正自分。使臣得同草木之微，共霑雷雨之泽。臣敢不益坚素守，深念往愆。没齿何求，不厌饭蔬之陋；盖棺未已，犹怀结草之忠。臣无任。

【解题】

本文元符三年（1100）十一月作。

慰皇太后上仙表

伏睹正月十四日，大行皇太后遗诰者。恸发六宫，悲缠九土。奉讳哀殒，不知所云。臣轼中谢。

大行皇太后，德冠三朝，化行四海。独决大策，措天下于太山之安；退避东朝，复明辟为万世之法。奄终寿禄，莫晓天心。恭惟皇帝陛下，仁孝自天，哀伤过礼。惟圣达节，岂复行曾、闵之难，以民为心，则当法舜、禹之大。愿少宽于追慕，庶下答于臣民。臣以外郡居住，不获奔赴阙庭，无任哀痛陨越之至。

【解题】

本文作于建中靖国元年（1101）正月。

乞致仕状

臣轼先自端明殿学士兼翰林侍读学士、朝奉郎、定州路安抚使，蒙恩落职，降授承议郎、知英州，道贬宁远军节度副使、惠州安置。经涉四年，又蒙责授琼州别驾、昌化军安置。又三年半，该陛下登极大赦，量移廉州安置。又经皇子赦恩，移舒州团练使、永州居住。臣以老病，久伏瘴毒，顿赴道途。未到永州，复蒙圣恩，复授臣朝奉郎、提举成都府玉局观，外州、军任便居住。

臣素有薄田，在常州宜兴县，粗了馇粥，所以崎岖万里，奔归常州，以尽余年。而臣人微罪重，骨寒命薄，难以授陛下再生之赐，于五月间至真州，瘴毒大作；乘船至润州，昏不知人者累日。今已至常州，百病横生，四肢肿满，渴消唾血，全不能食者，二十余日矣。自料必死。臣今行年六十有六，死亦何恨，但草木昆虫有生之意，尚复留恋圣世，以辞此宠禄，或可苟延岁月，欲望朝廷哀怜，特许臣守本官致仕。

【解题】

本状作于建中靖国元年（1101）六月。文中以疾病为由请求致仕。

乞允安焘辞免转官札子

臣今月八日，准内批安焘辞免转右光禄大夫札子，降诏不许。臣窃谓人主之驭群臣，专于礼义廉耻。若使受无名之宠，则为待臣了之轻。今朝廷岂以执政六人，五人进用，故加迁秩，以慰其心。焘位冠西枢，委寄至重。岂肯见人擢用，即以介怀。既无授受之名，仅以姑息之政，纵有先朝故事，亦是一时误恩。今焘力辞，正为知义。臣欲奉命草诏，不知所以为词。伏望圣慈，从其所请。若除受别有缘故，即乞明降指挥，苟于义稍安，敢不撰进。取进止。

【解题】

本文请求准许安焘辞升迁之命，以使名实相称。本文及以下各文皆不详作年。

乞允宗晟辞免起复恩命札子

臣今日准中书省批送到宗晟辞免起复恩命札子。奉圣旨送学士院，降诏不允。谨按宗晟饬行有素，持丧中礼，所辞恩命，已四不允。而宗晟确然固守，其辞愈哀。且曰：“念臣执丧报亲之日短，致命徇国之日长。”出于至诚，可谓纯孝。臣谓宗晟未经祥练之变，且无金革之虞，孝治之朝，宜听所守。因以风厉宗室，庶皆守礼笃亲，顾不美哉。若以宗正之任，恐难其人，亦当差官权摄，须其从吉，复以命之。臣忝备禁从，不敢不言。所有不允诏书，臣未敢撰。取进止。

【解题】

本文主张应鼓励臣僚守孝事亲。

代滕甫论西夏书

臣幼无学术，老不读书。每欲披竭愚忠，上补圣明万一，而肝肺枯涸，卒无可言。近者因病求医，偶悟一事，推之有政，似可施行，惟陛下财幸。臣近患积聚，医云：据病，当下，一月而愈。若不下，半年而愈。然中年以后，一下一衰，积衰之患，终身之忧也。臣私计之，终不以一月之快，而易终身之忧。遂用其言，以善药磨治半年而愈。初不伤气，体力益完。因悟近日臣僚献言欲用兵西方，皆是医人欲下一月而愈者也。其势亦未必不成，然终非臣子深爱君父欲出万全之道也。以陛下圣明，将贤士勇，何往而不克，而臣尚以为非万全者。俗言彭祖观井，自系大木之上，以车轮覆井，而后敢观。此言虽鄙而切于事。陛下爱民忧国，非特如彭祖之爱身。而兵者凶器，动有存亡，其陷人可畏，有甚于井。故臣愿陛下之用兵，如彭祖之观井，然后为得也。

臣窃观善用兵者，莫如曹操，其破灭袁氏，最有巧思。请试为陛下论之。袁绍以十倍之众，大败于官渡，仅以身免。而操敛兵不追者，何也？所以缓绍而乱其国也。绍归国益骄，忠贤就戮，嫡庶并争，不及八年，而袁氏无遗种矣。向使操急之，绍既未可以一举荡灭，若惧而修政，用田丰而立袁谭，则成败未可知也。其后北征乌丸，讨袁尚、袁熙，尚、熙走辽东，或劝操遂平之。操曰：“彼素畏尚等。吾今急之则合，缓之则自相图。其势然也。”遂引兵还。曰：“吾方使公孙康斩送其首。”已而果然。若操者，可谓巧于灭国矣。灭国，大事也，，不可以速。譬如小儿之毁齿，以渐摇撼之，则齿脱而小儿不知。若不以渐，一拔而得齿，则毁齿可以杀儿。故臣愿陛下之取西夏，如曹操之取袁氏

上皇帝书

臣轼谨昧死再拜皇帝陛下。臣伏以今月初五日南至，文武百僚入贺，所以贺一阳来复也。谨按《易·复卦》：“雷在地中复，先王以至日闭关，商旅不行，后不省方。”说《易》者曰：乾，六阳之气也，为十一月、为十二月、为正月、为二月、为三月、为四月。而乾之阳复矣。阳极则阴生，阴生则夏至矣。坤，六阴之气也，为五月、为六月、为七月、为八月、为九月、为十月。而坤之阴极矣。阴极则阳生，阳生则冬至矣。自太极分为二仪，二仪分为四象，四象分为十二月，十二月分为三百六十五日。五日为一候，分为七十二候，三候为一气，分为二十四气。上为日月星辰，下为山川草木鸟兽虫鱼，不出此阴阳之气升降而已。惟人也，全天地十干之气，十月而成形，故能天能地能人，一消一息，一呼一吸，昼夜与天地上，五阳在伏，而一阳初生于伏之下，其气至微，其兆细缊，可以静而不动，可以啬养而不可以发宣。故《乾》之初九爻曰：“潜龙勿用。”孔子曰：“阳在下也。”言阳气方潜于下，未可以用也。先王于是日闭关，商旅不行，后不省方。关者，门户所由以关辟也。商旅者，动以利心也。后者，凡居人上者谓之群后，所以治事者也。方者，事也。门户不开，则微阳闭而不出也；利心不动，则外物感而不应也。方事不省，则视听收而不发也。先王奉若天道，如此之密，用之于国，则安静而不劳；用之于身，则冲和而不竭。昔者伏羲、神农、黄帝、尧、舜皆得此道。臣敢因至日以献。伏乞圣慈留神省览，实社稷无疆之福。

【解题】

本文所作时间不详，文中主要阐发儒家阴阳五行观点，并希望皇帝以此为指导，安排政事。

代普宁王贺冬表四首

皇　帝

七日来复，阳既进而岁功成；八风不奸，乐已调而君道得。惟圣在御，与天同符。恭惟皇帝陛下，嗣守洪基，丕承先志。法《小毖》以求助，期《既醉》之太平。渊默临朝，顺阳道之消长；清净为治，俾物类以昭苏。受福无疆，成功不宰。臣猥以暗弱，仰荷诲怜。敢先百辟之朝，以祝万年之寿。

太皇太后

效五物以观云，咸知岁美；备八能而合乐，益验人和。顾兹百乐之生，实助两宫之庆。中贺。伏惟太皇太后陛下，至诚待物，博爱临民。保佑神孙，已致无为之治；守持大业，匪居不世之功。宜福禄之日来，与天地而同久。臣早被恩勤之赐，莫知补报之方。跪奉玉觞，仰祈眉寿。

皇太后

阳气应时，验灰轻而权拥；日表如度，知岁美而人和。庆自宫闱，泽流寰宇。中贺。伏惟皇太后陛下，性服慈俭，体安礼仪。同太姒之母周，慕涂山之兴夏。仰推圣子，坐底于成功；抑损外家，共陶于至化。得天人之共助，享福禄之无疆。臣猥以孱虚，夙承教育。敢效罔陵之祝，永同葵藿之倾。

皇太妃

玉律灰除，验阳微之协应；土圭景至，迎初日之舒长。福禄所钟，宫闱同庆。中贺。伏惟皇太妃殿下。夙彰懿德，早事先朝。仁孝外全，曲尽两宫之养；温文内备，下刑九御之风。茂对休辰，允绥眉寿。凡托庇庥之赐，不胜颂咏之情。

同天节功德疏表

伏以累圣储休，上天垂祐。乃逢纯乾之月，肇兴出震之祥。恭惟皇帝陛下，以尧舜生知之资，承祖宗积治之庆。《大有》上吉，天人之助已明；《既醉》太平，圣贤之福诚备。至于臣子之私愿，是为草木之微情。幸同海表之民，共罄封人之祝。

贺 冬 表

消长有时，德刑并用。庆一阳之来复，知万物之向荣。中贺。恭惟太皇太后陛下，道配皇王，化行夷夏。以用人而考治忽，自正身而刑家邦。何劳五物之占，坐知岁美；不待八音之奏，始验人和。臣率职海壖，驰诚天阙。默诵万年之庆，远同百辟之欢。

谢复赐看坟寺表

名书罪籍，惭负明时；思念私茔，特还旧刹。九泉受赐，荒陇生光。伏念臣早以空疏，叨居近密。始终无补，愚不自量。恩礼误加，骤及既往。一被党人之目，上遗先臣之忧。旧恩已移，没齿何觊。岂谓诏书一出，旧物复还。山陇绝刍牧之虞，松槚变焦枯之色。骨肉感涕，里巷咨嗟。伏遇皇帝陛下，性仁无私，圣孝不匮。览二帝初潜之地，动一夫失所之怀。号令所加，存殁咸赖。臣衰病已久，报国之日不长；子孙在前，教忠之心未替。

【解题】

上七表作年不详。

回同官先状

幸因联事，得遂依仁。瞻奉匪遥，欣愉良极。

【解题】

本状作年不详。